葉嘉瑩作品集

詩歌自有其生生不已之生命，呼喚著讀者的共鳴。

漢魏六朝詩講錄

葉嘉瑩 著

《葉嘉瑩作品集》序言

最近台灣的大塊文化公司擬出版我的作品集系列，電郵傳來書目計有十八種之多，囑我為此一系列寫一篇序言。本來早在上個世紀九十年代中，大陸的河北教育出版社就曾出版過我的一個系列，題名為《迦陵文集》，共收有我的作品十種。其後台灣的桂冠圖書公司又重加增補編定，於世紀交替之際為我出版了另一個系列，題名為「葉嘉瑩作品集」，共出版了我的作品有二十四冊之多。繼之則大陸的北京大學出版社於二〇〇七年為我出版了兩個系列，其一是「著作集八種」，其二是「說詞講稿七種」。而與此同一年，北京的中華書局則為我出版了「說詩講稿」的一個系列，計有六種之多，此外還為我出版了一冊《迦陵詩詞稿》。

如今大塊文化又將為我出版另一個「葉嘉瑩作品集」的系列，其緣起蓋由於熱心文化事業的大塊文化董事長郝明義先生，於二〇〇九年之秋，曾經舉辦了一個以「經典3.0」為名的兩岸三地名家之系列講座，當時我亦忝蒙邀約做了一次關於晚唐詩人李商隱的講演，由此遂與郝明義先生相識。郝先生不僅熱心於對傳統文化之宣揚，同時也熱心於對幼少年文化素質之培養。他不僅將經典3.0系列講座分別出版了成人版和兒童版兩個系列，而且還曾親到天津南開大學聽過我的講座，更曾攜其公子來與我相見談話，而且還曾邀請我為古典詩詞做了一系列的演講和吟誦錄音。其關心文化之精神，使我極為感動。至於現在他所主持之大塊文化公司所計劃為我出版的，則是以台灣桂冠的舊版二十四冊書稿為底本，更增加或參考了大陸新出的諸版本，擇優而選取的一個系列，將分為兩批出版。第一批將出版的有九種，計為：1.《迦陵說詩講稿》、2.《迦陵論詩叢稿》、3.《漢魏六朝詩講錄》、4.《阮籍詠懷詩講錄》、5.《陶淵明〈飲酒〉及〈擬古〉詩講錄》、6.《葉嘉瑩說初盛唐詩》、7.《葉嘉瑩說中晚唐詩》、8.《葉嘉瑩說杜甫詩》、9.《杜甫秋興八首集說》。其中的第6、7、8三種，都是以前桂冠所沒有，而據大陸新本補入的。第二批將出版的九種，計為：1.《迦陵說詞講稿》、2.《名篇詞例選說》、3.《唐宋詞十七講》、4.《唐宋詞名家論稿》、5.《我的詩詞道路》、6.《迦陵雜文集》、7.《迦陵詩詞稿》、8.《迦陵學詩筆記》、9.《中國古典詩歌的美感特質與吟誦》。此一系列若只從書名來看，固與舊日桂冠所出版的諸書多有相合之處，但事實上在內容方面已經有所增添，尤其第九種則屬首次出版的全新書種。而且第八種《迦陵學詩筆記》，原來桂冠出版者曾加有一個副標題，名為「顧羨季先生詩詞講記」，分別為上下兩冊出版，今日大塊所出版者內容則較前更為豐富。蓋以桂冠所出版者只是由顧羨季先生之女之京師妹所整理的、我當年聽講筆記之一部分而已。近年來，之京師妹把我所攜回的多冊筆記陸續整理完畢，乃是我當年聽顧先生講課的一冊最完整的筆記。回憶當年在北京輔大女校舊恭王府中聽顧先生講課的往事，蓋已有七十年以上之久了。人生易老而文化長存，我平生歷經憂患，而今已步入耄耋之年，每念及當日羨季師對我的教誨和期許，愧疚之餘，仍不敢不自勉勵。而所有歷年為我出版各種系列文集之友人，其關懷文化之熱心，都使我極為感動。謹借此機會向大塊文化公司郝明義先生與前此為我出版諸系列文集的出版社和朋友們表示感謝之意。

回首數十年來，我一直站立在講堂上講授古典詩詞，蓋皆由於我自幼養成的對於詩詞中之感發生命的一種不能自已的深情的共鳴。早在一九九六年，當河北教育出版社為我出版「迦陵文集」時，在其所收錄的《我的詩詞道路》一書的前言中，我就曾經寫有一段話說：「在創作的道路上，我未能成為一個很好的詩人，在研究的道路上，我也未能成為一個很好的學者，那是因為我在這兩條道路上，都並未能做出全心的投入。至於在教學的道路上，則我縱然也未能成為一個很好的教師，但我卻確實為教學的工作投注了我大部分的生命。」

我自一九四五年開始了教書的生涯，至於今日已超過一甲子。如今我已是九十歲的老人，仍然堅持站在講臺上講課，未曾停止下來。記得我在一九七九年第一次回國教書時，曾經寫有「書生報國成何計，難忘詩騷李杜魂」兩句詩。我現在仍願以這二句詩作為序言的結尾，是詩歌中生生不已的生命使我對詩歌的講授樂此不疲的。

迦陵　壬辰年三月二十三日於南開大學

目錄

第一章　緒論

第一節　詩歌的感發之一

本書所要講的，主要是漢魏六朝的詩歌。不過在正式講詩之前，我先要把中國詩歌中一些最基本的概念作一個簡單的介紹，內容包括以下三個部分：詩歌的感發、詩歌中形象與情意的關係、詩體的演變。現在先講第一部分——詩歌的感發。

我們要瞭解詩，就需要涉及中國古代詩歌理論中一些比較重要的著作，首先就是《毛詩・大序》。中國古代有一部書叫作《詩經》，它收集了從西周初期到春秋中期的詩歌作品共三百零五篇，是我國最早的一部詩歌總集。後來，有齊、魯、韓、毛四家為它作注，四家中對後世影響最大的是毛氏的注本，也就是《毛詩》。《毛詩》中每一首詩的開頭都有一個序，其中第一首詩《關雎》的序較長，起著總論的作用，所以叫作《大序》。《毛詩・大序》說：

> 詩者，志之所之也。在心為志，發言為詩。情動於中而形於言，言之不足，故嗟歎之；嗟歎之不足，故永歌之；永歌之不足，不知手之舞之，足之蹈之也。

這一段話很重要，不但闡明了什麼是「詩」，而且還進一步解釋了詩與歌、與舞的關係。所謂「情動於中而形於言」就是說，你的情意在你心中活動，這種活動如果透過語言表達出來，那就形成了詩。可是，你的情意又是怎樣活動起來的呢？是什麼東西使它活動起來的？這我們就要看中國古代的另一本書《禮記》了。

《禮記》中有一篇叫作《樂記》。《樂記》中說：「人心之動，物使之然也。」它說是外物使人內心的情意活動起來的。那麼我們就又要問了：這「物」又是指的什麼？它為什麼能使人內心的情意活動起來？我現在還要引中國詩歌批評史上的另一篇重要文章——鍾嶸的《詩品序》。鍾嶸是南北朝齊梁時期的作家，他有一部著作叫作《詩品》，其中的序文就是《詩品序》。鍾嶸在《詩品序》中說：

> 氣之動物，物之感人，故搖蕩性情，形諸舞詠。

他以為，能夠使外物活動起來，從而引起你內心感動的，那是「氣」。古人以為，宇宙之間有陰陽二氣，是它們的運行才產生了天地萬物和四時晨昏。比方說，夏天陽氣最旺盛，但到了夏至日，陽氣盛到極點就開始衰落，陰氣逐漸增生，慢慢地就天氣寒冷草木凋零。等到陰氣發展到極點就是冬至，從冬至日這一天起陽氣又開始增生，於是天氣又慢慢地變暖。由於四季冷暖不同，所以大自然中的各種景象和草木鳥獸的形態也各不相同，而人的內心也就隨著外物的這些變化而受到感動。

受到什麼樣的感動呢？舉個例子來說吧，晉代詩人陸機在他的《文賦》中曾說：「悲落葉於勁秋，喜柔條於芳春。」為什麼秋天會引起人悲傷，春天會引起人歡喜？因為，春天草木的萌發使人聯想到生命的美好，秋天草木的凋零使人聯想到生命的衰老和終結。這就是外物對人心的一種觸動。而當你的內心被感動得無法平靜時，你就要想辦法把這一份感動表達出來，這就是「搖蕩性情」了；至於「形諸舞詠」，我們也可以舉個例子來看，據說晉朝大將軍王敦每當喝完了酒就吟誦魏武帝的詩，一邊吟一邊用如意敲打珊瑚唾壺，天長日久，竟把唾壺敲出了很多缺口。由此看來，《詩・大序》中的那句「永歌之不足，不知手之舞之，足之蹈之也」，說得真是一點兒也不錯的。

既然外物能夠引起作詩的感動，那麼我們就要對它進行一番討論了。一般來說，外物可以分成兩類，一類是自然界的「物象」；一類是人事界的「事象」。現在我們先來討論自然界的「物象」。

其實，前文中提到的「悲落葉」的「勁秋」和「喜柔條」的「芳春」，就都屬於自然界的物象。此外，鍾嶸《詩品序》裡也舉了一些物象，我們來看看他所舉的都是些什麼：

若乃春風春鳥，秋月秋蟬，夏雲暑雨，冬月祁寒，斯四候之感諸詩者也。

鍾嶸說，春夏秋冬四季的景物，比如春天的風和鳥，秋天的月和蟬，夏天的雲和雨，冬天的冰雪嚴寒，都能夠感動詩人，從而使他們寫出美好的詩。下面，我就將結合一些具體的詩例來說明詩人是如何因這些物象而引起感動的。

南唐詞人李後主在他的《虞美人》小詞裡說：「小樓昨夜又東風，故國不堪回首月明中。」又在另一首《望江南》小詞裡說：「多少恨，昨夜夢魂中。還似舊時游上苑，車如流水馬如龍，花月正春風。」這兩首詞裡都提到了春風和明月，所引起的卻是一種悲傷痛苦的感情。因為李後主破國亡家，成了俘虜，被從故國金陵帶到北宋的都城汴京拘禁起來。以往每年春風吹來時，他都是以帝王的身分在御花園裡看花賞月；而現在春風吹來時，他已經失去了家國，連性命都掌握在人家手裡。春風明月雖然常在，但舊時那種看花賞月的自由生活永遠也不會再有了。這是一種由「對比」

而產生的感動。另外，我還可以舉一種由「共鳴」而產生的感動，那就是屈原《離騷》的「日月忽其不淹兮，春與秋其代序。惟草木之零落兮，恐美人之遲暮」。他說，太陽和月亮每天都在匆匆運行，不會為任何人而停留，春天與秋天往來交替，草木又漸漸凋零了，而當你看到草木凋零的時候，就會聯想到自身也將像這些草木一樣衰老、死亡。

那麼，只有今昔盛衰的對比，和人生無常的感慨這種大題目才能引起詩人的感動嗎？不是的，寫詩也不一定非得有如此深沉強烈的感動，對於一個敏感的詩人來說，有時外界只須有一點兒小小的物象的變動，就能夠引起他詩意的感受。日本詩人松尾芭蕉寫過一首俳句：「青蛙跳入古池中，撲通一聲。」這裡邊哪裡有今昔盛衰？哪裡有人生無常？他只是寫了大自然之中某種景物突然間產生了一個小小的變化，這種變化使你的心也跟著動了一動。

「心動」是什麼意思？據說，有一次禪宗六祖慧能聽到兩個小和尚在爭論一個問題：風吹幡動，到底是幡動還是風動？慧能對他們說：「也不是幡動，也不是風動，是你們兩人自己的心動。」佛家主張自心清淨，當然是反對心動的；而詩人則相反，只有永遠保持一顆活潑善感的心靈，才能夠寫出好詩來。唐代詩人孟浩然說：「春眠不覺曉，處處聞啼鳥。夜來風雨聲，花落知多少。」（《春曉》）詩人還沒有起床到外邊去看，他只憑昨晚聽到的風雨聲和今早聽到的鳥啼聲，就敏感地聯想到繁茂的春花現在一定紛紛零落了。宋代詩人楊萬里說：「雨來細細復疏疏，縱不能多不肯無。似妒詩人山入眼，千峰故隔一簾珠。」（《春雨》）為什麼春天的細雨既不肯索性下大一點兒，又老是不肯停？他說那是它在嫉妒我窗外有如此美麗的山色，所以故意下得像珠簾似的擋住我的視線。你看，這就是詩人。他們對大家看慣了的萬物總是保持著一種關懷和敏感，所以經常能夠發現生活中新鮮的情趣。

春風和春鳥是春天裡比較有特色的物象；而秋月和秋蟬，則是秋天裡比較有特色的物象。唐代詩人李商隱有一首詠蟬的詩說：「本以高難飽，徒勞恨費聲。五更疏欲斷，一樹碧無情。薄宦梗猶泛，故園蕪已平。煩君最相警，我亦舉家清。」（《蟬》）蟬喜歡藏在高高的樹枝上，人們只能聽到牠叫的聲音。詩人說，你棲身的地方這麼高，本來就很難找到食物，只可餐風飲露，可是你餓著肚子還這麼一天到晚不停地叫，有什麼用處？你縱然叫得聲嘶力竭，又有誰能理解你、同情你？——這已經有點兒不像在說蟬了。蟬是昆蟲，牠叫的時候哪裡有這麼多想法？於是詩人接下來就聯繫到自己：我為了謀生餬口來做官，可是做官能實現我的政治理想嗎？這些年我就像一段樹枝在水裡漂來漂去，不知會漂到哪裡，我的故鄉早已長滿荒草，哪一天才能夠回去？感謝你用叫聲來不斷地提醒我，我和你一樣清貧而高潔，絕不會和那些貪贓枉法、中飽私囊的傢伙們同流合污。你看，李商隱這首詩表面上寫蟬，其實卻是在寫他自己。顯然，它比楊萬里《春雨》的那一首要深刻一些。因為，楊萬里那一首只是寫出了一種生活中的情趣，而李商隱的這一首卻有抒情言志之寄託。

前文我所舉的那些詩寫的都是春天和秋天大自然中的物象，那麼夏季和冬季又有哪些物象容易引起詩人的感受呢？那就是《詩品序》中接下來所說的「夏雲暑雨」和「冬月祁寒」了。夏天天氣變化特別迅速，剛剛還是晴天，突然之間升起一塊烏雲，馬上就是一場暴雨。這是夏天的特色。杜甫寫夏日大雨的一首詩，題目就叫作《大雨》，是他在四川成都時寫的。它開頭的一段是：

> 西蜀冬不雪，春農尚嗷嗷。上天回哀眷，清夏雲鬱陶。執熱乃沸鼎，纖絺成縕袍。風雷颯萬里，霈澤施蓬蒿。

杜甫寫夏雲暑雨卻從冬雪寫起，他說這一冬一直沒有下雪，土地自然很乾旱，到了春天又一直不下雨，農民都愁得發出嗷嗷的聲音。於是上天就回心轉意，在初夏的時候忽然就佈滿了一天濃雲，大地上到處是狂風和響雷的聲音，一場大雨沖刷了滿地的蓬蒿。為什麼滿地都是蓬蒿？因為久旱不雨，莊稼都枯死了，當然就只剩下滿地的野草。而經過這場大雨之後，農民就可以清除野草，在田裡播種了。

杜甫還寫過一首《喜雨》，結尾的四句為：

崢嶸東山雲，交會未斷絕。安得鞭雷公，滂沱洗吳越。

「崢嶸」是很高的樣子。夏天那種帶著雨的濃雲厚厚的在天上，就好像山一樣。顯然剛才已經下過了一場雨，但詩人認為下得還不夠，他說：怎樣才能驅趕著雷公，使他到東南方的吳越去再下一場大雨，把那裡一切齷齪骯髒的東西都沖洗乾淨？

以上兩首詩，「清夏雲鬱陶」寫的是夏雲，「霈澤施蓬蒿」和「滂沱洗吳越」寫的都是暑雨。不過，我之所以舉了杜甫的兩首詩例，還不僅僅為了要說明「夏雲暑雨」的物象引起詩人的感動，還要借此指出，杜甫這個詩人與我們前邊講到的那些詩人又有所不同。本來，詩人之所以異於常人，是由於他能夠把自己內心的感動傳達出來，使別人甚至千百年以後的人讀了他的詩也可以產生同樣的感動。而且還不止於此，讀者還可以從他的感動引發聯想，結合自己的歷史文化背景，生發出新的感動。這種感動永遠是生生不已的，如果給它起一個名字，可以叫作「感發的生命」。

然而，宇宙間的生命是有所不同的，有健康的生命也有病態的生命，有貓與狗的生命，也有獅與虎的生命。同樣，感發的生命也有著數量與品質上的高低、優劣、深淺、厚薄之分。我們可以看到，楊萬里寫春雨的那首詩寫得很活潑，很有情趣，但那只是一種偶然的、細微的、纖巧的感發，沒有更深刻的意義。李商隱寫蟬的那首詩中寄託了他自己政治理想不能實現的悲哀，當然比楊萬里那首深刻，可是所寫的也只是個人的悲哀。杜甫為什麼被後代尊為「詩聖」？那是因為，杜詩的感發生命是深厚博大的，他所關懷的不是個人的得意與失意，而是國家和老百姓的苦難。他為什麼說「安得鞭雷公，滂沱洗吳越」？因為，當時吳越一帶正有叛亂，兵戈未息，老百姓都在水深火熱之中。杜甫希望朝廷有人能夠平息那些叛亂，解救那裡的生靈。所以，他這兩句詩也是有寓託的。

還有一點必須說明：我這麼說並不是認為別人那些詩不好，而只是要區分各種感發生命的不同。因為，同樣是花，牡丹有牡丹的美麗，草野之中的小花也有小花的美麗；同樣是獸，獅子老虎有大生命的美麗，貓狗有小生命的美麗，這些都不是可以拿來互相比較的。另外，我們在讀詩的時候還要注意到，物象與人心之間的感發關係也有種種不同的層次，有的由物及心，有的由心及物，有的即物即心。關於這個問題，後面我們將作專門的介紹。

至於冬季令詩人感發的物象，那就是嚴寒風雪了。我們還可以看一首杜甫的詩，題目叫《對雪》：

> 戰哭多新鬼，愁吟獨老翁。亂雲低薄暮，急雪舞回風。瓢棄樽無綠，爐存火似紅。數州消息斷，愁坐正書空。

這首詩，是杜甫被困於淪陷的長安時所寫。安史之亂時，杜甫從鄜州赴靈武投奔肅宗，途中被叛軍俘虜，送到長安。過了不久，唐軍大敗於陳陶，死傷四萬餘人，杜甫寫了《悲陳陶》等詩，表示哀悼。這首《對雪》，也是為陳陶之敗而作。他說，官軍死了那麼多人，野地裡到處都是鬼魂的哭聲，我一個人被困長安，妻子兒女在鄜州生死未卜。黃昏的時候濃雲密佈，大片雪花在迴旋的風中飛舞。盛酒的瓢已經被我扔掉了，因為早已無酒可飲；冰冷的火爐還在，但爐子裡一點兒火也沒有。長安附近已全被叛軍佔領，與外地隔絕了消息，我只有一個人孤獨寂寞地在屋裡出神發呆。「書空」，用的是晉朝殷浩的典故。殷浩被黜放後，每天一個人坐在那裡用手指在空中比劃，寫的是「咄咄怪事」四字。這個典故用來形容當一個人心中有憂愁煩悶不能解時那種出神發呆的樣子。這首詩中描寫嚴寒風雪的「亂雲低薄暮，急雪舞回風」兩句，形象十分真切，對偶也非常工整，而且還不僅如此，這兩句還「融情入景」，把詩人當時心裡那種煩亂憂愁的感覺，都融會在「亂雲」、「薄暮」、「急雪」、「回風」等形象中表現出來了。

到現在為止，我們已經講完了春夏秋冬四季物象給詩人的感發。但是，自然界的物象並非引起感發的惟一因素。能夠引起詩人感發的，除了自然界的物象以外，還有人事界的「事象」。這個問題，我們下一章節再討論。

第二節　詩歌的感發之二

我在國內講學時，曾經有同學問：「老師，你講的古典詩詞我們很喜歡聽，可是學了它有什麼用處呢？」這話問得很現實。的確，學了古典詩詞既不能幫助你找職業，更不能幫助你掙錢發財。那麼，為什麼還要學它？

我以為，學習古典詩詞最大的好處就是使你的心靈不死。莊子說：「哀莫大於心死，而身死次之。」如果你的心完全沉溺在物欲之中，對其他一切都不感興趣，那實在是人生中第一件值得悲哀的事。上一節課我說過，詩有一種「感發的生命」，它由作者傳達給讀者，而且可以不斷生長，生生不已地流傳下去。這種感發的生命，可以使你的心活潑起來，永不衰老。這就是詩的好處。辛棄疾有兩句詞說：「一松一竹真朋友，山鳥山花好弟兄。」（《鷓鴣天》「不向長安路上行」）前文我們提到過陸機的《文賦》說：「悲落葉於勁秋，喜柔條於芳春。」倘若一個人能夠把松樹和竹子都當作知心朋友，聽到山鳥的叫聲和看到花開花落的變化都會受到感動，那麼他對人間發生的事情怎麼會無動於衷？孔子說：「鳥獸不可與同群，吾非斯人之徒與而誰與？」（《論語・微子》）作為一個人，最關心的當然還是人世間的事情。所以杜甫才說：「窮年憂黎元，歎息腸內熱。」（《自京赴奉先縣詠懷五百字》）「黎元」，就是老百姓的意思。在唐代天寶年間安史之亂將要爆發的時候，朝廷已腐敗至極，老百姓也困苦至極，杜甫看到老百姓的苦難流離，預感到大亂將起，心裡就不由得一陣陣發熱，恨自己沒有辦法解除老百姓的痛苦。這就是一個真正偉大的詩人博大而善感的心靈。

上一節我們討論了大自然中的「春風春鳥」、「秋月秋蟬」等物象對詩人的感發，但那並不是感發生命的惟一來源。因為人生所接觸的畢竟不僅僅是草木鳥獸；人所接觸最多的，還是人與人之間的關係。所以，能夠引起詩人感發的，除了自然界鳥獸草木的「物象」之外，還有更大的一類就是人事界的「事象」。關於人事界的「事象」，鍾嶸《詩品序》中也舉了很多例證，他說：

嘉會寄詩以親，離群託詩以怨。至於楚臣去境，漢妾辭宮。或骨橫朔野，魂逐飛蓬。或負戈外戍，殺氣雄邊。塞客衣單，孀閨淚盡。或士有解佩出朝，一去忘返。女有揚蛾入寵，再盼傾國。凡斯種種，感蕩心靈，非陳詩何以展其義？非長歌何以騁其情？

顯然，鍾嶸在這裡所舉的「事象」的例證，要比前一段所舉的「物象」的例證多得多。由此我們也可以看出，並不是一天到晚坐在那裡傷春悲秋就是詩人了。一個詩人不但對自然界的草木鳥獸有一份關懷；對人類社會中的悲歡離合也要有一份關懷，而且是更大的一份關懷才行。此外我們還要注意一點：鍾嶸所舉的這些人事界的例證，是有一個層次在裡邊的。現在我們就結合詩例來作分析。

「嘉會寄詩以親，離群託詩以怨」是第一個層次，說的是人事界的聚會和離別。在人世間，聚會永遠是一件令人快樂的事情，也是詩人作詩的好題目。舉杜甫的一首《寄李十二白二十韻》為例，我們只看其中的一部分：

白日來深殿，青雲滿後塵。乞歸優詔許，遇我夙心親。未負幽棲志，兼全寵辱身。劇談憐野逸，嗜酒見天真。醉舞梁園夜，行歌泗水春。

近代詩人聞一多對李白與杜甫的相會作過一個比喻，他說那就像天上的太陽和月亮走到一起了，我們應該敲三通鑼打三通鼓來慶祝這兩位大詩人的聚會。杜甫在這首詩裡就記載了他與李白這次美好的遇合。當時李白已經名滿天下，因此不用參加進士考試就直接被玄宗請入朝廷去做翰林。然而皇帝並不是真正看重他的才幹，只不過是請他寫些新詩拿給楊貴妃去歌唱而已。李白不樂意幹，就向皇帝辭職，結果皇帝批准，賜金放還。這就是「乞歸優詔許」。短短的五個字，就包含了這位天才詩人得意與失意、榮寵與挫折的整體過程，這真是一種了不起的概括能力。杜甫是在李白離開朝廷之後與他相會的，所以接下來「遇我夙心親」五個字，就記載了當時詩人自己的感受。《紅樓夢》裡寶玉見到黛玉時說：「這個妹妹我曾見過的。」人生能夠遇到一個知己，怎麼能不歡喜？杜甫說，那時候我和你剛剛相識，就覺得彼此之間那麼親近，好像前世有什麼夙緣一樣。有的人不喜歡李白的奇思狂想和高談闊論，而杜甫卻喜歡；有的人以為嗜酒是不好的，可是杜甫卻從李白的嗜酒中看到他的天真。兩個人一起喝醉了酒，夜晚有時就高歌狂舞在那美麗的梁園；有時春日就攜手散步在泗水水濱。你看，假如你是一個詩人，遇到了這麼好的朋友，經歷了這樣愉快的聚會，怎麼能不用詩把你的快樂寫出來？所以鍾嶸才說：「嘉會寄詩以親。」

至於「離群託詩以怨」，例子就更多了。王維有一首《九月九日憶山東兄弟》，記載了他作客異鄉時對家人的思念：

獨在異鄉為異客，每逢佳節倍思親。遙知兄弟登高處，遍插茱萸少一人。

九月九日是重陽節，古人每到這一天都要佩茱萸登高飲菊花酒。王維說，我現在獨自一人作客他鄉，所以在重陽節這一天特別思念故鄉親人。我想，你們在故鄉插茱萸登高的時候，也會因為少了我而倍加思念吧？除了這首，我們還可以看一首柳宗元的《與浩初上人同看山寄京華親故》：

海畔尖山似劍鋩，秋來處處割愁腸。若為化得身千億，散上峰頭望故鄉。

柳宗元參與了王叔文等人的永貞變法。變法失敗後，王叔文被殺，柳宗元先後被貶到永州、柳州。當時這些地方還都是蠻荒之地，柳宗元曾寫下「一身去國六千里，萬死投荒十二年」（《別舍弟宗一》）等悲痛欲絕的句子，後來就死在柳州。上面這首詩就是柳宗元在柳州時所寫。他說，每當我站在海邊思念家鄉的時候，就覺得柳州海邊那些尖尖的山峰像一把把劍，切割著我的肝腸，假如我的身體能化成一千個、一億個，那麼這一千個、一億個我，都要永遠站在海畔那些山峰上遙望我的故鄉。所以你看，這就是「離群託詩以怨」。

以上所舉的杜甫、王維和柳宗元的三首詩例，寫的都是詩人自己的歡會與離別，以及詩人自己的快樂與悲傷。那麼是否只有你自己的遭遇才能引起你寫詩的感發呢？不盡如此。鍾嶸《詩品序》認為，歷史上古人的遭遇也同樣能夠引起你寫詩的感發，這是他的第二個層次。這個層次，他舉了「楚臣去境，漢妾辭宮」兩個例子為證。

所謂「楚臣」，指的是屈原。屈原是戰國時的楚國人，當時秦國十分強大，在楚國朝廷中有主張聯秦和反對聯秦的兩派政治力量，屈原是反對聯秦的，他主張與東方的齊國聯合共同抗秦。可是後來聯秦的那一派取得優勢，屈原就被放逐出去。從此，楚國一天天走向滅亡。

屈原眼看著國家已經無藥可救，而自己又沒有辦法挽回，悲憤抑鬱，就寫了歷史上有名的長詩《離騷》。當然，《離騷》仍然屬於作者個人遭遇引起的感發。不過，這篇《離騷》流傳到千百年之後，卻使很多人都受到了感動。比如漢代有個人叫作賈誼，被貶官到當年楚國所在的湖南，想起屈原的遭遇，就寫了一篇很長的《弔屈原賦》；唐代有個人叫劉長卿，經過長沙賈誼的故宅，想起了賈誼哀悼屈原的事情，又寫了一首《長沙過賈誼宅》的詩，詩中說：「萬古惟留楚客悲。」這「楚客」，指的也是屈原。其實還不光賈誼和劉長卿被屈原的事情所感動，大詩人杜甫也曾為此而感動。他在《詠懷古跡》的一首詩中說：「搖落深知宋玉悲，風流儒雅亦吾師。悵望千秋一灑淚，蕭條異代不同時。」他說我雖然生在千百年之後，但我深深地理解當年宋玉為什麼為草木的搖落而悲傷。宋玉，是屈原的弟子。屈原死後，宋玉憫其師忠而放逐，於是寫了《九辯》以述其志。《九辯》的開頭兩句就是：「悲哉秋之為氣也，蕭瑟兮草木搖落而變衰。」這兩句的意思和屈原《離騷》的「惟草木之零落兮，恐美人之遲暮」是一樣的。賈誼、劉長卿、杜甫，都不是楚臣，而且都生在屈原去國的千百年之後，卻不約而同地都為屈原的遭遇所感動。這說明，古人的遭遇雖然不是你的親身經歷，但也同樣能夠引起你的感發。

所謂「漢妾」，指的是東漢元帝時被送到匈奴去和親的王昭君，也稱漢明妃。昭君曾被選送到宮中，但宮中美女太多了，皇帝看不過來，就讓畫師給這些女孩子畫像，按圖召幸。於是那些被選入宮的女孩子紛紛去賄賂畫師，請他們把自己畫得更美麗些，以求被皇帝選中。可是王昭君自恃美麗出眾，不肯賄賂畫師，畫師就故意把她畫醜，結果皇帝沒有選上她。後來匈奴要求與漢朝和親，美麗的王昭君就被嫁到匈奴，從此再也不能回到故土了。昭君的故事感動了歷代很多詩人，例如杜甫的《詠懷古跡》中，有一首就是詠昭君的：

群山萬壑赴荊門，生長明妃尚有村。一去紫臺連朔漠，獨留青塚向黃昏。畫圖省識春風面，環佩空歸夜月魂。千載琵琶作胡語，分明怨恨曲中論。

昭君是湖北秭歸縣人，那地方有許多高山綿延不斷。所以，「群山萬壑赴荊門」是寫實，而且寫得開闊博大，很有氣魄。古人認為，高山大河是鍾靈毓秀的所在，只有在這樣的環境裡，才能夠誕生王昭君這樣美麗的女子。要知道，上天降生這麼美的一個女子，本來是應該得到欣賞和愛護的，可是她得到了嗎？沒有，她的結局是「一去紫台連朔漠，獨留青塚向黃昏」。「紫台」是指朝中的宮殿，猶言「紫宮」，這裡指代皇宮。昭君悲哀地離開故國皇宮，走向外族那荒涼的沙漠，從此就再也沒有回來。傳說塞外的草都是白色的，只有昭君塚的草是綠色的，所以叫作「青塚」。詩人說，我只是在畫圖中得識昭君美麗的容貌，她本人早已死去，誰也無緣得見了。現在月亮是如此明亮，說不定她的芳魂會從塞外歸來，再看一看自己的故鄉吧？據說昭君出塞是她自己主動請行的，如果是那樣的話，她就應該無怨。可是當年昭君出塞時懷抱著琵琶，琵琶的曲子是那樣哀怨，她到底是有怨還是無怨呢？

其實還不止杜甫，中國文學中寫昭君的題材數不勝數，作者們紛紛對這個歷史人物發表自己的見解，抒發自己所受到的感動。直到不久前曹禺先生還寫了《王昭君》的劇本，說昭君是一個有理想的女子，由於她的努力，使漢朝與匈奴建立了友好的睦鄰關係，這功勞是不可磨滅的。可見，昭君的身世也與屈原的身世一樣，打動了千百年之後的作者和讀者，使他們產生了各種各樣的感發聯想。

除了詩人自身的悲歡離合和古人的悲歡離合可以引起詩的感發之外，《詩品序》所舉的例證中還有第三個層次，那就是即使是與你並不相干的人，他們的遭遇同樣能引起你內心的感發。什麼樣的遭遇呢？那就是「或骨橫朔野，魂逐飛蓬。或負戈外戍，殺氣雄邊。塞客衣單，孀閨淚盡」了。這是指那些戰爭中所產生的征人思婦的詩。唐代對外戰爭比較頻繁，寫征人思婦的詩很多，我們看一首晚唐詩人陳陶的《隴西行》：

誓掃匈奴不顧身，五千貂錦喪胡塵。可憐無定河邊骨，猶是春閨夢裡人。

和匈奴打仗本來是漢朝的事，但唐朝詩人寫詩總是喜歡把當代的事情假託為漢朝的事。像白居易《長恨歌》寫唐玄宗與楊貴妃，開頭卻說「漢皇重色思傾國」。這首詩也是如此，它其實是寫當時發生在北方的一場對外族的戰爭。其結果是唐軍打敗了，五千將士都暴骨沙場。「無定河」是中國北方的一條河，現在已經改為「永定河」。詩人說，可憐這些勇敢的年輕人都已變成了無定河邊的白骨，而他們的妻子卻不知道，還在家中苦苦地盼著丈夫回來，甚至做夢時也常常夢見他們。這首詩寫得很好，但作者本人並不是征人思婦，他不是寫自身的悲歡離合，也不是寫歷史人物的身世遭遇。他所寫的，就是與他同時代的普通人的遭遇和痛苦。他被他們的遭遇和痛苦所感動，從而就寫出了這首感發力量很強的好詩。

在舉了這麼多「事象」感發的例證之後，《詩品序》接著說：「或士有解佩出朝，一去忘返。女有揚蛾入寵，再盼傾國。」這真是一個很妙的總結。中國現代的讀書人有很多專業可以選擇，可以做科學家，也可以做工程師。而中國古代的讀書人只有一條出路，那就是「學而優則仕」。但做官的人是很難掌握自己命運的，如果你遇到一個昏君，如果你還堅持你自己的政治理想，那就很可能被貶謫、被放逐。所謂「一去忘返」，並不是真的忘返，而是你欲返卻不能夠返，沒有希望返。像我剛才提到過的詩人柳宗元，不是就死在謫所了嗎？因此，中國古人特別注重一個「遇」字。三國時代的劉備與諸葛亮，是一對君臣之間美好遇合的典型：劉備對諸葛亮是三顧茅廬，言聽計從；

諸葛亮對劉備是鞠躬盡瘁，死而後已。這樣的遇合實在是太少了，所以後代不少讀書人都羡慕他們的遇合，寫了很多詩來歌頌他們的遇合。

然而對大多數讀書人來說，更多的情況還是「不遇」，或者是尚未實現自己的政治理想就遭到貶謫放逐。這就是「士有解佩出朝，一去忘返」。那麼，是否所有的「遇」就都是美好的呢？也不是，因為有的時候「女有揚蛾入寵，再盼傾國」。「傾國」，出於漢武帝的樂師李延年所唱的一首歌：「北方有佳人，絕世而獨立。一顧傾人城，再顧傾人國。寧不知傾城與傾國，佳人難再得。」（《佳人歌》）在古代，君臣間的關係與夫妻男女間的關係有某些相似之處：女子靠美貌得到男子的寵愛，臣子也能靠逢迎拍馬得到皇帝的寵信。而自古以來，有多少亂臣賊子就是透過諂媚蠱惑君王，轉眼之間就可以使國家從興盛走向衰亡。

「士有解佩出朝，一去忘返。女有揚蛾入寵，再盼傾國」之所以很妙，還不僅僅在於它點出了讀書人的「遇」與「不遇」。更重要的是，這「遇」與「不遇」所涉及的「仕」與「隱」的問題，又恰恰是中國讀書人心中一個很要緊的「情意結」。近代學者朱自清先生寫過一篇《唐詩三百首指導大概》，在這篇文章裡他提到，中國古代知識分子只有做官一條出路，「仕」與「隱」是他們必須考慮的一個大問題，因此，它也就成了唐代詩人們寫詩的一個重要題材。這個問題，我們以後講具體作品的時候再作詳細分析。

到現在為止，我們討論了詩之感發的由來。我們看到，在宇宙之間，自然界和人事界都有很多事物可以使人的內心產生感發。然而，是否只要你的內心之中有了感發，就能夠寫出好詩來呢？這個問題下次再講。

第三節　詩歌中形象與情意的關係之一

前面兩節我們討論了詩的感發。透過詩例我們看到：不但自然界的「物象」可以引起感發，人事界的「事象」也能引起感發；不但你自己的事情可以引起感發，別人的事情和古人的事情也可以引起感發。那麼，引起感發是否就形成了詩呢？還是沒有。你必須把你的感發透過文字表現出來才是詩。也就是說，作為一般人，你只要「能感之」就可以了；而作為詩人，除了「能感之」還要「能寫之」。怎樣寫？這就涉及寫作方法的問題了。

本來，我最反對談詩的寫作方法，因為那不是可以教出來的。父親是詩人，兒子不一定也是詩人。你說我拚命教他，一定要讓他也做個詩人。可是，倘若他天生下來就不是當詩人的材料，那麼你再拚命也是白費力氣。天底下從來不會有一個死板的規則方法，可以指導你作出一首好詩來。因為每一首詩都是一個新的生命，生命是不可以用一個模子來仿製的，就如同天下有千千萬萬的人，每一個人的五官面貌、脾氣稟性各有不同。不過話又說回來了，這千千萬萬的人雖然面貌都不相同，但並不是不可以歸納出一些原則來。比如，正常的人都有兩條眉毛、兩個眼睛、一個鼻子、一張嘴巴；眉毛和眼睛長在鼻子的上邊，嘴巴長在鼻子的下邊。這就是人的五官面貌的基本原則。詩也是如此，雖然沒有一個幫助你寫出詩來的捷徑，但卻有一些基本原則是你學詩的時候所不可不知的。我們要講的「賦、比、興」，就是中國古人根據外物與內心相互感發的原理，總結歸納出來的一種寫詩的基本原則。

「賦、比、興」這三個名稱最早見於《周禮・春官・大師》及《毛詩・大序》。它們與「風、雅、頌」並列，被稱為「六詩」或「六義」。《毛詩・大序》是這樣說的：

故詩有六義焉：一曰風，二曰賦，三曰比，四曰興，五曰雅，六曰頌。

所謂「義」是指一些重要的道理。就是說，《詩經》裡有這麼六條重要的道理，是學詩的人首先要弄清楚的。在這六條裡面，風、雅、頌是《詩經》中作品的分類，賦、比、興則是寫作的方法。在這一節中要講的重點是「賦、比、興」，但在講「賦、比、興」之前，我們要先來簡單地弄清楚「風、雅、頌」是怎麼回事。

「風」，是一般的民間歌謠。據說周朝設有專職官吏到各地去採集民間歌謠，叫作「采風」。采風的目的是根據這些民間歌謠瞭解下情，掌握各地風俗習慣，以利於制定政策。不過，這僅僅是歷代對「風」的解釋中比較簡單明白的一種，此外還有很多不同的說法。比如《毛詩・大序》說，「上以風化下，下以風刺上」，故曰「風」。意思是，上面的統治者可以透過民間歌謠瞭解民情，領導風氣；而下面的老百姓則透過歌謠對國家政策進行婉轉的批評，所以這個「風」又同「諷」。這其實是對采風說法的進一步引申。在周朝的時候，有許多諸侯國，各國都有本地的民間歌謠，所以《詩經》裡有十五國風。

「雅」，多數是士大夫階層的作品，因此它對政治的反映往往比「風」更直接。《詩經》裡的「雅」分成兩個部分：反映比較重大事件的是「大雅」；反映較小事件的是「小雅」。

「頌」，是朝廷舉行宗廟祭祀典禮時所唱的詩歌，是一種廟堂的樂章。《詩經》裡的「頌」分成周、魯、商三頌。

古人對「風、雅、頌」有很多不同的說法。比如，有的人主張從詩歌與音樂的關係來分類，認為「風」是徒歌，即不配樂的歌曲；「雅」是可以配合著音樂來歌唱的；「頌」則不但配合音樂，而且還伴有舞蹈。不過這些問題很複雜，講起來需要很多時間，由於我們並不是專門研究《詩經》，所以，只要簡單地懂得什麼是「風、雅、頌」就可以了。

歷代對「賦、比、興」也有很多種不同的說法，我這裡也只取其中比較簡單明白的說法加以介紹。所謂「賦」就是直言其事：你要寫哪件事，就直接敘述它好了。所謂「比」就是以此例彼：用一件事情來比喻另一件事情。所謂「興」是見物起興：先見到一個外物，然後引起你內心的感發。我個人以為，古人所總結的這三種詩歌寫作方法，其實是概括了詩歌寫作中「心」與「物」——情意與形象——的三種關係。下面我們就對情意與形象的這三種不同的關係作一個討論，先從「興」說起。

「興」這個字有兩個讀音，用作動詞的時候讀ㄒㄧㄥ，有「引發」、「興起」的意思；用作名詞的時候讀ㄒㄧㄥˋ，有「興致」、「興趣」的意思。詩六義的「興」所取的是「興」字的「引發」、「興起」的涵義，本應是動詞，讀ㄒㄧㄥ，可是由於賦、比、興這三個詞代表詩歌的三種表現方法，已經被用作了名詞，所以就按名詞的聲音讀ㄒㄧㄥˋ了。其實如果仔細想來，所謂「興趣」也是由某件事而引發起你內心的一種反應，所以「興」字用作名詞時，實在也具有「引發」和「興起」的涵義，只不過詞性不同而已。

在講「興」之前，我還要說一說關於「象」的問題。「象」就是形象，我們習慣上總是認為只有「物」才有形象，其實不然。所謂「形象」，它不但包括自然界的「物象」，也包括人事界的「事象」，甚至還包括假想中的「喻象」。中國儒家有一部古老的經典叫《易經》，所講的就都是關於「象」的學問。《易經》裡有兩個基本符號「—」和「--」，前一個代表「陽」，後一個代表「陰」。如果把這兩個基本符號重疊起來，形成三個一組，則有八種組合方法，那就是「八卦」；把「八卦」每兩個一組重疊起來，可以有六十四種組合方法，那就是「六十四卦」。六十四卦的每一個卦本身就是一個符號形象，同時它還代表著許多自然界和人事界的物象和事象，如「乾」代表天，代表父親；「坤」代表地，代表母親等等。古人試圖用卦象來解釋宇宙萬物之間那種永不停止的變化，在六十四卦的卦辭和爻辭裡敘寫了眾多的形象：如「漸」卦「初六」爻辭的「鴻漸于干」是一種視覺的象，「中孚」卦「九二」爻辭的「鶴鳴在陰，其子和之」則是一種聽覺的象；「蒙」卦「初六」爻辭的「利用刑人，用說桎梏」是現實中的事象，「坤」卦「上六」爻辭的「龍戰于野，其血玄黃」則是假想中的喻象。

其實不只中國古人，印度佛教哲學對「象」也有很深刻的認識。佛教所常說的「色相」，並不單指紅黃藍白黑的顏色，也不單指視覺所看到的形象，而是有更深的涵義。佛經認為，人的眼、耳、鼻、舌、身、意等六種感受器官叫作「六根」，由於有了「六根」，就產生了色、聲、香、味、觸、法等「六塵」，而人的種種欲望也就因之而起。「六塵」都是色相，是你的感受器官所能接受到的東西，這就與中國廣義範疇的「象」很接近了。

現在我們就來看《詩經・關雎》中「興」的例子，看一看在「興」這種寫作方法中，形象與情意之間存在著什麼樣的關係。

> 關關雎鳩，在河之洲。窈窕淑女，君子好逑。
> 參差荇菜，左右流之。窈窕淑女，寤寐求之。
> 求之不得，寤寐思服。悠哉悠哉，輾轉反側。

「雎鳩」是一種水鳥，一般總是成雙成對的；「關關」，是雎鳩鳥的叫聲。一對雎鳩鳥，在河水的沙洲上嬉戲，這個叫幾聲，那個也叫幾聲，好像在那裡談話一樣。詩人聽到牠們的叫聲，又看到牠們那種親密快樂的樣子，就引起了內心的感發，聯想到鳥都有如此美好的伴侶，人不是也應該有一個美好的伴侶嗎？「窈窕」，有很多人以為是「苗條」的意思，其實不對。你看這「窈窕」

兩個字，都是「穴」字頭，而「穴」字頭的字，一般都帶有一種幽深的意味。就是說，那女子不只是外表美麗，更重要的還在於內心藏有美好的品德修養。詩人認為，只有這樣的女子，才是君子的好配偶。「荇菜」，是一種水中的植物。詩人說，你看水面上那些長短不齊的荇菜，隨著水漂流不定。那種搖蕩的樣子，就很像我現在內心的感情。倘若真的有那樣一個美好的淑女，那麼我不管白天黑夜都要追尋她，每一時每一刻都要思念她。

詩人必須用文字把自己內心的感發表達出來，那才是詩。不過，如果你只是說：「我現在內心十二萬分感動！」那也並不是詩，因為它不能使別人瞭解你的感動，更不能感動別人。那麼怎樣才能使別人瞭解，進而感動別人呢？現在這首詩的作者就採取了一種方法：把他內心活動的動態過程擺到讀者面前。作者先是聽到了鳥叫的聲音，見到沙洲上鳥的形象，由此而產生了欲尋配偶的聯想；接著又看到水裡漂流的荇菜，從而產生了「寤寐思服」的那種心情。這就是內心活動的一種動態過程。現在我們不妨注意一下：這首詩的敘寫過程是先有了形象，然後才引起了內心的情意。從「心」與「物」的關係來看，這種表現方法是由「物」及「心」，也就是說，由形象過渡到情意。這種表現方法就叫作「興」。下面我們再看一段《魏風・伐檀》，這也是「興」的作品：

坎坎伐檀兮，置之河之干兮，河水清且漣漪。不稼不穡，胡取禾三百廛兮？不狩不獵，胡瞻爾庭有縣貆兮？彼君子兮，不素餐兮。

「坎坎」同「關關」一樣，也是聲音，是一種伐木的聲音。作者說，我把檀木砍伐下來之後，都堆放在河水的岸邊。這時我就看到，河水是如此澄清，而且上邊還有美麗的波紋。在這首詩中，是「坎坎伐檀」的聲音和「河水清且漣漪」的形象引起了作者內心的感發。什麼感發呢？他說：你既不耕種，也不收割，為什麼我們種的糧食收穫了，你要拿最多的一份？從來沒見過你去打獵，為什麼你的院子裡掛著那麼多獸皮？一個做官的人，難道可以白白吃飯而不幹事情嗎？在古代「君子」這個詞有兩種涵義，一種指品德美好的人；另一種指在上位的人，也就是做官的。這裡的「君子」，所取涵義是後者。中國的儒家並不主張每一個人都去種田，因為天下有很多需要做的事情，每個人都可以有每個人的職業和工作。只要你很好地完成了你的工作，那麼你吃掉種田人種出的糧食就不算白吃；但如果你並沒有把你的那一份工作做好，那你就白吃了農民種出來的糧食。在上位的人尤其如此，他們是不應該白白享受老百姓供養的。

現在，你有沒有發現《伐檀》與《關雎》有什麼相同和不同？它們的相同之處是：二者都是先有形象，然後引發出心中的情意。它們的不同之處是：在《關雎》中，形象與情意之間的關係很容易理解，因為從鳥的和鳴聯想到人的配偶，這是很自然的；而在《伐檀》中，形象與情意之間的關係就比較難解釋，那伐木的聲音和河水的清漣與「君子」的「素餐」似乎並無直接關係。我之所以又舉了《伐檀》這個例子，就是為了讓大家瞭解在「興」的方法中，形象與情意的關係相當複雜，有的作品能夠看出它們之間的關係，有的就完全看不出來。然而那裡邊卻一定存在著某種關聯，只不過那關聯不一定能用理性來解釋而已。這麼說，不是有點兒太微妙了嗎？對於「興」的方法來說，這到底是它的缺點還是優點？我以為是它的優點。因為，這正是中國詩歌傳統中一向重視感發作用的一種獨有的特色。

關於「比」的例子，讓我們來看《魏風・碩鼠》的第一段：

> 碩鼠碩鼠，無食我黍。三歲貫女，莫我肯顧。逝將去女，適彼樂土。樂土樂土，爰得我所。

「碩」，是大的意思；「貫」，是侍奉的意思；「女」，就是「汝」。作者說：大老鼠呀大老鼠，你不要再吃我的糧食了，我侍奉了你這麼多年，可是你卻一點兒也不肯顧念我，所以我要離開你去找一個快樂的地方，假如天下真的有一塊樂土，我就要在那裡安身不再回來。他說的是真的老鼠嗎？人怎麼能侍奉老鼠？顯然作者別有所指，他是用老鼠來比喻那些剝削者。

那麼我們來看一看，這首《碩鼠》與前面講的《關雎》、《伐檀》有什麼不同？這首詩，是作者心中先有了一種由被剝削而產生的痛苦和不平，也就是說先有了內心的情意，然後想辦法找一個外物來表現出自己內心的這種情意。於是他找到了專門偷糧食的大老鼠的形象，用它來比喻剝削者正好合適。作者透過對大老鼠的呵叱，指責了剝削者，發洩了自己內心的那種不平。從形象與情意的關係來看，這首詩是先有情意，後有形象，二者的關係是由「心」及「物」的。這種表現方法就叫作「比」。

在以上所講的「興」與「比」的兩種表現方法中，不管是先有情意還是先有形象，其中形象在表達情意的過程中都佔了很重要的地位。那麼，是不是寫詩就一定離不開外物的形象呢？並非如此。下面要講的「賦」的方法，就用不著透過外物引發情意，也用不著找一個外物來傳達情意，而是直接就說出了內心的情意。這種表現方法效果如何？我們可以看《鄭風・將仲子》裡的一段：

> 將仲子兮，無踰我里，無折我樹杞。豈敢愛之，畏我父母。仲可懷也，父母之言，亦可畏也。

這是一個女孩子在和她所愛的男孩子講話。那個男孩在家裡一定是行二，所以被稱為「仲子」。「將」和「兮」，都是《詩經》裡常用的語氣詞。要知道，有語氣詞和沒有語氣詞所傳達的口吻是不一樣的。如果只說：「仲子！」那就像他的爸爸在喊他。而「將仲子兮」，就顯得那麼委婉，那麼多情，顯然是他的情人在喊他。這女孩子說：仲子啊，求你不要跳過我家的里門，也不要碰斷我家的杞樹。什麼是「里門」？所謂「里」，類似上海的弄堂或北京的胡同，裡邊住著十幾戶或幾十戶人家，外邊有一個共同的大門，就叫「里門」。那男孩子要和這女孩幽會，攀著樹就跳進了女孩家的里門，女孩則求他不要這樣做。然而「無踰我里」和「無折我樹杞」這連接的兩個否定不是太傷感情了嗎？於是這女孩接著就來挽回了——「豈敢愛之，畏我父母」。她說，我並不是捨不得這樹，我只是怕我的父母知道。那麼，既然怕父母知道，乾脆你就拒絕他好了。可是這女孩子又把話拉回來——「仲可懷也」，你當然是我所懷念的。既然如此，為什麼不讓他進來呢？她接著又推出去——「父母之言，亦可畏也」。所以你看，這女孩子一會兒推出去，一會兒拉回來，在這反反覆覆的推拉之間，就把她對仲子的多情和對父母的畏懼，這種十分矛盾的心情表達得淋漓盡致了。

大家一定已經注意到，前面講的那幾首詩，是借助於形象來傳達感發的。這一首詩卻沒有借助形象，而是在敘述的口吻、章法的結構之間直接就傳達了感發。這就是「賦」的表現方法。從「心」與「物」的關係來看，「賦」的方法是即「物」即「心」的。就是說，他所寫的那個外在事物的形象直接就是他內心的情意。

到現在為止，我們已經看了《詩經》中不少的詩例。但所舉的都不是全詩，而是詩中的一段或兩段。因為，重章疊句乃是《詩經》的一個特點。像這首《將仲子》，一共有三章，即三個段落。它的第二段和第三段是：

將仲子兮，無踰我牆，無折我樹桑。豈敢愛之，畏我諸兄。仲可懷也，諸兄之言，亦可畏也。

將仲子兮，無踰我園，無折我樹檀。豈敢愛之，畏人多言。仲可懷也，人之多言，亦可畏也。

這兩段的內容與第一段其實沒有多大區別，只是所押的韻不同。對於《詩經》中的詩，有些我們現在讀起來好像並不押韻，其實在古代它們是押韻的。像第二段中的「牆」、「桑」、「兄」就是押的同一個韻，然後換韻，「懷」和「畏」押的是同一個韻。第三段中「園」、「檀」、「言」

押的是同一個韻，然後換韻，仍然是「懷」和「畏」押同一個韻。就在這種聲音的變換與重複之中，作者把女孩子那種柔婉多情而又顧慮重重的矛盾心理全都傳達出來了。

第四節　詩歌中形象與情意的關係之二

上一節，我們結合《詩經》中的詩，介紹了在「賦、比、興」三種表現方法中形象與情意的關係。現在，還有幾個問題需要加以補充說明。

首先是，《詩經》中作為「詩六義」的「賦、比、興」，與後代常說的作為詩歌寫作方法的「賦、比、興」之間，還有一點點的區別。「詩六義」的「賦、比、興」重在開端，也就是說，它所注重的往往是一首詩開端第一句所用的是哪一種表現方法。為什麼如此？因為，「詩六義」的「賦、比、興」所要研究的是引起你感發的方式。或者說，所要分清的是作者採用了賦、比、興之中的哪一種方法來帶領讀者進入感發。可是到了後代，賦、比、興作為一般的寫作方法就不一定僅僅用在開端，有的可以用在中間，有的也可以用在結尾。像《古詩十九首》的《行行重行行》，前邊都是直言其事的「賦」，中間忽然出現「胡馬依北風，越鳥巢南枝」兩個形象。我們把它叫作「興象」，而它卻不必在開端，也可放在詩的中間。所謂「興象」，就是帶給讀者興發感動的一種形象。唐代詩人王昌齡的《從軍行》說：「琵琶起舞換新聲，總是關山離別情。撩亂邊愁聽不盡，高高秋月照長城。」「琵琶」本是一種胡樂，但在邊疆戍守的士兵受到胡人影響，也彈奏這種樂器。詩人說，琵琶的樂曲彈了一曲又換一曲，不管換了多少曲，總是離不開離別的內容，只能喚起征人的悲哀憂愁。可是結尾一句他忽然不再寫憂愁了，一下子跳起來去寫天上的秋月。這「高高秋月照長城」就是一個「興象」。它不是理性的，因為月亮並不代表離別。是人看到了月亮，忽然引起感發，產生了懷念故鄉的感情。這種感發是由物及心的，所以是「興」的表現方法，而它卻是用在詩的結尾。

第二個要補充的問題是，透過上節所舉的那些詩例，我們已經看到，所謂形象與情意的關係，無非是「由物及心」、「由心及物」和「即物即心」這三種。由物及心的是興；由心及物的是比；即物即心的是賦。看起來很是簡單明白，但實際上這三種方式的區分並非如此容易。上節所舉的《關雎》、《碩鼠》等都是比較單純、比較典型的例子。

事實上，人心與外物之間的感發，其層次和性質並不都如這幾首詩一樣單純而易於辨別。即以《詩經》中的詩而論，對《周南・漢廣》、《曹風・下泉》、《豳風・鴟鴞》這三首詩，《毛詩》認為都是屬於「興」的作品；而朱熹的《詩集傳》則認為《漢廣》是「興而比」，《下泉》是「比而興」，《鴟鴞》則完全是「比」。總之，不但「比」和「興」容易混淆。就是「賦」、「比」、「興」之間，有時也容易混淆，而且，《詩經》裡所寫的人類生活和思想感情，相對來說還是比較簡單、比較質樸的。隨著人類社會的進步，人的思想感情也愈趨繁複深微，所以形象與情意的關係也就越來越繁複深微了。

還有一點需要說明的是，有人認為詩歌裡只有形象是最重要的，所以老是強調比興。可是我認為，比和興固然重要，賦也是不可忽視的。因為一般來說，詩歌裡用得最多的還是賦。賦包括了詩歌的整個組織、章法、句法和結構。不管你用了多麼美麗的形象，不管你如何情景相生，可是把你的形象和情意結合起來的，只能是賦。

另外，前文曾引了《毛詩・大序》裡的一段話：「故詩有六義焉：一曰風，二曰賦，三曰比，四曰興，五曰雅，六曰頌。」排列次序是風、賦、比、興、雅、頌。這是為什麼？既然風雅頌是《詩經》的分類，賦比興是《詩經》的寫作方法，這裡為什麼把它們混在一起？我認為，這雖然可以作為中國古代文學批評缺少科學邏輯的一個例子，但這種排列也不是完全沒有道理的。因為，古人曾把《詩經》當作課本，如果按教學的一般習慣來說，應該從十五國風教起，所以「風」列為第一。在教國風民歌的時候自然要涉及詩的表達方式，而在三種表達方式中，「賦」最為簡單直接，「興」較為深隱難解，所以先講賦，再講比，最後講興。結合賦比興講完了十五國風之後，再講二雅和三頌。至於我為什麼先講「興」而不是先講「賦」呢？那是因為，我們不是專門講《詩經》，而是從詩歌理論的角度分析形象與情意的關係，所以要從由物及心的「興」和由心及物的「比」講起。

那麼，現在「賦、比、興」基本上就講完了。接下來我們要討論一個問題：那就是西方詩論中有關形象的幾種說法，與中國詩論中「賦、比、興」之說的比較。

近年來，很多人試圖用西方文學理論來解說中國的舊詩，這是一種很好的探索。因為一般來說，西方文學理論比較細密，而中國古代文學理論比較簡單抽象。實際上，對於文學藝術來說，其中有很多最基本的要素，本來是不分古今、也不分中外的，因此中西理論的結合確實很有必要。但我們在做這種嘗試的時候一定要注意，基本要素的相同並不等於個別因素也都相同。前些年，台灣有人用西方理論來講中國舊詩，說什麼西方用蠟燭來代表男性，所以中國舊詩裡的蠟燭也代表男性。這是不可以的，中國古人絕對沒有這種觀念。還有人說唐詩「早知潮有信，嫁與弄潮兒」（李益《江南曲》）中的「信」就是「性」，這也不可以。第一，「性」和「信」的發音本來就不一樣；第二，就算兩個字發音相同，中國古人所用的「性」也不同於西方的那個「性」，中國古人所用的是「人之初性本善」的那個「性」。所以我認為，我們應該利用西方理論的明辨來補足中國舊詩的含混，而不應該只襲取西方理論表面的一些皮毛，丟掉了中國的傳統。更何況，中國古人的詩論雖然概括抽象，不及西方理論細緻周密，但卻有自己的精華和特色，有時是西方理論所不及的。

下邊我就透過介紹一些西方詩論中的術語來說明這個問題。

西方理論也很注重詩歌中的形象，也有很多表現心與物之關係的術語，諸如Simile（明喻）、Metaphor（隱喻）、Metonymy（轉喻）、Symbol（象徵）、Personification（擬人）、Synecdoche（舉隅）、Allegory（寓託）、Objective Correlative（外應物象）等。由於我們要學的是中國古典詩，所以對這些西方的術語，再各舉一些中國的古典詩做例證。

所謂Simile（明喻），就是比較明顯的比喻。你用一種東西來比喻另一種東西，中間一定要加上「如、似、比、像」等字樣，把「比」的意思明白地說出來。李白的《長相思》詩中有一句「美人如花隔雲端」，就是明喻，說我所懷念的那個美人，長得像花一樣美，但卻離我非常遙遠，無法見面。

所謂Metaphor（隱喻），其實也是比喻，但不像明喻那樣，把「比」的意思表現得那麼明顯，不用「如、似、比、像」等字眼作直接的說明。如杜牧《贈別》詩中有兩句，「娉娉裊裊十三餘，豆蔻梢頭二月初」，寫了一個美麗的女孩子，用的就是「隱喻」。古代女子出嫁的年齡是十四歲，而這個女孩子才十三歲多一點兒，美麗得就像早春時節豆蔻梢頭含苞待放的花朵一樣。但詩人不說這女孩像花朵，而是把女孩和花朵的形象並列在一起，說這豆蔻年華的女孩子就是花朵。這就是「隱喻」。

所謂Metonymy（轉喻），也可以叫「換喻」。陳子昂《感遇》詩中有一句「黃屋非堯意」，就是轉喻。堯是古人認為最理想的帝王，但其實他並不想做帝王，所以後來就讓位給了舜。「黃屋」是古時候天子所乘的車，但在這句話裡卻不完全指車，而是以天子的車來代表天子的地位。這種情形外國也有，例如他們常常用皇冠來代表國王的地位，那也是「轉喻」。

說到Symbol（象徵），它與「明喻」和「隱喻」有什麼不同呢？一般來說，在明喻和隱喻中，比喻和被比喻的東西都比較具體。像美人和花，十三歲的女孩子和早春二月的花朵，全都是現實中實有的形象。而象徵則常常是用現實中實有的形象，來表現一種抽象的情思意念或者哲理。並且這個具體的形象常常不是偶然拿來的，它一般已經在人們的腦子裡形成了慣例，如一提到十字架馬上就想起基督等等。

中國古詩裡也有這種手法，最有名的是陶淵明。陶詩裡常寫的松樹與菊花都有象徵的意味，代表著陶淵明內心之中一種堅貞高潔的品格。比如陶詩的《和郭主簿》中有這樣幾句：「芳菊開林耀，青松冠巖列。懷此貞秀姿，卓為霜下傑。」一般的花到秋天都零落了，只有芬芳的菊花到秋天才開放。菊不像春天的花那樣萬紫千紅，它們大半是黃色和白色的，所以在樹林中深綠色的背景下就顯得分外光彩奪目。「冠」讀去聲，表示戴在頭上的意思，就是說有一排青翠的松樹像帽子一樣戴在山頭上。「懷」字用得也很好，因為美有不同的類型，表面的色澤只是外表的美，很可能是用一層美麗的顏色把底下的髒東西都遮蓋起來了，而「懷」是從內心之中表現出來的，是從裡到外的，「秀」也是一種從裡到外的美，我們說某人很秀氣，那不僅僅指他的眉毛眼睛長得好看，而且是指他還表現出一種很聰明、很有靈氣的品質。「貞秀」，是說不但秀美，而且有堅貞不變的操守。「卓」是出群的樣子，這裡還不光是說松菊的品質卓越出群，而且是說在其他草木都零落了的背景之中，松和菊卻不怕嚴霜的打擊，仍然如此秀美，這也是很了不起的。所以，這松和菊的形象，就代表了一種哲理的概念和抽象的品質。其實，那也正是詩人自己的修養和追求。

Personification（擬人），是把一個本來不會有感情和思想的外物，當作有感情有思想的人來描寫。我可以舉北宋詞人晏幾道《蝶戀花》詞中的「紅燭自憐無好計，夜寒空替人垂淚」為例。詞人說，在夜晚的紅燭前，有兩個相愛的人要分離了，紅燭也替他們發愁，但又沒辦法幫助他們，所以只有默默地為他們流淚。紅燭怎麼會有感情？怎麼會替人流淚？作者是把無情的紅燭比作了有情的人。這種方法就叫作「擬人」。

Synecdoche（舉隅）譯得很妙。「舉隅」這個詞出於《論語・述而》的「舉一隅不以三隅反，則不復也」。意思是，假設老師給你指出桌子的一個角，你同時就要明白另外的那三個角。學習重在融會貫通，不能指望老師把所有的東西都詳詳細細、反反覆覆地講給你聽。所以，「舉隅」這個詞用在寫作中，是指舉出事物的某一個部分來代表事物的整體。比如晚唐詞人溫庭筠的《望江南》小詞中有一句「過盡千帆皆不是」，說有一個女子每天在樓上望著遠遠的江面，期望她所愛的人乘坐的那條船早日歸來，可是所有的船都過去了，她所盼望的那條船卻始終沒來。這句裡的「帆」僅僅是船上的一個局部，而詞人卻用它來代表整個的船，這種方法就是「舉隅」。

至於Allergory（寓託），前文在講《詩品序》時，已舉過一首晚唐詩人李商隱詠蟬的詩，那首詩表面上寫的是蟬，實際上寫了詩人自己的理想，以及失望與悲哀，那就是「寓託」。南宋詞人王沂孫寫過一首《齊天樂・蟬》，通篇用了很多蟬的事典，寫的全是蟬，而暗中卻寄託了他自己對南宋亡國的悲哀。那首詞也屬於「寓託」的一類。

Objective Correlative這個術語在西方出現得比較晚，台灣有人把它譯為「客觀投影」，我覺得不如譯成「外應物象」。在形象與情意的關係中，這是比較複雜的一種。它是用一組、或者一系列的形象和事物來間接地傳達你的某種情意，而這種情意永遠不許直接說出來。不過這種方法在中國古典詩歌中同樣有人使用過，李商隱的《燕臺四首》就是明顯的例證。

「燕臺」，有很多種不同的解釋。有人說是指戰國時燕昭王修築黃金臺招賢納士的事情；也有人說是指唐代節度使的幕府。節度使是唐代的最高地方軍政長官，他的辦事機構就叫幕府。李商隱在別的詩歌裡也用燕臺指代過幕府。但從內容上看，「燕臺」這個題目僅僅起一種暗示的作用，我們不必把它過於限制落實。這一組詩共分為春夏秋冬四首，每一首都寫得撲朔迷離，令人難以把握。詩人始終沒有說出他所要說的到底是什麼，然而卻能使人產生無窮的想像。我們現在來看這四首中「春」的開頭部分：

風光冉冉東西陌，幾日嬌魂尋不得。蜜房羽客類芳心，冶葉倡條遍相識。暖藹輝遲桃樹西，高鬟立共桃鬟齊。雄龍雌鳳杳何許？絮亂絲繁天亦迷。

「風光」，指的是大自然的景色，這本來是早已被大家用濫了的一個詞。但詩人之所以為詩人，是因為他能夠用自己新鮮的感覺，把本已不新鮮的事物變為新鮮的。李商隱在「風光」後邊加上「冉冉」二字，這「風光」一下子就活起來了。因為，「冉冉」是一種很緩慢很柔和的動作，顯示了一種動態。要知道，大自然的風光並不是死的，它時時刻刻都在變化。范仲淹《岳陽樓記》說「朝暉夕陰，氣象萬千」，這是真的。如果你站在高處長時間地觀察湖光山色，你會看到：在早晨太陽升起和晚上太陽落山的過程中，光影的閃動和顏色的變幻，使所有的景物都處在不停的變化之中，那種動態的美麗簡直是無法形容的。「風光冉冉」，就寫出了這種春日氣象萬千的姿態。「陌」是人行的小路，所謂「東西陌」是一種對舉的用法，實際上包括了東西南北所有的道路。就是說，到處都有這冉冉的風光，到處都是一片活潑的春意。這一句並不完全是視覺感受，其中還帶有一種心靈深處的觸動，所以接下來就說「幾日嬌魂尋不得」。什麼是「嬌魂」？一個嬌美的靈魂嗎？這真是很奇怪了。前面我曾說佛教有「六根」之說，「六根」就是人的眼、耳、鼻、舌、身、意六種官能。這六種官能可以感受到視覺的、聽覺的、嗅覺的等等各種形象，而其中「意」這個官能所感受到的，其實就可能有一種想像出來的形象。這裡的「嬌魂」，也是李商隱心中所想像出來的一個形象。

詩歌中感發的生命是透過文字傳達出來的，好詩人和壞詩人的差別就在於這種傳達的能力不同。一個好的詩人，總是能夠選擇恰當的語彙，並將其組織得恰到好處，來表達自己內心的感受，他的每一個字往往都包含著他心中的感發。你看，這「嬌」字是多麼美好可愛；而「魂」字又是多麼靈動自由！「嬌魂」不是一個死板的肉體。她是一個美麗的、自由自在的精魂。或許，那是詩人心中某種美好的追求？或許，那是超乎宇宙物質之上的某種精神？這一切，作者都留給讀者去聯想，他只是說：我找她已經找了很多天，卻始終沒有找到。

「蜜房」，是蜜蜂儲藏蜂蜜的所在。那麼「蜜房羽客」呢？自然就是蜜蜂了。但中國道家把白日飛升的神仙也叫「羽客」，所以這句話就產生了擬人的效果，表現了一種飛翔和求索的神致。而且，「蜜」是多麼甘美，「房」是多麼深隱，這兩個字也引人聯想到「芳心」的美好與多情。詩人說，在花叢中飛來飛去的蜜蜂，就正像我這一片不斷追求尋覓的芳心。牠們為了釀出美好的蜂蜜，在花朵間來往搜尋，幾乎把每一片美麗的葉子、每一條可愛的枝梢都尋遍了。「遍相識」三個字，深刻地表現了一種執著的對完美的追求。

於是，在這種苦苦的追尋之中，他就似乎真有所見了。「暖藹」，是在春天溫暖的日光下遠處光影朦朧如煙似霧的樣子。「輝」，是日光，春天天長了，太陽移動得很慢，所以是「輝遲」。當太陽的光影慢轉輕移到桃樹之西的時候，就出現了一個迷離恍惚的情景——「高鬟立共桃鬟齊」。「高鬟」是一種女子的髮式，極富於端莊成熟之美。詩人說，我好像看見一個梳著高鬟的女子站立在桃樹旁邊。她的高鬟幾乎和桃樹的桃鬟一樣高。什麼是桃樹的桃鬟？那就是詩人創造出來的詞了。因為桃樹上開滿了花朵，就像女子頭上簪滿了花一樣，所以詩人故弄玄虛，給讀者造成一種方見是花、又疑是人的如真似幻的感覺。然而這實在並不是一個真實的女子，因為詩人接著就筆鋒一轉：「雄龍雌鳳杳何許？絮亂絲繁天亦迷。」

古代常用龍代表男子，鳳代表女子，把男女的美好姻緣比作龍鳳呈祥。因為古人認為兩美是應該相合的，只有「雄龍」與「雌鳳」相遇相合的世界才完美無缺。然而詩人在此處說，不但沒有雄龍，而且也沒有雌鳳，那就更不要談雄龍與雌鳳兩美之必合了。在春天將盡的時候，柳樹開了花，滿天飛的都是柳絮。「絲」，是春天常有的那種到處飛的遊絲，那也許是鳥獸或草木的一種分泌物。他說天地之間到處都是濛濛的飛絮和惘惘的遊絲，天若有情，也會像我現在一樣，是一種迷亂和失落的感情。

總之，這四首詩用了一系列錯綜複雜的形象，來表現一種惆悵纏綿的感情，它的不可指說也正是它的佳處所在。此外，如李商隱的《錦瑟》詩，接連用了「錦瑟」、「絃柱」、「滄海月明」、「藍田日暖」、「莊生曉夢」、「望帝春心」等一系列事物的形象，來傳達內心中某種特殊的情意。那種方法，也是「外應物象」。

好，現在我們就要注意了：在西方理論的這麼多有關形象的術語中，不管明喻、隱喻、轉喻、象徵，還是擬人、舉隅、寓託、外應物象，全是先有了心中的情意，然後選擇一種技巧，尋找一種形象來傳達這種情意。也就是說，全都是有心為之的。如果探討其中形象與情意的關係就會發現：它們所代表的全都是由心及物的那一種關係，即「比」的關係。要知道，「興」有時候是一種直覺的聯想；而「比」則都是有心為之的。當然，在西方詩歌中並不是沒有近於中國「賦」或「興」一類的作品，但在西方詩歌批評的術語中，卻沒有相當於中國「賦」或「興」一類的名目。在英文中，甚至根本就找不到一個合適的詞來翻譯中國的這個「興」字，以至於有的學者在寫論文時，對「興」字只能用音譯。同樣，英文中的「敘述」一詞也僅僅是與「議論」、「描寫」、「說明」並列的一種散文寫作方法，不同於中國詩六義中的「賦」，是專指詩歌中帶有感發作用的一種寫作方式而言的。

不過，在這裡我並沒有貶低西方詩論的意思。因為西方詩論是針對西方詩歌的理論，而西方詩歌本來就注重對各種意象模式的安排製作，並在這種安排製作之中，顯示出詩歌的意義和價值。然而，如果就中國古典詩歌而言，倘若也只注意這種對外表模式技巧的區分，那就丟掉了中國詩歌以感發為主的本質。我以為，假如用一座大樓來打比方，西方理論就像大樓地上部分的宏偉結構，而中國詩論乃是大樓地下部分深奠的根基，二者各有長處和短處，但哪一個也不能缺少，只有互相結合才可以不斷地發揚光大。這也正是我用了這麼多篇幅來講「賦、比、興」的原因。

第五節　詩體的演變之一

前面我已經講過了詩是怎樣形成的，以及詩的三種基本寫作方法。從這一講開始，我們就討論中國詩歌體式的演變了。

在講「賦、比、興」時，我舉了不少《詩經》的例子。大家可以看到，《詩經》裡的詩大部分是押韻的，而且基本上以四言為主。可是我們知道，《詩經》收集的是三千年前的作品，其中有很多來自各地的民謠。那時候並沒有什麼寫詩的格律和規矩，沒有人限制寫詩一定要押韻或一定要寫成四言。可是，大部分人在寫詩的時候，不約而同地就寫成了四個字一句並且押韻。這是為什麼呢？我以為，這個現象關係到中國語言文字的特色。

中國字與西方拼音文字不同，它們是單形體、單音節。就是說，每個字都佔同樣大小的一個方塊；每個字的發音都只有一個音節。這種單形體、單音節的文字有好處，也有壞處。好處是容易形成對偶，造成一種平衡的美，這一點我們以後要講；壞處是比較單調，單獨的一個字不能夠形成音節的起伏高低。比如說「花」，它只有一個音節，讀起來缺乏音樂性，不像英文的flowers，讀起來可以有輕有重，形成節奏和韻律。因此，中國詩歌的語言就自然而然形成了一種趨向：特別注重把單音節結合起來，從而產生節奏、頓挫和韻律。那麼，要達到這一目的，最少要用幾個字一句呢？那就是四個字一句。也就是說，最少要用「二二」的停頓，才能夠產生有輕有重的節奏和韻律。

中國學作舊詩的人都很注意吟誦。如「關關——雎鳩，在河——之洲」，這就是「二二」的停頓，讀起來就可以有抑揚頓挫，產生一種音樂性。當然，如果再長一些，每句五個字或者七個字，它的起伏高低的變化就更多，讀起來聲音就更美。然而，也不是音節越多就越好，因為人被生理機能所限制，一口氣念不了太長的句子，所以中國舊詩發展到後來，以五言和七言最為流行。詞裡邊雖然有長句，但詞裡邊的長句都有句讀，並不是一口氣讀下來的。《詩經》是中國最早期的詩歌，因此就自然而然地形成了最簡單的以四言為主的形式。

另外，中國語言發聲中的韻母比較多，這也為詩歌押韻創造了條件。《詩經》裡的詩絕大多數是押韻的，只不過由於古今語言的變化，有的今天讀起來已經不押韻了。前文在講《將仲子》時也曾涉及過。曾有同學問《詩經》為什麼叫「經」。其實，最早它也不叫《詩經》，而叫「詩三百篇」或「詩三百」。因為《詩經》裡邊的詩一共有三百零五篇，古人習慣取其整數，所以叫「詩三百」。可是到了漢朝，《詩經》日益受到尊重，人們不是僅僅把它當作文學作品來讀，而是從中看到了周朝的教化、政治和風俗，認為這本書可以告訴你什麼是對的、什麼是錯的，什麼是好的、什麼是壞的。後代可以從中學習怎樣做人、怎樣執政。所以「詩三百」就被尊稱為「經」了。所謂「經」者，就是一種大家都應該遵守的道理。

在《詩經》之後，中國詩歌又有另外一個新的形式形成了，那就是《楚辭》。《詩經》中所收的詩大致以黃河流域為主，而《楚辭》則有濃厚的楚地方色彩；《詩經》中的詩大部分沒有留下作者的姓名，而《楚辭》從它的第一位重要作者屈原開始，就帶有很強烈的個人色彩。所謂「楚」，指戰國時楚國的故地，如今主要在湖南、湖北一帶。《楚辭》這部詩集是西漢劉向所編，其中以屈原、宋玉的作品為主，也收入了後代一些文人模仿屈、宋的作品。《楚辭》在形式上對後代影響最大的，一個是「騷體」，一個是「楚歌體」。

「騷體」因屈原的《離騷》而得名。我們要想瞭解《離騷》，首先必須瞭解它的作者屈原。前文講詩的感發時，曾舉過「楚臣去境」的例子，不過介紹得還不很詳細。屈原生在戰國時期的楚國。在春秋戰國時代，人們的國家觀念還不很強烈，一個有才能的人在本國得不到任用，可以到別的國家去，誰用他，他就替誰服務，連孔子、孟子也都是如此。然而屈原卻與他們不同，因為他是楚國的同姓，就是說，他與楚國的國君出於同一個家族，有著血緣的關係。所以他從感情上只能忠於自己的祖國，縱然楚國不用他，他也絕不肯離開楚國去為別的國家所用。那麼，他的祖國當時又處於一種什麼樣的環境呢？那是在戰國的末期，秦國已經十分強大，準備一個個地吞併六國。楚國的處境本來已經很危險，而朝廷中又分成了政治主張不同的兩派：一派主張親秦，一派主張聯齊抗秦。屈原是主張聯齊抗秦的，而且他很有才能，曾經得到楚懷王的重用。

可是，人類有一種最壞的天性就是忌妒，而屈原就因此遭到了一些人的忌妒。這些人就在楚懷王面前說屈原的壞話，而且楚懷王就真的相信了這些人的話，疏遠了屈原。於是，親秦派的勢力愈發強大，後來就發生了楚懷王入秦，而被秦國扣留的事。楚懷王被扣留為人質死在秦國，他的兒子頃襄王繼承了王位，而頃襄王也相信了大家對屈原的讒毀，又一次放逐了屈原。這時候秦國日益壯大，楚國的滅亡只是早晚的事情了。屈原眼看著國家就要滅亡，自己卻無能為力，就懷石自投於汨羅江而死。作為一個愛國詩人，屈原留下的著名長詩《離騷》，在形式和內容上對後世都有很大影響。所謂「離」，同「罹」，就是「遭遇」的意思；「騷」，是憂愁的意思。屈原在《離騷》中寫了他自己遭遇憂愁之後的悲哀和憂慮，表現了他自己的性情、品格和理想，而這些又都與他的愛國之心緊密相聯，所以帶有強烈的個性色彩。

其實，《楚辭》的作品不但在內容風格上與《詩經》不同，形式上也有自己的特色。《楚辭》中經常使用語氣詞，最常用的是「兮」字。前文講的《詩經·將仲子》裡也有「兮」，但《詩經》中用的「兮」並不很多，而《楚辭》中幾乎每一篇每一句都離不開「兮」。《楚辭》的句法，一般來說是在「兮」的前後各加兩個字、三個字或四個字，甚至六個字，偶然也有加五個字的。而且，「兮」字前後的字數也不一定相同，例如可以前邊三個字，後邊兩個字，或者前邊兩個字，後邊三個字，交換來用。

《九歌》篇幅較短，所以句子也較短，最常見的形式是「兮」的前後各三個字；《離騷》篇幅很長，所以句子也長，大致是「兮」的前後各六個字。例如它的開頭兩句是：「帝高陽之苗裔兮，朕皇考曰伯庸。攝提貞于孟陬兮，惟庚寅吾以降。」「高陽」，指顓頊，是傳說中的上古三皇五帝之一。古人家族觀念很強，凡事總想到揚名聲、顯父母。所以屈原在《離騷》的一開頭就說：「我是高陽氏的後代子孫，我的父親名叫伯庸。」「朕」是古人自稱；「皇考」指的是父親。接下來第二句是自敘生辰：「攝提」，指寅年；「孟陬」，指正月，正月也屬寅；「庚寅」，是寅日。屈原的生日很特別，他是屬虎的，生於寅年寅月寅日。後邊他還敘述了自己對光陰易逝和理想落空的憂慮：「日月忽其不淹兮，春與秋其代序。惟草木之零落兮，恐美人之遲暮。」你看，這裡他每一句都用了「其」和「兮」兩個語氣詞，語氣詞的連用可以增加句子的姿態，而句子的這種姿態也就形成了《楚辭》飛揚飄逸的特色。

還不只是這種形式上的特色，我們還要大致瞭解一下《離騷》在內容和感情上的特色。我以為，《離騷》在內容和感情上的特色主要有四個方面：第一是追尋的感情；第二是殉身無悔的態度；第三是美人香草的喻託；第四是悲秋的傳統。

先講追尋的感情。《離騷》中有這樣的話：「吾令羲和弭節兮，望崦嵫而勿迫。路曼曼其修遠兮，吾將上下而求索。」「羲和」，是給太陽駕車的神；「弭」，是停止的意思；「節」的形狀有點兒像杖，古人接受使命出去辦事，總是拿著節以示信用，所以後來把使者也稱為「使節」。羲和是受天帝的命令駕馭日車的，因此詩人想像他的手裡拿著節。「崦嵫」是西方一座山的名字，古人認為那裡是日落之處。屈原說，我希望太陽慢慢地走，給我多留下一點兒時間，因為我所追求的是一種最遠大、最完美的理想，必須歷盡艱辛上天入地去追尋。

這兩句，曾經被魯迅先生用作《彷徨》的題辭。可見，凡是有理想有追求的人，哪怕生在千百年之後，也可以受到這兩句詩的感動，從而引起共鳴。《離騷》中還說：「朝吾將濟於白水兮，登閬風而緤馬。忽反顧以流涕兮，哀高丘之無女。」古人認為，崑崙山是神仙所在的地方；「白水」，是發源於崑崙山的一條河水；「閬風」，是崑崙山上最高處。屈原說，我很早很早就出發去追尋，渡過了白水，登上了閬風，當我把馬在山頂上繫好時，回頭一看，就止不住地流下淚來。因為我經過這麼艱難久遠的攀登而來到山頂之後，發現這裡並沒有我所追尋的那個女子。這實際上是一種精神上的迷惘和失落。因為，詩人與一般人是有一點不同的，那就是一般人所追求的往往是很具體的物質利益，而詩人總是追求精神上和心目中最完美的理想。《離騷》這首長詩反覆地以「求女」來暗示這種追求嚮往，然而「求女」所得到的結果，只是一次又一次的失望。

既然追尋不到，那麼你放棄就是了，何必還這樣上天入地去追求呢？從這裡我們就可以引出《離騷》的第二點特色——殉身無悔的態度。《離騷》裡有一句「亦余心之所善兮，雖九死其猶未悔」，詩人說，我知道我所堅持的理想是正確的，所以哪怕為它死多少次我也不後悔！這種執著的感情對後世產生了很大的影響。中國的詩人，他們在用情的態度上可以分成兩大類，一類出於《莊子》，一類出於《離騷》。蘇東坡的用情態度就是出於《莊子》的，例如他說，「雲散月明誰點綴，天容海色本澄清」（《六月二十日夜渡海》）；又說，「回首向來蕭瑟處，歸去，也無風雨也無晴」（《定風波》）。他不是陷在苦難中無以自拔，而是自己從精神上超脫出來，達到一種通達的境界。另一類詩人則正好相反，他們在感情上十分執著，寧死也不肯放棄，如李商隱說，「春蠶到死絲方盡，蠟炬成灰淚始乾」（《無題》）；韋莊說，「妾擬將身嫁與，一生休，縱被無情棄，不能羞」（《思帝鄉》）。這一類詩人的用情態度，則可以說是出於《離騷》。

美人香草的喻託也是《離騷》的一大特色。司馬遷稱讚《離騷》說：「其志潔，故其稱物芳。」（《史記・屈原賈生列傳》）在《離騷》這首長詩中，美人香草比比皆是。比如前文提到過的「日月忽其不淹兮，春與秋其代序。惟草木之零落兮，恐美人之遲暮」——天上的太陽和月亮運行得這麼快，從來不為誰而停留，春夏秋冬四季也在不斷地更換，現在又到了草木枯萎凋零的時候了，因此我就想到，一個美麗的女子遲早也會衰老。屈原所說的這個「美人」，真的僅僅指一個美麗的女孩子嗎？顯然不是。這是一個比喻和象徵的說法。

因為在古代，一般人總是用容貌來衡量女子，用品德才能來衡量男子。一個美麗的女子得不到所愛之人的欣賞就衰老了，這是很可悲哀的事情；而一個才智之士，他的品德才能沒有得到表現的機會，就白白度過了一生，這是更可悲哀的事情。所以，這一句中的「美人」喻指品德才能美好的人，是屈原的自喻。在《離騷》中還有許多地方提到「美人」，其中有的是自喻，有的則代表作者理想中的賢君或賢臣。所以，從《楚辭》開始的「美人香草以喻君子」這個傳統大家一定要瞭解，因為它對中國後來的詩歌產生了十分長遠的影響。我可以舉個例子來作說明，晚唐詩人李商隱有一首《無題》：

八歲偷照鏡，長眉已能畫。十歲去踏青，芙蓉作裙衩。十二學彈箏，銀甲不曾卸。十四藏六親，懸知猶未嫁。十五泣春風，背面秋千下。

李商隱說，有這麼一個女孩子，八歲就懂得愛美要好，自己能畫出很美的長眉；十歲的時候出去春遊，穿著繡滿了芙蓉花的衣裙；十二歲開始勤奮地學習彈箏，彈起來就不肯停下；到了十四歲，父母就不許她出門了，因為那已經到了一個女子要出嫁的年齡；可是到了十五歲她還沒找到一個理想的對象，所以當春風吹來時，她就躲在鞦韆下偷偷地流下淚來。這是在寫一個女子嗎？不是的，他是在寫一個男子。這個男子就是詩人自己，他是透過這個愛美要好的女孩子的不得其人而嫁，來寫自己在仕途上的不得志。這就是用美人來比喻君子的一個例子。

《離騷》中也經常用芳草來作比喻，例如：

余既滋蘭之九畹兮，又樹蕙之百畝。畦留夷與揭車兮，雜杜衡與芳芷。冀枝葉之峻茂兮，願竢時乎吾將刈；雖萎絕其亦何傷兮，哀眾芳之蕪穢！

屈原說：我種了這麼多蘭花和蕙草，還有留夷、揭車、杜衡、芳芷等這麼多的香草，我希望它們長得高大茂盛，到了時候我就可以收穫。假如它們都枯萎凋零了，那當然是很值得悲哀的事情，可是如果僅僅是我種的這些香草死了，而你們種的那些芳草還活著，我也不會如此悲傷的。現在我所悲傷的是，所有的芳草都死了，這個世界已經失去了一切芬芳美好的東西！這裡的蘭蕙、留夷、揭車、杜衡、芳芷等僅僅是香草嗎？不是的，它們喻指為國家培養的那些美好的人才。

《詩經》裡也寫草木，如「桃之夭夭，灼灼其華」（《周南·桃夭》），就寫了開得像火一樣興旺的桃花，但不同的是《詩經》的時代比較起來是寫實的，美麗的桃花所比的是出嫁之時的少女，是現實生活中的一幅美好的畫面。而屈原的香草不是寫實的，它們所代表的是美好的才能品德這樣一個抽象的概念。這是屈原留下來的一個傳統，後世也有不少詩人繼承了這一傳統。如初唐詩人陳子昂有一首《感遇》詩說：

蘭若生春夏，芊蔚何青青。幽獨空林色，朱蕤冒紫莖。遲遲白日晚，裊裊秋風生。歲華盡搖落，芳意竟何成？

蘭花和杜若都是香草，春夏之時長得非常茂盛。雖然它們生長在空寂的山林之中，不被人欣賞，可是仍然從暗紫色的花莖上綻出美麗的花朵，發出芬芳的香氣。而「遲遲白日晚，裊裊秋風生」是什麼意思？那就是《離騷》的「惟草木之零落兮，恐美人之遲暮」。如果你不是美麗的，如果上天沒有賦予你那麼多美好的才能品德，那麼你的搖落和死亡也許不會引起人們太多的悲哀。但正由於你是一個如此美好芬芳的生命，卻這麼快便搖落死亡了，你的一生到底完成了些什麼？你對得起上天賦予你的美好嗎？古來有多少才智之士，他們有多少美好的理想，卻得不到一個實現的機會，白白地度過了短暫的一生。「歲華盡搖落，芳意竟何成」，這真是人生中最可悲哀的事情。

最後要講的一個內容上的特色，是悲秋的傳統。屈原的弟子宋玉所寫的《九辯》說：「悲哉秋之為氣也，蕭瑟兮草木搖落而變衰。」這句的意思，其實也是來自屈原《離騷》的「惟草木之零落兮，恐美人之遲暮」。而到了千百年之後，唐代詩人杜甫則在他的《詠懷古跡》中說：「搖落深知宋玉悲，風流儒雅亦吾師。悵望千秋一灑淚，蕭條異代不同時。」時隔千載，杜甫為什麼能深深體會到宋玉和屈原的悲哀？那是因為，人們對美好理想的追尋，和對生命無常的遺憾永遠是並存的，千百年來並無變化，所以就形成了我國古典詩歌的這一個重要主題。永嘉詩人劉琨說「朱實隕勁風，繁英落素秋」，「功業未及建，夕陽忽西流」（《重贈盧諶》）；北宋詞人柳永說「歸雲一去無蹤跡，何處是前期」（《少年遊》），他們所表現的，也都是這樣一份志意無成、生命落空的悲哀。

到現在為止，我已經舉了《離騷》中的不少例句，大家可以看到，它們基本上是「兮」字前後各六個字的句型。這是《離騷》這首長詩中的基本句型。十二個字再加上「兮」，一共是十三個字的長句，真是太長了。這種形式適於進行長篇敘寫，它能夠把抒情、敘事，甚至議論都結合起來，能夠表現比較複雜的內容。然而，中國古典詩歌是重視直接感發，並且以抒情為主的，正是由於這個原因，所以它後來沒有繼承「騷體」這個形式。那麼，「騷體」被誰繼承了呢？那就是後來的「賦」。這個「賦」，指的是中國文學史上的一種文學體式，與前文講的「賦、比、興」的「賦」，雖然在某些方面有一定的關係，但基本上是兩回事。

其實，賦的發源也是很早的，戰國諸子中，荀子的作品裡就有《賦篇》，其中有《雲賦》、《蠶賦》、《箴賦》等等。賦，都是鋪陳敘述。例如，《雲賦》是用很多篇幅去描寫天上的雲；《蠶賦》則用很多篇幅去描寫吐絲的蠶。荀子說，雲可以生雨，雨可以滋潤草木；蠶可以吐絲，絲可以織絹。既然物都有這麼多的功用，難道人可以不如物嗎？顯然，作者有寓託的隱意在裡邊。戰國時屈原的弟子宋玉寫過《風賦》，那是寫了念給楚王聽的。他說，風是不同的，有大王的雄風，有庶人的雌風。楚王聽了不明白，說風哪裡有什麼貴賤高下之分？於是宋玉就說了一大堆大王風與庶人風的不同，說大王你在高臺之上，四面有美麗的園林、芬芳的花草，你的風當然是清涼的好風；而老百姓住在骯髒的窮居陋巷，他們的風只能是給人帶來疾病的壞風。所以你看，這裡邊都有一種寓託的涵義。後來的賦是經常用騷體來寫的，比如王粲的《登樓賦》，「登茲樓以四望兮，聊暇日以銷憂。覽斯宇之所處兮，實顯敞而寡仇」，就是很典型的「騷體」句式。

那麼，「賦」這種文體與前面講過的作為詩歌表現方法之一的「賦」，有沒有關聯呢？有的，因為「賦」這個字本身就含有「鋪陳」的意思。什麼叫「鋪陳」？一個東西本來亂糟糟地團在一起，你把它打開鋪平，拿給大家看，這就是鋪陳。「賦、比、興」的「賦」和文體的「賦」都是很注重鋪陳的，所以才叫做「賦」。其實，「賦」還有另外的一種意思，那就是吟誦。

吟誦是中國一個很古老的傳統。據《周禮》記載，周朝時的小孩子六七歲就要開始讀書，讀書有幾種方法，其中的一種就是吟誦。不出聲音是看書；出聲音是念書；不但出聲音，而且有一種很像唱歌的聲調，就是吟誦。過去，老先生們讀書時都喜歡搖頭晃腦地吟誦。吟誦並沒有固定曲調，每一個人吟誦的聲音都不一樣，不過相互之間可以互相影響。所以，概括來說，「賦」本來是詩歌的寫作方法，後來就變成了一種文章的體式，它本身有鋪陳的意思，也有吟誦的意思。

為什麼說「賦」的體式繼承了《離騷》的「騷體」呢？前邊我講過《離騷》的開頭幾句，那是屈原在敘述自己的家世，我的祖先是誰、我的父親是誰、我是哪天出生的、我的名字叫什麼、我有什麼個性等等。這種敘述是比較接近於散文的。因為中國的詩歌以抒情為主，一般都是把最受感動的那一點點精華寫出來就可以了，而散文則不然，它可以允許有比較長的詳細敘述。

我在前面還講過，《離騷》寫對理想的追求，所用的是一種比喻和象徵的方法，它講的是一個遠遊的故事，或者說，是一個追求美人的寓言。而這種故事性的敘述，也就帶有一定的散文性質。然而，整個《離騷》所洋溢的那種浪漫的感情及其押韻的形式，卻又屬於詩的性質。所以，我們可以說《離騷》是結合了詩與散文兩種體裁的特點。那麼，賦既然繼承了《離騷》的「騷體」，所以它實際上也是介於詩歌與散文之間的。漢朝的賦最初寫得很長，後來也有了短的。隨著其他文學體式的發展，賦的體式也在不斷變化。當駢文興起的時候，賦裡邊就有了「駢賦」；後來當唐宋八家提倡散文時，就又興起了一種散文體的賦，蘇軾的《赤壁賦》就是散文體的賦。

《楚辭》的「騷體」就講到這裡。

第六節　詩體的演變之二

在上一講我說過，《楚辭》分為「騷體」和「楚歌體」兩種形式。騷體的句法太長了，所以後世詩人用騷體寫詩的不多，這一形式主要被後來賦這種體裁繼承了。此外，古詩的歌行體偶爾也用一些騷體句法。總而言之，《離騷》對後代詩人的影響主要在內容方面而不在體式方面。那麼，後世詩歌的體式是從哪裡來的？我以為，它們中的一部分是從「楚歌體」發展演變而來的。

「楚歌體」主要指《楚辭》裡的《九歌》。《楚辭》裡有一組詩叫《九歌》，其實是十一篇。它們是楚地祭祀鬼神時所唱的歌。楚國地處南方，氣候潮熱，有深山大澤和濃密的草木，所以楚地的人非常富於幻想。他們想像在那些深山密林和河流中有許多神靈，比如山有山的神、水有水的神、雲有雲的神、太陽有太陽的神等等。因此漢朝人說他們「其俗信鬼而好祠」（王逸《楚辭章句·九歌序》），就是說，他們相信鬼神而且經常祭祀鬼神。《漢書》還記載說，楚地「信巫鬼，重淫祀」。為什麼這樣說呢？因為祭祀的時候要由巫來召喚鬼神。所謂「巫」就是跳大神的，古人相信他們能夠做人與鬼神之間的媒介。而且不但如此，當他們請神降下來的時候，如果請的是一個男神，就要用女巫來唱歌；如果請的是一個女神，就要用男巫來唱歌。唱歌時用的完全是一種男女愛情的口吻，來表示邀請和期待，這就是祭祀鬼神的巫歌。《九歌》，就屬於這種巫歌。

有人認為，《九歌》是經過屈原改寫的，所以它們雖然是民間的巫歌，歌詞卻很美麗，一點兒也不鄙陋粗俗。至於《九歌》為什麼有十一篇，歷來有不同的看法。有人認為「九」不是實在的數，而是古人習慣用來極言其多的一個數，所以《九歌》不止九篇；也有人認為，《九歌》中的《大司命》和《少司命》兩篇可以合成一篇；《湘君》和《湘夫人》兩篇也可以合成一篇，所以加起來是九篇。我們現在只是透過《楚辭》介紹詩體的演變，而不是專門講《楚辭》，因此這個問題可以不去管它。

《九歌》雖然是巫歌，但它們是用男女愛情的口吻來敘寫的，寫的是一種對愛情的期待和召喚，這種感情就很浪漫了。前文我介紹了《離騷》，它不是也常常寫對一個美人的追求嗎？然而《離騷》中的美人並不是真正的美人，而是一種品德才能或政治理想的象徵。其實，不只中國人喜歡用男女愛情來作象徵喻託，西方人也喜歡用男女愛情來作象徵喻託。《聖經》裡的《雅歌》，就都是愛情的詩歌。後來，其他西方詩人也常常用愛情的口吻來寫宗教的感情。為什麼東西方不約而同地都有這個傳統呢？因為男女愛情是人類所共有的一種性情，所以，你對理想、對政治、對宗教的追求都可以透過愛情來表現；而當你看到詩歌中那些對愛情的熱烈期待和召喚時，也往往會引發出對理想、對政治、對宗教的感情聯想。下面我們就透過一些例證來看一看《九歌》是怎樣寫人與神之間的愛情。

帝子降兮北渚，目眇眇兮愁予。嫋嫋兮秋風，洞庭波兮木葉下。

這是《九歌・湘夫人》中的開頭四句。所謂「湘君」和「湘夫人」，指的是湘水中的神仙，也就是帝堯的女兒娥皇和女英。這裡邊也有一段神話傳說，據說帝堯把自己的兩個女兒嫁給了舜，舜做了天子之後，有一次到南方去巡視考察，結果就死於蒼梧，不但人沒有回來，連屍骨都沒有回來，據說是葬在蒼梧的九疑山。九疑山是九座形狀相似的山峰，舜到底葬在哪裡，竟沒有人知道。所以他的兩個妃子娥皇和女英就在湘水邊哭泣，淚水沾到竹子上，竹子就都變成了斑竹。由於娥皇和女英是帝堯的女兒，所以被稱為「帝子」，人們相信她倆死後都做了湘水的神仙。

這一首詩，既然是召喚女神的，那麼唱歌的就是男巫。歌者說，女神現在已經降落在洞庭湖北面的一個沙洲上，那兒真遠，我費了很大勁兒也看不清楚，所以心裡覺得悲傷。我現在所能看見的，只有水面上嫋嫋的秋風，和隨風飄落在水波上的落葉。「眇眇」，是瞇起眼來細看卻又看不清楚的樣子，表現出一種急於想看、但一時又難以看到的焦急心情。「嫋嫋」，是很輕柔地擺動的樣子，經常用來形容春天的柳條，也用來形容身材苗條的女孩子。但「嫋嫋兮秋風」是什麼意思？秋風在那裡擺動嗎？你怎麼知道秋風在動？南唐馮延巳有一首詞：「風乍起，吹皺一池春水。」（《謁金門》）他說，你怎麼知道風颳起來了？因為滿池的春水都起了波紋了。「洞庭波兮木葉下」也是如此，「波」字本是名詞，但在這裡用作動詞，是湖水起了波紋的意思。而且不但湖水的波紋告訴你起了秋風，你還看到了更能說明問題的東西——樹上的葉子都隨風飄落下來了。

所以你看，這《九歌》確實寫得很美，不但感情浪漫，還寫出了人對大自然景物的一種新鮮活潑的興發感動。不過，我們這裡主要還不是講《九歌》的內容，我們要看的是《九歌》的句型。《九歌》不但篇幅比《離騷》短，句子也比《離騷》短。《湘夫人》這開頭四句的結構分別是：「兮」字前邊有三個字，後邊有兩個字；「兮」字前後各兩個字；「兮」字前後各三個字。那麼，《九歌》裡最常用的是哪一種呢？就是「兮」字前後各三個字的那一種，也就是「洞庭波兮木葉下」這種句型，我可以再舉一個例證：

> 入不言兮出不辭，乘回風兮載雲旗。悲莫悲兮生別離，樂莫樂兮新相知。

這是《九歌・少司命》裡邊的幾句詩。他說那司命神進來時沒有講話，走的時候也沒有告辭，飄然而來，倏忽而去，以旋風為車，車上插著彩雲的旗。他說，人世間最可悲哀的是離別；而人世間最快樂的是認識一個新的好朋友。當然，故人相逢也很快樂，但那與「新相知」的感覺不同。因為，古人曾說，「落日故人情」，那是一種溫和恆穩的感情，不像你得到一個新知己的時候，相互之間都覺得對方有很多東西，亟待自己去發現和欣賞，從而產生一種新鮮、熱烈的激情。這幾句寫得真是很好，但我們主要不是講它的內容，而是講它的形式。

這四句詩，每句都是七個字，每一句韻律的節奏都是「四三」的，要這樣讀：「入不言兮——

出不辭，乘回風兮——載雲旗。」這種韻律節奏，和後來七言詩的韻律節奏是一致的。我還可以再舉幾句，比如《山鬼》的「采三秀兮於山間，石磊磊兮葛蔓蔓」；《湘夫人》的「沅有芷兮澧有蘭，思公子兮未敢言」等，也都是這種「四三」節奏的基本句型。

我曾說過，中國詩歌體式的形成與中國文字的特色有關。中國文字都是單形體、單音節的，必須造成一種有節奏的韻律，讀起來才好聽。而一個字、兩個字、三個字都很難造成有節奏的韻律，要想達到這個目的最少要四個字，也就是「二二」的節奏。《詩經》裡的詩都是我國早期詩歌，其基本韻律就是「二二」的節奏。《楚辭》的楚歌體，它的基本韻律是「四三」的節奏，而我們以後要學到的中國詩歌中最重要的一個體式七言詩，它的基本韻律也是「四三」的節奏。所以我以為，《楚辭》裡的「楚歌體」是很值得注意的一個體式，因為它可以說是後世的七言詩之濫觴。

戰國之後，秦統一了天下。秦朝傳世很短，在詩歌上也沒有什麼值得注意的成就。秦之後就是漢，漢朝的賦受到了騷體的影響，而漢朝的詩則受楚歌體的影響較大。漢初的詩主要有三類：一類是繼承了《詩經》的四言體；一類是繼承了《楚辭》的楚歌體；一類是新創的五言體。四言體主要用於廟堂祭祀的場合，比較嚴肅，比較公式化，但藝術價值不高，所以就不講了。五言體是從漢朝開始興起的一個重要詩體，下次再作專門介紹。這裡我要介紹的是漢初的楚歌體。在漢朝初年，人們即興抒情而寫詩時，多半都用楚歌體。我所要講的第一個例證，就是漢高祖劉邦的《大風歌》。

秦始皇焚書坑儒，對天下施行暴政，所以人們紛紛起兵反抗，漢高祖劉邦就是其中的一個。推翻了秦之後，大家都想當皇帝，於是又經過一番爭奪，最後劉邦取得勝利，建立了漢朝，就是歷史上的西漢。對於劉邦所寫的《大風歌》，司馬遷在《史記》中是這樣記載的：

高祖還歸，過沛，留。置酒沛宮，悉召故人父老子弟縱酒。發沛中兒，得百二十人，教之歌。

酒酣，高祖擊筑，自為歌詩曰：「大風起兮雲飛揚，威加海內兮歸故鄉，安得猛士兮守四方？」（《高祖本紀》）

漢高祖的老家是沛縣豐邑，「留」也是豐邑附近的一個地名。劉邦在家排行老三，人稱劉季。這個人小時候在家鄉是個無賴，大家都瞧不起他，連他的父親也不喜歡他。現在劉邦平定了天下，志得意滿，所以就要回故鄉給大家看一看。當然，這也是人之常情。這一次劉邦回到故鄉，就把故鄉的父老子弟都請來喝酒，又叫了一百多個小孩子來酒席上唱歌。

「筑」是古時候的一種樂器。當酒喝得半醉時，劉邦就擊著筑唱了這首《大風歌》。我曾說漢初人們習慣用楚歌體即興抒情，這首《大風歌》就是漢高祖即興抒情的詩。所謂「大風起兮雲飛揚」，很可能是寫實，也許那天恰好是有風的天氣，大風吹得白雲在天上飛飄。然而這現實的景物給了作者一種興發感動。有人也許會說，這一句不就是寫了一個風、一個雲嗎？好在哪裡？可是，詩的好壞往往不在於你寫了哪一種形象，而在於你所表現出來的那種整體的感覺。風，是大風；雲，是飛揚的雲。它給人一種風起雲湧的感覺。什麼是風起雲湧？你想，從秦朝末年開始，各地豪傑紛紛起兵，其間有多少戰爭的勝負和政局的變化！直到今天，我們還用「風雲變化」這個詞來代表時代的或者政治的、軍事的變化。所以，「大風起兮雲飛揚」這一眼前的景象，就使漢高祖的內心產生了興發感動。他說，我在經歷了這激烈的風雲變化之後，現在終於「威加海內兮歸故鄉」了！這真是十分得意的話，一定要有前一句的風雲變化，才陪襯出這一句的志得意滿。

因為劉邦是創業之君，他的帝位不是父輩傳給他的，而是他遭際了這種風雲變化的時代，打敗了所有的對手而奪取的。這兩句，概括了劉邦整個的人生經歷，同時也充分表現出他在取得最後勝利之後的喜悅與自得。劉邦的對手項羽也曾說過：「富貴不歸故鄉，如衣繡夜行，誰知之者？」

（《史記・項羽本紀》）可見在秦漢時期，富貴而歸故鄉，被人們認為是人生最得意的事情。然而，創業雖然艱難，守成也不容易。秦始皇當初得了天下，自號始皇，打算子子孫孫傳到千世萬世。可是他傳了幾世？只有二世就滅亡了！所以漢高祖在志得意滿之後，馬上就產生了憂慮——「安得猛士兮守四方」，如何才能得到勇猛的將士，為我保住這天下的土地呢？你看，漢高祖這短短的三句詩裡邊包含著多少內容，可他本人並不是一個詩人！所以我在講詩的感發那一章時曾說，「情動於中而形於言」。你只要有了基本的文學修養，當哪一天你的感情真的有所激動時，自然就會寫出很好的詩來。在劉邦的那個時代所流行的是楚歌體，所以他脫口而出的就是楚歌體的《大風歌》了。

其實還有一首比《大風歌》更有名的楚歌體的詩，那就是項羽的《垓下歌》，是項羽被劉邦圍困在垓下時所作的。梅蘭芳有一齣京劇叫《霸王別姬》，演的就是這一段事情。劉邦和項羽，一個是成功的帝王，一個是失敗的英雄。成功的帝王得意到極點時寫了一首詩；失敗的英雄內心悲慨到極點時也寫了一首詩。他們都不是詩人，但都在情動於中的時候寫出了一首好詩，這一點是很能說明問題的。

項羽是秦末起兵諸侯的盟主，號為西楚霸王。他起兵八年，身經七十餘戰，所向無敵，武力本來比劉邦強大，但他性格上最大的弱點就是不能接受別人的勸告，不善於任用那些有才能的人，所以終於遭到失敗。當劉邦的軍隊把項羽包圍在垓下時，使用了心理戰術。因為項羽的士兵多數是楚人，漢軍就在夜裡唱起楚歌，使項羽的軍隊軍心不穩，以為漢軍已經佔領了他們的家鄉。項羽聽到漢軍唱楚歌也明白自己已經完全失敗了，《史記》上說，他這時就「悲歌慷慨」，作了一首詩：

力拔山兮氣蓋世，時不利兮騅不逝。騅不逝兮可奈何！虞兮虞兮奈若何？（《項羽本紀》）

由於這首詩是項羽在垓下作的，所以人們把它稱為《垓下歌》。「力拔山兮氣蓋世」是極言其孔武有力。他說，我的力量可以拔起一座山來，我的勇氣超過了世上所有的人。可是「時不利兮騅不逝」——我得到的機會不好，所以連我的馬都跑不快了。項羽是一個至死也沒有覺悟的人。劉邦雖然是一個無賴，但他肯聽人勸。酈食其見劉邦時，劉邦坐在那裡讓侍女洗腳。酈食其就指責他說，你如果想得天下，怎能用這種態度來接待有才能的人？劉邦聽了馬上就停止洗腳，恭恭敬敬地接見了酈食其，而這個人後來就用自己的遊說才能，說服了很多諸侯歸降劉邦。

項羽手下有個范增也很有才能，可是項羽就是不聽他的，氣得他後來疽發背而死。項羽始終不承認是自己的性格導致失敗，《史記》記載，他直到將死時還說：「此天亡我，非戰之罪也。」《史記》還記載，項羽有一位心愛的虞美人，還有一匹心愛的烏騅馬。「騅不逝兮可奈何，虞兮虞兮奈若何」指的就是這兩件心愛之物。他說，我的烏騅馬再也不能像以前那樣威風地馳騁疆場了，虞美人啊虞美人，我現在連自己都不能夠保全了，怎樣保全你呢？據說，虞姬也沒有讓項王為難，當場就拔劍自殺，用死來證明自己決不背叛項王。項羽也是自刎而死的，他到死也沒有失去英雄氣概。所以這首《垓下歌》真正是慷慨悲歌，抒發了一個失敗的英雄在臨死之前的悲憤之情。

漢初楚歌體的詩我們還可以看一首漢武帝的《秋風辭》。只不過，《大風歌》和《垓下歌》都是由史書記載下來的，這首《秋風辭》卻不是由史籍記載，而是來源於一部《漢武帝故事》的「小說家言」，所以有人懷疑它是偽作。（編按：《漢武帝故事》見《古小說鉤沉》。《秋風辭》另收錄於《昭明文選》卷四十五）然而不管是偽作還是真作，它本身確實是很不錯的一首詩：

秋風起兮白雲飛，草木黃落兮雁南歸。蘭有秀兮菊有芳，懷佳人兮不能忘。泛樓船兮濟汾河，
橫中流兮揚素波。簫鼓鳴兮發棹歌，歡樂極兮哀情多，少壯幾時兮奈老何。

這首詩也是以風起興，但不是那種風雲湧起的大風，而是天高氣爽的秋風。秋天的時候，草木

都枯黃零落了，大雁們也都向南方溫暖的地方飛去了。這個時候最容易引起人懷思的感情。北宋詞人晏殊有一首《蝶戀花》說：「昨夜西風凋碧樹，獨上高樓，望盡天涯路。」季節改變了，「氣之動物，物之感人」，所以就引起了詩人對遠人的思念。其實這種感情是有傳統的，《詩經》裡也寫過這種感情，比較典型的就是《秦風・蒹葭》。我們只看它的第一段：

蒹葭蒼蒼，白露為霜。所謂伊人，在水一方。溯洄從之，道阻且長。溯游從之，宛在水中央。

詩人說，你看那一片灰白色的蘆葦在秋風中搖動，秋天到了，草葉上的露水都變成寒霜。於是，在這氣候的變化之中我就想起了我所懷念的那一個人。我如果逆著水流向上去找她，道路既艱難又遙遠；如果順著水流向下去找她，她遠遠的總是在水的中間。我曾經說，《詩經》中所寫的美女大多是現實中的美女。然而這一首比較特殊，「宛在水中央」的那個女子若即若離，似有似無，寫得超乎現實，很有象喻的意味。

漢武帝的這首《秋風辭》也是一樣。他也同樣因天氣冷了，大自然的景物變化了，從而引起了一種懷思的感情。「蘭有秀兮菊有芳，懷佳人兮不能忘」，與九歌《湘夫人》中的「沅有芷兮澧有蘭，思公子兮未敢言」是多麼相似！不同的僅在於那一首是女子懷念男子，而這一首是男子懷念女子而已。至於這個「佳人」到底是誰，那是不能確指的。所謂「樓船」是上面有好幾層船艙的很高的船。漢武帝說，我坐著高高的樓船渡過汾河，我的船在橫過中流時激起了白色的波浪。船上奏起了簫鼓，划船的人唱起了棹歌，這情景是多麼歡樂！可是，當我歡樂至極的時候忽然想到，任何歡樂都不是長久的，即使貴為天子，難道就沒有衰老和死亡嗎？「歡樂極兮哀情多」，這也是中國一種傳統的哲學思想。老子就說過：「禍兮福之所倚，福兮禍之所伏。」（《道德經》五十八章）

另外我們還可以看儒家《易經》的「八卦」：六爻中用「九」的數目代表陽，用「六」的數目代表陰，「乾」卦從下到上是初九、九二、九三、九四、九五、上九，都是「九」，陽性的美好興盛真是到達極點了。爻辭初九是「潛龍勿用」，意思是，龍還藏在地下；「九二」是「見龍在田」，龍慢慢從地下跑出來了；到了「九五」就是「飛龍在天」，龍已經飛到了天上。那麼「上九」的位置更高，那龍豈不是更得意？然而，「上九」卻是「亢龍有悔」。因為，那是一條太驕傲太放縱的龍，一點兒節制都不懂得，那麼牠到了最得意的時候也就是開始倒楣的時候了。所謂「物極必反」，就是這個道理。「少壯幾時兮奈老何」，這也是古代帝王們最為煩惱的一件事。因為天地之間不管高貴的人還是貧賤的人，大家的壽命都是有限制的，即使貴為天子也無法抗拒。所以秦皇、漢武們都喜歡求神仙，希望能夠長生不老，從而永遠保持他們的帝位。

此外，《漢書・蘇武傳》裡還記載了一首李陵所作的楚歌體的詩。蘇武是漢武帝時候的人，有一次他奉命出使匈奴，正好趕上匈奴內部發生一次叛亂，他的副使張勝參與了這次叛亂，所以匈奴就以此為藉口扣留了蘇武。蘇武被扣在匈奴十九年，受了很多苦，但一直堅持不肯投降。直到漢昭帝即位後才得到一個機會回到祖國。蘇武有一個朋友叫李陵，是漢朝的將軍。他在和匈奴打仗時戰敗投降，漢武帝一怒之下殺了他的全家，從此他就只好留在匈奴，再也不能回到祖國了。當蘇武回國的時候，李陵置酒為他送行，在酒筵上感慨萬分，就作了一首詩說：

> 徑萬里兮度沙幕，為君將兮奮匈奴。路窮絕兮矢刃摧，士眾滅兮名已隤；老母已死，雖欲報恩將安歸？

這首詩也是楚歌體，後來人們把它叫作《別歌》。所以說，古人都是先有了一份很激動的感情才作詩的，因此他們的詩都沒有題目。漢高祖那首詩的第一句是「大風起兮雲飛揚」，所以就叫《大風歌》；漢武帝那首詩的第一句是「秋風起兮白雲飛」，所以就叫《秋風辭》；楚霸王那首詩是在垓下被圍時作的，所以就叫《垓下歌》；李陵這一首是和蘇武告別時所作的，所以就叫《別歌》。

不過在《昭明文選》中所選的李陵和蘇武告別的詩卻是另外的幾首，都是五言詩。那幾首詩在史書中沒有記載，所以從宋朝的蘇軾開始就懷疑它們是後人的偽作。近代也有不少人討論過那些詩的真偽問題，我也認為那幾首五言詩應該是偽作，因為在西漢初年，人們即興抒情時所慣用的還大多是楚歌的體式。

第七節 詩體的演變之三

上一節我講到，漢初的詩主要有三類，一類是繼承了《詩經》的四言體；一類是繼承了《楚辭》的楚歌體；一類是新創的五言體。上一節我們已經看了不少楚歌體的詩；這一節，我們要來看新創的五言體。

五言體是我國舊詩中一個重要的體式。它的產生，與漢樂府詩有重要關係。什麼是「樂府」？顧名思義，是掌管音樂的官府。《漢書》上記載，漢武帝建立了樂府的官署，派人採集趙、代、秦、楚各地的歌謠，配上音樂來歌唱；此外還讓文士們寫詩，也配上音樂來歌唱。後來人們就把這些配上了音樂的歌詩叫作「漢樂府」。既然是配合音樂來歌唱的，那麼歌詞的長短就與音樂的聲音節奏有很大關係了。在漢武帝的時候，漢朝與中國西北方的外族有很多來往，有時是戰爭，有時是政治上、經濟上的各種交往。因此，西域的音樂就傳入了中國。中國傳統音樂受到西域外族音樂的影響，在當時就產生了一種叫作「新變聲」的音樂，而當初配合這種「新變聲」的歌詩就是最初的五言詩。

可能有人會問：既然七言詩是受到楚歌體的影響，為什麼五言詩卻不是呢？不錯，我曾經說過，七言詩的形成是受到了楚歌體的影響，其原因並不僅僅因楚歌體常用的句型是七個字一句，更重要的是它每一句韻律的節奏和後來的七言詩是一致的。例如「入不言兮——出不辭，乘回風兮——載雲旗」（《九歌．少司命》）和「相見時難——別亦難，東風無力——百花殘」（李商隱《無題》），它們不僅都是七個字一句，而且在讀的時候都是「四三」的停頓，因此我們認為七言體可能受到楚歌體的影響。

至於中國五言詩，基本韻律都是「二三」的停頓，如：「國破——山河在，城春——草木深」（杜甫《春望》）。但楚歌不是這樣的停頓，例如《湘夫人》的開頭兩句「帝子降兮——北渚，目眇眇兮——愁予」，如果不考慮語氣詞「兮」字，就成了五言，但讀起來仍然是「帝子降——北渚，目眇眇——愁予」，這是「三二」的節奏，而不是「二三」的節奏。更何況，「目眇眇愁予」五個字，從句法上就絕不能讀成「目眇——眇愁予」這樣的停頓。由此可見，受楚歌體影響的只能是七言詩，而不是五言詩。

那麼，為什麼我認為漢朝的「新變聲」就是五言體的濫觴呢？那就要看這裡所要講的《佳人歌》了。這首歌出於《漢書．佞幸傳》。所謂「佞幸」，就是靠吹牛拍馬、巴結奉承等不正當的手段向上司討好的人。不過，凡是有權力的人，都喜歡別人對他巴結奉承，所以歷代有許多善於現諂媚的人都得到皇帝的寵幸，於是班固就在《漢書》裡為這一類人專門立了一個傳。《漢書．佞幸傳》裡記載了一個樂師名叫李延年，說「延年善歌，為新變聲」，而且後來漢武帝封他做了「協律都尉」。這個李延年精通音律，不但歌唱得好，還會跳舞，所以武帝很喜歡他。有一次他為武帝跳舞時唱了一首歌，就是我們要講的《佳人歌》（《漢書．外戚傳上．孝武李夫人傳》）：

北方有佳人，絕世而獨立。一顧傾人城，再顧傾人國。寧不知傾城與傾國，佳人難再得！

《漢書》記載，漢武帝聽了李延年的這首歌之後就歎息說：「世上難道真有這麼美的人嗎？」於是就有人告訴武帝，說李延年有個妹妹就是這麼美。武帝把她召來一看，果然「妙麗善舞」，這就是有名的李夫人。李夫人最得武帝寵幸，但年紀輕輕就得病死去了。她得病臥牀時武帝來探望她，但她每次都用被子把臉遮住，不讓武帝看到。因為她知道，武帝喜歡她的美麗，所以才寵愛她而且重用她的兄弟。因此她絕不可讓皇帝見到自己現在這種憔悴的樣子，才能夠使皇帝心中保留對自己的美好印象，將來才會顧念自己的兄弟。後來李夫人死了，武帝果然非常想念她，總是希望再見她一面。

現在我們來看李延年的這首詩，第一句是「北方有佳人」。在中國詩歌的傳統中，經常有這一類句子。例如以後我們要講的建安詩人曹植的《雜詩》中有一句「南國有佳人」，正始詩人阮籍的《詠懷》詩中也有一句「西方有佳人」。對這些看似相同的句子，我們一定要注意它們實質上的區別和細微處的不同。

李延年的這首詩是沒有寄託的，因為他為漢武帝唱這首詩的目的，就是為了推薦自己的妹妹進宮去做嬪妃。曹植和阮籍的兩首詩都有寄託。曹植的那首詩說，南國有一位佳人，美麗得像春日的桃李，但卻漂泊無依。因為現在時俗已經不懂得欣賞真正的美貌了，沒有人值得她為之露齒一笑，或者為之唱一首歌。青春年華很快就要過去了，她的理想和才華最後都要落空。阮籍的那一首說，西方有一位佳人光彩奪目，她是能夠在空中自由飛翔的。當她飛過我身邊的時候，轉過那美麗的目光對我看了一眼，我立即就喜歡上她了。可是我們始終沒有得到交談的機會，因此使得我非常感傷。

我認為，判斷一首詩有沒有喻託，應該注意三個方面的因素，一個是時代的背景，一個是作者的身世，一個是本文中敘寫的口吻。阮籍生活的正始時代，是一個黑暗的、篡逆的時代，他本身處在政治鬥爭的夾縫之中，既要保存自己的生命，又不肯完全放棄自己的理想，內心藏有太多的悲傷和痛苦，那個西方的佳人，也許就是他心裡那份高遠的理想。他能感覺到她的存在，卻不能真的得到她。曹植有強烈的建功立業之心，卻受到他的兄長曹丕的壓制和打擊，後半生鬱鬱不得志，他的那個南國佳人，也許就是他自己的一個化身。美人得不到欣賞，她的青春美貌轉眼就要過去了；而一個才智之士得不到發揮才能的機會，很快也就會衰老死亡。這和屈原《離騷》「惟草木之零落兮，恐美人之遲暮」的喻託涵義是一致的。

另外我們還要注意到，一首詩敘寫的口吻、所用的形象等等一切細微的結構，都要共同傳達出作者的那一份感發，才是一首好詩。比如曹植那一首詩為什麼說「南國有佳人」？因為中國南方氣候較熱，可以暗示一種活潑的、熱烈的感情。曹植心裡充滿了對建功立業的渴望，這一番激情當然是很熱烈的，所以要說「南國有佳人」。阮籍為什麼說「西方有佳人」呢？這是用了一個典故。《詩經・邶風・簡兮》中說：「云誰之思，西方美人。彼美人兮，西方之人兮。」那個「西方美人」，是比喻一個有才能的人，所以用在這裡起一種「語碼」的作用。而李延年為什麼說「北方有佳人」呢？因為接下來是「絕世而獨立」，那是一個很崇高的、別人難以見到的女子。中國北方地勢較高而且寒冷，所以他把她放在這麼一個高寒的、難以接近的地方，以證明她是遠離世俗的。假如只看李延年開頭這兩句，也含有寓託的可能。但他後邊就把美色寫得比較現實，不像曹、阮的詩那麼有深意了。

所謂「顧」，是回眸一顧。中國詩人寫美麗的女子經常抓住她回眸一顧這個鏡頭。例如白居易的《長恨歌》說：「回眸一笑百媚生，六宮粉黛無顏色」；阮籍寫他的西方佳人也是「流盼顧我傍」；連王實甫《西廂記》寫張生和崔鶯鶯也是「怎當她臨去秋波那一轉」。「回眸一顧」實際上是寫美女的多情，但卻寫得十分含蓄，顯得似有情似無情。這是很有中國特色的一種傳統。李延年說，假如那位北方的佳人回眸一顧，就能使全城的人都為她傾倒；假如她再一次回眸一顧，就能使全國的人都為她傾倒。「傾倒」有佩服的意思，但佩服還不是這裡這個「傾」字的全部涵義。因為「傾」還有「傾覆」的意思，就是說你願意為了她把一切都交付出去，你可以犧牲你的一個城池或者整個國家。希臘神話中有一個美人海倫，人們為她而進行了十年之久的特洛伊戰爭，那真正算得上是「傾國傾城」了。他說「寧不知傾城與傾國，佳人難再得」——我難道不知道會有傾城傾國的下場？可是這個機會如果放過去，今後就再也遇不到這樣美麗的女子了！

李延年很可能是故意在漢武帝面前唱這首歌，為的是把他的妹妹送到宮裡去。從這個背景來看，這首詩是沒有什麼深意的。然而就詩的本身來說，它雖然是寫一個現實的美女，但寫得這麼崇高、這麼遙遠，確實是很不錯的一首詩。

這首詩不同於以前的楚歌體，完全是一種新的體式。它基本上每一句都是五言，只有第五句「寧不知傾城與傾國」是八個字，但這八個字是「三五」的節奏，「寧不知」三個字在音樂裡只是起一種「襯字」的作用。提到襯字，我還要稍微作一點兒解釋。溫庭筠有一首詞，詞調叫作《菩薩蠻》。全文是這樣的：

小山重疊金明滅，鬢雲欲度香腮雪。懶起畫蛾眉，弄妝梳洗遲。照花前後鏡，花面交相映。新帖繡羅襦，雙雙金鷓鴣。

而在敦煌曲子詞裡邊，也有一首同樣的詞調《菩薩蠻》：

枕前發盡千般願，要休且待青山爛。水面上秤錘浮，直待黃河徹底枯。白日參辰現，北斗回南面。休即未能休，且待三更見日頭。

這兩首詞詞調雖然相同，格式卻不大一樣。後面的一首《菩薩蠻》中就加了襯字。「水面上」的「上」，「直待黃河徹底枯」的「直待」，「且待三更見日頭」的「且待」，都是襯字。因為在歌唱時，有些聲音拖得很長，在那音樂拍板的空檔之中，就可以加上襯字。襯字一般並不破壞文法的完整，如果我們把上邊那首詞的襯字都去掉再讀一遍看，它的文法仍然是完整通順的。凡是加襯字的現象，都發生在能夠配合音樂演唱的詩歌中。元曲裡的襯字就特別多，因為元曲就是能夠歌唱的。李延年這首詩也是如此，「寧不知」三個字是襯字，如果去掉這三個襯字，它完全是五言。《詩經》裡的詩，雖然也有五個字的句子，但那只是「五言句」而不是「五言詩」，因為《詩經》裡的詩大部分都是以四言句為主的。李延年這首《佳人歌》，雖然也不是完整的五言詩，但它是以五言句為主的。那麼這種以五言為主的詩是怎麼出現的呢？史書上記載，李延年是一個很懂得音樂和歌舞的人，同時他還在樂府的官署任「協律都尉」的職務，是負責給詩歌配音樂的官員。他創造出一種與中國傳統音樂不大相同的樂曲叫「新變聲」。這「新變聲」是什麼樣子？我們看他在漢武帝面前唱的這首《佳人歌》就知道了，它是以五言為主的。由此可見，五言詩的興起與當時流行的這種新的音樂有關。而當時之所以產生這種新的音樂，則是因為漢朝和西域國家的交往頻繁，傳統音樂受到外族音樂的影響所致。

前文提過，漢武帝設立了樂府，這是一個專門掌管音樂的官署，那些經樂府官署配上音樂來演唱的歌詩就是漢樂府詩。漢樂府詩有幾種來源，有的是派人到全國各地去採集來的民間歌謠，有的則是當時文士們的作品。李延年的《佳人歌》是他自創的「新變聲」的作品，下面我們還可以再看一首來自民間的歌謠《江南》：

江南可採蓮，蓮葉何田田。魚戲蓮葉間，魚戲蓮葉東，魚戲蓮葉西，魚戲蓮葉南，魚戲蓮葉北。

後邊四句讀起來像廢話，但正因如此，它才是民間的歌謠。這是江南的女孩子們一邊採蓮一邊唱的，她們看見什麼就唱什麼，既不像文人作詩那樣雕飾語句，也不像劉邦的《大風歌》和項羽的《垓下歌》那麼激動感慨。可是在這種似有心似無心、似有意似無意之間，就產生了一種質樸的美。蓮，就是荷花。它是一種古老的植物，在中國最早的辭書《爾雅》裡就有記載，它的花可以觀賞，根、莖、葉、果實都有實用價值。所以江南種荷花和種稻穀一樣，也是一種謀生營利的手段。到了採蓮的時候，女孩子們就駕著小船在茂密的荷葉中穿來穿去，這時候她們就看到小魚兒們也在荷葉間游來游去，無論把船划到哪一邊都能看到這些快樂的小魚兒。

欣賞不同的詩歌要有不同的標準，這就好比你衡量一個學者要用學者的標準，衡量一個運動員就要用運動員的標準。如果你用衡量學者的標準去衡量運動員，那是怎麼也看不順眼的。對於質樸的民歌，你就要欣賞它的質樸，這正是它的特色所在。「魚戲蓮葉東，魚戲蓮葉西，魚戲蓮葉南，魚戲蓮葉北」，它寫得很笨拙，但笨拙之中卻透著一種生動和真切。你想，採蓮的女孩子在荷塘裡轉來轉去，所看到的不就是這些東西嗎？另外，還有一點值得注意的地方：這首詩所有的句子都是五個字一句，應該屬於五言的體式。

不過漢樂府詩也不都是五言體，它還有很多雜言體。現在我們來看一看雜言體的樂府詩《東門行》：

出東門，不顧歸。來入門，悵欲悲。盎中無斗儲，還視桁上無懸衣。拔劍出門去，兒女牽衣啼：「他家但願富貴，賤妾與君共餔糜。上用倉浪天故，下為黃口小兒。今時清廉，難犯教言，君復自愛莫為非。今時清廉，難犯教言，君復自愛莫為非。」「行，吾去為遲。」「平慎行，望君歸。」

這首詩講的是一家老百姓窮到無以為生，丈夫就從東門走出，到外地去謀生，他的妻子兒女都在家挨餓。所以他雖然下定決心要走，卻還是忍不住回家來再看一眼。然而再看一眼有什麼用？罐子裡連一斗米的存糧都沒有了，架子上連一件懸掛的衣裳都沒有了，因此還是得走。於是他的兒女拉住他的衣服啼哭，他的妻子對他說：別人都願意丈夫有錢有勢，可是我寧願與你一起喝粥。你抬頭看一看，頭頂上有湛藍的天；你低頭看一看，膝下有未成年的孩子。現在法令是很嚴的，你千萬要自愛，千萬不要為了取得錢財而做犯法的事情啊！丈夫說：好了，我走了，我現在走已經夠晚的了！妻子說：你在路上要謹慎，我永遠等著你回來啊！這首樂府詩很生動地寫出了一對窮苦夫妻之間的感情，它的句子長短不一，有的三個字，有的四個字，有的五個字，有的六個字，有的甚至七個字，是一首雜言體的民間歌謠。

以上我們看了這首雜言體的漢樂府詩，只是為了增加一些對樂府詩的瞭解，並不是這一講的重點。我這裡所要講的，還是五言詩的形成。李延年的《佳人歌》和民間的《江南》曲都是比較早期的、以五言為主的詩歌，但都不很成熟，就是說它們都沒有比較固定的格律。到了後來，五言詩逐漸進步，就開始有了一些規矩，也就是格律。現在我們就來看一首比較成熟了的五言詩《上山採蘼蕪》：

上山採蘼蕪，下山逢故夫。長跪問故夫：「新人復何如？」「新人雖言好，未若故人姝。顏色類相似，手爪不相如。」「新人從門入，故人從閤去。」「新人工織縑，故人工織素。織縑日一匹，織素五丈餘。將縑來比素，新人不如故。」

五言詩中雙數的句子一定要押韻，至於開端的一句，可以押韻也可以不押。這首詩開端的一句就押韻。從「上山採蘼蕪」到「手爪不相如」這八句共有五個韻字，即「蕪、夫、如、姝、如」，它們的韻母都是「ㄨ」。但接下來，從「去」開始就換韻了。樂府詩與後來的近體詩不同，中間是可以換韻的。什麼叫「換韻」呢？古代漢語發音有「平上去入」四聲，這四聲和我們今天普通話的四聲有所不同。今天普通話中的一聲和二聲相當於古代漢語中的平聲，一聲叫陰平，二聲叫陽平；普通話中的三聲和四聲，分別相當於古代漢語中的上聲和去聲。至於古漢語中的入聲，在普通話裡已經沒有了，它們分別納入了「平上去」三聲之中。比如「葉」字，在過去就是入聲字，現在普通話讀成四聲，也就是去聲；「節」字也是入聲字，現在普通話讀成二聲，也就是陽平聲，但廣東人讀這兩個字還保留著入聲，與古音相同。

古人把「平上去入」四聲又分成了平聲和仄聲兩大類：陰平和陽平都屬於平聲；「上去入」三聲屬於仄聲。古典詩歌中的近體詩只能押平聲韻，而古體詩卻可以通押。不但可以通押，而且還可以換韻。就是說，在同一首詩中，第一段押平聲韻，第二段押仄聲韻，第三段又押平聲韻，以此類推。《上山採蘼蕪》這首詩前八句押的是平聲韻，從第十句起就換了仄聲韻，「去」和「素」都是仄聲字，而且是同一個韻的字。在今天讀起來，「去」的韻母是「ㄩ」，而「素」的韻母是「ㄨ」，看起來不押韻。但在古代「ㄩ」和「ㄨ」屬於同一個韻，用古音讀起來是押韻的。現在南方有些方言還把「書」讀成「ㄒㄩ」，讀的還是古音。下面「織素五丈餘」的「餘」，換了平聲韻，然後接下來最後一句「新人不如故」的「故」又換了仄聲韻。

《江南》那一首的開頭三句「江南可採蓮，蓮葉何田田，魚戲蓮葉間」是連著押韻的，可是後邊四句「魚戲蓮葉東，魚戲蓮葉西，魚戲蓮葉南，魚戲蓮葉北」，一句也不押韻，顯得很不整齊，相比之下，《上山採蘼蕪》這一首就顯得整齊多了。不過，這首詩雖然雙數句都押韻了，但仍不能算是很整齊的五言詩。要到什麼時候才完全整齊成熟呢？那就要到《古詩十九首》了。到《古詩十九首》，五言詩就有了一個完全固定下來的形式，所以我們就叫它「古詩」，而不叫它「樂府」了。對《古詩十九首》，下文我將作為一個專題詳細介紹。

這裡之所以選了這首《上山採蘼蕪》，除了要給大家介紹中國詩歌體式從樂府到五言的發展之外，還有一個用意是要讓大家簡單瞭解漢樂府中的敘事詩歌。中國早期的詩歌大多都是抒情言志的，敘事詩並不發達，而從漢樂府開始，敘事詩就有了發展。《上山採蘼蕪》是漢樂府中比較早期的敘事詩，篇幅還比較短，後來的《焦仲卿妻》（即《孔雀東南飛》）就很長了。而且你會發現，很多敘事詩都是以女子作為主角，反映了她們不幸的命運和不平等的地位。這個傳統可以一直追溯到《詩經》。《詩經》裡的《氓》和《柏舟》都寫了被男子拋棄的女子；而漢樂府的《焦仲卿妻》則寫了一個被婆婆趕走的女子，後來她和她的丈夫都殉情自殺了。

《上山採蘼蕪》，寫的也是一個被丈夫拋棄的妻子。所謂「上山採蘼蕪」，表面上說這個女子上山去採一種香草，看起來是直陳其事的「賦」的寫法，但屈原《離騷》裡邊不是經常用佩戴香草來象徵一種美好的品德嗎？這裡這個女子雖然被丈夫拋棄了，但她仍然自珍自愛，以採香草來象徵她依然努力保持著自己的美好。如果從這一角度來看，那麼這第一句就是「比興」的寫法了。而且「上山」兩個字也帶有一種抬頭向上的努力，與「採蘼蕪」那種自珍自愛的感情的指向是一致的。

而當她採了蘼蕪下山的時候，就遇到了她從前的那個丈夫。「長跪」是表示很恭敬很有禮貌的樣子，她就恭恭敬敬地問他：「你現在的新歡是怎樣一個人呢？」她的丈夫回答：「新人雖然也很不錯，但卻不如你。兩人容貌都很美，但手工勞作的能力就大不一樣了。」下面又是妻子說的話：「你雖然現在這麼說，可你畢竟讓新人從大門進來，讓故人從她自己的內室離開了！」接下來丈夫又說：「新人善於織縑，故人善於織素，織縑每天只能織出一匹，織素每天可以織出五丈多。如果以手工勞作的能力來比較，那麼新人是不如故人的。」但儘管事實上新人不如故人，而被拋棄的還是故人，因為在那種男女不平等的社會中，男子大多數都是三心二意、喜新厭舊的。所以你看，這一類詩寫得很含蓄。詩人一點兒也沒有寫這個女子的哀怨和不平，但在對比之間就很明顯地表現出來了。

那麼現在我們就可以對漢樂府詩作一個簡單的總結了。漢樂府詩都是配樂能唱的歌詞，它有四言、五言、雜言、楚歌體等幾種形式。至於它對後世的影響主要有兩點：第一是它對五言詩的興起產生了重要影響，而五言詩後來則成了中國舊詩中最重要的體式之一。第二是後代出現了很多模仿漢樂府的作品，主要也有兩種：第一種是用樂府詩的舊題來寫新詩，像李白就寫了不少這樣的詩；第二種是自命新題自寫新詩，但卻模仿漢樂府的風格，像白居易的「新樂府」就是。

前文提過，五言詩發展到《古詩十九首》就完整成熟了。那麼，完整的五言詩是什麼樣子？第一，它的每一句都是五個字，不准多也不准少，不再有襯字。第二，雙數的句子一定要押韻，首句可押可不押，詩的中間可以換韻，換韻後仍是雙數句子押韻，首句可押可不押。這就是五言詩的基本規律，它在漢朝時就已經確立了。漢朝以後，經過魏晉南北朝，五言詩又逐漸走向「律化」。五言詩的律化是分成兩步走的：第一步是對偶，第二步是平仄的協調。其實，中國文字單形體單音節，最容易形成對偶，古書中有很多對偶都不是有心安排，而是自然而然形成的，像《荀子・勸學》中說「火就燥」，「水就濕」。「火」和「水」都是名詞，「燥」和「濕」都是形容詞，很自然地就對起來了。

《古詩十九首》中也有一些對偶的駢句，如「胡馬依北風，越鳥巢南枝」（《行行重行行》）等，也都是自然形成的。但從建安詩人曹植開始，五言詩裡的對偶就多了起來，逐漸成為一種有心用意的技巧。對偶有很多規矩，如詞性要相同、平仄要相反等等。至於四聲的平仄，前文已經講了一些。為什麼詩歌很講究平仄的協調呢？因為一句話如果都是平聲或都是仄聲，讀起來很不好聽。如「溪西雞齊啼」，都是平聲而且疊韻，念起來像繞口令。而如果把平聲和仄聲間隔交叉使用，讀起來就好聽多了。所以後來就逐漸形成了「仄仄平平仄，平平仄仄平」和「平平平仄仄，仄仄仄平平」兩種基本的平仄格律。這兩種基本形式再加以變化，就形成了平起、仄起、律詩、絕句等各種形式。

第八節　詩體的演變之四

從先秦到魏晉，詩歌的作品越來越多，因此，詩人們對詩歌作品也就有了越來越多的反省。怎樣把詩作好？怎樣使得它讀起來更好聽？他們逐漸就有了一些新的發現。首先，他們發現中國的文字獨體單音，是最適合於對偶的，於是他們就漸漸有意地去追求對偶的效果。這一點，曹植和謝靈運的詩就是很好的例證。其次，詩人們也逐漸發現了語言中聲調的作用。我在前文中曾經講到，詩歌要有頓挫。例如，《詩經》中的詩多是四言，形成「二二」的停頓。後來的五言詩，如《古詩十九首》，都是「二三」的停頓。所以，我們讀詩的時候一定要掌握住音節的頓挫。可是隨著詩歌的發展，人們逐漸就發現詩歌之美不僅僅由於它有頓挫，還由於它有韻調，也就是韻律和聲調。對於中國文字韻律聲調的自覺認知，是在齊梁時期完成的。

謝靈運生活的時代是東晉和南朝的宋，南朝在宋之後就是齊和梁。大家知道，佛教是在東漢明帝的時候傳到中國來的，後來就慢慢地在中國流行。魏晉時社會戰亂頻仍，朝廷政治腐敗，倫理道德墮落。當人們對現實失望的時候往往就會產生避世的思想，想要尋找一種心靈的寄託和安慰。因此，從魏晉開始不但老莊的玄學盛行，佛教也開始盛行。南北朝時代的君主們有很多人信佛，最有名的是梁武帝，他好幾次到同泰寺去捨身，其實也不是真的要出家做和尚，每一次都由大臣們花錢又把他贖回來。那時候，禪宗的祖師達摩也來中國傳教了，還有很多人專門從事佛經的翻譯工作。要知道，佛經本來都是梵文，其中有不少名詞是音譯的。比如，「菩薩」是「菩提薩埵」的簡稱，這個詞就是音譯。所謂音譯，就是要從中國的文字中找出一個與梵文相近似的聲音，因此就必須注意到語言的發音。另外，一切宗教都很注重吟唱，像西方的基督教，在做禮拜之前都要唱詩。佛教也是如此，僧人們常常配合著木魚等法器進行梵唄的唱誦。你根本就聽不懂他唱的是什麼，因為都是梵文的發音。中國有些高僧都學習過梵文，像唐代有名的玄奘法師，就曾從印度取回很多經書，譯成了漢文。其實，這種工作從南北朝時就已經開始了。由於這種外來語言文字的刺激，就使得人們對自己的語言文字也有了一個反省，他們就發現既然外國文字有聲母有韻母，那麼漢字的發音也可以把它分成兩部分。比如，「東」字的發音是「德紅切，東韻」，就是說，取「德」字的聲母「ㄉ」與「紅」字的韻母「ㄨㄥ」相拼，就可以發出「東」字的聲音來。這就是「反切」的拼音方法。韻母相同的字歸納到一起，就形成了一個韻部。例如，「東」、「紅」、「中」等字的韻母都是「ㄨㄥ」，所以就歸到一個韻部裡，這個韻就叫做「東韻」。然而，光考慮聲母韻母還不夠，同樣的聲母和同樣的韻母拼出來的聲音可以有四個不同的聲調，即「平、上、去、入」四聲。齊梁時代有個文學家叫沈約，他寫了一本《四聲譜》，就是專門研究四聲的。

現代普通話也分一聲、二聲、三聲和四聲，但這四聲不同於古代「平、上、去、入」的四聲。現在的第一聲，相當於古代平聲裡的陰平聲；現在的第二聲，相當於古代平聲裡的陽平聲，它們都屬於平聲。現在的第三聲，屬於古代的上聲；現在的第四聲，屬於古代的去聲，它們都屬於仄聲。此外還有入聲也屬於仄聲，但現代普通話裡已經沒有入聲了，古代的入聲字現在已經分別進入了平、上、去三聲之中。只有廣東話、閩南話等南方的方言中，還保留著古代的入聲。比如我這個「葉」字，過去就是入聲字，現在變成了去聲，不過這個變化在詩歌的韻律方面關係不大，因為去聲和入聲都屬於仄聲。但有的字就比較麻煩，比如中秋節的「節」字，現在讀作第二聲，是陽平聲，看來屬於平聲。其實它在古代是入聲字，應該屬於仄聲。那麼北方人唸不出正確的入聲怎麼辦？我告訴大家一個辦法，你在讀詩的時候可以把所有的入聲字都讀成去聲，比如把「節」讀成「ㄐㄧㄝˋ」，雖然聲音仍不準確，但平仄就不會發生錯誤，因為去聲和入聲都屬於仄聲。但如果你把它讀成平聲，那聲調就不對了。如果你經常像我這樣唸，習慣了，寫詩的時候就不會把平仄搞錯。

詩中的對偶，除了要考慮詞性和詞類之外，也要注意平仄的發聲。我曾說過，對仗詞語的詞性要相同，聲音要相反。例如人們常說的「天對地，雨對風」，「天」是平聲，「地」是仄聲；「雨」是仄聲，「風」則是平聲。以前過年時人們家門口常貼一副對聯：「忠厚傳家久，詩書繼世長。」「忠厚」和「詩書」都是名詞；「傳」和「繼」都是動詞；「家」和「世」都是名詞；「久」和「長」都是形容詞。每一對詞語基本上都是詞性相同，平仄相反。中國文字對偶的發展源遠流長，但總的來說可以分成兩個階段：在南北朝之前，那些對偶的文字大都是本能地自然而然形成的；自南北朝開始有了四聲的反省，詩人們就產生了更自覺的追求。

由於有了以上我們所說的種種反省，在詩的做法上就逐漸形成了有關聲韻的理論，最早把這種理論明白提出的，就是沈約等人的「四聲八病」之說。聲韻和詩有什麼關係？我可以舉兩個例子，一個是「溪西雞齊啼」，一個是「後牖有朽柳」。這兩句意思都很明白，但讀起來聲音很不好聽，像繞口令一樣。為什麼會這樣？因為每一句裡的五個字都是同一個韻，而且還是同樣的聲調。因此，寫詩一定要盡量避免這種現象。所以沈約就總結出寫詩的八種毛病。這八種毛病是：平頭、上尾、蜂腰、鶴膝、大韻、小韻、旁紐、正紐。這些毛病都和聲韻有關。比如說，「大韻」是指五言詩韻腳以外的字不得與韻腳相同或相似。像「溪西雞齊啼」、「後牖有朽柳」，就都犯了大韻的毛病。「八病」講起來比較複雜，大家也沒有必要去記。因為這「八病」主要是告訴你，詩應該怎樣寫才可以避免讀起來不好聽。詩的格律是在魏晉南北朝之後逐漸形成的。只要懂得詩的格律，就會知道詩應該怎樣寫讀起來才好聽，那麼也就沒有必要去記誦沈約的「八病」了。

五言格律詩有兩個最基本的句型，我們把它叫做「A型」和「B型」。我現在用「—」這個符號來代表平聲，用「|」這個符號來代表仄聲。A型的形式是「———||，|||——」，這種形式叫做「平起」，因為它第一句的第二個字是平聲。為什麼不說第一個字？因為第一個字的平仄有的時候是可以通融的。B型的形式是「||——|，——||—」，這種形式叫作「仄起」，因為它第一句的第二個字是仄聲。有了這兩種基本的形式，我們就可以組合出五言詩的好幾種類型。比如，平起的五言絕句就是「AB」，即「———||，|||——；||——|，——|||」。仄起的五言絕句就是「BA」，即「||——|，——||—；———||，|||——」。那麼，寫詩的時候是否每一個字都必須嚴格按格律去寫呢？也不一定。我曾說過，五言詩是「二三」的停頓，而後邊的「三」還可以進一步分成「二一」的停頓。因此，除了韻腳以外，每一句的第二個字和第四個字正趕上停頓的重點，所以是重要的，不能違反了格律。而第一個字和第三個字則處於比較次要的地位，所以就可以通融。過去常說「一三五不論」，就是由於這個原因。事實上，「一」是果然可以不論的；但「三」和「五」就不一定可以不論。以五言A型的「|||——」而言，如果把第三個字改成平，就變成「||———」。在近體詩中，三個平聲或三個仄聲連在一起都是不理想的。

那麼，五言律詩該怎麼寫呢？其實也很簡單：把它們重複一下就可以了。例如，平起的五言律詩是「ABAB」，仄起的五言律詩就是「BABA」。至於七言的格律詩也很好辦：在五個字的前邊加上與五言句開端的兩字平仄相反的兩個字就可以了。例如，七言詩A型的平起是「——||——|，||——||—」；七言詩B型的仄起是「||———||，——|||——」。你看，只要你記住A和B兩個最基本的句型，就可以運用無窮，所有五言、七言、律詩、絕句的變化都在其中了。

另外還有一點需要說明，那就是，近體詩的偶數句是押韻的，單數句不押韻，但首句可以例外。如果首句押韻，那麼A型句就變成「——||—，|||——」；B型句就變成「|||——，——||—」。不過，一般還是以首句不押韻的為正格。

上面我已經簡單介紹了近體詩的格律。所謂近體詩，是相對於古體而言的，其實就是唐代形成的格律詩。但格律詩的起源則是從南朝齊武帝永明年間所流行的新體詩開始的，這種新體詩注重聲韻、格律和對偶，作者有沈約、謝朓，以及後來的徐陵等人。下面，我們就來看一首徐陵所寫的五言詩《山齋》：

> 桃源驚往客，鶴嶠斷來賓。復有風雲處，蕭條無俗人。山寒微有雪，石路本無塵。竹徑蒙籠巧，茅齋結構新。燒香披道記，懸鏡壓山神。砌水何年溜，簷桐幾度春。雲霞一已絕，寧辨漢將秦。

這首詩是A型平起的。如果你按照我剛才講的格律對照一下就會發現，它與格律完全相合。也許你要說：按照格律，第四句不是該輪到「——||—」嗎？可是「蕭條無俗人」是「———|—」。「俗」字我們現在念成平聲，但古時是入聲，屬於仄；而「無」字處於第三個字的地位，是

可以通融的。後邊的「雪」、「石」、「壓」、「絕」等字也都是入聲，不可以讀成平聲。這首詩的韻腳有「賓、人、塵、新、神、春、秦」，都是「ㄣ」的韻母，屬於上平聲十一真的韻部。另外，這首詩一共有十四句，而其中有十句是兩兩對偶的。另外有幾句不完全相對的，這正是格律化在發展中還沒有完全定型時的一種現象。如果把這一類的詩與謝靈運的詩相比較，我們就會發現謝詩雖然已經非常注意對偶，但卻在聲律方面還沒有形成一定的平仄格式，因為在中國文學發展的歷史中，對於中國語文之宜於對偶的特色，是很早就已經有了這種自覺的，可是對平仄聲律的注意，則是齊梁間才開始有這種反省和自覺的。

（安易、楊愛娣整理）

第二章　古詩十九首

第一節　概論

漢初的詩歌有幾種不同的體式，有四言體、楚歌體、雜言體，還有新興的五言體，也就是五言的樂府詩。現在我們首先要明確的是：《古詩十九首》不是樂府詩。嚴格地說，它是受五言樂府詩的影響而形成的我國最早的五言古詩。《昭明文選》最早把這十九首詩編輯在一起，並為它們加了一個總的題目——「古詩十九首」。

許多人認為，《古詩十九首》在中國詩歌史上是繼《詩經》、《楚辭》之後的一組最重要的作品。因為，從《古詩十九首》開始，中國的詩歌就脫離了《詩經》的四言體式，脫離了《楚辭》的騷體和楚歌體，開始了沿襲兩千年之久的五七言體式。在中國的舊詩裡，人們寫得最多的就是五言詩和七言詩。直到今天，寫舊詩的人仍以五言和七言為主。而《古詩十九首》，就是五言古詩中最早期、最成熟的代表作品。它在謀篇、遣詞、表情、達意等各方面，都對我國舊詩產生了極為深遠的影響。然而奇怪的是，如此傑出、如此重要的一組詩，我們大家卻始終不知道誰是它們的作者！

晚唐詩人李商隱曾寫過一組非常美麗的詩——《燕臺四首》。有一次，他的一個叔伯兄弟吟誦他寫的這四首詩，被一個叫作柳枝的女孩子聽到了，就十分驚奇地問：「誰人有此？誰人為是？」（《柳枝》五首《序》）這兩句話裡充滿了內心受到感動之後的驚喜和愛慕，意思是什麼人的內心竟有如此幽微窈眇的感情，而且竟有這麼好的寫作才能把它們表現出來？我之所以提到這個故事，是因為每當我讀古詩十九首的時候，內心之中也常常縈繞著同樣的感情和同樣的問題。這十九首詩寫得真是好，它有非常豐厚的內涵，外表卻很平淡。後來的詩人也能寫很好的詩，但總是不如十九首這樣溫厚纏綿。比如盧照鄰有兩句詩說：「得成比目何辭死，願做鴛鴦不羨仙」（《長安古意》），寫得當然也很好，可是你要知道，這兩句太逞才使氣。也就是說，他有意地要把話說得漂亮，說得有力量，結果在感情上反而太淺露了。詩人寫詩講究「詩眼」，就是一首詩裡邊寫得最好的一個字。例如王安石有一句「春風又綠江南岸」（《泊船瓜洲》），據說他在詩稿上改過好幾次，寫過「又到」、「又過」、「又滿」，最後才改成「又綠」，這個「綠」字就是詩眼。因為江南的草都綠了，其中不但包括了「到」、「過」和「滿」的意思，而且「綠」字又是那麼鮮明和充滿了生命力的顏色，改得確實是好。但《古詩十九首》不屬於這一類，你不能從中挑出它的哪一句或哪一個字最好，因為作者的感情貫注在全詩之中，它整個是渾成的，全詩都好，根本就無法摘字摘句。更何況，這十九首詩互相比較，其水準也不相上下，全都是這麼好。這就更加使人想知道它們的作者：到底是什麼時代的什麼人，能夠寫出這麼奇妙的一組作品來呢？

這是一個很複雜的問題。而大家探討的結果，就有了許多不同的說法。現在，我就把其中幾種最早的、最重要的說法作一個簡單的介紹。

首先是劉勰的《文心雕龍・明詩篇》說：「至成帝品錄，三百餘篇，朝章國采，亦云周備，而詞人遺翰，莫見五言。」又說：「古詩佳麗，或稱枚叔，其《孤竹》一篇，則傅毅之詞，比采而推，兩漢之作乎？」劉勰說，西漢成帝時曾編選了當時流傳下來的文學作品，共有三百多篇，但這些作品裡並沒有五言詩。可是他又說，現在傳下來的這一組非常好的古詩，有人說是枚叔的作品，而其中的《孤竹》那一篇，則是傅毅的作品。枚叔即枚乘，是西漢景帝時的人，傅毅是東漢明帝、章帝時的人。現在我們先來討論枚乘，等一下再說傅毅。大家知道，景帝的時代比成帝早得多，如果景帝時代的枚乘寫出了這麼多這麼好的五言詩，那麼成帝時代編選作品時怎麼會不選這些詩呢？這已經是一個問題。但認為這些詩裡有枚乘作品的，還有徐陵。他編的《玉臺新詠》中，收了九首枚乘的詩，其中有八首在《古詩十九首》之內。然而，劉勰、徐陵和昭明太子蕭統都是南北朝時代的人，以《昭明文選》、《文心雕龍》和《玉臺新詠》這三部書相比較，《玉臺新詠》成書年代最晚。《昭明文選》選了這一組詩，標為「古詩十九首」，說明蕭統當時不知道它們的作者；《文心雕龍》說「古詩佳麗，或稱枚叔」，說明劉勰也不敢確指枚乘就是這些詩的作者；那麼徐陵比他們的年代稍晚，怎麼反而能夠確定枚乘是它們的作者呢？更何況，徐陵編書的態度是比較不認真的，因此他的說法並不可信。其實，比他們年代更早的，還有陸機。陸機曾寫過十四首擬古詩，其中有一部分所擬的就是徐陵認為是枚乘所寫的那些作品。但陸機只說是擬古詩，卻沒有說是擬枚乘。這也可以證明，在陸機的時代，人們也不以為這些古詩是枚乘的作品。

所以，鍾嶸《詩品》就又提出了另一種看法。他說：「陸機所擬十四首，文溫以麗，意悲而遠，驚心動魄，可謂幾乎一字千金。其外《去者日以疏》四十五首，雖多哀怨，頗為總雜，舊疑是建安中曹王所製。」所謂「曹王」，指的是建安時代的曹氏父子和王粲等人。

你們看，現在已經有了好幾個可能的作者了。一個是西漢景帝時的枚乘，一個是東漢明帝、章帝時代的傅毅，一個是東漢獻帝建安時代的曹王等人。劉勰說《孤竹》一篇是傅毅所作，傅毅與《漢書》的作者班固同時，但《漢書・藝文志》裡並沒有記載他寫過五言詩之類的作品。而且傅毅與班固齊名，《詩品序》中曾批評班固的《詠史》「質木無文」，那麼傅毅似乎也不大可能寫出如此諧美的五言詩作品，因此傅毅之說也是不可信的。既然如此，建安曹王的說法是否可信呢？我以為也不可信，因為《古詩十九首》與建安曹王作品的風格大不相同。而且曹丕在一些文章中對王粲等建安七子的詩都有所評論，卻從來沒有提到過他們之中有哪一個人寫過這麼好的十九首詩。

給《昭明文選》作注解的李善說得比較謹慎。他說：「並云古詩，蓋不知作者，或云枚乘，疑不能明也。詩云，『驅車上東門』，又云『遊戲宛與洛』，此則辭兼東都，非盡是乘，明矣。昭明以失其姓氏，故編在李陵之上。」所謂「辭兼東都」是說，這十九首詩中應該兼有東漢的作品。為什麼這樣說呢？因為西漢建都長安，東漢建都洛陽，「上東門」是洛陽的城門，「宛與洛」也是指洛陽一帶地方。只有在東漢的時代，洛陽才這樣繁華興旺。李善並沒有否定詩中有西漢枚乘的作品，但又指出詩中可能兼有東漢的作品，所以說這種說法是比較謹慎的。於是後人因此又有了「詞兼兩漢」的說法，認為《古詩十九首》中既有西漢的作品，也有東漢的作品。這種說法，表面上看起來雖然很通達，其實也不能夠成立。

為什麼不能成立？因為從西漢景帝到東漢建安，前後相去有三百年之久，而這十九首詩所表現的風格，卻絕不像是相差百年以上的作品。綜觀文學演進的歷史，不同時代一定有不同的風格。唐朝一共不過二百八十多年，詩風已經有初、盛、中、晚的變化。就拿北宋詞來說，早期的晏、歐，後來的柳永、蘇軾，再後來的秦少游、周邦彥，他們的風格是多麼不同！可是《古詩十九首》的風格內容相當近似，如果說二三百年之間的作品都在裡邊，那是絕對不可能的事情。所以我個人以為，這十九首詩都是東漢時代的作品。由於班固的《漢書・藝文志》對這些詩沒有記載，所以它們應該是在班固、傅毅之後出現的，但下限則應該在建安曹王之前。因為，建安時代詩風有了一個很大的變化，由於時代的影響，三曹、王粲等人的詩已經寫得非常發揚顯露，不再有《古詩十九首》溫厚含蓄的作風了。

可是實際上，《古詩十九首》全部為東漢作品的說法多年來一直不能夠成為一個定論。為什麼不能成為定論？因為大家都不敢斷定這裡邊肯定就沒有西漢之作。原因何在呢？就在於十九首中有這樣一首詩——《明月皎夜光》：

明月皎夜光，促織鳴東壁。玉衡指孟冬，眾星何歷歷。白露沾野草，時節忽復易。秋蟬鳴樹間，玄鳥逝安適。昔我同門友，高舉振六翮。不念攜手好，棄我如遺跡。南箕北有斗，牽牛不負軛。良無磐石固，虛名復何益。

這首詩裡寫了「促織」，寫了「白露」，寫了「秋蟬」，完全是秋天的景物，時間應該是在初秋季節。但詩中卻說，「玉衡指孟冬」。孟冬是初冬的季節，但為什麼詩中所寫的景物卻都是初秋季節的景物呢？注解《昭明文選》的李善認為，這裡邊有一個曆法問題。大家知道，漢朝自漢武帝太初元年開始使用太初曆，太初曆與我們今天使用的夏曆基本相同。但在漢武帝之前人們使用什麼曆法呢？李善說：「《漢書》曰：高祖十月至霸上，故以十月為歲首。漢之孟冬，今之七月矣。」他認為，漢高祖劉邦打敗秦軍來到長安附近的霸上時，正好是十月，於是就把十月定為一年的開始。也就是說，當時把夏曆的十月叫作正月。如果依此推算一下，則夏曆的七月就應該叫作十月，十月當然屬於孟冬了。李善認為，這首詩的作者既然把初秋的季節稱為孟冬，那麼他就一定是漢武帝太初時代之前的人，那當然就是西漢初年的作品了。

但我以為李善的說法有錯誤。要想說明這個問題，涉及很多歷史文化的知識，所以我只能作一個簡單的說明。我以為，「玉衡指孟冬」並非說此時就是孟冬季節，而是在描寫夜深之時天空的景象。古人把天空分為十二個方位，分別用子丑寅卯辰巳午未申酉戌亥十二地支的名稱來命名，而這十二個方位，又分別代表一年四季的十二個月。舊時過年貼對聯，有一個橫聯叫作「斗柄回寅」，意思是，北斗七星的斗柄現在已經轉回來指到「寅」的方位上了。按夏曆來說，這個時候就是正月孟春，是一年的開始。既然斗柄指到寅的方位時是正月孟春，那麼以此類推，當斗柄指到卯的方位時就是二月仲春，指到辰的方位時是三月季春，指到巳的方位時是四月孟夏……不過，這只是夏曆，而夏商周三代的曆法是不同的，夏建寅，商建丑，周建子。也就是說，商曆的正月是夏曆的十二月，周曆的正月是夏曆的十一月。兩千多年來，我們所一直沿用的，乃是夏曆。

然而不要忘記，地球既有自轉又有公轉，北斗七星不但在不同季節指著不同的方位，就是在一夜之間，也同樣流轉指向不同方位。只不過，隨著季節的不同，它指向這些方位的時間的早晚也在變化。因此，僅僅「玉衡指孟冬」並不能判斷是在什麼季節，要想判斷季節，還必須知道玉衡是在夜晚什麼時辰指向孟冬的。也就是說，這裡邊有一個觀測時間的問題。

「玉衡」是什麼意思呢？它是北斗七星中的第五顆星。「孟冬」，當然指的是天上十二方位中代表孟冬季節的那個方位——「亥」的方位。在北斗七星之中，從第一個星到第四個星分別叫天樞、天璇、天璣、天權，它們合起來稱為「斗魁」；從第五個星到第七個星分別叫玉衡、開陽、招搖，它們合起來稱為「斗杓」。「杓」字讀作ㄅㄧㄠ，就是斗柄的意思。《史記・天官書》說：「北斗七星……用昏建者杓……夜半建者衡……平旦建者魁。」所謂「建」，就是建曆的依據，就是說：如果你在黃昏的時候觀測北斗，則以杓——即斗柄的最後一顆星招搖——所指的方位為依據；如果你在夜半觀測，則以玉衡所指的方位為依據；如果你在凌晨觀測，則以魁——即斗首第一顆星天樞——所指的方向為依據。有了這個觀測時間的標準，我們就可以知道：在孟秋季節的黃昏時分，招搖指在孟秋的方位——「申」的方位。這也就是《淮南子》所說的「孟秋之月，招搖指申」（《時則訓》）。但倘若你在夜半觀測呢？那時指在申位的就不是招搖，而是玉衡了。如果你在平明觀測，則指在申位的又不是玉衡，而變成了天樞。北斗七星是在轉的，玉衡在半夜時指著中的方位，而在後半夜到黎明這一段時間，它就逐漸轉向亥的方位，也就是孟冬的方位。在這同一時間裡，天樞就逐漸轉向申的方位，即孟秋的方位。所以如果你在凌晨時觀測，就不能再以玉衡所指的方位為標準，而要以天樞所指的方位為標準了。這件事說起來好像很複雜，其實，在秋天的夜空，這景象是歷歷可見的。

既然如此，「玉衡指孟冬」的意思就顯而易見了：它指的是時間而不是季節，是在孟秋七月的夜半以後到凌晨之前這一段時間。這時候玉衡正在慢慢地離開代表孟秋的「申」的方位，慢慢地指向代表孟冬的「亥」的方位。夜深人靜，星月皎潔，再加上「促織」、「白露」、「秋蟬」等形象的描寫，就烘託出一幅寒冷、靜謐的秋夜景象來。所以我以為，李善的錯誤在於他忽略了在不同的時間觀測應該以不同的星作為依據；同時又把指方位的「孟冬」解釋為真的孟冬季節，這才造成了詩中所寫景象與季節的矛盾。而為了解釋這個矛盾，他又搬來了「漢初以十月為歲首」的說法。這個說法，其實也是不能夠成立的。因為所謂「漢初以十月為歲首」只是把十月當成一年的開始，並沒有改變季節和月份的名稱。《史記》、《漢書》在太初之前的諸帝本紀中，每年都以冬十月為開始，雖然是一年的開始，但仍然稱「冬」，仍然稱「十月」。這與夏商周之間的改曆是不同的。所以王先謙的《漢書補注》在漢高祖元年敘事到「春正月」的時候，曾加以注解說：「秦二世二年，及此元年，皆先言十月，次十一月，次十二月，次正月，俱謂建寅之月為正月也，秦曆以十月為歲首，漢太初曆以正月為歲首，歲首雖異，而以建寅之月為正月則相同，太初元年正曆，但改歲首耳，未嘗改月號也。」這些話足以為證，因此，李善所謂「漢之孟冬，今之七月」的說法是完全不可信的。

既然主張《古詩十九首》中有西漢之作的一條最有力的證據現在也被推翻，那麼就可以下一個結論了。我以為，這十九首詩無論就其風格來判斷，還是就其所用的詞語地名來判斷，都應當是東漢之作，而不可能是西漢之作。更何況，這十九首詩中所表現的一部分有關及時行樂的消極頹廢之人生觀，也很像東漢的衰世之音。因此，它們很可能是班固、傅毅之後到建安曹王之前這一段時期的作品。

《古詩十九首》的文字是非常簡單樸實的，然而它的含意卻十分幽微，容易引人產生聯想。清代學者方東樹在他的《昭昧詹言》中說，「十九首須識其『天衣無縫』處」。什麼叫「天衣無縫」？就是說，這些詩寫得自然渾成，看不到一點兒人工剪裁的痕跡。我們讀不同的詩要懂得用不同的方法去欣賞。有的詩是以一字一句見長的，它的好處在於其中有某一個字或某一句寫得特別好。因此，有些人就專門在字句上下工夫。在中國文學的歷史上流傳了很多這樣的故事，前文舉過王安石的「春風又綠江南岸」，就是其中的一個。另外還有一個有名的故事，說是唐代詩人賈島在馬背上得了兩句詩「鳥宿池邊樹，僧推月下門」，他想把「推」字改成「敲」字，自己又拿不定主意，坐在馬背上想得入神，一下子就衝進京兆尹韓愈出行的隊伍，被眾人拿下送到韓愈面前。韓愈也是有名的詩人，不但沒怪罪他，反而幫他斟酌了半天，最後決定還是用「敲」字更好。為什麼「敲」字更好？因為詩人所要表現的是深夜的寂靜，推門沒有聲音，當然也很寂靜，可是在萬籟無聲之中忽然響起一個敲門的聲音，有時候反而更能襯託出周圍的寂靜。因此，後來很多學寫詩的人就專門在「詩眼」和「句眼」上下工夫，費盡了「推敲」。我當然不是說修辭不重要，可是要知道，更好的詩其實是渾然天成的，根本就看不出其中哪一個字是「眼」。比如杜甫的《自京赴奉先縣詠懷五百字》，每一個字都有他感發的力量。杜甫《羌村》中有一句「群雞正亂叫」，如果單看這一句，這算什麼詩？然而這是一首感情深厚的好詩。杜甫把他的妻子、家人安置在羌村，自己去投奔唐肅宗。後來他被叛軍俘虜到長安，從長安逃出來又幾乎死在道路上，而在這段時間，羌村一帶也被叛軍佔領過，聽人傳說叛軍把那個小村莊殺得雞犬不留。在經歷過這麼多憂患危險之後，詩人終於得到機會回羌村去看望他的妻子、家人。試想，當他見到「群雞正亂叫」這種戰前常見的平安景象時，心中會產生多麼美好和安定的感覺！如果你不讀他整個的一首詩，如果你不知道那些背景，你怎能知道「群雞正亂叫」的好處？不但杜甫如此，陶淵明也是如此。凡是最好的詩人，都不是用文字寫詩，而是用自己整個的生命去寫詩的。

我曾經看到一篇文章，內容是談論近來的學術風氣。文章說，中國千百年來傳統的學術風氣是把為人與為學結合在一起的。中國歷史上那些偉大詩篇的好處都不僅在於詩歌的藝術，更在於作者光明俊偉的人格對讀者的感動。那篇文章還說，現在的風氣是把學問都商品化了，大家都急功近利，很多做學問的人都想用最討巧的、最省事的、最方便的辦法得到最大的成果。這是一種墮落。古人講為學、為師，是要把整個一生都投入進去結合在一起的，而現在講詩的人講得很好，理論很多，分析得很細膩，為什麼沒有培養出偉大的詩人？就因為沒有這個結合。詩人如此，詩也是如此。真正的好詩是渾然一體的詩。對這樣的詩，你要掌握它真正的精神、感情和生命之所在，而不要摘取一字一句去分析它的好處。

除了渾成之外，《古詩十九首》另一個特點是引人產生自由聯想。我實在要說，《古詩十九首》在這一點上與《紅樓夢》頗有相似之處。第一，它們對讀者的感動都是事實而且是多方面的；第二，《紅樓夢》後四十回究竟是誰所作？同樣一直成為一個疑問，因而使人們難以確定它的主題。它果然是寫寶玉和黛玉的戀愛故事嗎？還是如王國維所說的，要寫人生痛苦悲哀的一種哲理？抑或如大陸批評家們所說的，是要寫封建社會官僚貴族階級的腐敗墮落？它到底要說些什麼？要寫怎樣一個主題？每個人都可以有很多聯想，每個人都可以看出不同的道理來。如果我們講杜甫的詩，我們可以用唐朝那一段歷史和杜甫的生平來做印證，多半就能知道他寫的是什麼事情。但這個辦法對《古詩十九首》不行，我們只能感覺出他有深微的意思，但究竟寓託的是什麼？我們無法透過考證來確定，原因就在於我們不知道確切的作者。然而，這是一件壞事嗎？我說也不一定。

中國古人批評詩的時候有個習慣，總是要想方設法確定詩的作者和詩的本意。對有些詩來說這種辦法是必要的，如杜甫詩就是如此，他有不少詩反映了唐代某些歷史事件，寫詩的時候確有所指。對這一類詩當然應該盡可能確定作者的原意。但十九首之所以妙就妙在不知作者——連作者是誰都不知道，你怎樣去確定作者的原意？因此，對這十九首詩，每一個讀者都可以有自己的理解、自己的聯想。正由於《古詩十九首》有這樣的特色，所以它特別適合於現代西方「接受美學」的理論。西方在二十世紀五十年代後期和六十年代初期曾流行一種叫作「新批評」的理論。這種理論主張文學批評應該以作品為主。他們認為，作品裡的形象、聲音、韻律，都關係到作品的好壞，惟獨作者卻是不重要的。而後來流行的「接受美學」的理論，則是一種更新的文學理論，它進一步把重點轉移到讀者身上來了。接受美學認為，一篇作品是不能夠由作者單獨完成的，在讀者讀到它之前，它只是一個藝術的成品，沒有生命，沒有意義，也沒有價值；只有讀者才能使它得到完成，只有讀者透過閱讀給它注入生命的力量，它才成為一個美學欣賞的對象，才有了意義和價值。然而，不同的讀者有不同的經歷和閱讀背景，因此對同一首詩可以有不同的理解和解釋。《古詩十九首》為什麼好？就是因為它能夠使千百年來各種不同的讀者讀過之後都有所感動，有所發現，有所共鳴。

但《古詩十九首》為什麼能達到這樣的效果呢？這就涉及它所寫感情的主題了。《古詩十九首》所寫的感情基本上有三類：離別的感情、失意的感情、憂慮人生無常的感情。我以為，這三類感情都是人生最基本的感情，或者也可以叫作人類感情的「基型」或「共相」。因為，古往今來每一個人在一生中都會有生離或死別的經歷；每一個人都會因物質或精神上的不滿足而感到失意；每一個人都對人生的無常懷有恐懼和憂慮之心。而《古詩十九首》就正是圍繞著這三種基本的感情轉圈子，有的時候單寫一種，有的時候把兩種結合起來寫，而且它寫這些感情都不是直接說出來的，而是含意幽微，委婉多姿。例如，我們下文所要講的《今日良宴會》裡有這樣兩句：「何不策高足，先據要路津。」——你為什麼不鞭策你的快馬，搶先去佔領那個重要的路口？其實，所謂「要路津」，所代表的乃是一個重要的官職，說得通俗些，這是對爭名奪利的一種委婉的說法。還有一首《青青河畔草》也是我們所要講的，它寫了一個孤獨而又不甘寂寞的女子，最末兩句是：「蕩子行不歸，空床難獨守。」王國維在《人間詞話》裡曾說這幾句「可謂淫鄙之尤」，然而它們之所以不被人們視為「淫詞」或「鄙詞」，那就是由於其感情的真摯了。其實，我說這兩首詩真正的好處不僅僅在於感情的真摯，它們真正的好處在於提出了人生中一個嚴肅的問題：當你處於某種人生的困惑中時，你該怎麼辦？每個人都難免會有軟弱的時候或絕望的時候，每個人在這種時候內心都會產生很多困惑和掙扎。而《古詩十九首》就提出來很多這樣的問題，這是它很了不起的地方。而且，這些問題都不是直接寫出來的，而是用很委婉的姿態、很幽微的筆法來引起你的感動和聯想。晚清有一位詩學批評家叫陳祚明，在他的《采菽堂古詩選》裡有一段話對《古詩十九首》評論得非常好。現在我把這段話抄下來：

「十九首」所以為千古至文者，以能言人同有之情也。人情莫不思得志，而得志者有幾？雖處富貴，慊慊猶有不足，況貧賤乎？志不可得而年命如流，誰不感慨？人情於所愛，莫不欲終身相守，然誰不有別離？以我之懷思，猜彼之見棄，亦其常也。夫終身相守者，不知有愁，亦復不知其樂，乍一別離，則此愁難已。逐臣棄妻與朋友闊絕，皆同此旨。故「十九首」雖此二意，而低迴反覆，人人讀之皆若傷我心者，此詩所以為性情之物，而同有之情，人人各具，則人人本自有詩也。但人人有情而不能言，即能言而言不能盡，故特推「十九首」以為至極。言情能盡者，非盡言之為盡也。盡言之則一覽無遺，惟含蓄不盡，故反言之，乃足使人思。蓋人情本曲，思心至不能自已之處，徘徊度量，常作萬萬不然之想。今若決絕，一言則已矣，不必再思矣。故彼棄之矣，必曰亮不棄也；見無期矣，必曰終相見也。有此不自決絕之念，所以有思，所以不能已於言也。「十九首」善言情，惟是不使情為徑直之物，而必取其宛曲者以寫之，故言不盡而情則無不盡。後人不知，但謂「十九首」以自然為貴，乃其經營慘澹，則莫能尋之矣。

《古詩十九首》說出了我們人類感情的一些「基型」和「共相」。比如，每個人都希望滿足自己的一切理想和願望，但真正能夠滿足的又有幾個人？就算他在物質生活上滿足了，在精神生活上也都能滿足嗎？有的人已經得到高官厚祿，但仍然有不滿足的地方，何況那些貧賤之人呢？如果你擁有充足的時間去追求，也許最終會有滿足的那一天，然而人的生命又有多麼短暫，時間並不等待任何人，你的一生很快就會過去！又比如，誰不願意和自己所愛的人永遠相守在一起？但天下又有誰沒經歷過生離或死別？當你們相聚的時候，並不能體會到離別的悲哀，因而也就不懂得這聚會的難得和可貴，可是當你失去的時候，你懂得了它的珍貴，卻又不得不承受失去它的悲哀！

人都是有感情的。所以自然界的四時變化、人世間的生死離別，所有這些物象和事象就會搖蕩人的心靈和性情，從而產生詩的感發。可是，既然每個人都能產生詩的感發，為什麼還有詩人和一般人的區別呢？那是因為，一般人只是「能感之」，只有詩人不但「能感之」而且「能寫之」。也就是說，寫詩不僅需要有感受的能力，還需要有表達的能力。我在UBC教書已經快二十年了，我常常為我的一些學生而感慨：他們有很敏銳的感受能力和很深厚的感情，但卻因寫作的能力差而不能夠把自己感受到的東西寫出來。特別是我們中國血統的同學，他們在台灣或香港念了小學，中文的基礎還沒有打好就來到了加拿大，但他們英文的表達能力也不是很好，因為他們畢竟是從小念的中文。我以前教過一個學生，在美學和文學上都有很高的天分，他告訴我，他有許多很好的想法。我說，你為什麼不把它們寫出來呢？他說：「老師，我寫不出來。我的中文不成，英文也不成！」這真是人生最可惋惜的一件事：每個人生活在這個世界上，都應該有表達自己的能力，可是有的人卻把它失落了！陸機在《文賦》的序裡說，「恆患意不稱物，文不逮意」。所謂「意不稱物」就是說，你內心的感情與要寫的對象並不相合。還有一個可憂慮的問題是「文不逮意」——你用來表達的言辭趕不上你的意思和感情，你無法把你內心產生的那種美好的情意完全表達出來。這當然是很遺憾的一件事情。

但什麼是「完全表達出來」？你說你現在內心之中有十二萬分的悲哀或一百二十萬分的悲哀，這就叫完全表達出來了嗎？不行。因為你雖然把話說到極點，可是人家看了並不感動。就以愛情而言吧，每一個人愛情的品質和用情的態度都是不同的。最近我看到報紙上說，有一個男子追求一個女子，後來那女子不跟他好了，他一怒之下殺了這個女子和她的全家。這或許就是現代人的感情。而中國古人用情的態度是不同的，古人所追求的標準乃是「溫柔敦厚」。《古詩十九首》的感情就是如此，它是溫厚纏綿而且含蓄不盡的。我們常說，某人的感情是「百轉柔腸」，這種人他不能夠把感情一下子切斷。因為有的時候，他的理性明明知道這件事不會成功，應該放棄了，他的感情卻沒有辦法放棄。一個人被他所愛的人拋棄了，如果乾脆從此斷絕關係，那麼就不會再有相思懷念了，但他偏偏不肯，心裡總是在猜想：對方一定不會如此絕情吧？我們最終還是要相見的吧？因此才會產生相思懷念，才不由自主地要用詩歌把這些感情表現出來。《古詩十九首》用情的態度是如此溫厚纏綿，所以它表現的姿態也十分委婉曲折。它的語言表面上含蓄不盡，實際上卻把人的內心之中這些複雜的感情全都表達出來了。

前文我引過劉勰《文心雕龍・明詩》的「古詩佳麗，或稱枚叔」一段，其實那一段接下來還有幾句：「觀其結體散文，直而不野，婉轉附物，怊悵切情，實五言之冠冕也。」在美國西部轉印的香港《大公報》上曾刊載一篇文章，把劉勰這句話中「結體散文」的「散文」兩個字解釋為文學體裁中的「散文」。我以為這是不對的，古人沒有這種用法。事實上，「結體」和「散文」是兩個對稱的動賓結構。「結體」，是說它構成的體式；「散文」是說它分佈的文辭。劉勰的意思是說：如果我們看一看《古詩十九首》體裁的結構和對文辭的使用，我們就會發現，它的特色是「直而不野」。也就是說，它寫得很樸實，但不淺薄。我們大家都讀過李白和杜甫的詩，在讀過李杜的詩之後再返回來看《古詩十九首》，你就會發現：當你第一眼看上去的時候，《古詩十九首》並不像李白的詩那樣給你一個很鮮明的印象和感動；也不像杜甫的詩那樣使你感到他真是在用力量。你會覺得，《古詩十九首》所說的都是極為普通、尋常的話，可是如果反覆吟誦，就越來越覺得它有深厚的味道。而且，你年輕時讀它們有一種感受；等你年歲大了再讀它們，又會有不同的感受。所謂「婉轉附物」的「物」，指的是物象。作者把他內心那些千迴百轉的感情借外在的物象表達出來，就是婉轉附物。在我們中國詩歌的傳統裡，這屬於「比」和「興」的方法。《古詩十九首》善用比興，這個特點等我們看具體作品時將作更詳細的介紹。什麼叫「怊悵切情」呢？「怊悵」與我們現在所說「惆悵」的意思差不多，那是一種若有所失、若有所求、卻又難以明白地表達出來的一種感情，也是詩人們常常具有的一種感情。因為，凡是真正的詩人都有一顆非常敏感的心靈，常常有一種對於高遠和完美的追求，這種追求不是後天學習所得，而是他天生下來就有的。一首好詩，往往能很好地表現出詩人的這種感情。「切」是切合，就是說能夠表現得深刻而真切，我們都說杜甫的詩好，為什麼好？就是因為他能夠把他的感情恰到好處地表現出來。假如你把你內心的感情表達得不夠，那當然是失敗的，可是你把你的感情誇大了，超出了實際情況，那也不是好詩。把內心的情意直接而且深刻地表達出來，這在中國詩歌傳統中屬於「賦」的方法。所以，《古詩十九首》可以說是很成功地結合了中國最傳統的賦、比、興的寫作方法，因而形成了我國早期五言詩最好的代表作。

與此看法類似的還有明代學者胡應麟。他在《詩藪》中曾評論這些詩，說它們「興象玲瓏，意致深婉，真可以泣鬼神，動天地」（《古體・五言》）。「興象」兩個字很簡單，但卻代表了心與物之間的很複雜的關係，既包括由心及物的「比」，也包括由物及心的「興」。「玲瓏」在這裡有貫通、穿透的意思，就是說，它的感發與它的意象之間都是能夠貫穿、可以打通的。「意致深婉」的意思是說，那種感情的姿態，在詩中表現得不但很深厚，而且很婉轉。因此胡應麟說，像《古詩十九首》這樣的詩，不但人會被它感動，連天地和鬼神也會被它所感動。另外，前文我還引過鍾嶸《詩品》中的一段話，其中也給了這些詩很高的評價，說它們「文溫以麗，意悲而遠，驚心動魄，可謂幾乎一字千金」。「溫」，溫柔敦厚的感情；「麗」，是說它們寫得也很美；「悲」，是指詩中所寫的那些不得意的悲慨；「遠」，是說它給讀者的回味是無窮無盡的。因此，每個人看了這些詩內心都會發生震動，認為它們真是「一字千金」的好詩。

最後，我還要強調一個問題：在一般選本中，對《古詩十九首》往往只選其中的幾首，但如果你要想真正瞭解《古詩十九首》，真正得到詩中那種溫厚纏綿的感受，只讀幾首是不夠的，必須把它們全部讀下來。因為這十九首詩在風格和內容上雖然有一致性，實際上又各有各的特點。如果你會吟誦的方法，那就更好。吟誦，是中國舊詩傳統中的一個特色。我以為，它是深入瞭解舊詩語言的一個很好的方法，因為它能夠培養出在感發和聯想中辨析精微的能力。當你用吟誦的調子來反覆讀這十九首詩的時候，你就會「涵泳其間」，也就是說，你會像魚游在水裡一樣，被它的那種情調氣氛整個兒地包圍起來，從而就會有更深的理解和體會。

對古詩十九首整體的介紹就到此為止，下一節我們將選一些篇章作具體的賞析。

第二節 《行行重行行》

首先我們一起欣賞《古詩十九首》的第一首《行行重行行》：

行行重行行，與君生別離。相去萬餘里，各在天一涯。道路阻且長，會面安可知。胡馬依北風，越鳥巢南枝。相去日已遠，衣帶日已緩。浮雲蔽白日，遊子不顧返。思君令人老，歲月忽已晚。棄捐勿復道，努力加餐飯。

這首詩從開頭到「越鳥巢南枝」的「枝」，押的是平聲支韻，接下來從「相去日已遠，衣帶日已緩」到結尾就換了仄聲韻。其中「遠、緩、反、晚」四個韻腳都是上聲，而「飯」是去聲。這是因為，古代沒有上聲和去聲的區別，「飯」也可以讀成ㄈㄢˇ。我曾說，《古詩十九首》所寫的都是人類感情的「基型」和「共相」。「行行重行行，與君生別離」是一個男子的口吻還是一個女子的口吻？是一個行者的口吻還是一個留者的口吻？中國古代傳統的習慣總是喜歡先把它確定下來，所以才有很多人總是想方設法給這十九首詩確定作者。前文我說過，有人認為其中的好幾首都是枚乘寫的。那麼枚乘既然是個男子，就可以確定這幾首詩都是有寓託的，都是表示某種對國家忠愛之類的意思。可是現在我們最好先把這些都放下，只看詩的本身，我們就會發現：正是由於我們不知道這首詩所寫的是男子說的話還是女子說的話，是行者說的話還是留者說的話，結果反而給這首詩增加了許多的「潛能」。「潛能」是西方接受美學中的一個詞語，意思是作品中有一種潛存的能力，或者說，它潛藏有很多使讀者產生聯想的可能性。

另外，從《行行重行行》我們還可以看到《古詩十九首》那種質樸的特色。它沒有很多花樣，走了就是走了，不管是送行者說的也好，還是遠行者說的也好，總而言之是兩個人分離了。「行行重行行」，行人走啊走啊，越走越遠。中國的舊詩有古體和近體之分。近體是從南北朝以後才逐漸形成的，規定有比較嚴格的格律，如，「平平平仄仄，仄仄仄平平」等。因為中國文字是獨體單音，讀起來缺乏韻律，所以必須寫成平仄間隔的形式，讀起來才好聽。不過，在古詩裡沒有這種法則。而且，如果你的內容果然很好，你的聲音果然能配合你的感情，那麼即使沒有這些法則也一樣能寫出好詩。「行行重行行」，就完全不符合格律詩的法則。首先，這五個字裡有四個字是重複的；其次，這五個字全是陽平聲，一點兒也沒有聲音的起伏和間隔。然而我說，正是如此，這五個字讀起來才形成一種往而不返的聲音。——這話真是很難講清楚。那遠行的人往前走再往前走，前邊的道路是無窮無盡的，而後邊留下的那個人和他之間的距離卻越來越遠了。這就是往而不返，從這裡邊就使你感受到一種把兩個人越拉越遠的力量。

如果說，「行行重行行」寫出了兩個人分離的一個基本的現象，那麼「與君生別離」就是寫由這種現象所產生的痛苦了。所謂「生別離」，可以有兩種講法，現在我們先說第一種。人世間的別離有生離也有死別，二者哪一個更令人悲哀呢？大家一定會說：當然是死別，因為生別還有希望再見，而死者是再也不能夠復返了。但現在我要舉《紅樓夢》中的一個例子來做相反的證明。《紅樓夢》中的林黛玉死了，賈寶玉糊裡糊塗地和薛寶釵結婚了，但他心裡老想著黛玉，所以他的病總是不好，神志總是不清楚。於是有一天薛寶釵就痛痛快快地告訴寶玉說：「你不要再想你的林妹妹了，你的林妹妹早就死了！」寶玉當時就昏過去了。大家都責備寶釵不應該故意給寶玉這樣大的打擊，寶釵卻說：「倘若總是不敢對他說明真相，那麼他心裡就永遠不能安定，病也就永遠不能好。今天我告訴了他，他雖然如此痛苦，可是從此以後他這種思念就斷了，他的心也就安定下來了。」

你看，寶釵這個人是很有辦法也很有道理的。後來，寶玉的病果然就好了。所以，死別往往是一慟而絕，而生離則是在你的有生之年永遠要懸念、要悲哀。哪一個更痛苦呢？

「生別離」的「生」還有另外的一種講法，就是「硬生生」——硬生生地被分開了。如果我打開我手中的書本，這不叫「硬生生」地分開，因為這兩頁本來就不是黏結在一起的，不用費力就把它們分開了。但我如果把一根粉筆掰開，這就叫「硬生生」地分開，因為它本來緊密地連接為一體，我是用力量硬把它分開的。這對於物體來說當然無所謂，但對於兩個親密無間的人來說，就是很大的痛苦了。那麼「與君生別離」的這個「生別離」到底用哪一種講法更好呢？我以為兩種都可以。因為這首詩的特點就是在語言上給讀者提供了多方面理解的可能性，你只須用你的直覺讀下去就行了，也許這兩種感受同時都存在。

接下來「相去萬餘里，各在天一涯」說的是已經走了一段時間之後的事情。你看，這就是十九首之往復纏綿了，他在敘述了離別和離別的痛苦之後，又停下來進行一個反思。這個「涯」字讀ㄧ一，在這裡是押的「支」韻。他說現在我們之間的距離已經有萬里之遙，我在天的這一頭，而你在天的那一頭，那麼今後還有再見面的可能性嗎？他經過反思所得出的判斷是「道路阻且長，會面安可知」——道路如此艱險而且遙遠，要想再見面是很難的了。要知道：假如僅僅是道路遙遠，那麼只要你有決心走下去，也許還能有一半的希望，然而現在存在了雙重的困難，不但道路如此遙遠，而且充滿了艱難險阻——所謂「阻」，既可能是高山大河的自然界的險阻，也可能是戰亂流離的人世間的險阻。人的能力是多麼有限，怎能敵得過這些無窮無盡的險阻呢！說到這裡，可以說已經不存在什麼見面的希望了，就如陳祚明所說的「今若決絕，一言則已矣，不必再思矣」。然而詩人卻不肯放下，他忽然從直接敘事之中跳了出來，用兩個形象的比喻來表現他的無法決絕——「胡馬依北風，越鳥巢南枝」。這是「比興」的方法，「胡馬」和「越鳥」兩個形象用得真是很有姿態。在古詩和漢魏樂府中，經常運用這樣的方法：在絕望的悲哀之中突然宕開筆墨，插入兩句從表現上看上去與上下文都不甚連貫的比喻。例如《飲馬長城窟行》，在一路敘寫離別相思之苦以後，突然接上去「枯桑知天風，海水知天寒」兩句，似乎與上下文全不銜接，也未作任何指實的說明。可是，這兩句能夠使讀者產生多方面的聯想，作多方面的解釋，因此，就使前邊所寫的現實的情事驀然之間都有了一種迴旋起舞的空靈之態。這其實是一種很高明的藝術手法，也是古詩和漢魏樂府的一個特色。而且，在古詩和樂府中，這類比喻多半取材於自然現象。例如，「枯桑知天風，海水知天寒」，「胡馬依北風，越鳥巢南枝」，都是自然界中司空見慣的現象，是向來如此、難以改變的事情，用這些形象來做比喻，且不論其喻意何在，只是在直覺上就已經給讀者一種彷彿是命裡注定一樣的無可奈何之感了。所以，古詩和漢樂府中的這一類比喻，往往既自然質樸，又深刻豐美。

對「胡馬依北風，越鳥巢南枝」兩句，古人有不同的講法。李善的《文選注》引《韓詩外傳》說：「詩云『代馬依北風，飛鳥棲故巢』，皆不忘本之謂也。」但這「不忘本」又可以從兩個角度來看：從遠行者的角度來看，當然是從正面寫他的思鄉念舊之情；從留居者的角度來看，則是說胡馬尚且依戀故鄉的北風，越鳥尚且選擇遙望故鄉的南枝，你作為一個遊子，怎麼能忘記了故鄉和故鄉的親人呢？這是從反面來作比喻的。第二種說法認為，它來源於《吳越春秋》的「胡馬依北風而立，越燕望海日而熙」。這是取同類相求的意思。就是說，「雲從龍，風從虎」，所有的東西都有它相依相戀不忍離去之處；而我和你本來也是相親相愛的一對，怎麼竟然會分離這麼久而不能再結合到一起呢？還有一種說法，是隋樹森引紀昀所說的「此以一南一北申足『各在天一涯』意，以起下相去之遠」。這種說法是把出處和取意都拋開不論，只從字面上看，胡馬和越鳥一南一北，在直覺上就使讀者產生一種南北暌違的隔絕之感。

有這麼多不同意見並不是壞的，它說明，正是由於這兩句的比喻給予讀者十分簡明真切的意象，所以才會產生這麼多的聯想。在這些聯想中，既有行者對居者的懷念，也有居者對行者的埋怨；既有相愛之人不能相依的哀愁，也有南北暌違永難見面的悲慨。此外，由於前面說到「會面安可知」，似乎已經絕望，所以這兩句放在這裡還給人一種重新點燃希望的感覺，鳥獸尚且如此，我們有情的人難道還不如鳥獸嗎？而且我們還要注意，這兩句雖然用了《韓詩外傳》和《吳越春秋》的古典，但它同時也是民間流傳的比喻，不用考證古典也一樣可以明白。對這兩句，如果你想向深處追求，它可以有深的東西供給你，如果你不想向深處追求，也一樣可以得到一種直接的感動。它把古、今、雅、俗這麼多聯想的可能性都混合在一起了，這是它的微妙之處。我以為，《古詩十九首》本來是民間流傳的詩歌，但後來經過了文士的改寫和潤色。就像屈原改寫九歌一樣，那並不是有意的造作，而是這些詩的感情很能感動人，當文士吟誦這些民間詩歌時，內心中也油然興感——即所謂「人人讀之皆若傷我心者」——因此產生了共鳴，從而才親自動手來加以修改和潤色。我想，這也正是《古詩十九首》既可以深求也可以淺解的一個重要原因吧。

從「行行重行行」到「越鳥巢南枝」是一個段落，前邊都是平聲韻，接下來從「相去日已遠，衣帶日已緩」就換了仄聲韻。從內容上來說，經過「胡馬依北風，越鳥巢南枝」這麼一個想像的飛揚迴盪之後，現在他又回到了無法改變的現實之中，因此就產生了更深的悲慨。詞人馮正中有一句詞說「天教心願與身違」（《浣溪沙》「轉燭飄蓬一夢歸」），事實與你的盼望往往是不相符合的。日子正在一天一天地過去，儘管你不放棄希望，儘管你打算等到海枯石爛的那一天，可是人生有限，你能夠等得到那一天嗎？在這裡，「相去日已遠」和前邊的「相去萬餘里」似乎是一個重複，但實際上並不是簡單重複。因為「萬餘里」雖然很遠，但畢竟還是一個有限的數字，而且它所代表的只是空間，並沒有時間的涵義，而「日已遠」三個字則進一步用時間去乘空間，所得數字就更是無窮無盡了。而且更妙的是，這「日已遠」三個字又帶出了下一句的「日已緩」，從而使人感到：

離人的相思與憔悴也是一樣無窮無盡的。柳永的「衣帶漸寬終不悔，為伊消得人憔悴」（《蝶戀花》「佇倚危樓風細細」），也許就是從此句變化出來的。但柳永的那兩句卻未免帶有一些著力刻畫的痕跡。而且那個「悔」字還隱隱含有一些計較之念，不像「相去日已遠，衣帶日已緩」，在外表上所寫的只是衣帶日緩的一件事實，內中卻含有一種儘管消瘦也毫無反省、毫無回顧的意念。傾吐如此深刻堅毅的感情，卻出以如此溫柔平易的表現，這就更加令人感動。

如果說前邊的「胡馬依北風，越鳥巢南枝」兩句之中含有一種希望的想像，是向上飛的；那麼接下來的「浮雲蔽白日，遊子不顧返」兩句之中就含有一種失望的想像，是向下沉的了。我以為，這兩句是這首詩中最令人傷心的地方。因為，前邊所寫的離別只是時間與空間的隔絕，兩個相愛的人在情意上並沒有阻隔，所以雖然離別，卻也還有著一份聊以自慰的力量，而現在連這種自慰的力量也蒙上了一層陰影。他說，天上太陽的光芒那麼強烈，但也有被浮雲遮住的時候；那麼，美好親密的感情就沒有被蒙蔽的時候嗎？而且那遠行的遊子不是果然就不回來了嗎？這個「遊子不顧返」的「顧」字，有的版本作「願」，但我以為應該是「顧」。因為，「不顧返」和「不願返」的意思是不同的。例如漢樂府《東門行》，「出東門，不顧歸；來入門，悵欲悲」，說的是一個貧苦人家，丈夫不得已而出外謀生，但他惦記著家中的妻子兒女，剛出東門又走了回來，可是回來看一看，家中實在無法生活，最後還是得走。所以這是「不顧」——不是不願回來，而是不能回來，暫時顧不上回來。當然，這裡的「遊子不顧返」其實很可能就是因不願返所以才不回來。但思念的這一方不埋怨他「不願反」，卻替他著想，說他是「不顧返」，這就是《古詩十九首》在感情上的溫柔敦厚之處了。

那麼「浮雲蔽白日」所比喻的是什麼呢？有的人把這首詩看作思婦之辭，比如張玉穀《古詩十九首賞析》就說：「浮雲蔽日，喻有所惑，遊不顧返，點出負心」。那麼，「白日」就指的是遊子；「浮雲」則指的是遊子在外邊所遇到的誘惑。《西廂記》裡的崔鶯鶯送張生時說，「若見了那異鄉花草，再休像此處棲遲」，就是這個意思。可是，西方的符號學理論認為，當一個符號在它的傳統文化中使用了很久的時候，它就形成了一個code——語碼，使你一看到它就會產生某些固定的聯想。「浮雲蔽白日」就是這樣一個語碼。從《易經》開始，「日」這個符號就是國君的象徵。所以饒學斌的《月午樓古詩十九首詳解》說：「夫日者，君象也，浮雲蔽日所謂公正之不容也，邪曲之害正也，讒毀之蔽明也。」這是以「白日」比喻國君；以「浮雲」比喻讒間的小人。可是還有一種說法認為「白日」是比喻被放逐的賢臣，如李善《文選注》引陸賈《新語》說：「邪臣之蔽賢，猶浮雲之障日月。」然而實際上，遊子、國君、逐臣三者本來是可以相通的。因為在中國的倫理關係中，君臣關係與夫妻關係很為相似。如果那個行者是遊子，則可能是說他在外另有遇合，不再想念家中的思婦了；如果那個行者是逐臣，則可能是說國君聽信讒言放逐了他，使得他再也不能回到朝廷中了。杜甫的詩說：「每依北斗望京華」（《秋興八首》其二），又說「此生那老蜀，不死會歸秦」（《奉送嚴公入朝十韻》），那種對朝廷和君主的思念，實在並不亞於思婦對遠行遊子的思念。

前文我引過鍾嶸《詩品》的話，說十九首是「驚心動魄」、「一字千金」。所謂「驚心動魄」，不一定非得是豪言壯語或者光怪陸離。這首詩中接下來的「思君令人老，歲月忽已晚」兩句，就真正是驚心動魄的——縱使你不甘心放棄，縱使你決心等到底，可是你有多少時間用來等待呢？時間在不停地消失，一年很快就到了歲暮，而人生很快也就到了遲暮。一旦無常到來，一切都歸於寂滅，所有相思期待的苦心都將落空，這是多麼令人恐懼而又不甘心的一件事！事實上，這又是人世間絕對不可避免的一件事。「思君令人老，歲月忽已晚」，這是多麼平常而且樸實的語言，然而卻帶有如此強烈的震動人心的力量！

但這首詩還沒有就此打住，接下來的結尾兩句「棄捐勿復道，努力加餐飯」，令人看了更是傷心。這兩句也有多種可能的解釋，我們先看「棄捐」這個詞。漢樂府有一首《怨歌行》說：「新裂齊紈素，皎潔如霜雪。裁成合歡扇，團團似明月。出入君懷袖，動搖微風發。常恐秋節至，涼飆奪炎熱。棄捐篋笥中，恩情中道絕。」這首詩相傳是班婕妤所作。漢成帝寵愛趙飛燕，不再喜歡班婕妤，於是班婕妤主動要求到長信宮去侍奉太后，並寫了這首詩。詩中說，當初我們倆的情意像白團扇這麼圓滿，這麼純潔，然而我經常恐懼的是：到了秋天，天氣涼了，你就把扇子扔到盒子裡不再使用了。「棄捐」，就是被拋棄的意思。顯然，這是棄婦之辭。所以「棄捐勿復道」的意思是說：你拋棄了我，使我如此傷心，從此我再也不提這件事了。可是，如果我們不從棄婦的角度來看，則還有另外一個可能的解釋，即「棄捐」的本身就是「勿復道」。意思是，我們把這種不愉快的話題扔到一邊，再也不要提它了。這樣解釋也是可以的。但為什麼要「棄捐勿復道」呢？因為，說了不但沒有任何用處，反而會增加自己的悲傷，而且，對於那種無可挽回的事，也只能自己默默承受，一切嘮叨和埋怨都是多餘的。這裡，也是表現了古詩感情之溫柔敦厚的地方。

「努力加餐飯」也有兩種可能的解釋，一種是自勸，一種是勸人。漢樂府《飲馬長城窟行》結尾的幾句是「長跪讀素書，書中竟何如。上言加餐飯，下言長相憶」。因此張玉穀《古詩十九首賞析》就說：「以不恨已之棄捐，惟願彼之強飯收住，何等忠厚。」這顯然是解釋為勸對方加餐的意思，這樣解釋也未始不可。而姜任脩《古詩十九首釋》則說：「惟努力加餐保此身以待君子」，又引譚友夏的話說：「人知以此勸人並以之自勸。」另外張庚《古詩十九首解》也說：「且努力加餐，庶幾留得顏色以冀他日會面也，其孤忠拳拳如此。」我比較同意自勸的說法，因為這樣可以較自然地承接上面的「思君令人老，歲月忽已晚」兩句——如果你在人之老和歲月之晚的雙重恐懼之下還不肯放棄重逢的希望，那麼惟一的一線指望就是努力保重自己的身體，盡量使自己多活一些歲月以延長等待的時間了。然而對於一個相思憔悴的人來說，要想加餐何嘗容易！因此，就需要「努力」。所以這平平常常的「努力」兩個字之中，充滿了對絕望的不甘心和在絕望中強自掙扎支撐的苦心。如果把這一句解釋為勸人，只是表現了一種忠厚之心；而把這一句解釋為自勸，則用情更苦，立志更堅。要知道，一個人為了堅持某種希望而在無限的苦難之中強自支持，甚至想要用人力的加餐去戰勝天命的無常，這已經不僅僅是一種男女之間的相思之情，而是一種極高貴極堅貞的德操了。每個人在一生中都有可能遇到悲哀和挫傷，如果你絲毫不作掙扎努力便自己倒下去，雖然你的遭遇令人同情，可是你的態度並不引起人們尊敬；但如果你在最大限度地盡了人力與命運爭鬥之後，即使你倒下去，也給人類做出了一個榜樣。何況，萬一真的由於你的努力而實現了那個本來好像不可能實現的願望，豈不更是一件意外的喜事！「棄捐勿復道，努力加餐飯」就隱然流露出這麼一種可貴的德操。我以為，對於具有這種德操的人，無論是逐臣還是棄婦，是居者還是行者，抑或是任何一個經歷過這樣的離別卻仍然一心抱著重逢的希望不肯放棄的人，這首詩所寫的情意都有它永恆的真實性。上文我講過，《古詩十九首》寫出了人類感情的「基型」與「共相」，《行行重行行》這首詩就可以作為第一個典型的例子。

另外，在賞析這首詩的過程中，大家一定已經體會到，這首詩在語意和語法上具有含混模稜的特點。比如「胡馬」兩句、「浮雲」兩句、「棄捐」兩句等，都可以有多種不同的解釋。但這並不是這首詩的壞處，反而正是它的好處。因為這種含混模稜的現象，造成了這首詩對讀者多種感受與解說的高度適應性，因此具有更多的西方理論所說的那種「潛能」，從而能引起更多的豐富聯想。對這樣的詩，我們一方面要掌握它情感的基型，另一方面則要從多種不同的看法與感受來加以探討和解說。

第三節 《青青河畔草》、《今日良宴會》

在《古詩十九首》中，有些詩長期以來被認為是表達了一種不十分正當的感情。然而我以為，看一首詩，切忌只看它的表面。杜甫寫過《曲江二首》，那是在安史之亂還沒有平息、肅宗剛剛回到長安時寫的，詩中說，「朝回日日典春衣，每向江頭盡醉歸」。許多人對此很不以為然，杜甫懷有「致君堯舜」和「竊比稷契」的理想抱負，何以竟在朝廷百廢待興之時寫出這種及時行樂的話來？然而如果你根據這兩首詩就說杜甫把理想抱負都放棄了，想要及時行樂了，這是你不瞭解杜甫！因為人性本來就有軟弱的一面，你說你從來就沒有過任何軟弱或失望的時候，你說你自己永遠是一個高大完美的形象，那是騙人！如果你總是說這種虛偽的話，形成了騙人的習慣，那麼你就墮落了。如果整個社會都染上這種虛偽和說謊的風氣，那麼整個社會也就都墮落了。真正偉大的詩人從不避諱說出自己的軟弱與失意。比如杜甫，他眼看著肅宗朝廷的腐敗和唐朝國力的衰落，自己不但無可奈何而且不久也就被貶出京，他怎能不產生失望的情緒？《曲江二首》實在是表現了詩人那時心中十分複雜的感情。

《古詩十九首》中有的詩也是如此。現在我們就來看《昭明文選》中排在第二首的《青青河畔草》。我曾說過，《古詩十九首》善用比興，這首詩就是比較典型的例子：

> 青青河畔草，鬱鬱園中柳。盈盈樓上女，皎皎當窗牖。娥娥紅粉妝，纖纖出素手。昔為倡家女，今為蕩子婦。蕩子行不歸，空床難獨守。

「青青河畔草，鬱鬱園中柳」寫的是春天到來時的景色。「青青」，是草木的顏色；「鬱鬱」，是草木盛多的樣子。這兩句是感發的起興，就如同《詩‧關雎》的「關關雎鳩，在河之洲。窈窕淑女，君子好逑」一樣，也是由大自然中的生命與人類生命間相近似之處引起共鳴，因而產生了由物及心的聯想。春天，是花草樹木一生中最美好的季節，當你看到這些美好的生命如此欣欣向榮，就會在內心之中也產生一種對美好事物的追求與嚮往之情。我可以再舉另外的一個例子。唐朝的王昌齡有一首《閨怨》說：「閨中少婦不知愁，春日凝妝上翠樓。忽見陌頭楊柳色，悔教夫婿覓封侯。」詩中這個年輕女子本來不懂人世間的憂愁，可是當她春日登樓遠望，看到路邊楊柳那青青的顏色，忽然就思念起外出求官的丈夫，心裡就產生了憂愁。這種憂愁，是由春意的感發而引起的。「青青河畔草，鬱鬱園中柳」也是如此，這兩句寫的是樓外的景色。接下來就引出了樓裡的人——「盈盈樓上女，皎皎當窗牖」。「盈盈」是形容這個女子的儀態之美，而「皎皎」則是形容這個女子的光彩照人。另外你還要注意這「窗牖」兩個字：樓外景色如此美好，樓上女子也是如此美好，而當他寫到「當窗牖」的時候，這兩種生命的美好驀然之間就打成了一片。這就是《古詩十九首》之善用比興——把感發一點一點地引出來，然後再一下子使它們結合。下面他說，「娥娥紅粉妝，纖纖出素手」——這個女子不但長得美，梳妝打扮也很美。「娥娥」，也是美麗的樣子；「纖纖」，是說她的手指細長而潔白。而且你看，他所用的形容詞「娥娥」、「纖纖」和前兩句的「盈盈」、「皎皎」，都是疊字，因此進一步增強了那種美麗的姿態。同時你要知道，「娥娥紅粉妝，纖纖出素手」還不僅僅是寫美麗的姿態，還有很多暗示在裡邊。中國古代有一句成語叫作「士為知己者死，女為悅己者容」。一個人的一生，總要實現自己生命的意義和價值。在中國的傳統中，男子生命的價值就是得到別人的知賞和任用，很多人終生都在追求這個理想，包括像李太白那樣不羈的天才。而女子一生一世的意義和價值在哪裡？就在於得到一個男子的賞愛，所以女子的化妝修飾都是為賞愛自己的人而做的。「娥娥紅粉妝，纖纖出素手」，這個女子把自己打扮得如此美麗，而這種做法也就暗示了她的心中有一種對感情的追求。

應該指出的是，詩裡邊有感發的生命，但這種生命有品質和數量上的種種不同。下一講我要講十九首中的另一首《西北有高樓》，那首詩所寫的也是一個樓上女子，也是寫她有一種對於知己的嚮往與追求，但這兩個人物在品質上就有很大的不同。《西北有高樓》的那個女子是矜持的、高潔的，她所追求的乃是一種理想；而這首詩中的女子是炫耀的、世俗的，她所追求的僅僅是一種感情。在這個世界上，有的人只追求感情上的滿足，而有的人寧可忍受感情上的孤獨寂寞，所要追求的乃是理想上的滿足。這話很難講，可事實上確實有這兩種不同類型的人。現在我們看詩中的這個女子，從她一出場，詩中就用了「盈盈」、「皎皎」、「娥娥」等詞語，這些詞語所表現的都是一種向外散發的、被大家看到的美麗和光彩。尤其是「纖纖出素手」的「出」字，更是隱約含有一種不甘寂寞的暗示。對於一個有才能的男子或者美麗的女子來說，當得不到別人賞識時，總會產生一種寂寞的感情，而這時候往往也是對品格操守的一個重要考驗的時刻。李白被請到翰林院去做待詔，那是一個很高貴的地位，但李白認為這不合乎自己的理想，因此辭官而去。杜甫在華州做司功參軍，他覺得這違背了自己的理想，因此也棄官而去。一個有才能的人必須耐得住寂寞，不能夠接受那些不正當的或不夠資格的賞愛，這在人生中是很重要的考驗。以後我們會講到陶淵明，那也是一個耐得住寂寞的偉大詩人。他之所以耐得住寂寞，是因為內心之中有自己真正的持守。他知道自己所需要的是什麼，所以不在乎那些世俗的名譽地位，不在乎別人對他說些什麼，甚至也不在乎生活的貧窮潦倒。而現在我們所講的這首詩，在描寫這個樓中女子時用了很多美麗的、外向的詞語，所有這些詞語中都含有一種不甘寂寞和自我炫耀的暗示。為什麼會這樣？原來這個女子「昔為倡家女，今為蕩子婦」。所謂「倡家女」就是歌妓舞女，這樣的女子平生過慣了燈紅酒綠的生活，往往是忍受不了寂寞的，更何況她現在又嫁給了一個「蕩子」。所謂「蕩子」，不一定是現在所說的浪蕩之人，而是指那種經常在外漫遊，很少回歸故鄉的人，這種人一出去就再也想不起回來，把妻子一個人孤零零地拋在家裡，所以是「蕩子行不歸，空床難獨守」。所謂「難獨守」，是說這個女子現在還是在「守」，只不過她內心之中正在進行著守與「不守」的矛盾掙扎。

你們看，《古詩十九首》實在是很微妙的。這首詩僅僅是寫一個倡家女心中的矛盾掙扎嗎？不是的，這「難獨守」三個字，實在是寫盡了千古以來人性的軟弱！寫盡了千古以來人生所需要經受的考驗！僅僅是女子要經受這個考驗嗎？也不是的，任何人生活在人類社會中都面臨這樣的考驗。在人生的道路上，不管是幹事業還是做學問，都需要有一種勤勤懇懇和甘於寂寞的精神。但有些人是耐不住寂寞的，為了早日取得名利地位，往往不擇手段地去表現自己，所謂「儘快打出一個知名度來」，而這種急功近利的行為有時候就會造成「一失足成千古恨」的結局。所以，這一首詩所寫的乃是人生失意對你的考驗，當然這也屬於人生之中的一個基本問題。很多人認為這首詩不好，或者根本就不選也不講這首詩，我以為那是不對的。

前文我曾講到，與「蕩子行不歸，空床難獨守」相類似的被視為不正當感情的還有「何不策高足，先據要路津」。這是《今日良宴會》中的兩句，現在我們也簡單地把這首詩看一下：

> 今日良宴會，歡樂難具陳。彈箏奮逸響，新聲妙入神。令德唱高言，識曲聽其真。齊心同所願，含意俱未申。人生寄一世，奄忽若飆塵。何不策高足，先據要路津？無為守貧賤，轗軻長苦辛。

這首詩本來是寫一種人生經驗與失意不得志的哀傷，但開端幾句卻寫得意氣發揚。先寫「宴會」是「良宴會」，「歡樂」是「難具陳」。又寫「彈箏」的音樂演奏，而奏出的樂曲是「逸響」和「新聲」。「逸響」二字既表現了發揚之意，而所謂「新聲」者，則是還沒有在大眾之間流行、還沒有被世俗所接受的曲子。所以你看，它表面上是寫宴會上的彈箏，但實際上並非只寫彈箏，甚至也不是只寫音樂，它還含有一種很幽微的意思在裡邊。然而，它又不是以一字一句爭奇鬥勝的，它的每一個形象、每一個詞語和整個一首詩結合起來形成一種感發的力量。什麼是「新聲妙入神」？杜甫曾說「筆落驚風雨，詩成泣鬼神」（《寄李十二白二十韻》），又說「讀書破萬卷，下筆如有神」（《奉贈韋左丞丈二十二韻》）。那個「神」，是寫一種造詣的境界。有的人寫詩非常死板，一個字一個字擺在那裡都是死的。但有的人就不同，他寫的每一個字都是可以跳起來的，都像生龍活虎一樣。你讀他的詩，就覺得自己的心靈好像跟整個茫茫宇宙都結合起來了。有這種感發力量的，才是真正達到了那種「神」的境界的好詩。音樂也是一樣，好的音樂也可以有這樣的造詣，達到這樣的境界。

下面的「令德唱高言，識曲聽其真」，也是用音樂來作比喻的。「令德」這兩個字，在過去的注解中有很多種不同的說法。在《五臣注文選》中呂延濟的注解說：「令德謂妙歌者。」他的意思是，「令德」指的是那個唱歌的人。但是還有人認為，「令德」指的是人生的富貴顯達，就是說，這些人在這個宴會上所歌唱的內容乃是追求人生的富貴顯達。具體講就是指後邊的「何不策高足，先據要路津」。我個人以為，呂延濟的注解是按一般的文法來做解釋，即動詞「唱」的前邊是施事的主語，後邊是受事的賓語。這在文章中一般是對的，但在詩歌裡就不一定如此。因為詩歌裡可以有倒裝的句法，可以把受事的賓語放到動詞前邊去。那麼，這個「令德」就不是歌唱者而是歌唱的內容了。在這一點上，我同意後一種解釋方法。然而後一種解釋認為「令德」的內容就是指人生的富貴顯達，這我就不同意了。我以為，這個「令德」不是反話而是正面的意思，它直接指的就是人生中一種美好的理想和德行。因為，這首詩整個所表達的是一個完整的意思，這兩句是與前邊幾句接下來的。「今日良宴會，歡樂難具陳。彈箏奮逸響，新聲妙入神」，寫得一直是意氣發揚，而且既然說是宴會，就一定不只是兩個人，一定有許多性情、理想都比較相近的朋友聚集在一起，所以才這麼開心，這麼歡樂。我們可以設想，這是一群有抱負、有理想的年輕人，他們聚會在一起高談闊論，意氣風發，彈奏的是「新聲」，歌唱的是「令德」。「令」，是美好的意思。「令德唱高言」是說，我們把我們美好的德行和理想都透過歌曲唱出來。「識曲聽其真」是說，你就會聽得出我們彈奏這音樂、歌唱這曲子時內心真正的感受。大家都知道俞伯牙和鍾子期的故事，俞伯牙彈琴的時候志在高山，鍾子期聽了就說：「善哉，峨峨兮若泰山。」俞伯牙彈琴的時候志在流水，鍾子期聽了就說：「善哉，洋洋兮若江河。」這就叫做「知音」，他聽音樂時不是只聽那外表聲音的美妙，而是能夠聽出彈奏者內心志意之所在。

那麼，假如真的有一個人能夠「識曲聽其真」，能夠聽懂這些年輕人在彈奏和歌唱時心中所存的志意，則他所聽到的是什麼呢？是——「齊心同所願，含意俱未申」。這句寫得真好！不過，你一定要把「令德」兩個字按我所講的這樣理解，才能夠貫通下來，才能夠看出這兩句的感發。否則，全首詩就是支離破碎的了。這些人，他們的彈箏「奮逸響」；他們的新聲「妙入神」；他們在曲子裡所表現的是「令德」和「高言」的美好理想；他們說真正理解我們的人能懂得我們的追求。所以，從「今日良宴會」到「識曲聽其真」，這首詩一直是飛揚的、追求的。可是現在，他們失望了；因為他們這一群人雖然有著共同的美好願望和理想，可是卻沒有一個人能夠完成這種理想。這真是一種典型的「衰世之音」——戰亂還沒有興起，生活還相對安寧，所以這些讀書人還可以有自己的理想，還可以追求自己的理想；但社會正一天天走向下坡，任何美好的理想都無法實現。而且，不是你一個人沒有實現，也不是我一個人沒有實現，而是我們這些「彈箏奮逸響，新聲妙入神」的人都沒有辦法實現那些理想。那麼，這就是一個社會問題了！所以，你不要看到他寫的都是宴會、彈箏、唱歌等，就以為這首詩只寫及時行樂。其實，他寫到了社會，也寫到了人生。

前文我說過，《古詩十九首》所寫的感情基本上有三類：離別、失意、人生的無常。這也可以說是它的三個主題，而實際上，在一首詩裡往往是結合兩個或三個主題一起來寫的。在這裡，從「齊心同所願，含意俱未申」起，就轉入了人生無常的悲哀。其實，我上一講講的《行行重行行》

雖然是離別的主題，但也不是單純寫離別，也是結合了人生無常一起來寫的。「思君令人老，歲月忽已晚」，就是寫人生無常的悲哀。然而那一首詩所寫的心理狀態卻與這一首不同。那一首說：我雖然得不到我所期待的東西，我雖然受到人生無常的威脅恐懼，可是我不放棄，也不改變。而現在這首詩所寫的則是另外一種心理狀態，他說，「人生寄一世，奄忽若飆塵」——人生世間就如同一個過客在旅店裡住一晚一樣，一夜的時間是如此短暫，到明天你就該離開了。「奄忽」是非常快的樣子；「飆」是疾風。你就像一粒小小的塵土一樣，被那強勁的風一下子就吹走了。很多古人都說過類似的話。李陵對蘇武說：「人生如朝露，何久自苦如此？」（《漢書．蘇武傳》）曹孟德說：「對酒當歌，人生幾何！」（《短歌行》）既然人生這麼短暫，是否還需要如此認真對待呢？你的那些「令德」、「高言」之類，難道就不可以改變嗎？於是他就產生了一個疑問，「何不策高足，先據要路津」——要不要趕著你的快馬，搶先去佔據一個高官厚祿的地位？需要注意的是這乃是一個疑問，並不是一個行動。不是說他現在就去走那條路了，而是他在人生的三岔路口上產生了困惑和猶豫。人非聖賢，每個人在人生選擇的緊要關頭都難免產生困惑和猶豫。當然，有的人就走上了富貴顯達的那一條路，為了享受人生的快樂而犧牲了原來的理想，出賣了自己的人格。而如果堅持走你原來所選擇的那一條路呢？說不定你就會遇到很多憂患和不幸。「無為守貧賤，轗軻長苦辛」——為什麼你不去享受人生的快樂反而要自找痛苦！不過，你們一定要注意他這幾句的口氣：「何不」是為什麼不那樣做，之所以這樣說，是因為你還沒有那樣做；「無為」是不要這樣做，而這也恰好證明你現在還正在這樣做。

所以，這首詩的結尾和《青青河畔草》那一首的結尾一樣，都不是表現真正的墮落，而是表現一種在人生歧路上的徘徊。這兩首詩好就好在它們提出了人生中十分重要的一個問題：在失意的情況下，面對短暫的人生，還要不要堅持你的理想？這個問題實在是古往今來一切人都很難迴避的。

然而作者又沒有直截了當地把這個問題說出來，它所含蓄的這種幽深委婉的情意，讀者必須很仔細地去體會才可以得到。

《古詩十九首》寫得實在很妙。有的時候，你可以對兩首詩裡邊所寫的情意進行比較，它們往往有相同的地方也有不同的地方。《青青河畔草》和《今日良宴會》所寫的主人翁截然不同，卻同樣面臨著在人生失意的情況下內心所產生的矛盾；而《行行重行行》與《今日良宴會》雖然一個是寫離別，一個是寫失意，但也同時引發出在短暫的人生中是堅持理想還是放棄理想去追求富貴與享樂的問題。前者表現出一種堅貞的德操，而後者則表現出一種遲疑和困惑。下一講我還要講一首《西北有高樓》，這首詩也可以和已經講過的幾首詩作一個比較。《西北有高樓》寫了一個始終沒有出現的、寂寞孤獨的女子，她和《青青河畔草》中那個急於表現自己的女子形成了一個對照，從而表現出兩種不同的品格和境界。在表現手法上，《青青河畔草》是直述的，《西北有高樓》是象喻的。而《西北有高樓》的象喻，又可以和《行行重行行》的那種在語意和語法上含混模稜的特色形成另一種對比。我曾經講到：《行行重行行》在語意和語法上有很多地方是多義的，因此造成了後人很多不同的解釋。但比較而言，《行行重行行》的多義終歸能夠把握，你可以從文字或語言上去推求，或者引出一些古書來印證你的解釋。而《西北有高樓》則不同，它所給予讀者的乃是一種象喻的聯想，這種聯想可以是多方面的，它的好處完全在神不在貌，你根本就無法從表面的語言文字去推求。

第四節 《西北有高樓》

這裡我們一起欣賞《古詩十九首》中的《西北有高樓》。這首詩在藝術上比前邊那幾首更富於曲折變化，而且帶有一種象喻的意味：

> 西北有高樓，上與浮雲齊。交疏結綺窗，阿閣三重階。上有絃歌聲，音響一何悲！誰能為此曲？無乃杞梁妻。清商隨風發，中曲正徘徊。一彈再三歎，慷慨有餘哀。不惜歌者苦，但傷知音稀。願為雙鴻鵠，奮翅起高飛。

中國舊詩有一個傳統：它的文字本身往往就能引起人向某一個方面的聯想。上一講我說過，《青青河畔草》那一首中所用的「青青」、「盈盈」、「皎皎」、「娥娥」等詞語，在詩中培養出一種外露的、不甘寂寞的氣氛。而這首詩與那一首不同，它的開頭第一句「西北有高樓」，就把人引向一種脫離世俗的高寒境界。因為，中國在地理形勢上是西北高東南低，西北是寒冷的，東南是溫暖的。所以在中國的舊詩裡，一提到北方或西北，就給人一種高峻、寒冷的感覺。同時，高樓形象的本身，也往往代表著一種孤高並與世隔絕的環境。李商隱有一首詩說：「初聞征雁已無蟬，百尺樓高水接天。青女素娥俱耐冷，月中霜裡鬥嬋娟。」（《霜月》）當秋雁開始從北向南飛的時候，叫了一夏天的蟬也就停止了喧嘩。詩人也許是真的聽到了雁聲，從而內心就產生了一種從喧嘩到淒清，從炎熱到寒冷的感受，而這同時也就意味著一種擺脫了世俗喧囂的境界。高樓浸在如水的月光之中，不但高寒，而且晶瑩皎潔。「青女」是霜神，「素娥」即嫦娥，都是居住在高寒境界裡的人物。她們不但能夠耐得住寒冷、孤獨和寂寞，而且越是寒冷、孤獨、寂寞，越是能夠顯示出她們的美麗。

儘管我們已經有了這麼多聯想，但「西北有高樓」這幾個字畢竟還只是一個理性的說明，這是不夠的，他還要給你一個更具體的形象，那就是「上與浮雲齊」。「齊」是平的意思，那西北的高樓和天上的浮雲一樣高！這真是一開口就把人的目光引向半天的高處。這裡這種境界，與《青青河畔草》的那種氣氛顯然不同。古人寫詩的時候，如果是寫一個女子，往往先寫她出現的背景和氣氛，而這些是和人物的品格結合在一起的。李商隱寫一個女孩子說「碧城十二曲闌干」（《碧城》三首其一），你想一想，居住在這樣美麗環境之中的女孩子，她的內心應該有多麼美麗、委婉！而現在我們這首詩中還未露面的女子，她所居住的環境不僅有「西北有高樓，上與浮雲齊」的高寒，而且也有「交疏結綺窗，阿閣三重階」的美麗。「疏」，有「通」的意思，是怎樣的「通」呢？就是「刻穿之」。中國舊式房屋的窗戶都是木頭的，上邊有窗格子。講究的木窗，上面的窗格子往往雕刻出彎彎曲曲的花紋。這花紋當然是刻通的，而且互相交叉，所以叫作「交疏」。「綺」是「文繒也」。古代的絲織品，沒有花紋的是素絹，有花紋的就叫文繒。那麼「結綺」是什麼意思呢？李善的注解說是「刻鏤以象之」，就是說，那木窗櫺上刻出來的花紋就像絲織品上織出來的花紋一樣美麗精緻。但也有人認為，這個「結綺」是指用有花紋的絲綢製作窗幃繫在窗前。詩歌可以有多義，這樣講也是可以的。總而言之，「交疏結綺窗」這五個字給人一種精緻、美麗的印象，而這裡邊實際上也就包含了對人物形象品格的暗示。

「阿閣三重階」的注解比較複雜，李善引了《尚書中候》裡的一句話「鳳凰巢阿閣」，又引了《周書》裡的一句話「明堂咸有四阿」。明堂是一種很高大的建築，古代各種重大的典禮活動都在明堂中舉行，而明堂一般都是有「四阿」的。鄭玄《周禮注》說，「四阿」就是後來的「四柱」。其實，我們也可以不必做這麼詳細的考證，總之凡是能夠稱為「阿閣」的，必然是那種很高大的建築，而且不會只有一層。這個「阿」字，就是極言其高大的意思。秦始皇曾經蓋過一個很高大氣派的宮殿就叫作「阿房宮」，那麼什麼是「三重階」呢？中國古代建築是很講究的，它不讓你筆直地一口氣走上去，而是走上一些臺階之後就有一個平臺，你可以休息一下再向上走。而且，古人說到三和九這兩個數字的時候常常不是確指，而是極言其多。「阿閣三重階」，並不一定只有三層，它可以有很多層平臺，所以這五個字給人的印象是極其高大雄偉、富麗堂皇。現在你看，樓中女子還沒有出現，她所居住的環境已經渲染出一種背景和氣氛了。

「上有絃歌聲，音響一何悲」，寫得非常好。那悅耳的聲音是從「上與浮雲齊」的高樓上飄灑下來的，你要知道，越是那種高遠渺茫、難以得到的東西，才越容易引起人們的追求與嚮往。音樂，本來就是一種內心感情的真實流露。古人常說：「聞絃歌而知雅意」，所以才有「知音」的說法。「音響一何悲」，說明樓下的聽者已經受到「絃歌聲」的感染，和樓上的歌者產生了共鳴，在心境上打成了一片。下邊他說：「誰能為此曲，無乃杞梁妻？」你要注意，這《古詩十九首》有時候寫得實在很妙，像這個地方，就發揮了一種不受拘束的想像。因為，這首詩裡一共寫了兩個人物：一個歌者和一個聽者。但是——真的有這個歌者嗎？其實她完全是由聽者自己想像出來的，她的孤獨寂寞也完全是聽者自己想像出來的。事實上，是由於聽者自己感到孤獨寂寞，所以才想像高樓之上的絃歌者也是一個和他自己一樣孤獨寂寞的女子。其實他是把自己一分為二了。

這個「杞梁妻」是什麼意思？古代有一本書叫作《琴操》，相傳是東漢蔡邕所作，書中說，在琴曲裡有一首曲子叫作《杞梁妻歎》，是齊邑杞梁殖之妻所作。「殖死，妻歎曰：『上則無父，中則無夫，下則無子，將何以立吾節？亦死而已！』援琴而鼓之，曲終，遂自投淄水而死。」崔豹《古今注》也記載了這件事，說法稍有不同，說是杞梁戰死，「妻曰：『上則無父，中則無夫，下則無子，人生之苦至矣！』乃抗聲長哭，杞都城感之而崩，遂投水死，其妹悲姊之貞，乃作歌，名曰《杞梁妻》焉。」後來，這件事又演化成了孟姜女哭倒長城的民間故事。總之，這裡之所以用「杞梁妻」這個典故，是著重在「上則無父，中則無夫，下則無子」這幾句話。古代女子沒有獨立生活的能力，總是在家從父，出嫁從夫，夫死從子。倘若既無父，又無夫，又無子，那就處於極端的孤獨寂寞之中了。這首詩是說聽者以為一定是這樣一個人，才可以彈出如此悲哀的曲子來。

「清商隨風發，中曲正徘徊」兩句寫得也非常美。古代的音樂叫「雅樂」，南北朝時流行的音樂叫「清樂」，也叫「清商樂」，所以「清商」指的是一種曲調。但古詩中的「清商」卻不是指「清商樂」，而是泛指那種給人一種淒清哀傷之感的曲子。為什麼呢？因為五音之「商」在四時裡邊代表秋，而秋在中國傳統的「五行」裡邊屬於「金」。「金」是兵象，刀槍劍戟等武器都屬於「金」，所以說，秋有一種肅殺之氣，到了秋天，蔥蘢的草木遇到這種肅殺之氣就都摧敗凋零了。因此歐陽修《秋聲賦》說：「商，傷也。物既老而悲傷。」「清商」之曲是悲哀的，而「清商隨風發」之所以寫得好，還不僅因為它寫出了那種淒清和悲哀，與此同時還寫出了一種美麗的姿態。難道聲音還有「姿態」嗎？這真的很難解釋清楚。大家都知道，聽音樂是不宜坐在喇叭跟前的，一定要有一個空間傳送的距離，經過一種空氣的振盪，那聲音才美。唐人說：「姑蘇城外寒山寺，夜半鐘聲到客船。」（張繼《楓橋夜泊》）那是一種遠遠地傳過來的聲音，因而顯得悠揚好聽。而且還不止如此，越是從很高很遠的地方傳下來的聲音，越是你不能夠看見，不能夠接觸，就越能夠激發你的想像。王國維寫過一首很好的小詞《浣溪沙》，上闋是：「山寺微茫背夕曛，鳥飛不到半山昏，上方孤磬定行雲。」他說：天已黑下來了，山頂上有一個寺廟在落日的一點點餘暉之中看得不很清楚。那地方那麼高，高得鳥兒都飛不上去，而且半山之下已經昏暗了，你已經沒有辦法上去了。可是從那個地方遠遠地傳來了孤獨的磬聲——磬是用玉石做的，聲音可以傳得很遠——那聲音不但對人是個誘惑，連天上的雲彩都被它感動，經過那裡的時候都停下來不走了。當然，王國維這首詞接下來講的是哲理，我們且不去管它，我的意思是說，從高遠之處飄灑下來的那種聲音，總是具有一種對人誘惑和吸引的能力，它促使你想像，促使你追求。而且，「清商隨風發」就更妙。因為如果沒有風，聲音的振動就不發生變化。如果有風呢？順風的時候聲音就大，背風的時候聲音就小，你所聽到的那個聲音，隨著風的變化時遠時近、時大時小，是捉摸不定的，這就更增加了聲音的美感和對你的吸引。

「中曲正徘徊」，徘徊者，是指曲調那種低迴婉轉、抑揚頓挫的聲音在徘徊；「中曲」，就是曲子的中間，或者說中間那一段曲子。前邊我說「清商」給人一種淒清悲哀之感，而現在所說的「低迴婉轉」，就不僅是簡單的淒清悲哀，而是在淒清悲哀之中還有一種纏綿婉曲的姿態。而且，人的內心與音樂有很密切的關係，這一段曲子的徘徊，同時也就是人的內心的徘徊。所以下面他說「一彈再三歎，慷慨有餘哀」。樓中那個女子，她每彈一個音符的聲音都傳達了那麼多的哀歎。我們常說「餘音繞梁三日不絕」，孔子在齊國聽到韶樂，三個月不知肉味，腦子裡總是迴響著那美妙的聲音。這裡所謂「餘哀」也是說，在音樂的聲音結束之後，彷彿還留下說不盡的悲哀，使你繼續感到激動。我們今天使用「慷慨」這個詞，一般是說某人在金錢方面很大方，但古人所說的「慷慨」不是這種意思，而是內心感發激動的一種感覺。《史記・項羽本紀》寫到項羽在垓下和虞姬告別時說，「於是項王乃悲歌慷慨」，這裡的「慷慨」，就是指一種悲哀之中的感發激動。

「不惜歌者苦，但傷知音稀」是說，歌者如此投入地歌唱當然很辛苦——不但有歌唱的勞苦，而且有感情的悲苦——但那種苦算不了什麼，如果聽歌的人真能夠欣賞她的歌，那麼即使再辛苦也值得。但作者說，我所感到悲傷的不是她的辛苦，而是真正能夠聽懂她的歌、體會她的感情的人實在太少了。一個人生命的價值在哪裡？在於有人真正認識你的價值。《水滸傳》裡吳用到石碣村去找阮氏三兄弟，讓他們入夥同劫生辰綱，阮小五和阮小七聽吳用一講，就用手拍著脖子說：「這腔熱血，只要賣與識貨的！」不要以為只有當強盜的這麼說，孔子不是也說「沽之哉，沽之哉，我待賈者也」（《論語・子罕》）嗎？人們常說「人生得一知己死而無憾」，由此可見，活在世上卻沒有人理解，沒有人欣賞，那才是最悲苦的事情。

結尾兩句「願為雙鴻鵠，奮翅起高飛」，有的本子不是「鴻鵠」，而是「鳴鶴」。要想分辨這兩個詞用哪一個更好，你就必須熟悉中國文化的傳統。在中國文化傳統中，「鳴鶴」和「鴻鵠」這兩種鳥的形象含有不同的寓意，因而可以產生不同的意境。我們先說「鳴鶴」的涵義，《易經・中孚》的爻詞說：「鳴鶴在陰，其子和之。我有好爵，吾與爾靡之。」（《九二》）是說有一隻鶴在山陰的地方鳴叫，而牠的一個伴侶就在旁邊和牠互相應答，這是一個大自然外在形象的比喻，代表了一種和諧的歡聚，所以下邊就聯想到，假如我有一杯好酒，我當然也要和你一同享用。因此，如果是「願為雙鳴鶴」，其涵義就是我願意和你做一對可以互相應答的知音伴侶。聯繫前邊的內容，這個意思是可以講得通的。「鴻鵠」也有出處，《史記》記載，漢高祖劉邦寵愛戚夫人，想要廢掉太子改立戚夫人的兒子趙王，張良給呂后出主意請來了商山四皓輔佐太子，劉邦看到德高望重的商山四皓不肯輔佐自己卻肯輔佐太子，就打消了廢太子的念頭。他在同戚夫人飲酒的時候作了一首《鴻鵠歌》說：「鴻鵠高飛，一舉千里。羽翮已就，橫絕四海。橫絕四海，當可奈何。雖有繒繳，尚安所施。」（《留侯世家》）意思是，太子的翅膀已經長成，他已經像一隻高飛的鴻鵠跨越四海，我們雖然想害他，但他已經不是弓箭所能夠傷害的了。那麼，這裡如果是「願為雙鴻鵠」，則除了成雙成對的涵義之外，還含有高舉遠翥，不再受塵世傷害的意思。古代詩人經常作這種高飛遠走的想像，李白有一篇《大鵬賦》，想像他自己變成一隻大鵬，遇到了一隻「稀有之鳥」，於是就「我呼爾遊，爾同我翔」，兩個人有共同的理想境界，一起飛向遼闊高遠的天空，把那些塵世之間的齷齪卑鄙都拋得遠遠的。其實杜甫也有這種想法，他的《奉贈韋左丞丈二十二韻》在述說了那些「騎驢十三載，旅食京華春。朝扣富兒門，暮隨肥馬塵。殘杯與冷炙，到處潛悲辛」的落魄失意之後，在結尾時說，「白鷗沒浩蕩，萬里誰能馴」。意思是：我要變成一隻白鷗，消失在那煙波浩蕩的大海上，離開這個使我失意和痛苦的塵世。杜甫是一個人飛走，李白是找一個知音兩個人飛走。總之，遠走高飛，離開這個齷齪的、勾心鬥角的塵世，這是千古以來很多讀書人共同的嚮往，或者說是一種共同的心態。當然，也有人認為這是一種自命清高、自視不凡的心理。其實，人在心靈和品格上是有區別的，不能一概而論。我以為，具有這種心理的人起碼有三種類型。第一種是：不管別人還輾轉在泥土之中，我只管自顧自地飛去。第二種是：儘管他會飛，但能抱著深厚的愛心降落下來與泥土之中那些凡俗的人們共處，而且不會沾染上那些污穢。第三種人是最了不起的：他不但自己能夠高飛，而且要教會那些輾轉在泥土中的人們，帶著他們一起飛。然而，我們怎麼可能要求每一個人都這麼崇高呢？一個人如果在心靈上能有一種向高處飛去的嚮往，那已經是很好的了。實際上，這種想法還不僅僅存在於詩人、士大夫之中，我還可以舉出另外的例子來說明這是古往今來很多人共同的想法。大陸作家浩然是農民出身，只受過三年小學教育，從小就參加了游擊隊，後來又參加過土改。他寫過一部小說《豔陽天》，男主角叫蕭長春，書中還有一個女孩子叫焦淑紅，她對蕭長春發生了愛慕的感情，卻又不能夠確知對方是不是也愛她，在一個有月光的夜晚，兩個人在路上一邊走一邊談話，焦淑紅就說：看到月光這麼好，我真想變成一個什麼飛到月亮裡邊去。所以你們看，不只是詩人士大夫，即使是從事革命工作的人，當他們在工作中遇到很多挫折和煩惱的時候，也會產生失望的情緒，也會產生這種高飛遠走的想法。所以，這實在也是人類一種基本的心態，我們不宜對這種心態作過分求全的責備。

因此，「鳴鶴」的重點在於成雙成對，以此比喻人世間的幸福生活；而「鴻鵠」，則包含有一種高舉遠翥的理想境界。再者，「雙」字已經包含了成雙成對的意思，「願為雙鴻鵠」則不但是願結成伴侶，而且這一對伴侶還有著共同的高遠理想。所以我個人以為，「鴻鵠」比「鳴鶴」更好。

明朝有一位學者叫陸時雍，他說這首詩所寫的感情是「撫衷徘徊，四顧無侶」。「撫」，是用手接觸的意思；「衷」是內心；「撫衷」，就是你自己反省回顧，親自領會你內心深處的那種感覺。「四顧無侶」是說，當你向四方觀望的時候，才發現自己原來是那麼孤獨。陸時雍對這首詩還有幾句評論說：「空中送情，知向誰是，言之令人悱惻。」就是說，如果你要傳達你的感情，就必須有一個對象，但這首詩裡邊的對象完全是假想的，實際上並沒有這樣一個可以把感情投注進去的知音女子，可是，作者卻把這種內心中最難傳達的感情透過一個假想的歌者和一個假想的聽者傳達出來了，寫得真是令人十分感動。所以，我以為這是《古詩十九首》裡寫得很好的一首詩，它的好處在兩個方面，一個是情意方面，另一個是表現方面。

現在我先談它在情意方面的好處。這首詩的主旨是對於一個知音的嚮往，這是千百年來人類共有的一種感情。因為人生在世總是想要追求一些完美的、能夠使自己真正滿足的東西。我的一個學生對佛學有些研究，她認識一位女法師，這位法師很年輕，還在美國念了PHD的學位，可是有一天她遇到一位佛教法師，僅僅透過很簡單的幾句問答她就覺悟了，後來就剃度皈依了佛法。我的學生和她很熟，有時候兩個人談起來，這位法師就講，她從很早的時候就總覺得自己內心在追求嚮往一種什麼東西，她在香港工作了很久，也在美國讀過書，那時候她的生活是浪漫多彩的，然而總覺得沒有得到一個真正的滿足，內心總在渴望尋找一種真正完美的東西。其實，還不僅僅是信仰宗教如此，自古以來，凡是有理想的人心中都有這種感情，就好像一種本能一樣，也許他自己並不十分清楚到底要追求什麼，但總是覺得宇宙之間應該有這種最完美的東西，並且把滿腔的熱情都投注到對完美的追尋之中。從《離騷》開始，在中國的詩詞裡抒寫得最多的，就是這種嚮往和追尋的感情。我以前寫過一本《王國維及其文學批評》，王國維這個人在性格上有很多特色，其中有一個特色就是對完美理想的追求。什麼叫作理想？有些人認為，一個年輕人努力完成他的學業，然後有了自己的事業，將來在事業上有所成就，這就是他的理想了。我以為，這個不是真正的理想。中國古代的儒家，教訓年輕人要「揚名聲顯父母」，主張「太上立德，其次立功，其次立言」，這個是不是理想？我以為這也不是真正的理想。凡是你要追求一種名利上的成功或是一種現實的收穫，凡是你一開始就存有一種利害比較的念頭，那都不是真正的理想。真正的理想既不為功名利祿，也不為揚名聲顯父母，也不為立德立功立言，而是屬於你的一種本能，是你自己都拿它無可奈何的。例如陶淵明就說過「性剛才拙，與世多忤」（《與子儼等疏》），「飢凍雖切，違己交病」（《歸去來兮辭・序》）之類的話，那並不是為了某種道德的教條，而是他本身對某些邪惡的、污穢的、不完美的事情就有一種本能的排斥。還不是說為了某種利害的計較或為了維持一個清白的名聲，而是一旦違背了內心這種本能，就會感到比挨凍受餓的滋味還要痛苦。一個人可以從很年輕的時候就有這種本能，就看你將來把它投注到哪裡去了。它可以成為一種宗教的信仰，可以成為一種政治的理想，也可以成為一種學術的事業。而且，同樣是追求理想，又有不同的兩種類型。第一種人一定要追求完美，如果追求不到，他情願以身殉之，即如屈原《離騷》所說的「亦余心之所善兮，雖九死其猶未悔」。這種人熱情而且固執，往往成為偉大的文學家。第二種人其實也可以成為偉大的文學家，那就是像蘇東坡那樣的人。這種人對世界有一個通達的看法，知道從來就沒有所謂真正的完美無缺，任何人和事總是有美的一面也有醜的一面，有善的一面也有惡的一面。問題在於，你要多看人家好的那一面，鼓勵人家向好的那一面發展；對於現實中的不完美，你要「自其變者而觀之」，樹立一種通達的、灑脫的人生觀。有人認為，中國文學裡一直存在這樣兩種類型，在早期文學作者裡，屈原可以代表熱情執著的那一類型，莊周則可以代表通達灑脫的這一類型。

現在就要說回來了——如果你把你那種本能的追求和嚮往的感情投注給宗教、哲學或者政治，那當然很好，但這種投注是單方面的。因為你作為人是有知有情的，而對方作為一種信仰、一種哲理、一種主義，是無知無情的，你的感情不能馬上得到回應和共鳴。天下最美好的事情，就是你把你的感情投注給另一個與你有相同理想的知音，你馬上就可以得到回應，感受到一種溫暖。所以古人說人生如果能得一知己，那真是死而無憾了。所以，「願為雙鴻鵠，奮翅起高飛」這種對知音、知己渴盼追求的感情，其實也是人類所共有的一種感情的基型。這也就是《西北有高樓》這首詩之所以在情意上寫得十分動人的緣故。

這首詩之寫得好還在於它的表現方法。從表面上看，這首詩的句法很簡單，敘述也很直接，外表是很樸實的，但實際上它有好幾種表現方法用得非常好，例如背景的形象、感受和氣氛、象喻的聯想、若隱若現的人物等等。從「西北有高樓」到「阿閣三重階」這四句，沒有一個人物出現，整個是寫背景，但從這些背景的形象中就渲染出一種氣氛，給你一種感受。這是很重要的，好詩和壞詩的區別往往就在這裡。有的詩裡所提出來的形象沒有完整統一的氣氛，因此也不能給人以深刻的感受。為什麼會這樣？因為有些人他自己都不知道要說些什麼，寫詩的時候心裡並沒有什麼想說的東西，只不過是拿一些漂亮的文字在那裡拼拼湊湊而已。作者自己本來就沒有什麼感受，又怎麼能夠給讀者以氣氛和感受？一個好的詩人，他不但自己確實有深刻真切的感受，而且還能夠找到恰當的形象把他的感受傳達出來。《西北有高樓》開頭四句的背景形象所提供給我們的氣氛和感受是什麼？前文我說過，一個是高寒，一個是美麗，這是建築物的形象。接下來他還有聲音的形象，從「上有絃歌聲」到「慷慨有餘哀」是聲音的形象，它起了一種交往和傳達的作用。這曲調為什麼如此悲哀？因為彈唱它的人是一個無依無靠的、孤獨寂寞的女子。這個女子與《青青河畔草》中那個女子顯然不同，那個女子是「皎皎當窗牖」，從一開始就是很鮮明地站在那裡讓大家觀看的，而現在所寫的這個女子根本就沒有出現，只是聽到了她彈奏音樂的聲音。事實上，不管建築的形象也好，聲音的形象也好，都未必是現實的，作者只不過是用這些形象來傳達他的感受和氣氛，從而提供給你一種追求嚮往的象喻的聯想。而且他沒有到此為止，「不惜歌者苦」兩句是寫聽者與歌者的共鳴，「願為雙鴻鵠」兩句是把聽者與歌者合一。這真是很妙的一件事，因為樓上那個女子只是詩人的想像，而所有那些建築的美好、聲音的美好、中曲的徘徊，都是詩人自己的描寫，寫的是他自己內心之中的境界。過去有人給《古詩十九首》作注解，考證《西北有高樓》可能是指洛陽城裡的哪個樓，這實在是把這首詩講得死於句下了。作者製造的完全是一種氣氛和感受，他所寫的樓上那個女子好像是一個「對方」，其實就是他自己。建安詩人曹子建寫過一篇《洛神賦》，形容洛水中的那位女神「神光離合，乍陰乍陽」，說她身上有一種光彩，一下子你就看見了，一下子又隱沒看不見了。而這首詩的妙處，也完全可以用這兩句來形容，在敘述的主體和被敘述的客體之間就是這種「神光離合，乍陰乍陽」的關係。在一開始它們是分開的，到最後它們就合起來了，而實際上這種分與合是在若有若無之間，因為他在說對方那個女子的時候，其實也是在說他自己。這真是很微妙的一件事。之前我們講過的《行行重行行》、《青青河畔草》、《今日良宴會》雖然也很好，不過比較起來，這首詩的變化顯得更豐富些。

下一講我們要講另一首變化很豐富的詩《東城高且長》。

第五節 《東城高且長》

這一講要講的《東城高且長》也是一首能夠給讀者提供豐富聯想的好詩。不過在講之前我先要說明一個問題，雖然這首詩能夠給我們很多象喻的聯想，但它的作者在寫這首詩的時候，果然就一定有如我所說的這些意思嗎？不一定的。文學作品，特別是中國文學作品，往往能夠給讀者很多聯想的可能性。由於讀者的性格不同，造詣不同，學問不同，修養不同，讀詩時所得的感受也不同，仁者見仁，智者見智。我常常講，凡是真正的好詩，都有一種感發的作用，富有一種感發的力量，因此這種詩都是含蘊豐美的，具有多種聯想的可能。然而作者在創作時卻不一定曾經想到把這些內容都放進去，至少在他的顯意識中不一定想得到。這麼說好像很奇怪，其實這正是中國文學作品與西方文學作品的不同之處。曾有中國的幾位作家到溫哥華來，我們這裡搞當代小說研究的學生就向中國作家諶容提了一個問題說，你的短篇小說《週末》裡寫幾個人在一起打撲克，最後一個人出的牌是一張紅心的「K」，為什麼你要講那張牌是紅心？諶容女士回答說，我也不知道，我當時只覺得出個紅心才好。——這就是一種類型的中國作家，他們在寫作的時候，就是憑一種感發力量作用的本能。當然，中國現在也有了受到西方影響的新派作家，像台灣的白先勇就是。白先勇是研究西洋文學的，他的腦子裡有一大套西方的文學理論，所以在他的小說中，每一個景象都有他的涵義，比如他寫今天下雨，那下雨是有涵義的；他書中主人翁的門前種了一棵松樹，那松樹也是有涵義的。在西方，很多小說家和詩人在寫作時，都很明確地意識到他要用哪一個形象進行一種什麼樣的象徵。但中國的傳統不同，像李後主的詞「林花謝了春紅」，（《相見歡》）我說他是用落花的形象來表現有生之物對無常和苦難的共同悲哀，可是李後主當年是這樣想的嗎？完全沒有，他就是以自己內心那種深摯的感受能力憑直覺寫出來的。中國的小說也是一樣。可西方人在分析這些東西的時候常常不能理解，總是想給它加上一點兒什麼。這樣做對白先勇那一類作家是可以的，對中國舊傳統中成長起來的那一類作家則不行。我說這些是為了說明《古詩十九首》的作者未必意識到那麼多象徵的或暗示的涵義，但這些詩本身的感發力量卻產生了這種潛力。這是讀中國詩歌必須注意到的一點。下面我就來分析這一首《東城高且長》：

東城高且長，逶迤自相屬。迴風動地起，秋草萋已綠。四時更變化，歲暮一何速！晨風懷苦心，蟋蟀傷局促；蕩滌放情志，何為自結束？燕趙多佳人，美者顏如玉；被服羅裳衣，當戶理清曲。音響一何悲，絃急知柱促。馳情整巾帶，沉吟聊躑躅。思為雙飛燕，銜泥巢君屋。

關於這首詩，有不同的說法。有的人認為從「東城高且長」到「何為自結束」是一首詩，從

「燕趙多佳人」到「銜泥巢君屋」是另外的一首詩，一共是兩首詩，我不贊成這種說法。因為他們只看到這首詩的前半首和後半首寫的是兩件事情，就以為是兩首詩，卻沒有看到，這首詩的好處，也正在於它的轉折變化。前邊講過的《行行重行行》，感情的發展是連續的、一直向前走的；而這一首的感情一直在跳動變化，前一句和後一句的關係經常難以確指。「東城高且長，逶迤自相屬」，這「東城」在哪裡？有人說是洛陽的東城。其實你先不用去考證，作者只是提供給你一個形象，從而使你產生一種感受。「東城高且長，逶迤自相屬」，是從遠處看到整個一片城牆的遠鏡頭的全景。城牆的形象給人一種什麼感受？是阻礙隔絕的感受。一片牆，如果不高，你可以跳過去；如果不長，你可以繞過去。可是你遠遠地就看到東城的城牆是那麼高，那麼長，哪裡存在一個可以讓你走進去的缺口？卡夫卡有一篇小說叫《城堡》，寫一個人要進入一個城堡，但卻始終沒有能夠進去。當然，卡夫卡是有意要用城堡來表現現代人內心之中的隔絕感和孤獨感，而《古詩十九首》的作者則不見得是有意識地這樣做，他只是提供了這麼一個形象，而這個形象就製造出這麼一種氣氛。「逶迤」，是連綿不斷的樣子。「屬」字有兩個讀音，一個是歸屬的意思，讀作ㄕㄨˇ，一個是連接的意思，讀作ㄓㄨˇ。在這裡，主要是連接的意思，但也隱含有「歸屬」的言外之意。因為，十九首裡邊的句子，有時候可以互相印證，《青青陵上柏》那一首中說「驅車策駑馬，遊戲宛與洛。洛中何鬱鬱，冠帶自相索」。他說洛陽城裡雖然那麼繁華熱鬧，雖然有那麼多達官貴人，可是他們自相往來，結成了一個仕宦的群體，或者說一個官場的大網，你並不歸屬於他們那個圈子，作為一個外來的讀書人，是無法打進去的，那個圈子裡的人不接受你。你看，一個是「冠帶自相索」，一個是「逶迤自相屬」，這口氣和句法多麼相像！倘若這城牆有一個缺口，也許還可以擠進去，可是你看不到任何缺口，它不但又高又長，而且連綿不斷，連一個縫隙也找不到，城市，代表著繁華和名利的所在；連綿不斷的城牆，對你來說就是一種隔絕和排斥。在《古詩十九首》中，類似這種可以互相印證的句子很多，例如「東城高且長」和「道路阻且長」這兩句的句法也是一樣的，其感情和口吻也十分相似。

「迴風動地起，秋草萋已綠」是這首詩中的第一個跳動變化。「迴風」，就是旋風。在我小的時候，北京大多還是土路，每到春天就颳大風。由於風捲起了土，你可以很清楚地看到風的形狀，看到它是怎樣旋轉著颳過來的。前幾年有一個電影叫作《阿拉伯的勞倫斯》，其中有沙漠上颳大風的場面，那風真的是動地而起，挾著黃沙遠遠地席捲而來。所以，這「迴風動地起」的形象真是既剛健又蕭條。那風挾帶有十分強大的摧傷力量，整個大地頓時就都被籠罩在它的摧傷範圍之中了。當然，這景象的視角仍然在城外，城裡不會有這麼大的風，但你進不去，你現在所處的地位就是這樣四無遮蔽、空曠悲涼。詩人的感覺有時候會有相似之處，柳永《少年遊》說，「長安古道馬遲遲，高柳亂蟬嘶。夕陽島外，秋風原上，目斷四天垂」。他所感受到的，也是這麼一種空曠、悲涼的感覺。

「秋草萋已綠」似乎有些難解。因為在一般人的印象裡，秋天草就黃了，為什麼還說「綠」？杜牧之有兩句詩說「青山隱隱水迢迢，秋盡江南草未凋」，有人就認為「未」是錯字，應該是「草木凋」，因為「秋盡」是秋天已經過完了，草木當然就都凋謝了。不過，這僅屬於一般的常識，而杜牧之要寫的是什麼？是那種淒涼背景下的美麗！秋天已經過去了，江南的草卻還保持著綠顏色，在這種淒涼美麗的環境之下，才有接下來的兩句「二十四橋明月夜，玉人何處教吹簫」（《寄揚州韓綽判官》）。「秋草萋已綠」也是如此，「萋」，是草木繁茂的意思，但在古代，這個字有時候也可以和「淒」字通用；「已」字在這裡並不是「已經」的意思，而是和「以」字通用，含有「而且」之意；「萋已綠」，是淒涼和綠色兩種情調的結合。這種結合未免有點兒奇怪，和淒涼情調結合的一般應該是代表生命衰老的枯黃，為什麼現在卻是代表生命繁茂的綠色呢？其實，這種因綠色而產生的悲哀我們早就舉過不少例子，比如《詩・小雅・苕之華》的「苕之華，其葉青青。知我如此，不如無生」；李商隱《詠蟬》詩的「五更疏欲斷，一樹碧無情」；韋莊《謁金門》的「斷腸芳草碧」等。那都是一種對比或者反襯，透過無情草木的碧綠美麗，更襯託出有情之人的憔悴悲傷。有的時候，那悲哀之中也帶有一種對未來的推想。如杜甫有一首《秋雨歎》，寫了一株決明草在秋雨之中保持著美麗而飽滿的綠葉黃花，但接下來敏感的詩人說：「涼風蕭蕭吹汝急，恐汝後時難獨立。堂上書生空白頭，臨風三嗅馨香泣。」因為，這株美好的生命在秋風的摧傷中絕不能堅持多久，很快也就要枯萎凋零了。不過，以上我所說的都出於一種理性的解釋，其實它還可以有另外一種更簡單的解釋，那就是：它純屬一種直感——碧綠的草在強大的秋風之中搖動，那形象就給了你一種直接的感發。陶淵明說「有風自南，翼彼新苗」（《時運》其一），你說他是什麼意思？那不過就是大自然中的一種動態給予詩人內心的感發，即《文心雕龍・物色》所說的「物色之動，心亦搖焉」。詩人和一般人的不同就在於他比一般人感情敏銳。馮延巳說「風乍起，吹皺一池春水」（《謁金門》），吹皺一池春水與他馮延巳何干？杜甫說「涼風起天末，君子意如何」（《天末懷李白》），涼風起天末又與他杜甫何干？但那一陣風吹過，就忽然引起了詩人內心的一陣動蕩，這種動蕩透過詩的感發又傳達給了讀者，這就是感發生命生生不息的傳播。所以我們在欣賞詩的時候，必須把它看作一個活潑的生命，絕不能把它搞成僵死的教條，就好像分析一個活生生的人，你千萬不要把它搞成一具屍體解剖的標本，那樣一定會使人們望而生畏。

下邊接下來說，「四時更變化，歲暮一何速」。「四時」，就是春夏秋冬四季；「更」，是更迭轉換的意思。春夏秋冬一個季節接著一個季節更換得如此迅速，一年的光陰馬上就要過完了。「一何速」，同《西北有高樓》中的「一何悲」一樣，都帶有一種加重語氣的含意。古人一提到光陰的消逝，很快就聯想到人生的短暫。屈原《離騷》說「日月忽其不淹兮，春與秋其代序」，底下馬上就接著「惟草木之零落兮，恐美人之遲暮」。所以你看，《東城高且長》這首詩雖然跳宕，其實很有層次。詩人的感發從城牆、迴風、秋草、大自然的四時變化，一步步地就引到了人生的短暫無常。但他接下來仍沒有直接說到自己的感發。「晨風懷苦心，蟋蟀傷局促」兩句，可以有深淺兩個層次的理解。從表面看起來這兩句很容易懂：由於秋天到了，早晨的風很涼，所以使人的內心也產生一種光陰易逝、生命短暫的悲苦；秋天的蟋蟀叫不了多久就要死了，這也能使人感受到生命所受的局限。這種理解與詩的主題是相合的，而且也能夠給你一種打動。但在中國古詩中有一件事情是很奇妙的，那就是有一些語句的符號能夠引起你向某一個固定方向的聯想，西方語言學的符號學把這種符號叫做「語碼」（Code）。「晨風」和「蟋蟀」正好是《詩經》中兩首詩的篇名。「晨風」是一種鷂鷹類的猛禽，出於《秦風・晨風》的「鴥彼晨風，鬱彼北林。未見君子，憂心欽欽」。說是晨風張開它的大翅膀，一下子就飛到北邊的一片樹林中去了，這是由鳥起興，由此而想到了心中所思念的那個「君子」。這「君子」是誰？當然，我們可以不管漢代經學家的說法，可以把這個思念對象解釋為一種理想或一種追求。不過從作者的角度著想，中國讀書人從小念《詩經》讀的都是《毛傳》。《毛詩・序》說這是秦國人諷刺秦康公不能繼承秦穆公的事業、不能任用賢臣的一首詩。秦穆公是春秋五霸之一，穆公時代是秦國最美好最興旺的時代，後來到了康公時期，政治十分敗壞，於是人們就懷念起秦穆公來。所以，「未見君子」的「君子」指的乃是秦穆公那樣的賢明君主。聯繫這個背景，「晨風懷苦心」就含有一種對國家政治的感慨了：為什麼我所生活的時代如此黑暗？為什麼我就沒趕上那種君聖臣賢的好政治？「蟋蟀」出於《唐風・蟋蟀》的「蟋蟀在堂，歲聿其莫。今我不樂，日月其除」。意思是：蟋蟀已經躲進屋子裡來叫了，說明時間已經到了九月暮秋，一年很快就要結束了，如果你還不及時行樂，你的一輩子很快也就這樣白白過去了。《毛詩・序》說，這是諷刺秦僖公「儉不中禮」，認為應該「及時以禮自虞樂」的一首詩。聯繫這個背景，則「蟋蟀傷局促」除了感歎生命的短暫之外，還包含一層何必如此自苦、不妨及時行樂的意思在內。這種涵義，我們也可以用十九首中其他的句子來加以印證，如《生年不滿百》中即有「生年不滿百，常懷千歲憂。晝短苦夜長，何不秉燭遊」。其實，這和前邊講過的「何不策高足，先據要路津」以及「蕩子行不歸，空床難獨守」一樣，也是表現了一種掙扎和矛盾的心情。既然你不幸生活在這樣的時代，無法實現你的理想，而人生又是那麼短暫，為什麼不可以及時行樂呢？所以自然就有了接下來的兩句「蕩滌放情志，何為自結束」。從這裡念頭一轉，又是一個感情上的跳動變化。「蕩」是放蕩；「滌」是沖洗，沖洗什麼？沖洗那一切加在你身上的拘束和限制！人生如此短暫，你何苦給自己加上這麼多約束？你何苦總是要說的不敢說，要做的不敢做，要追求的不敢追求？確實有這樣的人，他總是在想，我要是這樣做人家會說我什麼？我要是那樣做人家又會說我什麼？做起事來畏首畏尾。可是，你自己跑到哪裡去了？別人的意見雖然也應該考慮，但更重要的是要找到你自己——你自己真正的感情，你自己真正的意願，你自己真正要做的事情。如果你實現了這樣一種覺悟，也可算是達到了人生的一種境界。

我們這首詩的作者，他決心要放任自己的情志去大膽地追求。追求什麼呢？追求的是一個美麗女子，所謂「燕趙多佳人，美者顏如玉。被服羅裳衣，當戶理清曲」。中國的古人常用「燕姬趙女」來泛指美麗女子，如太史公司馬遷的外孫楊惲在《報孫會宗書》中說「婦趙女也，雅善鼓瑟」；又如王國維在他的小詞《蝶戀花》說，「窈窕燕姬年十五，慣曳長裾，不作纖纖步」，這乃是傳統上的一種習慣說法。此外，中國的古人還有一個習慣，就是當人生失意的時候，往往去向醇酒和美人之中求得安慰。辛棄疾，一個英雄豪傑的詞人，當在事業上失意的時候他說什麼？他說：「可惜流年，憂愁風雨，樹猶如此。倩何人喚取、紅巾翠袖，揾英雄淚。」（《水龍吟・登建康賞心亭》）而我們的詩人現在所要追求的是一個什麼樣的女子？所謂「顏如玉」是一種本質上的潔白溫潤；所謂「羅裳衣」是用美麗的絲織品織成的衣服，而我在以前講過，用服飾之美象徵品德之美也是我國古代詩歌傳統中的一個特色。而且這個女子還不止是本質美、服飾美、品德美，她還有才技之美。「理」是彈奏調理的意思，「當戶理清曲」，她正在彈奏一支很好聽的歌曲。「音響一何悲，絃急知柱促」，她所彈奏出來的聲音為什麼如此悲哀？因為她內心有非常深刻真摯的情意。你看，這裡又寫出了她的情意之美——就像《西北有高樓》中的那個女子，「上有絃歌聲，音響一何悲」。這幾句，是一層又一層地加深寫她的美好，從本質、服飾、品德，寫到才技和情意。什麼是「絃急知柱促」？大家知道，琴或者瑟這一類樂器，它們的絃都綳在支柱上，靠邊的地方綳得緊，發出聲音就很高亢急促。不過這僅僅是物理學上的解釋，而不是這一句所含的本質內容。這一句的本質內容是什麼？我以為，它所傳達的是感發力量之強大和緊張的程度。因為，「急」和「促」兩個字表現出一種緊張激烈和力量的強大，而這同時也就暗示了彈者和聽者之間在心靈上所產生的那種相互感應有多麼緊張強烈。

「馳情整巾帶」，有的本子作「馳情整中帶」，但一般以為「巾帶」較勝。馬不停地跑叫「馳」，那麼心不停地思量也可以叫「馳」，即所謂「心動神馳」。思量什麼呢？這裡他寫得很妙，「整巾帶」是一個動作，你們有沒有注意到京劇裡邊的人物，一出場都要把帽子正一正，把腰帶端一端？那是表示一種嚴肅而鄭重的態度。當他的心在「馳」的時候，手卻在下意識地把頭巾和衣帶整理好，這是什麼意思？這說明此時此地他心裡所產生的是一種尊敬和嚴肅的感情，這裡邊含有一種對操守的堅持和對對方的珍重。文人有時候很不嚴肅，龔定庵寫過一首小詩：「偶賦凌雲偶倦飛，偶然閑慕遂初衣。偶逢錦瑟佳人問，便道尋春為汝歸。」（《己亥雜詩》之一）王國維對這首詩很不滿意，認為他這種感情過於輕佻。而在這裡，作者的感情不是隨隨便便的，他雖然對那個女子產生了強烈的感情，但行動上仍沒有冒昧向前，而是「沉吟聊躑躅」。「沉吟」者，乃是沉思吟想的意思。什麼叫吟想？就是心問口，口問心：我到底該不該這樣做？而這沉吟的結果終於還是在行動上自我節制，沒有冒昧向前。這是對自己的珍重愛惜，也是對對方的珍重愛惜。

結尾兩句更妙——「思為雙飛燕，銜泥巢君屋」。仔細想來這兩句有點兒語病：雙飛燕已經是成雙成對了，為什麼還「銜泥巢君屋」？這個「君」是雙飛燕裡的一個還是另外的一個人？我以為，在這裡他是一種直覺的感動。因為他的情一直在「馳」，沒有一個停下來的反省，所以他那種直覺的感動也就不很科學、不很理性。其實他是要說兩個願望。第一個是，讓我們兩個變為一對燕子，永遠雙飛雙棲；第二個是，如果我變成了一隻燕子，而你還是你的話，那我就要築巢在你的屋簷下，永遠陪伴著你。這兩個願望未假思索奔馳而出，就變成了「思為雙飛燕，銜泥巢君屋」。說到這裡，我想起宋代有一個女子寫了一首《踏莎行》：「隨水落花，離絃飛箭，今生無計能相見。長江縱使向西流，也應不盡千年怨。盟誓無憑，情緣有限，此身願化銜泥燕。一年一度一歸來，孤雌獨入郎庭院。」（編按：見《艷異編》第二十一卷《賈雲華還魂記》，惟文字稍有出入。另見參丁紹儀《聽秋聲館詞話》卷八《詞綜多未錄宋閨媛詞》。）這首詞是說，這個女子和一個男子感情很好，可是終於未能結合，所以她說願意化作一隻燕子，每年獨自飛入那個男子的庭院之中。這首詞的想像在邏輯上是合理的，敘述得也很清楚，因為那是經過反省之後的一種感情，所以就比較深刻。而現在這首詩雖然話說得不很理性，但那種直覺的感動則是它的好處之所在。

（安易、楊愛娣整理）

第三章　建安詩歌

第一節　概論

現在，我們已經來到詩歌史上一個新的時代——建安時代。建安，是東漢最後一個皇帝漢獻帝的年號。獻帝的皇位並非正式繼承而來，而是董卓趁朝廷大亂之際擅行廢立而致，所以漢獻帝從當皇帝的第一天起就是個傀儡。董卓挾天子以令諸侯，有做皇帝的野心，於是各地方的軍政長官就紛紛起來討伐董卓。董卓失敗之後，獻帝又落在曹操的控制之下。曹操同樣挾天子以令諸侯，他先自封為魏公，又自封為魏王，但卻始終沒做天子，是他的兒子曹丕篡漢之後才追尊他為魏武帝的。曹操在世時，天下已形成三分的局面。據說當時人人都認為他有當皇帝的野心，可是曹操說：我是絕不會篡位的，倘若「天命在吾，吾為周文王矣！」（《三國志・魏書・武帝紀》）周文王本來是商朝紂王手下的一個諸侯，他的兒子周武王打敗紂王，自己做了天子，追尊父親為文王，而曹操的兒子曹丕後來果然也就做了皇帝。這就是建安前後政治上的情形。

由於大動亂的現實給了詩人們以強大的刺激和感動，因此建安詩歌在風格和內容上都明顯地具有不同於以往的特色。在風格上，我們可以和《古詩十九首》相比較來看。我曾經說《古詩十九首》一定是建安以前的作品，其原因之一就是風格問題。《古詩十九首》寫得含蓄溫厚，像上節講過的「馳情整巾帶，沉吟聊躑躅」，深情之中帶有一種收斂之意。可是建安詩歌就不同。建安詩歌都帶有一種激昂和發揚的精神。而這種激昂發揚的精神又有著三個不同層次的發展，這三個層次在曹氏父子身上表現得相當清楚。曹操的詩是古詩向建安詩風轉變較早的一個層次，表現為激昂發揚而又十分古樸；曹丕的詩介於文質之間，一方面保持著古代的質樸，一方面開始有一些文采；曹植的詩就整個兒是文采華麗了。產生這些不同並沒有什麼奇怪之處，因為詩歌本身是有生命的，這些不同的發展層次正好說明詩歌是處於不停頓的演進與生長之中。

在內容上，建安詩歌的特點是寫實色彩非常濃厚，這一點也可以同《古詩十九首》作一比較。《古詩十九首》的作者們所生活的東漢社會雖然也黑暗，詩人們雖然也失望，也不得意，也有悲慨，但他們畢竟沒有親身經歷過建安詩人所經歷的那些變亂，所以也就不可能像建安詩人那樣普遍地具有如此濃厚的寫實色彩。建安時代社會動亂達到什麼樣的程度？王粲的《七哀詩》、蔡琰的《悲憤詩》都有很真實的敘寫，但這兩首詩我們留到後面再講。現在我們看曹植的一首《送應氏》——這首詩只是作為建安詩歌反映現實民生疾苦的一個簡單介紹的實例，至於曹植其他的詩，後面將有專題介紹。

> 步登北邙阪，遙望洛陽山。洛陽何寂寞，宮室盡燒焚。垣牆皆頓擗，荊棘上參天。不見舊耆老，但睹新少年。側足無行徑，荒疇不復田。遊子久不歸，不識陌與阡。中野何蕭條，千里無人煙。念我平生親，氣結不能言。

這是建安十六年曹植在洛陽送別應瑒、應璩兄弟所寫的詩，一共有兩首，這是第一首。洛陽本是東漢首都。董卓欲行篡逆，引起了各地方軍政官員的反抗，袁紹、曹操等人起兵討伐董卓。董卓害怕了，於是就脅迫漢獻帝從洛陽搬到長安。臨走時他做了一件大失民心的壞事——把洛陽整個焚毀了。那是在漢獻帝的初平元年，距離曹植寫詩的時候已超過二十年，而過了這麼多年以後洛陽還是這副荒涼的樣子，由此也可以看出老百姓在戰亂中是怎樣地流離失所了。北邙山，就在洛陽的北邊，那兒有洛陽貴族的墓地。作者說：我登上北邙山，遙望著洛陽周圍的山峰，這一帶是多麼荒涼！當年那些富麗堂皇的宮殿早就都被燒毀了。

這裡，我們也可以和《古詩十九首》結合起來看。《古詩十九首》的《青青陵上柏》說：「兩宮遙相望，雙闕百餘尺。」說是洛陽城內南北兩宮遙遙相對，宮門樓高聳入雲。那是洛陽沒被焚燒前的壯麗景象。而如今呢？他說是「垣牆皆頓擗，荊棘上參天」，房屋經過大火都倒塌了，野生植物肆無忌憚地長得到處都是。當年的住戶有的死了，有的逃走了，現在所能見到的都是些新來的年輕人。田園都已荒蕪，遍地雜草叫人找不到一個立腳的地方。當你從遠方回來的時候，你根本就認不出家鄉的路了。想起當年居住在洛陽時的往事，使人覺得胸中鬱塞，氣悶得連話都說不出來！東漢的都城尚且如此，其他地方也就可想而知了。你看，這就是東漢末年那個動亂時代的社會現實，建安詩人都把它們記錄下來了。

建安時代的大詩人主要有「三祖」、「陳王」和「建安七子」。「三祖」指的是魏武帝曹操、魏文帝曹丕和曹丕的兒子魏明帝曹叡。「陳王」指曹植，因為他的封地在陳，死後諡思，也稱陳思王。「建安七子」是當時七位有名的作者：孔融、陳琳、王粲、徐幹、阮瑀、應瑒、劉楨。在這些詩人中，曹氏父子對建安詩歌的繁榮所起的推動作用是不可忽視的。鍾嶸《詩品序》中有一段話就談到了當時文壇的這種局勢。他說：「降及建安，曹公父子，篤好斯文；平原兄弟，鬱為文棟；劉楨、王粲，為其羽翼。次有攀龍託鳳，自致於屬車者，蓋將百計。彬彬之盛，大備於時矣！」這裡面「曹公父子」和「平原兄弟」兩句略有重複。因為曹植曾被封為平原侯，所以「平原兄弟」其實也就是指的曹植和他的哥哥曹丕。鍾嶸說，他們都是文壇的棟樑。在建安七子中，劉楨和王粲是依附和追隨在曹氏父子左右的人物，所以鍾嶸說他們「為其羽翼」。

此外還有希望攀附有權有勢者的那些人，由於曹氏父子喜愛詩文，所以大家也都喜愛詩文，他們追隨在曹氏父子的車後，希望得到知賞。可見，當時的文風之盛和曹氏父子的愛好與提倡是分不開的。提起曹氏父子，那也真是了不起，他們有多方面的才能。曹操是一位傑出的政治家、軍事家，同時又很有詩人氣質。因此，他的詩有一種慷慨激昂的雄傑之氣。他寫的詩，多半是樂府詩，「被之管絃，皆能歌詠」。曹丕雖然也是政治家，但這個人的感覺非常敏銳，此外還具有一種反省思考的能力。所以他是感性和理性結合的，不但是詩人，而且是第一流的批評家。他寫的《典論・論文》是我國現在流傳下來的最早的一篇文學批評的論文。

說到文學批評，需要特別加以注意的是建安時代的詩歌觀念，這是中國詩歌發展轉變中一個非常重要的樞紐。也就是說，建安時代是一個文學開始自覺和反省的時代，從建安時代起，文學就有了自己獨立的價值。

我們知道，儒家的五經《詩》、《書》、《易》、《禮》、《春秋》都不是專門的文學作品。《書經》裡保存的是古代政策文件；《易經》是一本用於占卜的書；《周禮》記載了周朝的政治組織；《儀禮》講人倫之間的禮法，《禮記》則是講禮法的哲理層次；《春秋》實在是一部史書。這些經典著作，都是為了實用而寫作而流傳的。那麼《詩經》難道不是一部專門的文學作品嗎？你要注意，在《詩經》裡，作者署名的作品只有很少幾篇。朱自清先生曾考察過，在三百多首詩中我們能確確實實知道作者的不到十篇。這說明了當時的一般情況：詩並沒有獨立的價值，在社會上並沒有專門的作家和詩人，即使那些署了名的作者，他也是為了達到某種實用目的，即反映朝廷政治的情況而寫作的。這與後人寫詩只為抒情完全不一樣。比較起來，中國最早的一個真正了不起的詩人是屈原，但屈原與建安時代的詩人有很大差別，這一點我們下文再講。

魏文帝曹丕寫過一本書叫《典論》，這本書現在已經不存在了，但這本書裡有一篇文章叫《論文》，我們現在還可以看到。曹丕在《典論・論文》裡說：「蓋文章，經國之大業，不朽之盛事。年壽有時而盡，榮樂止乎其身，二者必至之常期，未若文章之無窮。」他說，你的生命和你在這個世界上的榮華快樂都有一定期限，而一個真正了不起的作家，他的詩歌中所包含的那種感發的生命是在千載之後都能使別人感動不已的。例如，南宋的辛棄疾曾讚美東晉的陶淵明說：「須信此翁未死，到如今凜然生氣」（《水龍吟》「老來曾識淵明」），可見作品中的感發生命是可以千載猶生的。

《典論・論文》還說，古代的作者「不假良史之辭，不託飛馳之勢，而聲名自傳於後」。有的人之所以不朽，是因為史家給他寫了傳，後人讀了史傳才知道他的事蹟。然而有很多文學家，特別是有些詞家、曲家，正史上根本沒有傳記，可是他們的名字也傳了下來。我們今天讀他們的作品，仍然能夠感受到他們心中的感動。「飛馳」，是指有地位的達官顯宦，他們如果幫誰一把，誰就可以飛黃騰達，得到名譽或地位，但文學家卻根本用不著這個。你要知道，這就是建安時代對文學的一種認識。他們認為，文學自有獨立的價值，詩人和作家憑藉文學是可以不朽的。

那麼現在我們就要說到屈原。屈原為什麼寫了《離騷》？他是為了留下一部漂漂亮亮的作品以傳不朽之名嗎？完全不是。《史記・屈原賈生列傳》說屈原「信而見疑，忠而被謗」，所以才寫了《離騷》，那是一種情之所不得已而寫出來的作品。楚懷王聽信小人的讒毀，放逐了屈原。而在屈原那個時候，中國有許多諸侯國，楚國只是其中的一個。楚國不用，他本來可以跑到齊國去或者跑到秦國去，蘇秦不是就佩了六國的相印嗎？但屈原不肯那樣做，因為他是楚國王族的同姓，他注定要忠於楚國，他整個的生命和感情都寄託在他父母之邦了。

《史記》說屈原被放逐之後，「被髮行吟澤畔」，顏色憔悴，形容枯槁。因為他知道，楚國不用他的計謀而去和秦國聯好，最後一定會被秦國吞併。眼看著國破家亡的災難就要到來，他所悲哀的並不是自己。他說：「余既滋蘭之九畹兮，又樹蕙之百畝。畦留夷與揭車兮，雜杜衡與芳芷。冀枝葉之峻茂兮，願竢時乎吾將刈。雖萎絕其亦何傷兮，哀眾芳之蕪穢。」這是用種花來作象徵，他說，如果只是我一個人種的花死了，而你們大家種的花都活著，那我也很高興；但現在天下所有的花都枯萎死亡了，這才是最可悲哀的事情。屈原絕不是為他自己被放逐而傷心，他傷心的是眼看著自己的國家在走下坡路卻沒有一點兒辦法挽救。所以，《離騷》是屈原這種內心痛苦情不自已的自然流露。

而現在，到了建安時期，文學開始有了獨立的價值和地位。這對文學來說當然是一件好事情。可是我實在要說，詩人有詩人的好處，也有詩人的壞處。舞文弄墨、咬文嚼字，這就是詩人的壞處。有的時候，他的感情並不充足，卻也能寫一篇漂漂亮亮的詩，這就是舞文弄墨。這種舞文弄墨也是從建安時代才開始的。從建安時代，就開始有酬贈的詩。大家你送給我一首，我送給你一首，《贈徐幹》、《贈王粲》什麼的。當然，酬贈的詩也有好詩，像杜甫的《寄李十二白二十韻》「昔年有狂客，號爾謫仙人。筆落驚風雨，詩成泣鬼神」、「乞歸優詔許，遇我夙心親」、「劇談憐野逸，嗜酒見天真」，寫得有多麼好！碰到這麼好的朋友，引起你心中這麼衝動的感情，你當然應該寫一首詩，甚至寫一首都不夠。可是後來那些文人，他們根本就沒有這麼深的感情，寫酬贈詩只是一種虛偽的應酬，這種詩就難免令人反感了，所以王國維在《人間詞話》裡說：「人能於詩詞中不為美刺投贈之篇，不使隸事之句，不用粉飾之字，則於此道已過半矣。」

既然建安時期文學開始有了獨立的價值，那麼對這個價值就要有一種自覺的反省和衡量，在這方面，當時最好的一篇作品就是剛才提到過的魏文帝曹丕的《典論・論文》。這是中國文學史上最早的一篇獨立的、完整的文學批評論文。以前的作品，像《毛詩・大序》，當然也講到很多文學上的問題，但它對文學的衡量都是依附在道德的價值上面，而不是單純只考慮文學的價值。《論語》裡也有很多地方談到文學，但那只是單獨的一個章節或者單獨的幾句話，並非一篇獨立完整的作品，所以都不能算是嚴格意義上的文學批評作品。曹丕在《典論・論文》裡提出了有關文學的好幾個重要論點。例如他說，「文以氣為主，氣之清濁有體，不可力強而致……雖在父兄，不能以移子弟」，這屬於文學內部的質素；又說，「奏議宜雅，書論宜理，銘誄尚實，詩賦欲麗」，這屬於文學外表的形式。從本質到體式，這完全是從文學本身來衡量的，不再依附於道德的價值。這在文學的發展史上是一大進步。

文學有了獨立的價值和意義，還表現在對文字作用的注意上。中國文字是獨體單音，英語說「flower」，我們說「花」。「花」只有一個音節，只是一個文字。因此，中國文字的這個特色就特別容易形成對偶的美。比如「紅花」就可以對「綠葉」，詞性相同，聲音的平仄相反，形成一種形式美和聲調美。對偶的發展也有幾個層次，建安時代還只是一個開始。就是說，詩人們已經開始注重對偶，但還不普遍，也還沒有建立一個很嚴密很具體的對偶規則。建安詩人注重對偶，最好的例證就是曹植。

曹植在文學史上屬於開新的一派人物，在三曹之中，他是對後世詩人影響最大的一個人。他的詩，是很注意雕琢與修飾的。我們且看他的《美女篇》中的句子：「美女妖且閑，採桑歧路間。柔條紛冉冉，葉落何翩翩！攘袖見素手，皓腕約金環。頭上金爵釵，腰佩翠琅玕。明珠交玉體，珊瑚間木難。」你看他用的「素手」、「金環」、「金爵釵」、「翠琅玕」、「明珠」、「珊瑚」，都是多麼漂亮的詞！他的對偶不是很平衡的，因為這時候對偶還是一種開新的嘗試，還不像後來要求得那麼工整，那麼死板。他只是掌握一種大體上的詞性相稱。如後邊的「行徒用息駕，休者以忘餐」、「青樓臨大路，高門結重關」，還有《白馬篇》中的「仰手接飛猱，俯身散馬蹄。狡捷過猴猿，勇剽若豹螭」、「長驅蹈匈奴，左顧凌鮮卑」等等，都是如此。而且，還不僅是對偶。你看他的鋪排，他的雕飾，雖然還不是很仔細很著意的，但他顯然是注意到了，是開了這樣一個頭。這種傾向，不管它對後代的影響是好是壞，總之都是文學有了獨立的價值、有了反省和自覺之後的必然結果，是中國詩歌文學的一個發展。

也許有人會問：詩不是很早就有對偶了嗎？《古詩十九首》「青青陵上柏，磊磊澗中石」不就是對偶嗎？一點兒也不錯。其實，還可以推到更早，《詩・小雅・采薇》的「昔我往矣，楊柳依依。今我來思，雨雪霏霏」也是對偶呀。而且《易・乾・文言》的「水流濕，火就燥。雲從龍，風從虎」不也是對偶嗎？在中國最早的古書裡邊，就已經有了對偶的現象，這正好證明了中國文字本身的特色就容易形成對偶。

可是你要注意，古代那些作者，他們使用對偶都是自然的、無意的。他們只是覺得這樣說比較方便順口，就這樣說了，並沒有考慮到這個地方我一定要用對偶，或者是用了對偶就會怎麼樣。曹子建就不同了，他整個一首詩用了很多對偶，用了很多漂亮的詞語，他是有心那樣用的。雖然他的對偶嚴格說起來還不是完全相對，只是大體上的相稱，但他已經注意到這個了。這就是詩在形式上的一個發展的開端。後來到晉宋之間又出了一個謝靈運，謝詩裡用的對偶就更多，形式上也更加嚴密。所以，注重對偶是中國文字特色所造成的必然結果，也是中國詩歌發展的必然趨勢。

但是從曹子建到謝靈運，他們的對偶還只是注重詞性的相稱。就是說，名詞要對名詞，動詞要對動詞，或者是使兩句之間的分量差不多，大體上可以相稱。可是到了齊梁時代，對偶就又有了新的發展，因為那時候佛教傳入了中國。詞的發展與佛教有很密切的關係，而中國近體詩的形成，與佛教也有密切的關係。佛教其實在東漢就已傳入我國，但那時候並沒有十分盛行。到了魏晉以後，有很多印度佛教的大師到中國來傳法，於是中國信佛教的人越來越多。齊梁之間，佛教非常興盛，杜牧之曾說，「南朝四百八十寺」（《江南春》），可見那時到處都是佛教的寺院。佛經不僅要講，還要用梵語來唱誦，於是就要學習外來的梵文。由於學習外來的梵文，就注意到了字的發音問題，注意到每一個字都是由聲母和韻母結合而成的，同時還注意到漢字有平上去入的四種聲調。因此，就產生了所謂「四聲八病」之說，在詩的格律上就有了更嚴格的要求。對偶時，詞性一定要相同，平仄一定要相反。由此發展下去，最後才產生了唐代的格律詩。

第二節　曹操之一

自從建安時代起，中國的詩就開始有了獨立的地位和價值，所以，詩人文士也開始有了自己獨立的地位和價值。因此，建安詩歌標誌著中國的詩走上了一個新的發展階段。對建安時代詩人的批評，有一本較早的書就是鍾嶸的《詩品》。鍾嶸，是齊梁之間的一個作者。他把從漢魏到齊梁之間的詩人分為上中下三品，然後對每一個人都作出評論。從他的分法和評論中，我們也就可以看出當時那個時代對詩歌文學的看法和詩歌文學的發展趨勢。

在鍾嶸《詩品》中，曹操是被分在下品。曹丕在中品，曹植在上品。從他這個分法之中，我們可以看出一些問題來嗎？上節我說過，在曹氏父子中，曹植是一個開新的人物。也就是說，後來詩歌潮流的發展是從曹植這裡開始的，因此他代表著詩歌發展的新趨勢。那麼放在下品的呢？自然是比較一般的作者。鍾嶸把曹操放在下品，那真是一件沒有辦法的事。因為歷史的潮流就是這樣發展的，當時的人就是這麼看的。現在由我們來看，鍾嶸對曹操的品第確實不大公平。然而我們也應該注意到，他對曹操的那句評語「曹公古直，甚有悲涼之句」，卻是深有體會之言，說明他確實掌握了曹操風格上的特色，只不過這種特色不合乎當時的潮流而已。

我們已經講過《古詩十九首》。《古詩十九首》好在哪裡？我認為可以用孔子的那句「文質彬彬」來形容，就是說它的內容和表現形式結合得恰到好處，既不是雖有內容卻表現得不好，也不是詞采太華麗卻內容不夠。然而，自從建安的曹子建開始，那詞采雕飾的比重就一天比一天多起來了。曹操寫了很多古風，他的風格質樸，氣象悲壯，不符合當時潮流的口味，所以鍾嶸才把他列為下品。

曹操是一個文學家，但又不同於後來那些吟風弄月、咬文嚼字的文學家。很多人說他是奸雄，戲劇裡也把他扮作大白臉，但他其實要算一位真正的英雄豪傑。他生當亂世，有著自己的一份理想和政治抱負，同時也有實現這份抱負的勇氣和謀略。曹操的父親本來叫夏侯嵩，但是他給當時很有權柄的一個宦官曹騰做了養子，所以就以曹為姓了。在舊日的宗法社會之中，仕宦人家肯把兒子送給宦官去做養子嗎？那是不可能的。因為宦官無論多麼有權有勢，在人們心目中也總是處在十分低賤的地位。歷史記載說不知道曹嵩的出身本末，但僅憑他給宦官做養子這一點，就可以知道他一定不是仕宦人家的子弟。所以如果按現代心理學來分析，可能曹操心理上也有這麼一種狀態，那就是他要努力建功立業，以改變他在社會上的地位，使人們能夠尊重他和他的家族。東漢末年實在亂得很。漢獻帝之前有少帝、靈帝、桓帝、順帝、安帝、和帝，這些皇帝都十分年幼，即位時最大的只有十五歲，所以常常是太后專權。但太后畢竟是女子，有很多外邊的事情不能直接管理，於是就要依靠自己娘家的親戚，就是外戚。而宮裡呢，也有一群宦官可以左右年幼的小皇帝，因此宦官和外戚也產生很多鬥爭。後來，又連續發生宦官打擊讀書人的「黨錮之禍」。這還只是朝廷之內的事情。而在外邊，有很多地方就發生了反叛，或者叫起義。最大的一次就是黃巾起義。曹操，就是在這樣的亂世之中慢慢地建立起他的功業來的。這一段歷史，大家其實可以去看《三國演義》，看正史當然就更好了。

董卓廢少帝立獻帝，自己有篡位的野心，所以天下英雄和那些地方軍閥的勢力，就集合在一起準備討伐董卓，他們的首領就是袁紹。曹操也參加到這些軍隊之中。可是這些人裡有許多人為了保存自己的實力，觀望不前，不肯真的去和董卓作戰。曹操是很有膽識和魄力的一個人，他曾勸告大家說：董卓的罪惡天下皆知，我們起義兵同心協力去攻打他，一定能取得勝利，你們為什麼卻觀望不前遲疑不進？可是大家不聽他的，於是曹操自己單獨出兵，結果因兵少打了敗仗。這件事，在他的詩歌《蒿里行》中有反映。後來曹操做了兗州牧，打敗了一批黃巾起義軍，擴大了自己的勢力。那時候董卓已被殺，軍閥們互相爭鬥，天下處於大亂之中。曹操趁機把獻帝接到許昌，從此就挾天子以令諸侯。這一年，正是建安元年。曹操後來做官做到丞相，讓獻帝封他為魏公，後來又封為魏王，但卻始終沒有做皇帝。他有一篇文章寫得非常好，叫作《讓縣自明本志令》，也有人簡稱為《述志令》。就是說，朝廷給了曹操幾個縣的封地，他推辭不要，而且自明本志說：我是一個沒有野心的人。這篇文章其實真是寫得很好，很能代表曹操的為人和性情。

我在講《古詩十九首》的時候，因為我們不知道它的作者是誰，所以只能夠從詩的表現方法和內容兩方面來欣賞。可是當我們知道一首詩的作者是誰的時候，我們就應該對這個作者有所瞭解。西方過去曾流行一種「新批評」的文學理論，認為作品的好壞與作者人品的好壞是沒有關係的。這話我完全同意，一個好人確實未必就一定能寫出好詩來。可是我一定要說，詩的風格與作者的性情才氣之間，必然有著密切的關係。曹操這個人是好是壞是忠是奸，這是另外一件事，但他的性情確實都反映在他的作品裡，這也是事實。《讓縣自明本志令》這篇文章所表現的風格，就與他的性情有密切的聯繫。曹操這個人，確實是一個有勇氣直接寫自己的人。現在我們可以簡單看一下這篇文章，以便對這個人有進一步的瞭解。

他說「孤始舉孝廉，年少，自以本非巖穴知名之士」，這時候曹操已經是魏王了，所以自稱「孤」。「孝廉」是東漢時的一個出身，那時還沒有科舉考試，選拔人才是靠鄉里推薦，被推薦的人都要具備很好的品行，如孝順、廉正等，所以叫孝廉。「巖穴知名之士」是指那些清高的、隱逸的、為天下人所尊仰的人士。曹操的父親是宦官的養子，大家認為那種出身很卑賤，所以他說「恐為海內人之所見凡愚」，深恐大家不知道我有才幹，把我看成一個平凡庸碌的人。因此「欲為一郡守，好作政教以建立名譽，使世士明知之」。他說我當時的希望只是想做一個郡的地方長官，好好地管理我的地方，以此來建立起我的名譽，使天下的人能夠認識我的才能，那麼我也就滿足了。可是後來呢？他就做了洛陽北部尉，還做過濟南相。

在他執行任務的時候，如果誰觸犯了法律，不管是多麼有權有勢的達官貴人，他也一樣懲罰，教令真的是非常嚴明，所以就得罪了不少人，於是有一段時間他就稱病還鄉了。他說我當時還很年輕，就算隱居二十年，等天下太平後再出來也不晚。他說那一段他在家鄉「秋夏讀書，冬春射獵」，他是在文武兩個方面都下了工夫。而且據歷史記載，曹操後來在出來做官之後，也是「晝則講武事，夜則論經書」。他還注解過《孫子兵法》十三篇，另外他自己也寫過數種兵書的著作。歷史上還記載，說曹操這個人「登高必賦」，而且每有歌詠，都可以「被之管絃，皆成樂章」（《三國志．魏書．武帝紀》）。

曹操的文章留下來的有一百五十多篇，詩留下來的有二十餘首。這二十多首詩都是樂府詩，在當時是真的能夠配合音樂來歌唱的，所以這個人確實稱得起文武全才。後來，因為國家的變故，他又出來帶兵打仗。他說希望能夠封侯做征西將軍，將來死了以後墳墓的墓碑題上「漢故征西將軍曹侯之墓」，也就滿足了。可是後來曹操的軍政權力越來越大。他說：我本來沒想到會做宰相，現在我做了宰相，人臣之貴已到極點，這已經超過了我的希望。底下他說：「今孤言此，若為自大，欲人言盡，故無諱耳。」意思是說：我平定了天下，有這麼大的功勞，別人聽起來好像是在自誇。可是一個人說話就要說得痛快，我既然確實有這麼大的功勞，我就應該誠實地說出來。接著曹操就說了十分精彩的一句話：「設使國家無有孤，不知當幾人稱帝幾人稱王。」這句話聽起來很狂妄，其實很坦誠。這樣的話只有他配說，也只有他敢說。所以鍾嶸說「曹公古直」。他的「直」，在詩裡邊也能夠看出來，但在文章裡面表現更明顯。下面我們來看他的「古」。

建安時代實在也是樂府詩開始文士化的一個時代。我們是從《古詩十九首》開始講起來的，沒有詳細講過樂府詩。樂府，本是漢朝建立的一個官府，負責搜集天下的詩和歌謠來配樂。凡是樂府搜集來配合音樂的詩歌就叫樂府詩。漢樂府詩有幾種體裁：有的是四言體，是繼承《詩經》的；有的是楚歌體，是繼承《楚辭》的；有的是雜言體，是民間的歌謠；還有五言體，那在當時是一種新興的體式。在這裡邊，民間歌謠的雜言體一般都是非常質樸的，像《孤兒行》、《婦病行》等等，都不以文采見長。在建安時代的三曹之中，曹操的詩全是樂府，曹丕和曹植的詩有一部分是樂府。而且曹操的樂府詩裡很多是雜言的樂府，曹丕和曹植的樂府詩裡則很少用這種古樸的雜言體裁。

上一節我曾提到曹植的《美女篇》和《白馬篇》，那都是樂府詩，但都是很整齊的五言，而且他用了很多辭藻和對偶，因而表現出很明顯的文士化的趨勢。曹丕的《燕歌行》也是樂府詩，整首詩都是七言。在那個時候，七言是一種比五言更新的體式，還沒有流行開來，所以曹丕的《燕歌行》也屬於開新的一派。然而，曹操的樂府詩卻更多地保存了雜言體的古樸作風。除了雜言體以外，他還寫四言體，四言體是繼承了《詩經》的形式，也屬於古樸作風的一種。而且還不只是體裁上的古樸，他的語言、他的句子實在都是非常古樸的。比如他的《度關山》說，「天地間，人為貴。立君牧民，為之軌則。車轍馬跡，經緯四極」；又比如他的《對酒》說，「對酒歌，太平時，吏不呼門。王者賢且明，宰相股肱皆忠良，咸禮讓。民無所爭訟」。

這兩首都是雜言的樂府詩。除了形式的古樸之外，我們還可以看到他在詩裡邊流露出來的那種仁愛的理想。對曹操這個人，你不要只看他「舉不仁不孝」的那一面——曹操在他的一篇詔令裡曾說，他要舉用那些「負污辱之名、見笑之行，或不仁不孝，而有治國用兵之術」（《求逸才令》）的人。古人以仁孝治天下，曹操卻敢說這種話，其實這正是他的膽識和魄力的所在。因為天下已經大亂，治國安天下需要大量人才。他舉用這些人的目的就是要使天下安定，使人們脫離戰爭的苦難。我們的國家和社會，長期以來都是以人治為主的。所以，無論是國家領袖還是地方長官，都必須是好的人才可以使老百姓真正受惠。曹操舉用不仁不孝的人才，並不是讓大家都不仁不孝，而是利用他們平定天下，使老百姓都享受到太平的生活。所謂「天地間，人為貴」，他不是說說而已的。曹操的文集裡有一篇《存恤令》曾經說：

自頃已來，軍數征行，或遇疫氣，吏士死亡不歸，家室怨曠，百姓流離，而仁者豈樂之哉？不得已也。其令死者家無基業不能自存者，縣官勿絕廩，長吏存恤撫循，以稱吾意。

什麼是疫氣？就是流行的傳染病。古代醫藥還不是很發達，在建安時代，由於死傷遍野的戰亂，發生過很多次流行的傳染病，每一次都要死很多人。建安七子裡邊有好幾個人都死於建安二十二年，那是為什麼？正是死於那一年流行的傳染病。所以，軍隊裡的將士，除了會死於戰場，還會死於疫氣。他們死了之後，拋下妻子兒女，無以為生。曹操說，眼看著戰爭給人們帶來這麼大的災難，難道我真的就那麼喜歡打仗嗎？我是不得已而為之啊！所以他命令各地的縣官和長吏，對那些死亡將士的家屬不要斷絕糧食供應，要常常去撫慰和周濟。他說，這樣才能稍微使我安心。

正是由於「天地間，人為貴」，所以才需要有一個好的君主來管理天下的事情，給天下建立好的制度法則。而為了這個目的，就必須南征北戰，首先使天下四方能夠安定下來。那麼，什麼時候才可以稱作真正的太平呢？曹操說，「吏不呼門」——不會有官吏天天來砸你的門，今天要收租稅，明天要拉你去當兵。而且「王者賢且明，宰相股肱皆忠良」，帝王是仁慈英明的，手下所用的官吏也都不敢胡作非為。你看曹操所寫的這兩首詩，真的是非常樸實。他把他的志意都說出來了，文辭上一點兒也不追求華美，句子並不漂亮，聲音也不美麗。還不要說後來那種平仄的講究，他甚至都不講究韻字的呼應。曹操用韻很寬，他根本就不管聲調是否和諧優美，也從來不作文字上的雕琢和修飾，完全以自己的本來面目與世人相見，這才叫作「惟大英雄能本色」，只有曹操才能有這種作風。

我認為，形成一首詩歌的要素很多，其中有一種是情，有一種是氣。情，是你內心的真正情意。氣，是你說話的氣勢。一般說起來，在曹操的詩裡，往往表現出一種悲哀的情懷。要知道，凡是英雄豪傑之士，當他們衰老的時候，都有一種對人生無常的恐懼和悲慨。因為，凡屬英雄豪傑，都希望留下一番豐功偉績，他總覺得他所要做的事情還沒有完成，他的理想還沒有實現，所以對人生的短暫感到悲哀。曹操很誠實很坦率，把這種恐懼和悲慨都寫到作品裡面了。下一節我就要講曹操的《短歌行》，那首詩就是正面寫他這種恐懼與悲慨。此外，曹操還有一組詩叫作《碣石篇》，又叫《步出夏門行》，也表現了這種才人志士、英雄豪傑對生命無常的悲慨。

第三節　曹操之二

曹操的詩，我們主要看他的《短歌行》。可是在介紹《短歌行》之前，我還有一些話要說。晚唐五代小詞，在文字表面上很容易懂，像李後主的「林花謝了春紅」（《相見歡》），像韋莊的「四月十七，正是去年今日」（《女冠子》）之類，外表文字都沒有什麼需要多講的，我所注重的主要在它的本質。而詩這個東西則不然，往往關聯著很多資料、很多典故。因為在中國古代，詩一向更為傳統化，更被尊重，大家寫詩時的態度也更為嚴肅，人們把思想意志主要是放在詩裡邊表達而不是放在詞裡邊。所以講詞時，我們可以直接去探討詞所表達的那些感情的本質，而講詩時我們就要先掌握有關的知識和資料。

首先，《短歌行》這個題目就需要解釋一下。《短歌行》屬於樂府詩題。從漢代開始，經過魏晉南北朝，一直到唐宋，有很多人寫樂府詩，但後來的人所寫的樂府詩就跟漢朝的樂府詩不完全一樣了。漢樂府都是配樂演唱的，可是到後來那些音樂就逐漸失傳。到了唐代，詩人們寫樂府詩就只是沿用前人寫過的題目，不一定配合音樂了。如李太白的《行路難》、《遠別離》，所用都是樂府舊題，但都不是用來配樂歌唱的。另外還有一些詩人，他們模仿樂府詩的風格，卻不用樂府舊題而自創新題，稱為新樂府。樂府詩的風格是什麼呢？其實也有多種不同，比如漢代有一些模仿《詩經》的四言樂府詩，寫得比較典雅，常常是用在宗廟或朝堂之中的很正式的音樂。而還有一些雜言的、比較通俗的樂府詩，是來自民間的，所反映的常常是民間的疾苦。我所說的那些詩人，他們所模仿的樂府詩的風格便是這後一種，比如像白居易的《新豐折臂翁》、《賣炭翁》，就屬於這一類。那麼，曹操這首《短歌行》屬於哪一種呢？《短歌行》是樂府舊題。就是說，在漢樂府裡邊，早就有《短歌行》這個題目了，而且除了《短歌行》，還有《長歌行》。宋人郭茂倩編了一部書叫《樂府詩集》，他分題編選了從漢朝一直到唐宋之間的樂府詩，當每一個樂府詩題第一次出現時他都有一個解釋，說明這個古題是什麼意思或所寫的是什麼內容。而對於《短歌行》和《長歌行》，《樂府詩集》就引了崔豹《古今注》的說法。崔豹是晉朝人，他在《古今注》中說：「長歌、短歌，言人壽命長短，各有定分，不可妄求。」也就是說，《短歌行》這個題目，是慨歎人生壽命的短促。如果從曹操這首《短歌行》來看，崔豹這個說法是對的。因為這首詩一開始就說：「對酒當歌，人生幾何。譬如朝露，去日苦多。」的確是在慨歎人生之短暫，可是郭茂倩在引了崔豹的《古今注》之後，他自己又發表意見說，所謂短歌和長歌，是指歌聲的長短，非言壽命也。並且舉了曹丕《燕歌行》的「短歌微吟不能長」等詩句做例子。我以為，郭茂倩的說法是對的。最早的短歌、長歌，就只是表示歌聲的長短，與壽命並沒有關係。但曹操的這首《短歌行》慨歎了人生壽命的短促，所以後世的仿作就都受到曹操這一首詩的影響，都來表現這種慨歎了。

曹操的這首《短歌行》，曾經被三種不同的書載錄：一個是《宋書》的《樂志》——這個「宋」不是唐宋的宋，是南朝宋齊梁陳中的那個劉宋的宋。一個是梁昭明太子編的《昭明文選》。再一個就是《樂府詩集》。可是這三種書裡所載的《短歌行》，有層次順序的不同。樂府詩的層次順序，不僅是章節的層次順序，也意味著音樂段落的層次順序。漢樂府有時候分「樂解」，所謂「樂解」，就是音樂的章節。每一個音樂的段落叫作「解」。拿曹操這首《短歌行》來說，是四句為一解，所以他每四句就是一個音樂的章節，就換一次韻：

對酒當歌，人生幾何？譬如朝露，去日苦多。慨當以慷，憂思難忘。何以解憂，惟有杜康。青青子衿，悠悠我心。但為君故，沉吟至今。呦呦鹿鳴，食野之苹。我有嘉賓，鼓瑟吹笙。明明如月，何時可掇。憂從中來，不可斷絕。越陌度阡，枉用相存。契闊談讌，心念舊恩。月明星稀，烏鵲南飛。繞樹三匝，何枝可依。山不厭高，海不厭深。周公吐哺，天下歸心。

在郭茂倩的《樂府詩集》裡，這首詩就有兩種不同的排列層次。第一種他說是「晉樂所奏」。就是說，晉朝的音樂所演奏的《短歌行》就是這種樣子。——由此我們也可以看出，曹操的樂府確實是能夠被之管絃來歌唱的，直到晉朝還在演奏。那麼，晉樂所奏的《短歌行》與前文所引的《短歌行》有哪些不同呢？《短歌行》四句一節，前文所引的一共有八節。而晉樂所奏的《短歌行》只有六節，其中「越陌度阡」的一節和「月明星稀」的一節都沒有。《樂府詩集》裡的第二個《短歌行》，他說是「本辭」。就是說，這一種是曹操本來所寫的辭。這個「本辭」與前文所引的排列層次是一樣的，中間只少「但為君故，沉吟至今」兩句。這是版本的不同所致。可是，《宋書》的《樂志》所載文字與前文所引的也有不同，它把「明明如月」這一節放在了「呦呦鹿鳴」這一節的前邊。而前文所引，與《昭明文選》所載的《短歌行》是一致的，與《樂府詩集》所載也基本相同。為什麼會有這個次序的顛倒呢？那是由於一般人以為，「青青子衿」四句和「明明如月」四句都是懷思，應該放在一起。「呦呦鹿鳴」四句是聚會，當然要先有懷思然後才是聚會啊，所以放在後邊。但我以為，昭明太子是對的。主張顛倒次序的人，他們只知其一不知其二。因為在文學史上，很多人曾採取顛倒反覆的方法來抒寫追求懷思的情意，例如《楚辭》的《離騷》就是如此，還有我們後邊要講的阮籍的《詠懷》詩，一共寫了八十多首，其中一會兒寫失望，一會兒寫追求，反覆零亂，沒有固定的次序。這僅僅是從文學史上一般的情況來說。而就曹操這首詩的特殊情況來看，他這兩段懷思應該是有不同的對象，所以更不能排列在一起，這個等講到這兩段時再作說明。

以上介紹了《短歌行》在題目和排列層次等方面需要掌握的一些情況，下面我簡單介紹《短歌行》寫作時的一些歷史背景。上一講提到過曹操的《述志令》，曹操在那篇文章裡說：「設使國家無有孤，不知當幾人稱帝幾人稱王。」這不是虛偽也不是誇口而是事實。漢獻帝是一個愚弱的天子，他做皇帝完全靠曹操維持，倘若不是曹操而是董卓之輩，恐怕早就把他廢掉或殺掉了。曹操不僅維持了漢獻帝的朝廷，而且他還消滅了各地想割據自立的地方軍政長官，如袁紹、劉表等。建安十三年，曹操破荊州，下江陵，順流而東，準備掃平江南，結果卻在赤壁敗於孫權和劉備的聯軍，從此形成了天下三分的局面。這在《三國演義》裡有很精彩的描寫。《三國演義》中說，曹操在赤壁大戰前夕，在戰船上大宴百官，躊躇滿志，橫槊賦詩，所賦的就是這一首《短歌行》。當然，這是小說家言。可是，蘇東坡的《前赤壁賦》也說了。他說「蘇子與客泛舟，遊於赤壁之下」，於是客人就說：「月明星稀，烏鵲南飛，此非曹孟德之詩乎？」又說：「方其破荊州，下江陵，順流而東也，舳艫千里，旌旗蔽空，釃酒臨江，橫槊賦詩，固一世之雄也，而今安在哉！」也就是說，蘇子與客都認為這首詩是曹操在赤壁大戰前夕所寫的。而且，這首詩最後有一句話很重要，曹操說「周公吐哺，天下歸心」。這是以周公自比。周公輔佐成王時招賢納士，一飯三吐哺，一沐三握髮，絕不肯慢待了那些前來投奔的賢士。曹操自命王者之師，也以周公自比，希望孫權、劉備都主動來歸順他。所以你看，曹操這個人實在很妙：他既有才氣，也有謀略；既肯謙卑下士，有時又用很殘忍的辦法來對付不肯依附自己的人。他把自己的得失利害看得很重，甚至說：「寧使我負天下人，不使天下人負我。」這種作風反映在詩裡，就表現出一種「以我為主」的專擅「霸氣」。我以為，曹操把他英雄的志意、詩人的才情和霸主的野心都集中表現在他的詩裡了。這首《短歌行》，就是很有代表性的一首。

好，現在我們已經瞭解了與這首詩有關的一些知識和背景，下面我們就來欣賞這首詩。開頭兩句「對酒當歌，人生幾何」，表現了詩人對於生命短暫和人生無常的哀感。其中，「對酒當歌」有兩種不同的解釋。一種認為，「對」和「當」意義相同，都是「面對」或者「正當」的意思。北宋晏殊有一首《浣溪沙》，那首詞的開頭「一曲新詞酒一杯，去年天氣舊亭台，夕陽西下幾時回」，和這裡的「對酒當歌」非常相似。因為，酒使人的感情容易激動，容易流露。平常你不喝酒的時候理智很清醒，能夠控制自己，可是你一喝酒就把這種控制放鬆了。聽歌也是一樣，也很容易引起你感情的激動。面前又有酒又有歌，你的感情就激動起來，就會想到這「對酒當歌」的美好快樂的日子能有多少？所以，眼前這暫短的快樂更能反襯出人生無常的哀感，於是就發出「人生幾何」的慨歎。「對酒當歌」的另一種解釋認為：這個「當」，不是「正當」或「面對」，而是「應當」的意思。就是說，人生這種美好聚會的機會是不會太多的，在你面對酒杯的時候，你就應該盡情地歡樂，否則還要等到什麼時候？人生一世不過百年，你還有多少這樣的日子好過？而「人生幾何」這四個字也很妙，因為它並不是曹操自己的話。曹操在這首詩裡用了很多人家說過的話，像「人生幾何」見於《左傳》，「青青子衿，悠悠我心」見於《詩經》，「呦呦鹿鳴」整個一節也都見於《詩經》。所以你看，曹操這個人很有意思，他把古人說過的話拿過來就用，不像現在有些人總是偷偷摸摸的。在上世紀六十年代末七十年代初大陸和台灣隔絕不通的時候，台灣完全看不到大陸的書。那時候台灣有一位學者把大陸的一本書整個抄過來，作為自己的研究成果。那真是一種偷竊的行為！但人家曹操不是。為什麼說不是呢？有兩個原因：第一個原因我在開始介紹建安詩歌時曾經說過，在建安時代以前，中國的文學和詩歌並沒有獨立價值的觀念。說我的詩叫別人偷走了版權？古人那時根本就不會有這種想法。我們講《古詩十九首》時，有一句「音響一何悲」，《西北有高樓》中用了這句話，《東城高且長》中也用了這句話。還有一句「人生不滿百」，《古詩十九首》裡有這句話，長短句的漢樂府詩裡也有這句話。所以古人經常把別人的句子拿來用，並不認為這有什麼不好。這是一個原因。第二個原因我剛才也說過，曹操這個人有一種霸氣——我拿過來就是我的。他並不是像偷人家的東西那樣偷偷摸摸怕人知道。要知道，舊時教小孩子念書，在讀過「四書」之後就要讀「五經」。而《詩經》是五經裡邊最早要讀的，可以說是每一個讀書人開蒙時就讀的書，很多人從七、八歲或九、十歲就背下來了。這是每個人都知道的句子，曹操拿過來就用了。更何況，並不是無論誰拿了人家的東西來用，這東西就屬於誰了，如果你用得不好，和你自己的句子不配合，它永遠也不屬於你。可是人家曹孟德用得好，所以他拿過來也就真的屬於他了。這是第二個原因。除了這兩個原因之外，我還要說：倘若你知道「人生幾何」這句話是出於《左傳》的，你就更能體會到曹操這兩句詩寫得確實是好了。《左傳》上的原文是：「俟河之清，人壽幾何？」

（《襄公八年》）河，是指黃河。黃河的澄清，就代表著天下太平。可是你一個人的壽命有多久？你什麼時候才能等來那天下完全太平安樂的日子？所以，我說曹操這兩句詩和晏殊的「一曲新詞酒一杯」相似，那只是一種表面意思上的相似，可實際上並不相同。晏殊所抒發的只是一個詩人對無常的哀感，而曹操則在詩人的哀感裡還結合有英雄的志意，有一種惟恐這志意落空的憂愁。曹操還寫過有名的《龜雖壽》：「神龜雖壽，猶有竟時。騰蛇乘霧，終為土灰。老驥伏櫪，志在千里。烈士暮年，壯心不已。」也是表達了這種英雄的哀感和憂愁。所以，你要想瞭解曹操的詩，就必須從多方面瞭解他這個人。曹操說自己不做皇帝，可是他卻要完成統一天下的大業，他並不諱言自己有這個野心。如果，這首詩是在赤壁大戰之前寫的，那一年曹操多大年歲？是五十四歲，已經年過半百了。所以他有一種來日無多的緊迫感，渴望能早一天完成他的志意。

接下來他說：「譬如朝露，去日苦多」——人生就像早晨的露水，太陽一出就曬乾了。一個人，當你逝去的日子一天比一天多的時候，你未來的日子自然也就一天比一天少了。漢樂府詩有《薤露歌》，說是：「薤上露，何易晞。露晞明朝更復落，人死一去何時歸。」薤是一種草的葉子。你看那草葉上的露水，怎麼那麼容易就乾了？可是草葉上的露水乾了，明天早晨還會落上新的露水，而人死了以後就再也不會回來了。一個人，不管你多麼有才智有理想，當你死去的時候，你的一切才智和理想隨即也就都落空了，還不如那薤上的露。這也是對無常的哀感，而且是千古以來詩人們常寫的一種共同的哀感。

「慨當以慷，憂思難忘。何以解憂，惟有杜康」。什麼是「慨當以慷」？《詩經》裡常有類似的句子，比如《曹風》的《下泉》：「冽彼下泉，浸彼苞稂。愾我寤歎，念彼周京。」所謂「愾我寤歎」，本來就是「愾歎」。但《詩經》是四個字一句，常常要把兩個字變成四個字。所以「慨當以慷」，其實就是「慨慷」。而「慨慷」和「慷慨」是同樣的意思，為了讀起來比較順口，就顛倒來用了。關於「慷慨」，我在講《古詩十九首》「一彈再三歎，慷慨有餘哀」的時候講過。現在我們認為用錢大方就是慷慨，古時候不是的。古時候用「慷慨」這個詞是形容一種感情激動的樣子，比如《史記》裡講到項羽被包圍在垓下的時候就說：「於是項王乃悲歌慷慨。」（《項羽本紀》）下面「憂思難忘」的「憂」，有的版本作「幽」。「幽」有幽深的意思，「幽思」就是內心深處的一種情思；「憂思」則是指那種人生苦短的哀愁。兩個字都可以講得通。那麼，用什麼東西來消除這種憂愁呢——「惟有杜康」。杜康是最早造酒的人，所以後來人們就把酒也叫作杜康。在中國古代，人們都認為酒是可以消愁的。中國最有名的喜歡喝酒的詩人就是李白，「李白斗酒詩百篇」（杜甫《飲中八仙歌》）嘛！可是你到李白的詩裡去找一找看，他凡是說酒的時候都是在說愁。「五花馬，千金裘，呼兒將出換美酒，與爾同銷萬古愁」（《將進酒》）；「抽刀斷水水更流，舉杯消愁愁更愁」（《宣州謝朓樓餞別校書叔雲》），都是酒與愁。那是一種天才的寂寞和天才的失意。李白是一個天才，但他不是一個有排解辦法的天才。陶淵明是一個有排解辦法的天才，蘇東坡和歐陽修也是，就連王安石在晚年都有自己排解的辦法。但李白沒有，所以他惟一的辦法就只是喝酒。

「青青子衿，悠悠我心。但為君故，沉吟至今」——這真是一份詩人的才情！因為，最能夠引起詩人感發的，就是那種懷思嚮往之情。那是最有詩意的一種感情。王國維在《人間詞話》中說：「《詩．蒹葭》一篇最得風人深致。」「風人」，就是詩人。《蒹葭》是《詩經．秦風》裡的一篇：「蒹葭蒼蒼，白露為霜。所謂伊人，在水一方。溯洄從之，道阻且長。溯游從之，宛在水中央。」瓊瑤寫過一篇小說，不是就叫《在水一方》嗎？所謂「蒹葭」，就是水裡邊生長的那一大片蘆葦。小時候在北京，院子裡和門前是不許種蘆葦的，認為它不吉祥。秋天看蘆葦哪裡是最好的地方？是陶然亭。那裡非常荒涼，到處長滿蘆葦，還有一大片無主的墳墓。記得那兒有一塊墓碑，上面刻了非常好的一首短詩：「浩浩愁，茫茫夜。短歌終，明月缺。鬱鬱佳城，中有碧血。碧亦有時盡，血亦有時滅，一縷香魂無斷絕。是邪非邪，化為蝴蝶。」寫得真是非常之好！他說：我們的人生，有說不盡的憂愁；我們的世界，有說不盡的苦難。越是你喜歡的東西越是短暫的，所有美好的東西都是殘缺的。這裡有一個人，當年有過這樣的才智和熱血，有過這樣的感情，卻抱著這樣的人生長恨而死去，埋在這個墳墓裡邊。古代有一個傳說，說人死之後，倘若他有一種希望和理想沒有完成，那麼他的血幾年之後就會化作一塊碧——像玉一樣的東西。可是，就算你化成碧了，它也會有消失的一天，你的血不用說，更是早就消失了。然而，你既然有過這樣的聰明才智和美好的理想，你的精神就不應該消滅。那麼你的香魂到哪裡去了？——「是邪非邪，化為蝴蝶」。這首詩，始終不知道誰是作者；這墳墓，也始終不知道是誰的墳墓。好，現在我們把感發拉回來，還是看這一片蘆葦。《詩經》的《蒹葭》說，當秋天涼風起天末的時候，我所要追尋的一個人，就在水的那一邊。我想要逆流而上去找她，那道路真是既難走又漫長；我想要順流而下去找她，卻看見她遠遠的好像就在我眼前的水中央。我要追隨她，但是卻永遠追不到她。詩人所要追求的是什麼？他並不只是思念一個人，而是表現了一種懷思和嚮往的感情。他之所以說「所謂伊人」，那只是因為詩歌的表現要形象化，需要有一個具體的形象而已。而這裡，「青青子衿」也是一個形象，他說那青青顏色的，就是你的衣衿。衿，是指衣服上的領和衿，古人的領和衿不像現在分開，而是一起連下來的。青，是一種很美麗的顏色，是「青青河畔草」的「青」。他說因為我永遠想念著你，所以也就永遠記得你身上那青青的衣衿。你現在雖然離我那麼遠，但我的心已經一直追隨你到那遙遠的地方去了。《花間集》裡牛希濟有兩句詞，「記得綠羅裙，處處憐芳草」（《生查子》「春山煙欲收」），和這裡有一些相似。這兩句詞說：我記得分別時你穿了一條綠色的羅裙，所以我無論走到什麼地方，看到綠色的芳草，就引起一種憐愛的感情，因為那是你所穿的羅裙的顏色。這種感情，只能說和「青青子衿，悠悠我心」的感情有些相似，實際上卻並不相同。為什麼呢？因為牛希濟這首詞是寫男女愛情的，寫一個男子懷念一個和他離別的女子。他前邊寫了離別時的情景和這女子在離別時所叮嚀的話，寫得很具體、很現實。可是曹操這兩句不然，他並沒有把當時的情景寫得這麼具體，他也不是寫男女的愛情。他說，「但為君故，沉吟至今」。「沉吟」，我們在講《古詩十九首》「沉吟聊躑躅」的時候曾經講過，即是沉思吟想的意思。當你凝聚起你的精神去想一個人的時候，你就把外界都忘記了，有時口中就念念有詞，這就叫沉吟。那麼曹孟德沉思吟想的對象是誰？你要知道，這就是他的詩很妙的所在了。因為「青青子衿，悠悠我心」兩句也是從《詩經》裡拿來的，它出於《鄭風》的《子衿》。漢朝為《詩經》作傳的本來有好幾家，但是到了曹操所在的東漢末年，最流行的就只有《毛傳》了。《毛傳》在每首詩的前邊都有一個序，是對詩的一個簡單的解釋。其中只有第一首《關雎》前邊的序很長，叫作「大序」，後邊每首詩的序就都很短，叫作「小序」。這首《子衿》前邊的小序說：「子衿，刺學校廢也。亂世則學校不修焉。」就是說，這首詩所諷刺的是在亂世之中學校都荒廢了，學生都不來念書了。「子衿」是指古代學生的制服，一般都是青色的，所以說「青青子衿」。那麼我們現在就可以知道，「青青子衿」指的是男子不是女子，而且是尚在學生年齡的青年男子，這個青年男子是誰？那就要聯繫當時的歷史背景了。當時是在赤壁之戰的前夕，曹操在赤壁是要與孫權、劉備作戰。所以有人就說，這「青青子衿」指的是孫權，還有一個人就是劉琦。劉琦是荊州牧劉表的兒子。劉表死後，劉琦的弟弟劉琮以荊州降曹，劉琦不肯投降，就投靠了劉備，聯合孫權一起抵抗曹兵。曹操在這首詩中，表示了希望招此二人歸附的意思。「青青子衿，悠悠我心。但為君故，沉吟至今」——我是如此真心實意地盼望你們來歸附於我，你們為什麼遲遲不來呢？

而且曹操接下來又說：「呦呦鹿鳴，食野之苹。我有嘉賓，鼓瑟吹笙。」這四句又是出於《詩經》，是《小雅》第一篇《鹿鳴》的開頭四句。你要知道，《詩經》裡邊雖然也有感慨時代變亂或生活困苦的詩篇，可是無論《國風》還是《大雅》、《小雅》，它們開頭的第一篇，都是寫美好而不是寫離亂的。《國風》的第一篇《關雎》是寫夫妻間應該有和樂美好的生活，《小雅》的第一篇《鹿鳴》則是寫君臣間也應該有和樂美好的生活。《鹿鳴》，是寫君臣燕饗的詩篇，以鹿鳴起興。「呦呦」是鹿的叫聲，說是鹿發現山野之間有牠喜歡吃的苹草，就發出快樂的叫聲，招呼同伴們都來享用。而君臣之間呢，也不能整天只是搞政治，有時候也需要有一個宴會來放鬆一下。「我有嘉賓，鼓瑟吹笙」，這是國君的口吻。他說，我今天要宴請你們大家，不但為你們準備了美好的宴席，還準備了美好的音樂。而曹操引用這幾句的意思是說：如果你們來歸附我，我也要為你們準備這樣美好的宴席，好好地招待你們，共享君臣之樂。你看，曹操這兩處引用《詩經》用得都十分恰當。《鄭風・子衿》說的是青年學子，而當時孫權和劉琦都在二十七八歲左右，曹操那一年是五十四歲，他是可以對年輕人這樣說話的。至於《小雅・鹿鳴》，那是國君設宴招待群臣，在盼望和召喚之中隱然就定下了君臣的名分。

下邊一章是：「明明如月，何時可掇。憂從中來，不可斷絕。」我前文曾提到，這首《短歌行》在不同的選本中每段之間排列的次序有所不同，我們現在用的是《昭明文選》的排列次序。而《宋書》的《樂志》裡邊也記載了這篇《短歌行》。大家知道，曹操是東漢獻帝時代的人。曹操死了以後，曹丕篡漢做了皇帝，就是曹魏。後來司馬氏又篡了魏，就是晉。然後劉裕又篡了晉，就是劉宋。從這裡你也可以看到，曹操這首《短歌行》流傳了多麼久！不但晉樂演奏它，劉宋時還在演奏它。而在演奏的時候，唱歌的人就把原詩的次序顛倒了，所以就產生了這些不同。「青青子衿」一段寫的是懷思，「呦呦鹿鳴」一段寫的是聚會。而現在「明明如月」這一段，寫的又是懷思。所以那些唱歌演奏的人就把兩段懷思放在一起，認為先是懷思，然後是聚會，這樣才通順。但他們是不對的，不能這樣放。因為，「青青子衿」所可能懷思的對象是孫權和劉琦；而「明明如月」所可能懷思的對象則是劉備。何以知道是劉備呢？因為緊接著這一段下邊的「越陌度阡」一段，寫的是劉備與曹操的關係。

前文曾提到，「青青子衿」所寫的感情與晚唐五代牛希濟所寫的兩句小詞的感情有些相近，但又不像牛的小詞那樣寫得那麼具體，那麼現實。可是，如果拿「青青子衿」和「明明如月」相比，那麼「青青子衿」就又顯得比較具體，比較現實了。因為，「青青子衿」所寫的確實是人；而「明明如月」只是說天上的月亮。曹操說，你是這麼光明皎潔，這麼美好，就像天上的明月一樣，何時可掇？掇是拾取的意思，他說你明月那麼高，我什麼時候才能把你摘下來拿在我的手中？你看，這真是有些霸氣。其實這都是他政治上對人才的招攬，可是他寫得多麼有詩情！剛才的「青青子衿」使我們聯想到晚唐五代牛希濟的小詞，這「明明如月」也可以使人們聯想到晚唐五代的另一句小詞，就是溫庭筠《菩薩蠻》的「玉樓明月長相憶」。他說是玉樓中的一個女子，每當看到天上的明月，就會引起她對所愛之人的懷想。看見明月就懷想所愛之人，這傳統其實很久遠。唐朝李白的《玉階怨》也曾說：「卻下水晶簾，玲瓏望秋月。」所謂「玉階」，是指那女子所住的地方。李白這首詩也是寫女子對所愛之人的盼望，因為這個人沒有來，所以就產生了怨情。詩中對秋月的望，也就是對所愛之人的望，寫得真是很好。把所愛的對象比作明月，如此光明，如此皎潔，於是這種思念的感情也就產生了一種昇華，顯得如此高遠。從這裡，我們也可以看到曹操這個人真是一個有詩情的人，他不只是喜歡運用《詩經》，而且他的感情與五代小詞的感情、與唐代詩人的感情，都有一些暗合之處。然而，這還只是表面一層的意思。事實上，這一段是寫了他和劉備的關係。如果大家看過《三國演義》或《三國志》就會知道，劉備當年是賣草鞋的，很不得志，是曹操欣賞、認識了劉備的才幹。《三國演義》上說，劉備被呂布打敗，連兩個夫人都被呂布俘虜走了，他無路可走，就投奔了曹操。曹操對他非常好，有一次兩人青梅煮酒談論英雄，曹操對劉備說：「天下英雄，惟使君與操耳。」他說普天之下，只有你和我兩個人才稱得起英雄。曹操當時身為漢相，很有權勢，他說什麼就是什麼，漢獻帝不敢不聽。於是他就表奏劉備為豫州牧，並且親自為劉備出兵，打敗了呂布。曹操不惜代價，用心拉攏劉備，甚至對劉備的手下關羽也非常好，就是因為他非常欣賞劉備這個人才。曹操這個人是很不簡單的，從建安元年他一掌權，就極力要收服天下的豪傑，使天下的人才為他所用。可是他對劉備白費了心思，有一次，他派劉備帶兵出去打仗，劉備帶著兵一出去就再也不回來了。當曹操放劉備出去的時候，他手下的謀士就對他說：「丞相你做錯了，劉備雖然在落魄失意時來投奔你，但這個人不是甘居人下的人，他一定會背叛你。」不過這時曹操後悔也來不及了，劉備一出去果然就建立起自己的勢力和地位，成了曹操的一個重要對手。現在，劉備又與孫權聯合起來抵抗曹操。可是曹操還是說：「明明如月，何時可掇？憂從中來，不可斷絕」——你是這麼好的一個人才，什麼時候才可以為我所用？每當我一想到你不屬於我，我的內心就生出一種憂傷之情。

接下來仍然是敘述對劉備的這種懷思之情：「越陌度阡，枉用相存。契闊談讌，心念舊恩。」阡和陌都是小路。有人說東西是阡，南北是陌，有人說南北是阡，東西是陌，這個我們不去管它。總之，阡陌就是泛指東西南北的道路。「存」，是關懷、慰問的意思。當初劉備打了敗仗孤身去投曹操，是曹操不辭勞苦地出兵為他打敗了呂布，為他接回了兩位夫人。他說，難道我對你的一片關懷都枉費了心機嗎？難道你就是這樣來報答我嗎？「契闊」兩個字也是出《詩經》，《詩經·邶風》的《擊鼓》有一句「死生契闊」。這是一首寫戰爭的詩，說是出征的士兵死生不保，和他的家人永遠地離別了。《毛傳》的注解說，「契闊」就是「勤苦」的意思，出兵打仗是在生死的危險之中辛勤勞苦地生活。宋朝朱熹的《詩集傳》則認為，「契闊」是離別的意思，是說當兵的人這一走，也許生離就變成死別了。清朝有位學者王先謙寫了《詩三家義集疏》，他說這「契闊」是一個約結。就是說，當兵的人雖然走了，可是他和他所愛的人訂下了一個生死都不違背的約結。所以「契闊」有這三種不同的解釋。至於曹操這個「契闊」，我以為可能有「離別」的意思，因為接下來的「談讌」是說聚會。曹操和劉備不是有過青梅煮酒論英雄的聚會嗎？現在他說，過去我和你有過離別，也有過聚會，我們彼此都應該珍惜舊日的那一份感情。所謂「心念舊恩」是從兩方面來說的，是說你雖然曾背叛我，但我對你仍然有舊日那一份感情，而你也不應該忘記我從前對你的幫助和恩惠。

所以，按章法來說，「青青子衿」和「呦呦鹿鳴」這兩章是一個段落；「明明如月」和「越陌度阡」這兩章是另一個段落。兩段都是懷思，但懷思的對象不同。前一段的懷思比較單純，說年輕人你們就來歸降好了，我要設一個盛大的宴會來招待你們。而後一段的懷思就比較複雜一些，敘及當年的交往和情誼，希望對方珍惜這一份舊日的情誼。這是我個人的看法。

曹操接著又說：「月明星稀，烏鵲南飛。繞樹三匝，何枝可依。」當時正是赤壁之戰的時候，曹操在一個月明的夜晚在長江之上飲酒賦詩。月明的夜晚星星一定是稀的，這可能就是寫眼前的實景。「烏鵲」，也是泛指天上飛的鳥。赤壁之戰發生在秋冬的時候，而且這時又已經入夜。鳥本應早已棲宿歸巢，找到自己夜間棲息的託身之所了，可是這些鳥還在飛。所謂「南飛」，是因為南方是溫暖的，它們要找一個溫暖的託身之所。「匝」是圍，他說這些鳥繞著樹飛了一圈又一圈，但是「何枝可依」——有哪一棵樹是可以託身的所在？中國古人常說：「良禽擇木而棲，良臣擇主而事。」說一隻好的鳥不會隨便棲落在一個污穢骯髒的地方，牠一定要選擇一棵好的樹作為棲息之所。傳說中的鳳凰就是非梧桐不棲，而這個鳥的形象所象徵的就是：一個好的人才也不會隨隨便便去投靠什麼人，他一定要選擇一個賢明的君主來事奉。所以你看，曹操這幾句雖然是寫眼前的實景，其中卻有深意。他的意思是說，你們這些有才幹的人還在猶豫什麼呢？你們要找一個賢明的主人，為什麼不投奔到我曹孟德這兒來呢？只有我這裡才是你們最好的歸宿！

於是，直到最後一段，他才說出了自己的主旨：「山不厭高，海不厭深。周公吐哺，天下歸心。」這幾句真是畫龍點睛，讀到這裡你才知道，他前邊所說的那些都是有用意的。只不過那時你看不出來，所以把那些慨歎人生短暫啦，寫對於所愛之人的懷思啦，都看作是一般詩人常有的感慨。可現在你才知道，他和一般的詩人是不一樣的，而且我們還要注意，這「山不厭高，海不厭深」也有出處，它出於《管子・形勢解》：「海不辭水，故能成其大；山不辭土石，故能成其高；明主不厭人，故能成其眾。」意思是說：海從來不拒絕水，所有的水都流到海裡，所以海才會這麼大；山從來不拒絕土石，所有的土石都可以落在山上，所以山才會這麼高；明主也從不拒絕歸附他的人，所有的人都來投奔他，所以他才擁有很大的力量。這裡邊，已經隱隱有一種實現霸業的雄才大志了。下邊，「周公吐哺」又是一個典故。周公是周武王的弟弟，周成王的叔叔。武王死後成王年幼，周公輔政，平息了武庚的叛亂，並且制禮作樂，使天下大治，後代稱為聖賢的典範。周公的兒子名叫伯禽，受封於魯。《史記・魯周公世家》記載說，當伯禽要到魯地去的時候，「周公戒伯禽曰：『我文王之子，武王之弟，成王之叔父，我於天下亦不賤矣。然我一沐三捉髮，一飯三吐哺，起以待士，猶恐失天下之賢人。子之魯，慎無以國驕人。』」周公說他在輔政的時候，從來不敢怠慢前來求見的賢士。如果在洗頭髮的時候有人來見他，他來不及把頭髮梳好，握著濕頭髮就出來見客。如果在吃飯的時候有人來見他，他來不及嚼完口中的食物，就把它吐出來出去見客。就這樣，他還惟恐疏漏了國中的賢人。曹操在這裡以周公自比，說我也像周公一樣的賢明，一樣的禮賢下士，因此所有的人都應該歸心於我。

這就是曹操的《短歌行》，它在古今眾多的詩歌中是很有特色的。因為，一般有詩人才情的人不一定有曹操這種雄圖霸業的抱負；而有雄圖霸業之抱負的人又不一定有詩人的才情。只有曹操具備了這雙重的感情，所以他才能夠寫出這麼好的一首詩來。

第四節　樂府敘事詩、悲憤詩、四愁詩

上一節，我們看了曹操的《短歌行》。鍾嶸評價曹操的詩說：「曹公古直，甚有悲涼之句。」「古直」是指，曹操的詩是古樸的、不加雕飾的，那麼什麼是「悲涼之句」呢？那是一種氣魄很大的悲慨，使人產生近於蒼涼的感覺。比如《步出夏門行》的「東臨碣石，以觀滄海」、「秋風蕭瑟，洪波湧起」，就含有一種包含宇宙的悲慨。這種悲慨，有他開闊博大的志意在裡邊。曹操的樂府詩寫得很好，我們再看他的一首《苦寒行》，這首詩不作詳講，只是為了再體會一下他的那種古直和悲慨：

北上太行山，艱哉何巍巍！羊腸坂詰屈，車輪為之摧。樹木何蕭瑟，北風聲正悲。熊羆對我蹲，虎豹夾路啼。谿谷少人民，雪落何霏霏！延頸長歎息，遠行多所懷。我心何怫鬱，思欲一東歸。水深橋樑絕，中路正徘徊。迷惑失故路，薄暮無宿棲。行行日已遠，人馬同時飢。擔囊行取薪，斧冰持作糜。悲彼東山詩，悠悠使我哀。

這首詩，是建安十一年曹操北征高幹時所寫。開頭兩句「北上太行山，艱哉何巍巍」，沒有任何雕琢修飾，一上來就直接說行軍的艱苦。可是，它在直言之中就帶有一種感動讀者的力量：這麼巍峨雄偉的大山，要付出什麼樣的代價才能夠爬過去？接下來他說：那羊腸一樣狹窄彎曲的山路，把戰車的車輪都磨損了。而且北風怒吼著席捲過來，吹光了樹上的葉子；山上到處都是野獸的叫聲，吃人的大熊甚至就蹲坐在對面，瞪著我們這支行軍的隊伍。在這深山幽谷之中，你能找到一個

居住的人家嗎？根本就沒有！只能看到漫天的大雪。「延頸」，是伸長了脖子向遠處張望的樣子；「怫鬱」，是心中悲哀、不愉快的樣子。他說在這個時候，我就特別思念我的故鄉和我的家人，這漫長的戰爭什麼時候才能結束？我什麼時候才能夠休息，才能夠回到東方我的故鄉和我的家人身邊呢？而這時候我們又遇到山中一條澗水，橋樑已經斷了，大家站在山路上徘徊，不知道該怎麼辦。回去的路也找不到了，天已經黑下來，附近沒有一個可以過夜的地方。——說到這裡我聯想到，中國當代出了很多小說家，特別是上山下鄉的知識青年小說家，他們寫了很多小說，所寫的內容大都是他們自身經歷過的事情，是中國古人從來沒有寫過的，其中有一篇寫大森林的，題目我記不得了，寫的就是在山林之中迷路的事情。寫得真是非常好。曹操在這裡所寫的艱苦行軍生活，也是他自身真實的經歷，所以才能寫得如此動人。他說，我的心裡雖然思念著家鄉，可是我的馬卻向著和家鄉相反的方向越走越遠。天已經這麼黑了，我們還沒有找到一個可以休息的地方，不但人餓了，馬也都餓得走不動了！下面他寫士兵在深山冰雪之中埋鍋造飯，說他們背著口袋去尋找乾柴來燒火，沒有水，就用斧子砍下冰塊放在鍋裡溶化，煮一些稀粥來吃。他說他看到這些不由得就想起了《東山》詩，心中生出無限的感慨。《東山》是《詩經．豳風》裡的一篇，內容是寫遠征的軍人凱旋還鄉，舊日傳說是周公所寫。所以「悲彼東山詩，悠悠使我哀」這兩句暗含著兩層意思。第一層意思是說，我什麼時候才能夠打贏這場戰爭，凱旋而歸？第二層意思是說，我什麼時候才能像周公那樣平定天下？什麼時候才能建立周公那樣的功業？——這曹操真是處處以周公自比！可是，建安時期天下大亂，群雄並起，哪裡是一個人的力量可以平定的？一直到曹操死去，天下也沒有平定下來。所以這也就是他產生悲慨的真正原因。他悲的是，這行軍的道路如此艱苦漫長，而我的人生道路也是一樣的艱苦漫長，掃平天下的理想不能實現，這艱苦的戰爭生活也就永遠沒有一個終止的日子！所以你看，這真是英雄的詩。他的悲慨和一般詩人的悲慨是不一樣的。

曹操的詩我們就講到這裡。下邊在講曹丕的詩之前，為了給大家一個詩歌歷史發展的概念，我還要介紹另外的一些詩，這些詩都不作精講，只是略讀。首先我要提到的，是樂府敘事詩。我們不是提到過漢朝有樂府詩嗎？樂府詩裡邊，有一部分本來是民間的歌謠，後來被樂府官署裡的官吏配合了音樂來歌唱，就成了樂府詩。這些樂府詩，往往反映了社會生活的各個方面。比如樂府詩裡有一首《西門行》，是反映人生短暫的；還有像《戰城南》，是反映戰爭痛苦的，另外還有反映社會上所發生的各種情事的，如《孤兒行》、《婦病行》等。《婦病行》寫一個母親生病了，臨死時跟她丈夫說，我死了以後你一定要好好對待我的小孩子。「屬累君兩三孤子，莫我兒飢且寒，有過慎莫笪笞，行當折搖，思復念之」，寫得真是淒慘。另外還有一種，是寫社會間男女情愛的。而這一類，有時候就有一個故事了。有的時候，民間發生了一個故事很感動人，於是大家就歌唱這個故事，就成了敘事的詩歌。所以說，敘事詩其實也來自樂府。前文曾提到，建安時期有一位女作家蔡琰寫了一首很長的《悲憤詩》，把她自己的生平都寫進去了。那不是一件偶然的事情，是因為當時已經有了可以產生這種長篇敘事詩的背景。一般說起來，中國古代的詩歌都是以抒情言志為主，比較缺乏長篇的敘事詩。不像西方，西方早期的詩歌是史詩，都是很長很長的故事。但是，中國雖然缺少長篇敘事詩，卻也不是絕對沒有。而這些長篇的敘事詩，往往都是來源於樂府詩的。我們先看這首《陌上桑》：

日出東南隅，照我秦氏樓。秦氏有好女，自名為羅敷。羅敷善蠶桑，採桑城南隅。青絲為籠系，桂枝為籠鉤。頭上倭墮髻，耳中明月珠。緗綺為下裙，紫綺為上襦。行者見羅敷，下擔捋髭鬚。少年見羅敷，脫帽著帩頭。耕者忘其犁，鋤者忘其鋤。來歸相怨怒，但坐觀羅敷。使君從南來，五馬立踟躕。使君遣吏往，問是誰家姝。「秦氏有好女，自名為羅敷。」「羅敷年幾何？」「二十尚不足，十五頗有餘。」使君謝羅敷：「寧可共載不？」羅敷前置辭：「使君一何愚！使君自有婦，羅敷自有夫。東方千餘騎，夫壻居上頭。何用識夫壻，白馬從驪駒。青絲繫馬尾，黃金絡馬頭。腰中鹿盧劍，可值千萬餘。十五府小史，二十朝大夫。三十侍中郎，四十專城居。為人潔白晳，鬑鬑頗有鬚。盈盈公府步，冉冉府中趨。坐中數千人，皆言夫壻殊。」

他說，太陽從東南角出來了，就照在一家姓秦的樓上。這秦家有一個非常美麗的女子叫作羅敷。羅敷這個女子能夠養蠶，每天要到城南的地方去採桑。詩中形容這個女子的美好，寫得很妙。他並不去直接描寫這個女子的眉毛、皮膚或眼睛有多麼好看，而是描寫她帶著的一個採桑用的竹籃子，說那籃子上邊繫著青色的絲繩，而籠鉤則是用桂樹的樹枝做的。這個女子，她用的東西都這麼美好，人的美好就更不用說了。下面「頭上倭墮髻，耳中明月珠」，仍是從側面寫她的美。什麼是「倭墮髻」？你看古代的女子，有的梳的是高髻，把頭髮高高地盤在頭頂上，顯得很莊嚴；而倭墮髻是梳得比較低的斜垂下來的一種髮髻，與高髻不同，顯得很浪漫、很有姿態。「明月珠」是一種寶珠，她的耳環上鑲著很美麗的寶珠。「緗綺為下裙，紫綺為上襦」，緗是杏黃的顏色，襦是上身穿的短襖，這女子穿著杏黃色的裙子，紫色的短襖。這是寫她的服飾，仍不是寫她的容貌。下面他說，走路的人看見了羅敷，放下擔子就不走了，都站在那裡捋著鬍鬚望著她出神；少年人看見了羅敷，就摘下帽子來，把頭巾重新整一整，盡量使自己顯得整齊些。耕田的人看見羅敷就忘記了手中的犁，鋤地的人看見羅敷就忘記了手中的鋤，等到回來之後大家就彼此抱怨，說怎麼今天什麼工作都沒做呢？那是因為只顧觀看羅敷這個美女了。這幾句寫得真是很俏皮、很傳神。

這些平民老百姓，雖然都覺得羅敷很美，但他們知道自己沒有資格也沒有權力得到她，只能是遠遠地欣賞一下而已。可是現在就有一個「使君」出來了。「使君」，是東漢以來對州郡太守、刺史的稱呼，是很有權勢的地方長官。「使君從南來，五馬立踟躕」，他看到羅敷也停下車來不走了，這個使君，就不僅是遠遠地欣賞了。他覺得自己有權力得到這個女子，就派了一個手下人，說：「過去問一問，這是誰家的女子長得這麼漂亮？」下面就都是問答。——問答，也是樂府詩的一個特色，它可以使詩顯得很生動。於是旁邊就有人回答了：「秦氏有好女，自名為羅敷。」問：「羅敷年幾何？」回答說：「二十尚不足，十五頗有餘」——大約是十六七歲的樣子。「使君謝羅敷，寧可共載不？」這個「不」不能讀ㄅㄨˋ，要讀上聲，念ㄈㄨˇ。「謝」就是問的意思，就好像我們要問別人什麼事情，先說「excuse me」。這使君就派人去問羅敷說：「我問你，你可以跟我一起上我的車嗎？」下邊羅敷就出來說話了：「羅敷前置辭，使君一何愚！」置詞，就如同我們現在所說的「致詞」，就是表達你的意思，也就是說話。羅敷說，你這個做官的講這種話就很不合理了，你有你的妻子，我有我的丈夫，你怎麼能對我說這種話！底下一大段更妙，都是羅敷誇她的丈夫怎麼好。她說：我的丈夫也是了不起的人物。如果你看見東邊來了一大群人，那我的丈夫就是其中地位最高的一個，他騎的是白馬，後邊跟隨的人騎的都是黑馬。他的馬尾上繫著青絲，馬頭上套著黃金做的籠頭，他的腰間掛著非常貴重的寶劍。「鹿盧劍」的「鹿盧」，通「轆轤」，是井上汲水用的滑輪。劍柄上纏繞著帶子，形狀很像井上的轆轤，所以就叫鹿盧劍。接下來她就開始背她丈夫的履歷：「十五府小史，二十朝大夫，三十侍中郎，四十專城居。」「專城居」，那就是做了一個地方的領導了。下邊更有意思，她說：我的丈夫皮膚還很潔白，長著疏薄的鬍鬚，他不但容貌好，舉止動作也好。每當上班的時候，他總是邁著輕盈舒緩的腳步到自己的辦公室去。然後她說：「坐中數千人，皆言夫壻殊」——在座的好幾千人，都說我的丈夫是傑出的人才。這首詩到此戛然而止。誇了一大段她自己的丈夫，當然也就是拒絕了太守。很天真也很生動，這是樂府敘事詩的手法。

還有一首樂府敘事詩，辛延年的《羽林郎》，是寫一個貴家豪奴調笑酒家女子，也遭到了這個女子的拒絕。書上的注解說，這一篇從風格及服裝上考察，可能是東漢的作品，應該是反映當時社會現實的。東漢和帝的時候，竇憲做大將軍，他的弟弟竇景做執金吾——執金吾是官名，大約相當於警察局長之類。這個人驕縱不法，他手下的人常常掠奪民間財物，強佔民間婦女，官吏都不敢干涉，商人也很懼怕他們。這首詩，可能就是為控訴這個竇景而作的。但詩中說「霍家奴」，沒有提姓竇的，這是因為作詩的人不敢明說，只好假託西漢的霍家。這種諷古刺今的方式，也是樂府詩裡常用的。此外還有一首流傳眾口的最長的樂府敘事詩，那就是《焦仲卿妻》。這首詩寫了一對夫妻，男的叫仲卿，女的叫蘭芝，蘭芝的婆婆不喜歡蘭芝，逼迫她兒子把蘭芝休棄掉。可是這夫妻二人感情實在很好，仲卿就對蘭芝說：你暫時回娘家，我再慢慢想辦法把你接回來。於是妻子就回到娘家。沒想到回家後有很多人來給她提親，蘭芝是不想改嫁的，可是她哥哥逼著她改嫁，結果這個女子在結婚的當天晚上就跳水自殺了。她的丈夫仲卿得到消息後也在一棵樹上上了吊。詩中說，這兩個人死後被合葬，他們的墳上長出兩棵樹成為連理枝，有一對鳥常常在上邊飛，每天都從夜晚一直叫到天亮。「行人駐足聽，寡婦起彷徨。多謝後世人，戒之慎勿忘」，他說人們對這件事都非常感動，希望後代的人再也不要犯同樣的錯誤了。這首詩，反映的是中國古代婚姻不自由所造成的一個悲劇。

前文提到的《陌上桑》和《羽林郎》，是東漢時期的作品；而《焦仲卿妻》就比較晚，可能已經是魏晉時期的作品了。總而言之，在這一段歷史時期中，流行的樂府歌謠中已經有了這一類敘事的詩歌，在這個背景下，就產生了蔡琰的《悲憤詩》。蔡琰的《悲憤詩》也是敘事詩，但與我們前邊講的那幾首不同。前邊那幾首敘事詩都是用旁觀者的口吻寫的，蔡琰的這首詩用的是第一人稱的口吻。這首詩寫得真是非常好，不但很有氣魄，而且把敘事、言情，還有說理，都結合在一起了。

現在我們就把它看一遍。

「漢季失權柄，董卓亂天常，志欲圖篡逆，先害諸賢良」，真是發大議論！一開頭就寫得很有魄力。漢末天下大亂，這一段歷史我前文已經簡單介紹過。那什麼是「亂天常」呢？在人與人的關係之中，有一些是不可以改變的，比如君臣、父子、夫婦。這個叫「倫常」。由於這些關係永遠不能改變，所以也叫「天常」。董卓想要篡位，這就是一種亂天常的行為。因此，他先要陷害朝廷裡那些正直的大臣，以鞏固自己的勢力。「逼迫遷舊邦，擁主以自強」——這是指董卓逼迫漢獻帝從洛陽遷都到長安那件事，我們已經講過了。於是，關東諸侯就聯合起來討伐董卓：「海內興義師，欲共討不祥」，「不祥」，是「不善」的意思，指的就是董卓。「卓眾來東下，金甲耀日光。平土人脆弱，來兵皆胡羌」。董卓的軍隊裡邊有許多羌、胡之人，這些西北遊牧民族都是勇猛強悍的。「獵野圍城邑，所向悉破亡」，那真是像打獵一樣掃蕩下來，沒有攻不破的城池。「斬截無孑遺，屍骸相撐拒」，他們見人就殺，不留一個活下來的，地面上堆滿了死屍。「撐拒」，是形容死屍一個壓著一個的樣子。「馬前懸男頭，馬後載婦女。長驅西入關，迴路險且阻」，這些軍隊，見到男的就殺死，見到婦女就擄走，他們在中原殺掠之後，就經過函谷關向西而去。「還顧邈冥冥，肝脾為爛腐」，你們要注意這一句。人們常說杜甫的詩不避醜拙，經常寫一些慘厲的現實，如「朱門酒肉臭，路有凍死骨」（《自京赴奉先縣詠懷五百字》）等。其實，杜甫是繼承了傳統的、從建安時代就有了的這種作風。「肝脾為爛腐」，就是非常樸實的、不避醜拙的句子。「所略有萬計，不得令屯聚。或有骨肉俱，欲言不敢語。失意幾微間，輒言『斃降虜！要當以亭刃，我曹不活汝』」，是說所有這些被俘虜的人是不可以聚集在一起的，即使是和父母妻子兒女也不敢說一句話，假如你不能投合那些兵卒的心意，他們動不動就威脅說要殺死你。「豈敢惜性命，不堪其詈罵。或便加棰杖，毒痛參并下。旦則號泣行，夜則悲吟坐。欲死不能得，欲生無一可」，這都是蔡琰自己的經歷，她和這些被俘虜的人白天流著淚被軍隊押著走，夜晚徹夜哭泣，不能安眠，一路上受盡了虐待，既沒有生的樂趣，也沒有死的自由。「彼蒼者何辜，乃遭此厄禍」？她說：上天哪，我們犯了什麼罪過，竟遭遇到這樣的災難？這是這首詩的第一段。

第二段她說：「邊荒與華異，人俗少義理。處所多霜雪，胡風春夏起。翩翩吹我衣，肅肅入我耳。感時念父母，哀歎無終已。」這是已經到了北方的胡地了。蔡琰落到匈奴人之手，被迫嫁給了匈奴的左賢王。可是胡地與中華風俗道德不一樣，他們是不講禮法的，而且胡地常年是寒風大雪的天氣，這些都使作者更懷念自己的父母家人，終日傷心憂愁。「有客從外來，聞之常歡喜。迎問其消息，輒復非鄉里」——有的時候從外地來了客人，這些被迫留在匈奴的人就趕快去打聽消息，但客人並不是從自己家鄉來的，根本就不知道家鄉親人的消息。下面她說：「邂逅徼時願，骨肉來迎己。己得自解免，當復棄兒子。」蔡琰在胡中十二年，嫁給了左賢王，生了兩個兒子，這一段經歷她都跳過去沒有講。她只是說：我很幸運地碰到一個偶然的機會，我故鄉的親人終於來接我了。這是指曹操派人到匈奴來贖她的事情。曹操和蔡琰的父親蔡邕是好朋友，蔡邕已死，曹操痛其無嗣，才派使者贖回蔡琰，讓她嫁給董祀。那麼蔡琰現在本可以結束在胡地所受的苦難返回故鄉了，可是匈奴又不允許她把自己的兒子帶回去，這又給她造成新的痛苦：「天屬綴人心，念別無會期。存亡永乖隔，不忍與之辭」。什麼是「天屬」？儒家是注重倫理的，倫理的關係有所謂「天倫」，有所謂「人倫」。像父子啦、兄弟啦，這種你天生來就有的關係是天倫。像夫妻啦，朋友啦，這種你後天才有的關係是人倫。「天屬」就是天倫，這裡指的是母子關係。母親對兒子的關懷，那是心連心的，但從此一別之後，就再也沒有見面的機會，恐怕連彼此的生死存亡都不知道了，我怎麼能忍心就此離別呢？「兒前抱我頸，問『母欲何之？人言母當去，豈復有還時？阿母常仁惻，今何更不慈？我尚未成人，奈何不顧思！』」這是她兒子抱著她的脖子所說的話，而她則是「見此崩五內，恍惚生狂癡。號泣手撫摩，當發復回疑」，聽到這些話，覺得五臟都崩裂了，幾乎要發狂發癡，已經到了出發的時候，卻又懷疑自己到底該不該離開兒子回老家去。而且還不止如此：「兼有同時輩，相送告離別。慕我獨得歸，哀叫聲摧裂。」真是一片號泣之聲，以致「馬為立踟躕，車為不轉轍。觀者皆歔欷，行路亦嗚咽」，連馬都被感動了，連車輪都不肯轉動了，連旁邊的胡人也忍不住為之流淚！到這裡，是詩的第二段。

「去去割情戀，遄征日遐邁。悠悠三千里，何時復交會？念我出腹子，胸臆為摧敗」。儘管如此悲傷，畢竟不能不走。她說，我割斷了這母子之情，一天比一天走得更遠，胡地和中原相隔數千里，我和我的兒子後會無期，但這是我親生的兒子啊，想起他們我的心肝都摧裂了！離開了兒子，本來是想回到家鄉能和父母兄弟姊妹見面，可是「既至家人盡，又復無中外。城郭為山林，庭宇生荊艾。白骨不知誰，從橫莫覆蓋」。在戰亂之中，父母兄弟姊妹都死了，姑表的親戚也都找不到了；過去住的城市現在都成了郊野；過去住的房子，裡邊都長滿了荊棘野草；地上到處是無主的屍骨，就那樣東一個西一個地躺在地上，沒有人把它們掩埋起來。「出門無人聲，豺狼號且吠。煢煢對孤景，怛咤靡肝肺」。「煢煢」，是孤獨的樣子；「景」，讀如「影」；「怛咤」，是歎息的聲音；「靡」，是碎爛的樣子。故鄉還是自己的故鄉，可是一個親人都沒有了，我孤身一人，形隻影單，那種悲痛使肝肺都要碎爛了！「登高遠眺望，魂神忽飛逝」，因此我登高遠望，想念留在胡地的兒子，我的精神和魂魄好像一下子就飛回到那邊。「奄若壽命盡，旁人相寬大。為復強視息，雖生何聊賴」？「奄」，是短的意思。人生就是這麼短暫，何必如此想不開呢？這是旁人在寬慰她。「視息」，視是說眼睛還能夠看，息是說還能夠呼吸。她說：我就是這麼勉強地留著一口氣在，可是這麼活著又有什麼意味呢？「託命於新人，竭心自勖勵」，這是指曹操安排她改嫁給董祀，她說：我只好把生命託付給這個人，我希望盡我的心，努力做得更好一些。可是，「流離成鄙賤，常恐復捐廢」，她說由於我經歷了這樣的流離，結過兩次婚，也許人們就很看不起我，我常常怕我新的丈夫再拋棄了我。所以，「人生幾何時，懷憂終年歲」——人的一生本來就很短，而我卻經歷了這麼多痛苦，而且今後一直到死也休想擺脫這些憂愁痛苦！

這就是《悲憤詩》。作者雖然是個女子，但這首詩放在激昂發揚的建安詩歌中是毫無愧色的。蔡琰流傳下來的作品並不多，所以大家常常忽略這個作者。很多人知道李清照，卻不知道蔡琰。然而我覺得，她實在是很有深度的一個傑出的作者。

下一講我將介紹曹丕的《燕歌行》。一般認為，那是中國最早的七言詩。七言詩的形成，是有一個過程的。《詩經》裡邊的詩以四言為主，雖然也有七言句，但不是七言詩。《楚辭》有「騷體」，一般是六個字，結尾加個「兮」字，然後再六個字；還有「楚歌體」，一般是三個字，中間加個「兮」字，然後再三個字。這樣看起來，「楚歌體」基本上就是七個字的句子，然而它也不是完整的七言，因為這七個字裡邊有一個語助詞「兮」字。漢樂府裡有很多五言的句子，影響了後來的五言詩。五言詩一般是二、三的停頓。如《悲憤詩》的「漢季——失權柄，董卓——亂天常，志欲——圖篡逆，先害——諸賢良」，每一句都是二、三的停頓。所以說，五言詩已經形成了一個「二、三」的節奏。而在前邊再加上兩個字，變成二、二、三的節奏，就是七言的句子了。因此，七言實際上是把楚歌七個字的體裁和五言二、三的節奏結合起來形成的，可是真正的七言詩卻出現得很晚。漢武帝柏梁臺聯句是七言，但後世已有人考證出它是偽作。漢朝寫七言的人很少，有一個人寫過，那就是張衡。張衡的《四愁詩》也不能算真正的七言詩，然而倘若我們要瞭解七言詩發展和形成的經過，張衡的《四愁詩》卻是一個最好的例證。從《四愁詩》裡邊，我們可以清楚地看到他把楚歌七個字的體裁和五言詩二、三的節奏結合起來形成七言的過程。因此我認為，張衡對中國詩歌的發展實在是做出了很大的貢獻，他的《四愁詩》正是從「楚歌體」、五言詩發展到七言詩的過渡作品。所以，在中國詩歌的發展史上，《四愁詩》是非常值得注意的四首詩。

張衡在文學上和在科學上都是一個了不起的天才，他的賦最有名，寫過很長的《二京賦》，然而更值得注意的是他的短賦。本來，兩漢的作者很多人都寫長篇的大賦，像班固寫過《兩都賦》，也是描寫都城的，寫了都城的物產、形勢、山川等等，用的都是鋪陳的方法。然而，運用賦的體裁來抒情，寫成短篇的小賦，這是從張衡開始的。張衡寫過《歸田賦》等短賦，後來就有很多人也寫這種短篇的抒情小賦了，像王粲的《登樓賦》等，都是受了張衡的影響。這說明，這個人確實是一位有創造性的作者。張衡不但是賦寫得好，詩也寫得好。他寫過《同聲歌》，是一首非常好的五言詩，再有就是《四愁詩》了。《四愁詩》不但寫得好，而且同樣富有創造性，它是七言詩的濫觴。在科學上，張衡的創造發明大家都知道，那就是渾天儀和地動儀。在兩千多年前有這樣的科學發明，那真是非常了不起的。你要知道，有第一流的科學家，也有二三流的科學家。只知道A+B=C，總是跟在人家後邊走，那是三流的科學家。而一流的科學家都是富於創造性的天才，他們往往兼有一種文學家的敏銳的直感，或者說，是一種聯想和感發的能力，所以他們才能夠創造出別人想不到的東西。牛頓看見蘋果掉在地上就聯想到地心有吸引力；瓦特看到開水壺的蓋子就發明出蒸汽機，別人怎麼就想不到呢？這裡邊都包含有一種直感的能力。張衡作為一個科學家，他有文學家的直感；作為一個文學家，他又有科學家的反省和理性。所以他能給自己找到一條正確的道路，他知道哪條路前人已經走過了，哪條路自己還可以走。這種天才，是感性與理性兼長並美的天才。中國文學史上有幾個這樣的天才，張衡是一個，我們下講要講的曹丕是一個，清末民初的王國維也是一個。現在，我們就來看一看張衡的《四愁詩》：

我所思兮在太山，欲往從之梁父艱。側身東望涕沾翰。美人贈我金錯刀。何以報之英瓊瑤。路遠莫致倚逍遙，何為懷憂心煩勞？
我所思兮在桂林，欲往從之湘水深。側身南望涕沾襟。美人贈我金琅玕，何以報之雙玉盤。路
遠莫致倚惆悵，何為懷憂心煩傷？
我所思兮在漢陽，欲往從之隴阪長。側身西望涕沾裳。美人贈我貂襜褕，何以報之明月珠。路
遠莫致倚踟躕，何為懷憂心煩紆？
我所思兮在雁門，欲往從之雪紛紛。側身北望涕沾巾。美人贈我錦繡段，何以報之青玉案。路
遠莫致倚增歎，何為懷憂心煩惋？

在張衡的時代，「楚歌體」是前代流傳下來的舊的體裁，五言詩是當時流行的新體裁。而在這四首詩裡，每首的第一句都是楚歌式的句子；後邊那些句子，則隱然含有五言詩「二、三」的節奏。他把當時舊的東西和新的東西都結合起來了，從而形成了七言詩的初步輪廓。而且，我說這四首詩好，還不僅僅在於他這種新的創造。這四首詩，確實有一份感發的生命在裡邊，因為這四首詩表現了一種追尋的感情。在講《短歌行》的時候我曾說過，那是一種最有詩意的感情。另外，大家一定已經注意到了：他的每一首意思都差不多，只是中間換了幾個字。這是《詩經》的辦法，《詩經》裡就經常使用重章疊句。重複，有時是不好的，但有時又是好的。因為重複往往能夠很好地表現那種千迴百轉、反覆思量的情意。他說「側身東望」、「側身南望」、「側身西望」、「側身北望」，那東南西北並不是確指哪一個方向，而是表現他那種不肯放棄、不辭辛苦的追尋，大致就如同屈原《離騷》中「路曼曼其修遠兮，吾將上下而求索」的那種追尋的感情。「我所思兮在太山，欲往從之梁父艱」，第一句說的是追尋，第二句說的是追尋的艱難。下邊幾首的開頭兩句也是一樣。要知道，所謂「太山」、「桂林」、「漢陽」、「雁門」，以及「梁父艱」、「湘水深」、

「隴阪長」、「雪紛紛」等，所表現的都不是事實，而是一種象喻。有人問「梁父」是什麼意思，「梁父」是山名，是泰山前邊的一座山。你要去泰山，必須先越過梁父。所以它在這裡所象喻的是在我和我的追尋目標之間的阻隔和艱難。唐朝李白寫過一首《梁甫吟》：「長嘯梁甫吟，何時見陽春？」他說：我高聲歌詠我的梁甫吟，在我的生命中，什麼時候才能夠見到那陽光美好的春天？據說，諸葛亮也好為梁甫吟。有人認為，梁甫吟是慨歎人生的短暫無常。可是從張衡的詩和李白的詩來看，他們都是寫在追尋之中的阻隔和艱難。既然這追尋是如此艱難，那麼接下來呢？就是他求而不得的悲哀了——「側身東望涕沾翰」。「翰」，在這裡指的是筆，他說當我側身東望泰山的時候，我的眼淚就流下來沾濕了我手中的筆。「美人贈我金錯刀，何以報之英瓊瑤」，這「金錯刀」啦，「英瓊瑤」啦，還有後邊的「金琅玕」啦，「雙玉盤」啦，也都不是寫實而是象喻。說是我和我的追尋目標之間，彼此都有一種默契的反應，有一種相互的酬答。她把最好的東西送給我，我也把最好的東西回報給她。然而，雖然雙方都有這種好意，可是「路遠莫致倚逍遙，何為懷憂心煩勞」。這個「倚」字是語助詞，相當於「啊」；「逍遙」，現在我們一般認為是自由自在，可是古人所說「逍遙」，是一種徘徊遊蕩、無所歸依的樣子。我希望和我追求的人在一起，可是實際上我們之間離得這麼遠，我不能夠真的和她在一起。這首詩寫的就是這種追尋而又不能夠得到的感情。所以你們看，這美人的象喻、這追尋的主題，絕對是受《楚辭》的影響。而那種感情與句法的重複，則是《詩經》的特色。而且前文我也講了，這四首詩結合了楚歌的形式和五言詩的節奏，所以正是從楚歌過渡到七言詩的一個橋樑。這就是《四愁詩》在文學發展史上價值和意義的所在。

張衡的詩流傳下來的不多，但他在中國文學發展史上的地位是很重要的，而且他是一個理性和感性兼長並美的天才。從宏觀角度來看中國文學發展的歷史，你會發現：有一些文學體式是大眾化的，是在民間不知不覺地形成的。五言詩就是如此。可是還有一些文學體式，像七言詩，則是由文學的天才創造出來的。也就是說，時勢造英雄，英雄也造時勢。一個天才，他能在大眾的潮流中看出一條更新更廣的道路。這種眼光，是一般人沒有的。而且，在這條新的道路上，一般人也往往需要經過一段時間才能夠跟上來。所以，儘管在東漢時代張衡的嘗試已經使詩歌有了向七言詩發展的可能，可是和張衡同時代的人都沒有這種作品。那麼下一個跟上來的人是誰呢？就是下節要講的曹丕了。

第五節　曹丕之一

講到魏文帝曹丕，我想請大家看一些參考的資料，首先是鍾嶸《詩品》中對曹丕的批評和對曹植的批評；其次是劉勰《文心雕龍》的《明詩篇》和《才略篇》中所提到的關於曹丕和曹植的話；還有就是王夫之《薑齋詩話》裡對曹丕和曹植兩個人的比較。

在鍾嶸的《詩品》裡，曹丕的詩排在中品。《詩品》卷中的第一個人是秦嘉，第二個人就是魏文帝。而他的弟弟曹植呢？卻排在上品。《詩品》卷上的第一個是《古詩十九首》，第二個是李陵，第三個是班婕妤，第四個就是曹植。可是你要知道，《古詩十九首》的作者是不知姓名的；李陵詩有人認為是偽託之作；班婕妤的詩也有人認為不見得是她本人所作。那麼，曹植就成了上品中第一個真正可信的作者。而且，《詩品》對曹植的那種讚美，真可以說是推崇備至。在整個《詩品》裡邊，得到讚美的話最多的一個詩人就是曹植。所以很顯然，《詩品》認為曹丕不如曹植。而另外那兩家的評語呢？劉勰的《文心雕龍》認為這兩個人各有長短；王夫之的《薑齋詩話》則認為，曹丕比曹植好得多。

在中國的詩歌裡面，有一類是屬於純情詩人的作品，有一類是屬於理性詩人的作品。在詞人中，李後主的作品屬於前者，晏殊的作品屬於後者。那麼巧得很，我們現在要開始講的曹丕和接下來要講的曹植，也恰好是這麼兩種不同的類型。曹丕比較接近理性詩人的類型，曹植比較接近純情詩人的類型。這兩個人的風格是不一樣的。所以，我在講《詩品》、《文心雕龍》和《薑齋詩話》對曹丕的批評之前，先要對曹丕這個人作一些簡單的介紹。

曹操做到魏王，他宮中的姬妾自然是很多的，他的兒子也不少。而曹丕和曹植乃是同母兄弟，他們的母親是卞夫人，也就是卞皇后。後來曹丕做了皇帝，她就稱為太后了。卞夫人有四個兒子，最大的一個是曹丕，下面依次是曹彰、曹植、曹熊。在我們中國歷史上，經常可以看到一門父子都是出名的人物，比如宋朝的「三蘇」，父親蘇洵、哥哥蘇軾、弟弟蘇轍，父子三人都以文學著名，這可能與遺傳有關，同時也與家庭教育有關。這些家庭的母親，往往都是很了不起的。像蘇東坡，他的父親喜歡到外邊去訪友求學，經常不在家中。所以蘇東坡小時候就跟他母親念書，有一次就讀到《後漢書》的《范滂傳》。這范滂是東漢很有名的人物，因反對宦官而被殺。《范滂傳》中說，當范滂被逮捕時，他對他的母親說：「我是不怕死的，但我死之後，丟下母親在堂不能奉養，心裡覺得很不安。」他的母親就說：「一個人怎麼能夠既得到令名又得到富貴壽考呢？你能夠這樣去死，死有何憾！」讀到這裡，蘇東坡就問他的母親：「將來我如果做范滂，你能夠做范滂的母親嗎？」蘇東坡的母親說：「你要是真能做范滂，我當然能做范滂的母親！」所以你看，母親的教育，對一個人實在有很大的影響。那麼曹丕的母親卞夫人是怎樣一個人呢？她本來是一個倡家女子。曹操這個人，年輕的時候行為是不很檢點的，他喜歡音樂，喜歡歌詩，也常常和倡家女子來往。他娶了卞夫人只是做一個姬妾，並不是他的正室夫人。可是當董卓作亂的時候，曹操起兵討伐董卓，由於勢力孤單而失敗了，只好隱姓埋名逃跑，因而與家中消息隔絕，於是就有人造謠言說曹操已經死了。他手下的這些人信以為真，就要四散離去。這時卞夫人就站出來說：「曹君雖然蹤跡不明，但生死未可知。假如你們現在散去，萬一有一天他回來的話，大家有什麼面目和他相見呢？即使真的不幸，我們不過是一起死而已，有什麼了不起的！」因此大家就沒有散去，而曹操果然也就回來了，而且成就了大事。所以曹操非常看重卞夫人，認為她是一個有見識的女子，在建安初年立卞夫人為繼室，並且把別的姬妾所生的兒子也都交給她去教養。曹操這個人本來是文武雙全的，所以曹丕兄弟從小就都受到了很好的教育和訓練，這在曹丕自己的文章中也有記敘。曹丕的作品散失得很厲害，《新唐書・藝文志》記載說有十卷，但到《宋史・藝文志》的記載就只有一卷了。清代嚴可均編了一部《全上古三代秦漢三國六朝文》，其中收集了曹丕的文章四卷。曹丕曾寫過很多篇《典論》，到現在留傳下來的最有名的是《論文》和《自敘》兩篇。他在《自敘》中說，漢末天下大亂，那時他只有五歲，父親就教他射箭，六歲就教他騎馬，八歲時他就精通騎射了，經常跟著他的父親到各地去征戰。而且歷史記載，魏文帝八歲時就能夠寫文章，後來又博通經史諸子百家之書。——順便說一句，曹丕這個人確實是多才多藝，三國時代流行一種遊戲叫彈棋，據說曹丕可以用手巾的角來彈，彈無不中。後來，在建安十六年，曹丕就以五官中郎將兼副丞相，那一年他只有二十五歲。建安二十二年他被立為魏太子。曹操死於建安二十五年，而在曹操死後不久，曹丕就篡漢做了皇帝。

現在我們後人講曹魏之代漢，用了一個「篡」字，但在當時不叫篡，叫作禪讓。因為據說堯曾讓位給舜，舜又讓位給禹。所以，禪讓乃是三代的盛事。可是自從漢魏以來，歷代就有不少人假禪讓之名，行篡奪之實。但你要知道，這裡邊其實是有一點點分別的。後人在篡奪的時候，一定要把被迫禪位的那個皇帝置於死地，比如晉恭帝禪位給劉裕之後，他們拿毒酒給恭帝喝。恭帝不肯喝，他們就用一個土囊把他的頭按住，悶死了他。南唐的李後主已經投降做了俘虜，後來還賜了牽機藥把他毒死。如果這樣比較起來，你就可以看出，魏文帝在所有那些篡奪天下的人之中，還要算是一個不失仁厚的人。他把漢獻帝廢了之後封他做山陽公，給他一萬戶人家的封地，准許他行漢正朔，以天子之禮郊祭，上書不稱臣。漢獻帝是得到善終的，他禪位後又活了十四年之久，一直到魏明帝的時候才病死。當曹丕的新朝建立起來之後，很多漢廷的舊臣都歸向新朝，但有一個老臣叫作楊彪，堅決不肯做曹魏的官。一般的篡位者，對不肯歸附自己的人是一定要殺死的，可是曹丕沒有殺楊彪，而且始終以禮相待。所以，明末張溥在《漢魏六朝百三家集・魏文帝集題辭》中評論曹丕說：「至待山陽公以不死，禮遇漢老臣楊彪不奪其志，盛德之事，非孟德可及。」還評論他的篡漢說，「當日符命獻諛，璽綬被躬，群眾推奉」，那是因為「時與勢迫」，不能完全歸罪於他本人。

魏文帝在即位後，曾下了息兵詔，下了薄稅詔，下了輕刑詔。他實在是一個很有理想的皇帝，希望能夠把天下治理得更好。但是很可惜，他只做了七年的皇帝就死了，死的時候只有四十歲。

雖然我在後邊將對曹植作專章的介紹，可是在講魏文帝的時候，我們也必須把他和曹植作一個比較，才能夠更好地理解魏文帝和他的作品。曹丕和曹植雖然是親兄弟，但兩人的才性並不相同。曹丕是一個有反省有節制的人，而曹植卻是一個任性縱情的人。一般人認為曹植的文學成就比曹丕高。據說曹操建築了銅雀臺，讓大家作賦歌頌，這曹子建所寫的《銅爵臺賦》當場就壓倒了所有的人。有一段時間，曹操幾乎考慮要不要讓曹植做他的繼承人了。可是，曹植做了幾件事情使曹操很失望。有一次，他「乘車行馳道中，開司馬門出」（《三國志・魏書十九》）。這司馬門是皇宮的外門，平時是不可以開的。但曹植是魏王的兒子，他一定要開，人家不敢不開。曹操知道了十分震怒，殺死了負責看守司馬門的官員。當然，這個人是該當倒楣，替曹植頂了罪了。還有一次，前方打仗失利，曹操想派曹植去救援，但曹植喝酒喝得大醉，曹操只好作罷。曹植做事是沒有反省沒有節制的，所以他作為詩人也是屬於純情的一類，有點兒像李後主。純情的詩人大半都是心隨物轉，被外界的環境所左右。就是說，這一類人在順利的環境中生活上和感情上就很放縱；可是一旦遇到挫折，他就沉溺在深深的哀傷裡邊。李後主是如此，曹子建也是如此。曹植的詩分成前後兩期，早期寫得任縱飛揚；而當他的哥哥曹丕做了皇帝以後，他被封在外邊做一個王，平時不許到首都來，還受到很多嚴格的限制，這時他所寫的詩就非常哀怨。他的詩以才與情取勝。所謂情，就是他那種不加反省和節制的、真率的感情；所謂才，就是他驅使辭藻的能力。

可是曹丕完全不是這樣的，曹丕的詩是以感取勝。什麼叫以感取勝？這話很難說清。可是我認為，這「以感取勝」，才真正是第一流詩人所應該具有的品質。所謂「感」，指的是一種十分敏銳的詩人的感覺。就是說，你不一定需要遭受什麼重大的挫傷或悲歡離合，僅僅是平時一些很隨便的小事，都能夠給你帶來敏銳的感受，也就是詩意。這是一種十分難得的詩人的品質。而曹丕顯然就具有這一種品質。讀曹植的詩可以發現，他的好處能夠被人清清楚楚地看到。他那美麗的辭藻，他那飛揚的或者哀怨的情意，都是具體可見的。而曹丕詩中的好處，卻是一種很難說清楚的好處，所以王夫之說曹丕和曹植相比有「仙凡之別」。因為「凡」是一般人可以學習達到的，而「仙」就不是一般人所能及的。《詩品》之所以抬高曹植，也正是因為他的風格適合了文學演變的潮流和後人學習的需要。

曹丕寫過一篇文章叫《與吳質書》。吳質是曹丕一個要好的朋友，這個人《三國演義》上也提到過。說是曹丕和曹植爭奪地位的時候，曹丕想找吳質幫他出主意，又不能讓曹操知道，就讓人把吳質藏在一個大簍子裡抬進宮去，假說簍子裡裝的是絲絹。曹植手下的人知道了這件事，就到曹操面前去打報告。曹丕的消息也很靈通，他知道曹操曉得了這件事，第二天就又抬了一個簍子進宮。曹操派人檢查，這一回簍子裡真的都是絲絹，於是曹操就認為曹植那些人是故意陷害曹丕。但我這裡還不是要說他們兄弟之間爭奪地位的事，我是要說，曹丕寫給吳質的這封書信，真是一篇很漂亮的好文章。其中有一段是這樣的：

浮甘瓜於清泉，沉朱李於寒水。白日既匿，繼以朗月。同乘並載，以遊後園。輿輪徐動，參從無聲。清風夜起，悲笳微吟。樂往哀來，愴然傷懷。

這是回憶他和朋友們過去的一段生活。古時候還沒有冰箱，古人在炎熱的夏天就把水果浸在清涼的水裡。他說，白天的飲宴很快就過去了，但太陽沉下去還有月亮，於是我們幾個人就一起坐車到後園去遊覽，當車輪慢慢轉動的時候，隨從的侍衛都小心翼翼，不弄出一點兒聲音來，就這樣靜靜地在花園裡走。可是，一陣夜風吹來，帶來遠處低低的吹笳聲，他說這時候我的內心之中忽然就產生一種說不出來的哀傷。這種感情，真是很難講！有的感情是比較容易說出來的，如曹子建被封到外邊做王之後，他希望回到朝廷裡來，可是他的哥哥和侄子都不准許他回來，所以他就悲慨；他和白馬王彪不能同行，必須分離，所以他就哀傷。這都可以理解。可是曹子桓現在寫的是這麼美好的事情，是他和朋友們愉快的遊樂，他為什麼悲哀呢？這就是很難講清的一種詩人的感受了。曹丕還有幾句詩也表現出這種敏銳的感受：「高山有崖，林木有枝。憂來無方，人莫之知。」（《善哉行》）他說，高山之上一定有高起的山頭，林木之中一定有林木的樹枝，可是我的憂愁襲來的時候從來就沒有一個方向，我根本就說不清它們是怎麼來的！

對於曹植來說，當發生什麼不幸的時候，他可以有非常強烈的反應。而曹丕卻是在那些人人都不留意的細微的小事之中，能夠有非常敏銳的感受。而且，他有反省，有節制，不是像曹植那樣完全發洩出來，因此就能夠引起讀者的尋思和回味，於是就產生了「韻」。所以說，曹丕的詩，是以「感」與「韻」取勝的。

鍾嶸《詩品》把曹丕排在中品，並批評說，曹丕的詩「率皆鄙直如偶語。惟『西北有浮雲』十餘首，殊美贍可玩」。「偶語」，就是兩個人相對講話。他說這些詩都太俗、太樸實，就像人們平常相對講話一樣，只有那十幾首《雜詩》寫得還算可以。那麼鍾嶸又是怎樣批評曹植的呢？他說曹植是：

> 骨氣奇高，詞采華茂。情兼雅怨，體被文質，粲溢今古，卓爾不群，嗟乎！陳思之於文章也，譬人倫之有周、孔，鱗羽之有龍鳳，音樂之有琴笙，女工之有黼黻。俾爾懷鉛吮墨者，抱篇章而景慕，映餘暉以自燭。故孔氏之門如用詩，則公幹升堂，思王入室，景陽、潘、陸，自可坐於廊廡之間矣。

這是《詩品》批評文字中最長的一段了！什麼是骨氣奇高？所謂骨者，是敘述的口吻和結構，也就是說把內容的情意與表現的文字結合到一起，使它能夠站得住。所謂氣者，是指作品中表現出來的一種氣勢的力量。這氣和骨是結合在一起的。唐朝韓愈曾經把氣比作水，把言比作水中的浮物。他說，如果你的氣盛，那麼你的言之短長與聲之高下皆宜。在講完曹丕之後，我將講曹植的一組詩《贈白馬王彪》，那時我們會看到，他的每一首詩之間，在口吻和結構上都有呼應，都是連貫的，從而產生了一種很強的氣勢。而且，曹植的文字很美，有很多漂亮的對偶的詞句，這是「詞采華茂」。什麼叫「情兼雅怨」呢？司馬遷曾經說過一句話：「《國風》好色而不淫，《小雅》怨悱而不亂。」（《史記・屈原賈生列傳》）因為《詩經》的《小雅》有很多是從各地採集的民歌，其中就有不少是寫男女愛情的內容；《詩經》的《國風》有很多首詩反映了時代政治上的弊病與民生的不幸，裡邊自然有一種不滿意的哀怨。可是《國風》儘管寫男女愛情，卻不至於發展到放縱淫亂的地步；《小雅》雖然寫不滿意的情緒，卻也是有節制的。這就叫做「好色而不淫」和「怨悱而不亂」，這是中國古人所提倡的一種「溫柔敦厚」的詩教。曹子建抑鬱不得志，內心當然有很多哀怨。可是在中國的封建社會裡，你要是對天子不滿意，是不能直接寫在書裡的。曹植的詩裡邊有一組《七哀詩》，他把這些哀怨都借女子為喻託表現出來，雖然是寫哀怨，但寫得都很美麗、很含蓄、很有文采，所以鍾嶸說他「情兼雅怨，體被文質，粲溢今古，卓爾不群」。「陳思」就是指曹植。曹植被封為陳王，死後謚為思，所以後世稱他為陳思王。說到陳思王在文學上的地位，鍾嶸用了一連串的比喻，說他像人中的周公孔聖，像飛禽走獸中的龍和鳳凰，像音樂中最美好的琴與笙，像女工中最精美的刺繡。他說曹子建使得後來那些作文章的人仰慕得不得了，都要借他的一點兒光亮，意思是說都要學習他的字句和文采。鍾嶸還說，假如孔老夫子用詩歌作標準來衡量他的學生，那麼公幹，就是劉楨，剛剛登上外邊的大堂，而陳思王已經進人內室了。至於張協、潘岳、陸機等——這是西晉太康時代最出名的幾個詩人——都可以坐到兩廊去。好，這就是齊梁時代鍾嶸的看法。

人們常常說這樣兩句話：「不怕不識貨，只怕貨比貨。」所以你買東西不要完全相信廣告上的說法，一定要多看幾家的貨用來比較。現在我們欣賞詩歌也是如此，只看一首詩怎能知道他的好壞？你一定要比較，而且一定要找時代相近的、作用差不多的或作風截然不同的詩人來對比。只有經常作這樣的比較，才能夠養成我們欣賞判斷的能力。現在我們恰好就可以用曹植來和曹丕作一個比較。鍾嶸《詩品》是把曹植抬得很高，把曹丕貶得很低的，其主要原因在於鍾嶸所生活的齊梁時代重視詞采。那麼我們再來看，同是生活於齊梁時代的劉勰在《文心雕龍》的《才略篇》裡是怎樣說的：

> 魏文之才，洋洋清綺，舊談抑之，謂去植千里，然子建思捷而才儁，詩麗而表逸；子桓慮詳而力緩，故不競於先鳴。而樂府清越，《典論》辯要，迭用短長，亦無懵焉。但俗情抑揚，雷同一響，遂令文帝以位尊減才，思王以勢窘益價，未為篤論也。

前文我說過，曹植的詩是以才與情勝，曹丕的詩是以感與韻勝。那麼為什麼劉勰現在所稱讚的是「魏文之才」呢？要知道，一般人所說的「才」是一種泛論，所指的就是一個人寫作的能力。而我把情與感分開來說，是作了一個更仔細的分辨。我所說的「才」，是偏重於曹植的那種才氣和技巧，是和「感」對比來說的。而劉勰現在所說的這個「才」，從下文來看，指的也正是魏文帝的那種感與韻。他說魏文之才就好像流動著的清澄的水波，過去人們貶低他，說他比曹植差得遠。但曹植靠著思路敏捷、才情傑出，把詩寫得很美，顯得超出了別人；而曹丕是一個有反省、有節制的人，他的詩中感染力量的傳達是緩慢的，所以不能夠以此論高下。順便說一句，西方人讀中國的書總是弄不明白，為什麼同一個人有很多不同的稱呼。像劉勰在這短短的幾句話中，前邊稱魏文，後邊稱子桓、文帝；前邊稱曹植，後邊稱子建、陳思。他們不知道，中國人寫文章是很注重文章之美的，由於對偶或平仄聲調的需要，有時要用一個字，有時要用兩個字，有時稱名，有時稱字，有時稱封爵，在駢偶的文章中尤其如此。劉勰這段話用了這麼多稱呼，其實就是說的曹丕與曹植兩個人。詩人有兩種不同類型，有的人下筆千言，倚馬可待；有的人寫起東西來就比較慢。詩也有兩種不同的類型，有的詩給人直接的感發，一句就把你打動了；有的詩必須仔細吟味，才能品出它的好處。李後主說：「林花謝了春紅，太匆匆」（《相見歡》），那真是一開口就能打動你。可是晏殊說：「一曲新詞酒一杯，去年天氣舊亭臺」（《浣溪沙》），就需要細細地體會，才能感受到那裡面所包含的感發的力量。曹丕的詩就屬於這後一種。另外，劉勰還說，曹丕的樂府詩寫得很好，他的《典論》說理也很清楚。這話說得很對。曹丕的樂府詩寫得清新超逸，而他寫的《典論》，雖然現在已不完整，但從剩下的這兩三篇文章中也可以看出，他是一個有眼光有見識的、富於理性的作者。自古以來，秦皇漢武都迷信方術，連魏武帝曹操都不免寫幾首遊仙詩，而曹丕的《典論》中有一篇論方術的文章，表現出可貴的反對迷信的傾向。另外他的《典論・論文》是中國文學批評史上一篇很重要的理論文章，這是大家都知道的。所以劉勰就指出：曹丕和曹植各有短長，這是必須辨別清楚的一件事情。可是一般人他們不肯用心思，也不肯用腦筋，總是跟在別人後邊嚷嚷，人家說曹植好他也說好，人家說曹丕不好他也說不好。於是，就因為曹丕篡位做了天子而貶低了他的詩，因曹植在政治競爭上的失意而抬高了他的詩。這種做法，實在是不正確的。中國人常說，「愁苦之言易工」；又說，「詩窮而後工」。一個人越是遭到不幸的打擊，他的詩越是容易寫得好。為什麼呢？因為詩是一種感發的生命，這種感發的生命有兩個來源，一個是自然界給你的感動，一個是人事界給你帶來的喜怒哀樂和悲歡離合。你要是沒有這些遭遇，就難以引起內心的感動，也就難以寫出能夠感動別人的好詩來。可是，偏偏就有一些人雖沒有碰到過很大的挫折失意，生活上比較順利，卻也能夠寫出好詩來，這樣的人，必然是具有更好的詩人秉賦的人。詞人中的晏殊、詩人中的魏文帝，就都屬於這一類人。好，以上我所講的，是劉勰《文心雕龍》的看法。下面我們再來看王夫之的《薑齋詩話》是怎樣說的。

王夫之是明末清初的一位大儒，學者們稱他船山先生。明朝滅亡之後他就不出仕，是一個很有品節的人。因為他的品德學問都非常好，所以跟隨他學習的人很多。而且我還要說，明末清初的幾位大儒，像王夫之、黃宗羲、顧炎武，他們都不是只談文學，而是要講經邦濟世之學。經世致用，這是中國古代讀書人最主要的理想，並被認為是一個人最高的成就。王夫之曾寫過《讀通鑑論》，還有《宋論》。我建議看一看王夫之的《宋論》，那是王夫之對宋代盛衰治亂的形成和結果的看法。看了他的文章，你就會對宋代的歷史背景有更清楚的瞭解，從而對宋詞也就有了更深入的瞭解。王夫之對歷朝政治的盛衰、得失，有很深刻的見解，他真的是一個很有眼光的人。正因為他有眼光，所以當他批評詩的時候，也不隨波逐流，常常能夠看到一些別人所沒有看到的東西。王夫之的《薑齋詩話》說：

曹子建鋪排整飾，立階級以賺人升堂，用此致諸趨赴之客，容易成名，伸紙揮毫，雷同一律。子桓精思逸韻，以絕人攀躋，故人不樂從，反為所掩。子建以是壓倒阿兄，奪其名譽。實則子桓天才駿發，豈子建所能壓倒耶？

還有一段說：

曹子建之於子桓，有仙凡之隔，而人稱子建，不知有子桓，俗論大抵如此。

王夫之說曹植「鋪排整飾」，說得很對。曹子建寫詩用對偶用詞采，往往一點點意思寫了一大串相似的句子，這是鋪排。他還要把外表搞得精彩、漂亮，這是整飾。而這種對偶和詞采，你可以一點點地用功去修飾，它是人力可以達到的。就好像他一步步上台階，他的每一步的痕跡你都可以看到，可以效仿，所以很容易就能跟著他上去。其實王夫之這一句和鍾嶸《詩品》讚美曹植的「抱篇章而景慕，映餘暉以自燭」，都是指曹植的詩可以被後人學習而言，但卻有貶與褒、抑與揚的不同。鍾嶸讚美曹植，就因為曹植的詩可以給後人做一個學習的階梯；而王夫之不喜歡曹植也是為此，他說曹子建的詩招引來一些喜歡辭藻的人跟著他學，大家寫出來差不多全是一個樣子。這話說得不錯，我們看一看宋齊梁陳的詩壇就可以知道，曹子建那種重視詞采和雕飾的趨勢已經被發展成一種普遍的風氣了。可是曹丕呢？王夫之說他是「精思逸韻」。他的詩不只是一個感情的直接反射，而是有一種思索的意味在裡邊，這是精思；他那種敏銳的感受是一般人所沒有的，而且他也不在文字上進行雕琢，如果你沒有他那種感受，你就沒有辦法也沒有途徑去學他的詩，這是逸韻。這種詩，它的境界較高，很少有人能夠攀登到這種高度，所以大家就不願意追隨曹丕而寧願追隨曹植，曹子建也就是憑著這一點壓倒了他的哥哥，這話也是事實。你看人們講詩都講曹子建，說他有八斗之才，而提到曹子桓，有的人甚至都不知道他是誰！可是王夫之說，曹子桓和曹子建相比，那簡直一個是神仙，一個是凡人。但人們為什麼只知有曹子建呢？那是由於世俗的人不肯用自己的眼睛去看，不肯用自己的心靈去感受，不肯用自己的頭腦去思索，而只知道人云亦云的緣故。

要想全面地瞭解曹丕，就應該看他多方面的作品。曹丕留下來的作品有詩，有文章，還有賦。他寫過《感物賦》、《感離賦》、《悼夭賦》、《寡婦賦》、《愁霖賦》、《喜霽賦》，還有的賦現在只留下序文，原文卻沒有留傳下來。建安十三年，曹操帶兵去攻打劉表，曹丕也跟隨曹操到了荊州。當戰爭結束他回去的時候，路過故鄉譙郡——就是現在的安徽亳縣——寫了一篇《感物賦》。我們且看他這篇賦的序：

> 喪亂以來，天下城郭丘墟，惟從太僕君宅尚在。南征荊州，還過鄉里，舍焉。乃種諸蔗於中庭，涉夏歷秋，先盛後衰。悟興廢之無常，慨然詠歎，乃作斯賦。

他說，自從國家發生戰亂，也就是黃巾起義和董卓之亂以來，天下各地很多城市都變成了一片廢墟，在故鄉也只剩下一所老房子沒有被毀壞，當我從荊州回來的時候，就住在這所老房子裡，並在院子裡種了很多甘蔗。過了夏天，又過了秋天，我親眼看到了它們從茂盛生長到衰落凋零的過程，於是就覺悟到「興廢之無常」的道理，所以就寫了這篇賦。你們看，這曹丕是多麼善感！而且，他的善感之中還含有一種哲理的思致。曹丕還寫過一篇《感離賦》：

> 建安十六年，上西征，余居守，老母諸弟皆從，不勝思慕，乃作賦曰：秋風動兮天氣涼，居常不快兮中心傷。出北園兮彷徨，望眾慕兮成行。柯條憯兮無色，綠草變兮萎黃。脫微霜兮零落，隨風雨兮飛揚。日薄暮兮無悰，思不衰兮愈多。招延佇兮良久，忽踟躕兮忘家。

這是曹操出兵打仗，曹丕獨自留守時所寫的思念父母兄弟的作品。從中可以看出，他對自己的父母兄弟家人是非常有感情的。曹操死了以後，曹丕寫過《短歌行》來哀悼他的父親，寫得也非常好。在他的賦裡有一篇《悼夭賦》，是哀悼他的一個十一歲死去的族弟；他還有一篇誄文，是哀悼他的小弟弟曹蒼舒，寫得都很感人。建安七子裡邊不是有一個阮瑀嗎？他死得很早，留下了妻子兒女生活很苦，於是曹丕就經常去看望和周濟，並且寫了《寡婦賦》以表示對孤兒寡婦的同情。同時，作為天子，當他看到霖雨傷稼的時候就寫了《愁霖賦》；當他看到雨過天青，就寫了《喜霽賦》。從這些作品中你可以看到，曹丕實在是個感情豐富的人，是個很有人情味的人。

曹丕的文章也寫得很好。我前文曾引了他的《與吳質書》中的一段，是為了說明他有敏銳的感覺。這段文字駢中有散，散中有駢，本身也非常漂亮。還有他的《典論・論文》，不但有見解，持論公正，而且文字上也是駢散結合，搖曳生姿。他不是那種偶然寫出一篇好文章的作者，而是一個能夠保持一貫水準的人。他對父母、妻子、朋友都很有感情，這種感情不是虛假的，因為他那些文章裡真的帶有一種感發的力量。倘若內心沒有這種感發，是寫不出那種文句來的。曹丕是一個感性和理性兼長並美的人，他的很多詔命就充分表現了他理性的這一面，例如他有《禁復私讎詔》，要求人們互相親愛，嚴禁為復仇而相殺戮的行為。這是非常有道理的。因為漢末天下大亂，群雄並起，你殺我，我殺你，倘若每一個人都要報復的話，冤冤相報就沒完沒了，社會就永遠不會安定。所以他下令禁止報復，宣導和解，要使天下養成一種祥和的氣氛。曹丕還有一篇《營壽陵詔》，思想也很通達。古代皇帝都是在沒有死的時候就開始營造墳墓。曹丕做了天子，所以也有人給他營造墳墓。可是你看曹丕是怎麼說的？他說：

夫葬也者，藏也。欲人之不得見也。骨無痛癢之知，冢非棲神之宅。禮不墓祭，欲存亡之不黷也。為棺槨足以朽骨，衣衾足以朽肉而已。故吾營此丘墟不食之地，欲使易代之後，不知其處。無施葦炭，無藏金銀銅鐵，一以瓦器，合古塗車芻靈之義。棺但漆際會三過，飯含無以珠玉，無施珠襦玉匣，諸愚俗所為也。

他說葬本來就是藏的意思，人死了，不能眼看著他腐爛，所以要把屍體裝進棺材埋葬起來。而且他還說，「欲使易代之後，不知其處」。這真是有反省！秦始皇自稱始皇帝，他的兒子稱二世，打算以後子子孫孫傳之無窮，可事實上又有哪家王朝可以傳之無窮？你看人家曹丕對歷史的盛衰興亡就有一種覺悟和反省，他知道曹魏早晚也是必然會滅亡的，所以他不主張厚葬。他說：我的棺材裡不要放葦炭，不要放金玉寶物，也不要仿效那些愚蠢的世俗之所為，因為保持屍體不朽是沒有用處的。另外曹丕還寫過論方術的文章，不相信那些迷信的方術。總之，你讀了曹丕的作品就會感到，他的立論、他所持守的禮法，都是平正通達，很合乎人情事理的。另外，我還要補充一句：曹丕的文章能夠把駢散結合得這樣好，把抑揚的節奏配合得這樣好，這一點，沒有感性和理性的結合，也是很難做到的。

第六節　曹丕之二

這一節我將講曹丕的《燕歌行》。這首詩很多選本都選了。它雖然也是一首樂府詩，但又是最早的一首七言詩。上節我曾提到，劉勰《文心雕龍》的《才略篇》曾特別指出曹丕的樂府詩寫得清新超逸。為了對曹丕的詩有更全面的瞭解，在講《燕歌行》之前，我們先簡單看他兩首四言的樂府詩，這兩首詩的題目是《善哉行》。

上山採薇，薄暮苦飢。溪谷多風，霜露沾衣。野雉群雊，猴猿相追。還望故鄉，鬱何壘壘。高山有崖，林木有枝。憂來無方，人莫之知。人生如寄，多憂何為。今我不樂，歲月其馳。湯湯川流，中有行舟。隨波轉薄，有似客遊。策我良馬，被我輕裘。載馳載驅，聊以忘憂。

有美一人，婉如清揚。妍姿巧笑，和媚心腸。知音識曲，善為樂方。哀絃微妙，清氣含芳。流鄭激楚，度宮中商。感心動耳，綺麗難忘。離鳥夕宿，在彼中洲。延頸鼓翼，悲鳴相求。眷然顧之，使我心愁。嗟爾昔人，何以忘憂。

這真是很好的兩首四言詩，第一首是寫行旅途中的艱辛。大家知道，曹丕從很小就學會騎馬射箭，經常跟著他的父親出去打仗，所以這一首寫的應該是軍旅之中的生活。他說，在軍隊中當糧食沒有了的時候，我們就上山去採野菜，那當然吃不飽，所以到了黃昏時每個人都很飢餓。深山溪谷中風很大，寒霜冷露打濕了衣服。山中的野雞互相追逐，猿猴也都緊隨著牠們的伴侶。可是，我的故鄉和家人在哪裡？故鄉那麼遙遠，所以我心裡總是在悲愁。每一座高山都有山崖，每一棵樹木都有樹枝，可是我內心的憂愁湧上來了，都不知它們是從哪裡湧來的，誰能理解我並聽我述說呢？我曾說過，曹丕是一個理性的詩人，理性的詩人是有辦法排遣憂愁的。我們讀過晏殊的「無可奈何花落去，似曾相識燕歸來」（《浣溪沙》「一曲新詞酒一杯」），還有「滿目山河空念遠，落花風雨更傷春，不如憐取眼前人」（《浣溪沙》「一向年光有限身」），那是晏殊的排遣方法。那麼曹丕怎樣排遣？他說「人生如寄，多憂何為」，人生本來就短暫得像一個旅客暫住在旅店裡一樣，如此憂愁有什麼好處？為什麼要讓歲月在憂愁之中度過呢？而且他說：我在外邊漂泊，就像河裡的一隻小舟，隨著水波流轉，不知道該停在哪裡。所以，我就要騎上我的馬，穿上我的皮裘，去盡情地奔馳，以此來忘掉我的憂愁。你看，他是有辦法的，絕不會像李後主那一類純情的詞人那樣無可救藥地陷入深深的悲愁之中「自是人生長恨水長東」。

第二首寫一個美麗的女子，說她看起來溫柔和婉，而且眉目秀美。這「清揚」二字是指女子眉目的美麗，出於《詩經・鄭風》的《野有蔓草》「有美一人，清揚婉兮」。而且，這個女子還不僅僅是容貌的美，她還有才能的美。「善為樂方」，是說她很懂得彈奏音樂的方法和道理。她彈出什麼樣的音樂？是「哀絃微妙，清氣含芳。流鄭激楚，度宮中商」，能夠彈非常流利的那種鄭國的音樂，也能夠彈非常激動的那種楚國的音樂，而且都合於音樂的樂律，所以就感動了聽的人，引起了一種聯想。下邊就是作者的想像了。他說，有一隻孤獨的鳥，黃昏投宿在水中的沙洲。你看牠伸長牠的頭頸，扇動著牠的翅膀，在那裡悲哀地鳴叫，希望找到一個伴侶。「眷然顧之」的「眷然」，是一種很多情的被感動的樣子。他說，我看到這隻鳥的樣子，就使我的內心也產生了和牠同樣的一種孤獨的悲哀。下面他說，「嗟爾昔人，何以忘憂」——像這種孤獨寂寞、像這種對美好東西嚮往而不可得，難道只有我一個人遭遇到這種憂愁嗎？你們古人如果遇到這種情形，你們是怎樣解脫的？這首詩也確實不錯，無論是感覺、感情，還是韻味，都寫得很好。

王夫之對這兩首詩說了很多讚美的話。對「上山採薇」的那一篇，他說是「微風遠韻，映帶人心於哀樂，非子桓其孰得哉」（《古詩評選》）。在詩歌中，所謂風，是一種感動人心的力量；所謂韻，是能引起讀者尋思回味的一種情韻。魏文帝的詩所表現的，是「微風」和「遠韻」。它們都不是強烈的刺激，而是一種緩慢的感染。他說，現實之中那一點點並不很強烈的刺激，就能夠引發內心之中哀樂的感情，這種境界，除了曹子桓還有誰能達到呢？王夫之還讚美了「有美一人」的那一篇，說它的結尾「嗟爾昔人，何以忘憂」寫得非常好，是「古來有之，嗟我何言。如此胸中，乃許言情」（《古詩評選》）。確實，這首詩中間的轉折寫得很好。他從這個女子容貌的美麗，以及她的音樂所代表的感情的美好，寫到大自然景物中一隻「離鳥」的形象。他不直接寫自己的感情，而是假借這鳥的形象把自己的感情和大自然的景物融合在一起，這是情景交融的寫法。而他在結尾也並沒有怎麼寫自己的哀傷，只是說古人也有過這樣的哀傷。這樣一來，就把他自己的哀傷融會到千古以來所有的人都感到孤獨寂寞都追求嚮往美好這樣一個主題中去了。所以王夫之說，一個人胸中要有這樣的感受，才能夠寫好感情。有的人心中並沒有多少感動，卻說我十二萬分高興或者我十二萬分悲傷，那樣寫感情是永遠不能感動別人的。王夫之還稱讚這首詩說：「排比句一入其腕，俱成飛動。」（《古詩評選》）這是指的「流鄭激楚，度宮中商」這一類句子。這類句子結構相同，本來很容易顯得死板，可是一到了曹丕的筆下就產生了一種飛動的氣象，不但不死板，而且顯得流利婉轉，十分動人。

這兩首《善哉行》，當然是很不錯的詩，但它們都是四言體，四言體的詩古已有之。而曹丕的《燕歌行》，很多人認為是七言詩之始。那麼，我們講過楚歌的「入不言兮出不辭，乘回風兮載雲旗。悲莫悲兮生別離，樂莫樂兮新相知」（屈原《九歌・少司命》），難道不是七言詩嗎？不是的，它們雖然是七個字，但其節奏並不同於七言詩的節奏。而且楚歌也並非通篇都是七個字的句子。我們還看過張衡的《四愁詩》。我說過，那也不是真正的七言詩，只是七言詩的濫觴，因為它是從「楚歌體」變化而來的。還有漢武帝和群臣聯句的《柏梁詩》也是七言，但後人已考證出它是偽作。因此，曹丕的《燕歌行》就成了古代流傳下來的最早的七言詩了。曹丕的《燕歌行》一共有兩首，我們要講的這一首是大家常選的：

秋風蕭瑟天氣涼，草木搖落露為霜，群燕辭歸雁南翔。念君客遊思斷腸，慊慊思歸戀故鄉，何為淹留寄他方？賤妾煢煢守空房，憂來思君不敢忘，不覺淚下沾衣裳。援琴鳴絃發清商，短歌微吟不能長。明月皎皎照我床，星漢西流夜未央。牽牛織女遙相望，爾獨何辜限河梁？

這首詩讀起來聲音很好聽。我常說，詩歌傳達一種感發的生命。而在這傳達過程中起作用的，除了所用的形象、敘述的口吻之外，還有一個很重要的因素就是聲音。所以，首先你一定要注意魏文帝這首詩聲調的諧婉，它裡邊包含著一種可以感動你的力量。其次，我還要先解釋一下詩的題目。《燕歌行》的題目古人有說法，有兩本解釋樂府詩題的書，一本叫《樂府廣題》，一本叫《樂府詩題》。《樂府廣題》解釋《燕歌行》說：燕是地名，這個題目是說良人從役於燕，而為此曲。「良人」，就是丈夫的意思，是有一個男子到燕地當兵，他的妻子寫了這個曲子。照這樣講，《燕歌行》就是思婦之詞了。但實際上不盡如此。唐代高適也寫過一首《燕歌行》，其中有「相看白刃血紛紛，死節從來豈顧勳」之類的話，寫的都是戰場上的情形，那當然是征夫之詞。所以《樂府詩題》就有另外一個說法，它說在歌行的上邊加上一個地名，比如《燕歌行》、《隴西行》等，都是以各地聲音為主。就是說，是當地流行的曲子。可是後世聲音失傳，作者就但以之歌詠各地風土了。燕這個地方，從東漢末到曹魏征戍不絕，常常打仗。所以凡是寫《燕歌行》這個題目者往往作離別之語。即是說，不管是思婦還是征夫，總而言之是寫戰爭所帶來的離別的悲哀。不過，曹丕的這首《燕歌行》比較明顯，寫的是思婦離別的悲哀。

《燕歌行》用的是七陽的韻，但實際上，曹丕那時還沒有這種韻部的名稱。所以我們應該說，他用的是「ㄤ」的這種語尾的聲音。而你要注意到，凡是ㄤ的語尾都是鼻音，它有一種迴響——一種共鳴的迴音，是不是？因此這首詩的聲調之所以使人覺得很美，其中一個原因就是因為它語尾押的韻是ㄤ的聲音，它本身就造成一種和諧的感覺。而且，這是一首很完整的七言詩，所以它在中國的詩歌史上是一篇很重要的著作，是對一個新詩體的開創。我曾寫過一篇文章叫《論杜甫七律之演進及其承先啟後之成就》，其中曾談及七言詩的起源。我以為，中國五言詩的興起乃是時勢所趨，是大眾化的事情；而七言詩的興起，則似乎與一些天才詩人的創造與嘗試有密切關係。為什麼說五言詩是大眾化呢？因為漢朝跟西域往來，於是就有一種新的音樂傳到中國來了。這種音樂最容易配合的歌詞是五個字一句的歌詞，而且這種音樂又流行一時，所以大家就都寫五言，這種風氣就使得五言詩流行起來。可是七言詩，你不要看它只多了兩個字，對古代作詩的人來說，多了兩個字就得在音節和句法上費一點工夫了，所以七言詩作起來就比較困難，就不是大眾化而是個人化了，是一些傑出的天才，而且是那種理性和感性兼長並美的天才，帶領和推動了七言詩的演進。因為，只有這樣的天才能夠從感性上把握七言詩的特色，而且能夠用理性對章節句法做適當的安排。第一個這樣的天才是張衡，他把楚歌變化成了七言，可是張衡的《四愁詩》中還有殘留的楚歌句法。而接下來的另外一個天才就是魏文帝曹丕，他消除了楚歌殘留的痕跡，寫出了成功的七言詩。這是很值得注意的。

「秋風蕭瑟天氣涼，草木搖落露為霜，群燕辭歸雁南翔」，這開頭三句完全寫的是景物，並沒有直接寫感情。清朝有一個文學批評家沈德潛批評這首詩說，「和柔巽順之意，讀之油然相感。節奏之妙，不可思議。句句用韻，掩抑徘徊」（《古詩源》）。他這「油然」兩個字用得非常好。你騎自行車的時候，要是給輪子加一點油，騎起來就有一種柔滑的感覺，對不對？那我現在就要說，文學作品有很多種不同的感動人的方法。清末民初的學者梁啟超先生曾寫過一篇《論小說與群治之關係》，他說小說對人的感染有四種方式，即「熏、浸、刺、提」。熏就好比燒香的時候，那煙慢慢慢慢地向你籠罩過來。浸是浸泡，煮紅豆湯時紅豆不容易爛，你要是頭一天把它泡在水裡，讓那水分慢慢地浸入，明天再煮就爛了。所以熏和浸的感染是慢慢的、不知不覺的。刺和提就不同：刺，就像針扎了一下；提，是一下子就把你提起來了。所以刺和提的感染都是比較強烈的。李後主說：「林花謝了春紅，太匆匆。」（《相見歡》）他一下子就給你一種很強烈的刺激；而晏殊則說：「小徑紅稀，芳郊綠遍，高臺樹色陰陰見。」（《踏莎行》）小路上的紅花慢慢地就稀少了，郊外的青草不知不覺地就綠遍了。這，就是一種慢慢的感染了。其實李後主和晏殊的對比與曹植和曹丕的對比很相似。曹丕的詩給人的感染就是慢慢的、不知不覺的。他總是先培養出一種感受和氣氛，把你慢慢地引到裡邊去。「秋風蕭瑟天氣涼」，是很平常的句子，而且並沒有說出懷念的意思，但懷念卻是從這裡引起來的。李商隱說：「遠書歸夢兩悠悠，只有空床敵素秋。」（《端居》）所謂素秋者，是那萬物凋零淨盡的秋天。那種寒冷，那種肅殺，就很容易引起離人的思念。所以，這「秋風蕭瑟天氣涼」的寒冷之中，已經醞釀有相思懷念和孤獨寂寞的感情了。而下一句「草木搖落露為霜」，就比第一句的力量更大了一些。「草木搖落」是很平淡的四個字，但它出於《楚辭》。宋玉的《九辯》說：「悲哉，秋之為氣也。蕭瑟兮，草木搖落而變衰。」所以，中國文學從此就有了一個「悲秋」的傳統。其實，人們真正所悲的並不是秋天的季節，也不是草木的搖落變衰，而是由草木搖落變衰而聯想到人的生命的無常。那是眼看著大自然中的生命被摧傷而聯想到自身的一種感受。什麼是「露為霜」？露和霜雖然都是水氣凝結而成，但二者的作用卻完全不同。露使草木滋生，而霜給草木以摧殘。從滋生到摧殘——這真是慢慢地把你帶進這種氣氛中來。《古詩十九首》中的「思君令人老，歲月忽已晚」兩句，也許可以用作這一句的注解。他是說，倘若人的生命長存，那麼只要我們都保持感情不變，就可以一直期待下去，總有希望等到見面的那一天。可是人的生命是多麼短暫！就算我願意等待，我又有多少生命可以等待呢？「草木搖落露為霜」，其中就暗含有這樣的意思。可是你看，無論是李商隱的「遠書歸夢兩悠悠，只有空床敵素秋」，還是《古詩十九首》的「思君令人老，歲月忽已晚」，說得都比較明白，表現得都比較有力量。而你看人家曹丕，人家就只是寫景！而且下一句還是寫景，「群燕辭歸雁南翔」——那些候鳥，不管是小的燕子，還是大的鴻雁，天氣冷了都要飛回南方。可是我所懷念的征夫，他為什麼就不跟那些大雁小燕一同飛回來呢？你看，他那種相思懷念的感情是一步步逗引出來的，到了這一句才比較清晰起來。這三句看起來都很尋常：「秋風蕭瑟」是古人常用的句子，像曹操的《碣石篇》裡不是就有「秋風蕭瑟，洪波湧起」嗎？「天氣涼」更不用說，正是鍾嶸批評他「鄙直如偶語」的那種地方。「草木搖落」是宋玉用過的；「露為霜」是《詩經》裡用過的，《詩・秦風・蒹葭》裡有「蒹葭蒼蒼，白露為霜」，而且白露和霜降都是中國的節氣；大雁和小燕也都是人們常見的尋常景物。曹丕就是用這些尋常的語言、尋常的景物來漸漸引出感情。

然後接下來他才說：「念君客遊思斷腸，慊慊思歸戀故鄉，何為淹留寄他方？」這個「慊」字有兩個不同的讀音，有的時候讀ㄑㄧㄝˋ，是心裡邊滿足的樣子；有的時候讀ㄑㄧㄢˋ，是有遺憾不得滿足的樣子。這在訓詁學裡叫作反義。類似的字還有「面」，本來是「面對」的意思，可是有的時候卻又是「背對」的意思。比如《史記・項羽本紀》裡寫到項羽兵敗烏江，遇到呂馬童，說「馬童面之」。這呂馬童本來是認識項羽的，這時就背朝項羽，暗地裡指給別人看，說這個人就是項王。所以你看，這個「面」就當「背」講。而曹丕用的這個「慊」不是滿足，是有遺憾、不得滿足的意思，讀ㄑㄧㄢˋ。你要注意這兩句：「念君客遊思斷腸」，是說思婦思念征人，那麼為什麼「慊慊思歸戀故鄉」，說的又是征夫了呢？其實他這兩句的意思要連下來讀，他是說：因為我想念你，所以我就想到你一定也想念我，也想回到家裡來看我。杜甫有一首詩說「今夜鄜州月，閨中只獨看」（《月夜》），蘇東坡有一句詞說「我思君處君思我」（《蝶戀花》「暮春別李公擇」），也是同樣的意思。下面的「淹留」，指長久地停留。他說：可是你為什麼就長久地寄居在那麼遠的地方不肯回來呢？

「賤妾煢煢守空房」，「賤妾」是女子的自稱；「煢煢」是孤獨的樣子；這「空房」二字則使人聯想到李商隱的詩「遠書歸夢兩悠悠，只有空床敵素秋」中的「空床」。底下他說「憂來思君不敢忘」。「憂來思君」是說：我的內心常常湧上一種憂傷的感情，那時候我就非常思念你。可是什麼叫「不敢忘」？為什麼不說「不能忘」？這就是沈德潛所說的「和柔巽順之意，讀之油然相感」了。我已經講過「油然」，就是慢慢慢慢地把你帶進這種感情的氣氛裡來。這當然也可以說是一種柔婉的方式，但實際上「和柔巽順」幾個字還不是如此簡單。要知道，這四個字本來是形容「婦德」的。「巽」是八卦中的一個卦名。《易經》中的八卦都有象徵的性質，既象徵大自然中的一切，也象徵人間倫理的一切。而「巽」卦所象徵的是一個家庭中的長女，是女性的卦。這首詩所寫的是思婦，也就是說，是一個征人的妻子。中國傳統的「婦德」主張，作為妻子，無論丈夫怎樣，你都永遠不能背棄他的。現在中國說婦女是「半邊天」，那與古人的主張不同。古人說「妻以夫為天」。丈夫在上邊，是天；妻子在底下，是地。你要變成半邊天，那怎麼得了！如果說「憂來思君不能忘」，那就是單純講感情，或者說叫愛情，而「憂來思君不敢忘」，裡邊就多了一層尊敬的意思，是愛情再加上尊敬。中國古人常常用夫妻男女的關係來比君臣的關係，所以這裡邊還有著忠誠的涵義。因此，這「不敢」二字正表現了沈德潛所讚美的「和柔巽順之意」，用得很好。下面「不覺淚下沾衣裳」的「不覺」兩字也用得很好，那是說你內心之中生出感情，不知不覺就流出了眼淚。這也是一種「油然相感」的感受。

「援琴鳴絃發清商」寫得更好，你一定要仔細地讀才能感覺到。要知道，當你內心有一種感情在動蕩的時候，你必須找到一種安排的方法和寄託的所在。如果你懂得音樂，你就把你的感情用音樂表達出來。我們講完建安詩就要講阮籍的詩，阮籍《詠懷》詩的第一句就是「夜中不能寐，起坐彈鳴琴」。我當年在大學念書的時候寫過這樣幾句詩：「驚濤難化心成石，閉戶真堪隱作名。收拾閒愁應未盡，坐調絃柱到三更。」（《晚秋雜詩五首》之三）因為我上大學時，正是北京淪陷在日本手中的時候。我一生經歷過很多災難，有國家的災難，也有我自己家庭的災難。人生在這種患難之中難道心裡就沒有什麼感動嗎？當然有的，然而我無可奈何，所以我說「驚濤難化心成石，閉戶真堪隱作名」，我只有關起門來念書。可是我內心之中有很多感情不能夠安排，而這些感情必須加以收拾整理，所以就「坐調絃柱到三更」。當然，阮籍可能真的是起來彈琴，而我並不會彈琴，我只是用一個典故。就是說，當你有很多憂傷或感動以致夜深不能成眠時，你的內心就有一種需要安排整理的感受。所以你看，他是怎樣從「憂來思君不敢忘，不覺淚下沾衣裳」轉到「援琴鳴絃發清商」的？那是說，這個女子內心有這樣的感動沒有辦法安排寄託，所以就借著琴的音樂來安排寄託。「援」，就是把琴取過來。所謂「清商」，是一種憂傷的曲調。中國古代常用宮商角微羽的「商」來代表秋天的季節，而秋天的季節是肅殺哀傷的，所以歐陽修《秋聲賦》才說：「商者傷也。」「短歌微吟不能長」，為什麼不能長？當然你可以說因為歌詞和曲調本來就是短的，這是最簡單的解釋。但人在哀傷的時候要借彈琴來排遣哀傷，可是彈起來反而更加哀傷，覺得不能夠再彈下去。這也是「不能長」的一個原因。歐陽修有一首《玉樓春》的小詞說，「離歌且莫翻新闋」，因為「一曲能教腸寸結」。所以，當這個女子越彈越悲哀的時候，她就不能夠再彈下去了。

「明月皎皎照我牀」也寫得很好。一個人在半夜不能成眠時，就會覺得月光特別明亮、特別寒冷。我曾經寫過一首題目叫《詠懷》的五言古詩，其中有兩句說：「空牀竹影多，更深翻歷歷。」那是在抗戰時期，我的母親在北京去世，我父親遠在後方，家中只有我和我的兩個弟弟。我家住的是北京的那種四合院，我住在西廂房，那時候我們睡的是炕，晚上躺在炕上可以看到月亮從東邊升上來。母親在時，我和母親一起睡在炕上，可是母親去世了，我覺得那炕忽然間就空出來一大片。我小的時候曾在窗前種了很多竹子，當月亮升上來時，就把竹影都投射到炕上，到了夜靜更深時，那些竹影顯得特別清楚。所以，「明月皎照我牀」的那種空寂和悲傷的感覺，我是曾經有過感受的。另外我們還要注意，魏文帝這首詩是從自然景物寫起，慢慢過渡到離別的哀傷。而「明月皎皎照我牀，星漢西流夜未央」這兩句，是從離別的哀傷又回到自然景物，他過渡得很自然。什麼叫「星漢西流」？這要透過觀察才能知道。我家院子很大，夏天屋子裡悶熱，小時候一到天黑我就搬個小板凳坐在院子裡看天上的星星。我認識很多星，什麼大熊星座，什麼牽牛星、織女星我都認識，而且那時候北京天上的星星特別清楚。我覺得現在沒有以前清楚了，可能是由於空氣污染的緣故吧？你要知道，銀河在一年四季方向是不同的。北方有句俗話說：「銀河掉角，要穿棉襖。」所謂「銀河掉角」，就是說銀河的方向改變了，變成東西的方向了，這就到了深秋的季節。「漢」是水名，古人把銀河想像成一條河。「星漢西流」就是說，銀河向西方流下去了。「夜未央」的「央」是終盡、終了的意思，「夜未央」是說長夜無盡。人們常說「歡娛嫌夜短，寂寞恨更長」，當一個人寂寞孤獨時，就覺得天總是不亮，夜簡直沒有盡頭。而且這也不僅僅是感覺，因為到了秋天，夜晚果然也就長了。然而你們也要注意到，這裡雖然過渡到大自然的景物，可是其中卻也仍然結合著離別的哀傷。「牽牛織女遙相望」，你在夜空可以看到，牽牛星是一顆較亮的星，兩旁有兩顆小星；織女星是三角形的，隔著銀河與牛郎星遙遙相對。所以你再看曹丕這首詩結尾的一句，真是畫龍點睛之筆：「爾獨何辜限河梁。」你們本來是相愛的一對，可是你們到底犯了什麼過錯而被阻隔在銀河的兩邊呢？作者本來是寫自己的離別憂傷，可是現在他忽然把筆鋒一轉說：我們人間有離別憂傷，你們天上難道也有離別憂傷嗎？這一句，實在是無理之詞，然而又是至情之筆。就像李商隱也寫過兩句：「人間從到海，天上莫為河。」（《西溪》）人間的苦難已經是注定了，只好任憑它去，可是你們天上就不要再有這樣的苦難了，否則這個世界還有什麼希望呢！「爾獨何辜限河梁」，他把自己的悲哀結合了天上的悲哀，寫得如此廣遠，茫茫一片。這一句，使得全篇都振作起來了。

下面，我們再看曹丕的一首《雜詩》：

漫漫秋夜長，烈烈北風涼。輾轉不能寐，披衣起彷徨。彷徨忽已久，白露沾我裳。俯視清水波，仰看明月光。天漢迴西流，三五正縱橫。草蟲鳴何悲，孤雁獨南翔。鬱鬱多悲思，綿綿思故鄉。願飛安得翼，欲濟河無梁。向風長歎息，斷絕我中腸。

魏文帝在《典論》的《自敘》中說過，他從少年時就常常跟隨曹操到各地去征戰，經常處在軍旅途中。這首詩，也是他在行軍征戰途中思念故鄉的詩。從這一點上看，它和曹操的《苦寒行》有某些相似之處。然而同樣寫思念故鄉的詩，你看曹操寫得多麼有氣魄，而曹丕的詩就不以氣魄見長。這首詩頗有點兒像《古詩十九首》，而且它很明顯是以感與韻取勝的，是屬於「熏」和「浸」的那一類。魏文帝的《雜詩》有兩首，另一首是「西北有浮雲」。這兩首詩都以感與韻取勝，但「西北有浮雲」比較短，熏的力量不太夠，所以比較起來，還是這一首寫得更好。

「漫漫秋夜長，烈烈北風涼」，這首詩的起句和《燕歌行》一樣，都是從大自然的景物寫起的。到了秋天，白日就越來越短，夜晚就越來越長了。「烈烈」，是形容北風很強勁很寒冷的樣子。魏文帝是一個有銳感的詩人，他的詩寫得都很平淡，都不表現強烈的感情。他自己在那種平淡而又平凡的景物中是能夠有所感受的，所以我們讀的時候就也要運用我們的感覺，從平淡和平凡之中去體會他的感受。「輾轉不能寐，披衣起彷徨」，「彷徨」就是「徘徊」，是一種走來走去無所依託的樣子。他說我躺在床上翻來覆去睡不著覺，就披上衣服出來徘徊。清人黃仲則說：「為誰風露立中宵？」（《綺懷》之一）為什麼夜中不能成眠？為什麼出來徘徊？他們都沒有說。五代馮正中有一首很有名的小詞《謁金門》說：「風乍起，吹皺一池春水。」風和月都是大自然之間的景物，和詩人有什麼相干？這件事很難說清楚。但北宋歐陽修說得好：「人生自是有情癡，此恨不關風與月。」（《玉樓春》「尊前擬把歸期說」）那是你詩人心中自有一段憂愁哀傷，和外邊的景物有什麼相干！佛教的禪宗語錄裡講了一個故事，說有一位高僧住在一個廟裡，晚上出來散步，見兩個小和尚在那裡爭論。因為廟裡的竿上有幡，風一吹幡就飄動起來。一個小和尚說這是風在動，另一個小和尚說風哪裡看得見？這是幡在動。他們見高僧出來了，就一起向他請教。這位高僧說：「也不是風動，也不是幡動，是你們自己的心在動！」人和自然景物本來沒有什麼相干，可是當風突然在水面上吹起了一片漣漪的時候，詩人那敏感的心就動了。謝靈運的《歲暮》詩說：「明月照積雪，朔風勁且哀。」明月、積雪、朔風都是大自然景物；哀，卻是詩人的內心感覺。至於這景物為什麼會引起這感覺，並不是都能夠說得清楚。

「彷徨忽已久，白露沾我裳」，「忽已久」是說，在不知不覺之間就已經徘徊了很長時間了，重複使用「彷徨」，是為了加強和上一句在語氣上的連接。而這句本身又與下一句「白露沾我裳」有因果關係的連接。李白《玉階怨》的「玉階生白露，夜久侵羅襪」，就與這兩句十分類似。說到這裡我想起一件事情，有一位中國當代詩人到溫哥華來訪問，我和他談起了中國的舊詩，他說他當初寫詩就是由讀中國的舊詩而引起的興趣。我說那為什麼你沒有寫舊詩而只寫現代的新詩呢？他說，中國的舊詩看起來差不多都一樣，沒有多少新鮮味道。他的這種看法很有代表性，不但寫現代詩的中國人有這種感覺，研究我們中國詩的西方人也有這種感覺。尤其是西方人，他們特別注重個體的獨創，追求說別人沒說過的話，使用別人沒有用過的形象。而中國的舊詩有固定的形式，如五言詩、七言詩、律詩、絕句，都有固定的字數和句數，聲音的平仄也有很嚴格的規定。而且還不僅如此，中國古詩注重吟誦和直接感發，那吟誦的調子也大同小異，當你吟熟了之後就形成一種固定的形式，「仄仄平平仄，平平仄仄平」，你這樣吟熟了就出口成章，說出話來自然就帶有這種聲律節奏。我的小侄孫女從一周歲起就開始背詩，現在背得多了，說出話來就有了平仄。有的時候她把詩背錯了，但卻是合乎平仄的。李商隱《登樂遊原》中有兩句：「夕陽無限好，只是近黃昏。」賀之章《回鄉偶書》中有兩句：「少小離家老大回，鄉音無改鬢毛衰。」我的小侄孫女就背錯了，她說：「夕陽無限好，只是鬢毛衰。」這「近黃昏」和「鬢毛衰」，平仄是相同的。「近」和「鬢」都是去聲，「黃」和「毛」都是陽平，「昏」和「衰」都是陰平，而且它們的意思也有一點兒相近之處。所以，這是一種傳統的習慣性，出口就是如此了。西方注重思索安排的技術，從他們的眼光看起來，中國的舊詩讀起來都差不多，形式也一樣，平仄也一樣，連常用的那些形象如明月啊、清風啊，也都差不多。所以他們就認為中國的舊詩沒有新鮮感。可是你要知道，中國舊詩的特色在哪裡？就在於從傳統的相同之中寫出了不同。這是非常值得注意的。我講過中國的詞，它們大多都是寫男女的相思離別，那些作風相差很大的作者，如蘇東坡和柳永，風格絕對不同；而五代的馮延巳和北宋的晏殊、歐陽修，這三個人作風十分相似，以致他們集子中的作品也常常相混，可是仔細研究起來，他們詞的風格也有很大不同。從這些不同之中可以看出，他們的性格、思想方式和對人生的態度也是完全不一樣的。所以，欣賞中國的舊詩一定要注意這一點——分析它們在相似之中的不同。

好，現在我們返回來再看曹丕的「仿徨忽已久，白露沾我裳」，它和李太白的「玉階生白露，夜久侵羅襪」一樣，都是說在外邊徘徊得太久，以致衣襪都被露水打濕了。所以你要注意中國的舊詩，它一方面帶有個人的感發，一方面還帶有一個歷史的傳統。而這歷史的傳統實際上就是千百年來無數作者的共同的感發。有的人就認為，這歷史的傳統是一個限制。其實，正是由於中國詩裡帶有這種歷史的傳統，所以它就把個人的感發擴展得更大，不但有普遍性，而且有歷史性。這是中國詩的一個特色。另外我們還應該注意到：這「沾我裳」三個字實在用得很好，一個「我」字，就使那寒冷的白露一下子貼近了你的身體，使人產生一直冷到心裡的感覺。我的老師顧隨先生曾寫過一首詞說：「自添沉水燒新篆，一任羅衣貼體寒。」（《鷓鴣天》「不是新來怯憑欄」）馮正中的詞也曾說：「波搖梅蕊當心白，風入羅衣貼體寒。」（《拋球樂》「酒罷歌餘興未闌」）寫的就是這種毫無抵擋地被寒風冷露侵入的感覺。這也是詩人一種敏銳的感受。

「俯視清水波，仰看明月光」兩句也很難講。因為，一首詩如果有很強烈的感情或很深奧的詞句，你就可以從這些地方下手去講它。可是像「俯視清水波，仰看明月光」這樣的句子，卻讓你根本就沒有下手之處。但它真正是好詩，說出了一種詩人的感覺。李白《靜夜思》說：「床前明月光，疑是地上霜。舉頭望明月，低頭思故鄉。」「舉頭望明月」，不就是「仰看明月光」嗎？他為什麼就「低頭思故鄉」了呢？抬頭看見明月可以產生很多不同的觸動，你必須設身處地進入他所寫的那個環境，才能夠有所感觸。我們可以想像：天上既有明月，那麼在清水波上也一定有一輪月影在蕩漾。此時此地，你會產生一種什麼感覺呢？

「天漢迴西流，三五正縱橫」，這是寫秋天的夜空。銀河到了秋天就接近東西的方向。「三五」指星星，這個詞最早出於《詩・召南・小星》「嘒彼小星，三五在東」。「縱橫」，是指天上的星星排列不整齊的樣子。「草蟲鳴何悲，孤雁獨南翔」——秋天聽到蟋蟀等草蟲的叫聲，總會使人產生一種歲月如梭的悲哀；而在那疏星點綴的夜空之中，忽然就看見有一隻孤雁向南方飛去了。你看，對於相似的景物，不同的詩人總是有不同的聯想。曹操《短歌行》說：「月明星稀，烏鵲南飛。繞樹三匝，何枝可依。」他對那隻夜飛的鳥所產生的聯想，是賢臣要尋找一位明主。曹丕現在也寫了一隻夜飛的鳥，他的聯想卻是對故鄉的思念，孤雁都飛回故鄉去了，遠征的人何時才能回去呢？於是，在描寫了這麼一大堆自然的景物之後他終於寫到了感情：「鬱鬱多悲思，綿綿思故鄉。」古詩有「青青河畔草，綿綿思遠道」，這「綿綿」既可以指空間距離的遙遠，也可以指時間距離的久長。他說，我願意飛回故鄉去，可是我沒有翅膀；我想跨過隔斷歸路的河流，可是河上邊根本就沒有橋樑。這一句，有的版本是「何無梁」。那就是一種問話的口氣，也是可以的。於是，詩人就向著那烈烈的北風發出長歎，因為對故鄉的思念使他的肝腸都要寸斷了！

這首詩，我說它是魏文帝年輕時跟隨他父親在行軍征戰途中所寫的思鄉之作，這只是講法的一種，這種講法有些過於落實。其實，本來也可以不這樣講的。你就把它看成是表現心靈中的一種追求好了：詩人想要尋找一個人生的歸宿之所，可是卻沒有找到，所以就感到苦悶彷徨。抬頭看，天上的星辰是那麼高遠；低頭聽，地下草蟲的鳴叫是那麼淒涼。在這茫茫的宇宙之中，你是無能為力的，「願飛安得翼，欲濟河無梁」，你的精神沒有辦法飛起來，你追求的東西沒有辦法得到。他所要寫的，就是這麼一種在寂寞孤獨之中的追求和懷思的感情。

魏文帝，確實是一個感情很豐富的人，他的詩風和他父親是完全不同的。曹操的詩是以其雄偉的氣魄打動人，而曹丕卻是用一種非常柔順的力量去慢慢地感染人。下一節，我們將講他的弟弟曹植，曹植的詩又是另外一種風格了。

第七節　曹植之一

在曹氏父子三人裡對後世影響最大的，說實在既不是曹操也不是曹丕，而是曹植。因為，曹操處於建安詩歌的初期階段，他的詩比較古樸、直率，而在魏晉南北朝以後，詩歌的發展趨向於駢偶與華麗，曹操的詩風與當時時代的潮流相違背，所以對後來影響不大。曹丕的詩也講過了，我曾引了王夫之《薑齋詩話》對曹丕的批評。王夫之說，由於曹丕是一個天才，因而就「絕人攀躋」。意思是說，曹丕是憑他詩人的感覺取勝的，你要是天生沒有這種詩人的感覺，你就很難學曹丕的詩。而曹子建的詩呢？王夫之也說了，說他是「與人以階梯」。他給你一個台階，你可以跟著他走上來。正是由於曹植的詩可以供後人學習，所以他對後世的影響也最大。

魏晉的時代，乃是中國文學覺醒的時代，這種覺醒表現在各個不同的方面。魏文帝曹丕是一個有反省的理性的詩人，所以他在文學覺醒的大背景之下走了一條批評、衡量的道路。他寫了《典論・論文》，論述了文學具有獨立的價值。這些我已經講過了。那麼，在同樣的大背景之下，曹植覺醒到哪裡去了呢？曹植的覺醒，表現在他對中國語言文字特色的反省和把握上。也就是說，從曹植起，詩人們就開始自覺地注重詩歌的對偶、鋪排和雕飾。這一點，雖然導致齊梁詩歌的雕琢，但從整個詩歌發展的歷史來看，卻不能不說是一個進步。這些，我在講建安詩歌的概論時也已經講過了，這裡就不再重複。其實，曹丕也不是沒有這種反省和把握，只不過他是表現在文章中而不是表現在詩裡邊。例如他的《典論・論文》中論述文學獨立價值的那一段就寫得極有特色：

> 蓋文章，經國之大業，不朽之盛事。年壽有時而盡，榮樂止乎其身，二者必至之常期，未若文章之無窮。是以古之作者，寄身於翰墨，見意於篇籍，不假良史之辭，不託飛馳之勢，而聲名自傳於後。……而人多不強力，貧賤則懾於飢寒，富貴則流於逸樂，遂營目前之務，而遺千載之功。日月逝於上，體貌衰於下，忽然與萬物遷化，斯志士之大痛也。

幾個駢偶的句子並列，然後來一個敘述和感歎；又是幾個駢偶的句子並列，然後又是一個敘述和感歎。因為倘若光是駢偶的句子，就顯得過於整齊密集，而加入散文的句子，可以起一種疏散的作用。駢散結合，使曹丕的文章具有一種獨特的姿態。

在講曹丕的時候我也曾引過劉勰《文心雕龍・才略篇》對曹丕與曹植的批評。他說，「文帝以位尊減才，思王以勢窘益價」。為什麼產生這種現象？這要從作者和讀者兩方面去看。對作者而言，當你受到挫折的時候，你的才能無法從別的方面表現出來，就只能透過文學創作來表現；但如果你有許多政治上的功業需要建立的話，那麼你就沒有更多的精力來從事寫作了。所以歐陽修說，

「詩窮而後工」（《梅聖俞詩集序》。編按：該序原文如下：「……而寫人情之難言，蓋愈窮則愈工；然則非詩之能窮人，殆窮者而後工也。」）；司馬遷也曾說，古來那些偉大的作品「大抵賢聖發憤之所為作也」（《史記・太史公自序》）。而對於讀者來說，他們對這類作者則往往有一種同情、憐憫的心理。西方亞里斯多德的《詩學》提到悲劇，說悲劇在精神上可以起沖洗的作用，所以能夠使觀眾得到精神的愉悅和滿足。因此，對於那些不走運的詩人，人們反而容易覺得他們的詩寫得好；而對於那些一生富貴顯達的詩人，由於他們的詩裡缺少對那種強烈悲苦事件的反應，一般人就不太容易欣賞他們的詩。例如晏殊的詞雖然寫得很好，但很多人不懂得他的好處何在；至於李後主，如果他沒有亡國，只寫那些「刬襪步香階」之類的詞，人們也不會覺得他有什麼好。曹植後來大半生的經歷都是從事於寫作的，因為他受到他的哥哥和侄子的壓制，根本就沒有什麼國家的正事給他幹，只能夠把一腔的感慨和憤激都表現在詩裡邊。所以他就更容易得到大家的同情，他的詩也就更容易被大家欣賞。而且，正由於他有更多的時間從事寫作，所以他的詩和父兄相比，數量更大，範圍更廣，風格的變化也更多。

史書上說，曹操一共有二十五個兒子。他最喜歡的本來是他的一個小兒子，叫作曹沖，但曹沖十三歲就死了。剩下這些兒子裡比較有才華的，就是卞夫人所生的曹丕、曹彰和曹植了。曹彰是曹丕的弟弟、曹植的哥哥，他武功很好，打仗很勇敢。這個人可能是色素比較低，鬚髮都是黃色的。據說曹操在戰場上失利時就大呼「黃鬚兒何在」，叫曹彰來保護他。曹操遲遲不立太子，於是他這些兒子之間就競爭得很厲害。其中競爭最厲害的兩個人就是曹丕和曹植。一般按中國的倫理習慣是應該立長子的，但曹操一直不立曹丕，就是因為他心裡在考慮要立曹植。可見曹植對曹丕確實曾形成過很大的威脅。可是後來由於發生了私開司馬門和因醉酒不能受命領兵兩件事，使得曹操對曹植改變了看法，認為他不是能夠託付大事的人，最後終於決定立了曹丕。因此，曹丕對於他的兄弟們是有戒心的，尤其對曹植。《世說新語》上記載了曹植七步成詩的故事，說是曹丕做了皇帝以後曾經命令曹植在七步之內寫成一首詩，不成則行大法——就是把他殺死。我以為這個傳聞並不可靠。因為以魏文帝這個人，從他的文章來看，從他的作風來看，他不會做這樣的事。這還不是說他仁慈不仁慈，以他的智慧才略，就是要殺死曹植，也有別的辦法，絕不會用這種笨辦法。即使真的有這件事，我以為那不過是他和弟弟開玩笑，想試一試弟弟的才學而已。那麼，什麼事情是他真正做得出來的呢？那就是分封諸王各令就國——把他的那些兄弟們都趕走，不許留在首都。因為你想，曹植飲酒放縱，在他父親活著的時候都敢私開司馬門，父親死了他還有什麼不敢做？若是留在首都，說不定會再做出一些狂妄的事情來！曹丕這個人雖然有詩人的素質，但他是一個理性的人。他既然做了皇帝，就一定有他的一套辦法來鞏固自己的地位。他不但把他的兄弟們都分封出去，而且在每一個人那裡都派有「監國使者」，負責監視他們。而曹植是一個任性縱情的人，不能夠服從監國使者的管教。派到他那裡的監國使者叫灌均，這個灌均就屢次給文帝打報告，說曹植又做了什麼事情不對了，還說曹植「醉酒悖慢，劫脅使者」（《三國志．魏書十九》），結果就使他不斷遭到貶爵徙封。後來曹丕死了，曹叡即位做了皇帝，但情況並沒有什麼變化，仍然對曹植保持有相當的防範，輕易不准他到首都來。所以，曹植在他生活的後期很不得意，始終處在他的哥哥和侄子的壓制之下，心情是極抑鬱的。

我曾說過，純情的詩人和理性的詩人有所不同。理性的詩人總是有他的節制和反省，無論外邊發生什麼事情，他都要經過自我的思考和消化。在這思考和消化過程中，他有他自己的一個標準在，或者說，他內心有他自己的一個主宰。所以，理性的詩人往往有比較固定的風格，縱有變化，也不會很大很明顯。純情的詩人則不同，他們對外界的反應是直接的，比較缺乏節制和反省。事情怎樣來了，他就怎樣直接地反射回去。曹植沒有什麼節制和反省。比如說，他寫過一篇《與楊德祖書》，其中提到他的一個朋友丁敬禮，他說「丁敬禮嘗作小文，使僕潤飾之」。後邊他還寫到丁敬禮對他說：我的文章雖然經你修改了，可是後世又有誰能知道呢？這實在是很不厚道的事情。要不然你就別給人家改，既然改了，人家不願意讓你說你就不要說了。可是他給人家改了之後還把這件事寫下來，使我們千百年之後的人都知道這丁敬禮好為小文，還讓曹子建潤飾過。這真是很不好。可這就是曹植的性情，他本來就是一個很狂傲很任縱的人。他對自己的感情並不加反省，很直接地就表現出來了。而這樣的詩人，他作品的風格也就很容易隨外界環境的改變而改變。李後主在亡國之前和亡國之後的作品風格有很明顯的不同。曹子建的詩，也可以分成前期和後期。他少年時才思敏捷，又受到父親的寵愛和欣賞，所以前期的詩寫得任縱發揚。到後期，環境起了變化，他受到自己的哥哥和侄子的管制，心情抑鬱不平，風格也就起了變化，寫了很多感慨和牢騷之辭。實際上，這些感慨牢騷之辭仍可分成前後兩個階段。第一個階段是剛剛受到壓制的時候，他感到無法忍受，因此其感慨牢騷表現得激奮和直接，像我們下面要講的《贈白馬王彪》，就屬於後期第一個階段的作品。可是等到他的哥哥曹丕死了，他的侄子曹叡即位，仍然對他採取防範的態度，使他感到再也沒有出頭之日，所以他在晚年更加抑鬱苦悶，而他的感慨牢騷也就從直接的激奮逐漸轉變為間接的喻託，像他的《七哀詩》，就屬於後期第二個階段的作品了。

從總體上看，曹植的詩不管從內容上還是從體裁上都是多姿多彩的。他有很多寫實的詩，像《送應氏》；他還有模擬的樂府詩；此外他的賦也寫得很好，其中最有名的一篇就是《洛神賦》了。有人問：曹子建和他的哥哥除了政治上的鬥爭之外，是否還有愛情上的競爭？這事說來話長。當初在董卓叛亂的時候，曹操和袁紹都曾起兵反抗董卓。可是董卓被消滅以後，袁、曹兩家又有了矛盾，最後曹操終於打敗了袁紹。當曹操的軍隊攻下鄴城時，第一個帶兵進入袁紹家中的是曹丕。他在袁紹家中就看見了袁紹第二個兒子袁熙的妻子甄氏。按年齡推算起來，當時曹丕是十八歲，曹植只有十三歲，而甄氏已經二十多歲。可是歷史上說，甄氏特別美麗，曹丕一看見她就非常喜歡。曹操知道曹丕喜歡甄氏，就把她給曹丕做了妻子。一開始，曹丕是非常寵愛甄氏的。歷史上還記載了這樣一個故事，說有一次曹丕宴請眾文臣，飲酒之間把甄氏叫出來和大家見面。甄氏出來的時候，大家都俯首不敢仰視，可是當時座中就有一位狂放的才子劉楨——建安七子之一，他就抬起頭來平視甄氏——眼睛直盯著她看。曹操聽說之後很生氣，本要判劉楨死刑，後來減死一等，罰他去勞動改造。可見，甄氏當年確實是非常美麗的。可是，以色事人者色衰則愛弛，曹丕後來做了天子，有了很多嬪妃，對甄氏的愛情就改變了。而甄氏本來一直受到寵愛，忽然之間遭到這種挫折，難免就有怨言。曹丕大怒，於是就將甄氏賜死。歷史上還說，甄氏被賜死時，她的兒子明帝曹叡還是個小孩子。有一次跟隨文帝出去打獵，遇見母子二鹿，曹丕一箭就把母鹿射死了，讓曹叡射那隻小鹿，曹叡不肯射，說：「陛下已殺其母，臣不忍復殺其子。」（《三國志・魏書・明帝紀》）——這個小孩子實在是很聰明，不但保全了自己，後來還繼承了帝位。

可是怎麼就有了一段關於曹子建的愛情傳說呢？那就是因為他寫了一篇《洛神賦》的緣故。《洛神賦》前邊有一段序文。曹植在序文裡說，黃初三年，他到京師朝見天子，回去的時候經過洛水，想起了古人傳說的洛水女神宓妃，並有感於宋玉所說的巫山神女之事，所以就寫了這篇賦。曹丕也寫賦，在曹丕的賦裡，你可以看到他那種敏銳的感受，比如他的《感物賦》。可是曹丕的賦和曹植的賦不能相比，因為曹丕的賦都很簡短。倘若說到辭藻的華美、敘寫的鋪陳，那一定要數曹植。曹植的《洛神賦》寫了一個想像之中的美女，說她「翩若驚鴻，婉若遊龍」，說她「凌波微步，羅襪生塵」，還說她對他「指潛淵而為期」，寫得那真是迷離恍惚，神光離合。一般來說，真實的東西也可以很美，但那種美是有限制的，它的尺寸、大小、顏色都擺在那兒，你不能隨意想像。最美的是什麼？是你想像之中的美。人的想像是不受限制的，你可以把世界上一切的美都加給你所想像的那個對象。中國文學中寫這種想像之中的美女是有傳統的，最早的當然是宋玉所寫的那個巫山神女，後來連陶淵明老先生都寫過一篇羅曼蒂克的《閑情賦》。然而，這些對美女的描寫並不見得都有一個愛情的故事。它們在讀者心中所引起的，往往是一種追求嚮往的詩意。人生常常是這個樣子：已經得到了的就不覺得寶貴了，覺得寶貴的總是那些可望而不可即的東西。因此人總是懷有那麼一種很有詩意的無窮無盡的追求嚮往之情。這也正是這些賦千百年來流傳眾口的主要原因。

那麼甄氏又是怎麼牽連進來的呢？這個責任就在於給《洛神賦》作注解的人了。《昭明文選》選了曹植這篇《洛神賦》，給它作注的人很多，其中最流行的就是李善的注。李善是唐朝人，他在注解中引了一段話，說是記曰——意思是古時候有這樣的記載。到底是哪裡的記載，他沒有說。這真是很不負責任的做法。下邊他就講了一段故事，說是漢朝甄逸的女兒很美，曹植當初也很欣賞這個女孩子，可是她最後被曹操給了曹丕，從此兩人就不能見面，後來甄氏被郭后讒毀而死。有一次，曹植入朝來見曹丕，曹丕就把甄后的玉縷金帶枕給了他。曹植回去的路上經過洛水，忽然看見甄后來和他告別，還告訴他說，那個枕頭是她特意送給他的，於是曹植就寫了一篇《感甄賦》。後來曹丕的兒子魏明帝做了皇帝，覺得這個名字不好聽，就改成了《洛神賦》。這個故事實在有點兒匪夷所思，且不說曹植比甄氏小著十好幾歲，而且——這曹丕怎麼能夠把皇后的枕頭送給他的弟弟！《昭明文選》還有一個「五臣注」的注本，那個注本上就沒有引這一段話。可見，這個故事是不可信的。不過這件事在唐朝似乎流傳很廣，李商隱在他的一首《無題》詩中還說過：「賈氏窺簾韓掾少，宓妃留枕魏王才。」總而言之，美麗的甄氏不幸而死，這很令人同情。曹植是個浪漫多情的才子，也許在他的心中也隱約懷有這種同情之感，所以才寫了《洛神賦》，這倒是很可能的。

下面我們再來看一首曹植在前期所寫的詩《白馬篇》。這首詩寫得很有氣勢，屬於任縱發揚的那一類作品：

> 白馬飾金羈，連翩西北馳。借問誰家子？幽并遊俠兒。少小去鄉邑，揚聲沙漠垂。宿昔秉良弓，楛矢何參差。控絃破左的，右發摧月支。仰手接飛猱，俯身散馬蹄。狡捷過猴猿，勇剽若豹螭。邊城多警急，虜騎數遷移。羽檄從北來，厲馬登高堤。長驅蹈匈奴，左顧凌鮮卑。棄身鋒刃端，性命安可懷？父母且不顧，何言子與妻？名編壯士籍，不得中顧私。捐軀赴國難，視死忽如歸。

《白馬篇》是樂府詩，這個詩題是讚頌一些英武豪俠的年輕人，他們渴望到邊塞去，為國家建功立業。「白馬飾金羈，連翩西北馳」，開頭這幾句是說：那白馬配有黃金製作的馬籠頭，飛一樣地向西北邊塞的方向奔馳。請問這是哪一家的年輕人？他說那是幽、并一帶的遊俠少年。「幽」是幽州，在今河北省東部，「并」是并州，在今山西省北部。他說這些年輕人從很小就離開了自己的故鄉河北、山西，奔向更遠的大西北沙漠地區，希望在那裡打擊敵人，開拓邊疆，建功立業。「宿昔」在這裡有「一向」或「向來」的意思。你看古代的武士，身上總是佩戴著武器。這些年輕人也是一樣，手裡從來沒有離開過弓箭。「楛矢」，是用一種叫做「楛」的木材製作的箭；「參差」是不整齊的樣子。在他們的箭筒裡，高高低低、長長短短地插滿了一大把箭。下邊幾句，「控絃破左的，右發摧月支。仰手接飛猱，俯身散馬蹄。狡捷過猴猿，勇剽若豹螭」——這完全是意氣！你要知道，有的時候一首詩寫得好並不一定是因為詩人的感情深摯或思想超越，而是由於詩人的「氣」。這種「氣」使他的詩具有一種能夠震懾讀者的氣勢。就像那些競選演說的人：有的人講得很好，真的是有內容，有思想，有見解；可是也有一些人的演說並不一定有很充實的內容，但他講演的時候大呼小叫，又拍桌子又比手勢，那種聲勢一下子就把你給震懾住了，至於他說的話有道理沒道理，你連想都來不及想。寫詩也是如此，像曹植這種有才氣的詩人，寫詩時往往就逞才使氣。「控絃」，是拉開弓絃；「的」是射箭的靶子。他說，我一拉開弓絃，就把左邊的靶子射穿了。「右發」呢？我們常說「左右開弓」，那是指一個人的武藝很好，可以從這邊射也可以從那邊射。「月支」，也是一種箭靶。他說，我向右邊發箭，也是一下子就射中靶心。「仰手接飛猱」是說，我向上一舉手就抓住了正在飛躍的猴子；「俯身散馬蹄」是說，我向下一俯身就使我的馬跑得飛快。他還說：我可以像猴子一樣敏捷，也可以像虎豹一樣兇猛。在這裡邊，「俯、仰」和「左、右」都是對舉的。所謂「對舉」，常常是兩個相反的極端，或者是一南一北，或者是一上一下，或者是一朝一夕，兩者之間可以包容一個極大的空間，從而形成一種「張力」。比如南唐李後主有一首小詞說：「林花謝了春紅，太匆匆，無奈朝來寒雨晚來風。」（《相見歡》）那就是一種對舉。「朝來寒雨晚來風」，並不是說早晨有雨無風，晚上有風無雨，而是說從早到晚這一天的時間內，無時無刻不是雨雨風風。所以這裡的「控絃破左的，右發摧月支」，實際上是說，這個少年箭無虛發，四面八方無所不中；「仰手接飛猱，俯身散馬蹄」，實際上是說，這少年身手矯捷，馬上的工夫無一樣不精。這就是對舉的「張力」所做成的「氣勢」。

中國的文學批評常常使用一些比較抽象的詞語，「氣勢」就是其中之一。我個人以為，所謂「氣勢」者，就是你的語氣口吻所形成的一種力量，它和句法結構有很密切的關係。一般來說，有力量就一定會有感發，曹植上了戰場並不一定真的就能左右開弓箭無虛發，但是他敘寫的那種語氣口吻卻產生一種力量，從精神上就把你震住了，使你不敢不相信他有這種能力。我在對曹植、曹丕加以比較的時候曾經說，曹丕的詩是以感與韻取勝，曹植的詩是以才與情取勝。但現在我要換一個字，曹植的詩實際上是以才與氣取勝。他的辭藻很華麗，這是才；他寫詩的口吻帶有一種強大的感發力量，這是氣。詩的感發力量有多種不同，我曾提到梁啟超在《論小說與群治之關係》一文中論及小說感動人的力量，說是有熏、浸、刺、提四種的不同。曹丕詩中的感發力量類似熏和浸的力量；而曹植這種以氣勢取勝的作品，其感發力量就屬於刺和提的力量。那麼曹植這種詩的感發力量，或者說他的「氣」，是從哪裡來的呢？孟子說過，人有一種浩然之氣，這種浩然之氣是要靠你的正直來培養的。我以為，孟子說的這種「氣」和我這裡所要說明的「氣」之間，稍微有一點點關係。至少，它們都是指一種精神上的作用。孟子說，如果你有正直的浩然之氣，你就能夠做到富貴不能淫，威武不能屈，貧賤不能移。這是真的。一個人倘若能對自己充滿自信，他就真的能夠勇敢而無所畏懼。可是，這自信裡邊也還是有一點點差別的，那就是儒家所說的「仁者必有勇，勇者不必有仁」（《論語・憲問》）了。有的人確實已經「聞道」，對是非的道理和宇宙間的一切都看得非常透徹，所以他有自信的勇氣。可是有的人並沒有「聞道」，只是盲目地認為自己就是對，一點兒道理都不講，這種人也有自信的勇氣。一般來說，這後一種人就包括才子類型的詩人。才子類型的詩人，性格上往往放縱不受約束，所以也能充滿自信的勇氣。這種自信的勇氣，也就正是他詩中那種「氣」的來源。讀中國的詩你會發現，曹子建、李太白，都是這種才子類型的詩人。所謂「天生我材必有用，千金散盡還復來」（李白《將進酒》），千金散盡還能不能復來是另一個問題，但他寫詩的時候完全懷有這種自信。曹子建也是這樣，「控絃破左的，右發摧月支」，還有後邊的「長驅蹈匈奴，左顧凌鮮卑」，話很衝就說出來了，由於他從精神上就有這種自信，所以他的話說出來也就帶有一種感發的力量。

下面他說，「邊城多警急，虜騎數遷移。羽檄從北來，厲馬登高堤」。從大西北的邊界地方傳來了警報，敵人已屢次有向我們進攻的跡象。既然國家有了戰爭，那麼我就要騎著我的馬奔赴前線。「長驅蹈匈奴，左顧凌鮮卑。棄身鋒刃端，性命安可懷？父母且不顧，何言子與妻」——我將長驅直入踏平匈奴，然後再回過頭來制伏入侵的鮮卑人。我置身在萬馬軍中，根本就不在乎自己的性命，也毫不念及自己的父母妻兒。「名編壯士籍，不得中顧私。捐軀赴國難，視死忽如歸」——既然來到前線參加戰鬥，我就完全不牽掛自己的私事。我願意為國家獻出我的生命，我把死看得就像回去一樣容易！

總而言之，這首詩在造作氣勢上下了很大力量，而且在使用辭藻和駢偶方面也下了很大工夫。這就是曹子建的逞才使氣。在這一點上他和李後主不大一樣，李後主比他更真淳，也從不逞才使氣。李後主的詞氣勢也很盛，比如「問君能有幾多愁，恰似一江春水向東流」（《虞美人》），但那種氣勢是一種自然真率的湧現和流露。這是李後主和曹植這兩位純情詩人的不同之處。《白馬篇》是曹植前期的作品，這時候他年少多才，正得到父親的寵愛。可是到了後來，由於環境的變化，他的詩風也有了變化。下一節，我們將看他另一種風格的作品《贈白馬王彪》。

第八節　曹植之二

上一節我曾說，曹植的詩分前後兩個時期。前期的詩意氣風發，詞采飛揚；後期的詩多感慨牢騷。而後期的詩又分為兩個階段，第一階段是激奮和直接的，第二個階段就走向含蓄和喻託了。現在我們要看的《贈白馬王彪》，就是他後期第一階段的作品。這一組詩寫得特別激奮、直接。我們先看這首詩前邊的序文：

> 黃初四年五月，白馬王、任城王與余俱朝京師，會節氣。到洛陽，任城王薨。至七月，與白馬王還國。後有司以二王歸藩，道路宜異宿止，意毒恨之。蓋以大別在數日，是用自剖，與王辭焉，憤而成篇。

「黃初四年五月」，那就是曹丕做了皇帝之後的第四年了。「白馬王」的名字叫曹彪，是曹操的另外一個妻子孫姬所生。「任城王」就是我說過的那個「黃鬚兒」曹彰，是曹植同母的哥哥。什麼是「會節氣」呢？會節氣是當時一種朝廷的大典。《後漢書・禮儀志》記載說：「先立秋十八日，郊黃帝。是日夜漏未盡五刻，京都百官皆衣黃。至立秋，迎氣於黃郊。」黃初四年的立秋是哪一天？據考證是六月二十四日。那麼立秋前十八日就是六月六日，而諸王可能提前幾天來，那就是五月份了。任城王曹彰，歷史上說他是在洛陽暴疾而卒。曹彰這個人與曹植不同，曹植雖然狂傲任縱，總是做一些莫名其妙的事情，可是他不見得真能成什麼大事。而曹彰驍勇善戰，如果他的兄弟之中有哪個人和他聯合起來，對曹丕將是一個很大的威脅，所以關於曹彰之死，就又有一個傳說的故事。這是《世說新語》上記載的，說是魏文帝和曹彰一起吃著棗子下棋，文帝在一些棗子裡放了毒藥，他自己有記號，只挑沒毒的吃，曹彰不知道，把有毒的也吃了，所以就被毒死了。我以為這個故事也不大可信。因為，曹彰他們到京師是在五月，五月份根本棗子還沒有熟。再說魏文帝要想約束諸王不生變亂自有很多辦法，不大可能採取這樣的方式。曹彰得了暴疾，這是事實。五月份洛陽天氣很熱，他得的也許是急性傳染病。總之，同母兄長的死，對曹植的打擊是很大的，而他在會節氣之後返回封地的時候，想和異母兄弟白馬王曹彪同行一段路，也遭到了監國使者的禁止。監國使者當然是秉承了曹丕的意思，因為曹丕時刻防範著他的弟弟們，深恐他們私自勾結起來反對他。對這件事，曹植說是「意毒恨之」，後面又說「蓋以大別在數日，是用自剖，與王辭焉，憤而成篇」。你看他所用的「毒恨」、「自剖」，都是多麼強烈的字眼！他把他的激憤都不加掩飾地直接表現出來了：

謁帝承明廬，逝將歸舊疆。清晨發皇邑，日夕過首陽。伊洛廣且深，欲濟川無梁。汎舟越洪濤，怨彼東路長。顧瞻戀城闕，引領情內傷。
太谷何寥廓，山樹鬱蒼蒼。霖雨泥我途，流潦浩縱橫。中逵絕無軌，改轍登高岡。修坂造雲日，我馬玄以黃。
玄黃猶能進，我思鬱以紆。鬱紆將何念？親愛在離居。本圖相與偕，中更不克俱。鴟梟鳴衡軛，豺狼當路衢。蒼蠅間白黑，讒巧反親疏。欲還絕無蹊，攬轡止踟躕。
踟躕亦何留？相思無終極。秋風發微涼，寒蟬鳴我側。原野何蕭條，白日忽西匿。歸鳥赴喬林，翩翩厲羽翼。孤獸走索群，銜草不遑食。感物傷我懷，撫心長太息。
太息將何為？天命與我違。奈何念同生，一往形不歸。孤魂翔故域，靈柩寄京師。存者忽復過，亡沒身自衰。人生處一世，去若朝露晞。年在桑榆間，影響不能追。自顧非金石，咄唶令心悲。
心悲動我神，棄置莫復陳。丈夫志四海，萬里猶比鄰。恩愛苟不虧，在遠分日親。何必同衾幬，然後展殷勤。憂思成疾疢，無乃兒女仁。倉卒骨肉情，能不懷苦辛？
苦辛何慮思？天命信可疑。虛無求列仙，松子久吾欺。變故在斯須，百年誰能持？離別永無會，執手將何時？王其愛玉體，俱享黃髮期。收淚即長路，援筆從此辭。

讀曹子建的詩你會發現，他一首一首地寫下來，那才情氣勢，真是了不起。而且這組詩，每一章的末句和下一章的首句都是承接和呼應的。這種寫法其實有例可循，《詩經·大雅》的《文王》就是用的這種寫法。但這組詩的第一章和第二章之間似乎沒有這種「頂針」的承接關係。因此，有的本子就把這兩章連起來成為一章。其實，第一章和第二章雖然在文字上不銜接，但兩章的用韻是相同的，所以讀起來氣勢不斷。我之所以要重點講曹植的這一組詩，是因為這組詩的感情非常激動也非常真摯，充分反映出曹子建詩的氣勢和他那種純情詩人的特色。純情的詩人往往是沒有節制的。李後主身為亡國之君、階下之囚，還要寫什麼「故國不堪回首月明中」（《虞美人》）。他從來也不想一想，他這樣念念不忘故國，人家宋朝的皇帝對他會有什麼想法，以致終於招來了殺身之禍。曹植也是這樣，在發生了任城王暴薨和不准他與白馬王同行的事情之後，他內心非常激憤，就是這樣一口氣把自己的感情寫下來了，並不理會他的哥哥魏文帝看了會有什麼感想。說起來，曹丕和曹植這兄弟倆真是很奇怪的：曹丕貴為天子，卻口口聲聲說什麼「蓋文章，經國之大業，不朽之盛事」；曹植才真正是一個專門寫作詩文的人，可他卻口口聲聲說什麼「辭賦小道」，說什麼要「建永世之業，流金石之功」（曹植《與楊德祖書》）。這真是個很奇妙的對比，總之，曹植是有雄心的，他希望在政治上有所建樹。這也正是他的哥哥和侄子始終對他加以防範，他自己也總是焦急痛苦的主要原因。

「謁帝承明廬，逝將歸舊疆」，「承明廬」是什麼地方？那本來是漢朝宮殿的名字。可是《文選》李善注說，陸機在《洛陽記》裡曾提到：他向張華請教過這個問題，以博學知名的張華告訴他，魏明帝在建始殿朝會，到建始殿去要經過承明門，所以這是魏宮中一個宮門的名字。至於「廬」，當然是「值廬」了，就是朝臣們當班值日臨時住宿的地方。「逝」，可以是「往」的意思；也可以看作語氣詞。「舊疆」，指原來的封國。曹植先是被封為鄄城王，黃初四年徙封雍丘王，但此時他的駐所還沒有遷移，還在鄄城。所以他此行是返回鄄城去。「清晨發皇邑，日夕過首陽」，「皇邑」指洛陽，曹丕代漢後定都洛陽；「首陽」是首陽山，在洛陽城東北二十里的地方。「伊洛廣且深，欲濟川無梁」，「伊洛」是指伊水和洛水，洛陽古稱「三川之地」，因為它是黃河與洛水、伊水相匯合的所在。曹植離開洛陽東去就要經過伊水和洛水。這個「廣且深」，是《古詩十九首》的句法，像我們講過的《行行重行行》裡邊就有一句「道路阻且長」，這是一種對前途的險阻加重的說法，強調它的難以逾越。曹子建這幾首詩寫得果然是好，他把「賦、比、興」三種作詩的方法都結合起來了。「謁帝承明廬，逝將歸舊疆」直陳起始，當然是賦；「伊洛廣且深，欲濟河無梁」則既是寫實，又結合了比興。據史書的記載，黃初四年六月洛陽下了大雨，伊水和洛水都漲了水，所以「伊洛廣且深」的確是寫實，寫他前途的道路阻隔難行。然而這句還有第二層的意思，那就不是現實的道路而是他整個人生的道路，是他所遭遇的艱險和他所受到的迫害。底下他說，「汎舟越洪濤，怨彼東路長」。曹子建的詩氣勢盛，說話非常有力量。讀的時候你可以感覺到，這兩句他幾乎是咬牙切齒說出來的。「汎舟越洪濤」的「洪濤」，就代表著他生活的不安定和遭受的迫害。「怨彼」，也是很重的口氣，他說我就怨恨向東去的那一條路，那條路是如此孤獨，如此遙遠，而且充滿了危險。他並不願意回他自己的封地，而希望留在首都洛陽，可是他又沒有辦法留下來。現在，他已經登上了返回封地的路途，但他的心還在洛陽，所以就「顧瞻戀城闕，引領情內傷」。「領」是脖子；「引領」就是伸長了脖子回頭望。他清晨離開洛陽，黃昏到達首陽，這裡離洛陽已經很遠了，可是他還回頭向著洛陽的方向遙望。你要知道，曹植被遣出洛陽後，他寫過《求通親親表》，寫過《求自試表》。因為他的母親卞太后在洛陽，當時的政治中心也在洛陽，他希望留在母親身邊，更希望在政治上得到建功立業的機會。他曾寫過許多表章，但魏文帝不理他，魏明帝也不理他。所以，他滿心都是怨憤。中國有不少詩人寫過離開首都時對首都的留戀，例如杜甫被貶官到華州時寫了一首題目很長的詩，叫作《至德二載甫自京金光門出間道歸鳳翔乾元初從左拾遺移華州掾與親故別因出此門有悲往事》，結尾兩句說：「無才日衰老，駐馬望千門。」杜甫也希望留在首都，因為他的願望是「致君堯舜上，再使風俗淳」（《奉贈韋左丞丈二十二韻》）。可是現在他被貶出京師了。他說：倘若我有才幹，那麼我也許有一天被召回長安；倘若我還年輕，那麼我也總有一天能回到長安。可是我既年老又無才幹，看來是永遠也不能回來了。所以臨走時我要停下馬來，回頭再望一眼長安城。杜甫只是感傷自己不被任用，而曹植的怨憤之情比杜甫更甚。因為，他不是一個普普通通的臣子，他是魏武帝曹操的兒子，是當年幾乎被立為太子的人。而且，他的母親、他的哥哥，都在洛陽城裡，他卻被趕出這個政治中心，不得不回到遙遠的鄄城去！到這裡為止，是這組詩的第一個段落。

「太谷何寥廓，山樹鬱蒼蒼」，「太谷」就是大谷，即一大片的山谷。首陽山的山谷深遠遼闊，山上長滿了茂密的樹木。有的時候，草木茂密代表著歡喜快樂，但在這裡卻代表著一路上的險阻。「霖雨泥我途，流潦浩縱橫」，這個「泥」讀去聲ㄋㄧˋ，是個動詞，有阻滯的意思；「流潦」是氾濫的雨水；「縱橫」是水亂流的樣子，這個「橫」字押韻讀ㄏㄤˊ。你看他用的這些字，他的氣勢都從這裡邊傳達出來了。「中逵絕無軌，改轍登高岡」，「逵」是道路，他說我們本來應該走大路，可是大路被泥水斷絕了無路可通，我們只好改變方向登上山坡。然而山路更不好走，「修坂造雲日，我馬玄以黃」。「修」是長的意思；「坂」是坡路。那山坡的斜路很長很長，好像要一直通往天上，所以不但人疲倦了，連馬也疲倦了。這後一句出於《詩經・周南・卷耳》的「我馬玄黃」。《毛傳》注解很妙，說「玄馬病則黃」，黑顏色的馬在疲倦衰病的時候那毛就發黃。你看有些人家養的狗，餵得很好，那毛就烏黑發亮，街上有些野狗很瘦弱，它們的毛也沒有光彩，沒有光彩就顯得發黃。這一段是說：前途的道路如此遙遠難行，以至於馬都疲倦衰病了。

可是「玄黃猶能進，我思鬱以紆」，一個轉折就把路途上的苦惱又加深了一層。有的人寫詩是一口氣投注到底的，像李後主的「自是人生長恨水長東」（《相見歡》）、「恰似一江春水向東流」（《虞美人》），中間沒有表現強烈掙扎的頓挫，完全是一往情深的奔泄。這當然有它的好處。可是，還有另外一種美，它不是一下子整個投入的，而是表現出一種掙扎的力量，竭力要從痛苦中掙扎出來，然而這掙扎並不成功，最後還是沉下去了，於是這種悲痛就顯得更深、更重。馮正中的「誰道閒情拋擲久，每到春來，惆悵還依舊」（《蝶戀花》），用的就是這種辦法。曹子建這一組詩裡也有很多這樣的轉折，這裡就是其中一處。他說馬雖然是病了，可是還能勉強前進，最難受的是我內心。「鬱」是沉重深厚的樣子；「紆」是紆曲，指心裡邊的感情千迴百轉不能斷絕。「鬱紆將何念，親愛在離居」，這種沉重的不能解脫的感情是為了什麼而起的？那是因為馬上就要和我親愛的兄弟被迫分別了。「本圖相與偕，中更不克俱」。「本圖」，是本來的打算，他和白馬王本來打算同行一段路然後再分開的，可是忽然之間就起了變化，「鴟梟鳴衡軛，豺狼當路衢。蒼蠅間白黑，讒巧反親疏」。這真是曹子建！他的激憤都直接表現出來了。「鴟梟」就是北方說的「夜貓子」，是最壞的惡鳥。他說鴟梟就飛到我車前的横木上朝我大叫，豺狼就蠻横地擋在我的面前。走山路，當然可能會遇到鴟梟和豺狼。可是他這幾句在寫實的同時又有象喻的涵義，矛頭所向乃是迫害他的「有司」。「蒼蠅間黑白」，出於《詩・小雅・青蠅》「營營青蠅止於樊」。《詩經》的注解說，蒼蠅這種昆蟲，它可以「污白使黑，污黑使白」。如果你穿的是白衣服，蒼蠅落上去就留下些黑色的污點；如果你穿的是黑衣服，蒼蠅落上去就會留下些白色的污點。你要注意這個「間」字，它是去聲，讀ㄐㄧㄢˋ，意思是疏隔，使兩個東西分開。兩個人本來關係很好，但是受到第三個人的疏隔，那就是讒毀的作用了。「讒巧反親疏」，孔子說過：「巧言令色，鮮矣仁。」（《論語・學而》）那些喜歡說人家壞話的人，用各種花言巧語來挑撥，能夠使本應很親近的人變得疏遠。這話可以理解為兩種意思：一個是指他和白馬王的分別；一個是指他和曹丕的關係。古人是不肯直接指責天子的，不管曹丕對他怎樣迫害，但他認為——至少表面上認為——這要歸罪於有司的讒毀。「欲還絕無蹊，攬轡止踟躕」，「蹊」是很窄的小路，他說我要回洛陽去，可是就連一條窄的小路也沒有了。他說我就只好拉住馬韁停在這裡徘徊不前，因為我向前看是「修坂造雲日」，是「怨彼東路長」；向後看是「欲還絕無蹊」。那麼我該怎麼辦呢？

「踟躕亦何留，相思無終極」，這裡和上一段呼應，又是一個頓挫。他說，我怎麼能在這裡徘徊呢？我總是要走的。在我們分別之後，我會永遠思念你。在這次分別之後，曹植和曹彪果然就再也沒有見面，曹彪後來是被司馬懿害死了。下邊幾句，又是山野間大自然景色的寫實，但也可以說是象喻：「秋風發微涼，寒蟬鳴我側。原野何蕭條，白日忽西匿。歸鳥赴喬林，翩翩厲羽翼。孤獸走索群，銜草不遑食。」秋風和寒蟬都給人以淒涼的感覺，因為它們使人感覺到歲月的變化和生命的短促。這些意象都是舊詩裡常用的。比如秋風，我們前邊講過的曹丕《燕歌行》裡就有「秋風蕭瑟天氣涼」，這裡又說「秋風發微涼」，都是說秋風，都是說涼，豈不有點兒太相似了嗎？可是王國維在《人間詞話》裡說得好：「『西風吹渭水，落日滿長安』，美成以之入詞，白仁甫以之入曲，此借古人之境界為我之境界者也。然非自有境界，古人亦不為我所用。」「秋風吹渭水，落葉滿長安」（《憶江上吳處士》）是唐朝賈島的兩句詩，然而北宋的周邦彥在他的詞裡也寫了西風，寫了落葉；元朝的白樸在他的曲裡也寫了西風，寫了落葉。句子都差不多，但他們所要表達的感情不同，是借用了古人的境界卻又有自己的境界。這是中國詩歌的特色：既重視對傳統的繼承，也不能沒有個人天才的創造。王國維在《人間詞話》裡還說：「故能寫真景物真感情者，謂之有境界。」什麼叫真景物？你說，我也到過渭水了，我也看見西風落葉了，我寫的難道不是真景物嗎？不一定。因為那西風落葉必須是你帶著自己的感受寫出來的，才叫真景物，才有自己的境界。而面對相同的景物，每個人的感受是會有差異的。曹丕的「秋風蕭瑟天氣涼」是「思婦」的感受，曹植的「秋風發微涼，寒蟬鳴我側」是「逐臣」的感受；曹丕那首詩的風格是和柔巽順，油然感人，這首詩整個是激憤的感情。這是不同的，從環境到個性都完全不同。

另外你看，「秋風蕭瑟天氣涼」和這裡的「原野何蕭條」相比，後者的力量是多麼強大！而且是「白日忽西匿」，太陽一下子就隱匿不見了。「原野何蕭條，白日忽西匿」是對句，其中，「原野」是名詞，「蕭條」是述語，「何」是副詞；「白日」是名詞，「西匿」是述語，「忽」字也是一個副詞。所以在平衡上說起來，曹子建的氣勢就是因為他敘述的口吻而形成的。以空間來說，原野是這麼空曠，這麼寂寞；以時間來說，白天是這麼短暫，這麼倉促，而且對偶句中「何」字、「忽」字都起了加重語氣的作用。這一章，三、四兩句相對，五、六兩句相對，然後是七、八和九、十兩兩相對，假如畫成圖示，就是這樣的：

秋風發微涼　原野何蕭條　歸鳥赴喬林，翩翩厲羽翼
　　　　　↓　　　　　　↓
寒蟬鳴我側　白日忽西匿　孤獸走索群，銜草不遑食

這種進行式的對偶，很容易形成氣勢。所以，有時你讀一個詩人的詩覺得感覺不同，風格不同，為什麼不同？一定要能說出一個道理來才行。

曹子建喜歡用對偶，但他的對偶並不是很死板的。中國的詩用更嚴格的對偶，那是從南北朝的時候開始的。南北朝時的對句和曹植的對句不一樣，像「歸鳥」兩句和「孤獸」兩句，分量上是相對的，一個說鳥，一個說獸，可是前兩句裡有「翩翩」，是疊字，後兩句裡就沒有疊字，這在後來的詩裡是不行的。「歸鳥赴喬林，翩翩厲羽翼」是說，那有家可歸的鳥，正張開翅膀飛回巢裡去。「喬林」，是高大的樹林，那是鳥的家，是如此美好的一個地方，所以牠們是快樂的。可是，像白馬王和曹植，雖然在洛陽有許多親朋，曹植的母親卞太后，這時也還活著，可是他們不能留下來。於是這時他又看到，「孤獸走索群，銜草不遑食」。「孤獸」，是一個離群的、孤獨的獸；「走」，在古代是跑的意思；「索」，是求。他說獸在這種孤獨的情況下，你就是有食物給牠，牠都沒有心情吃。「不遑」，是不暇，沒有時間，然而有的時候卻不一定是時間上的不暇，而是心情上的不暇。人在心情不好時，就常常吃不下飯去。所以這也是象喻，野獸尚且有家，尚且要找到同

伴，我們兄弟們為什麼就一定要分開呢？以上他寫了秋風、寒蟬、原野、白日、歸鳥、孤獸，都是大自然景物。「感物傷我懷，撫心長太息」，作者他看到這麼多大自然的景物，就引起了內心的悲傷。「撫心長太息」是用手捶著胸口發出歎息，那是一種悲傷已極的樣子。

「太息將何為，天命與我違」，這又是一個轉折。前邊第三首的「玄黃猶能進，我思鬱以紆」也是一個轉折，但那是揚上去再跌下來；而這裡這個轉折是更深一層地跌下去。因為，太息已經是無可奈何，連太息都否定了，那就更加無法排解。西方小說常常說某某是一個被神詛咒過的人，那就是一種「天命」。「天命與我違」，就是說，一切都沒有希望了，所有的幸福都與我無緣了。既然寫到這一步，他就想起了自己剛剛死去的兄長曹彰：「奈何念同生，一往形不歸。孤魂翔故域，靈柩寄京師。」曹彰死在洛陽，但妻子兒女都在任城。他說，他的孤魂一定會飛回任城去，而他的屍骨卻還寄放在京師洛陽！由此他就想到：「人生處一世，去若朝露晞。年在桑榆間，影響不能追。自顧非金石，咄唶令心悲。」人生真像一個旅途的過客，死了之後身體就腐爛消失了。這人生一世，和早晨的露水又有什麼兩樣呢？「桑榆」有兩種講法，一個是天上兩顆星星的名字，位置都在西方；另一個就是指樹，說是太陽西斜，晚景照到了桑榆的樹上。「影」是光影，「響」是聲響，都是剎那間便會消失的東西。他說人過中年也是這個樣子，生命就像光影和音響一樣迅速地消失，就像佛經上說的，「如夢幻泡影」，「如露亦如電」（《金剛經》），那是永遠也追不回來的。「自顧非金石，咄唶令心悲」，「咄唶」是歎息的聲音，人都是血肉之軀，誰都不會長久，最後不是都會腐爛消失嗎？

「心悲動我神」，據說古時候有一個人叫荀奉倩，他的妻子死了，他不在人前流淚，但是卻「神傷而卒」。所以，總是想著悲傷的事一定會使精神受到傷害，應該把它忘掉才好。這又是一個轉折，當悲傷達到極點之後，不能再繼續下去了，所以他要轉回來說一些安慰的話。你要注意，

「棄置莫復陳」，用的又是《古詩十九首》的句法。《行行重行行》中有「棄捐勿復道」。雖然《古詩十九首》的風格是溫柔敦厚的，與曹子建的作風並不相同，但曹子建很多句法確實是受到了《古詩十九首》的影響。底下他就開始說安慰的話了：「丈夫志四海，萬里猶比鄰。恩愛苟不虧，在遠分日親。何必同衾幬，然後展殷勤。憂思成疾疢，無乃兒女仁。」初唐王勃寫過很有名的兩句詩「海內存知己，天涯若比鄰」（《送杜少府之任蜀州》），顯然就是從曹子建這裡變化而來的。曹子建說，男子漢大丈夫就要以四海為家，只要我們兄弟的友愛之心不變，那麼縱然身隔萬里，情分只能一天比一天更親密，何必非得住在一起呢？「同衾幬」，用的是後漢姜肱的典故，姜肱兄弟十分友愛，經常同被而眠。而曹植說，我們男子漢的感情不是用這種方式來表達的。倘若因思念而成病，那豈不是和婦人一樣了？以上這些都是掙扎，他是想對自己說一些安慰的話，從悲痛裡邊掙扎出去，可是「倉卒骨肉情，能不懷苦辛」，一下子就跌下來了。中國有句俗語叫作「看得破，忍不過」，人往往從理性上完全知道該怎樣做才是明智，但在感情上卻無論如何也接受不了。曹彰的死是「暴卒」，和白馬王立刻就要分別事先也沒想到，也是很倉促的。骨肉之親的兄弟們生離死別卻是來得這麼快，又有誰能夠不悲苦呢？

「苦辛何慮思？天命信可疑」，在悲苦酸辛之中他就反省了：人生到底是怎麼回事？真有所謂「天命」嗎？中國古代有很多人在極度悲傷的打擊之下就開始懷疑是否有「天命」，最早是屈原的《天問》，然後是太史公司馬遷。屈原很忠心，後來遭遇到放逐；司馬遷很忠心，可是受到腐刑。一個人悲苦到極點，就會發出對天命的疑問。司馬遷在《伯夷列傳》裡就說：「儻所謂天道，是邪非邪？」曹植說，「天命信可疑」，這個「信」字，用白話來翻譯就是「實在」。人們都說天道是最公平的，可是現在看起來這話實在有點兒可疑。那麼神仙呢？有的人對人失望了，就寄希望於神。基督教說，你這一輩子不快樂，但你死後可以上天堂，得到永存的生命；佛教說，你這輩子做了好事，下輩子就可以有福氣；道教說，你好好地修煉就可以長生。然而，「虛無求列仙，松子久吾欺」。「松子」是赤松子，相傳是古代一位神仙。他說，神仙本來就是虛幻的，赤松子的傳說其實也是對我們的一種欺騙。既然天命也不可信，神仙也不可信，那麼「變故在斯須，百年誰能持」？「斯須」，就是頃刻。僅這麼幾天以來就發生了這麼多生離死別的變故，你對哪一件也無法把握、無法預料，又有誰能夠把握自己的一輩子呢？「離別永無會，執手將何時」，我們知道，我們今後永遠不會再見面了。果然，曹植和曹彪以後就真的再也沒有見過面。話說到這裡，已經再沒有什麼好講，只能勉強說些祝福的話了：「王其愛玉體，俱享黃髮期。」據說，人老了頭髮就由黑變白，到更老的時候頭髮又由白變黃。所以「黃髮」是指高壽。他說，我們就只有各自保重身體，多活一些歲月吧。「收淚即長路，援筆從此辭」，「即長路」就是登程上路的意思，他說在上路之時，我就拿起我的筆來，寫了這首詩。——此次分別之後，這兄弟兩人就再也沒有見面，後來曹植死了，曹彪則在嘉平年間因造反的罪名被殺。這是曹魏的一段歷史。

第九節　曹植之三

在講曹植後期第二個階段的作品之前，我還要對上一節的內容作一點兒補充，那就是曹植在《贈白馬王彪》最後那一章裡對人生的反省。古代有很多人在極度悲傷的打擊之下就開始懷疑是否有天命，即司馬遷在《史記・伯夷列傳》裡所說的「儻所謂天道，是邪非邪」。可是，曹植這首詩只不過是發洩他的激憤，而談到對人生的反省，司馬遷實在要比他深刻得多。關於善惡是否都有報應的問題，是世上很多人都很關心而又不得其解的問題。因為現實世界是不公平的，為善的人常常得不到善報。那麼，人還要不要為善呢？當人們對此產生懷疑的時候，宗教就試圖給人們一種精神上的安慰。所以基督教就說：你在這個世界上雖然受苦，但只要你堅信上帝，死後就能升到天堂；佛教就說：只要你好好修行，那麼你今生雖然不幸，來世一定會得到報償。人，都是軟弱的。尤其當一個人遭到不幸的時候，很容易產生精神上的危機，因此就需要得到安慰和鼓勵，而宗教就起著這種安慰和鼓勵的作用。可是也有那麼一些人，儘管遭到不幸，卻不需要借助宗教的力量，因為他有自己的持守和寄託。我們應該認真讀一讀司馬遷的《伯夷列傳》，那真是一篇好文章。司馬遷是歷史學家，歷史上那些盛衰興亡，他比一般人看得更清楚。在歷史上，有幾個善人得到善報？又有幾個惡人得到惡報？顏淵好學卻貧窮而早夭，盜跖每天吃人肝卻得到壽終！所以司馬遷就提出疑問：「儻所謂天道，是邪非邪？」可是，司馬遷並沒有停在這裡。因為倘若停在這裡，那麼他得出的結論必然是：既然為惡並無惡報，那麼奈何不可為惡？然而司馬遷的結論不是如此的。他接下來就說：「孔子曰，道不同不相為謀，亦各從其志也。」因為，貪夫徇財，烈士徇名，每個人都有自己追求的理想。如果用正當的辦法可以得到富貴那當然很好，可是如果只有走邪惡的道路才能得到富貴，那麼就寧可不求富貴，仍要堅持走自己的路。古人對此是身體力行的，歷代都有人作出這種選擇。陶淵明，寧可去乞食也不肯為官。他說：「飢凍雖切，違己交病。」（《歸去來兮辭序》）可是儘管如此，難道在飢凍之中他就不需要安慰和鼓勵嗎？陶淵明是有他自己的安慰和鼓勵的，那就是古人的榜樣。陶詩常常寫到古人，像「遙遙望白雲，懷古一何深」（《和郭主簿》）；像「何以慰吾懷，賴古多此賢」（《詠貧士之二》）。陶淵明寫過七首詠貧士的詩，他認為，在當世雖然沒有一個人瞭解他，可是他並不孤獨，古人中有他的知音。在中國古代，確實有一些看起來很「傻」的讀書人，他們堅持自己的理想，其品格、德行、操守形成了一個歷史傳統，給後代讀書人留下了一種光照。所以中國的讀書人往往並不需要仰賴宗教信仰的寄託，他們讀書時，在古人的光照裡就能夠得到自己的快樂，得到力量的源泉。而曹子建，是沒有達到這個境界的。

曹植早期的《名都篇》、《美女篇》、《白馬篇》，寫得真是意氣風發，那是他沒有經受過人生挫折以前的作品。上節所講的《贈白馬王彪》，是他遭受挫折之初所寫的作品，所以有那麼多激憤、那麼多不平。可是後來他的哥哥曹丕也死了，他的侄子明帝曹叡即位。曹植認為侄子還比較年輕，也許自己還有機會，於是就上了好幾篇表文。像《求自試表》，是懇求給他一個被用的機會；《求通親親表》，是希望能和母親、兄弟等親人自由來往。可是曹叡——這個人真是有乃父之風——都是「優禮答之」，回答得非常客氣，但就是始終不給他任何機會，所以後來曹植只能在抑鬱中死去。在這段時期中，他寫了一些詩，這就是他後期第二階段的作品了。這些詩在中國詩歌的演進中，所佔的位置也是不可忽視的。

曹植和王粲都寫過《七哀詩》。什麼叫「七哀」呢？《文選》六臣注呂向說，「謂痛而哀，義而哀，感而哀，怨而哀，耳目聞見而哀，口歎而哀，鼻酸而哀」，所以叫七哀。這種解釋是很勉強的。比如人家會問：所謂「耳目聞見而哀」與「感而哀」哪裡有什麼區別？清朝有位學者何義門，他解釋說，人有七情，這七情都被悲哀的感情佔有了，所以就叫七哀。這種解釋也不是無懈可擊。比如人家會問：樂也是七情之一，樂又怎樣被悲哀佔有呢？所以，我們不一定要拘限於古人的解釋，總之，「七」是表示多數，「七哀」就是要寫你內心中最感動、最深刻的一種感情。現在我們就來看曹植的《七哀詩》：

明月照高樓，流光正徘徊。上有愁思婦，悲歎有餘哀。借問歎者誰？自云宕子妻。君行逾十年，孤妾常獨棲。君若清路塵，妾若濁水泥。浮沉各異勢，會合何時諧？願為西南風，長逝入君懷。君懷良不開，賤妾當何依？

在講這首詩之前，我們先來瞭解一下中國詩歌中「棄婦」形象的發展過程。《詩經》中所寫的女子，多是現實中的女子，如「出其東門，有女如雲。雖則如雲，匪我思存」（《鄭風・出其東門》），他說出了東門看到許多漂亮的女孩子，但卻都不是我所愛的那一個。這當然是現實中的女子。還有《衛風・碩人》中所描寫的「碩人」：「手如柔荑，膚如凝脂，領如蝤蠐，齒如瓠犀，螓首蛾眉。」說她的手很細，像初生的茅草；她的皮膚很白，像凝結的脂肪；她的額像蟬的額一樣方正；她的眉毛像蠶蛾的眉毛一樣細長。你看，連《詩經》中的比喻也是這麼淳樸、現實。這個女子更是現實中的女子，她有名有姓，是衛莊公的夫人莊姜。除了美女之外，《詩經》中還有一類女子就是「棄婦」。其中寫得最好的一首是《衛風・氓》，「氓之蚩蚩，抱布貿絲。匪來貿絲，來即我謀」。詩中這個男子一開始表現出很淳樸的樣子，來做絲布生意。其實他並不是來做生意，而是來和這個女子訂約會。後來，這個女子就跟著他走了。在舊日中國，男女是不平等的。《氓》中這個女子嫁過來三年，辛勞地為男子操持家務，而這男子由於已經獲得了對她的佔有權和使用權，就開始虐待她了，而且最後拋棄了她。《氓》裡邊有一段說，「桑之未落，其葉沃若。于嗟鳩兮，無食桑葚。于嗟女兮，無與士耽。士之耽兮，猶可說也；女之耽兮，不可說也」。桑樹茂盛的時候桑葉都很肥大，但是那些鳩鳥啊，你們不要隨便去吃桑葚，這是「興」的寫法，因為據說鳩鳥吃了桑葚就會醉倒。女子也是一樣，千萬不要隨便就愛上一個男子。因為男子沉溺於愛情是不要緊的，而女子沉溺於愛情就會犯下無可挽回的錯誤。這首詩，是用被棄女子自己的口吻來述說她的悲哀的。所以總的來說，《詩經》中所寫的女子主要有兩種形象，一種是現實中的美女，一種就是現實中的棄婦。

後來到了《楚辭》，屈原《離騷》中的美女都不是現實的，而是一種美好的象喻，有時候喻指君王、賢士，有時候也喻指自己，當然這些美女也都不是「棄婦」。前文還講過《古詩十九首》中的《行行重行行》和《青青河畔草》，那裡邊的兩個女子也不能算「棄婦」，只能說是「思婦」。

因為不但我們不可以確定她們是否被棄，而且她們自己也不肯承認被棄。「思君令人老，歲月忽已晚」，那女子還在等待，還沒有放棄希望。

到了建安時代，有些詩人就又開始寫棄婦了。這時的棄婦就有了兩種類型：寫實的和象喻的。曹植這首《七哀詩》中的棄婦，就是象喻的。但我們在講象喻的棄婦之前，還要把寫實的棄婦也簡單介紹一下。我們看繁欽的《定情詩》，這個「繁」字，作為姓的時候要讀作ㄆㄛ。繁欽的詩傳下來不多，這首《定情詩》是很有名的，因為它把女子從期待盼望到相信被拋棄，寫得很有層次也很有感情。所謂「定情」，本來是指男女之間愛情的信約，但這首詩的「定情」卻不是講信約，而是講女子被棄之後設法安定自己的感情。就像陶淵明《閑情賦》的那個「閑情」，有的人解釋為一種不嚴肅的、浪漫的想法，但也有人解釋為「防閑」。就是說：我雖然有這種浪漫的想法，但是我要用禮法把它防守住。繁欽《定情詩》說：「我出東門遊，邂逅承清塵。思君即幽房，侍寢執衣巾。時無桑中契，迫此路側人。」第一句「我出東門遊」是有出處的，就是前文所說《詩經・鄭風》中的「出其東門」。詩中這個女子，又是「與士耽」的一個例子。她到東門外去遊玩，偶然遇到了這個男子，很快就和他發生了密切的關係。「桑中契」出於《詩經・鄘風・桑中》的「期我乎桑中」。她說，當時我並沒有和其他男子約會過，所以很快就和他好起來。她說，我們互相愛慕，於是就定情了：「何以致拳拳，綰臂雙金環；何以致殷勤，約指一雙銀；何以致區區，耳中雙明珠；何以致叩叩，香囊繫肘後……」後邊還有許多，總之是他們互相之間贈送的定情之物。後來他們分別了：「何以慰別離，耳後玳瑁釵……」，分別以後，女子還想和那男子見面，可是那男子已經拋棄了她：「與我期何所，乃期東山隅。日旰兮不來，谷風吹我襦。遠望無所見，涕泣起踟躕。」底下又說：「與我期何所，乃期南山陽。日中兮不來，飄風吹我裳……」；「與我期何所，乃期西山側。日夕兮不來，踟躕長歎息……」；「與我期何所，乃期北山岑。日暮兮不來，凄風吹我襟……」。這是樂府詩常用的手法，她說我和他相約在東山腳下相會，可是他沒來，相約在南山、西山、北山，他都沒有來；我從日出一直等到日中、日暮，他還是沒有來。這東南西北的空間和從日出到日暮一整天的時間，就代表了一個完整的、從始至終的期待。那男子始終沒有來，於是女子終於明白：自己是被拋棄了。「愛身以何為，惜我華色時。中情既款款，然後克密期。褰衣躡茂草，謂君不我欺。廁此醜陋質，徙倚無所之。自傷失所欲，淚下如連絲」。她說，我為什麼愛惜自己？那是因為女子的美麗為時不多。我是覺得你對我很好，所以才跟你訂了約會。我以為你不會欺騙我，可是你竟然欺騙了我！我真是覺得自己是最鄙陋的人，心中往復徘徊，不知該到什麼地方去。我已經不再期待，淚水接連不斷地流下來。繁欽所寫的，是現實生活中一個被男子拋棄的女子。

曹植《七哀詩》中的女子，不是現實中的棄婦，他是用棄婦來作象喻。開頭兩句「明月照高樓，流光正徘徊」，是見物起興。在中國詩歌傳統中，「明月」總是引起人的相思懷念，如「但願人長久，千里共嬋娟」（蘇軾《水調歌頭》）；「卻下水晶簾，玲瓏望秋月」（李白《玉階怨》）。「高樓」是登高望遠的，亦使人聯想到對遠人的期待，如「昨夜西風凋碧樹，獨上高樓，望盡天涯路」（晏殊《蝶戀花》）。所以他這「明月照高樓」什麼都還沒有說，只標舉了「明月」、「高樓」兩個形象，就已經蘊含著很深的情意了。他的下一句「流光正徘徊」，寫得更好。「徘徊」本來是說人來回行走，這裡說流動的月光也像人一樣在那裡徘徊。我們常說「天光雲影」，在天上有雲有月的時候，一片流動的雲彩遮住月亮，地下的月光就暗了；這片雲彩離開月亮，地下也亮起來。這種月亮與雲彩的流移轉動和地上光影的明暗變化，就成了引發你內心相思懷念的一個因素。這就是「物色之動，心亦搖焉」（劉勰《文心雕龍・明詩》）。

「上有愁思婦，悲歎有餘哀」，在這月影流移的高樓之上，就正有一個憂愁悲哀的女子，在思念她所愛的對象。「借問歎者誰？自云宕子妻」，這是樂府常用的問答手法。「宕子」，是指遠行的人。有的版本作「客子」。「君行逾十年，孤妾常獨棲」，這個女子說，她所愛的男子已經走了十年之久，她一直孤獨地自己住在這裡。中國古代常常有這樣的故事：一個男子在貧賤之時娶了妻子，等他一取得高官厚祿，馬上就拋棄了糟糠之妻，另娶名門之女。所以，「君若清路塵，妾若濁水泥」，男子就好像路上的塵土，風一吹就可以飛起很高，飛黃騰達；而女子就像水底的沉泥，如果被拋棄了那是一點兒辦法都沒有的。為什麼呢？因為「浮沉各異勢，會合何時諧」，兩個人的情勢不同了，所以就沒有再團圓的可能。

然而，中國的女子卻一向是比較專一的：「願為西南風，長逝入君懷。君懷良不開，賤妾當何依？」在中國，春天颳東風，秋天颳西風，冬天颳北風，夏天颳南風。「西南風」是夏天的風，而夏天的風都是受人歡迎的好風。「逝」，是往。這女子說，我願意化作一陣好風從離你這麼遠的地方飛向你，吹開你的衣襟，吹入你的懷抱。可是，你的懷抱已經不會為我而開，那時叫我一個卑賤的女子依靠誰呢？前文講《古詩十九首》的時候曾講到過杞梁妻，她的丈夫死了，她說：「上則無父，中則無夫，下則無子，人生之苦至矣！」（崔豹《古今注》）於是也投水而死。在中國古代，女子一般是不能夠獨立生活的，必須依託於男子。現在詩中這個女子被遺棄，失去了男子的依託，所以她如此悲哀淒苦。然而，這首詩並非寫實而是象喻，那「清路塵」的男子當然是指君王，過去是曹丕，現在是曹叡；「濁水泥」的女子則是曹子建自喻。一個臣子，如果不能得到君王的任用就沒有機會實現自己的價值。臣子依附君王和女子依附男子的性質是差不多的，所以曹子建才寫了這種喻託的詩來表現自己的怨情。

在遭受多年的壓抑之後仍然看不到出頭的希望，曹植過去那種發揚的意氣受到了更多的挫傷，所以他不再有寫《贈白馬王彪》時那樣的憤慨和激動，而轉為用比喻和寄託來表現他的悲哀。現在我們再看他的兩首《雜詩》，先看短的一首：

> 南國有佳人，容華若桃李。朝游江北岸，夕宿瀟湘沚。時俗薄朱顏，誰為發皓齒？俛仰歲將暮，榮耀難久恃。

美人香草的比喻在中國由來已久。他說，在南方有一個美麗女子，容顏像桃花和李花一樣嬌豔。她早晨在江北岸徘徊，黃昏就住宿在瀟湘的水邊。瀟湘，一個多麼容易使人產生浪漫聯想的地方！這女子既美麗又多情，她希望她的感情能夠有所投注，有所奉獻。可是，時人並不欣賞真正的美貌，他們只需要那些工於讒巧、善於吹牛拍馬的人。那麼，她還能為誰開口歌唱呢？更何況，人生不過俛仰之間就到了遲暮歲月，青春美貌又怎能夠長久存在！這首詩，傷心功名之無望，歎息生命之無常，喻託的涵義十分明顯。下邊我們再看他的另外一首《雜詩》，比較起來，這一首就不是那麼容易懂了：

> 高臺多悲風，朝日照北林。之子在萬里，江湖迥且深。方舟安可極，離思故難任。孤雁飛南游，過庭長哀吟。翹思慕遠人，願欲託遺音。形景忽不見，翩翩傷我心。

「高臺多悲風，朝日照北林」兩句是「興」。這兩句比較難講，但那種感發實在寫得很好。「高臺多悲風」，字面上很好懂，高的地方風自然就比較大。你要是躲在下邊，風當然吹不著你，可你要是站到高臺上，風就都吹到你的身上，因為你的目標顯著。所以「高臺多悲風」給人的感覺是高絕的、孤單的，甚至是受到摧傷的。可是為什麼又說「朝日照北林」呢？朝陽照到北邊的樹林中，不是給人一種溫暖的感覺嗎？它與高臺悲風的孤獨與摧傷又有什麼關係？然而你要知道，按中國的習慣，北方是寒冷的，凡是北門、北林，都是背陽向陰，屬於陰寒之地。所以「朝日照北林」，也許就有這樣的暗示：像北林那種陰寒的地方都能得到朝日的溫暖，為什麼就沒有溫暖降到我的身上呢？其實，這麼一講就太落實了，這真是很笨的辦法。人家這兩句的妙處就妙在不可說，僅這兩組相對的形象就能引起你各種的感發和聯想。

「之子在萬里，江湖迥且深。方舟安可極，離思故難任」。有這麼一個人，他離開故國到了萬里之外，他和所思念的人之間也被既深又遠的江湖水所隔絕。「方舟」是兩隻船併在一起，其實就是指一條大船。有的船很小，一葉扁舟，那是不能經受大風大浪的。可是他說，就是我坐上方舟的大船，也難以越過江湖的險阻，這種離別的思念，真是令我難以承受。「孤雁飛南游，過庭長哀吟」，有一隻孤獨的鴻雁正向南方溫暖的地方飛去，當它經過我的庭院時，發出長長一陣哀鳴。「翹思慕遠人，願欲託遺音。形景忽不見，翩翩傷我心」，他說，我抬頭看見這南飛的孤雁，就想起了遠方那個人，我希望這隻雁能夠替我傳個音信，可是它飛得那麼快，一轉眼就飛過去了，它那種自由輕快的樣子，更增加了我心中的悲苦。「形景」，同「形影」，指那隻孤雁的形影。孤雁雖然孤獨，行動卻不受限制，到了寒冷的時候可以自由地飛向南方，而曹植是受到管束的，他要想回洛陽去更是千難萬難。這首詩，我們不必拘限於他懷念的是誰，那也許是一個朋友，也許是朝廷所在的洛陽，也許是他自己的某種理想，甚至我們說他是在思念一個女子，這是一首寫男女之情的詩，也未嘗不可。

有人說：《短歌行》中的「青青子衿，悠悠我心」、「明明如月，何時可掇」，你說那是曹操在召喚孫權、劉琦、劉備等人來歸附他。可是如果不這樣講，就只說他是在懷念一個人，甚至可能是個女子，可以嗎？如果你一定要這樣說，當然也沒有什麼不可以。因為曹操那首詩的妙處，就在於從表面看並沒有限定懷念的對象，你可以說他是懷念一個朋友，也可以說他在思念一個女子。可是，你一定要注意曹操的《短歌行》是一個整體，他最後的一章是：「山不厭高，海不厭深。周公吐哺，天下歸心。」讀到這最後幾句你就會知道，他不是隨便思念哪一個朋友或相愛的女子，他是要讓「天下歸心」。當然你可以說，天下歸心的對象不一定只限於孫權、劉琦和劉備，但他當時作戰的對手是孫權、劉琦和劉備。所以，曹操所寫的並非一般的相思懷念，這一點是可以確定的。另外我還要說，曹操的詩裡幾乎就沒有真正寫男女之情的作品。他雖然有那麼多姬妾，但他不是那種才子多情類型的人。而曹植這一組《雜詩》，則比興意味很濃，他所寄託的涵義有相當多的可能性，所以給讀者提供的聯想範圍也就比曹操的那首《短歌行》更為廣泛。

第十節　王粲

建安文學最主要的人物當然是曹氏父子，追隨曹氏父子的人很多，其中最重要的就是建安七子了。「建安七子」得名於曹丕的《典論・論文》。在這篇文章裡，曹丕把與他同時代的七個作者提了出來，並一一加以評論，稱之為「七子」。這七個人是：孔融、陳琳、王粲、徐幹、阮瑀、應瑒、劉楨。其實，七子的詩也不是都好，《詩品》裡評價最高的是劉楨和王粲。從這些人的詩裡可以看到，建安時代的詩有三個特色：第一是文士詩與樂府詩的合流，第二是反映現實，第三是多酬應之作。建安七子常常模擬樂府詩。樂府詩的起源我講過，有很多是從民間採集來的歌謠。可是當時文人們也都模擬樂府詩，於是樂府詩就開始文士化了。文士們使樂府詩變得典雅，但與此同時也繼承了樂府詩反映現實的傳統。這就使得建安詩歌中的感發力量與後來正始、太康的詩歌有所不同。鍾嶸《詩品序》曾簡述中國詩歌發展的歷史，其中有一段說：

> 降及建安，曹公父子，篤好斯文；平原兄弟，鬱為文棟；劉楨、王粲，為其羽翼。次有攀龍託

鳳，自致於屬車者，蓋將百計。彬彬之盛，大備於時矣！爾後陵遲衰微，迄於有晉。太康中，三張、二陸、兩潘、一左，勃爾復興，踵武前王，風流未沫，亦文章之中興也。永嘉時，貴黃、老，稍尚虛談，於時篇什，理過其辭，淡乎寡味。爰及江表，微波尚傳，孫綽、許詢、桓、庾諸公詩，皆平典似《道德論》，建安風力盡矣。

他在這裡指出，自晉以後，詩歌中的「建安風力」就漸漸消失了。我認為「風力」是指一種由詩人心靈中感發而生的力量，這種力量是透過詩人敘述的口吻和語氣表達出來的。建安的詩歌為什麼與正始、太康的詩歌不同？時代的變化是一個重要因素。「正始」，是魏明帝曹叡的兒子齊王芳的年號。為什麼齊王芳有年號卻沒有帝號？因為他被司馬師廢掉了，後來曾受封為「邵陵縣公」，死後諡為「厲公」。曹芳以後還有高貴鄉公曹髦和陳留王曹奐，他們也完全受制於司馬氏，後來曹髦被殺，曹奐被廢。接下來的太康，就是晉武帝司馬炎的年號了。從建安到正始，從正始到太康，其間年代雖不久遠，政治上的變化卻很多。建安詩歌是反映現實的，而且建安詩人一般都是把自己的感動很直接地寫出來，像曹操、曹植都是如此，連曹丕詩中那種感發的力量，也是直接表現出來的。到了正始詩人就有一個轉變，他們就從向外的探尋轉變為向內的探尋。下一講我將講正始詩人阮籍，阮籍這個詩人和建安詩人截然不同的一個特色，就是他的隱晦難解。他所寫的都是他自己內心意念的流轉，他的心思、感情從來不在詩裡明白地說出來。為什麼如此呢？這個等講到阮籍的時候再說。

那麼太康詩人呢？太康詩人有「三張、二陸、兩潘、一左」。「三張」有不同說法，有人說是張載、張協和張亢，有人說是張華、張載和張協；「二陸」是陸機、陸雲；「兩潘」是潘岳、潘尼；「一左」是左思。這些人裡，除了左思還比較有一點兒「風力」之外，那「三張」、「二陸」

和「兩潘」所重視的都是對偶和辭藻、雕琢和修飾。因此，詩歌中那種直接感發的力量就逐漸消失了。太康以後的詩人更是不行。所以鍾嶸說，經過了整個晉代，就「建安風力盡矣」。

建安詩人反映戰亂現實和民間疾苦的詩我們已經讀過一些，這裡，我們要看王粲的《七哀詩》。在講詩之前，我們先要簡單瞭解一下他寫作的背景。王粲字仲宣，是山陽高平人。董卓作亂時脅迫漢獻帝從洛陽遷都長安，那時候，王粲也跟著遷到了長安。可是長安也不平安，也發生了戰亂，於是王粲就離開長安到荊州去依附劉表。後來劉表的勢力敗亡，他又歸附了曹操，做過曹操的丞相掾、軍謀祭酒和侍中，最後死於建安二十二年。順便說一下，建安二十二年發生過一次疾疫，就是流行性傳染病，「建安七子」中的陳琳、劉楨、徐幹、應瑒也是在那一年死去的。總之，王粲的一生主要是生活在戰亂之中，他目睹了董卓之亂和李傕、郭汜之亂，他的《七哀詩》就是寫在這個時候。《七哀詩》是當時流行的一種詩題，這個題目的詩他一共寫有三首。我先講第一首：

西京亂無象，豺虎方遘患。復棄中國去，委身適荊蠻。親戚對我悲，朋友相追攀。出門無所見，白骨蔽平原。路有飢婦人，抱子棄草間。顧聞號泣聲，揮涕獨不還。未知身死處，何能兩相完？驅馬棄之去，不忍聽此言。南登霸陵岸，回首望長安。悟彼下泉人，喟然傷心肝。

「西京」就是指長安，東漢定都洛陽，長安在洛陽的西邊，所以稱「西京」。所謂「無象」，是說所有的規模、法則都被破壞了，長安亂得已經不成樣子了。漢末這一段歷史，我在前邊已經講過。關於這一段戰亂給人們帶來的苦難，蔡琰的《悲憤詩》作過最充分的反映。王國維《人間詞話》曾引過德國哲學家尼采的一句話：「一切文學，余愛以血書者。」蔡琰的《悲憤詩》，就真正是用血寫出來的偉大文學作品。「西京亂無象，豺虎方遘患」，他並沒有講具體亂到什麼程度，而你要想知道究竟，最好是去參考一下蔡琰的那首長詩。底下他說，「復棄中國去，委身適荊蠻」。

「中國」並不是今天我們所說的國家的概念，古人說「中國」是指洛陽、長安這一帶中原地區。什麼是「荊蠻」呢？你要知道，夏商周三代的文化都是以黃河流域為中心發展起來的，因此南方荊楚一帶就被視為南蠻。所謂「南蠻鴃舌之人」（《孟子・滕文公上》），是孟子說的。他說南蠻之人怪腔怪調，說話像鳥叫一樣。那並不是指現在廣東、福建等地的南方話，而是指楚地方言。廣東有「客家人」，其實他們所說的話反倒真正是古代中原地區的話，因為客家人的祖先本是西晉末年中原戰亂時逃難渡江的中原人，所以直到現在，他們的話裡還保留了許多古音。這一點，是要分清楚的。總之，古代楚地的語言文化和中原不同，居住在中原的人視荊楚為蠻夷之地，帶有輕視的意思。

「親戚對我悲，朋友相追攀」，戰亂之中一旦分離就不知道以後還能不能相見。我自己對此是有切身體會的。我小時候家住在北平，我父親在上海一個航空公司裡做事。盧溝橋事變時，父親跟著公司轉移到後方去了，我母親帶著我和兩個弟弟留在淪陷的北平。一開始我們還能接到父親寄來的信，可是後來漢口陷落、長沙陷落，國民政府一步步撤退，我們就再也接不到父親的信了。在北平淪陷的第四年，我母親去世了，而父親直到抗戰勝利回到北平才知道這個消息。在這八年裡，我們也完全不知道父親的生死存亡。我的老師顧隨先生那時候因家小之累沒有離開淪陷的北平，但他有一個很要好的朋友離開北平去了後方，我不知道他姓什麼，老師稱他「伯屏兄」。兩人在分別時都沒有想到今後不能見面，可是別後八年不通音信，後來消息傳來，說這個朋友已經死在後方了。我的老師曾寫了一首詞懷念他，我記得其中有這麼幾句：「不道生離，竟成長往，猶自盼歸來。」在戰亂之中，生離往往就成了死別。所以戰亂中離別的場面總是很悲慘的。

「出門無所見，白骨蔽平原」，這種情景蔡琰的《悲憤詩》也曾寫到，說是「斬截無孑遺，屍骸相撐拒」，「白骨不知誰，縱橫莫覆蓋」。遍地都是死人，有亂兵殺死的，有餓死的，但也有還沒死的：「路有飢婦人，抱子棄草間。顧聞號泣聲，揮涕獨不還。未知身死處，何能兩相完？」他說路上見到一個飢餓的女子，把自己的孩子拋棄在荊棘野草之中。這個母親是流著淚離開的，雖然聽到小孩子的哭聲，卻硬著心腸不再回來。她對責問她的人回答說：我都不知道我自己還能走多遠就會倒斃，又怎麼能保全我的小孩子？「驅馬棄之去，不忍聽此言」，王粲對這種悲慘的事毫無辦法，既然無法幫助她，只能趕快走開，免得再聽這些悲慘的話。

「南登霸陵岸，回首望長安」。霸陵，是漢朝文帝的陵墓，在長安城東不遠處。王粲去荊州，出了城先要經過霸陵，所以這兩句本來是寫實的。然而，王粲在寫實中卻有他的感慨在。漢文帝的謚號之所以為「文」，是因為他在位的時候天下和平安樂，沒有戰爭。漢朝文帝、景帝的時代，是有名的安定、富裕的時代。王粲說，我現在登上霸陵的高坡，回頭看一看長安城內，還是漢文帝的那個安定繁榮的都城嗎？漢室天下怎麼會衰敗成這個樣子！「悟彼下泉人，喟然傷心肝」。「下泉」是《詩經．曹風》中的一首詩：「冽彼下泉，浸彼苞稂。愾我寤歎，念彼周京。」《下泉》的作者說，很冷很冷的是那種向下流動的泉水，它傷害了苞稂之類的植物；他說我在清醒的時候就不斷地歎息，並且想：周天子為什麼不派一個好的國王來治理我們這個地方呢？《毛詩序》解釋說，這首詩是「思治也。曹人疾共公侵刻，下民不得其所，憂而思明王賢伯也」。當時曹國的君主對他的老百姓很不好，所以曹國的老百姓渴望得到一個賢明的君主。因此王粲說：過去我以為《詩經》上所敘寫的不過是千百年前的事情，跟我們現在的人沒什麼關係。可是我現在親眼看見了平原上這些慘景，我才真正體會到當時那些曹國人民是遭受到何等的災難才說出那些話來！

這首詩所寫的，是王粲剛剛離開長安時在長安附近看到的戰亂之後悲慘的景象。在三首《七哀詩》之中，這一首實在是內容最深刻也最有感發力量的一首。尤其是結尾的感慨，涵義十分深刻。《七哀詩》的第二首，是王粲已經到了荊州，寫的是他在那裡所見的南方山水，以及他懷念故鄉的悲哀：

荊蠻非吾鄉，何為久滯淫？方舟溯大江，日暮愁吾心。山岡有餘映，巖阿增重陰。狐狸馳赴穴，飛鳥翔故林。流波激清響，猴猿臨岸吟。迅風拂裳袂，白露沾衣襟。獨夜不能寐，攝衣起撫琴。絲桐感人情，為我發悲音。羇旅無終極，憂思壯難任。

「荊蠻非吾鄉，何為久滯淫」，這兩句，其實我們應該結合他的《登樓賦》來看。「王粲長於辭賦」，這是曹丕《典論・論文》裡說的。《登樓賦》就是王粲在荊州時所寫，裡邊有很有名的兩句：「雖信美而非吾土兮，曾何足以少留！」王粲到荊州依附劉表，劉表並不很重視他，他在荊州也不得意。南方的山水雖美，可是他心裡並不快樂，所以總是思念北方故鄉。賦這種體裁由來已久，戰國時的荀子就曾把他的一些韻文稱為賦。一般說起來，賦是結合了散文和詩歌兩種體式，既有散文的自由，又有詩歌的修辭和押韻，後來又受到楚騷的影響。這個我以前講過了。漢賦一開始篇幅都很長，很重視誇張和鋪陳，因此其形容描寫的成分較多，而抒情的成分就很少。到漢朝末期，賦的體裁就有了一種轉變，出現了篇幅短小的以抒情為主的賦，王粲的《登樓賦》就屬於這種抒情的短賦。所以，我們可以把王粲的這首詩和這篇賦結合起來，互為參考。這裡，「荊蠻非吾鄉，何為久滯淫」和「雖信美而非吾土兮，曾何足以少留」意思是一樣的，都是說：荊州這個地方雖然很好，但它不是我的故鄉，我怎麼能長久地滯留在這裡呢？

「方舟溯大江，日暮愁吾心」。「方舟」，是兩船相併，其實就是指比較大的船。「溯」，其實也不一定是溯流而上，他的意思就是指乘坐大船行走在江面上。古人說「大江」，一般就是指長江。他說當我乘坐大船在長江中行駛時，江面上那種落日黃昏的景色就更增加了我思鄉的憂愁。

現在，我要請大家注意另外一種現象。王粲的第一首《七哀詩》反映的是建安詩歌寫實和表現民間疾苦的詩風，而這第二首就不是了，它反映了曹子建開始的注重對偶的風氣。第一首詩主要是敘事，所以對偶的句子幾乎沒有；但這第二首詩要寫南方的景物，而景物描寫則最適合用對偶。從「山岡有餘映」到「白露沾衣襟」這一大段景物描寫基本上都是對偶。詩中的對偶有發展層次的不同，最工整的對偶要到唐代近體詩形成之後才大量出現。如李白的「青山橫北郭，白水繞東城」（《送友人》）：「青」和「白」都是顏色；「山」和「水」都是大自然景物；「橫」是動詞，「繞」也是動詞；「北」、「東」都是方向；「郭」是外城，「城」是內城。又如杜甫祖父杜審言的「淑氣催黃鳥，晴光轉綠蘋」（《和晉陵陸丞相早春遊望》）：「淑氣」是溫暖的氣候；「晴光」是晴明的日光；「催」和「轉」都是動詞；「黃」和「綠」都是顏色；「鳥」是動物，「蘋」是植物，都是名詞。對得非常工整。但建安時代只是對偶的開始，並不像唐詩這麼工整。這從王粲的這一大段對偶的句子中就可以看出來。

這一大段，都是寫在船上所看到的落日黃昏的景色。「山岡有餘映，巖阿增重陰」是說太陽雖然西斜了，可是日光還反射在山頂上，而山巖深曲的地方則更加陰暗。這兩句對偶看起來很工整：「山」和「巖」是同樣的性質；「岡」是高起的地方，「阿」是彎曲進去的地方；「有」和「增」都是動詞；「餘映」的「映」是光影，「重陰」的「陰」是陰影，兩個也是相對的。然而你要注意：「巖阿增重陰」這五個字都是平聲，就律體而言，這是不行的。他在字面上對偶雖很工整，但卻不合乎近體詩的聲律。近體詩的聲律應該是：「淑氣催黃鳥」——仄仄平平仄，「晴光轉綠蘋」——平平仄仄平；「青山橫北郭」——平平平仄仄，「白水繞東城」——仄仄仄平平。所以這就是古體詩和近體詩的區別。王粲這首詩雖然有很多對偶，但它仍然是古體詩，不是近體詩。

另外，一個人在心情好的時候，落日餘暉是很美麗的景色。范仲淹《岳陽樓記》說：「朝暉夕陰，氣象萬千。」王勃《滕王閣序》說：「落霞與孤鶩齊飛，秋水共長天一色。」那都是讚美日落時景色變化的美麗。可是你看這「山岡有餘映，巖阿增重陰」，也是日落時景色的變化，王粲的心情卻不同。當他看落日餘暉時所注意到的是什麼？是「狐狸馳赴穴，飛鳥翔故林」。這是一個對比：日落西山，鳥獸都急急忙忙奔回自己的巢穴，可王粲現在流落異鄉依附別人，還不如鳥獸自由自在。這是思鄉之情引起的悲哀。下面他說，「流波激清響，猴猿臨岸吟」，船在行走的時候，船旁的水流就發出清越的響聲，而岸邊山上的猿猴也在一聲聲啼叫。《水經注》說，「猿鳴三聲」就「淚沾裳」。不管是好聽的流水聲，還是悲哀的猿鳴，對於思鄉的人來說，都只能加深他的憂傷之情。更何況還有那「迅風拂裳袂，白露沾衣襟」。古人說上衣下裳，衣和裳有分開的，有連著的。這裡的「裳」應該是指長衣的下襬。「袂」是衣袖，古人的袖子都很肥大，衣服很長，江面上風一吹，就使它們飄舞起來。這時的天氣已開始冷了，傍晚的露水沾濕了他的衣襟。這幾句，都是寫景物，但景物之中卻含有暗喻。其中所透露出來的，都是他思鄉和漂泊的悲哀。

不過，我們現在還是看他的對句。「山岡有餘映」兩句雖然聲音上不對，字面上還是很工整的。而「狐狸馳赴穴，飛鳥翔故林」兩句就不很工整了。「狐狸」是獸，「飛鳥」是鳥，這兩個勉強可以相對；「馳」是跑，「翔」是飛，也可以相對。但「赴穴」是往洞穴去，「故林」是舊日的樹林，它們的結構是不相同的。下邊的「流波激清響，猴猿臨岸吟」對偶也不工整。因為「流波」和「猴猿」雖然都可以算作名詞性質的主語，但「流」是形容「波」的；「猴」和「猿」卻都是名詞，結構並不相同，只能說是大體相對；「激清響」和「臨岸吟」更是不對。「清」是個形容詞，是形容「響」的，「岸」卻是個名詞，是「臨」的對象。「響」和「吟」雖然都有聲音，但一個是名詞的性質，一個是動詞的性質，是不能相對的。然而你要知道：這兩句雖然對得並不工整，但「流波激清響」是一個主詞發出了一種聲音；「猴猿臨岸吟」也是一個主詞發出了一種聲音。這兩句，在整體的分量上是相對的。下面「迅風拂裳袂，白露沾衣襟」二句，也是相對的，寫疾風吹拂著衣袖，白露沾濕了衣襟。這首詩的偶句到此結束，下面就用直承的方式來敘寫了。「獨夜」二句寫一個孤獨的客子，在夜間不能成眠，就整理衣著起來彈琴。「絲桐」二句寫桐琴上的絲弦也為人的情思所感動，為我發出了悲哀的琴音。「羈旅」二句寫羈留異鄉，旅泊的生活不知何時方能結束，末句「憂思壯難任」的「壯」字是「益發」、「更加」的意思，是說我的憂傷的情思，更加使我難以承受了。

（安易、楊愛娣整理）

第四章　正始詩歌

第一節　概論

從本節開始我們要講正始時代的詩人。正始是魏齊王曹芳用過的一個年號。從正始時代開始，中國歷史上發生了一系列政治鬥爭，正始文學所介紹的就是這一特定的政治背景之下一群士人的作品，這些人中較著名的就是被當時稱為竹林七賢的七個人。他們都很有才華，其中最有聲望的領袖和代表一是阮籍，另一個是嵇康，嵇字有人念ㄐㄧ，有人念ㄒㄧ，一般譯成英文時都讀ㄒㄧ。其實他家本姓奚，後因避怨而改姓嵇。七賢中除阮籍、嵇康外，還有山濤、王戎、向秀、劉伶，還有比較小的一個人，就是阮籍的侄子阮咸。你要知道，當早年政治鬥爭較為緩和時，他們在一起聚會、清談、飲酒、賦詩，這時看不出每個人的操守品行如何，但真正等到有一個重大考驗來臨，需要你做出重大選擇的時候，每個人操守品行的不同就完全分別出來了。這七個人所形成的文化圈在後來政治鬥爭日益尖銳之際逐漸分化，並各自表現出截然不同的態度和作風。

從東漢到魏、從魏到晉的政治更替，一般說起來是假禪讓之名而行篡逆之實。傳說上古的時候，統治者年老德衰時選擇一個賢德的人將帝位讓給他就叫禪讓。我們以前講過，像魏文帝曹丕之得天下是漢獻帝讓位給他的，晉之得天下，表面上也說是魏禪讓給他的，其實那都是假借禪讓的美名，實行的是篡逆的事實。中國的正統觀念認為，不管你是多麼好的人，只要你把前面那個朝代推翻了，你自己做起皇帝來了就都算篡逆。當年商紂王無道，周武王起兵討伐紂王，這本來是對的，《孟子》也認為「湯放桀，武王伐紂」是正義的，當有人問孟子「以臣弒君可乎？」以臣子的身分來討伐君主這豈不就是不忠了嗎？可孟子卻回答說：「聞誅一夫紂矣，未聞弒君也。」他說我所聽說的歷史是武王興起了正義的軍隊，把一夫紂給殺死了。孟子已不再承認紂是天子了，而稱他是「一夫」，「一夫」者，就是獨夫，失去了天下所有人的信任和擁護的孤立的人。可是當武王起兵之時就有伯夷、叔齊出來反對。伯夷、叔齊是商時孤竹國君的長子和三子。按照宗法傳統，中國的王位是應傳給長子的，伯夷是長子，本應繼承王位，可他得知父親喜歡自己的小弟弟叔齊，就想成全父親的意願，盡孝順之心，所以就逃走了，他以為自己離開了孤竹國，父親就可以把王位傳給叔齊了。可是叔齊也想，我不能做一個不義的人，如果我做了國王，我就不守禮法了，於是叔齊也逃走了。幸虧他們中間還有一個兄弟，後來就把王位傳給老二了。在伯夷、叔齊看來，無論別人如何，我自己終身的品行不能有一點點不合乎道德。所以當武王伐紂時，伯夷、叔齊就「叩馬而諫」（《史記・伯夷列傳》），跪在馬前勸告武王說，你不可以臣子的身分去攻打天子。武王雖然沒有接受他們的勸告，可也沒有懲罰他們。後來武王伐紂成功了，但伯夷、叔齊仍然認為武王的天下是以不忠不義的非法手段獲得的，所以「恥食周粟」；不肯為周朝做事。「粟」就是糧食，這裡指周朝的俸祿。由於「恥食周粟」，他們無以為生，最後寧可用自己生命來保全自己的理想和操守，從而雙雙餓死在首陽山上！這就是伯夷、叔齊的道德。所以孟子曾經把古代的聖人分了許多種，他說像伯夷、叔齊這樣的人是「聖之清者」：只是要保持自己的清白，決不能讓自己的品行有一點點的污穢。另外還有一類人是「聖之任者」，如伊尹。伊尹是夏商之際的人，夏朝的最後一個國君是夏桀，夏桀也是暴虐無道的，成湯（商朝的第一個國君）要起來革命，伊尹就輔佐成湯推翻了夏桀，據《孟子》說，伊尹曾經「五就湯，五就桀」（《告子下》），他曾經五次去找成湯，希望成湯任用他，他也曾五次去找夏桀，希望夏桀任用他。孟子所以說他是「聖之任者」，是說他是以拯救人民為己任的，無論誰任用我，只要能實現拯救人民的理想，我都要盡責盡職。可見這些聖賢們也是有他們各自不同的理想標準的。以曹丕得漢之天下而論，若以伯夷、叔齊的觀念來看，不管你是多麼好的人，是成湯也好，武王也好，只要你把以前的國君推翻了，你自己做起皇帝來了，你就是篡逆。中國的封建制度就是要培養人們都具有這種思想觀念：任憑統治者再壞，你也不能夠對他怎麼樣。不管如何，總之曹丕之得天下還是相當和平的，而且他允許漢獻帝始終保持著天子的禮法，封他為山陽公，直到十幾年之後的魏明帝時，他才因病善終。可是晉之取得魏的天下卻並非以這種和平之手段，《三國志》與《資治通鑑》上均有記載——

曹丕死後，兒子曹叡（魏明帝）繼位。魏明帝沒有兒子，其實在曹操的子孫中不乏賢能之士，可是他有私心，他不肯在武帝的子孫中找近人來立，他就另外立了一個養子，就是齊王曹芳。

當魏明帝病重臨終時，齊王芳只有八歲，明帝就又找了兩個輔佐幼主的人，這就是魏明帝做的一件非常不聰明的事情。立齊王芳本身就是一個錯誤，本來你兄弟之中有年長的，為什麼非要立個八歲的小孩子做繼承人呢？隨後他又在確定輔佐兒皇帝的人選時找錯了人：一個是司馬懿，一個是曹爽。司馬懿當時帶兵在外邊作戰，魏明帝臨終前要託孤給司馬懿，就急詔把司馬懿叫回朝來。當司馬懿到病榻前來見他時，明帝就把他的養子、繼承人曹芳也叫到面前對司馬懿說：天下的事都可以忍耐，惟有死不可以忍耐，而我卻「忍死待君」，極力地堅持著不肯死去，就是為了見你一面，把曹魏的這個繼承人託付給你，說著就讓齊王芳走上前來雙手摟住司馬懿的脖子表示親近，於是司馬懿聲淚俱下，表示要盡心輔佐幼主，魏明帝這才瞑目而去。可是如果他只託付一個人還好，然而他同時託付了兩個人，這兩個人當然就要爭權了。司馬懿是靠打仗得來的權位，而曹爽呢？他是曹操的養子曹真的兒子。曹操並非沒有兒子，我們知道曹丕、曹植、白馬王曹彪等都是他親生的。可是他還有許多養子，這就是曹操這個人，也可以說他很有人情味，也可以說他很有權術。曹真很小時他父母即死於戰亂，曹操就把曹真收養了，而且據說曹操對曹真「待同諸子」。曹爽就是曹真的兒子，曹爽一見齊王芳那麼小，就萌發了野心，史書上說他「車服擬於乘輿」，是說他穿的衣服、乘的車馬可以比擬天子的規格，其野心可以想見。當曹爽這樣做時，司馬懿就「稱病家居」。司馬懿是一個深謀遠慮的人，他不像曹爽那麼浮淺、顯露，而是暗中慢慢地策劃，待到計畫與時機成熟時，他就滅了曹爽，自己專權了。司馬懿有兩個很能幹、而且很有野心的兒子，一個是司馬師，另一個是司馬昭。當司馬懿去世，司馬師上台後就把齊王芳廢掉，另立了曹家的宗室曹髦。曹髦隨著年齡的增長逐漸看出了司馬一家的野心，就立志要消除司馬氏一家的權勢，他曾對左右親近說：「司馬昭之心路人皆知。」後來司馬師死了，司馬昭當權，有一天曹髦對左右說，我不能忍受司馬氏對我的控制了，我現在要親自帶兵去消滅司馬一家。當時有些人因害怕司馬氏的權勢而猶豫，可曹髦的決心已定，他帶上宮中的一部分軍隊果然就去消滅司馬昭了。司馬昭在皇宮中的耳目立刻向他報告了這個消息，司馬昭就派了軍隊來抵抗曹髦。當時一些人心裡還有顧慮，因為曹髦畢竟是天子，天子親自帶兵來，他們就不敢打了。這時其中有個叫成濟的就問司馬昭的親信該怎麼辦，那些人回答說，司馬家養你們就是為了在這種情況下用的！成濟一聽這個話，上前一刀就把曹髦殺死了。司馬昭一聽這消息，就假裝痛哭流涕，隨後把成濟也殺死了。後來就又立了另外一個人，即曹奐。不久司馬昭的野心就越來越明顯，他自稱為晉公，要加九錫。加九錫是對當時做臣子的最高封賞，「錫」本來是一種賞賜，「九」者，極言其多，極言其高，就是給他最高的封賞，讓他在大臣裡居最高的地位。歷史上凡是篡逆的人常常都是在他做到加九錫的地位後不久就行篡逆的。果然司馬昭死後，司馬炎當權，司馬炎就將曹奐廢了，自己做起皇帝來了，這就是晉武帝。

我為什麼要講這些歷史背景呢？因為這與我們要講的詩人及作品有非常密切的關係。我們知道魏晉時喜歡品評人物，崇尚清談，因為當時社會道德的價值觀念完全崩潰了，政治上假禪讓之名而行篡逆之實就是利用道德的美名來掩飾極不道德的醜行。這就使社會心理出現了兩極的傾斜，一方面是在上位的標榜道德，實際是假借和利用道德；另一方面是士人們的反對名教，反對這種虛偽的道德。與此同時，正當鬥爭裡也出現了兩歧的分化，有些看重眼前權利祿位的，都歸向了司馬氏；另外一些固守正統觀念的仍然效忠於曹魏。前文我們說的「竹林七賢」在這時就有了各種不同的表現。這七個人之中，反對司馬氏最明顯的，表現得最強烈的就是嵇康。嵇康是與魏宗室結為婚姻的，所以對曹魏最忠心，他是以反對名教禮法來表示自己的態度。我們知道魏之得天下是篡奪來的，司馬炎之得天下當然也是篡奪，可就正是這些不講道德禮法的人，反而更要標榜儒家的堯舜，因為堯舜是禪讓的。禪讓是主動讓位給有賢德的人，篡奪是以武力奪取帝位，這本來是截然不同的兩件事，可如果是假借禪讓而實行篡奪，就同時把那個禪讓的美名也破壞了。而且從漢朝以來，社會上表面都很重視「孝道」，你看漢朝的皇帝都加個「孝」字：孝武帝、孝文帝，都是在標榜忠孝的，總之道德禮法的美名都被那些有權勢的人假借去利用了。中國的儒家本來有許多倫理道德是很美好的，如「君君、臣臣、父父、子子」是說父親要有做父親的樣子，兒子要有做兒子的樣子；國君要盡國君的本分和職守，臣子要有臣子的責任和職守，總之社會各等級都應受到禮法的約束和規範，並且要透過禮法來建立一個制度……但後來這些禮法道德以及制度逐漸被那些有權位的人所假借利用了，結果那些身居下位的，對上不能施行任何約束作用的臣子最後就只剩下盡忠的義務了，而做君主的就因為他有權位，他可以不遵守任何禮法，不盡應盡的本分，因此中國的君臣、父子、夫妻之間的禮法就逐漸變成片面的了，這已不是儒家的本意了。儒家是說每個人都應有每個人所持守的道德和分寸，可到後來都變成有權位者的片面控制了，結果君就可以什麼道德都不講，而臣卻一切都要遵守；父子之間，則天下無有不是的父母，父親什麼都是對的，兒子什麼都要遵守；夫妻間，丈夫什麼都可以不守，妻子卻什麼都要遵守，這就形成了禮法的缺陷。何況中國的法治也是有缺陷的，如果那些執法者利用法來謀私利同樣也是不公平的，所以不管禮治，還是法治，一定都要對那種不守禮與不守法的人真正「治」辦才可以。而中國一向缺乏這樣一種嚴格的、健全的體制，這是一個最大的缺陷。魏晉之間，就因為這些禮法、道德的美名被有權勢者利用了，所以社會上就出現了一種風氣，就是名士們，特別是阮籍、嵇康等人之反對名教、嘲諷禮法。在這方面，關於嵇康曾有很多的記述。

在司馬氏專權的情形還不十分明顯的時候，嵇康曾做過中散侍郎，人稱他嵇中散。後來當司馬氏的權勢日益強大時，嵇康就不做官了。歷史上記載說嵇康「好鍛」（打鐵），他的住宅前邊有一個水池，水池周圍種有柳樹，據說嵇康就常常在柳樹下的水池旁鍛鐵，「竹林七賢」中的向秀也曾跟嵇康在一起學過打鐵。你要知道，一個政治集團想要奪權的時候，總要籠絡當時的社會名流來培養、擴大自己的勢力和影響，而「竹林七賢」都是當時很有文采、很有聲望的人，於是司馬氏手下有一個很有權勢的人叫鍾會，就替司馬家人來試探「竹林七賢」的態度。有一天，鍾會帶手下一些人來訪嵇康，嵇康正在樹下鍛鐵，鍾會以當時的權位，還帶了許多人，在嵇康身邊站了許久，嵇康卻依然打鐵，不理睬鍾會，鍾會自覺尷尬，於是就要走，這時嵇康就問他：「何所聞而來，何所見而去？」（《晉書·卷四十九》）鍾會心裡很不舒服，便答：「聞所聞而來，見所見而去。」此後鍾會就很嫉恨嵇康。嵇康之所以不理鍾會，是由於鍾會苟且逢迎司馬氏，使嵇康看不起他們這類人。這就輕易地傷害了司馬氏手下一個最有權勢的人，從而種下了禍患。後來有一個叫呂巽的人（是鍾會的好朋友），道德品行很不好，居然與其弟呂安（嵇康的好朋友）的妻子發生了不正當的關係，當時呂安很生氣，就想告發呂巽，嵇康就勸誡呂安說，這樣事情還是不要宣揚更好，隨後嵇康就為兄弟二人調解，後來呂巽也答應要改過，這件事就算了結了。但後來呂巽竟然惡人先告狀，告呂安不孝，其實那個時代社會上都是不忠不孝的，可就是那些真正不忠不孝的人，他們反倒故意誇張忠孝。所以呂巽就借此把呂安捉去下獄了。而嵇康的性格「峻切」，就是說他激切、剛強、正直、不含蓄，當他知道呂安下獄了，就出來為呂安做證，於是司馬氏又趁機把嵇康也下到獄裡。其實根本沒嵇康什麼事，可他們設想編織一個罪名來陷害嵇康。充個什麼罪名呢？「竹林七賢」裡的山濤（字巨源）原先與嵇康是好朋友，可後來山濤依附了司馬氏，在司馬氏的手下做到吏部侍郎。山濤想為司馬家籠絡人才，就想說服嵇康也出來做官，但嵇康不做，不想做不做就是了，可嵇康非但不去做官，還寫了一封《與山巨源絕交書》，裡面說了許多激切刻薄的話，他說山濤：你就好像廚房裡的屠夫，自己沾上一身血腥污穢還不夠，還要將別人也拉過來沾得滿身污穢嗎？他說：我天生來就不是個做官的材料，我有「極不堪者七」，「甚不可者二」。「不堪」是不能忍受，他說我喜歡晚起，如果做官就要起早，這個我不能忍受；又說我頭面不經常梳洗，裡面長了許多蝨子，需要不斷地把捉，如果當官在那裡危坐不動，我也不能夠忍受；還說我喜歡釣魚、飲酒，如果做起官來，身後總跟著一大群人，我會感到極不自由的，所以這也使我不能忍受……而最重要的是後面所說的「甚不可者二」中的一件事，就是我每每喜歡「非湯、武而薄周、孔」，這是司馬氏最反感的，也是最敏感的一句話。我們知道，商湯把夏桀推翻了，周武把商紂推翻了，先不論湯放桀與武王伐紂這件事本身的對錯，總之他們都是屬於篡逆的行為，嵇康此處說這些話顯然是暗指司馬家族的野心，「非」是批評，他認為湯、武是錯誤的，「薄周、孔」是鄙薄周公和孔子，因為當時的禮法被壞人利用了，那些滿口道德禮法的人幹的都是篡逆不正當的事情，因此他才「非湯、武而薄周、孔」。這本來是嵇康寫給山濤信中的話，可如今他下到獄裡，那些欲加之罪、何患無辭的人當然要借此發揮了，於是鍾會就讒毀他，說這些議論不合道德禮法，是擾亂人心，這樣的罪名就是欲置嵇康於死地了。嵇康這個人平時很有聲名，他又是曹魏的宗室，而且他的詩文寫得很出色，他的清談在社會上又很有影響，所以聽說要把嵇康殺死，當時的太學生（大學生）幾千人都來到朝廷門外，請願要求赦免嵇康。你要知道，這太學生不請願，他還也許死得晚一點，而太學生這一請願，司馬氏愈發感到嵇康的作用太大了，非殺不可，所以很快就把嵇康殺掉了。據說嵇康臨死之前，他們問他死前還有什麼要做的，嵇康說他要再彈一曲《廣陵散》。我們知道嵇康是很富文采的，不但如此，《世說新語》記載當時很多人對他的品評，說他長得很高，容貌俊偉，極有神采，當他站起來時如同「孤松之獨立」，當他醉了要倒下去的時候如同「玉山之將崩」（《容止》）。而且聲名也很好，還是出色的音樂家，他彈得最好的曲子就是《廣陵散》。要知道一個人對自己的才能是很珍惜的，不甘放棄的，天下除非不生才，如果天生下一個絕世之才，這個人就一定會視自己的才能如生命的！嵇康臨終前要求再彈一曲《廣陵散》，一曲終了，他無限惋惜地慨歎：「《廣陵散》於今絕矣！」（《雅量》）然後就被殺死了。

以上可以看出在「竹林七賢」裡，堅定不移地擁護曹魏、反對司馬氏的，態度最堅定的就是嵇康。而山濤和王戎，後來都依附了司馬氏，這兩個人官都做得非常高。

向秀呢？他本來與嵇康在一起學打鐵，還曾經向呂安學灌園（種菜）。當嵇康被殺死之後，向秀就來到洛陽表示也願意做官。司馬昭就嘲諷他說：以前我以為足下有箕山之志（古代有一賢士叫許由，曾隱居箕山，當時堯想讓天下給許由，許由拒不接受），你又學打鐵，又學種菜，怎麼今天要來做官了？於是向秀就說：我今天才明白那些隱居箕山的人是「未解堯意」（他們不瞭解堯治理天下的好意），所以那些人是「不足慕也」（編按：參《世說新語·言語》及《晉諸公別傳》）。向秀說的「堯意」意在吹捧司馬家的人，從此向秀就轉變了。在當年時代轉變之際，每個人的立場都可能隨著政治風雲的驟變而動搖和改變，雖然向秀本來不一定真的喜歡祿位，可當嵇康被殺，他內心之中深感恐懼，不過即使他轉變了態度之後，他的內心也並未得到安寧，後來他寫了一篇很好的文章叫《思舊賦》，就是思念嵇康和呂安的，他當年學鍛於嵇康，學灌園於呂安，那麼好的朋友，而今雙雙被害！這篇賦妙就妙在他欲言又止，有人批評這篇文章說許多話剛要說，還沒說就完了，這不是向秀因沒有文辭而說不出，而是他不能說下去，只能以這種微妙的方法表現他的懷思，要知道，只有像魏晉這種微妙的政治環境才會製造出這麼多微妙的作品。

「七賢」中還剩下劉伶與阮咸，劉伶這個人也不滿時世，可是他不像嵇康那樣「峻切」地表示反對，他也不願像山濤、王戎那樣追求利祿功名。劉伶最大的嗜好就是飲酒。傳說他出去喝酒時，常喚一童子背著一把鏟子，並囑咐童子說「死便埋我」（《晉書・卷四十九》），我在哪裡醉死，就在那裡隨便挖個坑把我埋掉。他還留下一篇作品叫《酒德頌》。《世說新語》載：由於他酒喝得太凶，有一次他的妻子就勸他戒酒，他說我沒有辦法控制自己，需要借助神力幫我戒酒，請你備下祭神用的酒菜，我要祈禱神靈的幫助。他妻子就「供酒肉於神前」，劉伶於是就「跪而祝曰：『天生劉伶，以酒為名。一飲一斛，五斗解酲。婦人之言，慎不可聽。』」（《任誕》）說著便拿過酒肉吃喝起來，不一會兒又醉倒了。

阮咸是阮籍的侄子，這個人也是鄙薄利祿、輕視功名和外表的禮法的。《世說新語》記載著這樣一件事：當時的人們都喜歡造作虛榮，每年春夏時節各家都要把貴重的衣物、書籍之類的東西拿出來曬一曬，有些人便藉機炫耀自家的富貴。阮咸家裡比較貧窮，這一年夏天，他看到很多人都把華貴的紗羅錦繡晾了出來，他也找了一根很高很高的竹竿，挑出一個犢鼻褌（粗布製的，形如牛鼻，像勞工所戴的圍裙）曬在院子裡。許多人對他的舉動感到奇怪，他卻說：我不能免俗，姑且也應應景！從這裡可以看出他對當時那種虛偽浮誇之人的嘲諷。不但如此，他還做了一件違背禮法的事情：他姑母有一個婢女，大概長得很美，當他姑母回來住娘家時，阮咸就與這個女子發生了愛情的故事。後來阮咸的母親死了，待他母親的喪事辦完，他姑母臨走要把她的婢女帶走時，阮咸聽說後，身上穿著重孝就騎著一頭驢去追她們，而且把這個使女搶了回來。按照當時的禮法，在母親的喪事期間與姑母的使女發生關係就已經不對了，更何況他還戴著重孝出來追搶一個婢女！這當然被那些講求道德的人所不齒，所以阮咸在仕宦上一直不得意，而且當時的許多人對他的行為都不能諒解。

至此我們已經把「竹林七賢」裡的六個人都介紹過了，嵇康因反對司馬氏而被殺；山濤與王戎依附司馬家族，後來都得到很高的祿位；向秀出於恐懼而轉變了態度，也因此步入了仕途；劉伶、阮咸沒有做官，卻都做了一些放浪形骸、不守禮法的事情。現在只剩下阮籍沒講了，我們本來是要先講阮籍的，可只有瞭解了這一時代的背景與他的朋友們在當時那種複雜的政治環境中的不同表現和反映，我們才能更深刻地瞭解阮籍的作品。阮籍的一些詩是非常難以理解的，之所以會如此，就因為在「竹林七賢」這七個人中，阮籍的內心是最為複雜、最為矛盾的。他同時具有兩方面的心理，一方面反對司馬氏不擇手段的篡權，另一方面又害怕遭到生命的威脅，因而他在當時的政治環境下，只有採取委曲求全的態度了。歷史上記載的阮籍，就具有兩種極端不同的表現，一方面說阮籍狂放，不守禮法，另一方面說阮籍非常謹慎，「口不臧否人物」（《晉書》卷四十九），「臧」是善，「否」是惡，這裡當褒貶講，就是說他從不肯隨意褒貶別人的善惡。

第二節　阮籍之一

我們前邊說過阮籍在「竹林七賢」裡是內心最為複雜、最為矛盾的一個人，他外表上具有兩種不同的作風，《晉書》本傳上記載阮籍的幾件事情是很值得注意的——

阮籍本來是「志意宏放」，具有「濟世」之志的，少年時曾經有一次登上廣武山（當年項羽與劉邦作戰的地方），看到楚漢戰爭的戰場遺址，不勝感歎道：「時無英雄，使豎子成名。」「豎」是短小的意思，短字從豆，豎字也從豆，「豎子」並非指這個人身材短小，而是表示對某個人輕視的意思，他的口氣是從沒把項羽、劉邦放在眼裡，意謂：我阮籍的雄才大志是不次於項羽和劉邦的。還有一次登武牢山，他也寫過一首《豪傑詩》。這些都說明阮籍這個人本來是有一番英雄豪傑的志意的，但他不幸生活在魏晉之交的特殊時代，因而無法施展自己的志意和懷抱。當然這也要看你怎麼來說了，曹操就正是在社會政治的動亂中，憑藉自己的能力成為一世之雄的。當然每個人的情況是不同的，阮籍不是一個能夠獨立開創的人，他需要有一個用他的人和機遇，而不善於自己出來開創一番事業，建立一個規模。所以他雖然有志，但卻不得志，因此在行為上就表現得狂放而不守禮法。歷史上記載說他家鄰居有一個賣酒人的妻子非常美貌，阮籍經常去那裡喝酒，喝醉了就倒在那個女子的身旁，而女子的丈夫卻一點也不介意，因為他瞭解阮籍只是外表上不守禮法，實際上一點邪惡的意念也沒有。又說離他家不遠處有一家的一個美麗的女子不幸短命而亡，阮籍與人家根本不認識，竟跑到人家家裡大哭一場。還說他的嫂子要回娘家去，古代叔嫂的界限是極嚴格的，而阮籍卻跑去與他嫂子告別。總之他做了許多在當時被認為是極不正當的事情。此外還傳說他有許多狂放的表現，比如他常常飲酒，酒醉後就駕車出遊，路途上從不按人家路標所指示的方向走，因而「每至窮途」（沒路可走了）「輒痛哭而返」。其實使他「痛哭窮途」的還不是說現實中的無路可走，而是他在人生之路上走不通了！歷史上還記載說阮籍喜歡彈琴、下棋和吟嘯。彈琴下棋大家都知道。那什麼叫吟嘯呢？嘯就是撮口出聲，不像吟詩。如果要吟誦，一定是有字的，吟嘯是沒有字的，只有聲調，這實在是一件很妙的事情。你內心有一種感情，你要做一首詩當然很好了，像杜甫所寫的「詩罷能吟」，把自己心中的情懷都抒發出來。可有時你內心的情懷還沒有形成字、詞和詩句的時候，你就可以不要有字，直接發出一種聲音來把你的情懷表達出來，當然會音樂的人可以用音符，可你不會，就撮口出聲，這就是吟嘯的嘯。魏晉之間有許多對現實生活感到壓抑不平的才智之士，他們都很善於吟嘯。傳說當時有個隱士叫孫登的就很善吟嘯，他住在蘇門山上，嵇康和阮籍都曾拜訪過他，孫登說嵇康是「才高而識短」，你的天賦很高，但對人間的認識不足，而且是「性情峻切，難免於今之世矣」。後來阮籍聽說孫登善嘯就也去見孫登，並當面向孫登表演他的嘯，孫登不理他，等到阮籍自覺沒趣而返回走到半山的時候，忽然山上傳來一陣嘯聲，如同「鸞鳳之音」，這就是孫登在嘯了。當時這些名士都很有意思：阮籍當面請他嘯，他不嘯，等人家走了，他反倒嘯了起來。又傳說阮籍喜歡下棋，當他母親死的時候，他正與一個朋友下棋，有人來報告說你母親去世了，他的朋友就要停止不下了，可阮籍卻堅持要「請終此局」：一定要下完這盤棋。終局之後他就「舉聲一號，吐血數升」。他外表上雖然不守禮法，可他的天性是很淳厚的，當時有很多人外表很講究禮法，對父母好像是很孝順，可內心並沒有孝敬的感情，只是外表做給別人看的。阮籍是不要外表，不要做給別人看，你們說我是好是壞，是孝與不孝都沒有關係，重要的是他自己有一種天性的至情，他只是不願意被禮法所拘束。古人的規矩是父母死後不可以喝酒吃肉，阮籍卻照常吃肉，照常喝酒，可他的內心確是很悲哀的，由於悲哀的緣故，致使「毀瘠骨立」，身體憔悴虛弱得需拄著手杖才能站起來走路。當時有另外一個名士裴楷來給他母親弔喪，當時阮籍喝了酒，披散著頭髮坐在原地「醉而直視」，不為答禮，而裴楷卻依禮而行，「唁畢便去」。有人問裴楷說，阮籍連理都不理你，你為什麼還要行祭拜的禮節呢？裴楷說：阮籍是禮法之外的人，他可以不守禮法，我們是「俗中之士，故以軌儀自居」，意思是說我們是禮法之內的人，還應該按照規矩來要求自己。

阮籍雖然表面上不守禮法，但卻言論謹慎，在那個品評人物、崇尚清談的社會風氣裡，他竟然能夠做到「口不臧否人物」。那個曾經陷害過嵇康的鍾會，幾次去探測他對政治時局的態度和看法，「欲因其可否而致之罪」，結果都因阮籍的酣醉不語而未能得逞。那麼阮籍對於做官又是什麼態度呢？阮籍本來是不想做官的，最初有一個人叫蔣濟，是當朝的太尉，他要聘阮籍出來做官。阮籍就奏記懇辭，蔣濟不甘心，就派人到阮籍住的地方來請他，不想阮籍竟不辭而走了，蔣濟非常生氣。阮籍的親戚朋友們就敦勸他最好不要得罪這些權要之人，於是阮籍就回來在蔣濟手下做了官。可沒過多久，他就託病辭職了。阮籍平生做了很多次官，都跟這種情形相似，這就可以看出阮籍這個人一方面不滿意當時政治上的當權派，可他另一方面又不願因明顯表示反對而招來殺身之禍。當司馬氏當權的時候，司馬父子都對阮籍非常優厚，這是因為一方面阮籍是當時很有聲望的名士，另一方面他非但沒有明確表示過反對司馬氏，還一向對司馬家族保持敷衍的態度，因此司馬家就很願意寬容他、拉攏他，所以不論司馬懿的時代、司馬師的時代，還是司馬昭的時代，他都做過官，後來還封了他一個關內侯的爵位。他不但在司馬氏執政以後做官，而且在此之前，即司馬昭有篡位野心，自封晉公，欲加九錫，要下面的臣子寫一篇勸進的表文：這就是古人的造作，他們自己要加封，卻還要假意推辭，讓別人來屢次地勸他接受封賞，然後才接受，而這篇勸司馬昭接受加九錫的表文就正是阮籍寫的，所以阮籍與司馬氏的關係才會一直維持得那麼好。不過阮籍的做官從來都不是認真的，你讓我做，我就去做，有時他還自己提議要到某地去做官。有一次他與司馬昭說：我「平生曾遊東平，樂其風土」，希望能到那裡去工作。司馬一家很優待他，因為拉攏嵇康沒成功，就總想把阮籍拉過來，聽說他想到東平去，司馬昭就立刻任命他做東平相。阮籍騎著驢來到任所的第一件事就是把他辦公室內外的門戶都打通了，為的是從裡一眼就可以看見四面的景色，其實他在這裡只住了很短的十幾天就走掉了。又有一次他聽說步兵的伙房裡有人善釀酒，於是「乃求為步兵校尉」，司馬昭就答應讓他去任步兵校尉了（「阮步兵」的稱謂正是由此而來的），可沒做多久，他又藉口生病而辭職不幹了。剛才不是說到要讓他寫勸進的表文嗎？本來人家與他約定了若干天之後來要這篇文章，等到約定的這天，人家來取時，阮籍又喝醉了，可人家急於拿走，於是阮籍就立即鋪紙拿筆，寫了一篇很妙的表文。文中他先把司馬昭捧了一番，說他的功業可以比美伊、周、桓、文，伊是幫助成湯安定天下的伊尹；周是幫助武王安定天下的周公；桓是齊桓公，文是晉文公。在春秋的時代，當時各個諸侯國也都是很有野心的，齊桓公與晉文公都是能夠以他們的武功聯絡各諸侯國來共同尊奉周朝王室的。前邊他對司馬昭大大地歌頌讚美了一番之後，最後他文筆一轉，這就是文人會作文章的地方了，他說以你這麼高的功德，那麼如果你功成之後，也就可以「臨滄州而謝支伯，登箕山而揖許由，豈不盛乎」（《為鄭沖勸晉王牋》）！「謝」是拜見請教的意思，「支伯」見於《莊子》，據說堯在讓位給許由之前曾經讓位給支伯，而支伯不受。許由隱居在箕山，堯又讓位給許由，許由也不接受。阮籍最後舉出兩位不接受讓位的隱士來是別有用心的：如果你司馬昭有了這麼高的功業之後，還能像《莊子》上所說的支伯與許由一樣不接受天下，那你才真是了不起的！言外之意是說，你最好不要有篡位的野心。可這種話他又不敢明說，只能以這種微妙曲折的方式來表達。關於這方面歷史上還記載著一個故事：說有一次司馬昭為其子司馬炎求婚於阮籍，讓阮籍把女兒嫁給他的兒子。如果當時阮籍答應了，那麼他的女兒以後就成為晉朝的皇后了。可阮籍既不願與司馬家有那麼親近的關係，又不敢明確拒絕司馬家的人，所以當求婚的人來時，阮籍竟一連醉了六十日，令其「不得言而止」。中國古代有許多詩人都喝酒，陶淵明的飲酒，是為了寄託他內心之中的一份幽微、隱約的心意，因為他喝酒的時候，內心中有一種感覺可以在酒醉之中體會得更加深刻和真切，從中可以獲得一種自得自寄的享受。阮籍不是，他的醉酒具有一種全身遠禍的作用，他是借醉酒來逃避現實中的災禍的。所以他才會「口不臧否人物」，而把他內心那一份委婉曲折的複雜情意都微妙地表現到他的詩文裡面去了，這就使他的詩很難讀懂了。下面我們就來看看歷代對他詩的批評——

我們開始講六朝詩的時候就曾說過《詩品》是非常重要的，因為他對此一時期的詩人都有著較為詳細的品評。對於阮籍，鍾嶸的《詩品》說：

晉步兵阮籍，其源出於《小雅》，無雕蟲之功。而《詠懷》之作，可以陶性靈，發幽思。言在耳目之內，情寄八荒之表。洋洋乎會於風雅，使人忘其鄙近，自致遠大。頗多感慨之詞，厥旨淵放，歸趣難求。顏延年注解，怯言其志。

「竹林七賢」裡面，阮籍的詩寫得最好，用非常隱藏、幽微的方式表達內心無法明說的情意，雖不能說他是開端的一個作者，因為曹子建的《雜詩》裡感情也是十分幽微曲折的。但在這一類詩裡，最複雜、最幽隱、最難懂的，阮籍要算是早期的一位重要作者了，他對後世的影響是非常重大的。我們看《詩品》是怎樣評他的：「晉步兵阮籍，其源出於《小雅》。」《詩品》的特色就是推溯源流，對每一個詩人，特別是重要的詩人，他一定說這個詩人的源頭是從哪裡來的。寫文學批評的人，除了要對個別的作家與作品有獨到的批評外，還要養成一種通觀的，可以超然在上，能夠對這一滔滔滾滾的詩之長流的淵源與趨向了然如指掌的博大的眼光，這是更高的文學批評。一般的文學批評能夠把一個作者或一首詩說得很具有自己真正的感受和見解就已經很不錯了，但是更高一層的批評還應看到整體的源流與趨勢，而《詩品》是很注意這一點的。此外在分析文學源流時要具有一個能夠籠罩古今的非常通達的看法，因為古人讀的書很多，什麼典故都可以用，你不能因為他偶然用了這個人一句話或一句詩，就說他出自這個人，這就過於狹窄片面了，要看那超出乎表面以外的，那骨子裡面最重要的影響是從哪裡來的，這一點鍾嶸對阮籍的批評很不錯。從外表來看，阮籍詩與《小雅》一點也不像，《小雅》至少是四個字一句，阮籍的詩五個字一句；阮籍詩裡常用的大都是《詩經》以後的典故，這怎麼能說他是出自《小雅》呢？其實鍾嶸是就他們最基本的內容而言的，《詩經・小雅》中有一部分叫變雅，寫的都是當時才人志士對於亂世的悲慨憂憤之辭，這與阮籍詩所表現的情懷似乎是同出一轍的。所以鍾嶸說他的詩「其源出於《小雅》」。什麼是「無雕蟲之功」呢？按中國詩歌的演進，正始之後太康的詩就注重文字的雕琢，正始以前的曹子建也比較注重文字的雕飾，而阮籍的詩是不在文字的雕琢上下工夫的，因此是「無雕蟲之功」。下面說到他的《詠懷》之作，根據史料記載，阮籍共留下來八十七首詩，其中八十五首題名叫作《詠懷》，另外兩首叫作《短歌》。《詠懷》這題目就很好，英文翻成Poems From My Heart（我心裡怎麼想就怎麼說），鍾嶸說他的「《詠懷》之作可以陶性靈，發幽思」，是說一個人的性情有些急躁了或是不平了，讀了他的詩，便可有一種性靈上的修養，同時如果你內心之中也有一種複雜、矛盾、深隱幽微的感情的話，也可藉著他的詩而得以宣泄。「言在耳目之內，情寄八荒之表」，我們看他所寫的：天上的月亮，山間的清風，田中的野草……好像言語都在耳目之內，而這其中卻都有另外更深的意思，他的情意的寄託是非常遙遠的，遠在「八荒之表」，我們說東、西、南、北，東北、西北、東南、西南，共八個方向，四個正的方向，四個斜的方向，八個方向的最荒遠的地方叫作八荒。「洋洋乎會於風雅」，「洋洋」本指水之浩大，這裡是說他內容與情思的豐富，此句意思是說，阮籍的詩不僅有《小雅》的寫亂世的憂憤，而且還有《國風》中比興的意思，所以他能夠會合「風」、「雅」的兩種特色之美。這後面的一句很妙：「使人忘其鄙近。」鍾嶸怎麼會說他「鄙近」呢？我們在講建安詩時說過，《詩品》評曹操的詩是「古直」，曹丕的詩是「鄙直如偶語」，因為鍾嶸的時代是重視「雕蟲之功」的，如果你文字不美，他就說你「鄙近」。阮籍詩表面看是不漂亮的，可你不得不承認阮嗣宗所表現的內容情意是豐富的，這一點就足以使人忘掉他文字的不美了。「自致遠大」，是說他能夠達到那種內容上高遠的、「情寄八荒之表」的成就。「頗多感慨之詞」，是說他詩裡寫的都是內心的感慨。「厥旨淵放，歸趣難求」，說他內容的意旨是很深遠的，最終的意趣目的很難確指它究竟是什麼，所以劉宋時代有一個與謝靈運同時的詩人顏延年在給阮籍詩做注解的時候，就「怯言其志」，心裡很拿不準，猜不透他究竟說的是什麼意思，表達的是什麼情志。這是鍾嶸對阮籍的批評。

下面還有《昭明文選》中李善注解阮籍《詠懷》詩中的一段話：

> 嗣宗身仕亂朝，常恐罹謗遇禍，因茲發詠，故每有憂生之嗟。雖志在刺譏，而文多隱避，百代之下，難以情測。

阮籍在魏晉那個爭權奪位的時代做官，他常常害怕會遭到毀謗，像鍾會這些人不是就因為嵇康給山巨源的信而把嵇康抓去殺掉的嗎？因此他也時常擔心恐怕遭此禍患，所以就「因茲發詠」，因為這樣的緣故，所以他所抒發的內心詠歎就「每有憂生之嗟」。雖然他內心的志願可能也有譏刺當時政治和朝廷的意思，但「文多隱避」，從不明白地說出，所以才使「百代之下，難以情測」。這是《文選》中李善對阮籍的批評。

清代陳沆《詩比興箋》批評阮籍說：

> 阮公憑臨廣武，嘯傲蘇門。遠跡曹爽，潔身懿師。其詩憤懷禪代，憑弔古今，蓋仁人志士之發憤焉，豈直憂生之嗟而已哉。

這段話是說阮籍登上廣武山歎息「時無英雄，使豎子成名」；到蘇門山上對著孫登吟嘯。他在政治上的態度是「遠跡曹爽」。魏明帝死時將幼主齊王芳託孤給曹爽和司馬懿，曹爽有一段時間曾經「居服車馬比擬天子」，就在這個時候，曹爽請過阮籍，可是因為曹爽這個人的野心表現得太明白，所以阮籍拒絕了他，沒有接受曹爽的聘請。「潔身懿師」，是說阮籍在對待司馬懿和司馬師的態度上就又不同了，他表面上跟司馬氏妥協，委曲求全，但卻沒有真正捲到司馬家族謀篡的計畫裡去。他的詩所寫的都是對這個以禪讓之名而行篡逆之實的政治現實的憤慨不平，因此他登廣武山憑弔古今與他登蘇門山吟嘯山林，都是「仁人志士之發憤焉」，決不只是像前面李善那段話裡所說的「憂生之嗟而已」。

除此而外，清代沈德潛的《古詩源》還有一段話很值得注意：

> 阮公《詠懷》，反覆凌亂，興寄無端，和愉哀怨，雜集於中，令讀者莫求歸趣，此其所以為阮公之詩也。必求時事以實之，則鑿矣。

這是說阮籍的《詠懷》詩常常是同樣一個意思，他前面說了，後面又說，有時前後說法還不一致。由於他內心充滿複雜的矛盾，所以他寫出的詩也顯得「反覆凌亂」，而且他詩裡的比興與寄託也常常使你不知從何而起，找不出明晰的頭緒來，他內心的悲哀與他外在表現出來的和平安寧等各種感情雜集在心中，這就使我們讀他詩的人不能夠弄清楚他最後的意趣是什麼。可如果你一定要用一個具體可見的時事來證實，非說這首詩是指曹爽，那首詩是指司馬懿……那未免就太過於穿鑿拘束了。

歷代對阮籍的批評，歸納起來，大致有以上幾段重要的評論。總之阮嗣宗的詩是很好的，但也是很難講的，下面我們就該開始來看他的詩了。阮籍《詠懷》詩裡，五言的一共有八十二首，《昭明文選》中所選共十七首，不管他怎樣選，總是以「夜中不能寐」一詩作為開端的第一首。「組詩」有幾種不同的類型，一類是一組詩的若干首詩在排列上有固定的次序，如杜甫的《秋興》八首，以及曹植的《贈白馬王彪》等，這類詩從文字的敘述、層次的轉折、口吻的呼應等方面都有固定的關聯關係。另一類是看起來它是完整的一組詩，但它們各自之間沒有必然的關聯關係，也沒有一定的次序，像溫庭筠的《菩薩蠻》十四首。還有一種類型的組詩，開端與結尾是固定的，而中間的若干首就沒有一定的排列次序了，像陶淵明的《飲酒》二十首就是如此的。我們這裡要講的這組詩，就屬於剛才所說的第三種情況，它只有開端的第一首是固定的，其他的八十一首都沒有固定的順序了，從《昭明文選》所選的十七首《詠懷》詩裡就可以看出，除了開端的一首寫他感發的興起以外，他中間所寫的都是反覆凌亂，沒有一個特定的次序的。

第三節　阮籍之二

前邊我們介紹了阮籍所處的時代環境，他的生平、性情以及後人對他《詠懷》詩的評價，現在我們或許已經找到了欣賞阮籍詩的門路，這就像我們裁判籃球與裁判足球的標準不同一樣，對不同的作者、不同類型的作品，要用不同的欣賞角度，否則就會不得其門而入。下面我們先來看他的第一首詩：

夜中不能寐，起坐彈鳴琴。薄帷鑑明月，清風吹我襟。孤鴻號外野，朔鳥鳴北林。徘徊將何見，憂思獨傷心。

上節我說過，阮籍這八十二首五言《詠懷》詩，不是同一時間、同一地點、同一內容的，是「反覆凌亂，興寄無端」的，但雖然如此，可他開端的第一首卻是固定的。這裡我還要補充一點，就是你判定這一組詩哪一首是開端，哪一首是結尾，也有兩種情形，一種是根據內容的敘述層次來判定，比如陶淵明《讀山海經》第一首說：「泛覽周王傳，流觀山海圖」，就是在交代他寫這一組詩的緣由和起因，這就從內容的敘述層次上使人一目了然地看出它是這組詩的開端了。另一種情形就像我們說阮籍的這首詩是這八十二首詩的第一首，就不是根據內容敘述的層次，而是由他詩中所傳達出的感發之情的由來與緣起而判定的。一個人內心感情的生發觸動是怎樣形成的，又是怎樣發生的，有時連自己都說不清楚，過去我在臺灣講阮籍詩時曾經用過一個比喻，我說阮籍這八十二首詩中第一首詩的作用，就像是你蒸的一籠饅頭，本來這一籠饅頭之間是沒有一定的次序和差別的，可當你吃饅頭的時候，你最先拿起來的那一個與你後來所吃到的那些就有了不同，這種差別就在於你打開鍋蓋後拿出的第一個，總是膨脹鬆軟、熱氣蒸騰的，等你吃下這個之後，再看其他的，就會發現它們已經冷卻了，不再具有你剛一揭鍋時所感受到的那種鮮活蒸騰的氣勢了。阮籍的這首詩，你只從文字內容的敘述層次上看不出它像第一首，可如果從它的感情生發觸引的緣起上看，它使你感到有一種強烈的感發之源正在這裡醞釀發生，這種感覺是很難講的，我們要慢慢來看——

「夜中不能寐，起坐彈鳴琴」，後人說阮籍詩是「反覆凌亂，興寄無端」，是「言在耳目之內，情寄八荒之表」，這話對於欣賞阮籍詩確實是很重要的，這首詩所具有的悲哀感慨的原始感動，從這頭兩句裡就開始醞釀發生了。先看「夜中」兩個字，要知道，好的詩，每一個字都有它獨到的作用，都傳達著一種感動的興發。這「夜中」指的是「子夜」、「午夜」、「深夜」，「寐」是眠，如果剛入夜，才八點鐘你就上床了，躺著睡不著，那誰叫你那麼早就去睡呢？可他已經是深夜之時了還未能入睡，而且不是不想寐，而是「不能寐」。《孟子》有「不為者與不能者之形何以異」（《梁惠王上》）的話，你自己不去睡與你去睡而不能成眠是不同的。你如果慢慢地去體會，就會發現詩人滿懷的煩悶與哀傷就在這「不能寐」三個字中傳達出來了，雖然他表面上並沒有直說，可他的確是如此的。後面他接得更好：「起坐彈鳴琴」，我既然不能成眠，就乾脆起來，彈奏自己那個能發出美麗聲音的琴，這也是「言在耳目之內」，讀阮籍的詩確實是很難的，這麼簡單的五個字裡究竟包含了多少意思，他沒有直說，但你一定要把他的深意讀出來，我前文引了《孟子》的「不能」與「不為」是有區別的，《論語》上也有兩句話說：「可與言而不與之言，失人，不可與言而與之言，失言，知者不失人亦不失言。」（《衛靈公》）這是中國古聖先賢的智慧修養和人生體會，他是說如果這個人的思想品格、學識修養本來是可以與你有共通之處，你們可以交流溝通，而你卻錯過了機會沒有與他溝通交談，這就謂之「失人」，是你把這個人給錯過了；如果這個人品格修養、學識情意一切都很卑下，不值得你跟他談話，而你卻把自己最寶貴的、最崇高的理想志意都袒露在這樣一個根本不瞭解你、與你沒有任何共同之處的人面前，那就是你的失言。所以真正有智慧的人是能夠做到「不失人」，也「不失言」的。讀詩也是如此，如果這首詩裡有深意，你讀不出來，那你就對不起作品和詩人；如果這首詩裡沒有深意，你牽強比附，給它亂加一些東西，那是你的胡思亂想，是不正確的。所以我常常說讀者要「具眼」，要真正有眼光，能夠把他詩中的深淺、優劣一眼就看出來，這就是我們讀詩、講詩所要逐漸培養的一種能力。我以為「夜中不能寐，起坐彈鳴琴」兩句是很有深意的。中國對琴這種樂器是非常看重的，認為琴聲是一個人品德、思想、甚至是吉凶禍福的流露，琴聲裡不僅可以聽出你稟賦的高低優劣，甚至你命運的凶吉禍福也能從中顯示出來，這方面中國古代有許多記載，我曾講過蔡邕的故事，他從人家的琴聲裡聽出了「殺伐之音」；《紅樓夢》裡寫妙玉聽黛玉彈琴後說這琴聲調太高是不好的，果然一下子，琴絃就斷了，這就預示著林黛玉的悲劇命運。所以琴是一種很微妙的東西，它可以傳達出人的心聲：你內心最深處的思想活動。再看阮籍這句中的「起坐」二字，岳飛有一首《小重山》詞說「燭殘漏斷頻攲枕，起坐不能平」，夜深了，蠟燭都快點完了，銅壺裡的滴漏（古代記時用的工具）都停止了，「攲」是把枕頭放斜了，有時你想半躺半坐時就把枕頭斜立起來，看來岳飛也是「夜中不能寐」

的，因為他那一份報國的志意非但沒能實現，反而遭到朝廷之中的種種猜疑和嫉恨，所以他才「燭殘漏斷頻攲枕，起坐不能平」，這「起坐」兩個字與阮嗣宗的「起坐彈鳴琴」同出一轍。不過阮嗣宗更妙，他只說「起坐」，連「不能平」三個字他都不說出來，但就是這「起坐」的二個字裡卻飽含了他無限的憂傷、煩亂和悲慨。陶淵明詩裡也曾有過類似的感情，陶淵明也是個很複雜的人，在他平靜優閒的外表裡面也飽含了許多複雜不平的感情。我曾在一篇論陶淵明的文章裡說他是「日光七彩融於一白」，他的《飲酒》詩說：「少年罕人事，遊好在六經。行行向不惑，淹留遂無成。」他本來也是有著一份修身、齊家、治國、平天下的理想和抱負的，可無奈「日月擲人去，有志不獲騁」（《雜詩》），現實中找不到一個可以施展理想抱負的機會，所以他的內心也積鬱了無限的憂憤哀傷，這份感情是無人能夠理解的，我剛才說「不可與言而與之言」就謂之「失言」，因此作為「智者」的陶淵明只有「欲言無予和，揮杯勸孤影」，「念此懷悲淒，終曉不能靜」了；既然無人理解，無人應和我，我只有高舉酒杯，與我那孤單的身影一起唱和，每想到這些，我的內心就充滿了淒涼悲慨，這使得我徹夜難以平靜。我現在要說的是，岳飛的「燭殘漏斷頻攲枕，起坐不能平」，陶淵明的「念此懷悲淒，終曉不能靜」中都有內心的憂傷煩亂、憤懣不平之情的流露，而且他們說得都比較明白，而阮籍之所以更難讀懂，就在於他只說了「起坐」二字，而將他為什麼「起坐」，為什麼「不寐」，為什麼「彈鳴琴」的原因都隱藏了起來。我常常說人畢竟是軟弱的，沒有什麼人敢說：我自己能夠獨立地把一切都負擔起來。所以每一個人當他內心有悲哀、有痛苦的時候，他常常要尋求一個寄託，尋找一個容他發洩、給他安慰的對象。如果這種對象是一個「人」，那當然很好，你不但能夠傾訴給他，使他能夠真正完全地感受到你的心意，而且他還能用他的感情來回應你，這樣即使是在痛苦當中，你也會覺得幸福和美好。然而這樣的人卻是很難找到的，而且像阮籍這種內心的憂傷痛苦，完全是由於當時那種特殊的政治環境造成的。而這一切，對於「口不臧否人物」的阮籍說來，更是無人可與之言，也是無法言說的。所以他只好把這份感慨寄託在「彈鳴琴」之中，他所傳達出的「心聲」雖然我們無法用準確的語言來表述，但我們可以肯定這裡面確實有一份極其強烈的、激憤難平的感慨在！我之所以說這是他《詠懷》詩的第一首，是他興發感動的緣起，原因正在於此。

接下來的兩句寫得更好：「薄帷鑑明月，清風吹我襟。」其實很難說它哪一句更好，我說它好，是因為這些句子結合起來才好的，這兩句與前後上下之間相互映襯、相互生發、相互照顧，產生了一個整體效果，我們在講晏小山的詞時說過，「落花人獨立，微雨燕雙飛」（《臨江仙》）用的是晚唐五代翁宏《春殘》中的詩句，在翁宏的詩裡，這兩句並未顯出好來，可到了晏小山的詞裡卻顯得十分好，這是因為它與全詞產生了一種相映襯、相生發、相照顧的作用。阮嗣宗這首詩的前四句就恰好也產生了這種相得益彰的作用。當他「夜中不能寐，起坐彈鳴琴」，以抒發內心不平之情時，他眼睛看到的是「薄帷鑑明月」，所感到的是「清風吹我襟」。「帷」是一種簾帷，這裡所指的是窗前的簾帷。薄薄的一層窗帷，被月光照透了。「鑑」是照明的意思，你如果有百葉窗或很厚的窗簾，那外邊再有明亮的月光你也看不到；如果你沒有窗簾，那麼月光就會一瀉無餘地直接射進來；可現在是有一個薄薄的窗簾，那月光就透過薄帷而照過來。這是很難講的一種感覺，窗上有一個薄的窗簾與沒有窗簾是不同的，甚至假如窗簾之上還有些隱約的花紋，你再看那射進來的月光，就更會有一種朦朧、隱約，使你平添幽微窈眇之想的感覺。況且「明月」又是極妙的，李白說「舉頭望明月，低頭思故鄉」（《靜夜思》），歐陽修寫過兩句詞「寂寞起來褰繡幌，月明正在梨花上」（《蝶戀花》「面旋落花風蕩漾」），他沒有說他是否思故鄉，他只是把他所看到的景象呈現在你的面前。我小時候也寫過一首《浣溪沙》詞，當然寫得很不好，不過我從小喜歡說真實的話，我的詩詞也一定要寫我所觀察到的事物和我所體會到的感受，我在詞裡寫了這樣幾句「翠袖單寒人倚竹，碧天沉靜月窺牆，此時心緒最茫茫」。「翠袖單寒」是用杜甫的詩「天寒翠袖薄，日暮倚修竹」之意。杜甫的詩題叫《佳人》，他所寫的這兩句不是「佳人」的外表，而是要表現一個女子的品格，她雖然穿的衣服是「翠」色，比較寒冷的顏色，比較薄的單衣，然而寒冷之中卻反襯出一種堅貞、直立的品格，即「日暮倚修竹」。我幼年讀詩詞時常見其中對竹子的讚美，於是我就到同學家特別移了一叢竹子來，每天給它澆水，後來竟長出許多竹子來。所以我早年寫的詩詞裡，有時寫到竹子，那都是現實所實有的景象。「翠袖單寒人倚竹」是沿用杜甫的詩意，當然它代表一種品格，但同時也是寫實的，因為晚上是寒冷的，而且我們家中確實有竹子在那裡，有時夜晚的天空萬里無雲，碧藍一片，很沉靜。在那樣一片清冷沉靜之中，你就看到月光從東牆上升起來了，這時彷彿有一種情景，就是「碧天沉靜月窺牆」的情景給我心裡帶來一種感動，這種感動我很難說出來，總之不是「思故鄉」，因為我就在我的故鄉；也不是要懷什麼人，所以我說是「此時心緒最茫茫」。所謂「茫茫」，就是連自己都說不出來是一種什麼樣子的感觸。可見明月是很奇妙的，雖然有人上了月球，看到月球上並不美麗，不過在讀文學作品時你應當把那個科學的、真實的月球的樣子忘掉，而只欣賞直接感受的月光之美。「薄帷鑑明月」好像並沒說出什麼感受來，其實這之中的感覺也是很微妙的，與蘇東坡「轉朱閣，低綺戶，照無眠」（《水調歌頭》「明月幾時有」）的感受十分相近。「清風吹我襟」是說寒風吹進我的衣襟嗎？決不止如此！句中「我襟」兩字用得非常好，馮正中詞「波搖梅蕊當心白，風入羅衣貼體寒」（《拋球樂》「酒罷歌餘興未闌」）中的「當心」與「貼體」就用得非常好，「當心」二字不只寫出「蕊」在花心中的含蓄，影在波心中的搖動，還寫出當你看到白色花影在水中蕩漾時你內心之中所觸引起的一種搖蕩的感覺。而「貼體」則寫出了「風入羅衣」時所真切感受到的那一種寒冷的侵襲和摧傷的力量。同樣，阮嗣宗寫「清風吹我襟」，也不只是說寒風吹在我外面的衣襟上。這個「襟」，也暗示著襟懷，也是指內心。寒風帶給詩人的不只是身體上的寒冷，而是他內心深處的一種寒冷，這恰好證明了阮籍詩「言在耳目之內，情寄八荒之表」的特點，他所寫的「薄帷」、「明月」、「清風」都是耳目之內的景色，但他內心之中由這些景色所引起的感發卻是非常遙遠而深重的。

如果說「薄帷鑑明月」是阮籍的目之所見，「清風吹我襟」是他的身之所感，那麼後面兩句「孤鴻號外野，朔鳥鳴北林」則是他的耳之所聞。「孤鴻」是失群的鴻雁。雁不僅是候鳥，而且是成行結隊地飛翔，有時排成「一」字，有時排成「人」字。而阮籍此詩所寫的是一隻失群的孤雁，陶淵明的《飲酒》詩中有一首寫的也是失群之鳥：「栖栖失群鳥，日暮猶獨飛」，「栖栖」二字出於《論語》，曾經有人問孔子：「丘何為是栖栖者歟？」栖栖是說你孔丘為何緣故總是如此栖惶惶，各處奔走徘徊不安定呢？可見「栖栖」是猶豫徘徊不安定的樣子，這隻「失群鳥」之所以「栖栖」，是因為牠一時找不到棲止和歸宿，找不到一個可以託身棲落的地方，所以牠「日暮猶獨飛」，而且在「徘徊無定止」中，牠「夜夜聲轉悲」，牠鳴叫的聲音一天比一天更悲哀，一夜比一夜更淒厲。那麼這又到底是一隻什麼鳥呢？是雁、是雀，還是鵬？或鵠？陶淵明沒有告訴我們，這就是陶淵明最妙的一點，阮嗣宗還說明了他所寫的是一隻「孤鴻」，而陶淵明的作品一向都是寫他概念中的形象，並非現實中所實有。這隻「栖栖失群鳥」是陶淵明的一種自喻。陶淵明出身於士大夫家庭，他的祖父陶侃當年曾封做長沙公，以他的階級出身而論，陶淵明本該走仕宦的道路，可他後來卻辭官不做了，而且立志終生不仕，歸隱躬耕。這是他整個生活方式的一個徹底改變，也是對他所歸屬的那個群體的徹底離棄，因為他不喜歡仕宦的黑暗與墮落的生活。前邊我們提到他的《雜詩》中說「日月擲人去，有志不獲騁。念此懷悲淒，終曉不能靜」，他曾有過拯救人民國家於危亂的理想和抱負，但沒有機會沒有地方去施展，因為他不能與這樣的官僚們同流合污，所以只好脫離了他的歸屬，寧願成為一個孤獨的「失群鳥」。不過陶淵明並沒有停留在這裡，他之所以了不起，就在於他在徘徊不安、矛盾痛苦之後終於找到了自己的依託和歸宿：「因值孤生松，斂翮遙來歸！」「失群鳥」是個象喻，「孤生松」同樣也是一個象徵的比喻，松樹是堅貞、剛強，在風雪中不凋傷不變色的，我陶淵明同樣也具有這樣的品格，而且我不需要別人的支援，難道我要有很多松樹與我一起站，我才能挺立起來嗎？不是的，我就是一個人，一棵松，也要獨自挺拔地站立起來，這樣的一種品格和境界不是外在的，是我內心中、精神上的止泊和選擇！這就是陶淵明與阮嗣宗的不同，因為阮嗣宗沒有找到這樣的歸宿，所以他的詩「反覆淩亂」，而陶淵明無論他前面怎樣地矛盾痛苦，孤獨寂寞，他最終能夠找到一個解決的辦法，他不止找到了一個解決的辦法，而且找到了自己可以立足的一方天地，這正是陶淵明所以了不起的緣故。不過阮嗣宗當年矛盾痛苦、孤獨寂寞的情形與陶淵明是相同的。前邊我們講過正始時的時代背景和政治環境，並且知道阮嗣宗是「竹林七賢」中最為矛盾複雜的一個人，因為他既不敢違背司馬氏，怕招來殺身之禍，又不甘依附司馬氏與他們同流合污，所以他是極其孤獨痛苦的，「竹林七賢」裡沒有一個人與他是相同的，所以他滿懷的憂傷無人理解、無處傾訴，於是他用一隻孤獨的、離群的鴻雁來作代表。唐人也有一首寫孤鴻的詩：「幾行歸塞盡，念爾獨何之。暮雨相呼失，寒塘欲下遲。」（崔塗《孤雁》）寫一隻孤鴻向著關塞飛，不知為什麼牠就失群了，人家都成行結隊地飛盡了，只有牠是孤零零的茫然不知所歸，在黃昏的冷雨之中，牠希望能夠喚來一個伴侶，可是「相呼失」，沒有誰來回應牠；牠飛得很累，呼喚得也很累了，牠想尋找一個可以飲水休息的地方，可卻「寒塘欲下遲」，那淒涼寒冷的池塘使牠遲疑不敢落下去，牠也「徘徊無定止」，牠怕自己形單影孤，一飛下來馬上就會受到外界的傷害。這種「暮雨相呼失，寒塘欲下遲」的心態，這種「徘徊無定止，夜夜聲轉悲」的境況，與阮嗣宗「身仕亂朝，常恐罹謗遇禍」的心境是極其相近的。所以阮籍詩中這隻「孤鴻」只有「號外野」了，「外野」就是野外，「號」是一種悲哀的叫聲，也就是陶詩中那隻「夜夜聲轉悲」的失群之鳥的哀鳴，也正是「暮雨相呼失」的那種孤寂淒厲的呼喚之聲。下面的「朔鳥鳴北林」也是同樣的意思。「朔」代表寒冷的北方，「朔鳥」就是寒鳥。寒冷的鳥豈不是要找一個溫暖的地方休息，可這隻寒冷的鳥飛翔悲鳴在北方的樹林中，而北方又是寒冷、寂寞、孤獨的象徵，《古詩十九首》上說「西北有高樓，上與浮雲齊」，「上有絃歌聲，音響一何悲」。北方本來就是寒冷的，而這隻寒鳥因找不到一個溫暖的可以休息的地方，無奈在那寒冷的樹林中徒然悲鳴，這就更進一步增加孤寂淒寒的感覺。詩寫到這裡已將阮嗣宗的目之所見、身之所感、耳之所聞全部傳達出來了。

如果從這首詩的敘寫層次上看，頭兩句「夜中不能寐，起坐彈鳴琴」是全詩的感情基調，就像你畫一張圖畫一樣，總要先確定一個底色，作為整個畫幅的主調。阮籍這組《詠懷》詩的主調從頭兩句就定下來了。「夜中不能寐」，多麼簡單的五個字，我們卻由此想到了陶淵明的「念此懷悲淒，終曉不能靜」；想到了岳飛的「燭殘漏斷頻敧枕，起坐不能平」。緊接著這種激憤不平的內心折射，他寫出了目之所見：「薄帷鑑明月」；身之所感：「清風吹我襟」；耳之所聞：「孤鴻號外野，朔鳥鳴北林」。最後他無限悲慨地感歎道：「徘徊將何見，憂思獨傷心。」我還要說，凡是好的詩，一定要每一個字、每一個句子都發生作用才可以。「徘徊」是往來不安定中的尋找覓求，「徘徊將何見」，你在往來不安的尋覓中將會看到什麼？獲致什麼呢？宋人李清照詞說：「尋尋覓覓，冷冷清清，淒淒慘慘戚戚。」（《聲聲慢》）她在孤獨寂寞惆悵悲哀之中想尋覓到一個可以得到安慰、可以得到滿足的東西，那麼她能不能找到那個可以代表光明、代表希望，給人以寬慰和解脫的東西呢？李清照最終未能尋到，她所找到的只是「冷冷清清，淒淒慘慘戚戚」。阮嗣宗也是這樣的，他「夜中不能寐」，也徘徊尋覓，也希望尋找到可以給他撫慰和溫暖的東西，可他又「徘徊將何見」呢？我們剛才說「薄帷鑑明月」就是他的眼中所見，可他現在所要尋見的已經不再是現實眼前可以看到的一切了，而是他內心與精神的寄託和歸宿，是這個黑暗世界上所能殘存著的一點光明、希望和溫暖！然而他也最終未能找到，所以最後只剩下「憂思獨傷心」了！這個世界給予他的只有這滿懷的，無可言說、也無可解脫的憂愁與哀思。這裡他沒有具體寫出到底是哪件事情使他哀傷的，他整首詩都是寫內心中孤獨寂寞、凌亂哀傷之感發的，可最終也沒明說這份感發的緣由究竟是什麼，他只是把這種情緒在他內心之中的活動狀況呈現出來，所以這是很妙的一首詩。他後面那些首，就真的是「反覆凌亂，興寄無端」了，同樣的意思，這一首詩說過了，下一首詩還說；有時這一首正面說，下一首又從反面說，而且詩中似乎也都隱然有所指了，就是他寫的故事好像是在影射什麼，可又說得不很明白。

第四節　阮籍之三

現在我們要看阮籍《詠懷》詩的第二首。與前面第一首相比較，你就會看出它們之間的區別和不同來的：

二妃遊江濱，逍遙順風翔。交甫懷環佩，婉孌有芬芳。猗靡情歡愛，千載不相忘。傾城迷下蔡，容好結中腸。感激生憂思，萱草樹蘭房。膏沐為誰施，其雨怨朝陽。如何金石交，一旦更離傷。

前一首詩只是寫內心的感受，沒有具體寫某一件事情，而以下的幾首詩則往往都是具體地寫一件事情，這種事情並不一定是現實中真正有的，有的是歷史上的，有的是神話傳說中的。對第一首詩，因其只寫內心中直接的感發，我們像前面那樣講就可以了，我們知道他「夜中不能寐」是因為他有許多「起坐不能平」的憂思繁亂的感情就是了。可是以後的這些詩裡既然都有一個具體確指的事件，而且大家都以為這些具體的事件是有託意的，是與當時的政治有關係的，那麼他所喻託的是什麼呢？這就有了兩個層次上的意義：首先是表層的故事本身的含意，再就是隱含在故事深層裡的對於現實政治的諷刺喻託的意義。中國過去給詩歌做注解的人喜歡完全從政治的角度來解說，可是我向來主張先看詩人第一層次上的表意是什麼，而且是用文學的眼光來尋找他第一層的好處在哪裡，然後再看他是不是可能有政治的託意，如果有，應該是什麼。好，現在我們來看這首詩表面所寫的，那是歷史傳說中的一個神話故事。《列仙傳》上記載：「江妃二女出遊於江漢之湄，逢鄭交甫，見而悅之，不知其神人也。交甫下請其佩，遂手解佩與交甫。交甫悅，受而懷之，去數十步視佩，空懷無佩，顧二女忽然不見。」《韓詩外傳》也有類似的記載：「鄭交甫將南適楚，遵彼漢皋臺下，乃遇二女佩兩珠，大如荊雞之卵。」這故事說的是有兩個女神仙出遊江濱遇到了一個叫作鄭交甫的男子，他們相互之間非常鍾情，於是二女就解下身上佩戴的飾物（有的說是玉，有的說是珠），如果根據《韓詩外傳》的記載，她們解下來的是大如雞卵的明珠，鄭交甫就接受了這顆明珠，與這兩個女子告別了。當鄭交甫告別二女，走了十幾步之後，忽然發現身上的明珠不見了，再回頭看那二女，這二女也不見了。這是神話傳說中男女遇合的一段故事，現在我們可以確指這首詩表面的第一層意思是在寫一個男女歡愛、由遇合到離別的神話故事，而這個故事在中國文學裡是很流行的，許多人在講到男女間的遇合離別時都用鄭交甫與江妃二女的典故，那麼我們看阮嗣宗是怎麼樣來寫，為什麼來寫這個故事的。

「二妃遊江濱，逍遙順風翔」，這首詩的前面幾句都是寫男女之遇合的，而且他把這種遇合寫得非常美麗，「逍遙順風翔」，因為是神仙，她們沒有人間的一切拘束，所以是很逍遙的，不像我們一步一步地行走，而是被風一吹，就像在天上飛翔。「交甫懷環佩」，這是詩歌用典可以通融的地方，《韓詩外傳》說二妃解下的是大如雞卵的明珠，這裡阮籍說的是「交甫懷環佩」，本來環佩與明珠是不同的東西，環是玉環，凡是圓圈形的都叫環；如果圓餅形的就是璧，璧中心有圓孔；至於璧間有一個缺口的就叫玦。可見玉佩的各種形狀是不相同的。「佩」是動詞，而這個「佩」是專指佩在身上的玉飾，不過現在這兩個字通用了，這裡的「環佩」是說身上所佩戴的玉環、玉玦之類的裝飾。可是根據神話上原來的記載，二妃贈給鄭交甫的並不是玉環這類東西，而是明珠。不過無論它是珠還是玉，總之是這女子身上所佩戴著的最美好的飾物。接下來我們看什麼叫「懷環佩」呢？「懷」是懷藏的意思，古人穿的衣服都是寬袍大袖，當有什麼東西要收起來時他就或者從斜領子裡塞進去，或是藏在袖子裡，《古詩十九首》曾有這樣的句子：「置之懷袖中，三歲字不滅」，寫的是他所懷念的那個遠方之人給他寄一封信，他對這封信很珍重，於是就「置之懷袖中」，把它鄭重地保藏起來了，而且一直珍藏了三年，那上面海誓山盟、依依眷戀的字句依然沒有一絲一毫的磨損。所以當這個女子解下身上的佩飾送給鄭交甫以後，鄭交甫也把它珍重地置於懷袖中，這點又與神話的記載不大相合了，神話所寫的是女子把明珠給他之後，他沒有走幾步明珠就不見了，這又是古人用典善於變通的地方，典故的運用並不是死板的、一成不變的生搬硬套，而是可以變通的，但我們要注意的是這種變通裡面，詩人所要突出的重點是什麼，他改變原典故的用意在哪裡。比如李商隱有名的詩句「莊生曉夢迷蝴蝶，望帝春心託杜鵑」（《錦瑟》）就用了《莊子·齊物論》裡莊子夢蝴蝶的典故，這故事的本意在於說明世間萬物的一切都無區別，都可齊一，都應等量齊觀的一種哲學思想，可李商隱卻在莊生迷蝴蝶的典故中間加了一個「曉」字和一個「迷」字，而這種變通和改變正是李商隱詩的重點所在；為什麼要加這個「曉」字？因為破曉之前的夢是相當短暫的。長夜漫漫，夜長夢多，你儘管去夢好了，可他加這一「曉」字，這就極言其短促。而「迷」字的作用則在於，雖然是曉夢難長，可我還是沉醉迷戀其中了，所以「莊生曉夢迷蝴蝶」不僅寫出了夢迷蝴蝶之美好，與曉夢難長之悲哀，而且還寫出了李商隱那一份明知美夢難長，也要全身心投注的一份既熱烈執著又悲哀悵惘的感情，這正是李商隱所要表現的重點。現在阮嗣宗改變古籍上的典故，也有他變通的重點，這就是說，「環佩」無論是玉、是珠，總之都是女子貼身的、心愛的飾物，中國古代的時候，一個女子肯把自己貼身的飾物贈給別人，這是非同一般的事情，所謂「定情之物」指的就是這樣一種信物。而「交甫懷環佩」的「懷」字則表現出他對這一定情之信物的珍重和寶愛。他所寶愛與珍重的還不在於這塊玉、這顆珠值多少錢，而是這女子對他那份鍾情信賴的感情。接下去的「婉孌有芬芳」進一層寫了這份感情的美好珍貴。「婉」、「孌」兩字中都有一「女」字，所以是特指女子的溫柔美好的樣子。當時鄭交甫與這女子之間的感情不但是這樣的溫柔美好，而且是這樣的芬芳。芬芳不要以為是鼻子聞到的氣味，要知道真正的芬芳不是外表塗上去的香水的芬芳，而是你內在感情、品格所滲透出來的馨香，其中包含了女性所特有的溫柔、美好的種種情意。「猗靡情歡愛」中的「猗靡」都是上聲，同樣也是溫柔的意思，有時我們說「柔靡」。猗是一種溫柔有姿態的樣子，這個女子對他有這樣溫柔、親密的感情，他們兩個人就非常地歡心愛悅。現在又出來一個問題，一般人都認為感情是應該專一的，可是他前邊所說的是「二妃」，是兩個女子，這又是阮籍靈活用典的地方，他雖然泛稱「二妃」，可事實上他所指的只是一個女子。宋詞裡寫一個女子送給一個男子一首詞說：「此身願做銜泥燕，一年一度一歸來，孤雌獨入郎庭院」，這個女子說得很清楚是一隻燕子飛到你的院裡，可是我們在講《古詩十九首》時也講過這樣兩句：「思為雙飛燕，銜泥巢君屋」，這看來不是很矛盾的嗎？你變成「雙飛燕」，那讓「君」愛哪一隻呢，又讓哪一隻去跟他「銜泥巢君屋」呢？其實他這是兩個願望，「思為雙飛燕」是他第一個願望，是願意跟「君」雙雙化作一對飛燕，然後又從燕子有了第二重聯想，如果我要是燕子的話，我就銜泥築巢在你的屋上。由此看來這江妃二女也可不必認真，當然古人也常有姊妹二人同時嫁給一個丈夫的情形，傳說堯的兩個女兒，娥皇和女英不就同時嫁給舜了嗎？只是我們在講詩的時候不必刻舟求劍，死於句下，總而言之他是寫男女的遇合，是寫感情的歡愛：「猗靡情歡愛，千載不相忘」，是說我們之間的這種感情是千年萬世，永遠不會背棄的。看來這個女子與神話傳說的故事不同，傳說鄭交甫接受了她的飾物後轉眼就消逝了，而阮籍詩裡所寫是他們在一起生活得很美好，是「猗靡情歡愛」，是「千載不相忘」。而且寫這個女子的容貌美好是「傾城迷下蔡」。「傾城」是一個典故，「迷下蔡」又是一個典故。「傾城」見於李延年的《佳人歌》，而「迷下蔡」，則是典出宋玉的《登徒子好色賦》。宋玉因為寫了《登徒子好色賦》，所以人們就把宋玉與好色連在一起了，其實《登徒子好色賦》裡所寫的是宋玉不好色。因有一個小人讒毀陷害他，說宋玉容貌俊美，體態閒雅，生來好色，而且還告到了楚王那裡，楚王就問宋玉：人家說你好色，讓我疏遠你，你到底是不是好色呢？宋玉說我是不好色的。楚王問：你用什麼可以證明你不好色呢？於是宋玉就寫了《登徒子好色賦》，以證明他不好色，是登徒子才好色呢。他說「天下之佳人莫若楚國，楚國之麗者莫若臣里，臣里之美者莫若臣東家之子，東家之子增之一分則太長，減之一分則太短，著粉則太白，施朱則太赤。眉如翠羽，肌如白雪，腰如束素，齒如含貝」。他說這女子的身材恰到好處，增一分就多了，減一分就少了，擦上白粉就太白了，擦上紅粉就太紅了，一切都恰到好處，而且她「嫣然一笑，惑陽城迷下蔡」，「陽城」與「下蔡」都是地名，這個女子若嫣然一笑，足可以使整個陽城和下蔡的人都為之而迷惑。接著宋玉又說，就是這樣美麗的女子「登牆窺臣三年」，而他居然「至今未許也」，他說她爬我家的牆偷看我已有三年之久了，而我卻從來沒有答應過她。然後宋玉又拿登徒子來與自己作比較，他說這登徒子的妻子是如何如何的醜陋，而登徒子對她又是如何如何的多情，他們有多少多少的小孩……，最後他問楚王你看究竟是我好色，還是登徒子好色呢？楚王認為他說得很好，所以就沒有疏遠宋玉。現在阮籍是斷章取義地用了宋玉這篇賦裡的典故，就是極言這女子有「傾城」的美貌和「迷下蔡」的魅力。下一句的「容好結中腸」是說容顏的美好使這個鄭交甫對她有很深的感情，「結」是繫結、捆綁的意思，這是從女子的角度來說的，這個女子想以自己容顏的美好得到男子的寵愛，古時候的女子沒有別的能力和才華，只是以容顏色相來侍奉別人的，所以這個女子便以出色的美貌征服了她所愛的男子，並在他們的內心之中繫結了這份美好感情。到此為止的這一大段都是在寫當年男女相見時的歡愛美好以及希望能夠永久保持這種感情的願望。可是從下一句開始，這種感情就起了變化。

「感激生憂思，萱草樹蘭房。膏沐為誰施，其雨怨朝陽。如何金石交，一旦更離傷。」當年他們自以為雙方的感情是很好的，可誰知「感激生憂思」，趙岐的《孟子章指》說「千載聞之猶有感激」，這裡「感激」就是感動的意思，趙岐說的是古人那些美好的、使我們奮發激勵的話，千載之下我們讀了都會在內心之中有一種感動。那既然鄭交甫他們有如此美好的「猗靡情歡愛，容好結中腸」的感情與感動，又怎麼會「生憂思」呢？你知道天下的事情物極必反，愛到了極點，不幸的離別就會加倍地使你感到憂思，所以就「萱草樹蘭房」。「萱」有的版本作「諼」，是指一種野生植物，《詩經》有「焉得諼草，言樹之背」（《衛風・伯兮》）句，古人傳說萱草的別名又叫「忘憂草」，它能使人忘掉憂愁，因此當人們有了憂愁時，就像《毛詩》說的「焉得萱草，言樹之背」，「焉」是如何，我如何才能得到那種使我忘憂的萱草，如果我能夠得到它的話，我就「言樹之背」，「言」是語助詞，「樹」是動詞，當種植講，「背」有兩種說法，一是說「北堂」，另一種說法是指房子的後面，總之是說把這種能夠使你忘憂的萱草種植在你居室的附近，為的是借助它來幫助你忘記憂愁。不過阮嗣宗說的是「萱草樹蘭房」，而不是「言樹之背」，這又是把典故變通了，「蘭房」是女子的閨房，古來有過多少癡情的女子負心的郎，這個女子也是因為男子將她拋棄了，她在憂思之中獨守閨房，所以她說我要找到忘憂的「萱草」種在她的閨房附近。「膏沐為誰施，其雨怨朝陽」，「膏」是油膏，「沐」是湯沐，膏與沐都是施在頭髮上的，頭髮髒了，用湯沐來洗髮，用油膏來潤髮，可是現在那個欣賞我的人走了，縱然有膏與沐，可我又為誰施用呢！這就是中國古人說的「士為知己者死，女為悅己者容」的意思，《詩經．衛風．伯兮》裡說「自伯之東，首如飛蓬；豈無膏沐，誰適為容」，「適」在這裡讀「ㄉㄧˋ」（地），是「目的」的意思，「伯」是她丈夫的名字，她說自從她丈夫到東方去了，這個女子就不再洗頭髮，也不擦油膏了，所以就「首如飛蓬」。難道她是因為沒有「膏沐」嗎？不是的，是因為沒有欣賞她的人了，她已經失去了以膏沐來化妝的目的與意義。現在阮嗣宗就用《詩經》中的這個意思，當年這個女子與鄭交甫一見傾心，竟解下身上的飾物，希望能夠與他「容好結中腸」，可如今這個男子卻棄她而走，所以她才會有「膏沐為誰施」的憂傷和「其雨怨朝陽」的哀怨。「其雨怨朝陽」用的也是《詩經．衛風．伯兮》中的典故，詩曰「其雨其雨，杲杲出日」，「其」是預測，將然的意思，是說我預測大概將要有雨。這首詩前面是說丈夫走了，沒有人欣賞她的美麗了，所以她就不化妝了。後面寫的是她渴望丈夫回來，而她丈夫卻沒有回來這種希望落空的悲哀，「其雨其雨，杲杲出日」是一個比喻，「杲」是一個象形字，上面是太陽，下面是一棵樹，代表太陽高照的樣子。這個女子感情上很寂寞，她渴望自己的丈夫能回心轉意回到自己的身邊來，就像乾旱的土地在渴望雨露一般，所以她總期待著下雨：「其雨其雨」。可是結果呢？非但雨沒下成，太陽反倒高高地升起來了，因此她才抱怨「其雨怨朝陽」，她的丈夫終於沒有回來。所以最後阮嗣宗悲哀地感慨道：「如何金石交，一旦更離傷。」「金石」是金屬與石塊，古人說的「金石之交」是喻指一種非常堅固穩定、永遠也不改變的感情，為何你們當年「猗靡情歡愛」、「容好結中腸」、「千載不相忘」的感情，居然「一旦」之間就變成了不幸的離別和哀傷的下場?!這就是阮籍這首詩第一層的意思，表面是寫了一個神話傳說中的故事，雖然他只是襲用這個故事的影子，較之其原始形貌有了很多改變，但他的第一層用意就在於寫感情的不穩定、不堅固，而且一旦之間就彼此互相背棄的感慨。那麼他這首詩第二層的意思又是什麼？如果說他有寄託的話，那麼他的託意又是什麼呢？我們先來看歷代評說者對這個問題的回答——

古直在《阮嗣宗詩箋》中引清朝學者何焯的話，說：

此蓋託朋友以喻君臣。……結謂一與之齊，終身不易，臣無貳心，奈何改操乎？

近代學者黃節的《阮步兵詠懷詩注》引劉履的話說：

初司馬昭以魏氏託任之重，亦自謂能盡忠於國。至是專權僭竊，欲行篡逆。故嗣宗婉其詞以諷刺之。言交甫能念二妃解佩於一遇之頃，猶且情愛猗靡，久而不忘；佳人以容好結歡，猶能感激思望，專心靡他，甚而至於憂且怨。如何股肱大臣視同腹心者，一旦更變而有乖背之傷也。君臣朋友皆以義合，故借金石之交為喻。

黃節又引王夫之的說法：

未嘗非兩折作，而冥合於出入之間，妙乃至此。

詩中的託喻原本就很含蓄隱諱，難以理解，而託喻所涉及到的時代背景往往就更難於確指了。阮籍的作品都是產生在當時司馬家族要謀篡曹魏政權的歷史背景下，所以要想讀懂它，至少會有三重困難：第一是詩歌外表文字典故上的障礙；第二是表意之外所具有的託喻上的困難；第三是在講它這些託意時所涉及到的暗指當時時代社會背景上的困難，所以阮籍詩是非常難講的。從前面援引的幾段文字來看，阮嗣宗這首詩確乎是與當時的歷史背景有關係。劉履就認為「金石之交」指的就是「初司馬昭以魏室託任之重，亦自謂能盡忠於國」，其實曹魏對司馬家族的託重還不是從司馬昭開始的，我們前文曾經講過當魏明帝快要病死的時候，他特意把司馬懿從前線召回，將他的繼承人齊王芳託付給司馬懿，還對司馬懿講了「忍死待君」等極為沉痛和信賴的話，所以從司馬懿開始到後來他的兩個兒子司馬師、司馬昭，都曾在曹魏坐享最高的權位，而且司馬昭後來被封為晉公的爵位，這一切都可見出整個司馬家族都是得到過曹魏的重託的。所以劉履的《選詩補注》說，當初司馬昭以曹魏家族兩代人對他們的託重，「亦自謂能盡忠於國」，就是說從前，最初的時候表現得還不錯，還有要盡忠於國的信用，而現如今居然「專權僭竊，欲行篡逆」了，所以阮籍就以這首詩來「婉其詞以諷刺之」，意思是說這首詩所諷刺的就是司馬氏不信守曹魏的重託，欲行篡逆這件事情。劉履認為阮籍是託言鄭交甫與二妃的相遇合的故事來諷刺司馬家族的專權行為，那麼是怎麼諷刺的呢？劉履後面更加詳細地解釋，首先從男子鄭交甫這一方面而言：「言交甫能念二妃解佩於一遇之頃，猶且情愛猗靡，久而不忘」，一般人都認為男子應有大志向、大作為，不應株守家園作兒女態，因此男子可以不必在兩性感情上過分認真，所以自古才出了那麼多的「負心漢」。可鄭交甫以一個可以不必拘執「一遇」之情的男子尚且能夠念在一見鍾情、解佩相贈的這份交託信重的情義上，對二妃「情愛猗靡，久而不忘」，這正是他作為男子所具有的道德信義的觀念。人與人之間，如果他把真誠的感情交託給你，那麼彼此之間就應該有一種信賴的情義，這是從男子一方面來說的。那麼就女子這一方而言，「佳人以容好結歡，猶能感激思望，專心靡他，甚而至於憂且怨」，這是中國古人輕視女子的觀念流露。他們認為女子本來不用講什麼道德、品格、信義、修養，她們只是以自己容顏的美好與所愛的男子結成歡愛的關係，可這裡劉履的意思是：就算是個女子，她只是以容顏的美好結成了歡愛之情，她尚且還能夠「感激思望，專心靡他」，「靡他」，是說沒有任何其他二心的改變。也就是說，縱然男女之間的感情，即使她們沒有所謂男子的那些品格、信義等道德觀念的操守，只是以容顏的美好結歡都不應該改變。接下去他的諷喻意味就顯示出來了：既然男女之間的感情尚且能夠如此，為什麼那麼「股肱大臣視同腹心者」卻竟然「一旦更變而有乖背之傷」呢?!中國古代凡是帝王左右輔助得力的大臣都稱之為「股肱」，即指他們之間具有手足相依、股肱相連的重要關係。當年魏明帝曾把司馬家的人當作自己最親近的人來信賴，並且把心腹的事情都託付給了他們，可萬沒想到司馬氏「一旦更變而有乖背之傷也」。「乖」字中間是被分隔開的「北」字，一半向左，一半向右，是分開的意思，沒想到魏明帝如此重託信賴之的司馬氏，有一天竟然背棄了當初的交託，所以劉履接著又說，「君臣朋友皆以義合」，本來君臣朋友之間都應注重品節信義，即「金石之交」的，所以劉履認為這首詩是「借金石之交為喻」，諷刺司馬氏背信棄義的行為。本來「金石之交」是指朋友間的深厚情誼，據《史記·淮陰侯列傳》記載說，楚漢之爭時有一個淮陰人叫韓信，他曾經投奔漢王（即劉邦），但劉邦最初沒有任用韓信，韓信以為不得志，就逃走了。劉邦手下有一個謀臣叫蕭何，他認識韓信的才能，當他聽說韓信出走了，就連夜去追回韓信，並向劉邦建議說，韓信是大將之才，你對他這樣輕視是不對的。蕭何還給劉邦出主意，讓他築一個高高的拜將臺，在隆重的儀式中拜韓信為將。而韓信果然是善於用兵，在群雄並起、相互競逐的情況下，韓信曾經平定了很多地方，後來被封作齊王。那個時期曾經有人來勸韓信說：以你現在的才能和權勢已經是「威名震主」了，而「威名震主則身危」，所以你不如及早反了，自立天下。可韓信卻不肯，他不能夠忘記和辜負當年貧賤時劉邦對自己「登臺拜將」的恩義，他說我與漢王是有著「金石之交」的，怎麼能夠背棄這一份君臣的信義呢！所以後來這「金石之交」除了作為一般朋友之交的通用意義之外，還包含有君臣之交的意思在裡面。不過後來當劉邦得到天下之後，果然就把他手下包括韓信在內的許多有功之臣都殺死了，這真是「高鳥盡良弓藏，狡兔死走狗烹」！現在你就會發現這種詩是很難講的，特別是在用典故的時候，詩人所用的往往並不十分符合歷史的記載，比如「金石之交」這個典故，它首先第一層的意思是指朋友的情義，其次又引申指君臣的信義，因為當時韓信說的那個「金石之交」是指的君臣。不過劉邦與韓信之間違背「金石之交」的是君，不是臣，而這裡阮籍所說的背棄者是臣，不是君，是司馬氏違背了魏明帝的重託，篡奪了曹魏的政權，這一點一定要分辨清楚。總之關於這首「言在耳目之內，情寄八荒之表」，「百代之下難以情測」的詩，還有別人的種種猜法，我認為不太妥當的就沒再多引，因為那樣一來就太複雜了。我所引的是我認為在內容託喻上比較有可能的說法，這是從這首詩的內容以及阮籍所生活的時代背景上看有可能蘊含著的一種託意。

後面我又引了王夫之的一段話：「未嘗非兩折作，而冥合於出入之間，妙乃至此。」前邊劉履的那段話是從內容託喻上來說的，而這裡王夫之所講的則是文學藝術的一種表現形式和技巧，或者可以說是一種藝術效果，這一點也是非常難講的，但它卻是中國詩歌中非常之微妙的地方。中國舊詩裡有些意義上的轉折是分幾個層次的，而這些層次轉折之間的聯繫也有時是很微妙的。他說這首詩「未嘗非兩折作」，「未嘗非」是雙重否定，即肯定它是兩折之作，而且這「兩折」之間的聯繫是「冥合於出入之間」的。中國有一些很好的詩文，不是說所有的最好的詩文都是如此，是說有相當一些優秀的詩詞散文都達到這樣一種表現上的層次。這一點真的是非常難講，所以下面我們舉幾個例子來加以解釋說明。

我在與繆鉞先生合著的一本《靈谿詞說》裡曾經用一首絕句來概括溫庭筠詞的一個特色，我說：「金縷翠翹嬌旖旎，藕絲秋色韻參差。人天絕色凭誰識，離合神光寫妙詞。」我現在是從「冥合於出入之間」這裡講開的，等一會還要把話題拉回到這裡來，而且我們不僅可以舉詩詞的例證，還可以舉散文的例證來說明。我曾經說過，溫飛卿詞的結構與柳永的詞相比是有著明顯的不同的。柳永的詞是一步步按照時間、空間的順序清清楚楚地寫下去的，可是溫飛卿的詞則不然，他東邊說一句，西邊說一句，中間看不出他是如何連起來的，而你又不能說他中間不連貫，因為他在內容意象上是連貫的，這就是「冥合於出入之間」的一種連貫。「冥」是暗中的意思，看起來這兩句好像都不相干，其實它們的相「合」不是像柳永詞那樣一目了然的聯繫，是暗中相合，「出」是顯示，是說有時它表現出來，「入」是隱含，是說它有時又隱藏起來。溫飛卿有些詞就是這種「冥合於出入之間」的，如「翠翹金縷雙鸂鶒，水紋細起春池碧」（《菩薩蠻》），「鸂鶒」是鳥，「翠翹」是女子頭上的裝飾。白居易的《長恨歌》有「雲鬢花顏金步搖」、「翠翹金雀玉搔頭」句，可見「翠翹金縷」是一種用金線纏繞著插在頭上，並且上邊鑲嵌著翠玉的裝飾。「雙鸂鶒」是說這種裝飾物的形狀是一對水鳥，不是說有鳳凰、孔雀形狀的金釵嗎？總之「翠翹金縷雙鸂鶒」寫的是頭上的裝飾，可下邊一句他忽然又說「水紋細起春池碧」，他說那水上細細的波紋被風吹起來了，在春天碧綠的池塘中蕩漾。他前一句寫女子頭上的飾物，後一句又跑到閨房外面的景色上去，所以有人批評溫庭筠的詞「不通」（李冰若《栩莊漫記》），說這兩句之間不連貫。此外溫飛卿還有兩句：「藕絲秋色淺，人勝參差剪」（《菩薩蠻》「水精簾裡頗黎枕」）也屬於這類情形，「藕絲」在這裡不是藕斷絲連的絲，而是指一種細軟的絲織品。什麼是「秋色」呢？我以為大概是介於黃綠之間的一種顏色，那麼這究竟是一種什麼東西，他沒有說，這就是溫飛卿的特色，他從來不明白告訴你，他只告訴你一個形象：「翠翹金縷雙鸂鶒」，再一個形象：「水紋細起春池碧」；或是形象的某一特徵：「藕絲秋色淺」。至於這個形象是什麼，他沒說，接下去他又說「人勝參差剪」，「人勝」是人日時女子頭上所戴的幡勝，「人日」是陰曆正月初七，中國傳統中這也是一個節日，這一日天氣的好壞預示著人們運氣的好壞，通常在這天裡女子們都用五彩繽紛的絲綢剪成各式美麗的花樣戴在頭上，這些花樣統稱為「幡」，各種幡式爭奇鬥勝，因而稱之為「勝」，所以後來就把人日插在頭上的幡勝叫作「人勝」了。「人勝參差剪」是說這個女子剪出的人日戴在頭上的幡勝是參差不齊的。從「藕絲秋色淺」這不知道是什麼的形象，突然跳到「人勝參差剪」，從「翠翹金縷雙鸂鶒」的頭飾忽然間又跳到「水紋細起春池碧」的景色，這看起來似乎是極不相干的，所以《栩莊漫記》說他「扞格不通」，就是有阻擋，不通暢的意思，可是他其實有暗中相通的地方。雖然「翠翹金縷雙鸂鶒」是說女子頭上的裝飾，可是當他說到水鳥鸂鶒的時候，他就開始轉折了，所以接下來他就說那「翠翹金縷」的「雙鸂鶒」是這樣的美麗，就好像真的在那「水紋細起春池碧」中游動一樣。「藕絲秋色淺」，雖然他沒說明是什麼東西，可它與「人勝參差剪」連接起來，你就能悟出它們之間的聯繫。還不僅如此，「秋色淺」、「參差剪」都是舌前音，在聲音上有一種呼應。所以溫飛卿詞的這種暗中相合有的時候表現為形象上的聯想，如「翠翹金縷雙鸂鶒」到「水紋細起春池碧」；還有的時候則表現為一種聲音上的呼應，如「藕絲秋色淺」與「人勝參差剪」。那麼溫飛卿在這種呼應與聯繫之間所要寫的是什麼呢？是那女子的寂寞與孤獨。六朝詩人薛道衡寫過一首《人日》詩，詩中有「人歸落雁後，思發在花前」，是寫人日懷人的。既然是人日，自然就會觸發懷人的情感，杜甫的朋友岑參就寫過《人日懷杜甫》的詩。薛道衡的《人日》詩是說早該回來的人竟落在鴻雁歸來之後，雖然人沒能及時歸來，可我對於這個人的思念卻早在花開之前就發生了。許多人等萬紫千紅盛開之後，面對如此良辰美景，才發現沒有人與他共同賞花飲酒，因而才會想到他所懷念的人來，可是薛道衡說我對於所懷想之人的思念早在正月初七花還未曾開時就已經開始了。溫飛卿這首詞在前邊也寫了「雁飛殘月天」的「雁」，也寫了「人勝參差剪」的「人日」，他也有人日懷人的情意，也有寂寞孤獨的哀傷。可是假如你對中國詩詞所涉及的有關中國歷史文化、傳統風俗的背景不熟悉，你就很難從他這短短幾個字、幾個形象中引起這麼多的聯想，體會出這麼豐富的涵義來，所以我說像溫飛卿這種意象豐美的詞是「人天絕色」，中國不是常常將美好的東西比作美女嗎？因而我也說他的詞之美如同人間天上的絕色佳人。可是誰真正懂得他的這份美好呢？《栩莊漫記》不是就說他「不通」嗎！其實不是人家不通，而是他自己沒看懂。所以我說「人天絕色凭誰識，離合神光寫妙詞」。「離合神光」出於曹子建的《洛神賦》，他在形容洛神這位仙女的美麗時說她是「神光離合，乍陰乍陽」。凡是天下最美好的東西，都不只是外表的顏色和形狀美，有人說溫飛卿的詞只是詞句上漂亮，是「句秀」（王國維《人間詞話》），像「藕絲秋色淺，人勝參差剪」，「翠翹金縷雙鸂鶒，水紋細起春池碧」，這聲音、這顏色、這形狀真的美，所以是句秀；而韋莊的詞是「骨秀」，骨指的是結構，韋莊詞感動人的是他「未老莫還鄉，還鄉須斷腸」，「如今卻憶江南樂，當時年少春衫薄」（《菩薩蠻》）之間的結構、口吻、層次的轉折等等；至於李後主，王國維說他是「神秀也」，是他詞中所傳達出來的那種精神的光彩，是他外表的語言、文字、結構之外的那一份精神氣象的感發。這一點真的是很難說，有時一個最美麗的女子，她不僅是外表形象的美麗，她真的是具有精神、品格、心靈上的美好，我們常常說有的女子光彩照人，說她有一種神光。曹子建所寫的洛水上的神仙是有一種神光的，因為他所寫的不是一個人間的女子，是洛水之上的仙女，水本來給人的感覺就是柔美的，而洛水之上的仙女可以想像是更應具有旖旎神妙的光彩，而且這種光彩是閃爍迷離的。不論是人、是物、還是詩歌，如果你一眼就看透了，這就沒有什麼意思和趣味了，神光離合是說這種美妙隨時隨刻都在變化著，像范仲淹寫外面的風景：「朝暉夕陰，氣象萬千」（《岳陽樓記》），無論你從哪一方面看她，無論在何時何地看她，都能看出她的好處來，凡是第一流的、最好的詩歌，或是一個最好的人物，都應該是如此的令人賞玩不盡的。所以我說溫飛卿是「離合神光寫妙詞」。

不但詩詞如此，散文裡也能表現這種境界，而我認為散文裡邊表現這種離合神光最有代表性的一篇文章，就是《史記·伯夷列傳》，這是一篇非常好的、具有非常獨到之境界的文章。對一部書，我們不能死板地去讀，要真正在讀的過程中去體會作者那一份最深刻、最精微的用心，如果忽略這一點，實在是很可惜的，像孔子說的「可與言而未與之言」就謂之「失人」了，這樣你就對不起那書的作者了。關於《史記》，本來司馬遷是有一定的寫作體例的，比如「列傳」，前面都是對所傳之人生平事蹟的敘述介紹，如「韓信者，淮陰人也」……而在每一篇傳記的最後都要加上一個「太史公曰」，因為司馬遷在漢朝的官職是太史令，所以人稱太史公。「太史公曰」就是他對這個人整體印象的概括品評。司馬遷的《史記》裡共有「列傳」七十篇，這七十篇「列傳」也像一組詩一樣，我說過，凡是組詩，哪一首是第一首，哪是最後一首，有時是非常重要的，因為作者的用心和主旨常常表現在其中。不但詩歌如此，司馬遷這七十篇「列傳」也是如此，別的「列傳」都是敘述傳記之後，後邊加個「太史公曰」，可他的第一篇列傳——《伯夷列傳》就完全是例外，前邊既不是單純地鋪敘介紹伯夷的傳記，最後也沒有「太史公曰」，這正是司馬遷的妙處。你要知道，今天我們來看中國的這二十五史，大家都是沿用「本紀」、「列傳」、「書」、「表」等傳統體例來寫，好像千古以來都是如此，其實這是後來人在模仿司馬遷，而人家司馬遷在上起黃帝軒轅，下至他自己所生活的漢武帝這茫茫一片的歷史中，很不容易才找到了史料，而且這些史料大都是沒有經過人們好好整理的，他不但把它收集了、整理了，而且用他的理性安排出一個體例，這裡面有他的理想，有他的志意，司馬遷說他的這些作品可以「究天人之際」，可以「通古今之變」，可以「成一家之言」，人家真正是做到這一點了。別人的成就，文學就是文學，史學就是史學，政治就是政治，可司馬遷真正具有一種通觀古今的眼光，他對於興衰治亂、天人感應都有一種通觀的認識，而且他在「八書」裡面，講到了政治、經濟、地理、曆法、平準等，所以司馬遷是一個有多方面才能的、非常了不起的人。在《史記》裡邊，從《伯夷列傳》到《太史公自序》這七十篇「列傳」，這裡不僅有司馬遷的理想志意，還有他的感慨和悲哀，其實還不只是悲哀，應該說是悲憤！你如果讀到《史記》的深處，就會發現，他雖然表面上都是記載歷史上的古人古事，但其中卻包含著他內心潛在的一種憤慨不平之氣，這還不只是他個人的憤慨與不平，而是人間的不平：為什麼有些行仁義道德的人終身貧賤不得志?!為什麼有些倒行逆施、胡作非為者，卻一生逍遙逸樂，竟以壽終?!大家都知道司馬遷因為替李陵辯解，觸怒了漢武帝而被處以宮刑，而宮刑對一個男子來說是奇恥大辱，受到宮刑的人還要被關在「蠶室」之中，「蠶室」相當於養蠶用的房子，裡面黑暗而不透空氣，對此司馬遷說：作為一個男子受到這樣的恥辱，本來是應該自殺的，而我之所以沒有去死，是由於我所寫的《史記》未能完成，為此我要忍辱偷生，堅持活下去將這部書完成，可見他在寫《史記》的過程中，內心是懷有怎樣深切的憤慨與不平，同時更可以想見他的這份感慨不平會是何等強烈地貫注其中的！所以《史記》的突出成就正在於它既是歷史，同時又是文學，他把每一個人的傳記，都作為一部文學作品來寫，他把自己的思想重心和總體意旨巧妙而恰當地分佈在每一篇文章中，你看《史記》要真的看出這一點來，才算對得起司馬遷。我現在要說的是這七十篇「列傳」裡，《伯夷列傳》是其中寫得最好的一篇，是最具有「離合神光」之妙的一篇，因為他寫所有「列傳」的用心都在這一篇裡體現出來了。這一篇不像其他「列傳」把傳記與「太史公曰」分開來寫的寫法，篇中他敘述伯夷、叔齊生平經歷時，就夾雜了司馬遷自己的許多議論感慨，讀這篇「列傳」你最要注意的是他文中提出了許多該用「?!」這種標點符號的疑問感歎句，比如在敘述了伯夷、叔齊恥食周粟，餓死在首陽山上之後慨然而歎：「由是觀之，怨邪？非邪？」又如在列舉了古之賢良與盜寇的不同品行與結局之後對「天道」提出質疑：「儻所謂天道，是邪？非邪？」他通篇文章中曾多次用這種口氣來暗示，抒發內心的憤慨不平，正有如神龍見首不見尾，雖然裡面沒有明白地說出，可從這神光離合的一鱗半爪之間，就可以想像整條蟠龍吞雲吐霧、變幻莫測的精神氣勢。

以上我們用溫庭筠的詞與司馬遷的散文來說明文學作品中所具有的「神光離合」的藝術境界，這並不是說所有的作品都應該這樣寫，像杜甫的《北征》、《赴奉先縣詠懷五百字》等詩，一句一句地讀下來，有非常明顯的層次，那也同樣不失為偉大的詩篇。我只是說有這樣一類作品是人家不容易看懂，不容易體會出作者用意來的，像溫飛卿，人家就說他「不通」，《伯夷列傳》也有很多人認為它很難講，因為你不知道該從哪裡講起。同樣，阮嗣宗的這組《詠懷》也是如此，他也是吐吐吞吞、若隱若現的，所以王夫之這個人很了不起，他不但在哲學、史學、文學各方面都很有成就，而且在欣賞阮嗣宗這組詩上也很有眼光，他看到了這首詩的特色，他說「未嘗非兩折作」，可是為什麼他不直接說此詩是兩折之作，而偏要說「未嘗非兩折作」呢？就因為一般人不以為它是兩折之作，中國讀書人的一般習慣是講究一氣呵成地讀下來，而不習慣阮嗣宗這種含混不明的詩，認為這很難講通。所謂「兩折」是說詩的中間有一個斷折的所在，他前面說的是一個正面的東西，後邊說的是一個反面的東西，前後兩者中間是斷折的，而一般人看不出這點來就要一直講下去，所以就講不通了。王夫之看出了這一特點，所以認為這首詩「未嘗非兩折作」，而且這兩折之間的聯繫是「冥合於出入之間」，即他暗中是相合的，是一出一入，一明一暗，一正一反，相互陪襯的，所以接著讚美它是「妙乃至此」。這個「妙」字還不僅指詩的內容，而且還指他藝術表現的手法。那麼哪些地方表現出「冥合於出入之間」的手法呢？我們不妨再回顧一下全詩：從「二妃遊江濱」到「膏沐為誰施，其雨怨朝陽」，前邊這一大段都是正面描寫男女歡愛相思的感情的，而最後的「如何金石交，一旦更離傷」是一個反轉斷折的地方，使前面所說的男女歡愛相思的故事成為一個反面的陪襯——男女的歡愛，只是頃刻之間的一面之緣，還會「千載不相忘」，何況有「金石」之交情的朋友、君臣，怎麼竟「一旦」之間就相互背棄了呢?!

好，以上我們從內容託喻和藝術手法兩方面印證了前人對阮嗣宗這首詩的看法。最後我還要再補充一點，按照前邊所引的劉履《選詩補注》的說法，「如何金石交，一旦更離傷」兩句指的就是司馬家族與曹魏之間的這種君臣關係，其中違背這一「金石之交」的是作為臣的司馬氏一家。他這樣講是有可能的，因為當時確實有這一解說的特定背景在。可是我講詩常常注重的是這首詩本身所蘊含著的感發之力量。不錯，這首詩是在前一大段男女歡愛之情與後兩句「金石之交」的背信棄義中間有一個反襯的對比，而且按照歷史來說，很可能就是諷刺司馬家族的。可是我認為這首詩歌本身的感發力量也就是在其前面的歡愛相思，跟後面的背信棄義的對比中表現出來的，而我所說的感發的力量和作用也不一定只拘限於指司馬家族與曹魏的關係上，而是天下世上、人類中、宇宙間所發生的種種事件都讓你有可能引起這樣一種感觸和興發：為什麼人世之間本來應該有的「金石之交」的情誼，而竟然背棄了呢？「如何金石交，一旦更離傷」！這即便在阮籍的時代，也決不只是因司馬家族與曹魏的關係才引起他這份慨歎，在他們「竹林七賢」之中，開始我們說過，在政治鬥爭沒有明顯激化起來之前，「七賢」在一起飲酒賦詩，也算得上是有「金石之交」的好朋友，可等到政治鬥爭愈來愈激烈時，作為好朋友的「七賢」不是也「一旦更離傷」，而分裂成幾種不同情形了嗎？有明顯反對司馬氏的；有公開依附司馬氏的；還有心裡雖然反對，可後來又不得不依附司馬氏的；而阮嗣宗是其中一個相當特別的人，他對司馬氏的態度始終處在依、違兩者之間，既不依附，又不違背，顯得非常莫測高深。所以有人因此批評阮籍在品格上不如嵇康，因為嵇康在品行上是忠於曹魏，反對司馬，人家的立場是堅定的，態度是明朗的，而阮籍所表現出的實在是人的性格之中的軟弱的一面，雖然他也有自己的理想和志意，也應該說他有自己的操守，可他沒有勇氣明白地表現出來，所以就不得不採取一種依違兩可的態度。我在一篇論南宋吳文英詞的文章裡曾經說過，吳文英這個人在品格上也有污點，他曾與兩個人都有作品酬贈，一個是吳潛，一個是賈似道，後來賈似道因政見不合而害死了吳潛。吳文英同時與這兩個人都有交往，他留下許多詞是分別送給吳潛和賈似道的，而且在吳潛被賈似道毒死之後，他還寫詞給賈似道，後人之所以不滿意吳文英，不僅由於他的詞晦澀不通，難以看懂，還因為他品格這一方面的缺陷。我在評說吳文英詞之後，講到對他為人的看法時曾經也提到了阮籍，我說天下有一些人，不是他們的內心沒有美好、光明的一面，他們也有趨向光明正義的嚮往，但他們生性軟弱，在強權威脅之下不能勇敢地站出來反抗，所以只好表現出依違兩可的態度，在這一點上，吳文英與阮籍是很相似的。對此一點，我以為是應該給予同情的，因為那個時代是動輒有殺身之災禍的，阮籍的好朋友嵇康不是被殺死了嗎？所以這正是阮嗣宗的《詠懷》詩為什麼具有「百代之下難以情測」，「反覆凌亂，興寄無端」之特點的原因所在。當年的「竹林七賢」整天在一起飲酒賦詩，後來竟然也發生了分裂離傷的情況，這難道不也是很值得感慨的嗎！所以「如何金石交，一旦更離傷」二句除了可能感慨司馬家族與曹魏之間的關係外，還可能具有更深遠的悲慨，在千古之下的我們看起來，這「如何金石交，一旦更離傷」兩句包含了千古以來人類的悲哀，有多少類似魏晉時代的政治環境，有多少殘酷激烈的矛盾鬥爭鑄成了類似阮籍這樣的悲哀和不幸，所以這「如何金石交，一旦更離傷」本身所具有的感發作用要遠比前人指出的更加深廣。

第五節　阮籍之四

前邊兩首詩我們是接連講下來的，所以下面一首我們還是按照這組詩的順序接下來講，第三首是比較容易懂的，而且從這一首詩我們可以證實阮嗣宗的這組《詠懷》確實是有諷刺當時政治的意思。好，現在我們看這組詩的第三首：

嘉樹下成蹊，東園桃與李。秋風吹飛藿，零落從此始。繁華有憔悴，堂上生荊杞。驅馬舍之去，去上西山趾。一身不自保，何況戀妻子。凝霜被野草，歲暮亦云已。

前面我們不是說阮籍詩難懂是因為它有典故嗎，所以我們先來看這頭兩句的出處和典故。「嘉樹下成蹊，東園桃與李」。李善《文選》的注解裡引顏延年的說法：「《左傳》季孫氏有嘉樹」，季孫氏是魯國的一個大夫，《左傳》上記載說在季孫氏的家裡有很好的樹木。嘉，是美好的意思，嘉樹就是美好的樹，一般人們說花的美好常用「佳」，而形容樹的美好則用「嘉」，本來這兩個字的意思是一樣的，就因為「嘉樹」兩個字是有出處的，所以說樹之美時就不再用這個「佳」字了，這是中國傳統詩人的一種習慣，他們認為所用的詞語最好要有一個出處才更有意思。不過出處與典故是不一樣的，出處只是說某個詞語曾經被人用過，與它本身的內容不一定有什麼關係，而典故則是指這一詞語本身是有一段故事的。「嘉樹」二字在《左傳》上被人用過，這說明它是有出處的，而「嘉樹下成蹊」一句就是典故了。《漢書・李廣蘇建傳》上記載說，李陵和他的祖父李廣，他們祖孫兩代都是品格武藝出色的好人，可他們的結局卻不幸，一個自殺在匈奴，一個投降在匈奴。據說李廣帶兵時對於他的士卒們是非常愛護的，他總是身先士卒，置生死於度外。歷史上還記載說，他「訥於言」，即不善言談，但他是用自己的行為和情義來感動、鼓舞別人的，所以士兵們都甘願聽從他的指揮，樂意為他去效死，所以《漢書・李廣蘇建傳》後面就讚美他說，像李廣這樣的人就如同是「桃李不言，下自成蹊」（編按：另參《史記・李將軍列傳》）一樣。桃樹與李樹本身是不會講話的，雖然它們不會為自己美麗的花朵和甜美的果實做宣傳，可人們自然還是會被它們的花美果甜所吸引，主動彙聚到它們的樹下，這樣桃李的樹下漸漸被來往的人們走出一條蹊徑來。「嘉樹下成蹊」就正是源自「桃李不言，下自成蹊」的典故。

我曾經說過，阮籍的詩要分幾層來講，剛才講的只是字面的典故，至於他這兩句暗指的是什麼，與當時的時代背景有什麼關係，這些我們以後再講，現在先來看他這首詩表面要說的是什麼意思。他說像這樣具有美麗的花朵、甘甜的果實的樹下，自然就形成了路，可什麼樣的「嘉樹」才能使人們自然地歸向它，產生「下自成蹊」的吸引力和凝聚力呢？那是「東園桃與李」。我在講詩的時候說到，有時候詩人說的「西園」與「東園」是寫實的，但有時除了寫實之外，還能引起人們不同的聯想，中國古代人認為東、南、西、北、中這五個方位，是分別代表季節和顏色的，東方代表春天，是青綠色的，具有生機勃勃的生發之意。阮籍這首詩裡的「東園」句有可能是真正指的東面園子裡的桃樹和李樹，但也有可能只是他對一般宇宙自然中的一個印象，這話很難講，就是說詩人所用的形象有時是眼前實有的，有時只是他對大自然中某一物象所原有的一個積存的概念，他是把這種積存的概念化為形象用在詩裡邊了，因為他接下去一下子就跳到「秋風吹飛藿，零落從此始」了，如果眼前是真正的「東園桃與李」的話，怎麼能忽然間就「秋風吹飛藿」了呢？所以說詩人是把他對人生宇宙的許多認識和經驗結合在一起寫出世間兩種截然不同的現象：前兩句是寫春天的美好生機，接下去兩句便是寫秋天的衰敗凋零，「秋風」所引起的聯想是與「東園」恰恰相反的，而「秋風吹飛藿」的「吹」字更使人感受到有一種滌蕩、摧殘的力量。還不只如此，那「秋風吹」什麼？是「吹飛藿」，這樣「飛藿」又與「桃李」形成一個對舉。什麼是「飛藿」？李善引《說文》曰：「藿，豆之葉也。」這裡你要注意，秋風吹什麼不可以，前面曾說到桃李，你秋風也可以吹桃李呀，李善的注解裡還引了沈約的話：「風吹飛藿之時，蓋桃李零落之日，華實既盡，柯葉又凋。」桃李的葉子到秋天也要被秋風吹落的，但他為什麼不說秋風吹桃李，而要說「秋風吹飛藿」呢？要知道這裡面也是有一個差別的，桃李雖然也經秋凋零，可是它們的根株尚在，它的根本不死，只要來年春風再吹回來，它們又會生出新的枝葉，結出新的果實。而「藿」是一種豆類，這種東西，你今年撒種，給它搭了一個瓜棚豆架，它就爬蔓結豆子，秋天當你把豆架一拆，它就連株帶葉零落殆盡了，即使春天再來，這裡也不會再長出豆子來了，所以「飛藿」較之於「桃李」，它是一種根株無存的，是真正徹底的摧殘與凋落！詩的前四句是兩兩的對舉：「嘉樹下成蹊，東園桃與李。」是興盛，是美好，是有人歸附的，可是等到凋零的時候，就像秋風吹豆葉那樣完全衰亡斷送了，所以就「零落從此始」，萬物的衰落就從此開始了，嚴酷寒冷的季節即將到來了。

《易經》上有這麼一句話：「履霜堅冰至」，是說當你行進中發現腳下有霜了，你就會意識到天冷了，那個堅硬的冰天雪地的季節就要到來了，因此「履霜」是你看到的一個預兆，而「堅冰至」則是你能測知未來將會出現的結果。宋朝蘇洵的《辨姦論》裡也說過：「月暈而風，礎潤而雨。」你看到月亮的周圍有了一個彩色的光環，你就可以測知天要颳風了；你看到房基的石頭有潮濕的跡象，就會預感到天要下雨了。同樣當「秋風吹飛藿」的預兆出現時，你就會意識到「零落從此始」了。這裡詩人表面上是寫了一個春天的生發和一個秋天的零落，其實他真正的用意是在寫人間的形勢，世間朝代的盛衰興亡。前面他所寫的兩種植物一個是興盛的，一個是衰敗的，不但是植物有這種興亡盛衰的不同，接下來他便寫到了人間的盛衰：「繁華有憔悴。」這就是人世了，一切的繁華富貴都會有它憔悴凋零的時候，這就是我們所說的無常的變化，《聖經・以賽亞書》說：「草必枯乾，花必凋殘。」一切有生之物盡皆如此。有盛就有衰，有繁華就有憔悴。花總是要落的，總有一天你會看到那「堂上生荊杞」的景象，「堂」是廳堂，大堂。一所住宅裡，最繁華、最壯美、最可觀的就是廳堂，它是一座建築物的重點和中心的所在，通常人們把最繁華的、最貴重的東西都裝點在廳堂裡。可是有一天你就會發現，這賓朋聚會、熱鬧繁華的大堂之上竟然也荒涼地長出荊杞來了。「荊杞」是兩種野生植物，荊是荊樹、杞是杞樹，荊樹的枝條上帶有荊棘（很尖利的刺）。杞樹，有人說是枸杞，不過對此有過許多種說法，《孟子》上說「性猶杞柳也」（《告子》上），他是把杞與柳合起來用，這說的是一種柔軟而不堅強的植物。總之這個「荊杞」在此詩裡指的都是沒有大用的野生植物。這兩句是泛言一般的人世盛衰，世代繁盛、熱鬧非凡的廳堂之上，一旦衰敗凋敝，無人關顧，便荒蕪滿目、荊杞叢生了。我在臺灣時參觀過林家花園，林家是臺灣最大的家族之一，當年他們家的建築就是非常精美豪華的，如今家道敗落了，當年的繁華之地只剩下一片殘磚斷瓦。我認識一個美國密西根大學教授的太太，她也是美國人，她曾隨夫到臺灣大學去教書，有一次她來給我看一個木頭的雕刻，她說這是從林家花園用五塊錢買來的。這是我親眼看到的人間之盛衰。杜甫的詩裡也寫過「江上小堂巢翡翠，苑邊高冢臥麒麟」（《曲江》），他說當年曲江的江邊上那些精美的廳堂現在都變成水鳥築巢的地方了，遍地都是凌亂的鳥屎。由此可知，這「堂上生荊杞」是泛言人間的這種盛衰之變。

接下來他又說「驅馬舍之去，去上西山趾」，這裡已不再是泛指人世間的盛衰之變了，而是具體地就一個人而言了。讀阮嗣宗的這首詩，我們一定要注意他其中組織結構的進行，前面是泛指，是總言人間的現象是如此的，這裡是寫當他對於人間有了這樣的認識之後，當他已經知道了有繁華就有衰敗，特別是當他看到「秋風吹飛藿」的現象，預感到那最可怕的「零落」立刻就要出現在眼前的時候，他作為個人的一種反映和決定，所以他說「驅馬舍之去」；我要避開這個可怕、嚴酷的「零落」之季，在衰敗、毀滅到來之前「驅馬（騎著馬）舍之去」，離開這繁華不久長之地。那麼去到哪裡呢？「去上西山趾」。「趾」就是足趾，即我們所說的腳下，他要到西山的山腳下去。為什麼他要到西山腳下去？上一節我們不是講過《史記・伯夷列傳》嗎？我們已經知道了伯夷和叔齊為了在品格上保持一種完美的操守，為了避免去做不孝、不義、不仁的事情而雙雙逃到西山去隱居，由於他們恥食周粟，不願接受新朝的俸祿，就靠採薇為生，而且他們還寫了一首詩：「登彼西山兮，采其薇矣。以暴易暴兮，不知其非矣。神農虞夏忽焉沒兮，我安適歸矣？于嗟徂兮，命之衰矣！」最後他們竟餓死在西山上了。那麼阮籍在這首詩裡想要說的是什麼呢？你要知道伯夷、叔齊這兩個形象所代表的是在易代之際，寧肯餓死，也不肯背棄故君舊主的美好節操與忠貞持守，這樣的形象在《孟子》裡被讚美為「聖之清者」，認為他們是聖人裡面品格上最清白、最高尚，決不允許在自己身上留下任何污點的人。而現在阮籍所面對的是從曹魏到司馬氏的西晉之間的更朝易代。

在這種「堂上」即將生出「荊杞」，「零落」與衰敗馬上就要開始的時候，詩人表示要「驅馬舍之去，去上西山趾」，去效法「聖之清者」的行為，到當年伯夷、叔齊隱居的西山去，至此你可以看出阮籍這首詩的意思所在了，他是要隱避逃脫，遠離這個篡亂衰敗的時代。

接下去他又說「一身不自保，何況戀妻子」，這是阮籍感慨很深的兩句話：像這樣衰亡零亂之世，我自己的身體能否得以保全尚且不知，何況還要留戀妻子及整個家庭！這正是阮嗣宗的憂懼之詞和憂懼之心。過去我在臺灣的一個《大學國文》的廣播節目裡講過阮籍的《詠懷》詩，那時有一本《大學國文》廣播教材，是臺灣《國語日報》社編的，在這個教材的後邊，附錄有阮籍的生平資料，其中有兩句話，說他是：「夜闌酒醒，難去憂畏，逶迤伴食，內怍神明。」「逶迤」就是委曲，是說你自己不敢直接堅強地表現你自己，只能找尋適當的空隙求得生存。「伴食」是指他侍奉著司馬家族，人家叫他出來做官，他不敢說不做，而司馬氏也要遷就縱容他，因為阮籍是當時學問最高、最好的名士，司馬氏要培養籠絡這麼一個人物來增加他們的聲勢。據歷史上記載，司馬家有宴會的時候，常常是把阮籍喊去的，所以說他是「逶迤伴食」。其實阮籍的內心是很痛苦的，他是不贊成司馬家的種種作為的。我前文曾說王夫之這個人在哲學、文學、史學等方面都很有成就，他的《讀通鑑論》裡曾說過：漢魏之間的篡奪與魏晉之間的篡奪是不能等同而論的。因為曹魏之篡漢是在東漢皇帝大權旁落的情況下發生的，正像曹操自己所說：「設使天下無有孤，不知幾人稱帝，幾人稱王。」曹操非但沒有滅亡漢朝，還把漢朝多延長了二十幾年，建安的二十多年那是曹操的功勞，沒有曹操，說不定漢獻帝早就被人推翻並殺死了，就因為他被曹操所扶持，才得以保全性命，多做了許多年的皇帝。況且曹操他自己並沒有做過皇帝，篡漢稱帝的是曹丕，不過即使曹丕篡位之後也沒把漢獻帝殺死，而是送他去做山陽公，一直到魏明帝時才以病死而善終的。可是曹魏的天下則是被司馬氏用陰謀和暴力篡奪的。歷史記載當時是司馬昭手下的成濟當眾殺死了高貴鄉公曹髦，當時曹髦帶兵出來本想消滅司馬家的勢力，但中間發生了事變，自己反倒被殺死了。從表面上看來魏篡漢、晉篡魏都是篡奪，其實它們之間在善惡的層次上是很不相同的，這種差別阮籍是十分清楚的，所以他才不滿意司馬家族的做法，但因軟弱害怕，他只好「透迤伴食，內怍神明」了。這種內心之中的矛盾痛苦，正是阮籍詩中「反覆凌亂」的原因所在。因此他才要逃避這一切，「驅馬舍之去，去上西山趾」的。但事實上他卻不能真正離去，因為司馬氏是不容許他做出這樣的選擇的。司馬家族需要留下他為自己造聲勢，因此他才無可奈何地感歎「一身不自保，何況戀妻子」。他說我連自己的性命都不知道哪一天因說錯一句話而丟掉，何況我還要保全妻子兒女呢？到這裡，他內心的感慨已經非常深沉，但他無法挽回，所以最後說：「凝霜被野草，歲暮亦云已！」他說我現在已經可以清楚地看到那凝結著的寒霜和被寒霜覆蓋著的整個郊野和所有的草木，面對這種嚴酷的現實，他又能如何呢？只有無奈的慨歎「歲暮亦云已」：這一年馬上又要過去了，「歲暮」是一年的終了，它代表一個時代的將要終結，他深感那已是凝霜覆蓋的歲暮已經無可挽回，只得「亦云已」，只好說算了，沒有辦法了。

前面我們把這首詩的表面意思講完了，那麼它其中的深層意義又是什麼呢？相對來說，這首詩是比較明白的，我們剛才已經看到他在這裡所寫的盛衰的感慨，是生命難以保全的憂傷與恐懼。這裡我還想順便說一說前人對他這首詩的看法。黃節的《阮步兵詠懷詩注》中引用前人的說法比較多，其中有劉履的一段話：「此言魏室全盛之時，則賢才皆願祿仕其朝，譬猶東園桃李。春玩其華，夏取其實，而往來者眾，其下自成蹊也。及乎權姦僭竊，則賢者退散，亦猶秋風一起，而草木零落。繁華者於是而憔悴矣，甚至荊杞生於堂上，則朝廷所用之人從可知焉。當是時惟脫身遠遁，去從夷齊於西山，尚恐不能自保，何況戀妻子乎？篇末復謂嚴霜被草，歲暮云已者，蓋見陰凝愈盛，世運垂窮，朝廷終將變革，無復可延之理。是以情促詞絕，不自知其歎息之深也。」劉履認為這首詩是當曹魏的朝廷處於全盛的時候，賢才皆入仕其朝，有能力的人都想在朝為官，就如同東園的桃李，往來者眾，其下成蹊一樣。但等到那個司馬家族「僭竊」（即自己不應該得到而偷竊獲取的，這裡是說司馬家族憑不正當的手段而得到的權力高位），於是那些賢良的大臣就不願再依附他了，就好像秋風一起而草木零落，繁華者因之而憔悴，甚至於荊杞就生在堂上一般。這裡荊杞還不止是憔悴衰敗的形象，他認為荊杞指的是惡人，是說朝廷裡賢人都走了，惡人都來了。這是劉履的意思。接下去他又說：當這種時候，阮籍是想脫身遠遁，去追尋伯夷、叔齊這樣的人到西山上去，但「尚恐不能自保」，何況他還要留戀妻子兒女呢！最後兩句詩劉履認為有對「世運垂窮」的深沉感慨，中國常講陰陽二氣，陰氣凝結得更加強盛了，這個時代的「運數」，就是命運的計算，「垂」就是將要的意思，是說曹魏的運命將要終了，「窮」就是要斷絕了。這是說司馬氏取代曹魏的事情將要發生了，將要到來的變革已無法改變了，因而曹魏已不會再有可以延長的道理和辦法了。所以當詩人看到了這一切的預兆，就「情促詞絕」，感情顯得這麼激動，言詞寫得這麼決絕，最後兩句「凝霜披野草，歲暮亦云已」就是非常沉痛的決絕之詞，是沒有任何希望的無可奈何之語。所以劉履說他「不自知其歎息之深也」，即連他自己都不知道為什麼會發出這麼深的歎息來。其實阮嗣宗當然知道他為什麼會有如此之深的歎息了，只是詩人的這種感情完全是在不知不覺中就流露出來了，他內心是絕望的，所以他文字上就表現了絕望和歎息，這就是懷諸內而形於外的道理。

第六節　阮籍之五

我們前面說阮嗣宗的詩是有寄託的：「言在耳目之內，情寄八荒之表。」可是他寄託的層次是有所不同的，有的是泛慨時世。泛慨就是一般的、總體上的慨歎，並不特指某一具體歷史事件。而另一種則是特別諷刺當時政治上的某一事件的。這是就其內容方面而說的。另外從作風方面來看，他的寄託層次也是有所區別的，有的出於直接的感發，有的運用了理性的安排和託喻。總起來說，阮嗣宗的詩都是有比興寄託的，只是引起感發與聯想的層次、範圍方式有所不同罷了，有泛慨時事的，有專指一事的，有直接感發的，有理性安排的。其實像這種寫作的方法，也並不只是阮嗣宗一人如此，在中國的詩裡，一般說來，只要它不是停留在一個表面的層面，凡有兩個層次的都可能有這樣的表現。比如李商隱，一般都知道，他的詩裡是含有比興寄託的，而且他的詩很難講，我這裡不想講他的詩，只想舉兩首詩為例。比如《燕臺》詩裡「風光冉冉東西陌，幾日嬌魂尋不得」就有比興喻託，可他的託喻是由感發而生的，他寫春天裡風光移轉、光影閃爍的樣子在東西的小路上隨處可見，他說就在這春光明媚的時刻，我要尋找一個最嬌嬈最美麗的魂靈，這就是「嬌魂」。這裡的「嬌魂」絕不是寫實，而是一個寄託，是他理想之中的最崇高、最美好的屬於精神心靈之中的某一種境界。這裡他用「嬌魂」來託喻自己所要追求的一種精神境界，給予讀者的完全是感動，是直接的感發。而另一首《海上謠》中「劉郎舊香炷，立見茂陵樹」諸句則完全是從思想出發，找一個典故，用理性安排來表達他的用意的。我們看他用了什麼典故，「劉郎」這裡指漢武帝劉徹。漢朝是姓劉的，那為什麼偏說他指的是武帝劉徹呢？因為下面一句有「茂陵樹」三字，而茂陵就是漢武帝的陵墓。大家知道秦皇漢武在中國的歷史上是有名的幾個求神仙的帝王，在他們已經功業蓋世之後，其野心和奢望就更大了，他們希望自己能夠長生不死，要求長生就得成仙，就要燃香炷，以求神靈幫助。所以「舊香炷」指的正是漢武帝焚香炷以待神仙的事。然而他最終求來的是什麼呢？是「立見茂陵樹」，「立見」，是立刻就見到的意思，長生非但沒能求得，反而加速了自己的死亡，不但死了，而且死後墳陵中的樹木都將成林了。由此可知這兩句所敘寫的表面意思好像是說，對於虛幻的理想境界的追求尋覓最終將會落得破滅成空的悲慘下場。但李義山真正用意還不止於此，他更深的用意在於諷刺和影射當時的政治鬥爭。「劉郎」雖指漢武帝，但暗示的則是唐武宗，這兩句詩所影射的是唐武宗之崩、宣宗繼位之後的一段史實。你要學中國的詩歌一定要瞭解中國的歷史，在唐朝的歷史上武宗之死與宣宗繼位是一件值得人注意的重大事件，因為這是兩個政黨競爭中的大變故。唐武宗生前用的宰相是李德裕，歷史上一般都認為唐朝的宰相裡邊比較有理想、有作為的，李德裕算是一個。李德裕的理想就是要削弱宦官的權力與藩鎮軍隊的勢力。當時武宗是很信任李德裕的，他們君臣本來是可以有一番作為的，可惜唐武宗與漢武帝一樣不但有野心（他們死後的謚號都叫「武」），而且還都酷好神仙方術，結果唐武宗吃金丹中毒，在位僅僅六年就死了。武宗一死，李德裕馬上就被貶出去了，而這個時候，正是宦官掌權，他們想按照自己的意願立宣宗，宣宗不是武宗的兒子，武宗有一大幫兒子都因為宦官在其中弄權而沒能繼承皇位。武宗死後，他們不對外宣佈，就暗中密謀安排宣宗繼位了，這當然與反對宦官的李德裕形成了對立，所以李德裕很快就被貶逐出朝，致使朝廷內政局大變。這件事對李商隱來說無異是一件大可悲慨的事，可他又不能直言抒寫，只好用典故和理性的安排來託喻了。所以對於不同的內容，李義山運用了兩種不同的寫法，寫自己悲慨可以用直接的感發，但要諷刺當時的某一政治事件就不成了，就需暗中喻託，所以對這些有寄託的詩我們應分別來看。另外一個大詩人陶淵明也是如此，我們都知道「淵明不為詩，寫其胸中之妙耳」（陳師道《後山詩話》）。他的詩都是他自己心中的感情意念的流動，是非常富有直接的感發的，這是陶詩的一貫特色。但陶淵明只有一首詩是要從另外一個角度來看的，就是《述酒》。《述酒》詩寫的是晉朝最後兩個皇帝被劉裕所迫害的事。劉裕不但把晉朝的皇位篡奪了，而且還以極其殘忍的手段害死了晉朝的兩個皇帝，其中一個皇帝不肯喝他送去的毒酒，於是他手下的人就用被子把這位皇帝的嘴、鼻都蒙住活活地憋死了。陶淵明對此的感慨是極其沉痛的，但卻不能公開直寫，於是就在《述酒》一詩中運用了許多典故和理性的安排來曲折地表現，因此《述酒》詩是很難講的。當然陶淵明其他詩裡也有感歎時事的，如他的《雜詩》、《擬古》等等，可那些都是直接寫他的感發和感慨，而且是一種泛慨。只有《述酒》一詩是例外，因為其中所寫的內容與當時的政治時局關係太密切了，若直接抒寫恐招殺身之禍，這與李商隱的《海上謠》用典故和理性安排的用意是相同的。

以上我用李義山和陶淵明詩為例想要說明的是，阮籍詩中的比興寄託也有不同的內容層次、不同的寫作方式及不同的風格特色。這首「徘徊蓬池上，還顧望大梁」一詩正是阮籍《詠懷》裡最難講的，是最能體現阮嗣宗用典故和用理性安排來託喻某一特指事件的一首詩，下面我們就來看這首詩：

> 徘徊蓬池上，還顧望大梁。綠水揚洪波，曠野莽茫茫。走獸交橫馳，飛鳥相隨翔。是時鶉火中，日月正相望。朔風厲嚴寒，陰氣下微霜。羈旅無儔匹，俛仰懷哀傷。小人計其功，君子道其常。豈惜終憔悴，詠言著斯章。

這首詩所特指的是發生在魏晉交替中間的一件事。「徘徊蓬池上，還顧望大梁」這開頭兩句就有出處、典故和喻託。李善在注解「蓬池」時引了《漢書・地理志》上的話：「河南開封縣東北有蓬池。或曰：即宋蓬澤也。又陳留郡有浚儀縣，故大梁也。」這裡從地理位置上說蓬池，是大梁的所在。可是阮嗣宗這裡寫的「蓬池」與「大梁」還不是指地理上的位置所在，他有一個借喻的寄託在裡面。現在你要注意到蓬池是在河南開封的附近，而「大梁」在哪裡，李善沒有詳細地注明，而這「大梁」二字才是他這一首詩的關鍵所在。現在我們說「大梁」除了它在地理上位於河南省的浚儀縣以外，更重要的是它在歷史上曾經是戰國時魏國的城都，而戰國時齊、楚、燕、韓、趙、魏、秦的「魏」與阮籍所處的曹魏的「魏」恰好是同一個字，阮嗣宗正是利用了這一奇妙的巧合把自己的用意安排進去的。也就是說，他要用「大梁」來暗示曹魏的朝廷。蓬池在河南開封的附近，你要知道，戰國時候魏國都城的大梁就是後來北宋的國都汴梁，即現在的開封。而蓬池是河南大梁（開封）城外的一處名勝，阮嗣宗為什麼要徘徊在魏國都城附近的蓬池，回頭顧望呢？這就又要說到中國舊詩的一個傳統。當詩人對一個時代、一個朝廷表示慨歎的時候，他常常都是要以都城的名稱來指代這一朝廷或朝代的，如辛棄疾詞中的「西北望長安」（《菩薩蠻》「鬱孤臺下清江水」）的「長安」就是故國、故都、朝廷的代表，所以古人說：「總為浮雲能蔽日，長安不見使人愁。」（李白《登金陵鳳凰台》）不但如此，中國詩裡還有一個習慣，就是常常以對都城的顧望寫對於時代朝廷的感念、思戀及悲慨。我們前面講過建安時代的詩有「西京亂無象，豺虎方遘患」（《七哀詩》），寫當年董卓把漢獻帝挾迫到長安；王粲在臨走的時候說我「南登霸陵岸，回首望長安」（《七哀詩》）。杜甫當年離開長安時也說：「無才日衰老，駐馬望千門。」（《至德二載甫自京金光門出間道歸鳳翔乾元初從左拾遺移華州掾與親故別因出此門有悲往事》）「千門」指城裡的宮殿。後來長安被安祿山佔領了，唐肅宗到了鳳翔，當杜甫又一次要離開鳳翔時也說：「回首鳳翔縣，旌旗晚明滅。」（《北征》）這裡「鳳翔」是肅宗的行在，是皇帝臨時辦公的地方。可見很多詩人都是以對都城的顧望來寫他們的悲慨的，還不僅是詩人們如此，《戰國策》上記載說有一次齊王粲到他所在的都城外登上一個山坡，回頭看到他自己的國都樹木蓊鬱，竟禁不住流下淚來說，想到我百年之後怎麼肯捨得離開這樣美的城市呢！你看連齊王在環顧自己的都城時也都發生了悲慨，所以這裡阮嗣宗「徘徊蓬池上，還顧望大梁」所表示的是對曹魏這個朝代的憂患的悲慨。「徘徊」兩字表面上指不停地走來走去，但你要知道身體的徘徊不定正說明他內心的徬徨不安。陶淵明《飲酒》詩裡寫了一隻「徘徊無定止，夜夜聲轉悲」的失群鳥，它就是因內心孤獨無依才徘徊無定的。

那麼阮嗣宗「徘徊蓬池上，還顧望大梁」，他究竟望見了什麼呢？他望見的是「綠水揚洪波，曠野莽茫茫」，是「走獸交橫馳，飛鳥相隨翔」。這四句表面看起來都是景物的描寫，但其中有許多理性的安排和喻託。「綠水揚洪波」是一種形象的喻託，喻指的是時代的動蕩不安。這個我們可以舉古人的詩做例證，杜甫《秋興八首》第一首裡就有「江間波浪兼天湧，塞上風雲接地陰」的詩句。《秋興》是杜甫在四川的夔州寫的，夔州在長江的三峽附近，杜甫所寫的是他眼前的實景。他說三峽處的江水波濤洶湧，浪頭一直打到天上去，而山上邊城關塞之上都是陰雲密佈，而且陰雲低垂一直接到地面。我曾寫過一本叫做《杜甫秋興八首集說》的書，其中我把清代以前所有對這八首的注解都收了進去，從中你可以看出杜甫詩內容含蘊的豐美。他的詩裡常常有多層意思，這兩句雖然是在寫實景，但他能從大自然的景物中引發出許多感動，而這種感動與觸發裡還具有很深的託興，歷代注杜的人從他這兩句詩裡講出了多少重的感動與悲慨。那「江間波浪兼天湧，塞上風雲接地陰」寫的遠不止是巫山、巫峽和長江水，更重要的是寫出了唐朝整個時代的動蕩不安。此外《秋興》第七首裡還有一句「石鯨鱗甲動秋風」的詩，表面上看是在懷念唐朝的長安，因為長安城裡有一個昆明池，池水中有一條石頭刻成的大鯨魚。這個昆明池不是唐朝人開闢的，而是漢武帝開鑿的，當時漢武帝要跟雲南昆明一帶的外族打仗，他深知在雲南昆明滇池邊生活的外族軍隊善於水戰，所以為了要訓練自己的軍隊也能在水中、船上作戰，就開鑿了昆明池以象徵雲南的滇池。池中還用石頭修造了一條大鯨魚，神話上傳說每當秋天一颳風，昆明池水一搖蕩，你就會覺得這條魚像活的一樣在水面游動。杜甫在遠離長安的夔府如此細膩地追憶長安昆明池中那想像中的「石鯨鱗甲動秋風」的景象，他所寄託的是對首都、對朝廷的深切懷念。前人注解這句詩時認為它還不止於對長安故都的懷念，其中也象喻了時代朝政的動蕩不安。這正是杜甫了不起的地方，別的詩人一用象喻就不寫實了，像李商隱的「嬌魂」、「冤魄」等都不是現實中的實有之物。而杜甫是能把寫實與象喻結合得很好的，這是因為杜甫是帶著強大的感發力量來寫的，這種感發的力量使你有可能產生那麼多的聯想。

總之，我的意思是說池水的搖蕩、波浪的起伏象徵著時代的不安、朝政的不穩，現在許多人還習慣用政海波瀾來喻指政治鬥爭的險惡。所以阮嗣宗這句「綠水揚洪波」是極寫當時社會的不安定。「揚洪波」三個字是非常有力量的，大有洪峰到來、濁浪翻捲之勢。接下去他又說「曠野莽茫茫」。「莽」是草莽，野草叢生叫做莽。他說，大梁城郊外的曠野上到處是一望無際的野草，一派荒涼的景象。這裡我們會奇怪了，既然大梁城是一個都城，那城市周圍本應是車馬繁華，可他為什麼卻說得如此荒涼無人呢？其實這正是他對人世的悲慨。古人所說的無人還不是說真的沒有一個活著的人，是說沒有一個真的配稱其為人的人。韓退之曾寫過一篇很短的文章，其中有「伯樂一過冀北之野，而馬群遂空」（《送溫處士赴河陽軍序》）的話，韓愈自己注解說：「非無馬也」，是「無良馬也」。伯樂是古時候善於相馬的人，冀北是產馬的地方，伯樂從冀北經過後真的沒有一匹馬了嗎？不是，是沒有好馬了，因為好馬都讓伯樂選走了。所以阮籍說的「曠野莽茫茫」不是說沒有人，而是沒有一個像屈原詩中所說的那種如蘭花蕙草一樣的正人君子，朝野內外到處是「莽茫茫」的惡草荊棘，是「走獸交橫馳，飛鳥相隨翔」！阮籍的悲慨真的是非常的沉痛，他說他所看到的大梁國都裡沒有能夠堅持品格理想的賢人君子，沒有真正人的氣息，只看到草莽荊棘中互相競逐、相互殘殺的禽獸！「走獸」的「走」是奔跑的意思。《聖經》上說曠野之中有獅子在那裡來往奔跑，它時刻在尋覓著可食的獵物，一旦發現目標就會不顧一切地將它吞掉。阮籍的用意也是說，而今大梁城都裡來回奔跑著的也是這些禽獸，它們之中的強者，那些懷有野心的人都變成野獸一樣為了權力祿位彼此殘殺；而那些弱者呢？就像「飛鳥」一樣地跟著風頭、勢頭盲目地隨翔，人家往東飛他就跟向東，人家往西飛，他又向西追。陶淵明也寫過鳥，他寫的是一隻「栖栖失群鳥」，陶淵明之所以了不起，就因為他不是一隻「相隨翔」的飛鳥，他是「棲棲失群鳥，日暮猶獨飛」（《飲酒》之四）。你要知道一般的鳥都是相隨翔的，你這裡撒一把米那鳥群就會落在這裡，你那裡撒一把米，這群鳥又撲向那裡去了，正如杜甫詩裡說的：「君看隨陽雁，各有稻粱謀。」（《同諸公登慈恩寺塔》）杜甫是用雁鳥來諷刺那些攀權附勢、望風追隨的小人物，這些人就像秋天的大雁，南方暖和了就向南飛去，北方春天來了又飛到北方來，總是追著太陽，他們內心沒有什麼理想，他們所打算的就是稻粱，即食物和實惠。只有陶淵明這樣真正有品格、有操守的人能堅持自己的理想和選擇，不為五斗米折腰。這裡阮籍在「還顧望大梁」時沒有看見像陶淵明這樣真正配稱為人的人，看見的只是一些「走獸交橫馳，飛鳥相隨翔」一樣的衣冠禽獸。阮嗣宗這幾句寫得很好，他的用字非常有力量。「走獸交橫馳」，「走」字，「交橫」兩個字，「馳」字，「飛鳥」，「相隨」等字都用得很恰當、很有力，雖然用了安排和託喻，但他裡邊仍然是有強烈的感發的。

再接下去的兩句就是我們應該特別注意到的了。前面他給我們勾勒出一幅禽獸當道，人跡荒涼，皇都內外動蕩不安的歷史背景圖，可這幅圖景展現的是什麼時候呢？是「是時鶉火中，日月正相望」！他真的是說得很嚴肅確鑿的。「是時」就是「此時」，此時是什麼時候，他說就是「鶉火中」的時候。「鶉火中」是最值得注意的地方。前文我曾說阮籍這組詩有泛慨時世的，也有特指一事的。如果單就這首詩的前六句來看，那都是泛慨，是普遍地、一般性地感慨當時的不安定。可到了「是時鶉火中，日月正相望」兩句，就突然使這一首詩的重點轉移了，變成對某一具體事件的特指了。這裡是阮嗣宗有心安排的託喻。首先「鶉火中」就是一個精心安排的典故。

我們先看李善對這句的注解：《左氏傳》曰：「晉侯伐虢，公問卜偃曰：『吾其濟乎？』對曰：『克之。』其九月、十月之交乎。鶉火中，必是時也。」我們先來解釋一下這段話。《左傳》是左丘明解釋《春秋》的一本書。中國的五經：《詩》、《書》、《易》、《禮》、《春秋》由於記載的內容太古老、太簡單了，後來的人看不懂，所以就有解釋經書的書，即「傳」。後來「傳」也變得古老難懂了，於是就又有了專門解釋「傳」文的疏。所以你看中國的經書裡，往往在大字的經文後不知有幾千幾百個小字的「傳」與「注」。《春秋》這部經典，據說是孔子記載魯國歷史的史書，給《春秋》做注解不同於解釋別的經書，只要你把字面意思說清楚就可以了。注釋《春秋》有兩點要注意，一是對具體歷史事件要真實詳盡，二是要注明作者對歷史事件的褒貶態度。《春秋》一書裡是包含著孔子的褒貶意思的，有人說他是「一字之褒榮於華衮，一字之貶嚴於斧鉞」，如果他給你下了一個字的貶語，那麼這一個字的嚴厲程度比砍你一刀還厲害呢。這裡我隨便舉一句為例，如《春秋》第一篇第一段所記載的魯隱公元年發生的一件事情，只有六個字：「鄭伯克段於鄢。」《春秋》之所以要有人來注釋，實在是因為它太簡要了，像這六個字到底是什麼意思呢？透過注釋我們知道了：「鄭伯」是鄭國的一位國君，即鄭莊公，「段」是莊公的弟弟，「克」是攻克、征服的意思，「鄢」是地名。這句話的字面意思是說鄭莊公在鄢這個地方打敗了他的弟弟公叔段。我要說的是這裡面重要的在於那個「克」字，就是這一個字，它具有嚴於斧鉞的力量。「克」是擊敗，凡用「克」字為動詞，它的動作對象一定是敵國，如我們常說的「克敵制勝」；又如《春秋》裡的「晉國伐虢，克之」，這個「克」字就是用在敵對兩國的交戰上的。可這裡鄭伯把他的弟弟打敗了，孔子也用了一個「克」，這其中就含有責備莊公不應採取這種不仁不義的對待敵人的手段來對待自己弟弟的用意，雖然孔老夫子的意思沒有明說，但做傳注的人卻將這一「克」字裡的微言大義說明了。好，以上我是順便介紹一下有關《春秋》、《左傳》的知識。關於「是時鶉火中」的這段故事，《左傳》上說是發生在僖公五年，晉國想要向虞國借一條路，以便去攻打虢國。你如果看《古文觀止》，那裡面有一篇《宮之奇諫假道》，就是從《左傳》上這段故事裡選的。而這個故事在《春秋》上只記了七個字：「虞師晉師滅下陽。」「下陽」是虢國的都城。這裡又發生了一個問題：主動攻打虢國下陽的是晉國，虞國只不過是借了一條路給晉國，自己並沒有參與去攻打虢國，但這正是孔老夫子一字之貶嚴於斧鉞的地方。在孔子看來虞國就不應該借這條路給晉國，他借出這條路就是為晉國滅虢大開了方便之門，這就等於虞國參與攻打虢國的事情了，所以孔子在記載這件事時甚至把虞國放在晉國之前說「虞師晉師滅下陽」。我們現在的成語「脣亡齒寒」就是當時虞國的國君要借路給晉國伐虢時，虞國的大臣宮之奇勸諫國君時所作的比喻，他說虢國與我們虞國同屬小國，我們本應相互聯合，共同抵禦大國的侵略，就像脣齒相依、互相保衛那樣才對。可如今你要讓出一條路讓晉國把虢國滅了，就像我們的嘴脣沒有了，牙齒裸露出來一樣，那麼暴露在外面的虞國馬上就會成為晉國的下一個討伐目標了。果然不出宮之奇的預料，晉國在滅了虢國之後返回的路上順便就又把虞國消滅了。當然我現在還不是要講這段故事，而是在講這個典故與我們這首詩的關係。《左傳》上記載說，晉侯伐虢的時候曾經求教於當時的一個有名的占卜師卜偃，中國古代凡是占卜的人都不說其全名，只說他名字中的一個字，並在這個字的前面加上他的職業，卜者名偃，就叫卜偃。如果你看《春秋》、《左傳》就會發現，卜偃是晉國非常有名的占卜的人，晉國每有軍政大事都要交給卜偃占卜之後才做決斷，所以晉侯這次攻打虢國想要知道成敗如何，就又去問卜偃：「吾其濟乎？」我能成功嗎？卜偃說：「克之。」能打敗虢國。晉侯又問：「何時？」卜偃答道：「童謠云：『丙之晨，龍尾伏辰，均服振振，取虢之旂（ㄒㄧㄣ）。鶉之賁賁，天策焞焞，火中成軍，虢公其奔。』其九月、十月之交乎。……鶉火中，必是時也。」（《僖公五年》）卜偃認為晉滅虢的時間應該是在鶉火星當空的夏曆九月、十月之間的時候。那麼卜偃怎麼知道晉侯能在這時取得滅虢的成功呢？原來中國古人除了用龜甲來占卜之外，他們還認為人間的盛衰興亡常常事先會有徵兆的，而有時候這種預兆是借著小孩子口中的童謠暗示出來的。中國古代書籍裡有很多這方面的記載。剛才我們所說的卜偃的預言就是依據當時童謠裡的幾句話，現在我來解釋一下：「丙」

是一個日子，中國古代用甲乙丙丁來記時日，他說在丙的那一天，「龍尾」是天上的一顆叫天龍星的尾巴，「龍尾伏辰」是說天上的天龍星的尾巴正伏在辰的方位上的時候；「均服」是指統一的制服，即軍隊的制服，「振振」是振奮、威武、嚴整的意思。他說在這時正是軍威振奮昂揚的時機，你可以「取虢之旂」了。「旂」就是旗子，這裡讀作ㄒㄧㄣ（為了押韻）。後面「鶉之賁賁，天策焞焞」，「焞火」與「天策」也是天上的兩顆星名，「賁賁」是閃閃的不安定的樣子，「焞焞」是紅亮的樣子，他說等到你看到鶉火星在中天一閃一閃的樣子時，你的軍隊就成立了，即「火中成軍」，那時就會發生「虢公其奔」，虢國的君主奔逃，虢國滅亡的事情。以上是卜偃所引的童謠的意思。那麼卜偃為什麼說是九月、十月之交呢？因為按照中國的曆法算起來，九月、十月相交的時候正是鶉火星行於中天的時候。阮籍所以要用「是時鶉火中」的典故，他的安排、他的託喻就在這「九月、十月之交」中。那麼他的託喻是什麼呢？杜預在注釋《左傳》的「其九月、十月之交乎」這一句時特別指出：「知九月、十月之交，謂夏之九月、十月也。」什麼是「夏之九月、十月之交」呢？這就又牽涉到中國古代的曆法問題。原來中國古代的夏商周三代有不同的曆法。我們在講《古詩十九首》時說過，夏朝是以寅為歲首，商朝是以丑月，周朝是以子月為歲首的。而春秋時代是周朝的時代，所以用的周曆，可是占卜所用的卻始終是夏曆，這也是中國的一個傳統，算卦人所用的曆法直到現在還是夏曆，即我們所說的陰曆，或農曆。所以杜預注釋《左傳》時特別注明是夏曆的九月、十月。為什麼我要把這點也說得如此詳細呢？因為阮籍這首詩的用意與這些曆法有很密切的關係。要知道在阮籍所處的曹魏的時代曾經改過兩次曆法。本來自漢武帝的太初年間改用夏曆以來，一直到東漢都沒有變化，可是到了曹魏時的明帝景初年間又改用周曆了。魏明帝死後，七八歲的齊王芳繼位後，又改回來用夏曆了。而就在齊王芳改用夏曆不久就發生了廢帝的一件大事，齊王芳後來被廢了，所以他沒有一個皇帝的稱號。那麼他當時是怎樣被廢的呢？當時司馬懿死了，他的兩個兒子司馬師、司馬昭還在。這個時候，齊王芳已經漸漸長大了，他已覺察出司馬兄弟的野心了。有一次司馬昭帶兵回來要拜見齊王曹芳（當時還是皇帝），齊王芳左右的親信大臣們就給他獻策，讓他趁機把司馬昭拿下來，可齊王芳膽子小，他因司馬昭握有兵權而猶疑，不敢做這件事情。但後來這件事被傳出去，於是司馬兄弟就策劃廢掉齊王芳。他們就假借郭太后的口吻散佈輿論，說這個兒子不是她的親生子，是過繼的一個養子，對太后如何如何不好，所以要假借郭太后下詔令把他廢掉。可當時郭太后並無廢帝之意，於是司馬氏又找到了郭太后的叔叔，讓他以長輩的身分說服郭太后廢帝，郭太后的叔叔是依附司馬家族的，所以就聽從了司馬氏的安排，去逼迫齊王芳退位。這件事在司馬光的《資治通鑑》裡有詳細的記載。據說郭太后的叔叔進來的時候，太后與齊王芳母子倆正在下棋，他們母子二人其實相處得還不錯，當郭太后的叔叔進來說明來意後，太后當時並不同意，她說：你把司馬昭請進來，我要跟他討論一下。她的叔叔說：這沒什麼可討論的了，人家已經決定了，你們只有服從的份，而沒有任何可以討論的餘地了。於是郭太后與齊王芳被逼無奈答應退位了。要知道這件事就發生在那一年的九月十九日。廢掉齊王芳後，司馬氏要立一個新的君主，這個人比齊王芳年長一輩，是太后的同輩人，對此郭太后當然不願意：這讓當太后的如何處理呢？所以太后堅持要立一個晚輩，就是高貴鄉公曹髦。曹髦是魏明帝弟弟的兒子，與齊王芳是同輩人，齊王芳是魏明帝的養子，曹髦是魏明帝的侄子，郭太后還可以在上面做太后。齊王芳被廢是在九月十九日，而高貴鄉公曹髦的繼位是在十月初六，當時所用的是夏曆，由此可見出，阮籍包含在「是時鶉火中」這一時間範圍裡的原來是他對司馬氏廢立之變故的深沉感慨！他的典故安排果然精當，每一個典故所暗示的內容都是準確切實的：地點是「大梁」，曹魏國都的所在地；時間是「鶉火」星行於中天的「九月、十月之交」；事件是深受曹魏信任和重用的司馬家族懷著野心策劃了一場陰謀篡奪的大變故。可見阮籍這首詩是特指司馬氏陰謀廢立這一事件的，尤其「是時鶉火中，日月正相望」兩句的指向是非常明確的。那麼既然「是時鶉火中」已經暗示出變故的時間是九月、十月之交了，為什麼他又說「日月正相望」呢？所謂「望日」就是月圓之日，每逢十五太陽與月球相對相望，太陽的影子全部投射到月球上，這就形成了我們所看到的圓月，這一日就叫作望日。如果太陽與月球之間有個地球擋在中間，那麼太陽的光芒只有一部分投射到月球上，這時我們所看到的只能是半月或彎月，中國古代所說的朔日就是每月的初一，晦日就是每月的三十，而望日就是十五。這裡阮籍所說的司馬氏正式進宮逼迫齊王芳退位是在九月十九日，而他們密謀策劃此事件是在九月的中旬，就是九月十五「日月正相望」的時候。你看阮嗣宗這首詩中的每一句都是有根據的影射和暗示。

要知道帝王的廢立對一個國家說來無異是一場大動蕩，而它就發生在「是時鶉火中，日月正相望」的日子，發生在「走獸交橫馳，飛鳥相隨翔」的時代，這與「綠水揚洪波，曠野莽茫茫」的政治背景結合起來，不由地使阮嗣宗更加深切地感到了「朔風厲嚴寒，陰氣下微霜」的陰森可怕！「朔風厲嚴寒，陰氣下微霜」兩句運用了暗喻象徵的手法。《詩經》上說過「如彼雨雪，先集維霰」（《小雅・頍弁》），是說你在看到下雪之前，先會看到冰霜集結的雪霰。也就是說霜霰是降雪的信號和徵兆。阮嗣宗這兩句暗示出當時政治鬥爭的冷峻和嚴酷，司馬兄弟的野心如此顯著，居然到了連皇帝都敢廢立的程度了，這正如霜為雪兆一樣，離著篡位奪權、顛覆曹魏江山的日子不遠了。所以接下去阮籍直抒悲慨：「羈旅無儔匹，俛仰懷哀傷。」「羈旅」是說羈留、行旅在外，這個外是指朝廷之外的「羈旅之臣」，即不屬於中央政治鬥爭圈子之內的人。我在開始的時候講過，在「竹林七賢」裡面，在魏晉政治鬥爭的險風惡浪中，阮嗣宗的身分是最為微妙和特殊的，阮嗣宗跟司馬氏的關係始終處於依違離合之間，表面上他也不敢得罪司馬家的人，但內心卻不是真正歸屬於司馬氏的，所以他說自己是遊離於魏晉朝廷權勢競爭圈子之外的「羈旅」之人。此外「羈旅」還表示他自己是無所歸屬的，是孤獨寂寞的，沒有可以與之同行的伴侶，所以是「無儔匹」。「儔」是同類的意思，「匹」就是可以與之匹配的伴侶。人是需要有一個歸屬、有一個群體的，可是阮籍當時的處境卻是「羈旅無儔匹」，這怎能不讓他「俛仰懷哀傷」呢？「俛仰」從字面看是指俯首和抬頭，但這裡指代一言一行、一舉一動的所有時間、所有行動。就是說他無論是俯、是仰，無論在任何時候，任何行為中，他的內心總是充滿著孤寂淒涼的哀傷之感。對此他是怎樣看待和平衡這種心態的呢？他最後說：「小人計其功，君子道其常。豈惜終憔悴，詠言著斯章。」他認為在魏晉易代這種特殊的政治環境和時代背景的考驗中，人們所取的態度是截然不同的，這就是「小人」與「君子」的區別。

一般我們中國所說的小人與君子有兩種意思，有時它指的是地位的上下高低，如「君子之德風，小人之德草」（《論語・顏淵》），「上有好者，下必有甚焉者矣」（《孟子・滕文公上》），這都是指上行下效的，上邊掌權的人推行什麼樣的政策，做出什麼樣的榜樣，下邊的老百姓就跟著你的風氣像草一樣被風支配著，這裡的「君子」、「小人」是指政治地位的高低。但有的時候「君子」、「小人」，是指品德上的高低、優劣，如「寧為君子儒，不為小人儒」，同樣為儒家弟子，卻有品德上的高低不同，這裡的「君子」、「小人」是指品德上的區別。阮籍這裡所說的正是後者。「小人計其功」，他是說那種品格低下的人，他們所計較、所盤算的只是私人的利害得失，這個「計」字很準確，寫出了「小人」們心胸狹隘、患得患失、斤斤計較的本性。而「君子」卻不同：「君子道其常」。「道」是人應遵循的一條堂堂正正的、普天之下的大道，有品格操守的人不但遵循此「道」，而且還「道其常」，「常」是不斜、不變、穩固的意思，不管世界發生了什麼樣的變化，他永遠都不會改變和放棄他所遵循的大「道」，而且越是在激烈嚴峻的考驗面前，就越能堅定地持守住自己的選擇，即使他明知道會為此付出「羈旅無儔匹，俛仰懷哀傷」，「斯人獨憔悴」的種種代價也在所不辭。所以他在最後就說：「豈惜終憔悴，詠言著斯章。」「惜」是顧惜、捨不得的意思，這句是說真正的君子哪能顧惜和計較因遵循正「道」而遭受的自身之迫害與憔悴呢？為了表明自己這一份心意和思想，他才寫下這首詩，即「詠言著斯章」。「著」是明白、明確的意思，「斯章」即指我們講的這首詩，「詠言著斯章」就是用明白的語言把我內心的志意和感慨確切地表達在這首詩裡。當然其實他寫得並不明白。總之這首詩我們一定要弄明白它，因為這實在是阮嗣宗詩裡最明顯的表現出他的喻託，而且他所託喻的是對魏晉之間司馬家族篡立這一重大事件的深痛感慨的一首典型之作。

第七節　阮籍之六

阮籍的《詠懷》裡還有一首「西方有佳人」寫得也很好，但在一般的選本中都沒有選，《昭明文選》裡就沒選，這是什麼原因呢？方東樹先生所評的《古詩選》裡說「此亦屈子《九歌》之意，然屈子指君，此不知其何指，若為懷古聖賢則為泛言，不可確指矣，故可以不選」。由此可知自古選詩者各有其標準和態度。

大多數的選本都不選它，是因為中國過去一直有個傳統，即把文學與政治教化扯到一起去。他們常常把政治教化的價值附加在文學的價值之上，凡是政治教化上沒有可取之處的詩，他們就不選。這是中國過去的文學批評中的一個褊狹之處。阮籍這首詩不被選的緣故，就在於它裡面找不到什麼政治上的指向。前面我們講過的「徘徊蓬池上」一詩雖然很難講，可是許多選本都選了，就因為它反映出阮籍在魏晉之交「走獸交橫馳，飛鳥相隨翔」，「朔風厲嚴寒，陰氣下微霜」的殘酷政治環境中所表現出的「小人計其功，君子道其常」，「豈惜終憔悴，詠言著斯章」的一份品格上的操守，這就是此詩在政治及教化上的意義與價值。而「西方有佳人」一詩表面上是寫對於一個「佳人」（美女）的追求想望之情的，而中國傳統觀念認為，如果這其中沒有託喻，只是寫男女之間的感情，裡面找不出一個可以比附政治教化的內容來，當然就不值得一選了。所以方東樹說他雖有屈原《九歌》的意思，但指向卻不明確。談到《九歌》，我還要先介紹一下與它有關的一些知識。

《楚辭》裡有一組叫《九歌》的詩，雖然稱作「九」歌，其實是十一首歌，這其間有許多說法，有的認為中國古代所說的九是數字之中最大的一位數，因而它常有指代或象喻各種事物的總體或極言其多、其高的意思，所以《九歌》就是「許多歌」、「歌遍徹」的意思。還有人認為這十一首歌裡面《湘君》與《湘夫人》可以合算為一首，《大司命》與《少司命》也可以合算為一首，這樣就正好符合《九歌》的意思了。另外還有一種看法說這十一首歌中，開頭是一個總序，結尾是一個總結，不算開頭、結尾的兩首，剩下的正好是「九歌」了。那麼究竟《九歌》所歌的是什麼內容呢？表面看起來都是祀神之歌，因為中國古代的楚地一向是以神奇浪漫而著稱的，楚國這個地方的人民「信鬼而好巫」，因此對於神仙鬼怪比較迷信和崇拜。《九歌》就正是他們表達抒發對各種鬼神敬仰、祭祀之情的巫歌，如歌頌日神的《東皇太一》，歌頌雲神的《雲中君》，歌頌湘水之神的《湘君》、《湘夫人》，歌頌山神的《山鬼》，歌頌河神的《河伯》，以及讚頌主宰人類命運之神的《大司命》、《少司命》等等。那麼這些歌曲的作者是誰呢？一般來說也有幾種不同的看法：一種認為它是楚國當地流傳已久的地方巫歌，另一種認為它是屈原創作的。還有一種意見調和了前面兩種說法，認為它原本是楚地的民間巫歌，後來經過屈原的修改及再創造而形成了今天這個樣子的。總之在這些祀神的巫歌裡確實有很多表現君子美人、男女思慕的內容，很像是出於屈原之手筆。以前我曾說過中國古代詩歌中關於「香草美人」象喻傳統是源於屈子的《離騷》的。而《九歌》因為它是巫歌，「巫」是溝通神鬼與人間資訊的特殊之人，這些人中也有男巫、女巫的性別不同，同時他們所祭祀的對象也有男神、女神、男鬼、女鬼的不同性別。一般說來，男性的神、鬼，都由女巫來祭祀，而女性的神、鬼則由男巫來祭祀。這樣《九歌》中就自然有了表示男女思盼愛慕的內容，他們表示愛慕就是希望這個神早日降臨。如《少司命》裡的「入不言兮出不辭，乘回風兮載雲旗。悲莫悲兮生別離，樂莫樂兮新相知」。是說那位神仙像乘著旋風，撐著雲做的旗子飄然而來，倏忽而去，來去無言，行色匆匆。他說當神未降臨時，我就開始懷念你了，「悲莫悲兮生別離」；而當神仙降臨了，我就非常愉快，「樂莫樂兮新相知」。這兩句的思慕之詞所表現的正是對神靈早些降臨的企盼渴慕之情。此外在《湘夫人》中還有這樣兩句「沅有芷兮澧有蘭，思公子兮未敢言」，這裡寫的完全是香草、美人、男女思念，他說沅水上邊有芬芳的芷草，澧水邊上有美麗的蘭花，我就在這美麗芳香的花草之間思念著君子你的到來，但我卻不好意思將這種思念之情說出來。由上面的例子可以看出，像這類表示男女愛悅的內容在《九歌》中是非常多的，但中國詩歌傳統中並不認為它是淫靡、低俗的，可像北宋柳永所寫的那些單純表現男女愛情的詞卻被斥之為市井俗詞，一無可取之處。所以方東樹才說阮籍的這首詩，如果你認為它是具有屈原《九歌》的意思（其實《九歌》是否屈原之作，尚未有定論），但它又找不出像《離騷》、《九歌》中那麼明確的指君、指神的根據來；如果就算他詩中所說的「佳人」不是指曹魏的君主，而是「懷古聖賢」的，則又不免太過於浮泛不實了，所以這首詩「可以不選」。

我要說「西方有佳人」這是一首很美的詩。我常說，一首好詩的標準，不全在於它裡面有多少道德、倫理、政治、教化的暗示和託喻，而在於它能否傳達出，或能傳達多少感發的力量，是否能夠引起你心靈、精神、品格上的觸動，使你由此生出一種向上、向高、向遠、向美的追求嚮往之情。王國維《人間詞話》裡曾讚美《詩經・蒹葭》一詩「最有風人之致」，所謂「風人」就是詩人，是能夠用詩來打動你的人。「風」在中國文學裡常代表一種感發的力量，自然界的風可以吹動你的鬢髮，撩動你的衣衫，而文學作品中的「風」則可以觸動你的心靈，打動你的情感，鼓動你的精神。《蒹葭》一詩就具有這種使你為其所動的力量，他說「蒹葭蒼蒼，白露為霜。所謂伊人，在水一方。溯洄從之，道阻且長。溯游從之，宛在水中央」。這真是很美的一首詩，「蒹葭」就是我們所說的蘆葦，它長在水中，每到秋天就開出那種像棉花絨毛一般的花來。他說你看那一湖秋水之中的蒹葭，蒼蒼茫茫，渾然一片，清晨的露水因氣候的寒冷而凝為白霜，遠遠看去更是一派如霧、如煙、似夢、似幻的淒迷景象，就在這樣一個空曠、寂寥、茫然、淒清的時節，我懷念起那位心中的「伊人」（多半指女子），她似乎就出現在水的那一邊，我逆流而上將她追尋，然而「道阻且長」，忽然覺得路遙且多艱，反而離她更遠；於是我換轉方向，順流而下去與她接近的時候，我明明看到她好似就在水的中央，卻怎麼也不能靠近她。詩中那種對於這位美麗之「伊人」所表現出的一種求之難得，棄之難捨，可望而不可即的企盼、追尋、渴求、想望之感，正是王國維所說的所謂「最有風人之致」的地方。其實，我們不要管這「伊人」是誰，是男，或女，是真有，還是本無，重要的是她啟動了你心靈中的一份美好的追尋求索的情懷，這才是詩歌中最寶貴、最重要的價值所在。阮籍的這首詠懷詩雖然不能夠用魏晉之間的某些政治事件或教化道理來比附，但他所寫的卻是這樣一種對於美好、高遠境界的追尋、嚮往的感情，下面我們來看看這首詩：

> 西方有佳人，皎若白日光。被服纖羅衣，左右珮雙璜。修容耀姿美，順風振微芳。登高眺所思，舉袂當朝陽。寄顏雲霄間，揮袖凌虛翔。飄颻恍惚中，流盼顧我傍。悅懌未交接，晤言用感傷。

古直的《阮嗣宗詩箋》在注釋「西方有佳人」這一句時曾舉出了許多出處。他首先引了《詩經・邶風・簡兮》中的「云誰之思，西方美人」句。這首詩的開頭是這樣的：「簡兮簡兮，方將萬舞。」「萬舞」是當時周朝的一種舞會的儀式，一個大的典禮活動就要有一個萬舞的儀式。「簡」是選擇的意思，這首詩表面的意思是說我們要簡選那最美的舞者，來舉行一個大型的歌舞的儀式。詩的最後幾句話就是：「云誰之思，西方美人。彼美人兮，西方之人兮！」中國文學自《離騷》以來就有了一個「香草美人」的傳統，但《離騷》裡所說的「美人」可以指君主，可以指賢人，也可以用來自比。而《詩經》裡的美女大半是寫實的，像《碩人》（《衛風》）中那位「碩人」有名、有姓、有身分、有地位，連與皇親國戚之間的親屬關係都寫得十分落實。再如《有女同車》（《鄭風》）中寫的「有女同車，顏如舜華」，寫一個女子與我同坐一輛車，她的容貌跟早上的木槿樹上的花朵一樣美麗。像這些都是很實在的一個人或事，但惟獨《簡兮》這首詩，有人認為「云誰之思，西方美人」是讚美當時周朝的祖先西伯美德的，西伯就是周文王，他是在商紂時被封為西伯的。但也有人持不同看法，他們認為《簡兮》這首詩寫的就是當時為了「萬舞」而要選擇一個真正的美人，而這美人是在西方的，並沒有任何託喻的意思。總之，阮籍這首「西方有佳人」是有出處的，而「西方」二字是出於《詩經》的，那麼「有佳人」這三個字又出於何處呢？古直的注釋裡又引了《漢書・外戚傳》裡的記載：李延年善歌舞，他曾作有一首《佳人歌》：「北方有佳人，絕世而獨立。一顧傾人城，再顧傾人國。寧不知傾城與傾國，佳人難再得。」此外在曹子建的《雜詩》裡有一首「南國有佳人，容華若桃李」的詩。可見，佳人是各方都有的：「南國有佳人」，「北方有佳人」，「西方」也「有佳人」。不過在這些「佳人」中，有的是指現實中的真正美麗的女子，像李延年《佳人歌》裡所詠唱的那位「佳人」就是他的妹妹李夫人。而另外的如曹植《雜詩》中「南國」的那位「佳人」卻是含有喻託的，她是作者自喻其才德之美的。那麼阮嗣宗的「西方佳人」說的又是什麼呢？

他說這位「西方佳人」是非常美麗而有光彩的，我曾屢次講過，凡是真正的美，不是外表塗上去的顏色，而是從裡面放射出來的光彩。我們讚美一個女子的美麗時經常說她是光彩照人，就是這個意思。阮嗣宗說這個「西方佳人」的光彩亮麗「皎若白日光」，就如同白天的日光那樣明媚奪目。這裡他用白日的陽光來作比喻，也是有其出處的，宋玉《神女賦》中說楚襄王在高陽台上睡覺時夢到一個神女，當這個女子到來的時候，「其始來也，耀乎若白日初出照屋樑」，宋玉說這個女子是帶著一片光影出現的，好像早晨的太陽剛出來，一道明媚的金光就射到了你房間的屋樑上一樣，阮籍用的就是這個出處。下面他接著說這個女子不僅容貌光彩照人，而且她的衣飾也很美，她「被服纖羅衣，左右珮雙璜」。「被服」就是「披戴」或「穿著」的意思，她說這個女子身上穿的是用那種最細、最薄的纖羅織成的最美麗的衣服，身體的左右還佩戴著一雙璜狀的美玉。「璜」是什麼形狀的呢？「半璧曰璜」，是說璜的形狀就好像是半個璧的樣子。你要知道，古人選擇佩飾還不光是為了美觀，他還有一種更深的寓意在裡邊。「環」，從聲音上就給人一種圓滿、全面、環繞的感覺；而「玦」字的發音就有分裂、訣別的感覺；至於「璜」，從這個字的構造上看，它是個形聲字，右邊從「黃」，你知道「橫」字的右邊也從「黃」，因此「璜」字無論從聲音，還是形狀構造上都具有一種平穩均衡的感覺，所以「左右珮雙璜」這句詩中還蘊含著品德操守上持恆、完美的意思。接下去他又說這個女子「修容耀姿美，順風振微芳」。「修容」出自屈原《離騷》的「余獨好修以為常」一句，「修」當矯正、調理、修飾講，屈原的意思是說：我是以經常保持清潔美好的形象作為自己一貫的人生態度和習慣的。而這清潔美好的所指即是他的品格修養。總括前四句的意思，他是說那個美麗的「佳人」即使有了「皎若白日光」的美麗容貌，「被服纖羅衣」的美妙服飾，「左右珮雙璜」的美好品德，也仍不以為滿足。她還要不斷地修飾完善自己：「修容耀姿美，順風振微芳。」「姿」是說她的風姿、姿質。姿是一種態度，一種風度，是一種活動著的美好姿質。不但如此，甚至當一陣風從她身邊吹過時，都能將她身體內放射、閃耀著的美好而芬芳的溫馨發散開來，傳播出去。假如真有這樣一位「佳人」，這樣一個美好的理想之對象的話，你怎麼能不對「她」產生愛慕、想望和追尋的感情呢?!

所以接下的「登高眺所思，舉袂當朝陽」兩句便寫出了這位佳人對她心目中所追尋、所懷念的美好目標的一份渴求思慕之情。這裡你要注意了，前六句是以第三人稱的口吻寫作者眼中的「佳人」形象，後八句仍然是以作者的口吻來寫這位「佳人」的內心情感，而不是明寫作者自己的情感。當然作者的理想追求及感情寄託，在對「佳人」的心理描敘中也充分地表現了出來，這一點是顯而易見的。他說這個女子登上高處，眺望她思念追尋著的一位令她傾心仰慕的人，而這個人在哪裡呢？阮嗣宗以為如果真有一個值得「佳人」渴慕懷念的人的話，那麼這個人一定比這「佳人」更富光彩、更具魅力，那麼這個人一定來自東方日出的方向，因為只有那裡的人才會「皎若白日光」，「光耀照屋樑」，所以她就舉起衣袖（袂）攏住分散的精神和目光，全神貫注地眺望那朝陽升起的地方。我很多年前曾寫過一首《踏莎行》的小詞，是表達我對故鄉故園的懷念之情的，我說：「黃菊凋殘，素霜飄降，他鄉不盡淒涼況。丹楓落後遠山寒，暮煙合處空惆悵。雁作人書，雲裁羅樣。相思試把高樓上，只緣明月在東天，從今惟向天東望。」上闋我寫的是身處異國他鄉，天涯飄泊的內心孤獨與淒涼；下闋寫我對故鄉家園的思念之情時我說：「相思試把高樓上，只緣明月在東天，從今惟向天東望。」這幾句所表達的情意與阮嗣宗的「登高眺所思，舉袂當朝陽」是一樣的，所不同的只是，我登高樓所望的是玲瓏秋月；阮嗣宗筆下這位「佳人」登高所眺的是明媚的朝陽。但無論是「明月」，還是「朝陽」，它們所象喻的都是光明、理想和希望。接下來「寄顏雲霄間，揮袖凌虛翔」寫出這位「佳人」品格追求的高遠與遼闊。她把自己的美好容顏寄託於高深莫測的雲天之上，而不是降落在卑污齷齪的塵世之間，不但如此，當她行動起來時就「揮袖凌虛翔」，古人穿的衣服都是寬袍大袖的，袖子一舉起來，就像兩隻翅膀一樣宛若凌空而上，隨風而翔。她在追尋中期待著與她心中的偶像相遇，可那理想中人在哪裡呢？「飄颻恍惚中，流盼顧我傍」這兩句已不只是借寫「佳人」之情而發揮了，而是直接寫出阮嗣宗內心中的一份如夢如幻的期待渴盼之情。人們常常會有這樣的感受，當你對熱烈嚮往、殷切希望的人或事思之既久，求之過切，並將全部精神都投注進去的時候，你有時會進入一種如真如幻的境界，在這種狀態中，似乎你所希望得到的東西就在你的眼前，只消舉手之勞就能如願以償了。可就在你為這渴望已久，並且近在眼前的所得而激動、驚喜的時候，你再定睛來看，那剛才分明所見的一切竟都化為烏有了！這首詩的最後四句所寫的正是這樣一種境界。你在「登高眺所思，舉袂當朝陽」的殷殷企盼之中，忽然眼前一亮，你夢寐以求，朝思暮想的那位理想的「偶像」出現了，她像雲霞一樣飄忽不定、模湖不清；「飄颻恍惚中，流盼顧我傍」，你分明感覺到，她在從你身邊經過時曾回眸一顧，那脈脈含情的目光與你相遇了。你仰慕已久、渴求已久的心終於與你所期待的人相遇合、相溝通了。這就像宋代詞人周邦彥詞中所說的「一笑相逢蓬海路，人間風月如塵土。」（《蝶戀花》「魚尾霞生明遠樹」）周清真是說他在通往蓬萊仙境的路途上曾遇到了一位女子，二人相遇合後不用說一句話，只是微微一笑，其相互瞭解、相互傾慕的程度就已勝過與世上任何人的交往了。這也就是屈原所說的「目成心許」的境界，你要知道世上有些人間的交往，就算你和他相識多年，彼此在意識和心靈上都是陌生而有距離的，相比之下，周邦彥詞所寫的那種「一笑相逢蓬海路」的佳會，的確會使那塵世一切美好的東西都變得如塵土一樣不值得一提了。這裡值得注意的是，這「一笑」是在「蓬海路」上，那是在追求神山仙境，追求美好理想的征途上的相逢，是「登高眺所思，舉袂當朝陽」之殷切期待中的相遇，是志同道合、嚮往光明、追尋理想的共同願望與努力才使他們一見如故，目成心許的。由此看來，阮嗣宗內心中那一份嚮往光明理想的殷切希望與他詩中「西方佳人」那「登高眺所思，舉袂當朝陽」的企盼之情也在尋求理想的「蓬海路」上偶然相遇了，然而這種遇合來得太突然、太短暫、太迅速了，飄飖恍惚中他還未來得及把握住，她便又飄然而去，最終只落得「悅懌未交接，晤言用感傷」的終生抱憾。「悅懌」是形容他們相互愛悅歡喜的心情；「交接」是交往接觸。「晤」是相見、會晤的意思；「言」在這裡是表示語氣的虛詞，不當「說話」講，如《詩經・衛風・伯兮》「願言思伯」中「願言」即「眷然」的意思，「言」在其中只是個語助詞，沒有實在意義。阮嗣宗這兩句是說我們嚮往光明、追尋美好理想的共同心願在不期而遇的恍然一顧中感到了無限的愉悅和欣喜，但未等我們說一句話，有一個交接的機會，就又匆匆離去了，因此反而使我陷入了這種相見不如不見的感傷之中。司馬光寫過一首詞，其中有一句說「相見爭如不見」（《西江月》「寶髻鬆鬆挽就」），人間有這樣一種情形，假如大家都在塵土之間生活，大家都爭逐於世俗利祿之中，如果你沒有什麼更高遠的追求、更深刻的覺悟，你就會像「入鮑魚之肆久而不聞其臭」一樣習以為常地適應、習慣這一切。但假如你不甘心過這樣的生活，你有更高、更遠、更美好的追求，而且你曾經看到了一線光明和希望，看到過那恍然洞開的天窗外稍縱即逝的迷人色彩，可你卻只能望而興歎，無法企及。這確是人生的一件很可悲哀的事。對於這種見而欲求、求而不得的情感境界，清末詞人王國維表現得最好。以王國維的品格理想而言，他確是追求高遠、完美的，而且他真的是探觸到了社會、道德、宗教、哲學以及人生的許多真諦的，然而他所處的時代和現實與他所追求嚮往的理想實在是相去太遙遠了，因此他常生活在矛盾、痛苦和悲哀之中，他的許多詞就表現了這種心態和感情。如《蝶戀花》一詞中曾寫道：「憶掛孤帆東海畔，咫尺神山，海上年年見。一霎天風吹棹轉，望中樓閣陰晴變。」又如另一首《浣溪沙》詞說：「山寺微茫背夕曛，鳥飛不到半山昏，上方孤磬定行雲。試上高峰窺皓月，偶開天眼覷紅塵，可憐身是眼中人。」讀了上面這兩首小詞，你若以為王國維真的曾經掛帆東海去尋求神山樓閣，或真的登山寺窺皓月，沉迷於天外孤磬的玄妙之音，那就錯了，其實這兩首詞都不是寫實的，而是用象徵主義的手法表現心靈境界的。「憶掛孤帆東海畔」寫出他早年曾志意不凡，敢於獨自一人撐起理想的風帆去追求那最美好最高遠的仙境。中國古代傳說東海上有三座仙山蓬萊、方丈、瀛洲，是仙人居住的地方。或許是他晝思夜想、夢寐以求的緣故，他分明覺得那海上的仙山瓊閣就在咫尺眼前，而且不是阮嗣宗說的「飄緲恍惚中」，而是「海上年年見」！可是當他滿懷對「神山樓閣」之親見，對「上方孤磬」之親聞，「掛帆」出海，「試上高峰」的時候，突然一切都發生了變化：「一霎天風吹棹轉」，「偶開天眼覷紅塵」。「棹」是船槳；「覷」就是看；「天風」是那種無法抵抗的天外來風；「天眼」是能透視萬物的天神之眼。那曾經是望中的「神山樓閣」，那曾是耳畔的「上方孤磬」，都被無情之「天風」吹得無蹤無影，借助天神之眼，回顧自己所走過的艱險求索之路，結果才發現自己依然還是滾滾紅塵中人！這種情況下，你內心的失望和悲慨是可想而知、不言而喻的，這就是阮嗣宗所說的「悅懌未交接，晤言用感傷」的境界，所不同的是阮嗣宗只寫了一種追尋，單純的追尋和尋而不得的遺憾，而王國維卻表現出一種哲理的反省、思索和覺悟，這與他深受西方哲學的影響有關。但無論怎樣，不管阮嗣宗的「佳人」是指君，還是指古聖賢，也不管王國維的「樓閣神山」、「上方孤磬」是指宗教哲學的靈光，還是社會人生的真諦，總之他們所共同表現出來的是千古才人志士所共有的一份基本心態：他們永遠處在不甘的追求之中，也永遠處在求不得的悲哀之中，這種永恆的矛盾痛苦、感傷悲慨之情正是這首詩之所以會興發感動我們的力量所在。這也是我以為這首詩是應該選、應該講的原因所在。

第八節　嵇康之一

接下來我們就要介紹嵇康的詩了。關於嵇康，我們在講阮籍詩的時代背景時已經做過介紹了，這裡我再把他說得更詳盡一點。我曾經談到嵇康的姓氏問題，「嵇」字，有人念ㄐㄧ，有人念「ㄒㄧ」，還有人說嵇康本姓「奚」，後來他為了逃避冤仇而改姓「嵇」了。總之關於這一問題，歷代的考證學家有不同的說法。大陸有一位叫侯外廬的學者，他在一本《中國思想史》中談到魏晉時代的思想時特別提出了嵇康這個作者，他認為如果以詩歌創作而論，阮籍的詩比嵇康寫得好，而如果就其作品的思想性而言，應該說嵇康比阮籍更深刻、更具思辨性。嵇康寫過許多篇論文，最有名的有《養生論》、《聲無哀樂論》等，此外還寫過《宅有吉凶論》、《難自然好學論》等。他討論了許多天人之間的問題，他認為人若是順乎自然，依其天性就可以延長生命，反之你若做了許多損害自然天性的行動，你的生命就會受到斲喪；他認為音樂是沒有哀樂之別的，是由於聽音樂的人有哀樂不同的感受，所以才說音樂是有哀樂的；他認為宅是有吉凶的，可是宅自身不能單獨有吉凶，要與人配合起來才有吉凶的作用。無論他的這些論點是否可靠，總之嵇康確是一個有思想性的人，侯外廬在談到他的姓氏問題時認為他們自稱本姓「奚」，後為避冤仇而改姓「嵇」的說法不完全可靠，因為假如為「避冤仇」就應該逃離本地之後，然後改姓，可據歷史上的考證，嵇康他們根本不曾離開過本地，因此改姓一說是不可信的。那麼侯先生的看法是如何的呢？他以為嵇康是譙郡人，曹魏的曹操也是沛國譙郡人，他們是同鄉，而從譙這個地方出來的人，有許多都存在著家世出身的疑問，我在講曹操詩的時候講過，曹操的家庭是起於微賤之中的。在他的《讓縣自明本志令》中自己就說他出身微賤，惟恐當時的人們不能認識到他自己的才能和價值，所以才渴望建功立業。後來當他們曹氏家族得意之後，他們就任用了許多故鄉的人，這些人也同樣都是出身微賤的。根據侯外廬《中國思想史》的考證，我們只知道嵇康的父親叫嵇昭，當曹操起兵之後，嵇昭曾經協助督運軍糧，並以此得到了仕宦地位的。至於嵇昭以前的祖輩，歷史上就沒有什麼記載了。所以侯外廬的意思以為，嵇康與曹操一樣都是家世出身背景不詳的微賤門第中人。在當時譙郡，「奚」姓是一個有名望的家族大姓，所以嵇康他們就借此自稱本來姓「奚」，只是後來才改姓「嵇」的，其實「嵇」正是他的本姓。以上所說都是根據侯外廬先生的考證，對這個問題我並沒有做過考證，我只是把前人的看法介紹給大家。關於嵇康與曹操家族的關係，我前文也講過，他所娶的長樂亭主是曹操一個孫子的女兒，這就是說嵇康與曹氏家族有姻親關係。

至於說到嵇康的為人，其實毋須我來介紹，他的許多文章都是對自己的詳細介紹，他的《與山巨源絕交書》就是他為人的自白書。山巨源就是山濤。山濤到後來依附了司馬氏，在司馬氏的手下做了「吏部郎中」，後來又升為散騎常侍，這時他想要「舉康自代」，想推舉嵇康來接替自己的「吏部郎中」之職。如果按照當時這幾個詩人的年齡來看，山濤應該是年齡最大的，我推測很可能山濤是以長者的身分勸薦嵇康來接受這個官職。但以嵇康與曹魏家的關係而論，他顯然是反對司馬氏的，如果接受了山濤的舉薦，那無異於也投靠依附了司馬氏，所以他當然不會接受的。不但不肯接受，他還寫了一封言辭激烈的與山濤斷絕交往的信，即《與山巨源絕交書》。嵇康雖然寫過關於養生的文章，也知道人應該泯除喜、怒、哀、樂的感情，因為這些情感是足以斲喪你身體、生命的根源。他雖然能知，且說得很有道理，可他這個人能知不能行。他是個性情剛直的人，這點不論從他的文章，還是他的詩歌裡我們都能看到，他的詩文的好處與缺憾都正在於此。他文章寫得剛直峻切，噴薄而出，具有一股氣性。世上有些人不管受到怎樣的委屈、羞辱也不輕易發火，而另有一些人氣性很強，他們一點屈辱、污穢都不能包容和忍受，嵇康正是這樣的人，從歷史上記載著的與他同時代的幾個人對他的評論中我們就可以看出來。我在講阮籍時說過，魏晉之間的名士在當時錯綜複雜、風雲變幻的政治鬥爭中大多不能按照自己的理想志意在仕途上發揮才能、施展抱負，所以他們就把自己的才能寄託在飲酒、服藥、彈琴、吟嘯之上。魯迅先生曾寫過一篇《魏晉風度及文章與藥及酒之關係》，其中就講到魏晉名士們飲酒與服藥的事。據說那時的文人名士們所服的丹藥有很多種類，最有名的一種藥叫「五石散」，說是取許多礦物質，什麼紫石英、什麼「白石乳」等多種礦物質混合在一起熔煉，待煉成粥狀之後就可以服食了，服用之後就需有許多要注意的事情，比如衣服不可穿得太緊了，因為服食的藥效一旦發作起來，皮膚就會變得很敏感，很容易因摩擦刺激而產生痛癢的症狀，所以你看魏晉時那些名士的衣服都是寬袍、緩帶、大袖的樣子，那正是因為有這樣一個生活上的背景。《晉書卷四十九・嵇康傳》上記載說，當時還有一個服藥的人叫王烈，有一次他在山上得到一種「石髓如飴」的東西，我想一定是某種岩石的漿乳，他們認為吃了這個東西可以長生，就把這東西視為寶貴之物，王烈他就自己吃了一半，剩下的另一半準備留給嵇康吃，沒想到留下來的那一半很快就凝固成石頭了，於是他們就說嵇康這個人沒有長命的因緣。《晉書》上還記載了一些當時文人名士們彈琴、吟嘯的故事。阮籍不是說他「夜中不能寐，起坐彈鳴琴」嗎？而且阮籍的侄子阮咸就是中國古樂器「阮咸」琴的發明者，這種樂器名稱的來歷顯然是依據創製者的名字而命名的。嵇康也是一個擅長彈琴的音樂家，歷史上記載說嵇康臨死前，人家問他有什麼話要說，他說請把我的琴拿來，我要最後彈一支琴曲，並說從前有一個叫袁孝尼的年輕人要跟我學這支曲子，我不肯教他，可現在我要死了，這支曲子從今以後再沒有人會彈奏了。這就是被稱之為他臨終絕唱的《廣陵散》。而關於這曲《廣陵散》，歷史上也流傳著一段故事：據說有一次嵇康出遊到外地，一天夜裡他在野外的一個叫作「華陽亭」的地方留宿，夜深不眠，他就取琴來彈。忽然他發現附近有一人影在聽他彈琴，後來這人漸漸與他接近，並與他共談音律，還要過琴來彈了這曲聲調絕倫的《廣陵散》，並且還把這支曲子教給了嵇康，不過他囑咐嵇康說：這支曲子你可以學，卻千萬不能再教給別人了。說完，那人就不見了。這當然只是傳說，我講這些是為說明嵇康與當時那些文人名士們在寄情酒、藥、琴、嘯中所表現出來的個性，以及他們對嵇康為人的評論，現在我要特別提出那個擅長吟嘯的孫登對嵇康的評價。在講阮籍時我曾提到有一次阮籍登上蘇門山去拜訪孫登的故事，要知道孫登才是一個真正的高隱之士，阮、嵇兩人都無法與他相比，因為他們都不能做到既潔身又自保的程度：阮籍為了苟且全身，內心充滿了那麼多抑鬱痛苦卻不能抒發；而嵇康呢，為了潔身全節輕易地得罪了司馬氏，最後慘遭殺身之禍。由此可見，真正能夠潔身遠禍、保全身心的人是孫登。歷史上記載著嵇康也去拜訪過孫登，並與之交談了很久，而孫登的表現依然是不大講話，最後嵇康臨走時，孫登才開口說了一句話：你這個人「才多識寡，難乎免於今之世矣」（《晉書・隱逸傳・孫登》）。意思是說，你雖然很有才氣，但你的「識見」缺乏，所謂「識」者，就是「知幾」的能力，中國古人說「知幾其神乎」（《易經・繫辭下・傳五》），是說在一個人的修養上，你不但要讀書、明理，還要知幾，「幾」是微弱細小的意思，是事件將發之前的細微徵兆。比如古語有「月暈而風，礎潤而雨」，這裡的「月暈」與「礎潤」就分別是「風」與「雨」的徵兆。所以「知幾」是一個人洞察、預料事物發展趨勢的一種見識。孫登這位高隱之士認為像嵇康這種「才多而識寡」的人生當「今之世」這樣激烈複雜的政治鬥爭中是很難幸免於難的。這種徵兆，不但像孫登這樣的人一望即知，就連嵇康的很多朋友和家人也都看到了。後面我們要講他的《贈秀才入軍》一詩，有人說這裡的「秀才」就是他的哥哥嵇喜，從詩中我們能看出他與他哥哥嵇喜在出處的態度上是很不相同的。何謂「出處」？「出」是出仕，「處」是隱居獨處，不去做官。根據侯外廬先生的考證，嵇康以前做過中散大夫的原因，是由於他與長樂亭主結婚之後，作為曹魏姻親、皇親國戚，當然得有一個官職了，所以就給了他一個中散大夫之職，不過這種官職是比較閒散的，對政治也起不了什麼作用和影響。等到司馬氏勢力逐漸強大起來之後，嵇康便連這個閑官也不再做了。所以山濤才推薦他出來接任自己的「吏部郎中」，但他沒有接受。這時他哥哥嵇喜卻出仕了，一會兒我們可以從他與嵇喜兄弟二人互相贈答的詩作中瞭解到他們各自所持的態度。此外他還寫過一些答贈朋友的詩，其中較有代表性的是《答二郭》詩，「二郭」是嵇康的兩個姓郭的朋友。在他們的贈答詩中，我們也看到了這兩位朋友對嵇康的忠諫和規勸，這些話與嵇喜和孫登的看法很相似，都是奉勸他不能如此訐直地得罪這許多人，要知道保全自己，盡力與世俗「和其光，同其塵」（《老子》五十六章）。老子所說的「和光同塵」就是說要涵蓄光芒，混同塵垢，與世俗作一些妥協，這樣才能免除身家性命的危險。透過我們剛才所說的，與他同時代高人孫登、他的哥哥嵇喜，以及他的朋友二郭等人對他的評論與勸說中，我們都可以看出嵇康的為人是如何的。除此以外，更能表明他為人處世態度的，還是他的那篇《與山巨源絕交書》。

在文章的開頭他說：「足下昔稱吾於潁川，吾常謂之知音。然經怪此，意尚未熟悉於足下，何從便得之也？」意思是說，我們最初剛剛在潁川相遇的時候，你就稱讚我，那時我常常認為你是我的知己，不過我也很感奇怪，因為我們以前並不熟悉，怎麼會剛一見面你就能認識我呢？接下去他又說：「前年從河東還，顯宗、阿都說足下議以吾自代；事雖不行，知足下故不知之。」這句是說，前年我就聽我的朋友說你要推薦我代替你去做吏部郎中，這個事情雖然沒有成，但我由此知道了你原本是並不瞭解我的。後面的話就越加激切了：「足下傍通，多可而少怪；吾直性狹中，多所不堪，偶與足下相知耳。間聞足下遷，惕然不喜；恐足下羞庖人之獨割，引尸祝以自助，手薦鸞刀，漫之膻腥。」他說你這個人是四面傍通的，你認為什麼都可以，很少有什麼事情是認為奇怪而不可為的；而我則是個「直性狹中，多所不堪」的人，他這幾個字很準確地概括出自己性情，「直性狹中」是說自己性情耿直，氣量狹窄，對一些不合於自己心意的事情無法容忍，所以「多所不堪」。由此可見我們彼此性情不合，不可能真正瞭解、認識對方，只是偶然與你相識罷了。近聞您又仕途遷升了，我深為憂慮不快，你推薦我來代替你空下來的職位，恐怕就像是「羞庖人之獨割，引尸祝以自助，手薦鸞刀，漫之膻腥」一樣。「庖人」是廚師，這裡指那些宰殺豬羊的屠夫。「割」即宰殺。他的意思是說我恐怕你是不願意一個人動手弄得滿手鮮血，於是才「引尸祝以自助」，「尸祝」是古代行祭祀之禮時那個扮演神靈的人，這個人是保持清白、冷靜，決不參加殺豬宰羊的工作的。嵇康認為山濤做了官，還要拉嵇康也出來做官，就像那屠宰牲畜的廚夫，不好意思看到自己一人雙手沾滿淋漓的鮮血，於是就要把那清白的尸祝也拉出來，「手薦鸞刀，漫之膻腥」。「薦」是用手託著，「鸞」是寶刀上的裝飾，他說你一人操刀還不算，還要把刀也傳遞給我，滿不在乎，隨隨便便地也引我走到那個鮮血淋淋、膻腥污穢的場合去，這樣的事情我是絕對不能去做的。你看，在這封信的開頭一段，嵇康就把山濤諷刺了一頓。後來他又說：「吾昔讀書，得並介之人，或謂無之，今乃信其真有耳。」他說我從前讀書時，常從書中看到有一種耿介、正直，不隨俗沉浮、苟且迎合的人，那時我不相信天下真會有那種寧可冒著犯上殺頭的危險，也要堅持自己耿介孤直本性的傻瓜。而現在我才相信世上果真是有這樣的人的，因為「性有所不堪，真不可強」，如果你天性中有不能容忍的事情，那真是不能勉強去做的。就像陶淵明，他寧肯去躬耕南畝，忍受飢寒交迫的痛苦，也不能忍受「口腹自役，違己交病」的仕途生活，如果違背了自己的本性去做他不喜歡的事情，那他就會覺得滿身是「病」。「交」者，極言其多，「交病」，是各種各樣的不舒服交織在一起的痛感。嵇康說，他現在才終於發現自己之所以在眾人的勸告之下（他哥哥的勸說，他朋友二郭的勸告，隱士孫登的勸誡……）不能改變的原因是，他天性中具有許多「不堪」與「不可強」的事情。那麼哪些是他所「不堪」與「不可強」的天性呢？他又是怎樣形成了這樣一種天性的呢？在後面的一段話中他做了清楚明確的回答。他說「少加孤露，母兄見驕，不涉經學，性復疏懶……」他認為自己形成這樣一種性情是由於他本身就是一個「疏懶」散漫的人，再加上少時「孤露」，無父曰孤。他的父親很早就去世了，故曰孤，「露」是裸露，沒有上面的蔭蔽和保護的意思。正因為「少加孤露」，所以致使「母兄見驕」，被母親和長兄所寵愛、驕慣、任縱。現在還有一個問題，既然我講到這裡，就順便談一下，這裡說的「母兄見驕」的兄，有人說就是他《贈秀才入軍》詩裡的嵇喜。可是根據侯外廬與《嵇康集校注》的作者戴明揚先生的考證，這個驕縱他的兄長不可能是嵇喜，證據有兩點：一是嵇康曾經寫過懷念家裡親人的《思親詩》，在這些詩裡有「思報德兮邈已絕……嗟母兄兮永潛藏」的句子，他說我想要去報答家裡親人對我養育的恩德，可是我所應該報答的這些親人卻都已去世，離開我那麼久遠了，我只有對「永潛藏」，永遠深埋在地下的母親和長兄表示我深切的悲悼之情了。從這詩裡可以看出嵇康的那位寵愛驕縱他的兄長早已先他而逝了。而且根據歷史上的記載，當嵇康臨死前要求取琴來彈時，那個把琴拿給他的人就是嵇喜，這說明嵇喜是死在嵇康之後的，這是一個證明。此外還有一點也可證明他的那個有恩德於他的哥哥應該是比他年長得多的，而從他給嵇喜的贈詩中所記載的他們同輩兄弟之間的嬉戲遊玩的事情中看，這個嵇喜不像是那個比他年長很多的長兄。以上這些都是後來學者們的考證，我這裡順便提一下。無論嵇喜是不是曾經驕寵過嵇康的哥哥，總之他確實有一個從小對他備加寵愛的哥哥，所以他說「少加孤露，母兄見驕，不涉經學」。他自云「不涉經學」，沒讀過古代聖賢的經典著作，這實在是嵇康的客氣，其實他不是沒讀過這些經學，而是不受這些儒家禮法觀念的束縛罷了。後面他又說自己「性復疏懶」，「疏」是馬馬虎虎，粗心大意，又很懶惰；「筋駑肉緩」，我身上的肉與筋都是鬆弛的；這還不算，「頭面常一月十五日不洗，不大悶癢，不能沐也」，我的頭髮跟我的臉常常一月之中有十五日不梳洗，不到悶癢得難以忍耐時，我都不洗頭。後面他說得就更妙了：「每常小便而忍不起，令胞中略轉，乃起耳。」他說我連上廁所都懶得去，直到實在忍不住了，才往廁所跑。你看他什麼話都說出來了，嵇康就是這個樣子：一方面他天性中就有這種耿介、孤傲、率直的本色，另一方面他是要故意說這些不登大雅、不合禮法的話給山濤聽。你山濤不是那麼正經、那麼嚴肅地跟我大談規矩禮法嗎？我偏要說這些難堪的話給你聽，讓你明白我對你那套規矩禮法根本就不屑一顧！非但如此，下邊他又進一步歷數了他天性中的「必不堪者七」，一定不能忍受的七件事，和「甚不可者二」，別人認為我一定不可以這樣做的二件事。他說「臥喜晚起，而當關呼之不置，一不堪也」：我喜睡懶覺，早上起得很晚，我若接受你的推薦去做官，那看門的人很早就要催我起床，這是我首先不能忍受的。「抱琴行吟，弋鉤草野，而吏卒守之，不得妄動，二不堪也」：我喜歡抱著琴隨便走到哪裡吟詩歌唱，我還喜歡到草野之間去遊玩釣魚，要是做了官，平時身邊跟著大群隨從，我就不能隨心所欲地自由活動了，這是第二件不能忍受的事。「危坐一時，痹不得搖，性復多虱，把搔無已，而當裹以章服，揖拜上官，三不堪也」：讓我直呆呆地正襟危坐，身不得動，腿不能搖，我受不了，因為我不喜歡洗頭，也不喜歡洗澡，身上長了許多虱子，一癢起來就要抓個不停，可一旦做了官，身上就要穿起禮服，頭上也得戴上禮帽，還要給長官作揖叩拜，不能妄動，這是我無法忍受的第三件事。「素不便書，又不喜作書，而人間多事，堆案盈几，不相酬答，則犯教傷義，欲自勉強，則不能久，四不堪也」：我平時就不喜歡寫信，而人間的繁雜之事如此之多，如果做了官，桌子上堆滿讓我應付處理的公文，我若不去應酬，就不合乎規矩職責，若勉強應付，又不能堅持很久，所以這是我不能忍受的第四件事。「不喜弔喪，而人道以此為重，己為未見恕者所怨，至欲見中傷者；雖瞿然自責，然性不可化，欲降心順俗，則詭故不情，亦終不能獲無咎無譽，如此五不堪也」：世俗之上有許多需要禮尚往來的應酬，如弔喪等等都是我不喜歡的，但人情世俗對此卻很看重，我如果不去，就會遭人責備，而且我已經因為這些事情招致了許多人的怨恨和中傷了，我雖然有所意識，可本性終不能改，總之我無論怎樣做，都不會有好結果的，因而這是我不能忍受的第五件事。「不喜俗人，而當與之共事，或賓客盈坐，鳴聲聒耳。囂塵臭處，千變百伎，在人目前，六不堪也」：我不喜歡那些俗不可耐的人，可我一旦做了官就要與這些人一起共事，有時滿座都是賓客，他不說人家講話，而說人家是「鳴聲聒耳」，在我耳邊吵鬧。後邊的兩句就是罵人的話了：「千變百伎，在人目前」，我們都知道魏晉時的政治鬥爭非常激烈，仕宦途中險惡叢生，那些做官之人要想仕途平穩，有所升遷，就得學會八面逢迎，機巧偽飾，所以官場上到處都是爾虞我詐，勾心鬥角。那些表面看上去正襟危坐、道貌岸然的滿座「賓客」，背地裡什麼營私舞弊的花招和伎倆都使得出來，所以他說這是我第六件不能忍受的事。「心不耐煩，而官事鞅掌，機務纏其心，世故繁其慮，七不堪也」：我本來就沒有耐心，如果做起官來，有那麼多公事要處理，那些事務的繁瑣乏味與世故人情混雜在一起要費去我的許多思慮與精神，這也是我不能夠忍受的第七件事。至於說到在別人看來是絕對不可以做的兩件事，他也十分清楚：「每非湯、武而薄周、孔，在人間不止此事，會顯世教所不容，此其甚不可一也。」其實這才是他後來得罪司馬氏、招致殺身之禍的原因。「每非」就是常常非議批評的意思。「湯武」指商湯與周武王。他說我平常總愛批評、非議像商湯放桀、武王伐紂那樣的帝王，而且我還鄙薄、輕視像周公、孔子這些極力推行、維護禮法的人。這在當時那些世俗的、講究禮法和教化的人們眼裡是絕對不能夠容忍的，所以他說是「甚不可」，最危險、最不應該做的事了。事實上嵇康所非議、指責和鄙視的真正對象是司馬家族，因為你知道在魏晉之交的時代，司馬氏他們是假借著商湯、周、孔等儒家禪讓的美名來做暗中篡逆奪權的事情，所以儒家的那一切禮法美名都被司馬氏利用了作為篡奪的手段。嵇康之所以說不贊成商湯、周武王，還不是說不贊成革命，而是不贊成司馬氏的這種篡奪的手段。而「薄周孔」，是因司馬氏把孔、周變成了一個虛偽的外表，變成控制人民的工具。而且後來的專制君主也都假借一些名教禮法來控制人民。這當然不能說是儒家本身的錯誤，儒家的主張和理論有許多都是好的，只是後來被統治階級利用了、敗壞了。你若仔細考察魏晉之間的時代，就會發現司馬家族在此期間是言孝不言忠的。在他們所標榜的儒家禮法中，他們特別推崇孝道。以前我講過，司馬集團在為別人羅織罪名時就常常以「不孝」為口實，像嵇康後來被下獄不就是由於他為無辜背上「不孝」之名的朋友呂安說了幾句公道話而受到牽累的嗎？嵇康因為「剛腸疾惡」，得罪了許多司馬氏集團的人，包括司馬家族的心腹鍾會。就在這種情況下，嵇康來給呂安做證，當然像鍾會這些人是不會聽信嵇康的話的，所以嵇康非但沒把呂安洗刷出來，反而給人家提供了機會，把自己也送了進去。可總不能平白無故地制裁他呀，於是鍾會他們就摘取了嵇康給山濤信裡的這句「每非湯、武而薄周、孔」的話為罪證，告他「破壞禮法」，就這樣嵇康也被關進了監獄。上次我還曾經講過，嵇康被關之後，當時的太學生有三千人公開請願，要求釋放嵇康，而朝廷不但不答應，反而更加快了嵇康的死期，他們懼怕嵇康在學生中的影響，於是就急忙把他斬首了，因此有許多人都說，天下最大的冤案莫過於呂安和嵇康二人的死了。有人說這可能是山濤故意誣陷嵇康，置他於死地的，因為「每非湯、武而薄周、孔」的話本來是寫給山濤的，如果山濤不對別人講，別的人，如像鍾會這些人怎麼會知道的呢？可見山濤是落井下石、蓄意報復嵇康的。對此，我倒覺得山濤還不至於這樣壞，我以為很可能是山濤看嵇康這封信後非常生氣，這是很自然的，你在信裡劈頭就把人家譏諷謾罵了一頓，人家能不生氣嗎？於是山濤當時就拿給別人看了，並且為自己辯白：我推薦你去做官，你不去也就算了，何必要寫出這樣傷人的話來呢？這種辯白確實是很容易喚起別人的同情，當然也會更損害嵇康的形象和聲譽的。所以當嵇康後來下獄了，那些有影響力的人非但沒有為他說情，反而覺得借此機會殺了他，也算是他咎由自取、罪有應得的。

好，我們還接著看他這封信，剛才我講了「非湯、武而薄周、孔」是他所說的「甚不可者二」其中的一個，那另一個呢？他說：「剛腸疾惡，輕肆直言，遇事便發，此甚不可二也。」你看嵇康其實是很有自知之明的，他說我的心腸，即心胸是剛強、正直的，我對於那些邪惡不公正的事情是深惡痛絕的。這就是他前面說的：從前我讀書時，以為只有書裡有耿介之人，「今乃信其真有耳」，而且深知這種人是因為「性有所不堪，真不可強」所致，比如我就正是這種性情剛直、遇事就忍不住一定要說、一定要發作的人，這種人的做法是世上所有人都認為不應該、不可以的，而我偏偏具有這種天性，這就像這封信中另外一段話所言：「此猶禽鹿，少見馴育，則服從教制；長而見羈，則狂顧頓纓，赴湯蹈火；雖飾以金鑣，饗以嘉肴，逾思長林而志在豐草也。」這段話意思是說，我的天性固執就好比是動物，你要從小就馴練牠，牠才會聽話、溫順。若等到牠長大了，野生的天性已形成了的時候再把牠約束起來，那就好比原野上的一匹野馬，即使你用珍貴的金籠頭、金鞍轡把牠裝飾起來，牠也不會領會你那一番好意，而照樣狂跳掙脫奔騰，即使前途有刀山、火海，牠也在所不顧，因為牠忘不了牠所生活慣了的長林豐草、千里原野。嵇康這段話所用的比喻實在是再清楚不過地表明了他自己的天性和為人。以上我們簡單地介紹了嵇康的生平和性情為人，接下來我們就開始來看他的詩了。

第九節　嵇康之二

上一節提到關於《廣陵散》這支曲子的一些事，我想在此再做些補充。在《晉書》嵇康的本傳裡只記載說這支曲子是得之於神人，卻沒說是怎麼得來的，而據《太平御覽・靈異志》中記載，那是在一天夜裡嵇康因不能成眠取琴來彈，將近一更之時，只聽空中有一個聲音說「善」，是讚美嵇康琴彈得好，但卻看不清說話的人，嵇康就問：既然你說我彈得好，為什麼卻不出來跟我見面呢？那人回答說：因為我已是作古的死人了，而且我的身體是殘損的，不便出來與你相見。於是他們兩人就以音樂相溝通。差不多等到午夜的時候，空中就有一個人的影像慢慢地清晰起來，這個人是沒有頭的，他是用手提著頭出現在嵇康面前的，他說我也會彈一些曲子，說完就彈給嵇康聽，其中有一首就是《廣陵散》。嵇康認為這支曲子很好，就學會了，並遵照那人的囑咐，沒再傳給別的人，所以嵇康臨死前的惟一遺憾就是「《廣陵散》從此絕矣！」由此我們可以看出，在對待生命價值的問題上，有些人所看重的並不是生命時間的長與短，而是生命意義價值的輕與重，他們更珍重的是自己的才能，無論彈琴的才能，還是寫文章的才能。總之他們對自己所執著投注、全心追求的事情是死也不忍放棄的，就像嵇康和那個傳說中被斬首的無頭人之於《廣陵散》一樣。說到這裡，我想起曾經看過的一部反映二戰時期生活的電影，它寫的是一個法國女人在一個餐館裡主廚，她的法國菜做得十分有名，當世界大戰開始後，她被迫逃到挪威鄉下去給兩個家庭主婦做管家兼女傭，那兩位主婦以為她什麼也不會，就用自己所會的最簡單的飯菜的做法來每天教她。後來戰爭結束了，她可以回國去，並且還將繼承一筆遺產，就在臨走的時候，她請求兩位女主人允許自己用真正的法國大菜來請一次客。這個故事也同樣說明一個真正有才能的人，他們對自己才能的珍重是超乎金錢和生命之上的。有一本書我還要提一下，就是戴明揚在一九六二年寫的由人民文學出版社出的《嵇康集校注》，這本書收集的資料很全，而且對其中所收集的資料還附有自己的考證。我要說有些人著書立說，在某一特定的時代環境和歷史背景下是具有特殊的寓意的。阮籍在魏晉之交將自己內心隱藏的萬端感慨借詩歌加以表達，而有的人不用詩，而是用編書來表達，魏晉之交時正直的知識份子嵇康被無端地殺死了，而到了二十世紀六十年代「反右」之後，「文革」之前將這本表達清白正直知識分子內心感慨的詩文集整理得這麼好，這實在是一件很微妙的事，當然我不能說其中一定有什麼意思，但我深信有許多學術著作之中是有著編著者的理想和志意的。我要說的主要意思還不是這個，而是戴明揚對《廣陵散》這支曲子做了詳細考證，從中我們可以看出戴先生他是懂音樂的，他認識一個朋友，應該是他的前輩，也是懂音樂的，他曾問朋友：你以為《廣陵散》是什麼樣的曲調？從他們的談話我們瞭解到，根據現在音樂書籍的記載，《廣陵散》事實上是傳下來了，樂曲所表現的都是「殺伐之音」。若將這所有的記載與傳聞都集中起來看，那個被斬首的「神人」夜晚提著頭與嵇康相見並傳授了表現「殺伐之音」的《廣陵散》，而且當時有人就說，當司馬家族勢力慢慢強大起來的時候，是有一些人，像毌丘儉、夏侯玄等是起兵反叛了司馬的，但這些人後來都失敗了，而慘敗的地點就在廣陵附近，因此有人認為此曲是哀悼因起兵反叛司馬而失敗的英雄們的，而另有一些人卻以起義軍失敗之地並非就是廣陵本地而懷疑、否定這種看法。對此我個人以為，廣陵是個大城，而且是名城，即使是廣陵的附近，也是可以假託廣陵的。總之嵇康是否同情當時起兵的毌丘儉與夏侯玄，這在歷史上沒有明白的記載，但以他的性格和為人處事的一貫作風而言，他公開反對司馬氏是毫無疑問的，因此而同情、支持起兵反叛司馬氏的人也是極有可能的。而且他當時打鐵的地方，確實留下了一個「淬劍池」，他那時是不是也打製一些刀劍兵器等等，也確實是個疑問，要不然怎麼會僅憑他給山濤信中的幾句話就把他殺死了呢。

以上我是對嵇康的性情行為又做了些補充的說明，作為一個詩人，我們既要瞭解他的詩，又要瞭解他的人，因為人的性情、品格與他的作品風格一定是互為表裡的。《文心雕龍》中有一篇「體性」，就是專門討論詩人性格與作品風格關係問題的，不僅我們中國如此，西方德國的叔本華是個很重視天才的哲學家，他也曾說：作品的風格是作家心靈的相貌。作者有什麼樣的興趣，他喜歡用什麼樣的字和詞，他習慣用什麼樣的結構、形式，這些一定與作者的個性有關係，這就是我們之所以花這麼多的時間講嵇康生平性格的緣故。有許多研究嵇康的人就根據他的性格特點來評論他的詩歌，這裡我要特別提出對魏晉時代作者的研究，有兩本書一定要注意，就是齊梁時劉勰的《文心雕龍》和鍾嶸的《詩品》。齊梁是繼魏晉之後南北朝時的兩個朝代，此時期的人對魏晉的作者有許多評語，剛才我提到的《文心雕龍》中專論作家與創作風格的《體性》篇在說明這個問題時曾列舉了許多例證，如「賈生俊發，故文潔而體清；長卿傲誕，故理侈而辭溢……」他說像賈誼這樣性情俊傑英發的人，他的文章寫得非常爽潔，文體格調是清新而壯麗的。而長卿（即司馬相如），他這個人很狂傲誇飾，你看他寫的長篇大賦都是非常鋪張的。後面他也提到了嵇康，他說「叔夜俊俠，故興高而采烈」。你知道中國在齊梁時期的文學觀念中，常常把文學批評也視為一種文學創作，因此十分講究用字、用筆、結構、音韻等形式，甚至常常由於追求形式的對稱美麗而有失明白與準確。如這裡說嵇康的「俊俠」，是俊傑、挺拔、偉岸的意思，我們知道嵇康不管他的才華或是他的儀表都是俊傑的，人家說他「美辭氣，有風儀」，其身高七尺八寸，站立時「巖巖若孤松之獨立，其醉也，巍峨若玉山之將崩」（《世說新語·容止》），因此有人以為他是比較注意外表的。其實不然，雖然歷史上記載說嵇康是「龍章鳳姿」，即外表上有龍的神采，內在有鳳的本質，但實際上他卻是「土木形骸，不自藻飾」（《晉書》本傳），他視自己的形體與土木一樣輕賤，絕不像歷史上傳說的有人喜歡在衣服上噴香，「橋南荀令過，十里送衣香」（李商隱《韓翃舍人即事》），或是「傅粉何郎」之類的。你看他一月十五日不洗臉、不梳頭，可見他並不注意自己外表的修飾，不過他在本質上是一個很「俊傑」的人，無論其才華或風貌，而且他還是剛腸疾惡，很有俠義之氣的人，所以劉勰說他「故興高而采烈」。「興高采烈」這個詞，我們現在看，似乎覺得不大合適，還不是說劉勰用得不合適，而是我們後來把這個詞用得與它的本義不相合了，這就跟「風流」這個詞一樣，現在說到「風流」總以為貶意的成分更多一些，而古人，像蘇東坡所寫的「大江東去，浪淘盡，千古風流人物」（《念奴嬌·赤壁懷古》）裡說的「風流人物」卻是諸葛亮、周公瑾這類英雄俊傑。「興高采烈」也同樣，現在大家都用它來表示很高興的意思，其實這個「興」，是感興，一種感發的力量，宋朝的文學批評家嚴羽的《滄浪詩話》曾標舉「盛唐詩歌惟在興趣」，這個「興趣」也不是你對打球有興趣的興趣，而是因興象高遠而喚起的一種內心感應，由此可知所謂「興高」就是說嵇康的詩有很高、很強大的感發力量，而「采烈」是說他的文辭強烈，極富感情色彩，這是由嵇康的性情所決定的，惟其「俊」，所以才文采濃烈；惟其「俠」，故文辭剛直，感發的力量就直率和強大。

此外還有一段對嵇康的批評文字也很精當準確，那是陳祚明《采菽堂古詩選》裡的話：「叔夜婞直，所觸即形，集中諸篇，多抒感憤，召禍之故，乃亦緣茲。」又說：「叔夜衷懷既然，文筆亦爾，徑遂直陳，有言必盡，無復含吐之致，故知詩誠關乎性情，婞直之人必不能為婉轉之調。」這裡說的「婞直」是指因性直而得罪人、傷害人。你知道有的人雖性直卻不傷人，如陶淵明，欲仕則仕，欲隱則隱，通篇詩文說的都是真心話、誠實話，但都於人無傷，而有的人，因性直而足以傷害了別人的時候，就稱之為「婞直」。嵇康真正是「婞直」，所以他無論碰到什麼不滿意的事一定要「形」，即表現出來，因此，他的詩文集中的許多篇章都是感慨激憤的，其中最能代表他「抒感憤」的一首詩就是他在獄中所寫的《幽憤詩》，這是非常直率的一首詩，一般的選本沒有選。既然他內心有這麼多幽憤，所以其「文筆亦爾」，文如其人，婞直之人，寫出詩文來也一定是婞直直陳，一點也不掩飾，一點也不含蓄和保留，所以說他是「有言必盡，無復吞吐之致」，不給人留下比較多的反思，缺少回味的餘地。人家阮嗣宗是什麼也不直說，所以阮籍詩就有許多可講的言外之意，而嵇康詩則很難講，因為你一念就把他想說的話都弄明白了，這還有什麼可講的呢，所以陳祚明最後說「故知詩誠關乎性情，婞直之人必不能為婉轉之調矣」。你看他也承認詩歌的創作與作者的性格之間的關係是多麼密切了，我們一定要承認這一點，儘管西方的新批評一派反對用作者的生平來講詩，但我們不是用作者的生平來衡量他作品的價值，我們不是說他人好，詩就好，而是說一個人的性情經歷一定影響他的作品，就如嵇康這樣的「婞直之人必不能為婉轉之調」，一個說話帶有這樣刺激性的人，一定不會寫出那種含蓄婉轉的作品來的。

一般的選本在選到嵇康詩時，常愛選《贈秀才入軍》這組詩中的篇章。有的選本還在題目中加上一個「兄」字，即《贈兄秀才入軍》。關於這組詩的篇數，有的說有十九首，有的說只有十七首，其實這種情況我在講曹植的《贈白馬王彪》詩時也曾說過，由於古人所作的組詩是連在一起的，所以在分章的時候就出現了不同意見。另外這首詩裡大多數都是四言的，其中只有一首是五言的，這種情形在講阮籍《詠懷》時也說過，《詠懷》八十五首中有八十二首是五言詩，另有三首是四言的，這一點我們也要知道。還有一個問題前面也提到了，就是他詩題上說「贈兄秀才入軍」的那個兄，就是他的哥哥嵇喜。嵇喜曾經舉秀才，魏晉時期是透過選舉而進入仕途的，如舉孝廉、舉秀才等等，後來被舉進仕途的秀才哥哥從軍了，所以就題名為《贈兄秀才入軍》。由於我們所見的選本一般只選這組詩中的一兩首，因此整組詩中所反映出的問題不容易看出來，比如詩裡有些稱呼不像是給他哥哥的，如「思我良朋」的「良朋」，「佳人不存」的「佳人」等，但也有人辯解說他哥哥從小與他一起玩耍長大，所以也可以用朋友相稱；至於「佳人」與「香草」、「美人」一樣，是什麼人都可以指稱的。總之關於這首詩裡的口吻問題，大家知道曾經有過這些不同看法就可以了。其實更值得注意的是這十九首組詩裡所表現出的一種態度，由於一般選本常常選不全，所以整組詩的態度表現得不明確，這裡我要說第一首的五言詩，這是全組詩裡惟一的一首五言詩，而且這首詩一定是送給他哥哥的，這首詩中所說的話是應該特別值得注意的。其中有這樣幾句我以為可以看出他對嵇喜出仕所持的態度，如「鳥盡良弓藏，謀極身必危。吉凶雖在己，世路多險巇。安得反初服，抱玉寶六奇」。這首詩很長，這只是其中的幾句，你看他哥哥要出去入軍仕宦的時候，他對他哥哥說的是什麼？「鳥盡良弓藏」見於《史記・淮陰侯列傳》，韓信曾輔佐漢高祖奪取了漢朝的天下，可最後卻被高祖殺了，還有一個叫彭越的，也是為漢高祖打江山立了功的，結果也被殺死了，這就像是獵人手中的武器，當他的獵物尚未獲得時，他需要良弓寶箭作為捕獲獵物的工具，但當他的獵物一旦到手，天下既得，江山坐穩了，那些幫他打天下、奪政權的賢人才士就沒用了，所以像韓信、彭越這些人就只剩下死路一條了。這就是「鳥盡良弓藏」的意思。「謀極身必危」是說有些計謀是為躲避禍患災難而設計的，而結果卻陷入了危及身心的險境。雖說一個人的凶吉主要取決於你做人的態度，但有時吉凶禍福卻不是你自己所能掌握的。因為世間處處佈滿了艱難險阻，就算沒有走錯路，也難免落入陷阱，所以你不如「反初服」，「初服」是用《離騷》的典故，屈原說我要想到朝廷上為國君盡忠進諫，可是國君不但不接受，反而還疏遠我，所以我就不做這個官了，而回來重新修整我原來的服飾。屈原所說的「初服」，是指他所修養成的美好品德。「反初服」就是歸隱江湖，修養自身的品行。「抱玉寶六奇」說的是戰國時楚國的卞和得到一塊非常好的玉石，他將之獻給了楚厲王，楚厲王叫人鑒別後的結論是「石也」，厲王以為卞和欺騙他，就使人砍掉了他的左腳。等到厲王死了，武王繼位，卞和又捧著這塊玉石獻給楚武王，相玉的人又說是石頭，結果又砍去了卞和的右腳。卞和為了要把一塊玉石獻給君王，結果失去兩隻腳，而後來文王繼位把這塊玉石雕琢之後，果然得到了一塊美玉，這就是後來用它做成的傳國的玉璽。這句詩是說你何必非要將自己所寶有的珍奇之物獻給君王呢？為此你將會付上慘痛之代價的，所以你不如「抱玉寶六奇」，「六奇」原指漢時陳平為漢高祖劉邦所謀劃的六奇計。這裡指很高明的計謀，你有好的計謀不一定非要用在這樣的世道、這樣的社會之上，因為「世路多險巇」，不知何時就會一失足成千古恨。從這些詩句就可看出嵇康對他這個要去出仕的哥哥的態度了，前文我們說過，那位小時候對嵇康十分驕寵的哥哥已經死了，而對這個想要出仕的哥哥他是常以「白眼」相加的，從嵇康的詩裡，我們可以看出他對自己的家人、母親、兄長都是很重感情的，可是他們兄弟在對待出仕這件事情上的意見是很不相同的。由於選本選篇的局限，這樣一份思想情緒卻沒有能夠體現出來，這就是我之所以在講他詩之前特別加以說明的緣故。

一般的選本大都是以文學藝術的觀點和標準來選嵇康的詩，那麼這些入選的詩裡代表了嵇康詩的哪些方面的藝術成就呢？我以為嵇康詩的成就突出體現在他的贈答詩裡，這其中又因所贈對象與所答內容的不同而呈現為兩方面的特色。一種是較為直言峻切、訐直露才的；而另外一種則是那些不能直言的，如他的某些贈兄詩，因為兄弟畢竟不同於朋友，可以說我們從此分道揚鑣，各走各的路，兄弟是同胞骨肉，因此在這些贈兄詩中，除了有一部分是直言的而外，還有一部分是表現一種友誼之情、兄弟之誼的。而就表達感情這一方面而言，嵇康詩具有兩種不同的成就，一個是他的氣勢，再一個就是他的風神。以前我似乎也講過，所謂的好詩，是各有各的好處的，有的以情勝，有的以感勝，有的以思勝，有的以氣勝。以情勝者如「故國不堪回首月明中」（李煜《虞美人》「春花秋月何時了」），「自是人生長恨水長東」（李煜《相見歡》「林花謝了春紅」），真可謂使天下有情人都為之感動；以感勝者如「紫薇朱槿初殘，斜陽卻照闌干。雙燕欲歸時節，銀屏昨夜微寒」（晏殊《清平樂》「金風細細」），既沒有什麼喜怒哀樂的情感，更談不到深廣博大的思想，它傳達的只是詩人的一種纖細、敏銳、微妙的興發和感觸；而以思勝者像陶淵明的「結廬在人境，而無車馬喧。問君何能爾，心遠地自偏」（《飲酒》之五），通篇涵蘊著一種超越的思致與哲理；再一種以氣勝的詩如我們講建安詩人曹植《白馬篇》時曾說過的那種無所謂感，無所謂情，只是表現了說話時的一種口吻和氣勢的一類詩。至於這種氣勢是如何形成的，等一下我們從「良馬既閑，麗服有暉」這首贈兄詩中即可看到。相對「氣勢」而言，嵇康抒情詩中表現「風神」的一類詩就更難講了，這部分我們將留待最後來看。現在我們先來看他贈答詩中直言峻切的特色，這方面比較有代表性的是他寫給朋友《答二郭》的一組詩。

我們先要弄清楚這二郭是誰？詩後注釋說二郭是指嵇康的兩個朋友郭遐周與郭遐叔。前面我們說過當時嵇喜出去仕宦了，嵇康對此表示不同的態度，他對哥哥說，你應該回來追求自己的「初服」，而不應在仕宦中追求功名，因為仕途是極危險的。那麼他哥哥做何反應，我們不得而知，其實如果你看《全三國漢魏六朝詩》，就有他哥哥給他的答詩，詩中是勸他出仕的。他與他哥哥之間是他先贈，他哥哥後答。那麼現在這《答二郭》則是二郭先贈，然後他再回答給二郭。二郭也是勸他不應該如此激烈剛直，應該比較溫和地接受仕宦，所以嵇康在這首《答二郭》裡表現出了與他們不同的態度：

詳觀凌世務，屯險多憂虞。施報更相市，大道匿不舒。夷路殖枳棘，安步將焉如？權智相傾奪，名位不可居。鸞鳳避罻羅，遠託崑崙墟。莊周悼靈龜，越搜畏王輿。至人存諸己，隱璞樂玄虛。功名何足殉，乃欲列簡書。所好亮若茲，楊氏歎交衢。去去從所志，敢謝道不俱。

嵇康認為仕宦是一條險途，他說我曾「詳觀凌世務」，仔細觀察過世上的一切事務，發現到處都是「屯險多憂虞」。「凌」是在上，凡是高高在上的，我們就叫「凌駕」，「凌世」就是在世上。「虞」與「憂」同義，也是憂慮的意思。「屯險」就是險厄、艱危之意。嵇康是生活在魏晉的時代，我們早已知道，他所生活的時代裡，政治鬥爭是非常殘酷激烈的，許多人，像孔融、禰衡，以及當時起兵的毌丘儉、諸葛炎、夏侯玄等都是這一時期被殺死的。其實談到殺戮，魏晉之間被殺的人還不太多，等後來的晉宋之間，即晉朝得國之後那才叫慘不忍睹呢。你知道社會風氣與朝廷政治鬥爭的關係是非常密切的，正因為魏晉以來都是靠篡奪得來的天下，所以養成了非常惡劣的社會風氣，到處都是斤斤計較，都是個人權勢與功利的角逐。而且晉篡魏的手段是極殘酷的，當他們得權之後就把齊王芳廢掉，把後來的陳留王曹奐殺死，他們就靠這種手段建立了晉朝，可當第一個篡位做到晉武帝的司馬炎剛剛一死，晉國朝內就發生了大內亂，即八王之亂，他們司馬氏家族的兄弟、叔侄之間相互殘殺，這期間被殺死的人不計其數，而且當時被誅戮的還都不是一人，而是一個家族一個家族地被殺。所以從魏晉以來，社會上你奪我爭、勾心鬥角、惟利是圖就逐漸形成了風氣。這就是何以當時阮籍、嵇康等佯狂避世、飲酒吟嘯的原因。所以現在嵇康才說「詳觀凌世務，屯險多憂虞」啊！「施報更相市，大道匿不舒」，由於一切人都是惟利是圖，所以人們彼此之間的往來不是因為真正感情上的投合，而成了施與報的關係，他對你親近，施恩惠，是因為將有求於你，希望從你那裡得到回報，這一切都是利害的平衡、計較，根本談不上感情上的給予。「更相」就是互相，「市」是交易。整個社會人間都像是在市場上做交易，絕無任何真正的感情可言，所以嵇康痛惜「大道匿不舒」！「大道」是真正做人、做事的道德原則和章法規矩。「匿」是潛藏，被埋沒、被忽視的意思。他說真正好的道理由於人們都不再相信而被潛沒隱匿起來，沒有一個人再去追求理想，沒有一個人再肯相信理想了。講到晉朝初年的情況，有干寶寫的一篇《晉紀》，前面有一段批評他們那些在上的統治者。清朝的紀曉嵐曾說，天下風氣的轉變正是從那些在上的統治者開始的，是他們首先敗壞了，於是整個社會的風氣也就隨之敗壞起來。司馬氏得國就靠篡奪殺戮，所以整個晉朝的風氣都是野蠻、惡劣的拚殺和爭奪，所以說「大道匿不舒」。

「夷路殖枳棘，安步將焉如」，「夷」是平的意思，「殖」是繁殖，「枳棘」指那些帶刺的惡木。他說本來我們每個人生活在世上就像走平路一樣，只要你按照正確的方法和路線就能達到你的目的地，可是等到這個社會變態了、墮落了，風氣敗壞了之後，你再按照原來正確的辦法反而行不通了，你非要走後門、走旁門左道不可，非要用一種不正當、不合理的手段才能達到目的，所以他說這就像是本來很平坦的一條大道如今居然會走不通了，途中到處都是帶刺的惡木阻礙著你，請問你「安步將焉如」？「安步」是泰然自若、從容不迫的走路方法，你以這樣的走法，還能走到哪裡去呢？你無路可走，你無事能成，你無法在這樣的社會裡正常生活。所以下面他又進一步勸道：「權智相傾奪，名位不可居」，社會上的一切都是競爭，都是巧取豪奪，那些「智巧」之人，這個「智」不是智慧，而是計謀機巧，是所謂聰明巧妙的辦法。「傾」是傾覆，是以傾覆別人來奪取自己想要獲取的利益。所以他說在這樣一個社會，你不要仕宦，你不要去追求功名和高位，因為「名位」正是爭奪的一個目標，而且是一個十分危險的目標。所以你要學習「鸞鳳避罻羅，遠託崑崙墟」，「尉」字上有一個「罒」表示網羅。他說真正好的鳥，如鸞鳳等是不隨俗的，牠們本能地具備一種防範意識，牠們要躲避危險的羅網，於是就寄託自己的身體在遠離尉羅的崑崙墟。「墟」是山丘，崑崙是中國很有名的一座大山，而且是神話傳說中的一座可以與神人相交通往來的高遠之地。

「莊周悼靈龜，越搜畏王輿」，這裡他用了兩個典故。《莊子》上說，有一次莊子在濮水上釣魚，楚王派了兩個大夫去看他，並對莊子說，楚王願意把他國內的一切事情麻煩你來料理，意思是要請莊子去做官，而莊子卻「持竿不顧」，只對他們說了下面的話：「吾聞楚有神龜，死已三千歲矣，王巾笥而藏之廟堂之上。此龜者，寧其死為留骨而貴乎？寧其生而曳尾於塗中乎？」（《秋水篇》）他說我聽說楚國有一個能通神靈的大龜，死了已有三千年了，楚王很看重這個龜，把牠包裹在絲巾裡，裝進一個匣子保藏在宗廟朝堂之上。然而就這龜本身而言，你們看牠是寧可死了留下一堆骨頭讓國王這麼寶貴呢？還是寧可保全生命拖著尾巴在泥土地裡遊來遊去呢？兩位大夫說：「寧其生而曳尾於塗中」，我們覺得還是寧願活著拖尾遊於泥土之中。莊子於是就說，好吧，那你們就回去吧，我也將「曳尾於塗中」，即不想失去自己的一切而到朝廷裡做官。這就是「莊周悼靈龜」的典故，這句是借莊子為那個被珍藏在朝堂之上，而事實上卻已失去了生命而號稱神龜的一堆白骨的哀悼來表示對於二郭即將出仕的痛惜。「越搜畏王輿」說的還是《莊子》上的故事。中國的哲學與西方不同，西方哲學講的是一套一套的理論，而中國的哲學講了一個一個的故事。中國人重視直覺的感受，而缺乏系統而邏輯的理論說明，哲學也是如此。在《莊子・讓王》篇中還講了這樣一個故事：越國已經連續三代發生了把國君殺死而傳位的事件了，因此王子們中有一個叫搜的，他將要做國王的繼承人了，很害怕日後他的繼承者會把他也殺死，就逃到山洞裡去了。越國人到處找他，最後就找到了這個山洞，但王子搜不肯出來，越人就用艾草燻洞，逼他出來。王子搜被煙燻出洞後，越國人就準備了一輛精美華貴的車子來迎接他回去繼位。被逼無奈的王子搜只好手持轠轡，登車仰天而歎：「君乎君乎，獨不可以舍我乎？」做君主，做君主，為什麼偏偏不肯把我從這條死路上放過去呢！所以下面就說：「至人存諸己，隱璞樂玄虛。」「至人」是指那些做人境界最高的人，世上一般的人都追求身外的名利、祿位，然而一個人的真正價值、意義和快樂卻是你自己找到了一個安身立命的所在。那麼什麼是這種安身立命的所在呢？《論語》上說的「朝聞道，夕死可矣」，「道」是什麼東西？為什麼你聽了「道」以後，居然就死而無悔、死而無憾呢？人生的道，生命的價值意義究竟在哪裡？《莊子》上還講了一個故事，他說列子乘風而行，他走起路來就像乘著風在空中飛行一樣，這應該是很瀟灑自在了，可是莊子卻說他還是「猶有所待者也」（《逍遙遊》），還是要憑藉著風的力量來飛行，還是有待於外的，還不能算是最高明的至人。真正最高的「至人」是能「存諸己，而無待於外」的，是他內心之中有了一種自得、自持、自由的境界，他不再依賴或指望任何外力便能進入逍遙自在的精神天地，這就是下一句所說的「隱璞樂玄虛」。前面我們講過卞和獻璞玉的故事，可獻的結果是兩條腿都被砍斷了，所以這裡就說，你沒有必要去獻玉，你要將璞玉珍藏起來，去享受你自己的快樂。

在這逍遙自得的境界之中，「功名何足殉，乃欲列簡書」，他說世上的人們不惜犧牲自己的身體生命去追求功名，可功名哪裡值得你去殉身以求呢？《史記・伯夷列傳》引賈誼的話說「貪夫徇財，烈士徇名，夸者死權，眾庶馮生」，「眾庶」是一般的人，我們這些普通的庶民所欲求取的不就是自由、安定、逍遙自在的生活嗎？許多人活著總想要建功立業，死後使自己的姓名列入「簡書」（史書）流傳千古，可你連自己的身體生命都犧牲了，還想什麼名垂千古呢！「所好亮若茲，楊氏歎交衢」，這個「亮」是誠然、信然的意思，「若茲」，就是如此，他說我所喜好的就是如此，是「至人存諸己，隱璞樂玄虛」，是「功名何足殉」，而你們非要去追求那些身外的功名，所以我們只有「楊氏歎交衢」了。「楊氏歎交衢」是《列子・楊朱》上講的一個故事，我上面說了中國戰國時期的哲學書上都是透過講故事來喻示其思想的，這個故事說的是楊朱的鄰居弄丟了一隻羊，楊朱就問，為什麼派這麼多人去追這隻羊？對方說，因為岔路太多了，只好多派些人分頭在各條岔路去尋找。等到追羊的人都回來了，楊子就問：你們找到了嗎？眾人說沒找到，楊子很奇怪：你們這麼多人怎麼還把羊追丟了呢？對方曰：「歧路之中又有歧焉，吾不知所之。」說岔道之中又出了岔道，我們不知該往哪一條岔道上去追了。這時有一個叫心都子（這是一個假託的人名，是說以自己內心為持守的人）的就說了：「大道以多歧亡羊，學者以多方喪身。」他說就像歧路太多追不到羊一樣，學者若想追求的東西太多了，也會把生命也賠上去的，而且即使賠上性命，結果也會因為「多歧」而一無所獲，只會落得個「不知所之」的困惑，正如王國維說的「欲求大道況多歧」（《六月二十七日宿硤石》）。現在嵇康用這個典故，還不是說你們追求的時候歧路太多，不知何往，他的重點是在「交衢」二字上。「衢」是大路，「交」是分歧、交叉的意思，凡是大路都有交叉，一交叉就會有分歧，他的用意在於說明你們是要追求仕宦的，而我是不肯同行的，所以我們現在只好在大道的岔路交叉處歎息了：「去去從所志，敢謝道不俱。」你們按照你們的志意去走吧，這裡他用的是《論語》裡的話：「道不同，不相為謀。」（《衛靈公》）你們的理想與我不一樣，我們只有各走自己的路了，所以我大膽地對你們說：實在對不起，我們既然不是同路人，只好在岔路上分道揚鑣、各奔前程了。

第十節　嵇康之三

上一講裡我們說過，嵇康的贈答詩中除了《答二郭詩》那樣直言的一類而外，還有一些是不能直言的，這部分作品裡體現出嵇康詩的兩種成就，第一是他的氣勢，第二是他的風神。我們講詩，講到詩人的內容思想、章句、辭藻等都比較容易講，而講氣勢、風神卻不容易，尤其是「風神」更是不容易講。下面就來看嵇康以氣勢勝的這一方面。

贈秀才入軍（其九）

良馬既閑，麗服有暉。左攬繁弱，右接忘歸。風馳電逝，躡景追飛。凌厲中原，顧盼生姿。

我們看他這首詩中所表現的是什麼呢？無所謂情，無所謂感，無所謂思，但你讀著它的時候只感到他字句、口吻之間帶著一股氣勢，他所寫的這些句子都是對稱的，正因為都是兩兩相對的對稱的緣故，所以才形成了這種氣勢。唐代的韓愈在談到文氣的時候說，「氣盛則言之短長與聲之高下者皆宜」（《答李翊書》），其實正是因為他的言之短長高下的對應相稱才形成了他的那一股氣的。不僅如此，這兩兩相應的對稱之中還產生了一種張力，張力本來是物理學上的名詞，它是指物體受到拉力作用時，存在於其內部而垂直於兩鄰部分之間的相互牽引的力量，但是並非所有對偶的、兩兩相對的句子都有張力。說到這裡，我們還要追溯一下文學發展的歷史，從魏晉以來到南北朝的齊梁之間是我們中國文學，特別是詩歌藝術開始有了反省和自覺的時代，這種進展和演變是分為兩個步驟來進行的，一是因為我們的文字是獨體單音的緣故，所以比較容易形成對偶，因此魏晉以來是比較重視對偶的，但對偶並不一定都有張力，要想有張力就不只是一個對偶，而是要有對舉。像以前我們講的曹子建的「控絃破左的，右發摧月支；仰手接飛猱，俯身散馬蹄」（《白馬篇》），一個左，一個右，一個是仰，一個是俯，這種左右、俛仰的相互對舉才會產生張力，如果只是一般的對偶，如「魚躍練川拋玉尺，鶯穿絲柳織金梭」就沒有這種左右、上下相反相成的張力。你看嵇康的這種詩就是跟曹植一樣是因對舉造成了張力和氣勢的，「良馬既閑，麗服有暉」，「有」在這裡是又的意思，這兩句雖然不是對舉，但也造成他口吻上的一種氣勢和張力：既如此，又如彼，既這樣，又那樣，這就在「既」與「又」兩者的口吻之間加強了力量。我說過像這樣的詩無所謂感情和思想，他表現的就只是一個氣勢，他說他哥哥去從軍了，他騎的這馬是這樣的「閑」，閑是嫻熟、熟練的意思，你的馬被訓練得這樣嫻熟，騎馬的技術也訓練得這樣嫻熟，而且你的軍服更是如此的「有暉」：光彩照人。「良馬」、「麗服」合起來是那樣的英姿颯爽，威武矯健。不但如此，你看他還「左攬繁弱，右接忘歸」。「繁弱」與「忘歸」是古代良弓名箭的名字，古籍上記載說：「楚王載繁弱之弓，忘歸之矢，以射兕於雲夢。」（劉向《新序》）是說楚王用最名貴的弓箭在雲夢一帶射獵虎豹野獸。像這樣的詩句確實並沒有什麼深意，他只是表現一種氣勢，你以嫻熟的騎術乘著訓練有素的好馬，身著麗服，英姿勃勃，光彩照人；你左手拿著名貴的弓，右手拿著名貴的箭。這就是張力，一左一右又是對舉。「風馳電逝，躡景追飛」，你的良馬跑起來像風電一樣地馳騁，其速度之快可以追上光的影子。「景」通影，這裡指光影。「躡」就是追蹤。「追飛」是說你可以追上飛鳥。這也是兩兩相對：「風馳電逝，躡景追飛」，它不僅對偶，而且還是重複：如風之騁，如電之逝，躡光之影，追鳥之飛，這都是重複，他是在重複之中表示一種加強的力量，形成一種張力。「凌厲中原，顧盼生姿」，「凌」是加在上面，「厲」是渡過，「凌厲」就是馳騁其上，在什麼之上？在中原之上馳騁，你乘著「良馬」，身著「麗服」，「左攬繁弱、右接忘歸」，在中原上奔騰馳騁，你左顧右盼，在駿馬之上耀武揚威，盡展英姿。你看他的口氣是那樣的勁健有力，真是「氣盛則言之短長與聲之高下者皆宜」（韓愈《答李翊書》）。凡是像這樣以氣取勝的詩人，無論他們的語句、聲調有怎樣高下、長短的不同，都能產生極強烈的效果，因為他們的口吻、氣息運行之間形成了一股力量，這就是氣勢。所以前文我說了，像這樣的詩其實講起來實在沒什麼好講的，但你念起來，就能顯出一種很了不起的樣子，像嵇康這組詩其中還有許多表現這種成就的句子，如「南凌長阜，北厲清渠；仰落驚鴻，俯引遊魚……」等等。下面我們要講他另外的一個成就，即他的「風神」。

什麼叫「風神」呢？上面我說了，中國詩歌的理論中常使用一種非常形象化、概念化的術語，比如說漢魏的詩是有氣骨，說盛唐的詩是有興象，現在又說嵇康的一部分詩是有風神，這些概念都很抽象，也很難解說清楚。其實我以為中國的這些抽象的字眼都代表了不同類型詩歌的不同特質。詩有許多不同類型，有好壞、優劣之分，那麼如何來判斷詩的優劣，在古今中外都有許多不同的法則。我自己嘗試著把中國傳統的舊詩歸納起來，於是就發現它們有一個基本的特色，是重視一種感發的力量，這在中國的詩論裡叫作「興」。當然「興」有許多不同的意思：有時指一種作詩的方法，如賦、比、興的興，這個興是就作者而言的，是作者創作時見物起興，看見外物而興發感動的意思。它有時也指讀者而言，這見於《論語》中孔子說的「詩可以興」（《陽貨》），是引起讀者興發感動的意思。此外它還有一種意思，即《詩品》裡「氣之動物，物之感人，故搖蕩性情，形諸舞詠」中所說的作詩的孕育過程而言的。但無論就作者而言，還是就讀者而言，或就詩歌創作孕育的過程而言，總之詩之所以為好詩，一定是它本身具有一種感發的力量，即你作者本身先有一種感發的力量，正是靠了這種力量與外界自然萬物的孕育作用才產生了詩，透過詩義將你的那一份感動興發傳達出來，並且使讀者得到了感發，這才是好詩。但詩歌靠什麼來傳導這種感發的力量呢？我要說不同性質的感動，要用不同性質的表達手法，因而也造成不同性質的感發效果。這是我們從詩歌創作表達原理上來說的。那麼我們剛才所舉的風神、氣骨、興象，這都是不同表達方式所產生的不同藝術效果。這裡我們本來是要講嵇康詩的「風神」，但風神這個概念是不大好講的，所以我想先從氣骨和興象這兩個比較容易講、也比較容易理解的概念講起。我以為這些概念裡面的「風」字、「氣」字、「興」字都表示一種流動、變化的狀態，這就是一種感發的力量。可是怎麼樣使它有了這種感發的力量的呢？這就有不同的來源，有從「骨」裡來的，有從「象」中生的。我們一般說漢魏詩的好處是有「氣骨」，就是說他的感動來自於「骨」，而盛唐詩的好處在於「興象」，是說它的感發源於「象」。當然這都是相對而言的，並不是說漢魏的詩就只有「骨」，而沒有「象」，而盛唐詩也只有「象」，沒有「骨」。那麼什麼是「骨」呢？「骨」主要是指它的骨架，用現代科技術語說它是詩歌的「硬體」，它是整個篇章的結構框架，它包括篇章的句法、章法、敘述的口吻等因素，漢魏時候曹子建的《雜詩》、王粲的《七哀》等等都是憑「氣骨」，即敘述的口吻、字句、章法、句法等表現方式傳達出他們的感發力量的。至於盛唐詩也傳達了一種感發的力量，但它不是從章法、句法、敘述口吻上傳達的，因為盛唐詩不同於漢魏詩歌以敘述為主的特點，而是以寫景抒情為主，所以盛唐詩是以形「象」來傳達他們的感動的，如「黃河遠上白雲間，一片孤城萬仞山。羌笛何須怨楊柳，春風不度玉門關」（王之渙《涼州詞》）。像李太白的「峨眉山月半輪秋，影入平羌江水流。夜發清溪向三峽，思君不見下渝州」（《峨眉山月歌》）。就連杜甫這個深受漢魏詩影響、一向以篇章句法取勝的人也說：「玉露凋傷楓樹林，巫山巫峽氣蕭森。江間波浪兼天湧，塞上風雲接地陰。」（《秋興》）它的感發都是透過大自然的景象而帶出來的，而且盛唐詩所寫的景象都是博大高遠的，像「江間波浪」、「塞上風雲」、「峨眉山月」、「平羌江水」等，它們傳達出的感發的力量也是博大、開闊、廣遠的。好，那麼我們說的「風神」是從哪裡給你的感動？它是從「神」裡傳達出來的？那麼什麼是「神」呢？這個就很難說了，它不像結構、形象那麼容易舉出來，所以只好用嵇康的一首詩來具體看一看詩歌是如何以「風神」取勝的，當然有風神的詩也不是說它通篇都以風神取勝，有時只一兩句就「風神」畢現了。我們看下面這首詩：

贈秀才入軍（其十四）

息徒蘭圃，秣馬華山。流磻平皋，垂綸長川。目送歸鴻，手揮五絃。

俛仰自得，遊心太玄。嘉彼釣叟，得魚忘筌。郢人逝矣，誰與盡言？

我們先從前面看他說的是什麼，「息徒蘭圃，秣馬華山」，他說我們一群人出去遊山玩水，「徒」是說我等，我們這一群，這一類人。「息」就是休息，我們在哪裡休息？在有蘭花花圃的地方休息。這裡蘭圃的「蘭」字與華山的「華」字都是美好的意思，華山這裡不是指陝西境內的華山。這兩句意思是說我們在長滿蘭花的花圃裡休息，我們在美麗的開滿山花的山腳下秣馬（餵馬），讓馬休息。我們以怎樣的方式休息：「流磻平皋，垂綸長川。」「平皋」是平坦的草野，「磻」是石彈上繫著繩子，「流磻」是指把石彈投出後在空中形成的一個流線形的痕跡，「綸」是垂釣的絲線。這兩句寫他們有時在平坦的草野之中以石彈擊鳥，有時也在長長的流水的水邊上釣魚。

這本來寫得已是很自在逍遙了，但最好的最飄逸逍遙、自得自在的是後面的二句：「目送歸鴻，手揮五絃。」這兩句極有「風神」，這個「神」真的很難講。我們知道嵇康是會彈琴的，琴有七絃的，有五絃的，古樸的琴是只有五根絃的。你注意看他的用字，他說是「手揮五絃」，如果你說「手彈五絃」當然也不是不可以，可是「彈」字比較有心，比較用意，而「揮」卻顯得隨心所欲，自然無跡，你隨便一揮手，那琴曲就被彈了出來，而且當他「手揮五絃」的時候，眼睛竟沒在琴上，而是在「目送歸鴻」。「歸鴻」是歸飛的鴻雁，那麼這鴻雁要歸到哪裡去呢？如果我們以一年為單位來看，鴻雁是候鳥，春天由南向北飛，秋天由北往南飛；可是如果就一天的光景而言，這「歸」鴻是在向巢穴的方向飛，這是它歸巢的時候了。陶淵明詩中說：「結廬在人境，而無車馬喧。問君何能爾，心遠地自偏。采菊東籬下，悠然見南山。山氣日夕佳，飛鳥相與還。此中有真意，欲辨已忘言。」（《飲酒》之五）陶淵明還寫過一組詩，名字就叫《歸鳥》，這話真的很難講，他的感動是精神上達到了一種境界，這不是「骨」的句法結構，也不是「象」的景物形象，是整個精神心靈的世界昇華到了一種新的境地中去，這種體會非常有中國的特色，中國古人講「獨與天地精神往來」的精神境界，李太白說的「永結無情遊，相期邈雲漢」（《月下獨酌》）。這就是中國跟西方的絕大不同。李白說我對人間的一切都失望了，我要跟一個人結成永遠的交遊，跟誰遊？跟誰結？跟那個無窮的宇宙結為交遊，我所期待的理解和共鳴不是在人間，而是在那個遙遠的星雲、天漢之間。而且李白又說了，「相看兩不厭，惟有敬亭山」（《獨坐敬亭山》）。嵇康在《與山巨源絕交書》中不是說跟那些個世俗中的官僚政客們來往，看他們那「千變百伎，在人目前」的樣子感到極為厭倦不堪麼，而李白這裡說的讓我不感到厭倦的有誰？「惟有敬亭山」。外國人所講的精神境界常常是征服自然的樂趣，而中國人所講的則是沒入自然，獨與天地精神相往來的精神境界。這種意思的確極難講清楚，你說「歸鳥」與你何干？「飛鳥」與你何干？陶淵明為什麼看到了「飛鳥相與還」就體會到了一份「真意」？陶淵明還把「真意」點明了出來，說我看到了飛鳥就體會到一份「真意」。而人家嵇康就連這份真意也沒說，我就是「目送歸鴻」，眼神目光隨著那個歸鴻越飛越高遠，覺得那飛鴻一定是有一個高遠無上的方向或目的，你的心靈精神也會隨著它升入到一種高遠美妙的境界中去。當你「目送歸鴻」的時候，你無意之中就把你此時目送歸鴻的精神活動和心靈境界「手揮五絃」地彈了出來，你看這是多麼妙的一種事情！以前我講過，中國人認為琴是可以傳達一個人的心靈、理想、志意的，如李商隱所說「錦瑟無端五十絃，一絃一柱思華年」（《錦瑟》）。有人評論嵇康這兩句的好處是「妙在象外」（清．王士禎《古夫于亭雜錄》），意思是說他的妙處是超出語言文字之外的，無法用語言解說，只能靠自己去心領神會了。還有陳祚明也說這兩句是「高致超超，顧盼自得」（《采菽堂古詩選》）。總之這種以風神取勝的詩，它的好處是你很難掌握得住的，它既不像「風骨」所表現的章法、結構那樣歷歷在目，又不像「興象」所標舉的景物、氣象那麼顯而易見，具體可感，它是靠一種精神的作用來傳達他的興發感動的，這真是只能意會，不可言傳。你一定要想像：你彈琴時的嫺熟與自得；手揮五絃，揮灑自如；同時又目送歸鴻，心不在焉，眼睛帶著精神一起隨著歸鴻而沒入廣袤的蒼穹，與天地、宇宙、自然融為一體，這樣一種由精神狀態所傳達出的感發確實是很難再具體說明白了。可見王士禛所說的「妙在象外」的這個「象」，是指一切的外表，在詩歌裡是指文字，就是說這兩首詩的妙處是超乎詩歌外表的文字語言之外的，無法靠語言文字這些外表的有形的東西來解釋清楚的。現在既然提到王士禛，我還要再多說一些，中國詩就因為有了這麼多種類型的好處，所以後來研究、評論詩歌的人便各自從不同的好處中根據自己的好惡來談自己獨特的心得與體會，比如王士禛獨有專好，特別讚美的就是這種「妙在象外」的、非語言文字、章法、結構能夠說明得了的好處。以前評詩的人們講到文學詩歌的評論，有的就標榜「興趣」，如宋代的嚴羽，有的則推崇「神韻」，這就是王士禛。到了清末時，王國維比較了嚴羽的「興趣」與王士禛的「神韻」，從而又提出了「境界」一說。並以為「境界」是「探其本」的一種說法，嚴羽的「興趣」說與王士禛的「神韻」說都沒能探觸到這個根本，因為「興趣」與「神韻」都太抽象了，無形無跡，不知所云。「境界」雖然比較實在一些，但王國維還是沒有對它做出理論性的解說，所以我就在《王國維及其文學批評》一書中嘗試要給中國的詩歌探求一個真正理論性的衡量標準，於是我就提出了詩歌的好處在於它能傳達出一種感發的力量，詩歌的意義和價值就在於它有一個感發的生命，它生命的強與弱就在於這種感發力量的大與小。王國維在解釋自己的「境界」時說：「能寫真景物、真感情者謂之有境界。」（《人間詞話》）他說這個真景物不是外在景物的真，而是你內心有一份被外在景物喚起的真感動。古人都愛說「山青水碧」，你提起筆來也寫「山青水碧」，但一點也不真，因為那不是你真正的感受。關於這種真感情，我把它分為三個層次。第一是感受，是感官，如耳目口鼻這些感覺器官上的感觸；第二是感動，是外界的情事景物作用於你的感官的程度不斷深刻，以致使得你不禁為之動情了，這就是感動；第三個層次就是感發，是耳目的見聞引起你內心的感動，而你除了這種感動之外，忽然之間好像精神上獲得了一種超出你所為之感動的情事之外的啟發和覺悟，這就叫作感發。以上我把「能感之」簡單地分成三個層次，即感受、感動、感發，而所謂的真景物、真感情一定是屬於這三者之中的一種。哪怕你不是感動和感發，而只是耳目之間的真感受，那也算是「真」了，不然你總是抄別人的「山青水碧」、「草綠花紅」，怎麼能有自己的真感受呢？宋朝楊萬里有一首小詩說：「雨來細細復疏疏，縱不能多不肯無。似妒詩人山入眼，千山故隔一簾珠。」（《小雨》）這雖說不上是頂好的詩，但卻很有詩人的真感受，而且從他所見聞的感受中能產生一種屬於他自己的非常新鮮的情趣，這是關於感受層次上的一個典型的例證。說到感動，像杜甫開元天寶寫的戰亂流離的現實以及像陸游與他前妻離婚後所寫的那些詩句都情真意切，感人肺腑。如陸放翁的《菊枕詩》：「記采菊花做枕囊，曲屏深幌閟幽香。喚回四十三年夢，燈暗無人說斷腸。」這是在懷念他與前妻在一起生活時的往事，他說我清楚地記得四十三年前，前妻唐婉曾將採來的片片菊花的花瓣晾乾為我製成鬆軟芬芳的枕囊放在臥室之中，所以至今我們共同住過的閨房帳幕之中還依然封存著菊花的縷縷馨香。當年在那曲折的屏風與深垂的帷幌之間有過我們的多少歡樂，所以當我聞到那陣陣菊香時，不由得又沉浸在對四十三年前那一幕幕美夢的追憶之中，而今面對這漸漸暗淡下去的燈光，我內心這一份斷腸般的往事和衷情向誰去訴說呢！你看這才是發自內心的真感情、真景物，而且還不只是有真感情、真景物，更是能寫出這些真景物和真感情。至於再深一層的感發的一類，是很難舉例證的，我們看王國維自己是怎麼體會的。他說「古今成大事業、大學問者必先經過三種之境界」，「昨夜西風凋碧樹，獨上高樓，望盡天涯路」，這是第一種境界，他後面還舉了宋代的其他詞句來說明第二、第三種境界。這第一種境界所舉的詞例是北宋晏殊《蝶戀花》詞的兩句，詞意是說，昨天晚上吹的這一整夜的秋風，把我窗前原來枝繁葉茂、濃蔭障目的碧樹的葉子都吹得凋落了，就在這肅殺、淒涼、零落的情景之中，我於第二天早上獨自一人登上那最高的層樓，由於沒有了往日遮蔽視野的密葉繁枝，所以我一下子就望到了那天涯的盡頭了。這本來是敘寫景物情事的句子，而王國維卻認為它是成大事業大學問的第一種境界，這不是感官的感受，也不是感情的感動，是整個詞句中的情景使你恍然得到了一種啟發、聯想和體悟，這種興發和感動的內容已不再限於字面所寫的語言、文字及情事之內了，它具有使讀者產生更多的超乎詞句文字外表以外的興發的強大力量，這就是我說的詩歌中最高層次上的好詩所應具備的那種感發的生命力。當然，並不是每一個詩人或詞人的作品都能夠給人以這樣的感發，所以王國維在舉出這三種境界之後又說：只有大詩人才能寫出帶有這種感發力量的詩來。不知你是否有過這種體驗，你曾被世上名利、得失、人我、利害等許多事情纏繞，被許多繁雜的現象所蒙蔽，說不清是什麼原因，也許因為某一個人或某一件事，甚至是某一本書或某一句話，你忽然一下子覺得那些東西是不足道的了，你忽然經過一種肅殺，經過一種淒涼，經過一種零落，把所有的這些繁華都擺脫了，你一個人的精神境界忽然昇華了，於是你忽然覺得你對這個世界有了一種更超脫、更高遠的看法了，不再被這些世俗的困擾所束縛了，這就是「昨夜西風凋碧樹，獨上高樓，望盡天涯路」的感發的境界。但是只有最好的詩人、最好的作品才能夠寫出這種境界，這也就是王國維說「詞以境界為最上」（《人間詞話》）的那個境界，用我們的話來解釋，境界就是帶有感發的世界，或者也可以倒過來說，帶有感發的作品中的世界。不是作品中的故事，不是作品中的情感，是這整個作品所表現出的一個綜合的整體的世界帶給你的一種感發，這才是我所理會的「境界」。那嚴羽所說的「興趣」與王士禎所說的「神韻」又是什麼呢？嚴羽所說的「興」，如果按照我的理論來講，就是感發，因為「興」本來就是興發感動的意思，這個「趣」就像我們所講的楊萬里「雨來細細復疏疏」那首小詩一樣，其中有一種獨特的趣味，你讀後不免會為他那清新俊爽的獨特情趣而感到心曠神怡。而王士禎的「神韻」其實也是一種感發的力量。我之所以提出「感發」一說，是由於中國詩歌的理論家們其實都認識了這一點，但是他們沒有把它很具體、很清楚、很明白地說出來，所以用了一些很抽象的話，什麼興趣啦、神韻啦、風骨啦等等。我認為「神韻」也是指一種感發的力量，只不過它的理論更注重言外的餘味，即「妙在象外」。有的詩你念完就完了，而有些詩，你念了之後卻不能放下，它讓你反思、回味，但你卻很難具體地說出來，因為它是意在言外、妙在象外的，不像剛才我們所舉的「風骨」、氣象那麼好解釋。

好了，以上我用了這麼多題外的話就是為了說明「目送歸鴻，手揮五絃」的風神與境界，這的確是一種很難講清，但卻是很妙的一種境界，所以陳祚明讚美他是「高致超超」，有一種非常超然高遠的、與天地精神往來的境界。一般人認為這是道學家們在談玄，其實如果你真的超脫了世俗的拘束，真的達到了這樣一種最自然、沒有虛假、沒有造作的瀟灑自得的狀態，你就能體會到「目送歸鴻，手揮五絃」的悠然自得之境界。有的人一輩子老是向外求，求外在的名譽、利益，求外在的情愛，由於他永遠無止境地追求，所以永遠也不能滿足。可有些人不是如此，他們是有諸中而無待於外，是你自己內心之中真正得到了一個屬於你自己的滿足了，與外界的一切沒有關係了，儘管有得有失、有善有惡、有喜有悲，可是你內心之中有一種自得的、與天地精神往來的境界。這說起來好像很玄妙，但這卻是中國的儒家與道家結合以後的一種很高的境界，要知道能表現出這樣一種境界的詩是不多見的，我本來還想舉王士禎的二句詩，可我要說王士禎的這二句詩實在是不高明的，因為這種自得的境界，一定是你真正有諸中的自得，而不是外表裝出來的自得的樣子，而王士禎這個人的缺點是認識了這種「妙在象外」的好處，而又裝出來一副「妙在象外」的樣子，這就不是真正的「妙在象外」了。他在論述「神韻」時曾舉出自己寫的兩句詩來：「吳楚青蒼分極浦，江山平遠入新秋。」（《曉雨復登燕子磯絕頂》）他認為這是有「神韻」的句子，他是主張不著一字盡得風流的，他什麼都不說，自以為很風流自得，其實這隻是擺出一副風流自得的樣子，其意境是無法與嵇康的「目送歸鴻，手揮五絃」相比的。

好，接下去我們繼續把嵇康這首詩看完。「俛仰自得，遊心太玄」說的正是那種無待於外，獨與天地精神往來的精神境界。「俛仰」，我在講張力的時候說過，凡是你把正反兩個相反或相對的東西相互對舉之後，形成的效果就是概括、周遍的意思。這兩句中，俯是低頭，仰是抬頭，意思是說無論你是俯、是仰，你都是逍遙自得的，你無論處在什麼環境中，無論是處在什麼行為狀態裡，你都是悠然自得的，這時候你內心的活動已不是在世俗上人我、利害的斤斤計較，而是你內心的活動已到了太玄之上去了。「太玄」就是天外的宇宙，這就是與天地精神相往來的境界。

下面「嘉彼釣叟，得魚忘筌」，「嘉」是讚美，「釣叟」指莊子。前面我在講《答二郭詩》時說過「莊周悼靈龜」的典故，其中有「莊周釣於濮水」的話，不但如此，「得魚忘筌」一句用的也是《莊子》上的話。莊子說：「筌者，所以在魚，得魚而忘筌。」又說：「言者，所以在意，得意而忘言。」（《外物》）意思是說：魚簍是用來捕魚的，在得到了魚之後，這個竹簍就無關緊要了；言語本來是傳達你的思想意圖的，當你把這其中的思想意圖都理解了，言語也就變得不那麼重要了。總之這兩句是要說明你無論做什麼事，都要把握住那個最本質、最真實、最重要的目的，此外的一切包裝都是不重要的。就人生而言，最重要的是能夠永遠保持一種逍遙自得的精神狀態，而這一點卻並不是每個人都能獲得的。當你找到，並享受到它之後，你去對別人說，可是那些尚未找到的人就無法體會、明白和理解你所說的那一番境界，所以下面就說：「郢人逝矣，誰與盡言？」

這又是《莊子》上的典故：說有一次莊子送葬經過惠子的墳墓（惠子是莊子的好朋友），莊子很感慨，就講了一個故事給他身邊的人，他說郢這個地方有一個給牆塗白灰的人不小心將一點白灰塗到了自己的鼻子上，這小點白灰很薄，其薄的程度有如蒼蠅的翅膀一般，於是他就叫來匠石為他削掉，匠石果然就揮舞得巨斧呼呼作響，向那個人的鼻尖削去，這個人竟然面不改色，再看那匠石更是妙，他不用眼睛看，憑著風聲就揮斧劈下去，最後居然斧過堊盡，白灰點被削得乾乾淨淨，而那個人的鼻子卻一點沒受到傷害。後來這個事情被宋國的宋元君聽到了，就叫匠石來為他也表演一次，說「嘗試為寡人為之」，你也為我削一削看，匠石說：過去我確實曾經擅長於這種技術，為人削過，但是現在卻不能了，因為那個能夠與我默契配合的對手（郢人）已經死了，我已經失去表演這一絕技的搭檔了，所以再也不能表演了。說到這裡，莊子歎息說，與那個匠石的感歎同樣，自從我的朋友惠子死去之後，我也失去了談話的對手，現在我心裡有話，可是對誰來說呢？誰能像惠子那樣理解我呢？以上是《莊子・徐无鬼》中的故事。那麼嵇康引用了這麼多《莊子》上的典故，他要說明什麼呢？他是在感慨人生，悲歎「知音」之不存。當你對宇宙、自然、人生之中那些最本質、最重要的東西已經有所領悟、有所體會的時候，你是多麼渴望能夠找到一個知音、一個可與交談的對手將自己內心的體悟傳達出來，然而「郢人逝矣，誰與盡言」？那個真正能夠懂得、體會出「目送歸鴻，手揮五絃」之精神境界的人已經沒有了，再沒有人能夠與你一起共同談論那份「俛仰自得，遊心太玄」的此中「真意」了。由此我們不難看出嵇康在他哥哥嵇喜出仕問題上所表現出的惋惜和悲哀。

（徐曉莉整理）

第五章　太康詩歌

第一節　潘岳

前面我們幾次講過，魏晉之間正處於中國文學的覺醒時期，在這之前的文學作品，像《詩經》、《楚辭》等都不是為了文學的目的而作的，它是因為有一種感情在作者內心之中湧動，不得已才自然而然地抒發表達出來的，所以後人說屈原是「憂愁幽思而作離騷」（《史記・屈原賈生列傳》），就是說他是在欲挽救楚國命運的強烈願望和真摯情感的驅動下，不知不覺地寫出了詩，而不是為了要做一個詩人才寫詩的。可是到了魏晉時期，前文我們講過，曹丕在他的《典論・論文》中已開始對文學的意義和價值有了新的認識，他說：「蓋文章，經國之大業，不朽之盛事。年壽有時而盡，榮樂止乎其身，二者必至之常期，未若文章之無窮。」這說明他已經開始注意到文學的獨立價值了，當認識到文學的這種獨立價值之後，文人們便開始在詞句、語彙上下工夫，像我們講過的曹丕的弟弟曹植就開始經常用對偶，並且注重詩歌裡面辭藻的修飾。他的詩不再是古代那種有諸中而形於外的自然而然的作品，而變成一種有心用意的安排與製作了。由此可見，魏晉時代的文學覺醒是可以上溯到建安時期的。這種情況發展到了太康時期就愈加強烈和普遍了，人們更加看重詩句的對偶、辭藻的修飾。這樣做的結果是，就文字的作用安排及技巧的精心雕琢上說，好像是進步了，但可惜的是，古代詩歌中的那種自然而然、脫口而出的直接打動人的力量卻相對減少了。天下的事情常常是如此的，中國古人常說「豐茲吝彼，理詎能雙」。「茲」就是「此」，「豐」與「吝」是一對反義詞，即多與少。如果此一方面增多了，那麼彼一方面就相應地減少了。「詎」是豈的意思，是說彼此雙方怎麼能夠都同時保有而不受減損呢？天下無論是天理還是人理，都是此消彼長、難以兩全的。《莊子》上講過一個故事，他說有一個叫做「混沌」的東西，沒有耳、目、口、鼻這七竅的感知官能。有人認為這模糊一團、沒有七竅的混沌是不完美的，就要給它把「七竅」鑿出來，可結果呢：「七竅鑿而混沌死。」你給人開鑿出七竅，它倒是有了耳、目、口、鼻了，可那個作為混沌而存在的生命卻被你給消滅掉了。作詩也是如此，你人工的智力、有意的計畫安排的工夫多了，結果那本有自然的直接感發的力量就相對地減少了。這就是「豐茲吝彼，理詎能雙」的道理。

我們對待太康時代的詩歌特色，也應該採用這樣一種眼光來看。太康是詩歌發展進程中的一個特別重要的階段，詞的進展也經歷過這樣一個階段。唐五代的小詞，像李後主的「林花謝了春紅」、「春花秋月何時了」，那都是一種直接的自然的感發。而到了周邦彥以後，特別是南宋時的詞人們，他們就開始注重有心用意地安排製作了，結果也是使那種直接的，自然而然的感發力量大大減損了，所以王國維就總是不大欣賞南宋的詞。其實無論是詩，還是詞，總之詩歌中最重要的是應該有一種感發的力量，它是詩歌價值得以實現的生命。那種全憑技巧編排製作出來的詩與詞，也不能說它絕對沒有感發的力量，只不過它是透過另外一種形式來傳達作者內心之中的感動。我們前面曾經說過，對於不同類型的詩歌，要用不同的方式、從不同的途徑去欣賞它，有一些詩人他沒有把自己的感發直接地寫出來，而是用了一些安排、製作的技巧來創作，這種製作需要思索的安排，也就是說他是透過思力來創作，如果對於這一類詩，你總想從中找出那種直接感發的力量來，期望它能像「春花秋月何時了，往事知多少」那樣一念就打動你，那你就會怎麼看怎麼不對勁。對於這類詩，你也應該採用作者創作時的方法，即運用思力，透過它安排製作的外表形式去發現它的好處，從而達到欣賞它的目的。這就是此一類詩歌的欣賞途徑，下面我們來舉幾首詩作為例證。

說起太康時代的詩人，大家常常會提到「三張」、「二陸」、「兩潘」、「一左」，這種稱述最早見於《詩品》。有時我覺得，一般念書人普遍都有一種惰性，反正千古文章一大抄，開始的人還用了點思想來寫，後來的人便跟在古人的後面人云亦云了，人家說晉朝有「三張」、「二陸」、「兩潘」、「一左」，我們也就只看這「三張、二陸、兩潘、一左」了，此外，晉朝詩人還有誰，我們就不大看了，文學史也不大講了。其實這「三張、二陸、兩潘、一左」裡面也不見得每個人的詩都是好的。我以為這些人中，左思是比較有特色的，其他那些人都是用思力去安排製作的，都是透過思想的安排來寫詩的，缺少直接感發的力量。只有左思與這些人的詩風不同，是比較富有直接的感發力量的，這個我們暫且將他放下，留待以後專門講。關於「三張」，有一說是指張載、張協、張亢這三兄弟，但張亢的詩《詩品》裡根本沒選。《詩品》中所說的「三張」不應該包括張亢。因為《詩品》裡所說的「三張」應該是配合他們的詩作一起入選的張載、張協與張華這三個人。另外還有一個人也很有名，就是潘岳。潘岳號叫安仁。我們中國常常說貌比潘安，就是說這個潘岳。中國這個國家的人很妙，她是一個文學性很強，而邏輯性較少的民族。文學性很強，所以講究「對偶」，講究文字美。司馬遷，複姓司馬，後人不稱他「司馬」，而稱他「馬遷」。因為中國喜歡用兩個字的詞，這樣對偶起來比較方便，潘安仁不說潘安仁，而說「潘安」，因為他要用他跟宋玉相對，說成「貌比潘安，顏如宋玉」，這樣你看不就正好對偶了嗎。你如果說「貌比潘安仁，顏如宋玉」就對不上了，因此就從他名中減去了一個「仁」字。潘安在中國的當時是很有名的，關於他有很多故事流傳。因為他人長得很美，文章也很有詞采，許多婦女都非常欣賞和崇拜他。傳說他每次坐車上街，婦女們都把花果丟給他，他便可以滿載花果而歸。潘安仁之所以出名還因為他曾做了幾首悼亡詩，是悼他的亡妻的。一般說，在中國的詩人中哀悼妻子的悼亡詩有很多佳作，像蘇東坡的《江城子》「十年生死兩茫茫」，像陸游的《菊枕詩》「記采菊花做枕囊」等。由於夫妻之間是最親近的，所以對妻子的悼亡，感情一般說來是比較真切的。可是潘安仁的悼亡詩與蘇東坡的「十年生死兩茫茫」及陸放翁的「記采菊花做枕囊」是不一樣的。蘇東坡與陸放翁都是直接的感動，好像真是痛哭流涕地說出來的，潘安仁雖然也寫得很感動，但是你需要透過他的思力的安排去欣賞他的感動。這一特點很能代表太康這一時期的詩歌風氣，為此我們就選取潘岳和「三張」中的張華這兩個詩人為代表來簡單概述一下這一時代的詩壇風貌。

潘岳是滎陽中牟（今河南中牟縣東）人，他曾經被選舉為秀才，魏晉之間選拔官吏的方法不是用科舉考試，而是由各地方的人推舉的。潘岳被舉為秀才，做了郎官。後來升遷到了河陽縣的縣令。據說他到河陽縣做縣令時，叫全縣都種花，河陽一縣的花，都是潘岳當時提倡種植的。後來他入了朝，做了尚書郎，以後又屢次升遷，官至黃門侍郎。他平時與朝中的另一個官員孫秀有嫌隙，兩人彼此之間有些誤會和矛盾。據說孫秀當年很卑賤的時候曾經在潘岳手下做過事情，而潘岳對他非常不好，後來孫秀小人得志，憑藉逢迎、諂媚的手段為趙王倫所用，而趙王倫曾經一度廢了晉惠帝，自己做了皇帝，所以孫秀後來也隨之權勢大起來，這時他就想報復當年冷遇過他的人。歷史上記載說，當孫秀得意之後，有一次跟潘岳遇見了，潘岳問他是否還記得我們從前的事情，孫秀說：「中心藏之，何日忘之。」意思是我深深地記在心中，沒有一天曾經忘過。那麼他耿耿不忘的是什麼？正是當年與潘岳之間的怨恨。潘岳也預感到如今孫秀得勢了，自己是難免於災禍的。果然，不久災禍就降臨了，孫秀誣陷潘岳和另外一個人，也是很有名的石崇，這石崇還不只是因為有詩名，他更著名的緣故是因為他的富有，他是以有錢而出名的。他建造的「金谷園」是當時最美麗的花園，他還有個非常美麗的歌妓叫綠珠。孫秀既然逢迎趙王倫很得勢，就向石崇提出把綠珠要過來，石崇不肯給，於是孫秀就誣陷石崇和潘岳兩人謀反，把他們都殺死了。（編按：參《晉書》卷五十五）

在太康詩人中，不僅潘岳是被殺死的，等一下我們將要講的張華也是這樣被殺死的。史書上說張華「元康六年拜司空，為趙王倫、孫秀所害」；陸機、陸雲這「二陸」「因戰敗績為司馬穎所害」。魏晉之間的文人可以說是少有全者，很多人都在政治鬥爭漩渦之中被殺死了。關於這段歷史上有名的「八王之亂」前後的情況，我們以後涉及到具體詩人的身世時再詳細介紹，現在我們簡單看一下潘岳的《悼亡詩》。悼亡是對於死亡之人表示哀悼，本來一切人，不管是親戚朋友誰死了，都可以悼亡詩來表示哀悼的，可是中國就因為是從潘岳開始把悼亡詩專用來哀悼自己的亡妻了，所以後人再說到悼亡詩就常常是專指丈夫哀悼妻子的詩了。潘岳的《悼亡詩》共有三首，形成一組，現在我們就來看他的第一首：

荏苒冬春謝，寒暑忽流易。之子歸窮泉，重壤永幽隔。私懷誰克從，淹留亦何益。僶俛恭朝命，迴心反初役。望廬思其人，入室想所歷。幃屏無髣髴，翰墨有餘跡。流芳未及歇，遺挂猶在壁。悵怳如或存，回惶忡驚惕。如彼翰林鳥，雙棲一朝隻；如彼游川魚，比目中路析。春風緣隙來，晨霤承簷滴。寢息何時忘，沉憂日盈積。庶幾有時衰，莊缶猶可擊。

這首詩你讀了半天也沒使你感動，不像陸游的詩「記采菊花做枕囊，曲屏深幌閟幽香。喚回四十三年夢，燈暗無人說斷腸」。它帶給你的是一種直接的感動。蘇東坡的「十年生死兩茫茫，不思量，自難忘。千里孤墳，無處話淒涼」。這些都是直接的感動，可是潘岳的詩不是這樣，他是用思力安排的，這是太康時代的風氣。這種詩你也要運用思力去想他的感情，而不能憑直覺去感受他的感情。這裡所說的思力或思想，不是哲學上的那種思想，而是說要用腦筋去思索，想一想他的感情。因為作者的感情是用「想」來寫成的，讀者也就必須透過「想」去接受，這是一種不同的欣賞途徑。

詩中首句的「荏苒」是說時間慢慢地移動，「謝」是辭謝的意思。這裡寫時間的變化，冬天辭謝了，春天也辭謝了，轉眼之間他的妻子已經死去一年了。「寒暑忽流易」中既包含著大自然的變化，又包含著他生活中的巨大改變。「之子歸窮泉」的「之」這裡是起指代的作用，「之子」即指他的妻子。「歸」是歸宿，「窮」極言其深，「幽」是幽暗。妻子被埋葬在九泉之下的「重泉」裡，那麼深的層層土壤使她永遠在幽暗之中與我隔絕。下面「私懷誰克從，淹留亦何益」。「私懷」是指自己的想法和願望。「克」即能夠，「從」，隨、順。「淹留」是滯留的意思。他說按照我的意願，我當然是願意留在妻子的墳墓或家庭的附近來表示哀悼，可這是做不到的，因為現在他的假期已滿，又要回去做官了。「私懷」，我這種個人的願望又怎麼能夠得到滿足呢？再說，我即使真的能夠留下來又有什麼作用呢？五代詞人馮延巳有一首《浣溪沙》小詞說：「轉燭飄蓬一夢歸，欲尋陳跡悵人非，天教心願與身違。」他是說我就像風中閃動的燭光，空中飄蕩的蓬草，我過去那麼多年的生活，像一場夢一樣，如今我回到這裡來的目的是要尋找舊時生活的痕跡，然而物是人非，當年我所親近的、愛慕的人都不在了。我只有無限的惆悵，為什麼上天總教我們內心的願望與我們身體的生活相違背呢？從情事上看，潘岳與馮延巳詞中所寄的感慨是很相似的，因為潘岳也是回到他原來住的地方，他的舊居的房屋建築還在，可是他的妻子卻不在了。也就是馮延巳的「欲尋陳跡悵人非」，這是人一種直覺的感發。我本來心裡很想留住，可我身體的客觀情事卻身不由心，不許我留下，這就是「天教心願與身違」，心和身的對舉非常鮮明地表達了他的感情。現在潘岳「私懷誰克從」，是說我內心的願望不能達到，滯留在此也沒什麼意義，所以他就要「僶俛恭朝命，迴心反初役」。「僶俛」是努力的樣子，「初役」是指我原來所從事的朝廷所給的政務。我只好努力、恭敬地接受命令，改變我自己耽溺於哀悼的心情，回我的住所幹我的工作。當然潘岳還是很懷念他妻子的，因此他接著說「望廬思其人，入室想所歷」。「廬」是屋舍，指舊時同住的房子；「入室」的「室」是指內室、臥室。我一看到我們當年所住的房室，就想到在屋子裡的同住之人，以及我們兩人在內室之中的全部生活情形。「幃屏無髣髴，翰墨有餘跡」，「髣髴」是一個恍惚的影子，「翰」是指毛筆，我看到帳幕還垂在那裡，屏風也依然立在原地，可在那帳幕與屏風的旁邊，卻再也看不到妻子那熟悉的身影了，只有妻子當年寫詩作文的筆墨和字跡還留在那裡。「流芳未及歇，遺挂猶在壁」，你知道婦女常常喜歡一些香料，現在當然都是香水了，當年是一些香粉啦、香料啦，他說她當年留下的這種芬芳的香氣還沒有消散，「歇」是完全消失。「遺挂猶在壁」，她留下來的掛在架子上的物品、衣架上的衣服或牆壁上掛的用具等等仍然還在。看到這些情形，他「悵怳如或存」，一方面很悵怳，悵是悵惘，怳是恍惚，睹物思人，我的心中又惆悵，又恍惚，我恍惚覺得她還在這裡。「回惶忡驚惕」，於是我就四周去尋找，「惶」和「忡」都是內心很驚慌的樣子，我的內心覺得非常驚訝和悲哀，她在哪裡？她怎麼又不在了呢？這正如李清照《聲聲慢》詞所說的「尋尋覓覓，冷冷清清，淒淒慘慘戚戚」的感情。「如彼翰林鳥，雙棲一朝隻」，「翰」字從羽毛，這裡指代鳥類的飛翔。他說我跟我的妻子就如同是在林中飛翔的一對鳥，「雙棲」是說這一對鳥本應是雙宿雙飛的，現在居然「一朝隻」，「一朝」是一日之間，「隻」是隻身一個，那雙飛、雙棲的一對鳥，忽然一日之間竟只剩下一隻了。「如彼游川魚，比目中路析」，比目魚的眼睛是長在一邊的，另外一邊沒有眼睛，所以這類魚要兩條貼在一起游才可以。他說我們就像比目魚，本來要兩條合成一對才是完美的，可是在游動的過程中「中路析」，「析」就是分開了。

以上是他與妻子的分離，下面是說他對妻子的思念，「春風緣隙來，晨霤承簷滴」，又一個春季到來了，春天的風「緣隙」來，「緣」是沿著，「隙」是窗戶的縫隙。春風沿著窗隙吹進來，又喚起了我的思念之情。李商隱的「颯颯東風細雨來」（《無題》）一詩寫春風喚起一個人對愛情的思念，李白也曾寫過一首詩：「燕草如碧絲，秦桑低綠枝。當君懷歸日，是妾斷腸時。春風不相識，何事入羅幃。」（《春思》）真是寫得好，春天是萬物萌生之季，暮春三月，草長花開，自然萬物一派欣欣向榮的景象，自然也會引起你內心感情的萌發。所以當「燕草」（燕地的草）如碧絲，秦桑（秦地的桑樹枝，秦與燕都指北方大地）新綠的時候，那正是你思念懷人之情也隨著春天之良辰美景一同萌生的時候，所以下面就說「當君懷歸日，是妾斷腸時」，你思念我的時候，也正是我為思念你而心碎腸斷的時候。李白詩的下面兩句很妙，它忽然間從抒情跳到詠物，從怨別跳到怨春：「春風不相識，何事入羅幃。」春風我也不認識你，你為什麼卻進入到我的窗幃羅帳裡來？為什麼給我這種撩動，增加我的相思之苦?!你看李太白人家寫得多麼生動，多麼富於直接的感動。你再看潘岳所抒發的這種思念之情就都是思想的安排了：「春風緣隙來，晨霤承簷滴」，「霤」（ㄌㄧˋㄡ）是屋簷下的滴水，叫簷溜。這句是說早晨屋簷下的露水沿著屋簷滴滴答答地流了下來。可是「晨霤」與你的相思懷人又有何干？這就又需要你用思力去想了：溫庭筠的詞中有「梧桐樹，三更雨，不道離情正苦。一葉葉，一聲聲，空階滴到明」（《更漏子》）。另外宋代女詞人聶勝瓊也有詞說「枕邊淚共簾前雨，隔著窗兒滴到明」（《鷓鴣天》「寄李之問」）。想到這裡，你就一下子明白「晨霤承簷滴」這句中的潛臺詞了。下面「寢息何時忘」，是說我什麼時候能夠忘記你呢？正因為我無時不在思念你，所以說「沉憂日盈積」，「盈」是滿，「積」是堆積，我思念你的悲苦與憂傷就一天比一天更加深沉濃厚了。「庶幾有時衰」，「庶幾」是大概、或許的意思，他這兩句寫得實在是妙！他說，我想我這種悲苦哀傷或許有一天可以減少，如果將來果真我的悲哀減少了，說不定我也可以像莊子那樣「莊缶猶可擊」了。這裡用的是《莊子》上的典故。據說莊子的妻子死了，惠子前來弔祭，發現莊子正在「箕踞鼓盆而歌」。「箕踞」是兩腿分開來，隨便地席地而坐，在古人看來，坐是應該把兩腿壓在下面的一種半跪半坐的姿式，有的叫它跪坐。而「箕踞」在古人眼裡是非常隨便、非常不禮貌的一種粗俗的坐法。莊子「箕踞」還不說，還敲著瓦盆在那裡唱歌。惠子就對他說「與人居，長子、老、身死不哭亦足矣，又鼓盆而歌，不亦甚乎！」（《莊子・至樂》）他說你跟你的妻子生活了這麼多年，給你生下的子女都長大了，現在她老了，死了，你不哭，這也就算了，居然還敲著盆唱歌，你這樣做不是太過分了嗎！莊子說：「不然。是其始死也，我獨何能无慨然！察其始而本无生，非徒无生也，而本无形，非徒无形也，而本无氣……人且偃然寢於巨室，而我噭噭然隨而哭之，自以為不通乎命，故止也。」意思說你的話不對，她剛剛死的時候，我怎麼能不悲慨呢？可是我仔細地想一想，一個人當初本來就沒有生命啊，不但沒有生命，根本就沒有形體，不但沒有形體，根本也沒有呼吸。後來在若有若無之間，變而成氣，氣變而成形體，體變而成生命，現在又變而為死，這樣生來死往的變化就好像春夏秋冬四季的運行一樣。如今人家靜靜地安息在天地之間，而我還在啼啼哭哭，我以為這樣做是不通達生命的道理的，所以才不哭。這就是莊子置生死於度外的通觀與達觀。所以潘岳說「庶幾有時衰，莊缶猶可擊」，或許將來有一天，我的悲哀會減少，像莊子一樣有了道家的這種哲理的覺悟，說不定我也會從悲哀中解脫出來，像莊子一樣敲著瓦盆唱歌吧！

這就是當時的風氣，你看他裡面都是思力，都是安排，都是運用思想的力量，安排製作出來的。辭藻看上去也不錯，也很美，什麼「春風緣隙來，晨霤承簷滴」，什麼「回惶忡驚惕」之類的。可是，他不給你直接的感動，這就是當時詩壇的面貌。當然只看這一首詩似乎還不夠，下面我們再來看張華的一首詩來加深對這種時代特色的認識。

第二節　張華

張華有幾首《情詩》，我們也只看其中一首：

清風動帷簾，晨月照幽房。佳人處遐遠，蘭室無容光。襟懷擁虛景，輕衾覆空床。居歡惜夜促，在戚怨宵長。撫枕獨嘯歎，感慨心內傷。

「情詩」嘛，當然是寫男女愛情的了，這首詩所寫的是對一個女子的相思懷念。「清風動帷簾」，很清涼的風吹動了帷幕與窗簾。「晨月照幽房」，早晨將落的斜月就照在早晨黑暗的內室中。「佳人處遐遠」，我所懷念的那個人她不在這裡，她在很遙遠的地方。因為「佳人」不在這裡，所以這個芬芳溫馨的、這位美人曾經住過的「蘭室」（閨房）現在已沒有了她的容顏和光彩。「襟懷擁虛景」，他說我懷念她，可是我的胸襟懷抱之中所擁抱的只有空虛的影子。「輕衾覆空床」，當時我們兩個人睡過的床上，那溫暖輕柔的衾被還覆蓋在空床之上。「居歡惜夜促」，回想我們當時一起生活在歡樂之中的那些時光，我們總是可惜夜晚的短暫，而現在當我一個人處在戚苦悲哀之中時，我竟覺得每一夜都這樣的漫長，所以是「在戚怨宵長」。「撫枕獨嘯歎，感慨心內傷」，於是我就拍著枕頭，一個人獨自吟嘯、長歎，以抒發我內心的哀傷之情。

你看這首詩也都是一些用腦筋的說明，不帶給你直接的感動。所以我一直說太康的詩人及作品沒有什麼特別好的，而且這些詩人和作品都沒有自己鮮明、獨特的個性，他們只是在文字、辭藻、對偶等方面下工夫，像「居歡惜夜促，在戚怨宵長」、「襟懷擁虛景，輕衾覆空床」等等。這裡面真正的感發的生命力是很弱的。太康時期詩歌的一般風氣都是如此的，這是時代特色的一個主要方面。除此之外，這個時期的人喜歡摹仿，因為他們認識到了文學所具有的獨立價值之後，要想作出好詩來，就得練習，就得向古人學習，於是許多人爭相摹仿古人的詩，有的摹仿古詩，像陸機的《擬迢迢牽牛星》、《擬明月何皎皎》等都是摹仿古詩的。還有的摹仿樂府詩，如張華的《遊俠篇》、傅玄的《豫章行》等等。張華摹仿樂府詩也像他的其他詩一樣，喜歡用典故，透過安排來寫詩，而傅玄摹仿樂府詩則大多是一種自然的感發。我們先來看張華的《遊俠篇》：

翩翩四公子，濁世稱賢名。龍虎相交爭，七國並抗衡。食客三千餘，門下多豪英。遊說朝夕至，辯士自縱橫。孟嘗東出關，濟身由雞鳴。信陵西返魏，秦人不窺兵。趙勝南詛楚，乃與毛遂行。黃歇北適秦，太子還入荊。美哉遊俠士，何以尚四卿。我則異於是，好古師老彭。

以前我們講過曹子建的樂府詩《白馬篇》，它與張華這首《遊俠篇》是很相近的。戰國時代有一種遊俠之士：一些有才情、有志意、有本領的年輕人周遊各國，做一些俠義的事情。《白馬篇》是寫那些勇敢的年輕人，曹子建說「借問誰家子，幽并遊俠兒」，現在張華所寫的就正是這些「遊俠兒」。兩首詩所寫的內容大致相似，可是寫作的方法卻大不一樣。曹子建是對那些幽并遊俠兒本領的直接描述，他們可以「控絃破左的，右發摧月支」，可以「仰手接飛猱，俯身散馬蹄」……張華的《遊俠篇》並不是直接地寫這些遊俠，而是寫了許多有關遊俠兒的典故。「翩翩四公子」是指春秋時著名的四位貴族公子，他們是魏國的信陵君魏無忌，齊國的孟嘗君田文，趙國的平原君趙勝以及楚國的春申君黃歇。他們不但擁有財富和權勢，而且風度和儀態也很美好，所以張華用了「翩翩」二字來形容他們的雍容瀟灑。不但如此，他們還各自在自己的門下養了一大批很有才能的人，據說每人手下門客都有三千人之多。在春秋時代那種複雜混濁的塵世裡，他們都以自己的才能和名望被眾人所崇仰，司馬遷的《史記》中就說「平原君翩翩濁世之佳公子也」（《平原君虞卿列傳》），所以張華這裡說「翩翩四公子，濁世有賢名」。下面「龍虎相交爭，七國並抗衡」，當時戰國七雄在互相抗衡，互相打仗，好像是龍虎交爭。「食客三千餘，門下多豪英」，他們門下都養著許多食客，有很多英雄豪傑，這些人各處去遊說，靠自己的才能來取得地位，建立功業。「遊說朝夕至，辯士自縱橫」，「說」這裡讀ㄕㄨㄟˋ，用語言和辯論去征服對方叫說。「縱」讀ㄗㄨㄥˋ，「縱橫」指合縱與連橫，這是當時流行的兩種外交策略。戰國時的秦國在咸陽，比較靠西邊，其他的六國比較靠東，所謂「合縱」是指東方這些國家包括齊、楚、燕、韓、趙、魏聯合起來共同對付秦國的一種策略。而秦國呢，為了瓦解各國的聯盟，以利於維護秦的霸主地位而提出了東西方大聯合的「連橫」之策。當時主張「合縱」的最有名的人是蘇秦，他曾經身佩六國的相印。而代表「連橫」主張的主要人物則是張儀。張華這兩句詩的意思是說各地的遊俠之士到處遊說，今天這個人來說服你用「合縱」之法，明天那個人又來動員你採取「連橫」的主張，甚至早晚之間都會有不同的論點和主張出現。以上八句是敘說當時的總形勢。

在這樣的情形之下，「孟嘗東出關，濟身由雞鳴」。這裡又有一個典故，《史記》孟嘗君的傳記中記載：齊湣王派孟嘗君到秦國去，秦昭王本來想任用他做秦國的宰相。可是有人勸他說，孟嘗君是從齊國來的，你怎麼能用他做宰相呢？他的政策肯定是對齊國有利的。於是「王乃止」，而且還「囚孟嘗君謀欲殺之」。孟嘗君派人給秦昭王最寵愛的姬妾送去一份厚禮，這個姬妾為他在昭王面前求情，於是「王釋孟嘗君」。孟嘗君從囚禁的地方出來後，立即騎著馬就逃走了，不久秦昭王後悔了，又派兵從後面追趕他。孟嘗君夜半逃至函谷關前，當時的關法規定，要等到早晨雞叫時才可以開關放人，孟嘗君害怕後邊的追兵趕到，就在這危急的關頭，他門客中居下座的有一個能學雞鳴的人就提前學著雞的聲音鳴叫起來，於是附近所有雞都跟著叫了起來，於是守關的人就以為天快亮了，便開了關門放走了他們。「濟」這裡是「救」的意思，這兩句的意思是說，當孟嘗君東出函谷關的危難之時，就是因為他門下有一會學雞鳴的遊說之士，才拯救了他的性命。（編按：參《孟嘗君列傳》）

下面「信陵西返魏，秦人不窺兵」，說的是竊符救趙的故事。說當時秦國派兵攻打趙國，趙國公子與魏國公子信陵君是好朋友，並且有婚姻的親戚關係。他向魏公子求救，魏公子就竊走了用兵的兵符，並假傳魏王的旨意，殺死了當時帶兵的將軍晉鄙，擊退了秦兵，保全了趙國。然後他讓手下的將軍帶著軍隊回到魏國，自己卻和門客們留在了趙國，這一留就是十年。後來秦國聽說信陵君不在魏國，就日夜出兵攻打魏國，魏王派人請信陵君回來挽救自己的國家，果然信陵君一回來，便「破秦軍於河外，走蒙驁，遂乘勝逐秦軍至函谷關，抑秦兵，秦兵不敢出」（《史記・魏公子列傳》）。這就是「信陵西返魏，秦人不窺兵」。「窺」這裡是侵略的意思，詩的意思是說，由於魏公子信陵君返回了魏國，所以秦人就不敢出兵了。

「趙勝南詛楚，乃與毛遂行」，這又是一個典故。說有一次秦國包圍了趙國的都城邯鄲，趙王派平原君去楚國尋求援救。當時他挑選門客中有勇力、有才幹的二十餘人同行。有一個叫毛遂的人沒被選中，他就跑去對平原君說「願君即以遂備員而行矣」，我願意做一個後備人員與你們一同走。後來他們一同到了楚國，楚王不肯出兵救趙，毛遂就「按劍歷階而上」，揪著楚王逼問，最後雙方制定了一個「合縱」的條約。（編按：參《史記平原君虞卿列傳》）「詛」是用禍福之言來威脅的意思，這兩句詩也是說明平原君聯合楚國的成功，仍是仰仗了這些遊俠之士的能力。

「黃歇北適秦，太子還入荊」，又是一個故事。《史記・春申君列傳》說，楚國派遣春申君黃歇帶著太子完到秦國做人質，秦國留他們好幾年，楚王患病也不讓他們回去，於是黃歇就去遊說應侯，託應侯為他們在秦王面前說情。秦王仍不同意讓楚太子完回去，只同意讓太子完的老師，也就是春中君回楚國探望。黃歇就為楚太子制定了一個計策，使太子完換了衣服，假扮成使者乘著車偷偷地跑回楚國去，他自己就留在旅舍中託病不出，估計太子完已經至楚，才冒死回復了秦昭王。這就是「黃歇北適秦，太子還入荊」，「適」是「往」、「到」，「荊」即楚國的簡稱。

你看這中間八句，一句一個典故，這種表現方法當然不是直接的感發了。後邊幾句是他的總結，「美哉遊俠士，何以尚四卿」是說你看這些遊俠之士的功業多麼美好，什麼人還能超出這四位公子之上呢？所以是「何以尚四卿」，「尚」是可以超乎其上的意思。看到這裡，我們大家都會以為這本來是延續上面而來的讚美之詞，是曲終奏雅。可是在結尾之處，作者筆鋒一轉，把前邊的讚美一筆抹殺了，說他們儘管有這樣的功業，而「我則異於是，好古師老彭」。我與他們是不一樣的，我是不追求功業的，我也不想做遊俠，我的興趣和志向在於師法古先賢「老彭」，「老」是老子，「彭」是彭祖，都是不慕外表的功業浮名，只注重修身養性的道家先祖。你看這首詩裡幾乎每一句都有典故，完全是透過意念思索寫出來的。這就是太康詩的另外一種作風，並且這種作風對後來也有相當大的影響，不僅寫《詠史》的左思受到這種影響，後邊還有一個叫劉琨，他有一首《重贈盧諶》，其中也是一句一個典故，都是歷史故事。

第三節　陸機之一

從這節開始我們就要正式講陸機了，按照慣例我們還是要先看他究竟是怎麼樣的一個人。孟子說：「誦其詩，讀其書，不知其人可乎？是以論其世也。」（《孟子・萬章下》）其實我們每講一位詩人都是按照孟子的方法，從「知人論世」開始講起的。西方上世紀五六十年代流行的新批評，像艾略特等人反對這種做法，他們認為作者的生平與作品的好壞之間沒有什麼必然的聯繫，不能用作者生平來評判詩歌作品的價值。這東、西兩種方法和看法我認為都有一定的道理，但我們也必須承認在作品、作者、時代三者之間自有一種十分微妙的關係。首先，我們應該區別出詩人與非詩人來。一個人的好壞與他是詩人、非詩人沒有必然的關聯；與他能否作出好詩來也沒有關係，我們大陸有一位很有名的畫家，美國一所大學請他去做畫展和講演，這原本是件好事。那位美國的大學教授寫了幾首詩連同邀請信一起寄來，可一直沒有接到回信，他就託我回國時問一問原因。後來我在國內見到這位畫家問起這件事，他說，信是收到了，可信裡那幾首詩完全不是詩，這樣的人我不能同他來往。這種做法就未免太過分了，因為一個人的好壞與他詩的好壞完全是兩碼事。當然這都是藝術家的想法了。另外，詩人裡邊當然是有好人，也有壞人，他們每個人的品格都有高低上下的種種不同。即便如此，我們也不可斷定好人寫的詩就一定好，壞人寫的詩就必然壞。詩人與詩作之間有許多複雜的關係，特別是中國的詩歌，它裡邊最重要的就是要有一種感發的力量與生命。那麼這種感發的力量與生命由何而來的呢？王國維說了，詩人要「能感之」，也要「能寫之」，作為詩人先要有感受到這份生命力量的能力，然後你還要有表達、寫作的修養和技巧。假如有兩個詩人，從品格上講，一個好一點，另一個壞一些，在藝術修養上他們都一樣，具有同樣的藝術價值觀念，同樣的修辭技巧，同樣的表達功力，總而言之，在「能寫之」這一點上完全相同，那麼在他們詩中所傳達的感發的力量和生命，就一定與這個作者的品德、心靈、感情有著密切的關係。杜甫詩寫得好，藝術表現技巧很高，李商隱也寫得好，藝術表達的境界也很高，可他們二人心靈、感情的品質是絕對不一樣的，不同的品質可以有不同的成就，也可以有不同的好處。此外，即使都是好的詩人，在藝術表達能力諸方面也基本相同，他們之間也會有大詩人、偉大的詩人與普通的詩人的區別。之所以會產生這種差別，就在於他們每個人所具備的感發的生命和力量自有大小、高低、廣狹、深淺的種種不同。同樣是寫花，或者同樣是寫落花，北宋晏幾道寫了兩句「落花人獨立，微雨燕雙飛」，這的確寫得很美，春花零落，一個人獨立在落紅之中，承受著沾衣不濕的毛毛細雨，一對燕子此時從春風微雨中飛過，這情景喚起了他對往事的回憶：「記得小蘋初見，兩重心字羅衣。」（《臨江仙》「夢後樓臺高鎖」）我記起曾經愛過的一個女子，她身上穿著兩重羅衣，外衣上面繡著「心」字形的花紋。篆書中「心」字的筆劃是委曲蜿蜒的，而且加上它的字面意義，就將詩人內心中那一份親密、深厚、委婉、纏綿的感情傳達出來了。這種藝術表達的確很美，也很巧妙。然而，他寫的是什麼？是他個人的、一己的狹窄的私情。同樣杜甫也寫花，他怎麼說的，他說：「花近高樓傷客心，萬方多難此登臨。」（《登樓》）「關塞三千里，煙花一萬重。」（《傷春》）「國破山河在，城春草木深。感時花濺淚，恨別鳥驚心。」（《春望》）都是寫花，這樣一比較，你就會發現，杜甫詩中表現出的感情力量是何等的博大、寬廣和深厚，相形之下，晏幾道的詩雖然很美好巧妙，但卻是纖弱、狹窄的。這是我們從感發生命的內在本質上來比較的。另外，有時外在的環境影響也會起到重要的作用，南宋辛棄疾的詞「楚天千里清秋，水隨天去秋無際……落日樓頭，斷鴻聲裡，江南遊子。把吳鉤看了，闌干拍遍，無人會，登臨意」（《水龍吟》「登建康賞心亭」）。如果我們不瞭解他的時代生平，不知道他所處的時代環境給他生活帶來的影響，我們就無法理解他這首詞所傳達的真正感發是什麼。辛棄疾生活在淪陷區，親眼目睹了自己的同胞在金人鐵蹄蹂躪之下的痛苦生活。他二十多歲就參加了義勇軍，歷經千辛萬苦，由北方來到南宋朝廷的所在地，而且他果然是個名不虛傳的英雄豪傑，他「壯歲旌旗擁萬夫」（《鷓鴣天》），曾帶著義勇軍出入敵人的千軍萬馬之中無人能阻擋。他要去南方得到朝廷的支持，為國家的統一、北方的收復建立一番功業，從而把人民從水深火熱之中拯救出來，可是他沒有成功，非但沒有成功，連試一試的機會都沒有，所以他哀歎「落日樓頭，斷鴻聲裡，江南遊子。把吳鉤看了，闌干拍遍，無人會，登臨意」。眼看太陽快要落下去了，人的生命也像那欲盡的夕陽如此短暫，我能為收復國土做事的年月還有幾天？就像那失群的孤雁，我離開故鄉來到南方，卻受到了那麼多無端的猜忌和排擠，我也想做一番轟轟烈烈的事業，卻沒有人給我這樣的機會，現在我登上樓來遙望北方，懷思故鄉，我這種急切激動的心情，沒有一個人能理解。讀辛稼軒這樣的詞，如果你不瞭解他的生平經歷，不瞭解他所處的時代環境，不瞭解他的理想志意，就無法真正領會它的好處。以上我們所說的這一切，都可證明詩歌中感發生命的大小、厚薄的種種品質，一定與這個人的內在品質和外在境界有著極為密切的關係，所以下面我們講的陸機，也應從瞭解他的生平經歷和時代背景入手。

陸機，字士衡，吳郡華亭（今屬上海）人。生於魏主曹奐景元二年（西元二六一年），死於晉惠帝太安二年（西元三〇三年），享年四十三歲。他是陸抗之子，他們家三代都在吳國為官，他祖父陸遜是東吳的丞相，他父親陸抗是東吳的大司馬，都是孫吳的最高官吏。而陸機「少有異才……領父兵為牙門將」（《晉書・陸機孫拯傳》），就在他二十來歲的時候，晉軍逼建業，孫皓被迫投降，吳國滅亡。此後，陸機回到家鄉華亭閉門讀書、寫作。大約就在此時，陸機寫了《文賦》。杜甫有詩說「陸機二十作《文賦》」（《醉歌行》）。這種讀書、寫作的生活一直持續了十年，他寫出討論東吳滅亡原因的《辯亡論》等許多篇很有見地的文章。他的才能逐漸被人認識，名聲愈來愈大。晉武帝太康十年，朝廷下詔書徵陸機和他的弟弟陸雲赴都城洛陽。到洛陽後，陸機被太傅楊駿辟為祭酒。楊駿本是晉武帝楊皇后的父親，武帝臨死時，楊駿與楊皇后控制了局面，不讓外面的大臣與武帝見面，武帝本想把汝南王亮調回，由於楊駿等人的內外阻截，汝南王亮沒能來。武帝死後，惠帝繼位，楊駿做太傅，輔佐惠帝掌管國家的軍政大權。晉惠帝雖然叫「惠」，實則不慧，他的智力水準近乎白癡，於是楊駿勾結一批人自己專起權來。惠帝的皇后賈南風不甘心讓楊駿父女專權，就利用晉朝宗室的力量來反對楊駿等人。晉武帝司馬炎奪得曹魏天下之後，將自己的二十幾個子侄都分封到各地為王，以圖保住司馬氏的政權，這些王子中間，勢力較大的有八個人，即楚王司馬瑋、汝南王司馬亮、趙王司馬倫、齊王司馬冏、成都王司馬穎、河間王司馬顒、長沙王司馬義、東海王司馬越。賈后先指使楚王瑋帶兵入朝殺了太傅楊駿和楊太后。楊駿死後，賈后請汝南王亮出來輔政。汝南王亮不甘心做賈后的傀儡，於是賈后就暗地裡指使楚王瑋殺了汝南王亮。隨後賈后又乘機將楚王瑋殺掉了，這之後賈后自己獨攬了政權。這是「八王之亂」的開始階段。賈后掌權後曾任命張華做了宰相，政權相對安定了幾年。張華不但是個詩人，而且知識非常廣博，他幾乎無所不知，他曾著過一本書叫《博物志》。張華這個人雖然很有才華，學識也廣博，但在真正大是大非、善惡、正邪的大節問題上卻不能堅持真理，忠於持守。惠帝時曾立過一位太子，即愍懷太子，他是惠帝即位前與謝才人所生的兒子。賈后沒有兒子，她害怕將來政權旁落，暗地裡把她妹夫韓壽的兒子抱來以充己子，並改姓名賈謐，並且要廢掉愍懷太子，另立賈謐為太子。就在賈后要廢立太子時，曾有人出面勸張華帶頭反對這種做法，而張華沒有答應。我以為，太康這一時期之所以出類拔萃的詩人極少，是與當時的這些詩人缺乏較強的性格與較高的品格不無關係的。他們大都被名利祿位所拘囿，很少有人能站出來堅持正義和品節，張華就是如此。賈后指使人把太子灌醉，並且讓人假借太子之名擬了一個廢帝篡位的假詔書，趁太子酒醉之時迫其抄寫下來，隨後賈后便以「謀反」的罪名廢掉了愍懷太子。據歷史上記載，這份誣陷太子的假詔書就是潘岳的手筆。當然我不是要以人的好壞來評價其詩的優劣，但晉朝太康時代的文人真的在品格上都有一些缺陷。潘岳也是很有才華的詩人，我們前面看過他的《悼亡詩》，他的對偶、文辭等等都寫得很美，當時有人說「陸才如海，潘才如江」（鍾嶸《詩品》），也有人說潘岳的文才「爛若舒錦」（鍾嶸《詩品》引謝混云），像一匹打開的錦緞。可不管他的文采多麼美，他的詩中缺乏一種飛揚的感發力量，元代詩人元遺山寫過一首《論詩絕句》批評潘岳，他說：「心畫心聲總失真，文章寧復見為人。高情千古《閒居賦》，爭信安仁拜路塵。」人們寫的文章中的一些言詞，不一定與自己品格完全一致，只看文章寫得美，我們怎麼能認識他為人是怎樣的呢？潘岳曾寫過一篇文章《閒居賦》，表白他鄙薄名利，願意閒居去過隱逸的生活等等。如果我們只看他這樣的文章，你怎麼能夠相信他為了巴結奉承權貴，曾經在賈謐的車子走過的路上望塵而拜呢？所以儘管這些人詩文都寫得「爛若舒錦」，但人品卻並不怎麼出色，他們的才華只是文字、詞彙上的出色，但缺乏一種感發的生命。當然有些人的品格很好，道德人格都具有感發的力量，但由於沒有寫作表達的訓練，因此，雖然有感發的生命卻沒能寫出好詩來。所以我們說真正的、最高級的詩人是既有深厚、強烈的感發之生命，又有能夠與這種感發生命相配合的表現能力，只有這樣的詩人才能成為第一流的詩人和作者，二者缺一永遠是第二流的。

張華與潘岳等人的詩之所以沒有神采，就因為他們在大節上缺乏這種內在品質的力量，他們兩人在愍懷太子被廢、被殺的關鍵時刻，本來都是應該有能力阻止的，但由於他們患得患失，最終沒能挽回大局。賈后廢太子一事又引起了「八王之亂」的新一輪的混亂。趙王倫帶兵入朝殺死了賈后，接著他又廢掉了惠帝，自己奪權稱帝。齊王冏聽說此事很不服氣，就向各地發送討伐趙王倫的檄文。成都王司馬穎、河間王司馬顒也早有奪權的野心，於是此刻紛紛起兵，四個王子你打我殺地混戰了兩個多月，犧牲了十萬多人的生命，齊王冏打進洛陽，殺死了趙王倫，操縱了政局。長沙王司馬義假裝響應，河間王顒帶兵打入洛陽又殺了齊王冏。在這種篡亂之世，隨隨便便地殺人、奪權，奪了權就稱皇帝，這成了一種社會風氣，每一個有權勢的王子都幻想著奪權做皇帝。所以後來東海王司馬越乘機殺了長沙王義，成都王穎又打跑了東海王越，暫時操縱了朝政。

生活在這樣混亂時局中的陸機又怎麼樣呢？陸機剛入洛陽時在太尉楊駿手下做事情。陸機本人是個非常有才華、有理想的人，可是他的遭遇卻十分不幸。有的人是因為自己性格上的弱點而造成了悲劇，也有的人卻真正是因為時代的原因注定了他的悲劇命運。以陸機的文才，倘若生在東吳的孫權時代，一定會有一番功業。可是他不幸地生在孫皓時代，孫皓亡國，陸機隱居十年寫了不少好文章，因為文采出名而被脅迫到洛陽，當時正是楊駿當權，他就在楊駿手下做事，這是命運，由不得他自己來選擇。後來楊駿下台，賈氏當政，陸機沒有退下來，仍在朝中做官。一直到趙王倫消滅了賈氏，他又在趙王倫的手下做官。這在當時是沒有辦法的事情。是政局的變換，不一定他在裡面真的做了些什麼壞事，他一點壞事也沒做，可卻不由自主地被捲進了政治的漩渦之中，這就是中國古人說的「見機不早」。古代有個很有名的故事，主人公張翰，字季鷹，他也是江蘇一帶的人。每當秋風吹起的時候，在外宦遊的他就懷念吳中的「蓴羹」和「鱸膾」，也就是江蘇一帶的特產蓴菜湯和鱸魚片，為此他竟然辭官還鄉（編按：見參《晉書・文苑傳》）。其實他並非真的因為懷念故鄉好吃的食物就不做官了，只是因為他在洛陽看到在這種你死我活的廝殺混戰之中沒有一個有理想、有才幹、有天下國家之責任感的人，他們所有的只是個人野心和私欲，所以他不願意捲進去，才辭官歸鄉的。這就是與陸機同時代的張季鷹的明智選擇，為此時人謂之「見機」。而陸機這個人也並非貪戀功名利祿，因為他出身於東吳的名門貴族，是將相之後，所以他自負有才，一個人「天生我材必有用」，他就感到有責任在亂世之中應特別做些事情。所以他始終沒有離開政治鬥爭，他曾在趙王倫手下做官，趙王倫被消滅時，他被下獄。成都王穎很欣賞陸機的才能，將他從獄中救出來，他為此一直對成都王穎懷有一份知遇之感，所以後來他又在成都王穎的手下做事。不但如此，當時成都王穎與齊王冏聯合消滅了趙王倫，之後齊王冏自己做了大司馬，成都王穎做了大將軍。不久齊王冏想獨攬大權，成都王穎由於力量不足以與之抗衡，就主動退回到自己的封地，陸機根據這一點就以為成都王穎不像其他諸王那樣爭權奪勢、野心勃勃，再加上成都王對他有救命之恩，他就真的甘心侍奉了成都王穎。後來長沙王義討伐齊王冏，把齊王殺了，長沙王義又掌了權。這時成都王穎與河間王顒又聯合起來攻打長沙王義。在這種情況下，成都王穎任命陸機帶兵，陸機本來不肯，就推辭說：中國的道家認為三代為將不祥，可是成都王穎一定要他去。你要知道陸機本來是以敗亡之敵國的類似俘虜的身分羈旅洛陽的，現在讓他帶兵，軍隊裡很多人都不服從他。《戰國策・趙策》上講廉頗後來因遭讒毀離開了趙國，後來到了別的國家，別的國家都不任用他，不讓他帶兵，所以他說「吾思趙將」，我懷念我原來所帶的那批兵將。帶兵一定要帶子弟兵，危難之中才會團結一致地抵抗敵人。如果你帶的不是你自己的兵，以南人而帶北兵，這本來是不好的事情，陸機自己是知道的，而且本來他也不肯做的，但成都王穎堅持讓他去，當時有許多人都勸他不要接受，可是他認為成都王這麼信任他，而且當初又對自己有解救之恩，因此他不肯完全推辭，於是就真的去了。臨帶兵出發之際，他去見成都王司馬穎，司馬穎對他說：我希望你能成功。陸機說：我能否成功，不完全在我，而是在於你。戰國時的樂毅，在燕昭王時候帶兵與齊國打仗，屢次成功，等昭王死了，惠王就不信任樂毅了，所以樂毅在惠王時就很難成功了。陸機的話其實非常真誠，他以南人而帶北方的軍隊，如果裡面有人不信任他，他的戰略戰術就難以貫徹執行。陸機這種擔心並非沒有道理。他的才能與職位也曾遭到不少人的嫉妒。果然，他剛一上路，左長史盧志就跑去對成都王穎說，現在陸機帶著這麼大批的人馬出去了，他自稱為明臣，把你比作暗主，這樣的人你怎麼可以信賴呢？另外，成都王身邊還有一個深得寵愛的宦官叫孟玖，孟玖本來想以他的寵幸地位安排他家裡的許多人都出來做官，可他的家人沒有才幹，不能擔負重任，所以陸機和陸雲常常反對這件事，於是孟玖就心懷怨恨。這次陸機出去領兵，他的部下孟超恰好正是孟玖的弟弟。孟超依仗孟玖的勢力，慫恿手下的兵士搶掠姦淫，無所不為。陸機為了整肅法紀，就將孟超手下這些作惡的士兵抓了起來。孟超跑來替他手下的人求情，威脅陸機，逼他放人，陸機不肯，為此孟超也非常怨恨陸機。當時也有人勸陸機說，你既然不肯將他的部下放回去，就應該把孟超也一起抓起來，但陸機不肯這樣做。由於陸機不善決斷，孟超反倒惡人先告狀，寫信給孟玖，誣陷陸機，並且還說了陸機許多壞話。就由於這其中的種種矛盾、糾紛，陸機的軍隊喪失了戰鬥力，這在雙方交戰中怎麼能不失敗呢！陸機失敗以後，他們就進一步讒毀陸機，說陸機本來就不是真心侍奉司馬穎的，司馬穎信以為真，下令派人來抓陸機。歷史上記載，在將要來人抓他的那個晚上，陸機做了一個夢，夢見他坐著一輛車在路上走，被一個黑的帳幕圍住了，無論怎麼衝都不能出去。第二天一大早，收捕他的人就到了，不僅抓走了他，還把他的兩個弟弟以及他們的全家都逮去了。晉朝流行族誅，這是極其殘暴的一種刑罰，一人獲罪，往往要連累一家一族幾十口人同赴黃泉。陸機與其二弟三家人就這樣死掉了。當時陸機手下有個叫孫丞的人，他們脅迫孫丞誣陷陸機謀反，孫丞堅決不肯，他們就把孫丞關進監獄，沉重的手銬和腳鐐把他的肉都磨爛了，露出了骨頭，但無論用什麼酷刑，孫丞就是不肯說一句誣陷陸機的話。孫丞有兩個弟子來看他，被他所感動，一定要與他們的老師一同赴難，孫丞臨死對他的這兩個學生說，陸機是個很好的人，他很有才能，而且陸機能夠賞識我，所以我願意忠心於他，為他去死，你們兩人何必陪著我去死呢？這兩個學生說，你既然不肯誣陷你所事奉的人，我們也決不會違背你，結果陸機死的時候，孫丞和他的兩個弟子也都為他殉身死去。（編按：參《晉書・陸機孫拯傳》）

從上面的歷史事實中，我們不難看出，像陸機這樣一個有理想、有才華、非常想要有所作為、建立一番功業的人，就這樣含冤負屈地死掉了，這實在是「八王之亂」所造成的一個大悲劇。然而在那樣的歷史環境中，像這種命運的悲劇，又豈止是陸機、陸雲等幾個人會遭遇到的呢！以上我只是介紹了陸機的身世和他所處的時代背景及政治環境，下面我們就用事實來證明他的才華。

第四節　陸機之二

陸機的《文賦》是一篇很長的賦，我們只講其中的一小部分。其實我們只要看看其中的幾小段駢賦，就能感受和領略到這個人的才華的。「駢賦」這種文體是押韻，並且對偶的，討論文章的作法，研究「文心」的存在與形成，這本來都是非常精微細緻的理論問題，可是陸機居然將討論文章之創作、構思這樣精微細緻的理論課題用對偶、押韻的賦體來完成，而且完成得極為出色，這確實是一件相當了不起的事情。這篇《文賦》在正文之前有一段「序」是用散文形式寫的，後邊的正文是用對仗、押韻的賦體寫的。我們先看這段「序」文：「余每觀才士之所作，竊有以得其用心。夫其放言遣辭，良多變矣，妍蚩好惡，可得而言。」他說我常常看這些有才華的人所作的文章，我私下自認為能夠體會到這些作者們的用心。「竊」是私下，私自。「放言」是寫出來的話。「遣詞」，就是辭藻的安排。我看他們的表達方式和字句安排，每個人的作品都有許多不同。「妍」是美麗，「蚩」是醜陋。他的文章是好，還是不好，是美還是醜，我覺得我是有體會的，而且是可以將這些體會加以說明的：「每自屬文，尤見其情。恆患意不稱物，文不逮意，蓋非知之難，能之難也。」「屬」讀作ㄓㄨˇ，即作文章。他說我常常自己也寫文章，所以尤其能夠體會到創作時的情思。「恆患」，常常煩惱。我們作文章常常感到煩惱的是什麼呢？是你的意思不能很好地配合你所寫的題目，「稱」讀ㄔㄥˋ，是配合的意思。你的情意與你要寫的題目內涵不能很好地相配合，這是我們作文章所碰到的第一個令人煩惱的問題。第二個困難是「文不逮意」，「逮」是「及」，趕得上。這是說你所寫的文章趕不上、說明不了你原來想要說的意思。不是說你沒有好的意思，是你有好的意思，可你的文章不能將之很好地表達出來。所以陸機接下來對這種情況做了一個總結：「蓋非知之難，能之難也。」他說寫文章這類創作的問題，不在於你瞭解的困難，而是你真正能否實踐完成的困難。有時候，你讀了許多寫作方法、創作理論，可你卻寫不出好文章來，所以要能「感之」，更要能「寫之」才行。正因為這些緣故，所以陸機才「作《文賦》以述先士之盛藻，因論作文之利害所由，他日殆可謂曲盡其妙」。我用《文賦》來敘述以往好的作者所創作出的那些具有美好辭藻的文章，並且還要討論一下創作中好壞、優劣的標準及原因，經過這樣一番討論研究，說不定日後我的文章也會出現委婉美妙的大長進。「至於操斧伐柯，雖取則不遠，若夫隨手之變，良難以辭逮。蓋所能言者，具於此云」。他說，我雖然希望自己能夠寫出美妙的好文章來，但這就像我手裡拿著斧柄，再去砍削製作另一個斧柄一樣，雖然模式範例就掌握在自己的手裡，但你卻未必能做得像你手裡所拿的那麼好。這裡「操斧伐柯」是一個典故，《詩經・豳風・伐柯》有「伐柯，伐柯，其則不遠」的詩句，原意是說「砍斧柄呀砍斧柄，斧柄的樣子就在你的手中」。陸機以此來比喻依照古人的樣子來寫文章。雖說古代之佳作我們都體會了，也領略到其中的好處了，同時我們也明白應該怎樣寫才好，但臨到我們真正作起文章的時候，那寫作過程中的種種思緒、感情的變化，實在是很難以言辭來敘說清楚的。能夠說得出來的道理，在這篇《文賦》裡，我大致都說出來了。

以上就是《文賦》的序言部分，是說明作此文章的動機和用意的，接下來我們就看對於作文章，陸機是怎麼說的：

> 佇中區以玄覽，頤情志於典墳；遵四時以歎逝，瞻萬物而思紛；悲落葉於勁秋，喜柔條於芳春；心懍懍以懷霜，志眇眇而臨雲；詠世德之駿烈，誦先人之清芬；遊文章之林府，嘉麗藻之彬彬；慨投篇而援筆，聊宣之乎斯文。

你看這全都是押韻的對句，「典墳」、「思紛」、「芳春」、「臨雲」、「清芬」、「彬彬」、「斯文」，寫得非常漂亮。不僅寫得漂亮，而且把文章的情思活動非常生動準確地描敘出來了。「佇」是立，你立在宇宙之中，「中區」是說中心的地區，我以為這裡的中區是指天下、地上整個宇宙的中心地區。「覽」是觀察感受，「玄」是幽遠。「玄覽」是說你深察萬物的變化，而且觀察得那麼精緻、細微。你一個人在宇宙天地之間有那麼精微細緻的感受，這屬於外在生活的體驗，僅僅有這種體驗還不夠，還要培養你的感情和思想。《典》、《墳》是書籍，要多讀書，透過書來豐富你的思想感情。「遵」，是循，順著。你順循四季時序的變化，感慨時光的消逝，可以看到宇宙萬物有大自然的花開花落，有人世間的生離死別，你內心就會有情思紛紛地觸發而來。當你看到強勁的秋風將樹葉吹落，你就會不由得感到一陣淒涼和悲哀，這就是「悲落葉於勁秋」；而當那芬芳美好的春天將樹木花草的嫩芽帶來的時候，你就會欣喜歡愉，即「喜柔條於芳春」。這就是感受和感動，當這種種的感受和感動像水中的漣漪不斷擴散開來，連成一片的時候，你就會忽然產生一種心靈的震顫，對此你似乎也說不太清楚。

其實這就是一種感發，使你心靈為之一震的感觸和引發，就好像是「心懍懍以懷霜，志眇眇而臨雲」那樣心志高遠，超然緬邈。有時候，特別是在年輕時，人是非常敏感的，看到世間醜惡、悲慘的事情，心中就會有一種寒冷的感覺，即「心懍懍以懷霜」的感發，當然這種感觸並非每個人都有。有一年我回國講學，偶然的機會遇到了一位佛教界的人士，他約我到廟宇中去吃素齋。席間有一個二十來歲的青年人，他決志信佛、出家。我問他，你怎麼會突然間對佛教有了興趣，又為什麼要決志出家呢？他說我自己也感到很奇怪，我很小的時候就有一種感受，那是有一次我跑出去玩，在一個垃圾堆旁，我看到一群非常貧苦的小孩子，他們衣不蔽體，滿身滿臉灰塵，在撿垃圾堆裡的髒東西吃。當時我也不知為什麼，突然有了一種汗毛都立起來的感覺。後來長大了，讀到佛教的經典之後才知道，這就是佛教所說的，你突然間發生了一種菩提之心。「菩提」是佛教的「菩提薩埵」，我們常常說的「菩薩」就是「菩提薩埵」的簡稱，這是外來語的譯音，它合起來的意思就是「覺有情」，這個「覺」是使之覺悟，使有情的人覺悟就是「菩薩」，由自己覺悟到引導別人覺悟，由自己渡脫到幫助別人渡脫。佛教中所說的「菩薩之心」，是要使天下所有的有情人覺悟。當然，無情的人就不會覺悟，因為他們根本就不會感受到宇宙之中的一切人世間的悲哀慘痛。他內心原本就是鐵石心腸，就是麻木不仁的，根本對什麼都不予理會，都不去感受。那個青年人自己說，我那時突然覺得我應該幫助這些人脫離貧苦，我忽然間感覺到這些人的苦難彷彿一下子來到我的身上。這話很難解說，可至少那個年輕人他是有這種感受的。那個青年人也會作詩，而且詩寫得很好。我現在是要說「心懍懍以懷霜」的感受確實是有的，不但有這種感受，你還會由此而產生「志眇眇而臨雲」這樣一種高遠超然的志向，我要使天下的有情人都覺悟。

這裡所說的是佛教，其實還不只佛教如此，我們讀古書，為什麼王國維說他讀了「昨夜西風凋碧樹，獨上高樓，望盡天涯路」就覺得那是成大事業、大學問的第一種境界？為什麼這些詩可以讓你從世俗的名利煩惱中超脫出來，讓你有一種更高、更遠的嚮往？你怎麼會忽然間覺得你的眼界開闊了？這就是因你「詠世德之駿烈，誦先人之清芬」。台灣的同學曾來信問我說：「你一個人在海外，離中國的大陸和台灣都那麼遠，你是怎麼跟中國古代傳統接上信息的？」這個問題提得很好。中國文化有幾千年的歷史，學習、研究這個文化體系一方面需要師友的幫助，相互切磋，這樣的研究、探討形成了一種氣氛，構成一個文化信息的「場」，這樣一種「場」對我們感受、溝通中國傳統文化的精神本值固然很重要；然而更重要的還是透過吟詠、誦讀古人的詩文作品，那裡面藏有真正的鮮活的精神和品格，這是一種生生不息的生命，透過它們可以使我們與千古之上的人交流、攀談，甚至相互往來。我當年在哈佛大學寫作那本《王國維及其文學批評》一書時，經常去中文圖書館查閱資料，那裡的管理人員就把鑰匙給了我，這樣在他們下班之後，我還可以留在那裡。有的時候，當夜深人靜，整個圖書館只有我一個人，我獨自置身在那一排排高大的、擺滿中國古人詩文的書架之間時，我不止一次地感到書中的王國維彷彿正從遠遠的書架之間向我走來，與我一起交談。這就是「詠世德之駿烈，誦先人之清芬；遊文章之林府，嘉麗藻之彬彬」，當你從誦詠中感受到了前代聖賢德行的宏大和清馨，欣賞到那些質美而又富有文采的語句辭藻，這時你會情不自禁地「慨投篇而援筆」，感慨地放下感動你的那些前人的佳作，拿起筆來「聊宣之乎斯文」，將你那些感慨啟發表達在文章之中。以上這一段是說作家先有了觀察、修養與種種感受、體會和感發，然後才開始創作。總之陸機的意思是說要重視前代的傳統和已有的成就。所以後面有一段他說：

收百世之闕文，採千載之遺韻；謝朝華於已披，啟夕秀於未振；觀古今於須臾，撫四海於一瞬。

他要把百世的「闕文」與千載以來古人詩文中的「遺韻」、精華都收集到一起。「闕文」與「遺韻」分別指散文與韻文中前人尚未用到、未涉及的精萃部分。可是他後邊又說「謝朝華於已披，啟夕秀於未振」，你繼承傳統，又不能完全被傳統所束縛，完全襲用古人傳統裡的陳詞濫調。「朝華」是早晨的花，比喻前人留給我們的美好成果。前人是為我展示留下了那麼燦爛美好的東西，但那已如朝花，隨著時光消逝。他們開過的花到現在已經大勢將去了，「謝朝華於已披」，我們就不要再死板地模仿，因為凋謝的花朵不會再度重開的。所以我們就應辭謝，與它告別，不要總留戀、重複古人的模式，要「啟夕秀於未振」，「啟」就是開啟、開創，「未振」是還沒有開放的花蕾。這是說，前人開過的花就讓它凋謝而去，我們所要做的是開啟、催放那些尚未開過的「夕秀」之蓓蕾！他說得非常好。記得我曾聽過一支流行歌曲，其中有這樣兩句，也許我說的不對，因為我不熟悉那些流行歌曲，它好像是說：「沒有你哪有我，沒有我哪有你。」我以為傳統與現代的關係就是如此的，你中有我，我中有你，一個人完全放棄舊有的傳統，你自己是無法獨立開創的。任何事情都應有一個起點，無論做什麼都有一個從什麼地方開始的問題。一個人沒有根本和根基的話，是不會憑空建設起什麼來的，所以你一定要有所繼承，你的繼承越深，你的根基就越深。這就如同大樹扎根，你的根扎得越深，你吸收養分的能力就越強。我一次回到臺灣，碰到以前教過的同學，有些同學很聰明，也很有才智，讀了很多書，可是他們說，他們讀了很多的書都是支離破碎、零零散散的，不能把它們融會在一起。這是什麼緣故，就因為他們原來的那個根扎得不夠深。這是很難說的一件事情，有些非常好的同學，他們很有才能，也很用功，不但中國的書讀了許多，外國的書也讀了很多，結果他們發現是駁雜的一大堆，他們無法把它拿到一起來，變成完整的、統一的東西，就因為這中間缺少一個源頭、一個根本。讀書是件好事，可是如果你只進去，不出來，這就不好了，因此你還要「啟夕秀於未振」，傳統已經那麼多年了，你如果不能給它新的生命和創新，那麼這傳統就成了僵死的東西了。你一定要在繼承當中再有開創。陸機不僅意思說得很好，尤其是他的形象用得很美，比如他說的「謝朝華於已披」，「啟夕秀於未振」。他說當他有美好的文辭出來，就如同「遊魚銜鉤而出重淵之深」，「若翰鳥纓繳而墜曾雲之峻」，形象非常美好。不僅如此，從聲音感覺上面來說，音韻的錯落、押韻的諧和都很好。

陸機這個人很奇怪，以他這樣的才華，以他這種對文學的反省和深切的體會，特別是以他的身世遭遇：他經歷了東吳的滅亡，後來招附到洛陽，中間經歷了西晉那麼多相互傾軋、爭奪的政治鬥爭，他曾經身陷囹圄，後來被救了出來，有過如此不幸的生活劫難，本來真該寫出很好的詩篇的，可十分可惜的是，陸機今天留下來的詩歌卻不能與之相符合。因為以他那麼豐富的人生經歷，應該留下比這些更好的詩歌才對。我認為他之所以會這樣，原因有兩個：一個是由於時代的作風限制了他，當時的詩人都以對偶、排比、辭藻的堆砌雕琢為美。我曾經談過，一個人很難超越他所處的時代，寫起詩來，他不由得要用這種方式，他不可能像李後主那樣，沒有字句的安排、修飾，完全是從自己內心裡流露出來的字句。王國維說，「詩詞吾愛以血書者」。李後主就是這樣的詩人。他說「故國夢重歸，覺來雙淚垂」（《子夜歌》「人生愁恨誰能免」），「故國不堪回首月明中」，

「自是人生長恨水長東」等，都是直抒胸懷的句子，直接寫出來就帶著那麼強大的感發力量，完全沒有思索、修飾得意念。雕琢、修飾得太多了，常常會妨礙詩歌中真正的感發生命。詩歌是有生命的，當這種生命剛剛生長出來時，你給它這邊來一刀，說這個不對，你得這樣寫才好；那邊又來一刀，說那也不行，你得那樣寫才美，如此這般地一雕琢，它的生命就不能自自然然、很充沛地生長了。這是陸機詩所以未能更好的第一個原因。還有一個原因，在於陸機這個人對文學有那麼深刻的反省，做批評他又有那麼好的《文賦》，一個人做了批評家之後，理性邏輯思維的方面發達了，直覺、感性的思維就相對地減少了。古人說的「豐茲吝彼，理詎能雙」，你作為一個人哪能把所有的好處都給你呢？一個人不可能在各個方面的稟賦都是很好的。總之在這方面的稟賦多了，相對的另一方面的資質稟賦就自然而然地減少了。我常常認為，不僅每個人天生下來稟賦會有種種不同，而且在發展的階段中，不同的發展方向也會影響到你稟賦的發展。我年輕的時候，沒有寫文學批評，也沒寫論文，也不教書，也不講評詩的好壞，我只是自己讀詩，就是純粹的欣賞。那時我很喜歡寫詩，現在我一天到晚，又批評，又賞析，又寫論文，所以自己的創作就減少了。我常常說王國維也是在理性反省這邊太多了，所以他的詩和詞都沒能達到一個最好的程度，當然他也有他自己與別人不同的成就，但不是最高的成就。陸機為什麼寫出那麼好的反省、思索的《文賦》，而詩卻不那麼好，原因就在於這兩個方面：一是時代風氣對他的影響，另一個是他對文學理論的反省、思索判斷這方面太多了，反而使他把詩歌中那種感發的生命丟掉了許多。他的詩不是那種自然的、不假思索的、帶著很強大的力量出來的。為了更充分地證明這一點，我們來看他的幾首詩。首先我們看看他的《赴洛道中作》之一：

總轡登長路，嗚咽辭密親。借問子何之？世網嬰我身。永歎遵北渚，遺思結南津。行行遂已遠，野途曠無人。山澤紛紆餘，林薄杳阡眠。虎嘯深谷底，雞鳴高樹巔。哀風中夜流，孤獸更我前。悲情觸物感，沉思鬱纏綿。佇立望故鄉，顧影淒自憐。

前面我們講過陸機是華亭（今屬上海）人，華亭在山明水秀的江南，據說當時這裡自然環境很好，有許多白鶴聚居在這裡的山林之中。後來陸機與他的弟弟陸雲，還有他的全家人是一起被殺的，他臨死時對他的弟弟說：「華亭鶴唳，豈可復聞乎？」（編按：參《晉書》本傳）以前我們兩人家居華亭，那麼優閒自在，每天讀書寫作，空中的仙鶴飛過來，那種嘹唳的叫聲我們以後再也聽不到了。來到朝廷，最後竟落得這樣的下場，實在是始料未及的。這首《赴洛道中作》就是當年他與陸雲被徵召，離開自己的家園到洛陽去時所寫。我曾經說過，欣賞這一類的詩要換一條途徑，作者是用思力、安排來寫的，我們不能從直接的感受來讀它，而也要用腦筋來想，透過思力的思索來體會這種詩的好處。當然這類詩也有高低上下的不同。有些人的詩，像張華的情詩之類雖然都是同一個作用，可是張華的情詩，你就是用了思力去思索也找不到很深刻的東西。陸機與他們不一樣，因為陸機果然有一些真正深刻的感情在裡邊。他的詩雖然不給我們直接的感發力量，但是如果用思力去思索追尋的話，還是可以體會到他的深意的。

換句話說，陸機與張華等人雖同屬於一個時代風格之中，但陸機的詩還是要比張華等人的詩要深刻一些。他說：「總轡登長路，嗚咽辭密親。借問子何之，世網嬰我身。」這幾句詩不給你直接的感動，但是，你想一想再讀，就會發現這是寫得很好的詩，「轡」是馬的韁繩，「總」是指手裡邊握住的意思。「登」就是我們常說的上路了。他說，我手裡握住馬的韁轡踏上了長遠的征途，從華亭到洛陽去，我要跟故鄉所有的家人辭別，我們在一起哭泣、嗚咽著告別了。歷史上曾記載說，陸機到了洛陽之後常常懷念他的故鄉，也懷念他的親人。那時候也沒有航空郵件，寫信是很困難的。傳說有一個故事，陸機家裡養了一條狗，這隻狗的兩個耳朵是黃的，主人給它起了個名字叫「黃耳」。有一天陸機對他的狗說，我想跟我的家人通一封信，你能替我把信傳回去嗎？這狗聽了就一直搖尾巴。於是陸機寫了一封信，放到一個竹筒子裡，將它套在狗的脖子上，這隻狗就真的走了。過了很久以後，這隻狗回來了，真的給陸機帶來了回信，所以這段「黃耳傳書」便成了歷史上的一樁美談。下面的「借問子何之，世網嬰我身」，古人詩歌中常常用「借問」兩個字，詩人要在詩裡用一個設問的口氣，如「停船暫借問，或恐是同鄉」（崔顥《長干行》）之類。「之」是往，「何之」即何往。假設有人問我：「你到哪裡去？你既然捨不得離開，如此傷感地與親人告別，那你為什麼還要走呢？」我就回答說是「世網嬰我身」。「嬰」是纏繞的意思。塵世之間有一個大網在纏繞著我，使我不得不如此。這就是說一個人有時候常常要身不由己地做一些違心的事。當然中國古人也很有一些特立獨行的人，堅決不肯出仕。不管你怎麼請求我，我就不出來做官。陶淵明辭了彭澤令以後就沒有再出來。他的《飲酒詩》裡曾表示「一往便當已，何為復狐疑」，你既然已經辭官了，那就應該跟這個塵世真的告別了，為什麼還猶豫不決，左右動搖地想出仕呢？陶淵明還寫過「行行停出門，還坐更自思」，他假設要出門，可又坐下猶豫起來，但轉念一想「萬一不合意，永為世笑嗤」（《擬古》其六），萬一你一步路走錯了，你這一生都要被後人嗤笑。所以陶淵明就真的再也沒有出來。陸機就是因為當時不能決斷，才導致了後來的悲慘結局。他出去為官，經過幾次玷污，楊駿是皇親國戚，楊當權時，他在楊駿手下做事；趙王倫廢帝篡位後，他又在趙王倫的手下做事；成都王穎解救了他，他就又給成都王穎做事。最後的結果不僅他自身犧牲了，他的整個家族都被滅絕了。他臨死之前做夢，夢到他在一個車上，四面都被黑色的帳幔圍住了，無論怎樣掙扎都出不來，所以他詩裡說「世網」，果真是一面塵世的羅網將他網住了，使他不得脫身。「永歎遵北渚，遺思結南津」是對句，你讀他的詩沒有什麼味道，想一想之後，會覺得實在說得不錯。

「遵」是沿著我這一路，「渚」是水邊的沙洲，他說在向北邊走的這一路上，我從水邊經過，始終在歎息，我心中對家鄉、親人的情思像一個永不散開的情結繫在南方水邊的碼頭上。陸機出來時是很不得已的。可儘管不情願，最終還是出來了，所以他對故鄉親人是那樣地依依不捨，要把所有的相思懷念留在家鄉。「行行遂已遠，野途曠無人」，我越走離家鄉越遠了，經過許多荒無人煙的曠野，李後主說的「離恨恰如春草，更行更遠還生」（《清平樂》「別來春半」）。

陸機接著寫途中的景色，「山澤紛紆餘，林薄杳阡眠」，這又是一個對偶句，他的句子給人一種繁複的感覺，不像李後主的詞「林花謝了春紅」，事實上這句詩所說的客觀存在只是花謝了，別的都很鬆散，他在中間加了許多，都是表現一種感受的字句。什麼樣的花，一朵花？不是，一樹花？也不是，是滿林的花，不僅是「謝」，而且是「謝了」，這個「謝了」不僅是個完成式，而且有哀悼的情意和口氣，「林花謝了春紅」，什麼樣的林花謝了？春天的林花謝了。什麼顏色的花謝了？紅色的花謝了。那麼美好的季節，那麼美好的顏色，可是匆匆之間這滿林的紅色春花都凋謝了！其實只是花謝這一件事，可李後主用了那麼多的字來渲染，這些字都是傳達他的感受的。可是現在就有一派詩風，他寫得不那麼鬆散，既然不鬆散，就沒有多少剩餘空間來傳達他的感受與口吻，所以就只剩下辭藻了。陸機的詩就屬於這一派。「紆餘」是曲折的樣子，「阡眠」是草木長得很茂盛。他說我經過千山萬水、曲折紆迴的道路，經過高山深林、草木茂盛的地方。「虎嘯深谷底，雞鳴高樹巔」，有時經過曠野，你甚至可以聽到山谷中老虎的叫聲；有時經過村莊鄉野，你會聽到雞在樹上鳴叫。「哀風中夜流，孤獸更我前」，我聽到那悲哀的風在半夜裡從我身邊吹過去，我還看到孤獨的失群獸經過我的面前。「更」有時也念ㄐㄧㄥ，是經過的意思。「悲情觸物感，深思鬱纏綿」，無論我看到什麼東西，都使我興起哀傷的情感。我對故鄉的思念那樣深沉，那樣纏綿不斷。「鬱」，深厚的意思。「佇立望故鄉，顧影凄自憐」，我在半路上停下來，回過頭來望一望那遠離的故鄉，我什麼時候才能回到我的故鄉？我一個人獨行前往，到那麼遠、那麼陌生的地方，我的內心不由得泛起悲淒的感傷。

以上是陸機《赴洛道中作》的第一首，下面我們再看一看他的第二首同題之作：

> 遠遊越山川，山川修且廣。振策陟崇丘，按轡遵平莽。夕息抱景寐，朝徂銜思往。頓轡倚嵩巖，側聽悲風響。清露墜素輝，明月一何朗。撫枕不能寐，振衣獨長想。

「遠遊越山川，山川修且廣。振策陟崇丘，按轡遵平莽」，「遠遊」就是遠行的意思，遠行經過了重重的山水，路程是那麼長遠，有時是高山大河的阻絕。「策」是馬鞭，「振」是揮動，「陟」是登，「崇丘」是較高的山坡，「平莽」是長滿叢草的平野，「按轡」是說安然地握住馬轡，不用緊張，也不必鞭打。這後兩句是說「我」上山時揮起馬鞭使勁地鞭策「我」的坐騎，而在原野平原上「我」就可以信馬由轡地沿著長滿叢草的道路安閒地前行。你看陸機的詩句都是些很密集的句子，而且是對句。「夕息抱景寐，朝徂銜思往。」當晚上休息時，「我」就孤獨地陪著自己的影子一同入睡；早上「我」又滿懷著夜夢裡對故鄉的感情繼續前進了。「徂」是向前進，「銜」是含著，他的意思本來都是很好的，可是卻都變成了一種說明，都無法直接地使我們感動和感發。下面的「頓轡倚嵩巖，側聽悲風響」，「頓」是停住，有時「我」走在高坡上停住馬鞭，勒住馬轡，倚靠在山巖邊，側耳細聽那一陣陣悲哀的風響。這是一種悲哀的感慨之情。「清露墜素輝，明月一何朗」，等到了晚上，可以看到草葉上的露水，有時候在一片草葉上本來有幾點露水，風一吹，草葉一搖動，幾點小露水凝成一個大的露水珠。分量一重，葉子一斜，露珠就滾落下來，在潔淨透明之中含有一種淒清的感覺。「我」是怎樣看到這一切的？因為有「素輝」，有那麼皎潔的月光存在。側耳聽悲風是什麼感受？看到清露墜素輝又是什麼感受？他都沒有寫，只是把自己所看到的情景寫出來，把讀者帶到他所經歷的那個境界中去。他接下來發問，天上的月亮為何竟然如此明朗？蘇東坡說「轉朱閣，低綺戶，照無眠。不應有恨，何事偏向別時圓。人有悲歡離合，月有陰晴圓缺，此事古難全」（《水調歌頭》「明月幾時有」）。明月為什麼偏偏要在我一個人孤單在外的時候那麼圓、那麼亮呢？所以陸機說：「明月一何朗？」人有時會說出沒有道理的話，其實，月亮的圓與不圓與你有何相干？當一個人離別家鄉之後看到月亮，月亮還是從前的月亮，可是他孤獨地離開家鄉那麼久了，於是正如李太白說的「舉頭望明月，低頭思故鄉」。接下來「撫枕不能寐，振衣獨長想」，由於他內心不平靜，撫枕久久不能成眠，於是就披上衣服坐起來，一個人引起那麼深長的思念故鄉、親人的感慨。你看，陸機的作風雖然也是與時代的作風有相似之處，可是如果你用思力去思索和追求，我們還是可以體會到他確實是有很深沉的情感在裡頭的。

下邊我們再來看陸機的一首樂府詩《猛虎行》。太康時代詩人們的樂府詩是應當引起我們注意的，我們看過張華的樂府詩，現在再來看陸機的樂府，透過比較通覽，我們就會發現，這些人在寫詩時很注意文藻與雕飾，可是寫起樂府詩來，這方面相對地減少了許多。因為樂府本來就是民間的詩歌，後人寫樂府詩是在摹仿舊題，因此不必在文藻與雕飾方面過於用功。這樣的結果使他們的樂府詩比別的詩更樸實、更真率、更能打動讀者。好，下面我們就來講陸機的《猛虎行》：

渴不飲盜泉水，熱不息惡木陰。惡木豈無枝？志士多苦心。整駕肅時命，杖策將遠尋。飢食猛虎窟，寒栖野雀林。日歸功未建，時往歲載陰。崇雲臨岸駭，鳴條隨風吟。靜言幽谷底，長嘯高山岑。急絃無懦響，亮節難為音。人生誠未易，曷云開此衿？眷我耿介懷，俛仰愧古今。

這首詩一讀就會感到比較真率，詩的開頭說，「渴不飲盜泉水，熱不息惡木陰」。這是一個典故，出於《尸子》：孔子到了一個地方叫勝母，雖然天很晚了，可孔子不在那裡住宿，說這個名字不好。後來又經過一個地方有泉水叫「盜泉」，雖然他們很渴，但卻不喝這裡的水，因為這個名字也不好。陸機用這個典故是說，一個人如果想不被污穢的東西玷污，就要「慎獨」。從一開始就不要走錯路。所以他說渴了你也不應該到盜泉去喝水，無論天氣多麼熱，也不應該在壞的樹木下休息。這不是迷信，它是一個象徵，一個比喻。《赴洛道中作》是陸機在去洛陽的途中寫的，而這首《猛虎行》應該是他已經到了洛陽，開始了仕晉生活之後所作的。從中可以看出他自己有些後悔，可是他已經沒有辦法抽身了，最初你就不應該到這裡來，「渴不飲盜泉水，熱不息惡木陰」，這其實是帶著深切的感觸和充滿悲慨的人生哲理。他說「惡木豈無枝？志士多苦心」，惡木難道沒有枝葉？難道它的枝葉不能給你帶來陰涼？你本可以在這棵樹下歇息的，可你為什麼不去？因為真正有高尚品節和理想的人有一種更辛苦的用心。「我」寧可忍受飢渴，寧可忍受炎熱，也不貪圖目前現實的安息。這完全是一種象徵和比喻，陸機在這裡用事典來作象喻。我們常常說的形象，並不只是青山、綠水、朱華、碧草才是形象，它包括物象和事象，草木鳥獸是物象。有時形象也可以是現實中的事象，可以是典故，也可以是神話故事。中國古代有許多歷史故事可以用來作典故、作事象，這種事象跟自然的草木鳥獸一樣都可以起到比興的作用。陸機這前面的四句就完全是起興。你縱然渴、縱然熱，也不該在這裡休息。

這是前四句所表達的觀念，接下來他說自己：「整駕肅時命，杖策將遠尋。」古人說「非知之為難，是行之為艱」，道理上「我」也知道，「我」不該這樣選擇，可事實上，「我」沒有能夠把握住自己，竟然這樣做了。前面四句是他的理想，後邊這是他的現實。「我」居然出來了，整理好「我」的馬車，帶著「我」的手杖，到遠方去找一找，看有沒有機會。「肅」本來是恭敬的意思，是遵從一個命令；「時命」是當時朝廷的命令。「杖」是動詞，是手中拿著；「策」是名詞，是手杖。中國古人，特別是那些才志之士，他們不甘心自己的才志落空，所以陸機說「杖策將遠尋」。

這首詩其實是寫得很不錯的，它把比興與賦結合在一起，比興是一些形象的比喻，賦則是一些直接的敘述。他一段用比喻，一段用敘述，把兩者有機地結合起來，兩種力量彼此增強，「整駕肅時命，杖策將遠尋」，是在形象的比喻之後加上的兩句敘述，接下來又是形象的比喻：「飢食猛虎窟，寒栖野雀林。」本來猛虎的巢穴哪裡是你尋找食物的地方？難道你想與猛獸尋食嗎？而「我」杖策遠尋的結果卻正是在飢餓的時候於猛虎的窟穴中尋找食物！當寒冷需要休息的時候，「我」要在野雀林中棲息。你為什麼不找一個高遠的樹枝，像陶淵明在《飲酒》詩中說的「栖栖失群鳥，日暮猶獨飛。徘徊無定止，夜夜聲轉悲。厲響思清遠，去來何依依。因值孤生松，斂翮遙來歸」。陶淵明心中的這隻鳥，飛了很久，疲倦了，找不到休息的地方，為什麼不隨便找個地方停下來，也許那裡有一大堆野雀棲息，但陶淵明不肯，所以他只好付上「飢凍」的代價，尋找到「孤生松」才停下來休息。可是，陸機與陶淵明不同，他「飢食猛虎窟，寒栖野雀林」，在一般人都棲落的樹林中，「我」也落了下來。這兩句又是用形象的比喻，然後再接著敘述「日歸功未建，時往歲載陰」，為了追求功業，「我」不惜與猛虎爭食，不惜與野雀為伍，本以為這樣一定會有所成就，可是結果呢，等到太陽落了，「我」的功業仍然沒有建立，時間過去那麼久，「我」仍一無所獲。「歸」是日落的意思，「歲陰」是歲暮的意思，「載」是語氣詞，相當於「則」。我們以前講過，陸機離開家鄉是被徵召，不得已的事情，雖然如此，其中也未嘗沒有他自己內心渴望建一番功業，渴望在亂世之內以自己的才學「匡正天下」的那種志向與抱負。怎奈生不逢時，這種尋求、這種志向在亂世之中毫無結果，這其實也是古代所有仁人志士共有的悲哀。下面又是形象，「崇雲臨岸駭，鳴條隨風吟」，這是物象。表面上是寫高岸上的濃雲使人駭畏，而風過鳴條則萬木都發出悲吟，若結合前二句的「日歸功未建，時往歲載陰」的對於功業無成的悲慨來看，則這兩句所寫的景象，就也不免有著一種對於環境情勢的悲慨。下面的「靜言幽谷底，長嘯高山岑」二句，則是透過幽谷中的悲吟與高山岑的長嘯，用「吟」與「嘯」來寫內心中難以展抒的一份情意。再下面的「急絃無懦響，亮節難為音」二句，則是以音樂的聲調來象喻品格剛正的人，本不應有怯懦的音聲，而若要真正表現剛直的亮節之音，在彈奏上又有很多的困難，這當然也喻示著他自己在處世方面的許多不得已的困境。所以接下來，他就寫了「人生誠未易，曷云開此衿。眷我耿介懷，俛仰愧古今」的悲慨，表現了雖自懷耿介之心，但人生實難，欲實踐自己的理想之不易，陸機之才之遇，是值得眾人為之同情悲慨的。

據說張華曾經批評陸機「人之作文，患於不才；至子為文，乃患太多也」（《世說新語箋疏・文學》注引《文章傳》。編按：黃叔琳本《文心雕龍・才略》注文亦輾轉引用），他說別人寫文章的煩惱是才少，而你呢，則是才太多了。其實，我認為「才」是一種表達的能力，我們常說要能感之，還要能寫之，而才是一種能寫之的能力。陸機讀了許多書籍，他的知識、詞彙都非常豐富。他運用文字的能力很強，還有很好的對偶、押韻的安排技巧，以此而論，是應當將他列為上品詩人的。可是清朝的一些文學批評家對陸機的評價就不同了，我前邊早已講到過，每個時代有每個時代的風氣，每個時代有每個時代的批評標準，這種時代的風氣和特色不但影響了作者，也會影響到批評者。清代的詩評家沈德潛有一本《說詩晬語》，他說陸機的詩「讀之使人白日欲臥」。其實陸機的詩還不見得如此，陸機內心的感情、感受是豐富深切的，只是他所處的那個時代的風氣決定了他的感情只應用一種思力的人工安排來表現，即使是寫感發也要透過理性的編排來抒發和表達。像潘岳的《悼亡詩》，他妻子死了，本來是很真摯深切的感情，可他也用思力來寫，什麼「春風緣隙來，晨霤承簷滴」，什麼「望廬思其人，入室想所歷」等等，都是用理性、思力來安排他的感情，這是這種特定時代中一類詩人的特色。正是由於他們用理性、用思力來安排，所以他們的詩缺少了那種靠感性直接產生的感發力量，這就是清人沈德潛所說的「讀之使人白日欲臥」的緣故。事實上他的詩在內容上有許多是很有思想性的，其中有一種關於人生、關於哲學的反省與思索。他們的詩有時也是很有感情的，只是他們的感情是透過理性的思索和安排來表達的。像張華的《情詩》、潘岳的《悼亡詩》、陸機的《赴洛道中作》等本來都是具有很強烈、真摯、深厚的感情的，可由於他們的人工思索安排得太多了，那原本的感情受到了嚴重的損害，因此缺乏了感發的生命力量。而陶淵明卻不同，他也有許多深刻的思索和反省，而且非常富於哲理性和思想性，但他卻是透過感性來寫的，因此具有非常強大的感發生命。總之這是兩類不同的詩歌風格。

第五節　左思之一

在太康的作者中，左思是和時代風氣不同的一個詩人。我們可以先看一看前人對左思的評價，鍾嶸《詩品》把左思列在上品，說他「其源出於公幹。文典以怨，頗為精切，得諷諭之致。雖野於陸機，而深於潘岳。謝康樂嘗言：『左太沖詩，潘安仁詩，古今難比。』」陳祚明《采菽堂古詩選》則認為：「太沖一代偉人……其雄在才而其高在志。有其才而無其志，語必虛矯；有其志而無其才，音難頓挫。鍾嶸以為『野於陸機』，悲哉，彼安知太沖之陶乎漢、魏，化乎矩度哉？」還有清朝張玉穀的《古詩賞析》說：「太沖詠史，初非單言史事，特借史事以詠己之懷抱。或先述己意而以史事證之，或先述史事而以己意斷之，或止述己意而與史事暗合，或止述史事而己意默寓。」

這些，都是前人從不同角度對左思的批評。鍾嶸說他「其源出於公幹」，「公幹」是建安詩人劉楨。《詩品》對劉楨的評價是「真骨凌霜，高風跨俗」，認為他是有風骨的。所以，這裡說左思之源出於劉楨，顯然認為左思也是一個有風骨的詩人。所謂風骨，我曾說過，那是指詩中富於一種感發的生命及語言結構有力。因此他下邊說：「文典以怨，頗為精切，得諷諭之致。」就是說，左思的文辭寫得都很典雅，但裡邊包含有很多的感慨；而且他的詩寫得精當貼切，暗中都是有寄託、有用意的。要知道，西晉是一個道德淪喪、骨肉相殘的時代，左思的詩有自己的感慨，但他自己的感慨往往和當時的歷史結合起來，就成了時代的感慨，這就是鍾嶸所說的「諷諭之致」了。可是，鍾嶸為什麼說他「野於陸機」？我前文曾講過，作者會受到時代的影響，批評者也會受到時代的影響。鍾嶸生在齊梁之間，而齊梁時代是最注重詩的對偶、雕琢和修飾的。陸機、潘岳這些詩人，都很注重這些東西，左思卻不在這些方面下力量。他的詩不像陸機、潘岳他們有那麼多排比、對偶的句子，因此鍾嶸就說他「野」。這是一種時代觀念的局限。不過鍾嶸也承認他「深於潘岳」。就是說，左思的詩在內容的情意上比潘岳要深刻得多。「謝康樂」是謝靈運，他的祖先被封為康樂公，所以人們稱他謝康樂。謝靈運曾說，左思和潘岳兩個人的詩都好，好到「古今難比」。前文我說，一個人沒有辦法脫出時代對他的局限；現在我要說，一個人也沒有辦法脫出他自己性格學養的局限。鍾嶸對左思的批評反映了鍾嶸那個時代對詩的見解，而謝靈運對左思的批評則反映了謝靈運本人在詩歌創作上的認識和成就。對謝靈運的詩，要從兩個方面來看。一方面，謝詩在外表上也是講究對偶的，也寫得非常繁複，非常工整，非常美麗。這種作風和潘岳相合，所以他能夠欣賞潘岳的詩。然而謝詩很妙，它在這種對偶和繁複之中卻能夠有感發的生命，能夠時時流露出一種氣骨，所以他也能欣賞左思的詩。

陳祚明說左思是「一代偉人」，因為，左思在西晉那種道德淪喪的政治鬥爭中能夠潔身自保，沒有被捲入政治鬥爭的漩渦，不被那些眼前的功名利祿所左右，這是很了不起的。陳祚明還說他「其雄在才而其高在志」，就是說，左思真正高出別人的地方，就在於他有理想、有志意。所謂「有其才而無其志，語必虛矯」是說，一個人倘若只有文學的才華而沒有心志的修養，那麼他說出話來一定是虛偽矯飾的。比如潘岳，他寫過《閒居賦》，你怎麼能夠想到他曾諂事賈謐，望其路塵而拜？所以像潘岳這樣的人，儘管有才華，可是他的作品不會含有很多感發的力量。至於所謂「有其志而無其才，音難頓挫」是說，一個人倘若只有心志的修養而沒有文學的才華，那麼他的詩在聲調上也很難表現出這種激昂抑揚的姿態。因此陳祚明說：鍾嶸竟認為左思「野於陸機」，這不是太可悲哀了嗎？可是鍾嶸他哪裡懂得，像左思這樣的詩豈止是不受太康風氣的影響，他簡直是陶冶熔鑄了漢魏風骨，根本就不在乎那些排偶、對仗之類外表的規矩！

張玉穀的《古詩賞析》分析了左思的詠史詩。他說，左太沖的詠史詩並不是死板地鋪陳歷史故事，他只是借歷史故事抒寫他自己的志意理想。有的時候，他先寫自己的意思，然後用史實來作證明；有的時候，他先寫史實，然後用自己的意思對歷史加以批評判斷；有的時候，他只寫歷史，而把自己的意思作為隱約的喻託。我們講左思的詠史詩，就可以看到這些特點。

在講左思的詠史詩之前，我先要對作者生平作一簡單介紹。左思字太沖，齊國臨淄地方的人。左思的祖先本來是戰國時齊國的世族，可是到了左思的時候，已經家道中落，成為寒門了。左思之所以從齊國的臨淄來到當時西晉的首都洛陽，實在是因為他妹妹左芬被選入宮的緣故。左芬這個人據說很有文才，也讀過許多書，被晉武帝司馬炎選入宮中，封為貴嬪。歷史上很多女子被選入宮是因容貌美麗，而左芬被選入宮完全是因為她的文才。據歷史記載，左思兄妹兩人都容貌醜陋，但文才卻很出眾。他們不是家住臨淄嗎？臨淄是齊國的都城，所以左思在少年時代就曾寫過一篇《齊都賦》。後來他到了洛陽，就立志要寫《三都賦》。所謂「三都」，就是指當時滅亡不久的魏、蜀、吳三國的都城。在左思以前，漢朝的班固寫過《兩都賦》、張衡寫過《二京賦》，寫的是漢代首都長安和洛陽。左思認為他們的描寫都有虛誇不實的地方，而他的《三都賦》則要一切都符合這三個地方的真實情況。可是，左思是在北方長大的，蜀地和吳地他根本沒有去過。為了寫好《三都賦》，他就去訪問那些到過蜀地和吳地的人物。例如，我們提到過的另一位太康詩人張載，年輕時曾經入蜀，左思就去訪問過張載，請教蜀地的山川風物。此外，他還需要讀很多書。在古代，書籍不像現在這樣普遍印刷流傳，只有豪貴世家有較多的藏書，一般家庭的藏書都不夠豐富。所以左思就求得了一個秘書郎的官職，那並不是他對做官有興趣，而是為了看書方便，因為秘書省是皇家藏書的地方。左思的《三都賦》寫了十年，歷史上記載說，他寫這篇賦的時候「門庭藩溷皆著紙筆」（《晉書・文苑傳》）。「藩」是籬笆，「溷」是廁所，他連牆邊和廁所都放了紙筆，平時得到一點材料或一點靈感就隨時記下來。為寫《三都賦》，他確實下了很大工夫。當時陸機也想寫《三都賦》，而且陸機很看不起左思，聽說左思正在寫《三都賦》，就對他弟弟陸雲說：這裡有一個北方的土包子居然也要寫《三都賦》，等他寫完了正好拿來蓋我的酒罈！可是等左思把《三都賦》寫完了，陸機一看，大為嘆服，自己就擱筆不寫了。左思本來沒什麼名氣，很多人都看不起他。可是他的《三都賦》寫得確實好，又請了名人皇甫謐作序，所以當時就廣泛流傳起來，左思也因此而名重一時。大家都買紙筆抄寫他的《三都賦》，以致洛陽的紙都因此漲了價錢。

左思是一個什麼樣的人？這要和當時的人加以比較才能夠看得出來。我曾提到，和左思同時的潘岳就是榮心利祿的，當時潘岳這樣的人很多。而且西晉那個時候不但骨肉相殘道德淪喪，還流行一種競誇奢豪的壞風氣。潘岳有個朋友叫石崇，也是賈門二十四友之一。這個人住在洛陽，是有名的富翁。歷史上就記載了他和王愷鬥富的故事。王愷也很有錢，而且和晉朝王室有密切的關係。有一次皇帝賞賜給他一株二尺多高的珊瑚樹，世上少見。他就拿去向石崇炫耀。石崇隨手就用鐵如意把這株珊瑚樹敲碎了。王愷很不高興，石崇說這有什麼可惜，我的珊瑚樹隨你挑。於是叫人從儲藏室裡搬出很多珊瑚樹，大的有三四尺高。王愷只好認輸。石崇後來是被殺的，因為早先他手下有一個卑微的小吏叫孫秀，這個人後來依附了野心勃勃企圖篡位的趙王倫。孫秀看中了石崇的愛妾——美麗的歌女綠珠，向石崇求之不得，懷恨在心，就誣陷石崇和潘岳等人謀反，殺死了石崇和潘岳。

綠珠也在石崇被捕的時候墜樓殉節而死。所以，競誇奢豪，道德淪喪，危機四伏，這就是當時官場的一般狀況。但當時也有另外一種人物，比如張翰就很典型。張翰是江南吳人，性格十分狂放，有人稱他為江左阮籍。當陸機和陸雲兄弟二人被徵召入洛陽的時候，同時被徵召的還有一位顧榮。顧榮在從江南出發到洛陽途中，有一天晚上坐在船裡彈琴，被張翰聽到了，張翰就上船和顧榮相見。他問顧榮到哪裡去，顧榮說我到洛陽去。張翰說我也早就有心到北方去，咱們一起走吧，於是連家人都沒有通知就跟顧榮走了。到了北方，張翰曾在齊王冏的手下做官，可是很快就看出政治漩渦中的危險。他藉口說想吃家鄉蓴羹鱸膾，馬上就辭官回江東去了。所以你看，在西晉那種政治局面下出現了各種各樣的人物：潘岳跟陸機不同，潘岳、陸機又與左思不同，而在潘岳、陸機和左思之間，又有像石崇這樣競誇奢豪卻不能自保性命的人，還有像張翰這樣來去自如灑脫無牽掛的人。

在中國古典詩歌裡邊有一個基本主題，倘用西方心理學的說法也可以叫「情意結」，那就是仕與隱的問題。有的人，根本就沒有用世的志意；有的人，本來有用世的志意，可是發現時代和社會不容許他有所作為，就歸隱了。陶淵明就屬於後一種情形，所以他的詩裡邊有很多這方面的矛盾和思考。但也有的人「知其不可而為之」，這是孔老夫子所贊成的。諸葛亮說「鞠躬盡瘁，死而後已」（《後出師表》），杜甫說「蓋棺事則已，此志常覬豁」（《自京赴奉先縣詠懷五百字》），他們就都屬於這一類。可是你要知道，為什麼有的人能夠瀟灑自如地說來就來說走就走？為什麼有的人「知其不可而為之」？這裡邊實在還有一個外在環境和個人性格的問題。諸葛亮為什麼「鞠躬盡瘁，死而後已」？因為他得到先主的知遇。屈原為什麼自沉汨羅？因為他是楚之同姓，沒有別的選擇。馮延巳為什麼「日日花前常病酒，不辭鏡裡朱顏瘦」（《鵲踏枝》「誰道閒情拋擲久」）？因為他家世代和南唐君主結合了密切的關係。而張翰為什麼來去如此自如？因為他本來是東吳的人，並非西晉世臣，也沒有必要為西晉朝廷效死。這些，都是外在環境的不同。除了外在環境之外，還有個人性格問題。《孟子・萬章》說，伯夷是「聖之清者」，因為他「治則進，亂則退」——國家安定政治清明他就出來做官，否則他就退隱；伊尹是「聖之任者」，因為他「治亦進，亂亦進」——無論是什麼樣的社會，無論是什麼樣的領導，他都肯出來做官，他的目的是拯救天下人民。孔子和他們都不同，孔子是「聖之時者」，他根據各種情況的不同來決定自己的選擇。孔子曾到過齊國，齊國不能用他，當他離開齊國的時候「接淅而行」（《孟子・萬章下》）。就是說，他的門徒們把米都洗了，但他不肯等待把飯煮熟，接著淘米的水說走就走了。而他在離開魯國的時候卻「遲遲」而行，因為魯國是他的父母之邦。孔子對待仕隱出處的態度是「可以仕則仕，可以止則止，可以久則久，可以速則速」（《孟子・公孫丑上》）。其實不僅對仕隱出處，孔子對待門徒的態度也各有不同，他常常根據每個門徒不同的才質和性格而因人施教。比如冉求問孔子：「聞斯行諸？」就是說，我聽到一個道理是否應該馬上就去實行？孔子回答說是的。子路也問孔子同一個問題，孔子卻回答：「有父兄在，如之何其聞斯行之。」（《論語・先進》）意思是說，你應該去問一問父兄，不可以自己作主。為什麼孔子對同一個問題回答不同呢？因為冉求這個人遇事退避，所以孔子鼓勵他勇進；子路這個人什麼事都敢幹，容易闖禍，所以孔子要他多克制自己。那麼左思是什麼樣的性格呢？他是一個有大志而勇退的人。就是說，他雖有大志，卻不固執，當「知其不可」時他就「勇退」了。在晉室的「八王之亂」中，潘岳貪圖名利，結果被殺；陸機放不下自己的才智，結果也被殺。只有左思，他一看到政治風頭不對，馬上就辭官不做。齊王冏打算用他做記室督，他也「辭疾不就」（《晉書・文苑傳》），後來舉家離開洛陽搬到冀州去了。左思的八首詠史詩裡，就充分表現了他這種有大志而勇退的性格。現在我們就來看《詠史》的第一首：

弱冠弄柔翰，卓犖觀群書。著論準過秦，作賦擬子虛。邊城苦鳴鏑，羽檄飛京都。雖非甲冑士，疇昔覽穰苴。長嘯激清風，志若無東吳。鉛刀貴一割，夢想騁良圖。左眄澄江湘，右盼定羌胡。功成不受爵，長揖歸田廬。

詩歌當然可以有言外之意，可是那種使你感發聯想到詩歌言外之意的力量，卻一定在言內——在詩歌的文本（Text）中。所以當你讀一首詩時，一定要注意它的「顯微結構」（Microstructure）所產生的那種微妙的作用。「弱冠弄柔翰，卓犖觀群書」兩句就是如此，其中的每一個字都含有感發的力量。「弱冠」是二十歲左右，古代男子到二十歲就可以把頭髮束起來戴上帽子，舉行一個加冠的禮節，表示他已經成人了。但剛成年的男孩子身體還不很壯，所以叫「弱冠」。「弄柔翰」的「柔翰」是柔軟的筆，它結合了一個「弄」字就很妙。得心應手才叫「弄」，倘若你半天寫不出一個大字來，拿一根筆比拿一根房樑還重，那是沒有辦法「弄」的。「弄」字跟「柔」字結合起來，你更可以想像出他手中的筆要怎麼用就可以怎麼用的那種宛轉自如的樣子。而且，這個「弄」字還有一層意思，那就是玩賞或觀賞。宋代張先的詞「雲破月來花弄影」（《天仙子》「水調數聲持酒聽」），是把花擬人化，說花在月下擺弄和欣賞著自己的身影。所以你看，「弱冠弄柔翰」——他還那麼年輕就能夠把文章寫得那麼好。那種得心應手，那種自命不凡，全都透過這幾個字表現出來了。但還不止如此，他還「卓犖觀群書」。「觀群書」當然是閱讀了許多書，可這「卓犖」兩個字用得真好！每個人都可以讀很多書，但每個人從書中所得的都不一樣。注《昭明文選》的那個李善，書讀得確實很多，注解中引證的材料很豐富。可是他只會引材料，在注解的時候一點兒過人的見解都沒有，所以有人稱他為「兩腳書櫥」。意思是，他只比書櫥多了兩隻腳，肚子裡裝滿了書，卻沒有一個靈魂，沒有自己的感受和見解。你看人家陶淵明，「好讀書而不求甚解」（《五柳先生傳》），那就是陶淵明之所以妙了。有些人不喜歡念書，就常引陶淵明這一句，說我跟陶淵明一樣，也是「好讀書，不求甚解」。可是你要知道人家陶淵明接下來還有一句話——「每有會意，便欣然忘食」。這才是真正的陶淵明！他從來不進行字句雕琢和考證，可是他讀了書真正有心得，真正能夠受益。「卓犖觀群書」的「卓犖」，是高超的樣子。有的人讀書觀其大者，有的人讀書觀其小者。蘇東坡之所以那樣達觀，就因為他讀書的時候能「通古今而觀之」。人家說，諸葛亮讀書也是「但觀其大略」。所以你看左思寫得真是好，他說他讀書的時候是處於一種超然的地位，有一種通觀的、達觀的見解和眼光。這真是氣骨不凡！而這種氣骨不凡的樣子，他只用「弱冠弄柔翰，卓犖觀群書」幾個字就表現出來了。

下邊他說：「著論準過秦，作賦擬子虛。」《過秦論》是賈誼的一篇文章，這篇文章討論了秦始皇的龐大帝國為什麼在短短的時間裡就會滅亡。「準」，是一個標準。他說我寫論文的標準是要達到賈誼的《過秦論》那種水準。當然，這一方面是誇自己文章寫得好，另一方面也是誇自己的政治見解很高明，對古今政治的得失利弊都有自己的看法。「賦」，屬於文學作品，西漢文學家司馬相如的《子虛賦》是很有名的。左思說他寫的賦可以和司馬相如的《子虛賦》媲美，這也不完全是自誇，他確實寫過很好的《三都賦》嘛！

「邊城苦鳴鏑，羽檄飛京都。雖非甲冑士，疇昔覽穰苴」，左思這個人，不只有文才而已，他還有大志，希望在武功方面也能有所建樹。「鳴鏑」是一種帶有聲音的響箭，不是用來射人，而是戰爭時用來發號施令的。所以「鳴鏑」這個詞往往用來代表戰爭。所謂「苦」者，下雨太多總不晴天，你就「苦雨」；天旱總不下雨，你就「苦旱」，總之是某種東西太多了，多得使你無可奈何，所以就「苦」。「苦鳴鏑」呢？就是戰爭太多了。歷史記載說，在西晉時，雍州和涼州一帶地方常常有外族的邊患。「羽檄」，是告急的文書，軍隊裡的公文叫檄，如果是緊急的公文，就插上一根羽毛作為標幟，叫作羽檄。「甲冑士」，是戰場上的武士，他們穿著衣甲，戴著頭盔，責任是和敵人作戰。「穰苴」，是春秋時的齊國人，齊景公曾用他做將軍，和燕國、晉國的軍隊打仗。後來齊威王叫齊國的大夫整理古代兵法，把穰苴的兵法也編在一起了，就叫作「司馬穰苴兵法」。讀書應該多方面涉獵，雖然你不去打仗，但看一看兵法是同樣有好處的。因為書讀得越多，你胸中的含蘊也就越多。左思的詩之所以有風骨，就因為他果然有過大志，而且他讀書的範圍也很廣。他說，我雖然不是能夠打仗的武士，但我也讀過兵書戰法。所以就「長嘯激清風，志若無東吳」。我前文曾講過，中國的古人要表現他內心之中的情意和感動，有時候就用「吟嘯」的方法，就是放聲長嘯。在這裡，左思是形容他自己心志的遠大和感情上的激昂慷慨。西晉初年孫吳還沒有被消滅，它是在太康時才滅亡的。「志若無東吳」，是表示對東吳的輕視。杜甫詠馬的詩有一句「所向無空闊」，空闊就是遙遠。「無空闊」是說，無論多麼遠的路在這匹馬的眼裡也不算一回事，牠一下子就能跑到。「無」，就是表示一種很不在意、很輕視的樣子。「志若無東吳」意思是說，假如能夠讓我帶兵，我馬上就可以掃平東吳！所以你看，這就是左思。他說得太輕易了，天下哪裡有這麼容易的事情！左思屬於那種有大志但不能堅持厲行的人。這類人的詩往往有盛氣大言的特點，嵇康、左思、李白都是如此的。

「鉛刀貴一割」說得很好，但有些悲哀。這句話出於《後漢書．班梁列傳》，班超曾說：「況臣奉大漢之威，而無鉛刀一割之用乎！」「鉛刀」是很鈍的刀，這是一種自謙的說法。左思說我不是一把鋒利的刀，只是一把很鈍的鉛刀。但我既然是刀，總要用來割東西呀！倘若一把刀一輩子都沒割過一次東西，它憑什麼叫做刀呢？人生一世，也總要給世間留下一些你自己的東西才對，否則不是白來了一次嗎？所以就——「夢想騁良圖」。「圖」，是自己的志願和理想；「騁」，是馬跑得很遠。就是說，他希望有一天能夠有機會施展自己的理想和抱負。那是什麼樣的理想和抱負呢？是——「左眄澄江湘，右盼定羌胡」。「江湘」指長江、湘水，是東吳的所在；「羌胡」，指西北的羌族，就是剛才所說的雍、涼一帶的邊陲。他說我向左邊斜過眼去看一看，就把江湘的東吳都平定了；我向右邊斜過眼去看一看，就把雍、涼的邊陲都平定了。你看他說得多麼容易！「功成不受爵，長揖歸田廬」，這真是左思！他說，一個人應該在人世間留下一些功業，我追求的是功業而不是富貴利祿。所以，當我完成功業之後絕不接受祿位的賞賜。到那時我將向皇帝深深地作一個揖，然後就辭官歸隱。你看，他是多麼瀟灑！古代有些人為什麼既要隱居又要用世？其實那並不矛盾。他們之所以要隱居，是因為其本來的志願並不在求取功名利祿；他們之所以要用世，是希望透過用世實現自己生命的意義和價值。古代的帝王為什麼總是請隱居的人出來做官？因為隱居的人不追求利祿只追求完成事業，所以一般不會成為貪官污吏。左思就是這樣一個有大志的人。這首詩，主要就是寫他自己的志意。好，下邊我們再看他的另外一首詠史詩：

吾希段干木，偃息藩魏君。吾慕魯仲連，談笑卻秦軍。當世貴不羈，遭難能解紛。功成恥受賞，高節卓不群，臨組不肯緤，對珪寧肯分。連璽曜前庭，比之猶浮雲。

這首詩也是講志意的，是對前一首內容的進一步發揮。「吾希段干木，偃息藩魏君」是說，我希望要做的是段干木那樣的人。段干木是什麼人？那是戰國時的魏國人，隱居不做官，但魏國的國君魏文侯很尊敬他，每當經過他所住的茅屋時都要「軾之」。「軾」，是車前的橫木。古人坐在車上，如果遇到自己所尊敬的人，就雙手撫軾以示敬意。魏文侯只是經過段干木門前，還沒有見到他這個人，就在車上行這種禮節。跟隨魏文侯的侍從很不理解，就問他：「段干木不過是平民，而你是一國的君主，你對他如此恭敬，不是太過分了嗎？」魏文侯就說：「段干木和世俗之人不同，他內心所懷的是君子的理想，不為名利而趨走奔逐。他隱居在窮陋的小巷中，聲名卻傳到千里之外。拿他的地位來換我的地位，恐怕他是絕對不幹的。我的光彩是由於權勢，而他所富有的乃是品德。

權勢是比不上品德的，我怎麼敢對他失禮呢？」做國君的能說出這種話當然很難得，不過我們由此也可以看出，段干木確實是一個德業崇高的人。班固還說過一句話，他說段干木「偃息以藩魏」（班固《幽通賦》）。「偃息」就是偃臥，是睡在床上。「藩」是籬笆、屏障，引申為保護的意思。上一首詩中左思說「左眄澄江湘，右盼定羌胡」，他的澄江湘和定羌胡至少還需要左邊看一下，右邊看一下，可是人家段干木什麼都不用做，只須在家裡躺著休息就可以保證魏國的安全。因為，一個人的品德崇高也可以形成一種威懾的力量，敵國因尊敬他這個人而不敢來侵犯他的國家。

左思所仰慕的另一個對象是戰國時的魯仲連——「吾慕魯仲連，談笑卻秦軍」。這件事歷史上也有記載，說魯仲連「好奇偉倜儻之畫策，而不肯仕宦任職」（《史記・魯仲連鄒陽列傳》）。趙孝成王的時候，秦國派大將白起包圍了趙國，趙國向魏國求救，魏王卻派將軍新垣衍到趙國勸趙尊秦為帝。可是當時正好魯仲連在趙國，他用一席話責備得新垣衍啞口無言，使趙國放棄了尊秦為帝的打算，決心聯合各國一起抗秦。秦將白起聽到這個消息被迫退兵五十里。所以左思說，魯仲連只透過一席話就化解了趙國的危險，使秦軍不得不後退，這真是值得仰慕的。下邊他說，「當世貴不羈，遭難能解紛」。我的老師顧隨先生曾經說：要以悲觀的心情過樂觀的生活，以出世的解脫做入世的事業。「不羈」，是不被功名利祿所羈束，超然於時代和政治鬥爭之外，這當然是出世了；可是「遭難能解紛」又是入世，當國家和人民真的有災難時，你卻又能入世做一番事業，盡你的力量來拯救國家和人民。不僅左思這樣想，李白也是這樣想的。李白就是一個不羈的天才，他個性的特點就是不受拘束。可是他曾屢次嘗試仕宦，甚至加入永王璘的隊伍，直到他臨死的頭一年還想去從軍打仗。他們之所以這樣，並不為求功名利祿，而是想要完成一番事業，實現人生的價值。所以左思說「功成恥受賞，高節卓不群」，強調他們這些人的理想和品德與一般追求功名利祿的人是完全不同的。

「臨組不肯緤，對珪寧肯分」。「組」，是一種絲織的綬帶；「緤」是繫。古人用絲織的綬帶把官印繫在腰間，所以緤組就是指的做官。「珪」是一種玉，古代王侯大臣朝見天子時手中執珪，所以分珪也是指接受朝廷的官爵。而不肯緤組，不肯分珪，則是不接受官爵封賞的意思。「連璽曜前庭」的「璽」，是玉刻的官印。他說，就算有很多這種玉刻的官印，一個一個排列在我的庭院之中，在日光下閃爍著光彩，在我看來，也不過像浮雲一樣而已。「浮雲」，用的是《論語》上的意思。孔子說：「不義而富且貴，於我如浮雲。」（《論語・述而》）一個人最有價值、最可寶貴的東西是什麼？是你自己的人格、感情和意願。陶淵明說：「所以貴我身，豈不在一生。」（《飲酒》）《聖經》上保羅的書信說：你賺得了全世界，卻賠上了你自己。所以，人的立身和持守是重要的，所有一切錢財利祿都是身外之物，是和浮雲一樣輕的東西。左思生活的那個時代，正好趕上「八王之亂」，政壇上你砍我殺，毫無道義可言，不但很難保全自己的清白，甚至也很難保全自己的生命。左思雖然曾有大志，但卻未能生活在一個可以有為的時代；而且他本來出身貧寒，與晉朝王室並沒有很密切的關係，沒有為皇帝盡忠的義務，所以他在急流中就勇退了。他這些鄙視富貴利祿的話是出自內心的，並不像「拜路塵」的潘岳寫《閒居賦》那樣心口不一。左思的妹妹左芬並不美麗，並不得寵，左思也並沒有因為妹妹在宮裡而夤緣利祿。他要求做秘書郎，是為了便於到皇家圖書館去查資料來寫他的《三都賦》。所以我們說，左思這個人，他確實有「連璽曜前庭，比之猶浮雲」的那種襟懷。

第六節　左思之二

左思《詠史》詩的好處就是他的盛氣、大言、壯志和高懷。這些在前文講過的兩首《詠史》詩裡都有充分表現。在太康時代，一般詩人都喜歡雕琢字句，只有左思在內容和氣勢上很有特色，這是他超過別人的所在。可是，左思也有他的缺點，這缺點和他的優點是互為因果的。那就是，由於他盛氣大言，把一切都說得非常容易，所以就有些浮誇，他的內容就顯得不夠深厚。這話真的是很難說。比如，同樣寫歸隱，有的人就寫得深厚，有的人就寫得浮淺。陶淵明也寫歸隱，他的內容就比左思深厚得多。陶淵明內心曾經有過很多矛盾、掙扎和思索，經過十分複雜的醞釀，他終於找到了一個足以自立的境界。也就是說，他透過對自身的超越，得到了一種泰然的、安恬的心境。這種心境得來不易，絕非憑空一說就能實現，而是經過無數次痛苦的矛盾的掙扎得來的結果。因此他的體會是很豐富也很深沉的。陶詩分析起來很困難，因為它表現的方面太多了，你很難把它們全面概括出來。左思的詩分析起來就比較容易，因為它沒有陶詩那麼豐富，很容易就可以歸納出幾個方面的內容。比如前文講過的兩首，都是寫他的壯志和高懷。現在我們再來看他的另外兩首，這兩首詩表現的是西晉社會貴賤貧富的懸殊，以及在下位的人那種淪落失意的感受。中國的取士，自唐宋以來實行的是科舉制度。科舉制度有它的弊端，也有它的好處。好處是，它比較公平，無論什麼人，只要一旦考中就能名滿天下。像三蘇父子、像歐陽修，都是如此的。但魏晉時代還沒有科舉制度，而是九品中正的推舉制度。那時候被列在上品的人物沒有一個是出身寒門的，被列在下品的人物沒有一個是出身世家的。針對這種不平的現象，左思寫了下面的兩首詩。我們先看第一首：

鬱鬱澗底松，離離山上苗。以彼徑寸莖，陰此百尺條。世胄躡高位，英俊沉下僚。地勢使之然，由來非一朝。金張藉舊業，七葉珥漢貂。馮公豈不偉，白首不見招。

這首詩寫得雖然不很深厚，但它在口吻之間顯得很有氣勢，而且它的形象用得很好。一首詩的口吻顯得有氣勢，往往是因為使用了對舉的方法。對舉能產生一種張力，而這張力就能夠造成聲勢。詩歌中的這種技巧，杜甫用得最好。杜甫有一首《醉時歌》，寫他的一個好朋友鄭虔，開頭幾句是這樣的：「諸公袞袞登臺省，廣文先生官獨冷。甲第紛紛厭粱肉，廣文先生飯不足。先生有道出羲皇，先生有才過屈宋。德尊一代常轗軻，名垂萬古知何用。」「袞袞」，是盛多的樣子；「臺」是御史臺；「省」是尚書省、中書省和門下省。杜甫說，那些達官貴人都紛紛登上了臺省的高位，而鄭虔卻在廣文館做一個博士的冷官——自古以來，凡學術機關都是冷清的部門，在那裡永遠發不了財的。漢代曾把宅第分出甲乙等第，「甲第」是指最好的住宅。他說住在甲第裡的那些達官貴人膏粱美味吃得太多了，可是廣文博士鄭虔連飯都吃不飽。是因為他沒有能力嗎？不是，鄭虔的道德比那些達官貴人好，鄭虔的學問比那些達官貴人高。可是，鄭虔的一生很不得意，縱然他的道德學問能流傳百世又有什麼用呢？你看，他從一個極端說到另一個極端，在這一張一弛、一起一伏之間就造成了張力和氣勢。在太康時代，左思的詩是最富於張力的。與杜甫那首詩不同之處是：杜甫那首詩是直接表現，所以張力的力度更大一些；左思這首詩是用形象來寫的，所以張力不如杜甫那一首大，但寫得也很好。

「鬱鬱澗底松，離離山上苗」，這兩個形象就是對舉。「鬱鬱」和「離離」都是很茂盛的樣子，不過「鬱鬱」的茂盛一般用來形容那些比較細小柔弱的東西。所以他這裡用「鬱鬱」來形容澗底的松樹，用「離離」來形容山頂的小苗。可是，山上的小苗雖然很小，它的地位卻很高，澗底的松樹雖然有百尺的枝條，它的地位卻很低，你從遠處去看，只能看見山上那離離的小苗，看不到山澗裡那百尺高的松樹。這兩個形象說明了什麼呢？說明的是，「世胄躡高位，英俊沉下僚」。「世胄」，就是那些世族的後裔；「躡」，是登上。他說世族的後裔就都登上了很高的地位，而那些真正有才能的人卻被埋沒，只能做下位的屬官。「僚」是屬官，是受上官支配和控制的。在高位的人對你頤指氣使，叫你做這樣的事做那樣的事，儘管你發現他的支配是不合理的，可是你只有服從，沒有反對權和發言權，因此李商隱做縣尉的時候曾寫過兩句詩說：「卻羨卞和雙刖足，一生不復沒階趨。」（《任弘農尉獻州刺史乞假還京》）他說他寧可羨慕卞和的兩隻腳都被砍斷，從此就再也不用在階前奔走供人驅使了。為什麼有才能的人只能做僚屬受人支配呢？因為「地勢使之然，由來非一朝」。魏晉時把人分為九品，「上品無寒門，下品無世族」。倘若你出身寒門，那麼縱然你有才能，也無法改變自己的地位。現在我們返回來看，這首詩的開頭六句，每兩句之間都是相對的，而且都是從一個極端說到另一個極端。你看：一邊是「鬱鬱澗底松」，一邊是「離離山上苗」；一邊是「以彼徑寸莖」，一邊是「蔭此百尺條」；一邊是「世冑躡高位」，一邊是「英俊沉下僚」。因此，每兩句之間都形成了產生氣勢的張力。但這首詩的最後四句，他是兩句和兩句相對的：「金張藉舊業，七葉珥漢貂。馮公豈不偉，白首不見招。」「金張」，指漢朝的金日磾、張湯。據《漢書》記載，金家七代為內侍，張家的子孫官至侍中、中常侍的有十多人。這個「藉」字從草字頭，人們常說「藉草而臥」，是說把草放在下邊，你睡在草的上邊，草是你所憑靠的一個東西。所以「藉舊業」是說金家和張家的子孫可以有他們祖先的基業作為憑靠。「七葉」就是七代；「珥」是插，漢代的侍中、中常侍帽子上都有貂尾作為裝飾。就是說，那些世家子弟靠祖先的功業可以世代在朝做高官。「馮公」是指漢代馮唐。《史記》記載，馮唐以孝著稱，後來被推薦做了中郎署長。有一次漢文帝的車輦經過郎署，看見了馮唐，就問他：「父老何自為郎？」意思是，你這麼老了怎麼還只是一個卑微的郎官呢？所以荀悅《漢紀》說：「馮唐白首，屈於郎署。」「馮公豈不偉，白首不見招」是說，馮唐難道不是一個有才能的人嗎？但由於他不是世冑，終身得不到重用，頭髮白了仍然是一個卑微的郎官。你看，這兩句和「金張藉舊業，七葉珥漢貂」也是一個對比，只不過這裡是兩句和兩句相對的。這首詩，表現了作者對社會貴賤懸殊造成才能之士淪落失意的感慨。下邊這一首「濟濟京城內」，基本上也是表現這種感慨，我們簡單看一看：

> 濟濟京城內，赫赫王侯居。冠蓋陰四術，朱輪竟長衢。朝集金張館，暮宿許史廬。南鄰擊鐘磬，北里吹笙竽。寂寂揚子宅，門無卿相輿。寥寥空宇中，所講在玄虛。言論準宣尼，辭賦擬相如。悠悠百世後，英名擅八區。

這首詩也用了對舉的方法，但不像剛才那首的兩兩相對。它的前半首都是寫王侯貴族，後半首都是寫不得意的人。與前一首不同的是，這首詩的最後幾句對不得意之人還作了一些安慰：「言論準宣尼，辭賦擬相如。悠悠百世後，英名擅八區。」他說這些居住在寂寞窮巷中的人，他們的言論符合孔老夫子的道理，他們的文才可以媲美於司馬相如，等到千百年之後，他們的名聲將到處流傳。「八區」，就是八方的區域。東西南北是四方，再加上東北、西北、東南、西南四個角落，就是八方。他認為，貴賤貧富都是眼前的、短暫的，而一個人只要真正有才學品德，最終就不會被埋沒。

下邊我要講的，是左思特別出名的一首《詠史》詩「皓天舒白日」。這首詩是直接寫他自己。左思曾經說自己「鉛刀貴一割，夢想騁良圖」，他希望得到一個機會，做出一番事業，然後「功成不受爵，長揖歸田廬」。這個「歸田廬」本來是要在「功成」之後的。可是在「皓天舒白日」這一首裡我們可以看到，左思已經開始「勇退」，功不成他也要歸隱了。現在我們看這一首：

> 皓天舒白日，靈景耀神州。列宅紫宮裡，飛宇若雲浮。峨峨高門內，藹藹皆王侯。自非攀龍客，何為欻來遊？被褐出閶闔，高步追許由。振衣千仞岡，濯足萬里流。

「皓天舒白日，靈景耀神州」。「皓」，是光明的、皎潔的；「舒」是舒展，展開；「靈」是讚美的意思，有神靈之意；「景」是光影。他說在那皎潔的天空上展露了光明的太陽，太陽那靈異的光彩照耀在神州之上。「列宅紫宮裡，飛宇若雲浮」。「紫宮」，就是「紫微宮」，本來是天上的星座名，古人認為那是天帝所居的地方。不過古人也常常把人間和天上聯繫起來，因此，「紫宮」也用來指天子所居的皇宮。而在這裡，「紫宮」指的是京城的所在。在京城的大街上，有很多達官貴人的住宅。「飛宇」是有飛簷的屋宇，中國有些大建築的屋簷比較講究，是翹上去的，好像鳥的翅膀，因此叫作飛簷。那些達官貴人的住宅都非常高大，它們的屋簷就好像飄浮在天上的雲彩之中。「峨峨高門內，藹藹皆王侯」。「峨峨」是高的樣子；「藹藹」本指草木茂盛，這裡是盛多的樣子。在那些高大的門樓裡，住著很多的王侯貴族。以上所寫，都是都城的美盛和王侯宅第的豪華，下面他就開始寫他自己了。

我們可以看到，左思章法的變化其實並不多。「濟濟京城內」那一首是前一部分寫王侯貴族，後一部分寫貧賤之士；這一首是前一部分寫王侯第宅，後一部分寫他自己，都是用對舉的方法。「自非攀龍客，何為欻來遊」，是他自己的一個反省。「攀龍」本來有一個典故，說是黃帝曾經鑄了一個鼎，當鼎鑄成的時候，天上就有一條龍降下來，接黃帝升天。而那些黃帝左右的侍奉小臣，有的抓住龍的尾巴，有的抓住龍的鬍鬚，也都攀附在龍的身上一起升了天。後來人們就用「攀龍」來比喻依附權勢。有時候還說「攀龍附鳳」，龍指的是皇族，鳳指的是后族，你不是宗室子孫，也不是外戚，但你要和他們拉關係，那就是攀龍附鳳。左思的妹妹左芬是做了貴嬪的，可是左思說，他自己並沒有攀龍附鳳的意思，並不想藉裙帶關係飛黃騰達。「欻」就是忽，有突然的意思。他說我為什麼忽然之間就跑到都城來了呢？左思並不想追求富貴利祿，他到都城來，只是由於一個偶然的機會：他的妹妹被選入宮，所以他就陪他的妹妹離開家鄉，來到洛陽。因此他覺得，現在就應該抽身隱退了：「被褐出閶闔，高步追許由。」「閶闔」本來是天上的宮門，可是晉朝時洛陽也有一個城門叫作閶闔門；「褐」，是粗布衣服。他說我披上一件粗布衣服，就走出了洛陽的城門。去做什麼呢？是「高步追許由」。「高步」，就是高蹈，你的腳踏向更高的地方。意思是說，你的精神心靈達到了一種更崇高的境界。許由是一個隱士，堯曾經打算把天下讓給許由，許由不肯接受，就遁耕於箕山之下。傳說有這樣一個故事，說堯讓天下於許由，許由不但不肯接受，而且認為這話弄髒了耳朵，就到河邊去洗耳朵。他的朋友巢父正好牽牛到河邊飲水，問他為什麼洗耳朵，他就把堯讓天下的一番話告訴巢父。巢父說，你這麼一洗把水也洗髒了，我的牛在這裡飲水豈不要弄髒牛的嘴巴？於是就把牛牽到上游去飲水了。當然，這個故事講得也有些過分，這樣做未免太過於自命清高了。

下邊兩句是左思最有名的句子：「振衣千仞岡，濯足萬里流。」這兩句真的是氣象好。有些詩的好處不在情意而在氣象。在這裡，他把他內心的志意透過帶有感發力量的形象表現出來了。所謂「千仞」，八尺為一仞，千仞是八千尺，也就是極言其高。「振」是振起的意思，他說我要站在高高的山上，讓山風把我的衣服吹起來。「振衣千仞岡」——你可以想像，晉朝的人寬袍大袖，站在高高的山頂上衣袂翩躚，那是一種何等高傲的神氣和姿態！「濯足萬里流」是說，我要把我的腳洗乾淨。在什麼地方洗？一小盆水嗎？那有什麼意思！他說我要在滔滔滾滾的萬里長河中洗我的腳。這裡其實也是有典故的。古代有《孺子歌》，說是：「滄浪之水清兮，可以濯我纓。滄浪之水濁兮，可以濯我足。」「滄浪」，是水色青蒼的樣子；「纓」，是帽繫，就是繫帽子的帶子。他說如果滄浪之水是清的，我就可以把我的帽纓洗一洗；如果滄浪之水是濁的，我就可以把我的腳洗一洗。這話很妙，也很難講，它是用形象來比喻的。就是說，你外在是什麼樣的情況，我就以什麼樣的態度來相應，你是清的，我就以我的這一面來相應；你是濁的，我就以我的那一面來相應。這「滄浪之水」其實也可以看作比喻當時的社會，你可以根據不同的環境採取不同的態度和不同的方法來應付，但都能夠同樣保持你的清白。所以，這「振衣千仞岡，濯足萬里流」的「振衣」和「濯足」就已經表現有一種保持清白和不受塵世污染的境界，而「千仞岡」和「萬里流」又使得這一境界顯得既高遠又博大，因此就產生了「氣象」。當然，這裡邊難免有些浮誇：他果然在千仞岡上振衣嗎？他果然在萬里流中洗腳嗎？沒有這麼回事！可是，他在說這番話的時候，他的精神上果然產生了這樣一種境界。因此，這兩句雖然並不是寫實，也沒有很深奧的思想，但卻給讀者一種振起的作用：一個人難道不應該有這樣高遠和博大的胸襟嗎？這首詩，是左思表現他自己胸襟懷抱的很有名的一首詩。

下邊這一首「荊軻飲燕市」，也是表現胸襟懷抱的，但同時也表現了他的識見，即他的認識和見解，他的判斷和衡量：

荊軻飲燕市，酒酣氣益震。哀歌和漸離，謂若傍無人。雖無壯士節，與世亦殊倫。高眄邈四海，豪右何足陳。貴者雖自貴，視之若埃塵。賤者雖自賤，重之若千鈞。

這首詩，讚美了荊軻那種酣飲高歌、旁若無人的豪氣，從而表現了對豪門貴族的藐視。當時的社會有貧富貴賤的懸殊，但富貴的人果然高貴嗎？貧賤的人果然低下嗎？左思說：富貴的人儘管富貴好了，可是在我看來，他們就像地上的塵土一樣輕賤；貧賤的人雖然貧賤，但他們值得看重、值得尊敬，我覺得他們有千鈞的份量。這是左思對貧富貴賤的判斷衡量，這裡邊就表現了他的一份識見。南宋辛棄疾寫過一首《鷓鴣天》讚美陶淵明，最後兩句說：「若教王謝諸郎在，未抵柴桑陌上塵。」王、謝都是東晉的高門世族；柴桑是陶淵明的老家。辛棄疾說，倘若把王、謝子弟和陶淵明相比的話，那些貴公子們連陶淵明家門前道路上的塵土都不如！這也是和左思同樣的一種判斷衡量。

最後還有兩首完全是寫他的感慨，我們先看第一首：

主父宦不達，骨肉還相薄。買臣困樵採，伉儷不安宅。陳平無產業，歸來翳負郭。長卿還成都，壁立何寥廓。四賢豈不偉，遺烈光篇籍。當其未遇時，憂在填溝壑。英雄有迍邅，由來自古昔。何世無奇才，遺之在草澤。

左思在這首詩裡舉了主父偃、朱買臣、陳平、司馬相如四個古人做例子，這四個人都很有才幹，但都出身貧賤。當他們未遇之時，很有可能就會餓死而葬身溝壑。而事實上，哪個時代沒有傑出的人才？但由於社會上貧富貴賤的不公平，很多人才都在草野之中被埋沒了。可是，發達的人是否就真值得羨慕，被埋沒的人是否就真很不幸呢？在最後一首《詠史》詩中，左思繼續抒發了他的感慨，並以達觀的態度作了自我安慰：

習習籠中鳥，舉翮觸四隅。落落窮巷士，抱影守空廬。出門無通路，枳棘塞中塗。計策棄不收，塊若枯池魚。外望無寸祿，內顧無斗儲。親戚還相蔑，朋友日夜疏。蘇秦北遊說，李斯西上書。俛仰生榮華，咄嗟復凋枯。飲河期滿腹，貴足不願餘。巢林棲一枝，可為達士模。

「習習籠中鳥，舉翮觸四隅」，「習習」是鳥張開翅膀要飛的樣子；「隅」是籠子的角落。籠中的鳥想飛，可是它一張開翅膀就碰到了籠子四面的角落。「落落窮巷士，抱影守空廬」，「落落」是疏闊之貌。什麼叫疏闊？就是不拘小節的樣子。要知道，一般眼光比較高遠的人就不太注意小節，可是這樣的人往往就很貧困孤獨，住在窮巷空廬裡邊，陪伴他的只有他自己的影子。「出門無通路，枳棘塞中塗。計策棄不收，塊若枯池魚」，他說他眼前找不到一條平坦的路，因為所有的路上都長滿了荊棘；他把所有的計策謀劃都拋棄了，因為沒有人用他，不管是多麼好的計策謀劃都得不到實踐的機會。「塊」，是獨處的意思。他說他自己塊然獨處，像被困在枯池裡的一條魚，還能夠維持多久呢？「外望無寸祿，內顧無斗儲。親戚還相蔑，朋友日夜疏」，他說他現在外邊沒有一點點俸祿的收入，家裡也沒有一斗糧食的儲藏，親戚都看不起他，朋友也都跟他一天天疏遠了。「蘇秦北遊說，李斯西上書，俛仰生榮華，咄嗟復凋枯」，蘇秦曾經到各國去遊說但沒有成功，回到家裡，妻子和嫂子都看不起他，於是他才頭懸樑錐刺股，發憤讀書，最後終於六國封相。李斯是楚國上蔡人，到秦國去做客卿，一開始也很不得意，但後來終於受到重用，做了丞相。蘇秦和李斯「北遊說」、「西上書」是為什麼？為了追求富貴呀！因為貧賤的人被社會輕視，連自己的妻子朋友都看不起。當然，如果你真有才能，富貴榮華也很容易得到，像蘇秦和李斯，不是很快就發達了嗎？可是他們結果怎樣？蘇秦是被刺死了，李斯是被腰斬，都落得一個不幸的下場。「俛仰」是一低頭一揚頭，「咄嗟」是歎一口氣。就在這低頭揚頭或歎一口氣的時間裡，就會發生這麼大的變化。那麼，人們又何必像蘇秦和李斯那樣汲汲追求榮華富貴呢？「飲河期滿腹，貴足不願餘。巢林棲一枝，可為達士模」，結尾這幾句用了《莊子》上的典故。《莊子・逍遙遊》說：「鷦鷯」是一種小鳥，牠在樹林裡做巢，所需要的不過是一個很小的樹枝；「偃鼠」是一種小動物，牠在河中飲水，至多也不過就是裝滿了肚子。那麼一個人，只要自己能溫飽也就夠了，何必貪多無厭地去追求榮華富貴呢？「模」，就是榜樣、模範的意思。鷦鷯佔不了整個樹林，偃鼠也不能把一河水都喝乾，牠們知足安分，不對身外的東西作無厭追求。人，不也是一樣嗎？

左思的《詠史》詩我們就講到這裡，它的內容大致就是如此，說起來是比較單純的，並沒有很複雜的思想性，只是以盛氣、大言、壯志和高懷取勝。在中國古代詩歌中，詠史的內容很早就有了。比如《詩經，大雅》的《文王》就是寫歷史的事情，但那只是歌頌祖先的功業，不能算真正的詠史詩。東漢班固有一首《詠史》，寫的是緹縈救父的故事，但它完全是寫客觀的史實，敘述很死板，以致後來鍾嶸批評他這首詩「質木無文」（鍾嶸《詩品序》）。左思的《詠史》跟班固的《詠史》不同，他是借史抒懷，用別人的酒杯澆自己的塊壘，借歷史的故事發自己的牢騷。而且，他敘述的口吻很有氣勢，帶著一種感發的力量，不像班固《詠史》那樣質木無文。這是左思對詠史詩的一個突破。後來，就有了很多這一類的詩。把歷史、時事和自己的懷抱結合起來，逐漸形成了詠史詩的作風。從左思開始一直到晚清王國維，他們的詠史詩都是走的這一條路子。從這一個方面來講，我們雖然不能說左思開創了詠史詩，但他的詠史詩對後代的影響卻是非常重要的。

第七節　左思之三

左思在文學發展史上的地位是非常重要的，這主要是因為他的《詠史》詩、《招隱》詩和《嬌女詩》對後世都有影響。他的《詠史》詩我們已經讀過了。我們說，左思雖然不是詠史詩的開創者，但他開創了把歷史、時事和個人懷抱結合起來寫詠史詩的這樣一種作風。後世詠史詩基本上都是走的他這一條路子。而另外左思的《招隱》詩對後世的山水詩也有影響關係，他的《嬌女詩》則與後世的白話詩有關係。

一個傑出的詩人，可以在很多方面對後世發生影響，但從文學發展的角度來看，他的有些影響是和大家一樣的，但有些影響是比較特殊的。那麼，他的這些特殊的影響就更值得注意。所以，從發展的角度看，左思《嬌女詩》對白話詩的影響比他的《招隱》對山水詩的影響更值得我們注意。魏晉是一個戰亂的時代，為了逃避現實，大家都嚮往神仙隱逸的生活。所以不僅左思寫《招隱》詩，陸機、張載也都寫過《招隱》詩。寫招隱詩是一種時代現象，並不是左思個人的獨創。然而魏晉時代的文學潮流是注重辭藻和雕飾的，左思卻在這樣的文學環境之中寫了一首白話的《嬌女詩》，這就是獨創了。沈德潛《古詩源》說左思「陶冶漢魏，自製偉詞」。我認為，左思的《嬌女詩》就屬於「自製偉詞」的一類。

左思的這首《嬌女詩》，歷來很多選本都不選它。為什麼不選？一方面可能是因為很多人選詩都喜歡選典雅的，而這首詩是白話的，他們不喜歡，所以不選。另一方面呢？你要知道，講中國的古典詩文，典雅的其實反而容易講。因為典雅的語言都是從前人作品中承襲下來的，你不懂的可以到經史裡去找。它的每個典故都有一個出處。而且，文字一經寫下來，變化就比較少了，你看那漢魏的古文和唐宋的古文，都是文言文，其實都差不多嘛！但白話就不同，口語變化很快，再加上中國一向只重視典雅的文字，對口語很少注意，既沒有整理記載，也沒有專門的注釋，所以口語的文字有很多就失傳了。我們現在所說的話，跟魏晉時候的人所說的話不一樣。那個時候的口語，我們已經有很多不懂得了。曾有幾個同學在我家討論，有大陸來的也有臺灣來的，他們討論「說」字和「講」字哪個是文言哪個是俗語。臺灣同學認為「說」是文言「講」是俗語，大陸同學認為「講」是文言「說」是俗語。這是由於各地方言的不同。其實，臺灣人說的閩南話裡保存了很多古語的習慣和古語的語音。比如，臺灣人說某某人胡說八道，叫作ōu bēi gàng。這三個字寫出來就是「黑白講」，其實是非常古雅的話。又比如，臺灣人說「走」，其實是「跑」，而大陸的北方人說「走」就只是走，沒有「跑」的意思。為什麼會這樣？因為西晉以後「五胡亂華」，一些外來民族佔領了中原地區，於是中原的語音就和胡人的語音混合在一起，原來的古代語音系統就被破壞了。反倒是福建和廣東一帶保留了一部分古語的習慣和中國的古音。這個問題涉及語言學，我就不多講了。總之，左思的這首《嬌女詩》還不完全是白話，但裡邊已經有些字很難懂，你很難知道他真正說的是什麼意思。

另外我還要說的是，左思的《嬌女詩》，影響了唐代大詩人杜甫。杜甫是一位集大成的作者，他之所以能集大成，是因為他有集大成的容量。這是很重要的。唐代如李白、陳子昂等都鄙薄齊梁的詩，他們只看到齊梁詩的壞處，沒有看到齊梁詩的好處，這種見解是狹隘的。而這也正是李白七言律詩一直寫不好的原因。杜甫是一個能夠相容並蓄的詩人，從杜詩裡你可以看到：上自《詩經》，下到齊梁，各類詩的好處他都接受了，都吸收了。而且，杜甫的接受和吸收不是像陸機擬古詩那樣死板地模仿，他能夠把前人的好處都消化掉，全都融會貫通在他的詩裡邊。有時候，他在同一首詩裡既有漢魏也有齊梁。杜甫有一首很有名的詩叫《北征》，寫他從鳳翔回到羌村去看他的妻子兒女。這首詩不但是受了漢魏的影響，甚至還用了經史的筆法。而在這首詩裡的一些地方，就很明顯地受到了左思的影響。現在我們就來看《嬌女詩》：

> 吾家有嬌女，皎皎頗白皙。小字為紈素，口齒自清歷。鬢髮覆廣額，雙耳似連璧。明朝弄梳臺，黛眉類掃跡。濃朱衍丹唇，黃吻瀾漫赤。嬌語若連瑣，忿速乃明㦛。握筆利彤管，篆刻未期益。執書愛綈素，誦習矜所獲。其姊字惠芳，面目粲如畫。輕妝喜樓邊，臨鏡忘紡績。舉觶擬京兆，立的成復易。玩弄眉頰間，劇兼機杼役。從容好趙舞，延袖像飛翮。上下絃柱際，文史輒卷襞。顧眄屏風畫，如見已指摘。丹青日塵闇，明義為隱賾。馳騖翔園林，果下皆生摘。紅葩綴紫蒂，萍實驟抵擲。貪華風雨中，眒忽數百適。務躡霜雪戲，重綦常累積。并心注餚饌，端坐理盤槅。翰墨戢閒案，相與數離逖。動為鑪鉦屈，屣履任之適。止為荼荈據，吹噓對鼎䥶。脂膩漫白袖，煙薰染阿錫。衣被皆重地，難與沉水碧。任其孺子意，羞受長者責。瞥聞當與杖，掩淚俱向壁。

「吾家有嬌女，皎皎頗白皙」——我家有非常嬌慣的兩個女兒，面貌長得光潤、潔白。這開頭兩句，就使我們聯想到杜甫《北征》的「平生所嬌兒，顏色白勝雪」。杜甫寫他的小孩子也用了「嬌」和「白」，顯然是承襲了左思的這兩句。但杜甫並不止於承襲，他接下來的兩句更好：「見耶背面啼，垢膩腳不襪。」杜甫用的也是白話，他說我在經過離亂之後終於回到家裡來，可是我過去最嬌慣的孩子已經不認得我了，把我當做生人，而且他身上穿得破破爛爛，腳上連一雙襪子都沒有。所以你看，杜甫既有對古典的繼承，也有他自己真正生活的寫實。他把二者結合得很好。《北征》裡受左思影響的並不只這兩句，等一下我們會看到更多。現在接著看《嬌女詩》：「小字為紈素，口齒自清歷。」左思有兩個女兒，大的叫惠芳，小的叫紈素。這個「歷」，也是清楚的意思，比如我們常說，某某事情歷歷如在目前。紈素這個小女孩，她說話的時候一個字一個字都說得很清楚。也許有人說：這有什麼好說的？可是你要知道，做父母的聽到自己的小孩能夠一個字一個字把話說清楚了，會覺得這是天底下最好的事情，一定會非常得意。下邊他還說：「鬢髮覆廣額，雙耳似連璧。」這小女孩的額頭很寬，但鬢髮垂下來蓋住了前額；她的耳朵長得特別白潤，好像一對貴重的美玉。當然，這都是因為做父母的愛自己的孩子，所以怎麼看怎麼好看。接下來寫得更妙：「明朝弄梳臺，黛眉類掃跡。」說天剛亮的時候紈素就跑到梳粧檯那裡去玩，抓起筆就往眉毛上亂畫，畫出的眉毛就像掃把掃過去的一樣。「弄」，就是玩弄，這個字用得很好。梳粧檯也許是她母親的，也許是她姊姊的，上邊一定有些胭脂啦粉啦什麼的，她就在那裡一件一件地玩弄。「黛」是一種青黑的顏色，是畫眉毛用的。這兩句，顯然也影響了杜甫。杜甫《北征》寫他女兒的淘氣說：「學母無不為，曉妝隨手抹。移時施朱鉛，狼藉畫眉闊。」寫得真是很好。杜甫經過戰亂回到家裡，看到他的孩子們穿得破破爛爛，他的妻子顯然也很久不曾梳妝打扮了。現在一家人團聚了，他妻子就趕快整理被褥，把那些包起來很久不用的化妝品都打開準備化妝。而他的女兒很久沒見過母親化妝，覺得很新鮮，於是就「學母無不為，曉妝隨手抹」。可是小女孩本來不知道該怎樣化妝，拿起那些紅的胭脂啦白的粉啦，只知道往臉上亂抹。「狼藉」，是亂七八糟的樣子，那女孩拿起眉筆就給自己畫眉，把兩道眉毛畫得很粗很粗。你看，杜甫寫他女兒的這種生動的、白話的筆法，完全是從左思那裡來的！有的時候，一個人做了些什麼事情，對後世可能發生什麼樣的影響，他自己並不大清楚。左思當年覺得自己這兩個小女兒如此可愛，一高興就寫了這首白話詩。他大概不會想到數百年後會有一位大詩人受到他這首詩的影響。接下來兩句寫得也很好：「濃朱衍丹唇，黃吻瀾漫赤。」「濃朱」，是深紅色；「衍」是漫的意思，就是說漫到範圍之外。塗口紅本來是很有講究的，有的女孩子塗口紅之前先要用紅筆畫個輪廓，口紅一定要塗在輪廓裡邊，不能抹到外邊，而且深淺也有講究的。這小女孩不懂，把口紅都塗到嘴唇外邊來了。小孩子本來就唇紅齒白，所以說是「丹唇」，可她還要抹上很深的紅顏色，結果就「黃吻瀾漫赤」。「瀾漫」是說她把嘴抹得一片鮮紅；「黃吻」，是「黃口」，就是「黃口小兒」的意思。漢樂府有一首《東門行》，寫一個妻子囑咐她的丈夫不要出去做壞事，說是「上用滄浪天故，下為黃口小兒」。就是說，看在蒼天和我們孩子的份上，你千萬不要做出違法的事來。為什麼把小孩叫作「黃口」呢？因為小鳥的嘴巴都是黃色的。我家廚房窗前的樹上就有一對鳥兒做了巢，每年孵出小鳥以後，常常看見大鳥叼一些小蟲來餵小鳥。那些小鳥都從巢裡伸出嘴巴來接著，它們的嘴巴真的都是黃顏色的。小孩子也像小鳥一樣幼稚可愛，所以古人就把小孩子比作黃口的小鳥。

「嬌語若連瑣，忿速乃明憒」。「連瑣」，本來指花紋。比如說「瑣窗」，指的是窗上雕刻的花紋圖案一個花套著一個花。而「嬌語若連瑣」是一種很形象的比喻，說那女孩說起話來沒完沒了，就跟連瑣的花紋一樣，一圈套著一圈。這是父母對小女兒說話流利感到得意的表示。「忿速」，是惱了，急了；「憒」，是一個俗字，《玉篇》說是「乖戾也，頑也」，就是脾氣很不好、很不聽話。「明憒」，是明目張膽地跟你不講理。小孩子是會這樣，越是嬌養的小孩子越會這樣做，發起脾氣來就一點兒理也不講。「握筆利彤管，篆刻未期益」，說這小女孩也喜歡玩弄筆。「利」，是以什麼為好。她抓筆的時候，專挑那最貴重的彤管的筆。「彤管」，是筆桿上塗著紅顏色的筆，這種筆是史官用的，是一種很貴重的筆。可是你以為她專挑好筆就能寫好字嗎？她是「篆刻未期益」。「期」，是期望；「益」，是進步。他說她就像寫篆字那樣拿著筆亂畫，你根本就不能指望她在書寫方面有所進步。這女孩有時候也讀書——中國古代的女子一般是不讀書的，但如果父母是讀書人，常常就教自己的女兒讀書。像蔡琰，就因為是蔡邕的女兒所以才有機會讀書。左思也是讀書人，他寫《三都賦》時不是「藩溷皆著紙筆」嗎？所以就怪不得他家的小孩子也喜歡書和紙筆了，她是「執書愛綈素，誦習矜所獲」。「綈素」，是絲織品的絹，古時候紙張還不流行，古人把字寫在白色的絲絹上，書也多是絲絹的。「矜」，是自誇。這女孩拿書喜歡拿那種最好的絹本書，她如果讀懂一點兒會背兩句了，就驕傲得不得了。

以上都是寫他的小女兒紈素，下面就開始寫他的大女兒惠芳：「其姊字惠芳，面目粲如畫。」「粲」，是美好的樣子。中國古代讚揚人長得美，常說是「眉目如畫」。你看古代仕女圖中的美女，眉目都很纖秀，跟西方那種塗了黑眼圈、藍眼膏的美女不大一樣。他說這個惠芳，長得就跟仕女圖上的美女一樣。「輕妝喜樓邊，臨鏡忘紡績」。你看，這姊姊就比妹妹進步了。妹妹是「黛眉類掃跡」，是「黃吻瀾漫赤」，而姊姊已經懂得化妝不能太濃，要恰到好處。因此她就常常坐在樓窗口淡淡地化妝。古代的女子都要紡績呀，可是惠芳一化起妝來就把紡績的事都忘了。下邊一句「舉觶擬京兆」的「觶」，是裝酒的器具，放在這裡講不通。因此清代學者吳兆宜就認為，這個「觶」字是「觚」字之誤。「觚」就是筆，應該是「舉觚擬京兆」才對。為什麼呢？因為這裡是用了一個典故。漢朝的張敞曾經做過京兆尹，他和妻子的感情極好，曾經為妻子畫眉。所以，「舉觚擬京兆」就是指這個女孩子拿起筆來學張敞的畫眉。「立的成復易」的「的」，是古代女子面部的裝飾。你看現在印度的婦女，常常在額頭點一個紅點兒，就是這一類的裝飾。「立的」，就是把那個紅點兒點上去。而「成復易」，是剛點上去就又把它擦掉了，重新再點。這仍然是寫女孩子化妝時慢吞吞描來描去的樣子。左思說她是「玩弄眉頰間，劇兼機抒役」。女子化妝的時候，常常是一邊化妝，一邊欣賞，所謂「弄妝梳洗遲」（溫庭筠《菩薩蠻》）。這個女孩現在就是這樣，把那些胭脂啦、粉啦、眉膏啦，對著鏡子慢慢地描來描去。而且她不但把化妝當作遊戲，有時候把女工的紡績也當作遊戲。「劇」，也是玩弄的意思。小孩子不知道人生的艱難困苦，也用不著靠工作來維持生計，所以她們不管對紡績啦，還是化妝啦，都是採取一種遊戲的態度。而且，這個女孩子還很喜歡跳舞：「從容好趙舞，延袖像飛翮。」「從容」，是不慌不忙的樣子。為什麼說「趙舞」？《古詩十九首》說「燕趙多佳人，美者顏如玉」；古人還常說「燕姬趙女」。古代燕國和趙國的女孩子都長得很美，而且善於歌舞，所以提到歌舞常常就說「趙舞」。「延袖」，是把袖子甩開，說她把袖子一甩開，就像鳥兒的翅膀一樣在空中飛舞。「上下絃柱際，文史輒卷襞」。「絃柱」，是琴瑟之類樂器上的裝置。絃，是發聲的絃；柱，是支絃的柱。「輒」是常常，「襞」是折疊。他說這女孩還喜歡玩弄樂器，一會兒把這根絃弄緊一點兒，一會把那根絃弄鬆一點兒；可是對那些文史的經書，她讀過以後就把它們捲起來丟到一邊去了。「顧眄屏風畫，如見已指摘。丹青日塵闇，明義為隱賾」，這四句是要連起來看的。他說他的女兒有時候回頭看見了屏風上的畫，還沒有看清楚，就開始指指點點，說這裡畫得好，那裡畫得不好。為什麼屏風上的畫看不清楚呢？因為它年深日久，已經被灰塵遮暗，看不出它的內容和線條來了。「賾」，是深隱難見的意思。小孩子喜歡發表意見，儘管看不清楚，也要對著屏風憑空議論一番。

「馳騖翔園林，果下皆生摘。紅葩綴紫蔕，萍實驟抵擲」，他說這兩個女孩子在園子裡像飛一樣跑來跑去，園裡的果子還沒熟就都被她們摘下來了。她們不但摘果子，還摘花，把紅色的花連著紫色的花託一起摘下來。「萍實」，是指很大的、很貴重的果實。這裡邊有一個典故，《孔子家語》說，楚王渡江的時候看到江裡有一個紅色的圓東西，像斗一樣大，一直漂過來碰到楚王的船頭。船上的人把這圓東西撈上來。楚王不知道是什麼，問他的群臣，沒有一個人認識。於是楚王就派人到魯國去請教孔子。孔子說，這東西叫作「萍實」，可以剖開來吃，是一種吉祥之物，只有功業強大的人才能得到它。使者回來告訴楚王，楚王就把萍實剖開吃了，果然非常好吃。這個典故在這裡並不重要，總而言之他是指一個很大的很好看的果實，小孩子摘下來卻不吃，拿著它拋來拋去地玩。「貪華風雨中，眒忽數百適」，「眒忽」，是倏忽的意思。春天她們喜歡看花，哪怕外邊在颳風下雨，她們也要往園子裡跑，而且轉眼工夫就跑了好多趟。「務躡霜雪戲，重綦常累積」，冬天她們喜歡玩雪，越是不讓她們去，她們越是一定要去。你要是帶過小孩子你就會知道，有時帶著出去，地上有積水的小水坑，你怕他把鞋踩濕不讓他（她）從那裡走，他（她）偏偏要跑過去踩上一腳。小孩子往往是如此的。「綦」是鞋帶，「重綦」是好幾層鞋帶。大人怕她們把腳凍壞了，就在她們的鞋子外邊再套上一雙鞋子，綁上好幾層鞋帶。「并心注肴饌，端坐理盤槅」。女孩子畢竟是女孩子，她們也很注意做菜做飯一類的事。男孩和女孩的遊戲是不一樣的，男孩喜歡拿根竹竿學打仗；女孩子則喜歡「過家家」。她們喜歡擺弄那些小盤子小碗，你要是把真的器皿和食物給她們，她們更喜歡，可以老老實實地坐在那裡玩上半天。「翰墨戢閑案，相與數離逖」。「戢」，是收藏起來；「閒案」，是空的桌子；「離逖」，是遠遠地離開；「相與」，是指這兩個小女孩一起。他說她們姊妹不喜歡寫字，經常把筆墨收起來放到空桌子上，兩個人一起遠遠地離開。「數」讀ㄕㄨㄛˋ，是很多次，就是「常常」的意思。「動為鑪鉦屈，屣履任之適」。余冠英《漢魏六朝詩選》認為，「鑪」是缶，古人用為樂器；「鉦」也是鐃鈸之類的樂器；「屈」字疑是「出」字之誤。這兩句是說，兒童聽到門外有賣小食的人敲擊鑪、鉦的聲音，拖著鞋子就跑出去了。「屣履」，是拖著鞋子；「之」也是指的鞋子。「動」，有隨時隨地的意思。底下兩句又有些問題：「止為荼荈據，吹噓對鼎鑩」「荼荈」的「荈」字讀ㄔㄨㄢˇ，是一種晚採的茶。但另外一個本子這兩個字作「荼菽」，荼是苦菜，菽是豆類，「據」是安坐，「鼎鑩」都是烹飪的器具，鼎可以用來煮，鑩可以用來蒸。這兩句是說，兩個孩子總是跑來跑去，她們只為正在煮著的食物才肯停下來坐著，然後就對著火吹，希望食物快一點兒熟。「脂膩漫白袖，煙薰染阿錫」。「脂」是食物的油脂；「阿錫」，在司馬相如的《子虛賦》裡就有這兩個字，是紡織得非常細的一種絲織品或細布。這兩個孩子，因為她們喜歡弄吃的，所以把乾淨的白袖子沾上了很多油垢，身上穿的衣服也被煙燻黑了。「衣被皆重地，難與沉水碧」。「衣被」，就是指她們的衣服；「重地」的「地」，指衣服的底色。由於她們的衣服上又是油又是煙，所以顏色變得很雜亂，都不是原來的底色了。「沉水碧」，就是沉碧水，是說她們把衣服弄得這麼髒，放在清水裡也難以洗乾淨。「任其孺子意，羞受長者責」是說，小孩子非常任性地做她們自己所喜歡的遊戲，而且很不願意受到大人的責備。「瞥聞當與杖，掩淚俱向壁」。「瞥」，是用眼睛一看。當她們用眼睛一看，她們的父親拿著一根棍子來打她們了，於是兩個人都抹著眼淚躲到牆邊去了。

這首詩，由於用了不少當時的口語白話，所以有些字句難以給它很恰當的解釋，但我們可以感受到這是一首好詩，寫小孩子寫得非常生動、活潑、真切。我想，左思是真有這樣兩個女兒，而且很愛她們，所以才能寫出這樣生動的詩。這首詩確乎是超出了太康時代的風氣，可以稱得起是「自製偉詞」的一首很有特色的詩。

第八節　左思之四

我們是從《古詩十九首》一直講下來的，我們的目的是要瞭解詩歌歷史的發展，所以有些詩雖然並不是最好的詩，但它在詩歌歷史發展中的地位比較重要，我們就也選了。左思的《招隱》詩就屬於這一類。

我們中國最早的詩歌總集是《詩經》，《毛詩・大序》上就說過：「詩者，志之所之也，在心為志，發言為詩。」「詩言志」的「志」，就是這種需要表達的情意。可是這情意也有兩種不同的分別，一種是寫你心中的懷抱和志意，一種是寫你內心的某種感情。或者也可以說，一種是言志，一種是抒情。

杜甫的詩最能代表言志的傳統。他的《自京赴奉先縣詠懷五百字》說：「杜陵有布衣，老大意轉拙。許身一何愚，竊比稷與契。」這個「意」字指什麼？就是指他自己的志意，也就是「許身一何愚，竊比稷與契」的志意，因為一般人都追求功名利祿，追求一己的所得，而杜甫希望做什麼？希望做出稷與契那樣的事業。稷教人民稼穡，使大家都有飯吃；契做堯的司徒，使天下和平安樂。這是杜甫的志意。而抒情傳統的代表，可以舉晚唐李商隱為例。李商隱的《無題》詩說：「昨夜星辰昨夜風，畫堂西畔桂堂東。身無彩鳳雙飛翼，心有靈犀一點通。」他說，我們兩個人不能生活在一起，不能像彩鳳那樣比翼雙飛，可是我們的內心是彼此瞭解互相知賞的。這完全是抒情。詩歌就是要寫你的志與情，這是中國的歷史傳統。

那麼中國的詩寫不寫大自然的景物呢？孔老夫子曾經對他的弟子們講過學詩的好處：「詩，可以興，可以觀，可以群，可以怨。邇之事父，遠之事君，多識於鳥獸草木之名。」（《論語・陽貨》）什麼叫「詩可以興」？興就是興發感動，使你的心活潑起來。古人說，哀莫大於心死，而身死次之。人沒有死，心也會死嗎？要知道，當你被眼前的聲色享樂所迷惑，一心只追求眼前的那一點點金錢和利益，對其他任何事情都不感興趣的時候，你的心就死了！人，要懂得欣賞宇宙之間的各種情態，對大自然的景物和人生的情事有敏銳的感覺，這樣才能夠有一顆活活潑潑的、有生命的心，而詩歌就正是訓練你這一方面的能力。詩也可以「觀」，就是帶領你仔細地觀察體會。人家歐陽修說了：「雪雲乍變春雲簇，漸覺年華堪送目。北枝梅蕊犯寒開，南浦波紋如酒綠。」（《玉樓春》）你看他觀察到了多麼好的東西！人家蘇東坡也說了：「明月如霜，好風如水，清景無限。曲港跳魚，圓荷瀉露，寂寞無人見。」（《永遇樂》）這麼好的景物為什麼「寂寞無人見」？就因為大家都不懂得去欣賞。什麼是詩「可以群」呢？「群」是指和大家相處，和大家同樂。你看蘇東坡一生遭到多少次挫折，可是他到了黃州說：「山中友，雞豚社酒，相勸老東坡。」（《滿庭芳》「歸去來兮」）如果你有一顆善感的心，你對世間萬物都有一種關懷，那麼你無論到了哪裡都可以和大家處得很好，永遠也不會孤獨。可是——就算你什麼都不好，這詩最後還有一個好處：你就可以「怨」嘛！一九七九年我回國時曾經在北大教書，有一天和北大的一位老教授一同坐車出去，司機就問起那位教授的年紀——那位老教授年紀比司機大得多，頭髮還是黑的，而司機已經滿頭白髮了。於是司機就說：「你們讀書人有一種好處，心裡煩惱時，讀一讀書或者作一首詩就把煩惱消解了；而我們這樣的人心裡有了煩惱總是沒有辦法消解，所以我的頭髮就白得早。」這位司機師傅的高論其實很有道理。像陶淵明，像蘇東坡，他們平生遭遇到很多挫折，可是不管生活上多麼困苦多麼不幸，他們在精神上總是有一個立足的所在。陶淵明飢寒交迫，甚至寫過乞食的詩，可是他精神是快樂的：「何以慰吾懷，賴古多此賢。」（《詠貧士》）他說，我雖然窮苦孤獨，可是我卻有我自己的安慰和快樂，當我拿起書本來的時候，我馬上就不孤獨了，我跟古代很多人的心靈是相通的。杜甫說，「搖落深知宋玉悲」（《詠懷古跡》）。他雖然生在千百年之後，可是他知道當年宋玉為什麼見到草木搖落就感到深深的悲哀。而且，當一個人不幸的時候，把你的不幸用詩表達出來，那也是一種發洩和安慰。這就是孔老夫子說的詩「可以怨」。孔子還說，詩可以「邇之事父，遠之事君」。從比較切近的關係來說，學了詩你就知道應該怎樣侍奉你的父母；往遠處推，學了詩你就知道該怎樣侍奉君主。因為古人常說溫柔敦厚是詩之教也。詩可以使你有一種內心寬厚、表達委婉的修養，有了這種修養，你的人際關係就比較容易相處了。而且，就算你這些全做不到，他說你學了詩還可以「多識於鳥獸草木之名」呢。比如《詩經》裡邊，就寫了很多鳥獸草木。鳥獸草木，不就都是大自然的景物嗎？

可是，《詩經》裡儘管寫了鳥獸草木，儘管寫了大自然的景物，但那都不是真正描寫山水自然的詩，它們的主旨都是寫志與情的。「關關雎鳩，在河之洲」，是寫雎鳩嗎？不是，它要寫的是「窈窕淑女，君子好逑」（《周南・關雎》）。作者看到兩隻水鳥相應而鳴，由此就想到男女之間也應該有這種和美的感情。「桃之夭夭，灼灼其華」，是寫桃花嗎？不是，它要寫的是「之子于歸，宜其室家」（《周南・桃夭》）。大自然景物的桃花紅得像火在燃燒，那麼年輕、那麼美好，就使人聯想到將要出嫁的女孩子，希望她嫁過去之後一家人和樂美好。所以，《詩經》裡的詩雖然寫大自然景物，但其主旨卻不是為了寫大自然景物。《詩經》裡的鳥獸草木，都只起一種比和興的作用。

那麼《離騷》呢？《離騷》裡邊不是也寫大自然景物嗎？屈原說：「余既滋蘭之九畹兮，又樹蕙之百畝。」又說，「日月忽其不淹兮，春與秋其代序。惟草木之零落兮，恐美人之遲暮。」然而，屈原的目的也不是寫大自然景物。也許他確實看到了秋天草木零落，但他要寫的卻是「美人之遲暮」。其實他也不是要寫美人，他真正要寫的是才能之士，是他自己的悲哀。至於屈原的蘭之九畹和蕙之百畝在什麼地方？你可以去打聽打聽，根本就沒有那麼一塊地方。屈原的蘭花和蕙草都是比喻一種美好的品德。由此可見，《離騷》裡的大自然景物也是只起比興的作用。《離騷》與《詩經》的不同在於：《詩經》裡的鳥獸草木多半是實有的，而《離騷》裡邊的鳥獸草木常常是一種假想的比喻。

所以，中國詩歌雖然從很早就有寫自然景物的內容，但由於它有言志和抒情的傳統，目的不在於對山水景物作客觀的雕琢刻畫，因而真正的山水詩出現較晚。可是後來，山水詩就慢慢發展起來了。而在山水詩的歷史發展中，最早出現的就是招隱詩。魏晉時期天下戰亂不斷，人民流離死喪。曹魏之篡漢、司馬氏之篡魏，這還不說。晉武帝司馬炎好不容易統一了天下，可是在他死了之後，晉惠帝時就發生了骨肉相殘的「八王之亂」。我們講過的那些詩人，一個個都是被殺死的，士人的生命安全得不到保證。因此魏晉以來老莊思想就很流行。老莊思想是亂世的哲學，是一種比較消極的思想，但它有曠達的一面，可以使你的精神從災難和不幸之中解脫出來。後世的文人，比如蘇東坡，就把儒家的持守和老莊的曠達結合起來了。當蘇東坡在朝廷中的時候，他堅持自己的政見，絕不苟且逢迎。新黨在臺上，他可以與新黨論政不合；舊黨上了臺，他也可以與舊黨論政不合。他堅持他自己的是非，就算他的是非不一定是真正的是非，但他起碼是忠實於自己的，他堅持做自己認為對的事情。可是當他被貶到外邊去的時候，他又能夠用老莊和釋道思想來解脫自己，從精神上不被外來的憂患和災難所打倒。在他經過九死一生的災難被貶到黃州的時候，他可以寫出前後《赤壁賦》，寫出「大江東去」那樣豪放的詞。當他被貶到海南島去的時候，他可以寫出「九死蠻荒吾不恨，茲遊奇絕冠平生」（《六月二十日夜渡海》）的詩句來。這都是老莊思想曠達的一面起了作用。《莊子・逍遙遊》裡有一則有名的寓言，說是在遙遠的藐姑射山上住著一個神人，這個人「肌膚若冰雪，綽約若處子」，當大旱的時候太陽把石頭都曬化了，卻傷不了她；發大水的時候水勢滔天，也淹不著她。這是一個比喻。當「大旱金石流」的時候，別的東西都被燒化了，你卻能夠不被燒化；當「大浸稽天」的時候，所有的東西都被淹沒了，你卻能夠不被淹沒。這說的是什麼？是說在亂世之中你能夠保住自己不受挫傷。因為莊子生活的戰國時期也是一個亂世，所以才產生這種哲學思想。而魏晉時期同樣是亂世，所以老莊思想才會盛行一時。這老莊思想盛行的結果，除了哲學之外，還發展出了「方士」一派。方士所講的就不僅是精神上的修養，而且還要追求所謂「長生之術」。嵇康寫過很有名的一篇文章叫《養生論》，他認為人的壽命本來應該更長，人之所以不能活那麼長是因為在日常生活中不知養生而受到了損傷。比如說你飲食不加節制或者愛發脾氣，都會使你的生命受到損傷。如果你在生活中注意避免這些損傷，就一定能使生命延長。嵇康所說的這種「養生」，還是比較現實的。還有的就講究「服食」，他們搞出一種藥叫「五石散」，說是吃了就可以長生不老。總之，在魏晉這樣的亂世，很多人害怕被政治的漩渦吞沒，所以就轉向哲學、清談、服食和追求神仙。於是，與追求神仙相應的隱遁思想也發達起來。因此魏晉之間有不少人都寫了遊仙的詩、招隱的詩。寫詩的人自己是否真的去隱遁，那是另外的事情。比如陸機也寫過招隱的詩，可是他並沒有去隱遁，後來是被殺死了。左思也沒有真的隱遁到山林之中去，他只不過是辭職不再做官了。不過總而言之，魏晉士人對隱遁和神仙生活有一種嚮往，從而形成了風氣。而這種風氣影響到詩壇就出現了招隱的詩和遊仙的詩。雖然也有人說大隱隱於朝市，小隱才隱於山林，可是一般都認為隱士和神仙是住在山林之中的，不然李太白怎麼會說「五嶽尋仙不辭遠，一生好入名山遊」（《盧山謠寄盧侍御虛舟》）呢？不管是招隱還是遊仙，它的背景都是山林，所以你自然而然就得用較多的筆墨來描寫大自然的山水。於是，招隱詩和遊仙詩就成了中國山水詩的一個源頭。

中國寫山水自然的詩一向有兩種類型：一種是「刻畫形貌，模範山水」的類型，就是把山水外貌的形象描寫出來；另一種是「得山水自然之神致」，就是說你與山水自然有一種精神上的契合。這兩種類型的代表，前者是謝靈運，後者是陶淵明。為了說明這兩種類型的不同，下面我分別舉謝靈運和陶淵明的幾句詩為證。

謝靈運有一首《過始寧墅》，其中有一段說：「巖峭嶺稠疊，洲縈渚連綿。白雲抱幽石，綠篠媚清漣。」他說，高起的山巖很陡峭，山嶺一個接一個連綿不斷；水很曲折地沿著沙洲流動，水裡的小河灘一個接一個也是連綿不斷。你看：一句寫山，一句寫水。底下兩句還是一句寫山，一句寫水。「幽石」是人跡罕到的高山上的巖石；「綠篠」是剛長出來的細嫩的小竹子；「清漣」是清波蕩漾的流水。他說：白雲縈繞著高山上幽僻的巖石；嫩綠的竹枝竹葉把影子投在水面上，好像用自己美麗的姿態來討流水的歡喜。而且還不止如此。你看：「巖峭」是一個名詞加一個形容詞，「洲縈」也是一個名詞加一個形容詞；「嶺」和「渚」都是名詞；「稠疊」和「連綿」都是形容詞。「白」和「綠」都是形容詞，而且都是顏色；「雲」和「筱」都是名詞；「抱」和「媚」都是動詞；「幽石」是一個形容詞加一個名詞，「清漣」也是一個形容詞加一個名詞，都是兩兩相對。這就是從曹子建開始所形成的重視對偶和修辭的風氣，謝靈運是繼承了這種風氣的。

那麼陶淵明是怎樣寫山水自然的呢？陶淵明有一首《時運》說：「邁邁時運，穆穆良朝。襲我春服，薄言東郊。山滌餘靄，宇曖微霄。有風自南，翼彼新苗。」這真是陶淵明！只有陶淵明才這樣寫詩。他說，一直前進不停的是什麼？是時序的運行。時序，就是春夏秋冬四季時間的次序。「穆穆」，是和美安靜的樣子。春天的早晨，在一個很幽靜的地方，你也許會聽到遠處有流水的聲音，樹枝上偶爾有一兩聲小鳥的叫聲，多麼安靜，多麼和美。這就是「穆穆」。他說在這樣一個美好的早晨，我就脫掉冬天穿的笨重的棉衣，換上春天輕快的服裝，到東郊去遊玩。陶淵明這首詩是四言詩，而《詩經》裡四言詩最多，所以他有的句法是模仿《詩經》的，像「薄言」就是。「薄」是迫近的意思，就是到什麼地方去：「言」是語詞。他到東郊去遊春，看見了什麼呢？「山滌餘靄，宇曖微霄」，你看那遠山，到了黃昏的時候就煙霧迷濛；可是早晨你再看，那麼蒼翠，那麼新鮮，就好像把昨天的煙靄都洗刷掉了。「宇」，是天宇；「曖」，是日光昏暗的樣子；「霄」，就是雲。他說那山像洗過的一樣，天空中有一些淡淡的雲。「有風自南，翼彼新苗」，有一陣很和暖的風從南方吹過來，吹得田裡那些剛剛插好的秧苗像長了翅膀一樣舞動起來。陶淵明所寫的不是外表的形貌，而是大自然之中那種安靜和美的生命精神。他的話裡洋溢著對大自然風景的賞愛，他自己的生命精神已經與大自然的生命精神合而為一了。

左思的招隱詩也寫了大自然的山水，而他在寫山水的時候，同時表現出了大謝和陶淵明的兩種傾向。左思寫大自然山水的詩當然沒有大謝好也沒有陶淵明好，可是他比謝靈運和陶淵明時代更早，而且對山水既有外貌的刻畫也有精神的契合。所以我們說，他在山水詩的歷史發展中起了一定的影響，佔有一定的地位。下面我們就看他的一首《招隱》詩：

杖策招隱士，荒塗橫古今。巖穴無結構，丘中有鳴琴。白雲停陰岡，丹葩曜陽林。石泉漱瓊瑤，纖鱗或浮沉。非必絲與竹，山水有清音。何事待嘯歌，灌木自悲吟。秋菊兼糇糧，幽蘭間重襟。躊躇足力煩，聊欲投吾簪。

「杖策招隱士」的「招隱士」，本來是《楚辭》篇名。作者是淮南小山。淮南小山不是一個人，是淮南王劉安手下的一批文學之士，有的稱大山，有的稱小山。《楚辭・招隱士》說：「王孫遊兮不歸，春草生兮萋萋。」「王孫」當然是貴家子弟啦，他說王孫隱居到山林裡就一直沒有回來，現在春天的草又長起來了，長得非常茂盛。然後底下一段他就寫那深山茂林之中有什麼危險的山水、可怕的猛獸，最後說「王孫兮歸來，山中兮不可以久留」，說你還是趕快回來吧，山中生活那麼危險那麼艱苦，沒有什麼可留戀的。所以，最初的那個《招隱士》，是招山中的隱士們出來。可是左思的這個《招隱》，招了半天不但沒把隱士招來，他自己反而要去跟隱士認同了。「杖策招隱士」的「杖」不是名詞而是動詞，是拿著手杖；後邊這個「策」，才是名詞的手杖。但「策」也不是很講究的手杖，而是普通的樹枝，是代替手杖用的。當年我去泰山，泰山腳下的一個山神廟裡有人賣手杖，那手杖是檀木的，塗著很漂亮的漆，還有銀絲嵌在裡邊。我們每人買了一根，我就拿著這麼好的一根手杖去爬了泰山。可是後來我到四川去爬臥龍山——那兒是出產熊貓的地方——山很高，很難爬，當地人都把路旁的樹枝折下來當手杖，他們看我沒有，也給了我一根。我就是拿著一根樹枝代替手杖爬臥龍山，這樹枝就是「策」。

「荒塗橫古今」的「橫」是塞的意思。就是說，那荒僻的山路千百年來都沒有人走過。隱士所住的山，都應該是比較荒僻的。當然，也有的隱士不住到荒僻的山裡，像唐朝就有很多人跑到長安城外的終南山裡去隱居。那不是真的要隱，而是先要得到隱居的高名然後出來做官，這是所謂「終南捷徑」嘛！你要是考科舉總考不上還是要考，人家一定會說你熱中名利，是不是？可是你到山裡邊當隱士有了高名，你不用考人家就會請你出來做官。為什麼呢？因為追求名利的人只要做大官不要做大事，他們是為了個人的私利才出來做官的。中國後來封建制度越來越腐敗，官爵可以出賣，那些花錢買官做的人除了把本錢撈回來之外能多撈就多撈，他們是為了貪污才做官的。而那些清高的、不謀私利的人根本就不想出來做官。可是，一定要請那些不想做官的人出來做官國家才有點兒希望，不是嗎？所以，古人認為隱居的人是清高的，請他們出來做官才可以真正為國家做些事情。可是古人沒有想到，這天下最令人無可奈何的就是人心。隱居本來是清高之士所為，但有些人本不清高，卻要隱居以示清高，其實走的是終南捷徑。因為你倘若真要隱居，一定會找一個人跡罕至、誰也找不到你的地方；你住在京城附近的終南山裡，怎麼能算真正的隱士？宋代陸游寫過一首詩說：「志士山棲恨不深，人知已是負初心。不須先說嚴光輩，直自巢由錯到今。」（《雜感》）他認為，真正要隱居的人入山只怕入得不夠深，倘被別人知道了你的名字，那就已經辜負了你隱居的本心。還不要說後代的嚴光之類，自打巢父和許由那裡就已經錯了，一直錯到現在。嚴光就是嚴子陵，是東漢光武帝劉秀的故人。劉秀做了皇帝，嚴光表示不肯出來做官，穿個老羊皮襖跑到富春江上釣魚。劉秀就派人來請他，把他請到皇宮裡和他同榻而眠。半夜時嚴光把一條腿壓在皇帝身上，正趕上管天文的大臣觀察天象，看到「客星犯御座」（《後漢書・逸民列傳》），說不得了，皇帝有危險！皇帝說，沒那麼嚴重，不過是我和我的老朋友同榻而眠罷了。你看這樣的隱士，天下人都知道他了，還算什麼隱士？「巢由」是巢父和許由，他們都是堯時的隱士。堯要讓位給他們，他們都不接受。可是你想，巢父和許由要是真的隱士，我們今天的人怎麼會知道他們呢？既然千百年後的人都知道他們的名聲，他們又怎麼能算真正的隱士？所以，真正的隱士這一途實在是不太好走的。

「巖穴無結構，丘中有鳴琴」，「巖」是高起來的山巖；「穴」是凹進去的山洞；「結構」是人工建造的房屋；「丘中」，就是山中。他說這山中只有高的山巖、凹的山洞，沒有一座房子，可奇怪的是：山中卻有彈琴的聲音。既然如此，這山中一定有隱士了。所以他就要進山來找尋。而當他在山中尋找的時候，自然就會注意到沿途的景色。下邊他就開始描寫沿途的景色了：「白雲停陰岡，丹葩曜陽林。」「陰岡」，是背對太陽的山岡。山的南面都是朝著太陽的，叫做陽；山的北面都是背對太陽的，叫做陰。水就不同了，因為水是平的，所以北岸是陽，南岸是陰。「陽林」，當然就是山南邊的樹林。他說白雲一動不動地停在山的北面，而紅色的花朵卻在山的南面灼灼生輝。我不是說大謝受左思影響嗎？你看，這兩句和大謝的「白雲抱幽石，綠筱媚清漣」句法完全一樣。下邊他說：「石泉漱瓊瑤，纖鱗或浮沉。」「瓊瑤」，本來是美麗的珠玉，但這裡是指秀美的山石。他說山石之間有泉水流過；小魚在水裡忽高忽低地游泳。「纖」，是細小的；「鱗」就是魚。其實鱗本來是魚身上的一部分，但這裡是用部分來指代整體，就像我們常常用「帆」來指代整個的船一樣。從「白雲停陰岡」到「纖鱗或浮沉」，這就是我所說的刻畫山水形貌。顯然，這是大謝那一派的類型。可是你看下邊就不是大謝了：「非必絲與竹，山水有清音。」「絲」，是絃樂，如瑟啦，琴啦；「竹」是管樂，如簫啊、笛啊、他說你何必一定要聽那些漂亮女子彈琴彈瑟吹簫吹笛呢？你聽一聽那山水之中的聲音，你就會感到，一切喧嘩和塵雜都沒有了，那種聲音勝過塵世間最美妙的音樂！這一句，就不是只寫山水形貌，而是寫他自己的感受了。他和山水之間真的有了一種精神上的契合：「何事待嘯歌，灌木自悲吟。」魏晉的名士們，他們歌哭吟嘯，用這種恣縱的方式來發洩內心的感情。可是左思說，你不必歌哭吟嘯，你只須聽一聽那叢生的灌木，一陣風吹過，它們就發出一種悲吟的聲音。「吟」，不一定非得吟詩。凡是有一種聲音發出來都可以叫做吟，草木被風吹的聲音也是一種吟。有人一看見「悲」字就認為是悲哀，其實有的時候「悲」字表示一種感動。曹丕《與吳質書》說，「清風夜起，悲笳微吟」。這都是寫宴飲遊樂，這裡的「悲」，都是指樂器發出來那種感人的聲音。

「秋菊兼糇糧，幽蘭間重襟」。他說，秋天山裡邊到處開滿了野菊花，你只要帶點兒乾糧，菊花也可以採來吃！而且山裡還有美麗的蘭花，你可以採來放在你的衣襟裡邊。這兩句是由《楚辭・離騷》變化而來。《離騷》說，「朝飲木蘭之墜露兮，夕餐秋菊之落英」；又說，「扈江離與辟芷兮，紉秋蘭以為佩」。身上佩戴著美麗的蘭花，吃秋菊的花瓣，都是表示自己心志的高潔。他本是來招隱士的，可是來到山中之後覺得山中真是很好，所以就「躊躇足力煩，聊欲投吾簪」。「足力」就是腳力；「煩」是累了。他說我現在已經走累了，我也想要把我頭上的簪子拔下來做一個逍遙自在的山中隱士。古代男子把長髮盤在頭上，戴上一個簪，或者用簪把帽子別在頭上。尤其是做官的，都要高冠博帶。把簪丟掉，那就是散髮了。散髮是一種自由放曠的樣子。也就是說，把人世間那些拘束禮法、那些高冠博帶，都不要了，也到山中去當隱士。所以你看，左思的《招隱》招了半天不但沒有把隱士招出來，他自己也要到山裡去與隱士認同了。

（徐曉莉、安易、楊愛娣整理）

第六章　時代風氣以外的兩位詩人

第一節　傅玄之一

傅玄，字休奕。北地泥陽（今陝西耀縣東南）人。生於建安二十三年，死於晉武帝司馬炎咸寧四年，經歷了太康時代，可他的作風卻與這一時期的詩風不同，因此《詩品》稱讚太康時代的詩人「三張、二陸、兩潘、一左」，其中沒有傅玄。為什麼傅玄生於東漢末年的建安，死於晉武帝咸寧之間，卻不包括在建安至太康的詩人群之中呢？我們可以從他的詩中尋求些答案。我們看他一首《豫章行・苦相篇》。《豫章行》是樂府古題，他是借一個樂府的詩題來作詩，作什麼內容的詩呢？「苦相篇」才是他詩的主題，「苦相」就是苦命的意思，他是借一個樂府的舊題來寫一個苦命的女子。這苦命的女子其實是封建社會中所有遭受悲慘命運和不幸待遇的女子們的縮影。傅玄寫過很多首表現男女之間的情事的樂府詩，其中不少都是以女子的口吻來寫的，因此傅玄的仿樂府詩與張華的摹仿樂府之作有很大不同，張華是用典，傅玄則多半用女子的口吻，站在女子的立場之上直接抒情，這是傅玄樂府詩的一個特色。許多年前，我曾讀過許地山（筆名「落花生」）的一篇文章，他說，一定要對女子有瞭解和同情的人，才可以稱為好的哲學家。女人是人類的一半，如果對於這一半人的生活不瞭解，你永遠不能成為了悟人生的哲學家。傅玄在寫樂府詩時，往往是出於一種直接的感發，而不是典故、辭藻的堆砌和造作。這是仿樂府詩作的突出特色。這種特色當然會與太康時代的風氣不一致了，我想或許是由於這個緣故，鍾嶸在《詩品》中把傅玄列為下品。其實，被列為下品而詩寫得好的人何止一個傅玄。建安時的曹操詩寫得那麼好，也被《詩品》列入下品，原因就在於他的詩與時代的風氣不相合。今天我們讀古人的書，看古人的文學批評，一定不能完全相信他們的話，還應有我們自己的眼光和標準才可以。明朝張溥在《魏晉百三名家集》的傅玄詩題解中說：「休奕，天性峻急，正色白簡，臺閣生風。獨為詩篇，辛溫婉麗，善言兒女。強直之士，懷情正深。賦好色者，何必宋玉哉。」據《晉書・傅玄傳》記載，他性情剛強正直，在朝中為官時常常給皇帝上奏章，提勸告的建議。有一段時間，他身任諫官的職務，每當他有話要對皇帝講時，常常是半夜起身，穿好朝服，手持白簡（奏章）在朝門外等候。由於他的存在使朝閣之上很有生氣。現在張溥說他「獨為詩篇，辛溫婉麗，善言兒女」，「婉」是婉約、婉轉之意，「婉」前加一「辛」字，真是說得非常好！在傅玄以女子口吻所寫的詩篇中，於溫柔、美麗、婉約之中常常帶有一種酸辛悲苦的感情，他不像別人，一寫男女之情就只是歡愛纏綿、相思怨別，他獨能從中寫出女子不幸命運中的種種酸辛與悲苦。這真正叫「善言兒女之情」。「強直之士，懷情正深」，正是這種剛強正直的人，他內心才能有這樣婉約、溫柔、深摯、濃厚的感情。一個本性真摯的人，不管他是做官也好，談戀愛也好，才會有真摯的情感。北宋的范仲淹有「先天下之憂而憂，後天下之樂而樂」（《岳陽樓記》）這樣寬廣博大的胸襟、懷抱，他在戍守邊防與西夏人作戰時，西夏人說他「小范老子腹中自有數萬兵甲」（《續資治通鑑長編》），因此不敢輕易進犯。可是正是這位「一夫當關，萬夫莫開」式的英雄將領，寫起詞來卻極為溫婉，像他的：「碧雲天，黃葉地。秋色連波，波上寒煙翠。山映斜陽天接水。芳草無情，更在斜陽外。」（《蘇幕遮》）你看多麼溫婉、纏綿。

再看南宋陸放翁的詩，金戈鐵馬，氣貫長虹，可他懷念妻子唐氏的《菊枕》詩卻一反常調，表現了那麼深沉、真摯的纏綿之情。這些性情剛直的人不虛偽、不造作，情感真誠、深摯，這是一個人的兩面，這兩方面表面看上去似乎不相合，一般人都以為一個剛強、正直的人往往不懂得兒女情長，其實卻正是惟其如此，才能寫出這樣真誠深厚的情詩來，這就是哲學上相反相成的道理。

傅玄的《豫章行・苦相篇》雖然不是說他自己的話，是在替一個女子來說話，但詩裡卻寫出了他的真感情和真感動。他說：

> 苦相身為女，卑陋難再陳。男兒當門戶，墮地自生神。雄心志四海，萬里望風塵。女育無欣愛，不為家所珍。長大逃深室，藏頭羞見人。垂淚適他鄉，忽如雨絕雲。低頭和顏色，素齒結朱唇。跪拜無復數，婢妾如嚴賓。情合同雲漢，葵藿仰陽春。心乖甚水火，百惡集其身。玉顏隨年變，丈夫多好新。昔為形與影，今為胡與秦。胡秦時相見，一絕踰參辰。

一個人命苦才生為女兒身，身為女子，這種卑微、鄙陋、低下的身分簡直是無法訴說的。這就是頭兩句「苦相身為女，卑陋難再陳」的意思。你看，詩的開篇就使你感動，佛教上講輪迴，說一個女子要做十輩子的好事才能轉生為男子，而男子呢，如果做了十輩子的壞事，他就會遭到懲罰，轉生為女人。你看連慈悲的佛都這樣看不起女人，可見過去中國婦女的地位是如何的低下、卑賤了。「男兒當門戶，墮地自生神」，男孩子生下來就是當家做主，支撐門戶的，從他呱呱墜地的那一刻起，似乎就與生俱來地帶著一股子威武驕縱的神氣。中國古代認為只有男孩子才是家中祖業的繼承人。其實這種情況不惟封建時代的舊中國如此，外國也是有的。六十年代末我剛到加拿大教書時，我要接我的先生和女兒來，加拿大移民局不允許我接，理由是他們不是我的眷屬，我說即使我先生不能算我的眷屬，可我女兒是我的眷屬呀，我接她們總是可以的吧？可他們卻說，你女兒也不是你的眷屬，你與你女兒都應該是你先生的眷屬。你看二十幾年前的加拿大不也是「重男輕女」的嗎！

中國古人還認為，男子漢大丈夫豈能株守家園，作兒女之態，他們應該「雄心志四海，萬里望風塵」，去開拓一番轟轟烈烈的大功業。可生下了女兒又怎麼樣呢？「女育無欣愛，不為家所珍」，女子生下來沒有人喜愛她們，沒有人重視她們。她們小時候得不到珍愛撫慰，長大了呢，「長大逃深室，藏頭羞見人」，女孩子是不能夠拋頭露面的，她們漸漸長大了，就要被藏在深閨之中，不得隨便見人。李商隱的一首《無題》詩中有「十四藏六親」一句，是說女孩在十四歲之後，連遠一些的親戚都不可以見了。等到有一天家裡給你安排定下了終身，你就只得「垂淚適他鄉，忽如雨絕雲」了。「適」是往的意思，中國古代女子在婚姻上是絕對沒有自己選擇餘地的，她們只能靠父母之命、媒妁之言來決定自己的後半生。一旦把你嫁到很遠的地方，遠離了故鄉和親人，那就如同雨點離開雲彩降到地面上一樣，再也無法還原回去，因為它已與天上的雲氣斷絕了聯繫。你們看《紅樓夢》中的探春遠嫁，不就是如此的嗎？

再說你被嫁到婆家之後，還要「低頭和顏色，素齒結朱唇」，在婆家應該忍氣吞聲，保持溫和的顏色。「結」是閉起來的意思，是說你要將嘴唇閉起來，不要亂講話，人家讓你做什麼，你就要做什麼，不允許你有半點的反抗，甚至連不高興也不能表現出來。要永遠保持溫和、柔順、謙卑的態度。不但如此，還要做到「跪拜無復數，婢妾如嚴賓」，每天要跪拜無數次，舊時北京有一首兒歌這樣唱道：「酸棗、酸棗，顆顆；樹葉、樹葉，多多；我娘嫁我，十個公公、十個婆婆。」舊時允許一夫多妻，一個公公，就不知道要有多少婆婆，何況你有十個公公：伯公、叔公等等，所以你每天要跪拜無數次。不用說是對長輩公婆，即使是大姑子小姑子，甚至連他家中的姬妾、婢女、傭人，你都要客客氣氣地將她們作為尊貴的客人來對待，一不小心，不知得罪了哪個丫嬛，她回頭到公婆面前說你幾句壞話，就夠你受的。

「情合同雲漢，葵藿仰陽春」，如果趕上丈夫對你好，還算幸運，你們可以像天上雲河（銀河）上的牛郎織女那樣經常相見、相愛。你呢，就要像葵花、藿草這些向陽的花木一樣，永遠仰承著他給你的恩惠。可是有一天丈夫不喜歡你了呢？「心乖甚水火，百惡集其身」。「乖」是違背，不和諧的意思，一旦他認為你違背了他的意願，不再與你和諧相處了，你就如同陷入了水深火熱之中，這時他就會把所有的錯誤和怨氣都發洩到你身上。這裡的「心乖」與上句的「情合」相反，結果也相反，「情合」的結果是「同雲漢」，「心乖」的結果是「甚水火」。一般我們形容人整天受煎熬，日子很不好過時常說「生活於水深火熱之中」，這其中的意思有二層：一是說水火二者本來就是不能兩相融合的物質，永遠處於矛盾對立的狀態中；其二是形容比喻飽受煎熬的悲慘程度。我們知道過去女子的婚姻完全不能夠自主，因此她們對於未來的命運是一無所知的，兩個從未謀面之人，經他人撮合而成婚，恐怕「心乖」的可能性，總是要遠遠大於「情合」的。更何況「玉顏隨年變，丈夫多好新」，隨著女子年齡的增長，她的容貌也漸漸憔悴、衰老了，即便是那些早先「情合」的丈夫，也會移情他戀，喜歡上了其他年輕美貌的「新」人。所以「昔為形與影，今為胡與秦」，過去夫妻「情合」時，像陶淵明《閑情賦》所說「願在晝而為影，常依形而西東」。夫唱婦隨，如膠似漆，形影不離。可現在二人之間的關係就像兩個不通往來的敵國一樣。「胡與秦」，當時西域人稱中國為秦。「胡秦時相見，一絕踰參辰」，即使是兩個敵國也會有相見會盟的時候，可我們的隔絕則好像天上「參」星與「辰」星一樣永無會合之時。據說「參」星與「辰」星是兩個相距遙遠的星座，參星居西方，辰星居東方，兩星出沒互不相見。

從上面的講解中我們可以看出傅玄這首樂府詩真是在委婉與溫柔之中寫出了舊時身為女子的酸辛與悲苦，而且這種直抒胸臆的女性口吻極富直接感發的力量。

第二節　傅玄之二

傅玄的摹仿樂府之作中還有一些是與後來的詞在本質上很相似的。其實關於詞的起源，以及詞與詩的聯繫及區別等，後來存在著許多不同的說法，關於這些說法和根據，許多書裡都能看到。不過我們讀書應有自己的看法，不能簡單盲從，人云亦云。唐宋以後，很多推尋詞的起源的人認為詞就是詩餘。這些人說唐朝初年的詩原本也是可以配樂歌唱的，有一個「旗亭畫壁」的故事，說的就是王之渙等幾個著名詩人有一天聚在一家酒樓飲酒，邊飲邊爭論誰的詩最好、最出名，此時恰巧隔壁房間有幾個歌女在唱歌，而且所唱的正是當時詩壇上流行的名篇佳作。於是一位詩人就說，我們不用爭了，只要聽她們唱誰的詩最多，那就說明誰的詩寫得最好。詩人們頓時安靜下來，他們每聽完一首，就在牆壁上畫一道，半天過去了，還沒有人唱王之渙的詩，王之渙有點坐不住了，他隔著板壁偷偷地向隔壁看了一會，然後說，你們看裡面有個最年輕、最美麗的女孩子還沒唱呢，她不唱則已，只要一開口，必定要唱我的詩無疑。果然那位歌女開始唱了，而且真的一張口就唱了王之渙的那首《涼州詞》。這個故事說明唐代的詩本來是可以伴隨著音樂來歌唱的。有一本書叫《唐聲詩》，提到當人們在音樂的配合下，唱這些詩篇的時候，往往會帶有一些「啊……啊……」的泛聲，開始這種拖腔似的泛聲是有聲無字的，後來人們就在這其中填上了字，這就變成句式長短不齊的「詞」了，所以一些人認為詞就是從唐詩中演變過來的。此外還有一些人認為詞起源於六朝的樂府詩，比如梁朝的許多皇帝都喜歡作詩，特別是樂府詩，而這些詩本來就是依聲歌唱的，皇帝的詩寫好之後，那些朝臣們就紛紛地唱和。既然是和作，就必須按照原作的格式音律來寫，這種按照一定的音樂格律的要求來填寫的方式就是後來填詞的開始。所以那些認為詞是起源於六朝樂府詩的看法是不無道理的。

總而言之，人們對於詞之起源的看法是不盡相同的。那麼對於以上幾種不同說法我們該如何看待呢？我以為以上的兩種說法都只是注意了詞的表面形式，他們或者只看到詞與音樂配合歌唱的性質，或者僅注意到詞的句式長短不齊、依聲調格律而填詞的特點，對於這些我並不以為是錯的，但我要說，這些有可能只是某一方面的原因，世界上任何事物的產生、發展與變化，都是有其因果關聯的，絕對沒有無緣無故、憑空而生的事情，不過有時起決定作用和影響的那個原因很細微，不容易引起大家的注意。所以我認為前邊關於詞之起源的一些說法都只是影響詞之產生緣起的形式方面的原因，而詞之所以為詞，除了這些形式方面的原因之外，還應有一種屬於其本質方面的原因，而這一點恰恰被大家忽視了。而傅玄的一些樂府詩卻在本質上與詞有某些非常近似的地方，究竟傅玄的詩在本質上與詞有哪些近似之處呢，這就是我們接下來要講的內容。

詞本來是歌詞，是配合音樂來唱的，作者寫歌詞不像作詩，他可以把自己推遠一步，這樣說可能不容易理解，你要知道中國古人有一個「詩言志」的傳統，「志」是什麼，「在心為志，發言為詩」，「詩言志」是用詩將你內心最真切、最直接的理想、志意、胸襟、抱負等非常鄭重莊嚴地表現出來。由此可知，詩就是表現作者顯意識活動（有明顯目的性的一種意識活動）的形式，因此詩人作詩時一般都是認真嚴肅的。而寫詞就不同了，他寫的是歌詞，是替那些歌女藝伎演唱而作的，所以就可以隨便、大膽地把他們在詩裡不能公開表現的男歡女愛、相思離別的浪漫情懷都傾泄出來，當然這些並非是作者寫作時有意識要以這種形式來借題發揮的，而是他們實在沒有辦法隱藏自己，於是就在他們隨意填寫的歌詞之中不知不覺地將自己內心深處那一份最真誠無飾、最細微隱蔽的潛在意識流露了出來。這樣一來，他們的真情實感既得到了合理合法的宣洩，又可逃脫淫俗不正的穢名，於是借助填寫歌詞這種最巧妙的隱身之術，他們就可以被推遠一步，把赤裸裸面對讀者的位置留給了那些演唱的歌女們。然而即使如此，在那些同樣表現男女愛情、相思離別的歌詞中卻有著品質、境界的高下區別，這恰恰是由於那些隱藏在幕後的詞作者們在無拘無束、漫筆寫來之際無形之中將自己做人與用情的態度與品格流露出來、融合進去的緣故，這就是後來王國維說「詞之雅鄭在神不在貌」（《人間詞話》）的原因和道理，同時，這也才正是詞在本質上區別於詩的最微妙、也是最重要的一個特點。

王國維先生所說的「詞之雅鄭在神不在貌」，可以說是深得詞之奧妙的有識之言。「雅」是典雅之意，「鄭」指《詩經》中的「鄭衛之音」。當年孔子批評《詩經》中的鄭、衛兩國的國風時指責他們「淫」，因為他們喜歡寫男女之間的思慕與愛戀之情，所以後來人們就用「鄭衛之音」代指那些表現男女愛情的詩歌。王國維這句話是說，衡量一首詞的內容是雅，還是俗的標準，是看它精神品質的高下與否，而不在於它表面上說的是什麼情事。如果從外表來看，所有晚唐五代的詞，都是寫男女的愛情，都是寫閨閣園亭、傷春怨別、相思與愛情的，可是它們的精神品質卻有很大的不同，這與作者本人的精神品格、道德、修養、學識、志趣有著至關重要的聯繫，王國維對詞的批評正是從這一點入手的。

如果按照這種本質的標準來衡量與評價詩歌的話，我以為傅玄的樂府詩，尤其是他的幾首較短的樂府詩與後來的詞是極為相近的。首先，傅玄之所以寫了許多表現男女相思愛戀的詩，原因就在於他也是利用樂府舊題這一隱身之術將自己推遠了一步，而樂府詩本來就有許多摹擬的詩篇，古人的《燕歌行》就是寫征夫思婦的，雖然我既不是征夫，也不是思婦，可我也可以摹仿舊題，也寫《燕歌行》。況且原本樂府詩大都採自民歌，是民間的歌謠，其中有許多寫男女愛情的，因此在仿樂府詩的作品裡表現相思愛情絕無不雅之嫌。當然樂府與詞還不一樣，它在傅玄寫詩的時候已經失去了配樂歌唱的性質，而詞在初起之時是可以配合音樂歌唱的。傅玄只是摹擬樂府詩的題目和做法而已。此外，唐朝以後興起的詞所配的音樂也跟漢魏以來的音樂完全不同了，隋唐之間引進了不少西域的外來音樂，我的意思是說傅玄的詩並非完全相當於詞，只是在說明他的詩在假借一個樂府歌詞的形式把自己推遠一步，從而又將自己的真實品行流露了出來，這一點與詞的本質是非常相似的。現在讓我們先來看一首他的《車遙遙篇》：

> 車遙遙兮馬洋洋，追思君兮不可忘。君安游兮西入秦，願為影兮隨君身。君在陰兮影不見，君依光兮妾所願。

傅玄這首詩從句法上看是明顯受了《楚辭》的影響。「車遙遙兮馬洋洋」，中間加一「兮」字，兩邊都是三字句，這是典型的《楚辭・九歌》中的體式，而且內容上寫男女的愛情也是《楚辭・九歌》的一大特色。《九歌》所寫的都是假想中的人與神之間的愛慕之情。「入不言兮出不辭，乘回風兮載雲旗。悲莫悲兮生別離，樂莫樂兮新相知」（《少司命》），風格完全是一樣的。傅玄詩中的「遙遙」與「洋洋」都是極其遙遠的樣子，詩的前兩句是說，我要坐著車來追趕你，但車要行的路途那麼遙遠，馬要跑的路程也那麼遙遠。儘管如此，我還是無時無刻不在想念著你。在中國的古代，一般都是男子在外遠遊、求學、求宦，女子守在閨房之中，傅玄詩中的女子也是如此的，「君安游兮西入秦，願為影兮隨君身」。周邦彥也曾寫過一首《阮郎歸》，寫一個女子在她心愛之人遠行後，情感非常鬱悶，其中有這樣幾句表現了她的心理活動：「身如秋後蠅，若教隨馬逐郎行，不辭多少程。」她說我願意變成一隻蒼蠅，附在你騎的馬尾巴上，不管路途多麼遙遠，我都跟隨著你。這裡用了《史記・伯夷列傳》上「附驥尾而名益彰」的典故，它的本來意思是說，雖然你自己不出名，但你只要附在一個有名人的名譽之下，你也就出名了，於是你就要「附驥尾」，攀附在名馬的尾巴上，那什麼東西能依附在馬尾上呢？只有「秋後蠅」。你看古人用的字句和比喻都是有來源、有出處的，有人說杜甫的詩無一字無來歷，說的就是這個意思。這裡傅玄所寫的思婦不甘待守閨中，而「願為影兮隨君身」，那麼她要「隨君」到哪裡去呢？「君安游兮西入秦」，你可能是已經到了秦了。古人常說的「入秦」也是有其特定的涵義的，因為秦的國都在咸陽，西漢的首都在長安，也離咸陽很近，古代君子出遊大多是為了追求名利仕宦而入朝進京尋找機會，因此「入秦」便成為求取功名的代名詞了。這個女子說我願變成你的影子，你走到哪裡，我就跟你到哪裡。可是「君在陰兮影不見，君依光兮妾所願」，你如果站在陰暗無光的地方，影子就消失了，我也就無法與你相隨相伴了，所以我希望你能永遠處於光明之中，那才是我的願望。

從形式上來說，這種中間加一「兮」字的句式以及寫這種男女之間愛情的相思，就是受了《楚辭・九歌》的影響，可傅玄的這類詩不但是受了前代詩人的詩歌形式的影響，而且還影響了後代的詩人。比如「願為影兮隨君身，君在陰兮影不見，君依光兮妾所願」等句就影響了後來的陶淵明。陶淵明有一篇《閑情賦》，其中所用的擬喻就與傅玄這幾句詩非常近似。他說「願在晝而為影，常依形而西東；悲高樹之多蔭，慨有時而不同。願在夜而為燭，照玉容於兩楹；悲扶桑之舒光，奄滅景而藏明……」這是以一個男子的口吻表達對他所愛之人的依戀之情。我多麼希望成為你白天裡的身影，隨著你的形體一道或向西、或向東，可我害怕高樹下的濃蔭，它會使我們分離，不能永遠在一起同行。我多麼希望化作你夜晚的蠟燭，把你那美麗的容貌照印在窗櫺之上，可我害怕黎明的晨光，會突然覆蓋了我的燭光和你的兩楹之間的倩影……你看這奇妙的比喻居然與傅玄詩裡的句意一脈相承。

不但如此，傅玄還有更妙的地方。清代學者陳沆寫了一部《詩比興箋》，它所收錄的都是作者認為有比興寄託之涵義的作品。因為古人認為《詩經》的「比」和「興」都有美刺諷頌之意，如《周禮・春官・大師》鄭注云：「比，見今之失，不敢斥言，取比類以言之；興，見今之美，嫌於媚諛，取善事以喻勸之。」他說的是否有理我們姑且不論，但這確實形成了中國文學批評史上的一種風氣，就是向詩歌中去推尋言外之意，而這種言外之意又總是要與美刺朝政有關。陳沆的《詩比興箋》，就是帶著這樣一種批評眼光選中了傅玄的這首詩，其實傅玄在寫這首詩時未必就有讚美或諷刺朝政的意思，可是他為什麼會引起陳沆這類讀者有美刺的聯想呢？我以為這其實是非常微妙的一件事情。首先是因為從屈原的《離騷》開始，詩歌中的「美人」、「香草」就有了政治上的喻託涵義，由於有這樣一個傳統，所以讀者自然就會產生這種欲尋言外之意的廣泛聯想。此外，按照西方文學理論的說法，詩裡面有一種「顯微結構」，它有時是一個字的形象、聲音或者意思，也可能是幾個字在這首詩的章法、句法排列組合中所產生的奇妙作用。總之它是一種很細微、不易被人們注意的微觀元素，但卻具有觸發讀者產生種種興發聯想的特殊作用。如「君在陰兮影不見，君依光兮妾所願」中的「光」和「陰」就極易使人聯想到朝政的明暗與君主的昭昏以及君臣之間的關係，如果你被小人蒙蔽，聽信他們的讒毀，你當然就會跟我疏遠分離了；如果你像白日那樣光明，我怎麼會離開你呢。當然這是我們的聯想，至於傅玄寫此詩時有沒有這種意思，我們是不敢下斷言的，我們所能肯定的只是他詩中使用的某些字詞具有引發讀者產生這種聯想的作用而已。

還有一首《昔思君篇》，我們也來簡單地看一看：

> 昔君與我兮形影潛結，今君與我兮雲飛雨絕。昔君與我兮音響相和，今君與我兮落葉去柯。昔君與我兮金石無虧，今君與我兮星滅光離。

這首詩裡傅玄把幾個對比的形象寫得很好，他說從前我們兩人感情好的時候，就像影與形一樣相依相隨，「潛」是暗中的意思，是說我們結合的程度是十分深厚牢固的；可現在你與我就好像飛走的雲、降下的雨一樣永遠脫離了、斷絕了。過去我們倆只要有一方發出聲音，馬上就會引起另一方的回應，總是那麼和諧；現在我們的關係卻如同樹葉從樹枝上飄落下來，永遠也沒有希望回去了。過去你與我就像金屬、就像石頭一樣堅硬永無虧損與殘缺；可現在我們就如同一顆流星永遠消失在空中。

這首詩兩兩相對的形象與它聲音的節奏都很好，總起來看，我以為《車遙遙篇》與《昔思君篇》這兩首詩的好處「猶可說也」，而他另外一首《吳楚歌》卻是更加奇妙的神來之筆，這其中的好處實在是難以解說的：

> 燕人美兮趙女佳，其室則邇兮限層崖。雲為車兮風為馬，玉在山兮蘭在野。雲無期兮風有止，思多端兮誰能理？

《古詩十九首》中有「燕趙多佳人，美者顏如玉」的詩句。此後中國文學史上就流傳一種說法，即「燕趙多佳人」。傅玄這首詩的開頭就是沿用這種說法，並不是真的指實說燕地這裡有一個美人，趙國一帶有一個佳女，他只是泛說這裡有一個很美麗的佳人在。可是「其室則邇兮限層崖」，「邇」是近的意思，「限」是阻隔。

這句詩是有出處的，它出於《詩經・鄭風》，其中有一篇《東門之墠》是這麼說的：「東門之墠，茹藘在阪。其室則邇，其人甚遠。」我們都知道古人喜歡用比興來解說《詩經》，他們總要從中講出一些政治的、教化的道理來。可是《詩經》裡有許多都是當時民間流行的歌謠，而這些歌謠很多是寫男女之間的愛情的，這其中大部分也都被解經的人按照比興的說法賦予了政治、教化的意義，但還有一些實在扯不上政教的關係，他們就只好承認是寫愛情內容的了，所以從孔子時就說「放鄭聲，遠佞人」，又說「鄭聲淫」（《論語・衛靈公》），「淫」是鄙俗淫靡的意思。由於鄭國的「國風」裡有許多寫愛情的歌謠，所以都被傳統指斥為「淫」。那麼《東門之墠》當然也就不會例外了。那我們來看它說的是什麼：「墠」是平坦的曠地，「茹藘」是一些生長著的野生植物，「阪」是山坡。「東門之墠，茹藘在阪」兩句寫的是眼前的景物，他是說東方有那麼一片土地，那是我所愛的人居住的地方，它的周圍山坡上生長著許多茂密的野生植物。「其室則邇」，她所住的地方就近在我的眼前，我們相隔的空間距離並不遙遠，可「其人甚遠」，而我卻不能自由地與她往來，到她的住地去與她相見，也就是說我們相見的機會很少，距離非常遙遠。

現在傅玄的這首《吳楚歌》也說「其室則邇兮限層崖」，我們相距在咫尺，卻相隔在天涯，我們之間好像被高山深谷所阻絕，無法相見，無法溝通。這開頭二句寫的都是現實中的情事，很容易懂，可下面的兩句「雲為車兮風為馬，玉在山兮蘭在野」，就無法用現實的邏輯來破譯了。在中國的古樂府詩中常常會有這種情況，在它詩篇的現實情理與自然順序的正常敘寫中，突然會跑出兩句好像是極其無理之語，就是說從外表上實在看不出它與前後形式邏輯上的關聯，好像是完全背離理性的「空中之語」。然而你卻不能不對它加以特別的注意，因為他精神的飛動就在這看似極其無理之語中。作為一個詩人，如果你一切都是理性的思索與邏輯的安排，就像前面講到的太康的其他詩人那樣，你挖空心思，理性地斟酌了許久之後才安排出來的詩，雖然看起來雕琢製造得很精美、別致，但它的生命沒有了，像莊子說的，「混沌」本來沒有七竅，你把它的七竅鑿開了，什麼都清清楚楚了，而「混沌」死了，它的那個本來的自然感發的生命也消失了。所以詩裡邊有一些好似無理之語，卻真正是非常有神致的，它使你感到有一種精神上的飛動，這種神來之筆所生出的奇妙作用能使你一下子就把那看似無理、前後脫離的思路接通了——既然「其室則邇兮限層崖」，在現實中沒有真正的車馬做我們的交通工具，那麼我就要到現實之外去尋找，終於，他在《楚辭・九歌》中找到超脫現實束縛的辦法：「入不言兮出不辭，乘回風兮載雲旗。」《九歌》是楚地人民在祭祀鬼神時所唱的頌神之曲，這兩句說的是人神之間的精神交往，是說那個神靈來的時候沒有說一句話，她出去的時候也沒有告別，那麼我們怎麼知道她曾經來過了呢？因為她所乘坐的是高天上一陣迴旋的勁風，空中的彩雲是風車上的旗幟……於是傅玄或許是由此得到啟發，便在他詩中之人一籌莫展之際，忽然神靈飛動，寫出了「雲為車兮風為馬，玉在山兮蘭在野」，假如有可能的話，我也要以雲為車，以風做馬，穿越重重層崖的阻隔，去與我想念的人會面。

如果說「雲為車兮風為馬」一句還不難以跳接的方法說清楚的話，那下一句的「玉在山兮蘭在野」就不是一般的跳接可以解釋圓通的了。但我以為這實在是極妙的一句詩。陸機《文賦》有兩句寫得非常好：「石韞玉而山輝，水懷珠而川媚。」我曾幾次講過，中國的文學批評沒有西方那種邏輯性的理論，因為中國把文學批評的論文也當作文學創作的美文來寫，陸機就是用賦的文體來寫批評文章的論文的，他的《文賦》寫得真是美好，其中最為難得的是他能夠把一些創作過程中作者最微妙地存在於內心之中的心思、意念的活動都用那麼美好的形象表現出來了，這可謂是一種不可無一、不可有二的文章。總之《文賦》是了不起的，我前文引的這兩句就是我們古人說的「有諸中而形於外」，最早的《毛詩》上就說了，「情動於中而形於言，言之不足故永歌之」，你為什麼要作詩，主要是你內心有一份真感動，它就像「石韞玉而山輝」，石頭裡邊都藏有玉，那山就有光彩；如果水裡邊的蚌殼裡含有珍珠，那水也是美的，即「水懷珠而川媚」。當然，在現實中，這不一定就是真的自然現象，他的意思是說，如果你內心深處，「情動於中」的那份感情的生命是博大、深厚、精微、優美的，那麼你用言辭表現出來的詩篇的本質就是美的，就是帶著強烈興發感動的生命活力的。如果沒有這種韞玉懷珠的內在感動，只有美麗的言辭和外表的形式，這樣的詩就不會有生命的感發。太康時一般的詩風都是如此的，因此陸機談到創作時就要說，「石韞玉而山輝，水懷珠而川媚」。傅玄的詩說，「玉在山兮蘭在野」。蘭是蘭花，我們中國認為它是最芬芳的一種花，而且在《楚辭》中「蘭花」與「蘭草」都是比喻君子、賢人的。那麼美好的生命生在山野之間，古人還說「蘭生空谷，不為無人而不芳」，這種花的芳香乃是它的本質所決定的。杜甫《赴奉先縣詠懷五百字》詩中有兩句說「葵藿傾太陽，物性固莫奪」，他說我就如同葵花與藿草那樣，不管你是陰也好，晴也好，也不管太陽對我好或壞，我天生就是傾向太陽的，這是我與生俱來之「物性」（事物的本質屬性）所決定的。「固」是一定，非常堅定，沒有人能夠用強力來改變它。「奪」是指用強力來改變內心的意志。古人說「三軍可奪帥也，匹夫不可奪志也」（《論語．子罕》），作為三軍的統帥，可以俘獲他，也可殺掉他；可是作為一個人你卻沒有辦法改變他的本性，沒有辦法動搖他內心之中所固有的意志。現在，這蘭花的芬芳之氣就是來自於它的「物性」和本質，因此無論它生在什麼地方，也不管是不是有人欣賞，它的香氣都不會改變。「玉在山兮蘭在野」，這句詩並不像其他詩句那樣能為讀者指明些什麼，它只是用美好的形象為我們提供了種種聯想的可能。

對此我們可以從幾個方面來解說它：一種是說我所懷念的人，她像玉一樣的美好，可是她那麼遙遠，不能與我往來溝通，所以她是「玉在山」；而我對她的感情是永遠也不會改變的，因此是「蘭在野」，我不計較任何酬答與回報。這裡我們將「玉」和「蘭」解釋為一個是對方，一個是主人公自己。另一種也可將其解釋為，我的感情就像是「玉在山兮蘭在野」一般的真誠、執著，永遠也不改變。同時還可以將這句詩理解成是那位被阻隔在高山層崖之外的「燕趙佳人」所具有的美好本質。總之他這突如其來的無理之語中所用的形象為人們提供了這種種聯想的可能，而這正是樂府詩裡的一大特色。樂府詩最初本來就是民間的歌謠，民謠中也時常跑出一些好像是在有理無理之間的句子，它完全是出於一種感性的聯想。有一首無名氏的《飲馬長城窟行》說的是在外邊打仗的征夫離開自己家中的妻子，牽著他的戰馬，經過長城邊一個積存著雪水的洞穴時飲馬這一過程中的感情活動。我們不是正式講這首詩，只是想以此說明樂府詩中時常有突如其來的無理之語。他說「青青河邊草，綿綿思遠道。遠道不可思，宿昔夢見之。夢見在我傍，忽覺在他鄉。他鄉各異縣，輾轉不相見」。以上八句是抒發思鄉之情的，這跟「行行重行行，與君生別離」的章法一樣，是按照思緒發展的邏輯關係一步步寫下來的，可下邊突然跑出兩句「枯桑知天風，海水知天寒」，這表面看來與前邊毫無相干的無理之語來，若就前後的敘寫順序而言，它完全沒有道理可講，因為前邊都是寫相思懷念的：那青青河邊的草一片連著一片，直到天涯，正如我那纏綿不絕的相思之情一樣無邊無際，可是我們相距的道路那麼遙遠，我雖然思念她，卻無法見到她，我只有每天晚上在夢中與她相見。在夢中我明明看見她就在我的身旁，可忽然醒來之後才發覺她依然在那遙遠的地方。這正如唐人邊塞詩中所寫的「可憐無定河邊骨，猶是深閨夢裡人」（陳陶《隴西行》），也許那征夫早已變成無定河邊的一堆白骨了，而那可憐的深閨中的妻子卻依然夜夜與他在夢中相見。直到夢醒之後，他才發現所思念的人是「他鄉各異縣，輾轉不相見」。到此為止，詩中所表現的征夫思婦的感情心理活動都是自然的、有條理的，可是下邊突然冒出的「枯桑知天風，海水知天寒」兩句就完全脫離了詩篇內容的理性發展軌道，可是恰恰是這不知所云的無理之句反而倒給詩篇增加了一種活潑跳躍的氣氛，給讀者留下了許多自由想像的空間。什麼叫「枯桑知天風，海水知天寒」？我想他是在極言自己內心相思之苦的深痛難耐，無法排解，無所傾泄，就像冬天的枯桑失去了枝葉的遮蔽與保護，那毫無掩護、赤裸在外的枝幹就特別體會到了天外來風的強烈摧殘。海水也如此，如果是一個小院子裡的池水，四周有高牆花木環繞，那麼它對外界的寒冷是體會不深的，可現在是一片天水相接的大海，天連水，水接天，這之間竟然沒有一點可以緩衝、遮蔽寒冷的憑藉，所以它也只有直接承受高天寒風的侵襲了。這就是征夫思婦的悲哀，一種完全裸露在外的、無法解脫、無處宣洩的痛苦和悲哀。

我們看完樂府詩裡的這類情況之後，再來看傅玄《吳楚歌》中的「雲為車兮風為馬，玉在山兮蘭在野」兩句，理解起來就容易多了。說到這裡，我順便還要補充一點，就是這「雲為車兮風為馬」一類的相思懷念之情也曾影響到唐朝後期的李商隱，李商隱有四首我認為是很不錯的詩，即《燕臺四首》，分別題作「春、夏、秋、冬」，在他最後寫「冬」的那一篇裡有這樣兩句：「風車雨馬不持去，蠟燭啼紅怨天曙。」在這之前的「春」「夏」「秋」中他寫的都是相思懷念，從春天草木萌生，愛情覺醒寫起，經過夏天的熱烈追尋，苦苦期待，以至高秋苦寒，碧海青天的淒然神往，最終還是無可奈何的絕望與哀怨，所以這組詩的最後兩句他說，我願風能變成車，雨能變成馬，把我帶到我所懷念的人那裡去，可是「風車雨馬不持去」，就算有風的車、雨的馬，也不能持我而去，「持」是攜帶。而現在整整一個長夜又將過去，眼前只剩得「蠟燭啼紅怨天曙」了，如果把一支燃燒的紅燭作為生命的象喻或一份美好的感情的話，那麼長宵欲曙，燭淚啼紅，詩人以其心血所煎熬出的最後一縷思念也將隨著淚盡天明而情消念絕。可見，用「風車雨馬」一類形象來表達這種真摯深切的相思懷念之情的詩例不僅在《詩經》、《楚辭》、樂府詩裡有，它對後世還有很大的影響。這就是我們常常說的傳統的影響。我們接著往下看，「雲無期兮風有止，思多端兮誰能理？」前邊他不是說要乘著雲車風馬去見自己所思念的人嗎？可是雲什麼時候能來，誰也不知道。風也總歸是吹一陣，停一陣，來去無定。我們究竟能不能在一起，沒有一點把握，因而我內心思念的情懷是這樣的紛紜無端。李後主詞說「無言獨上西樓，月如鉤，寂寞梧桐深院鎖清秋。剪不斷，理還亂，是離愁」（《相見歡》）。這裡傅玄所寫的就是這種「剪不斷，理還亂」的別樣滋味，是一種無人可託、無人可解的無端思緒。

總而言之，傅玄的小詩是非常微妙的，而且他不但前邊有對《楚辭》的繼承，後邊還影響許多著名的詩人。我想以前的人，就因為看他寫的都是這種短小的、表現男女愛情的作品，所以不大看重他，即使有些人喜歡他的詩，但為了表示自己有道德，因此也不肯選他的詩。陳沆的《詩比興箋》選了他的詩，是因為他要把傅玄的詩都解釋成有忠君愛國之比興深義的。我想，不管他傅玄是不是有忠君愛國的比興，但是陳沆批評傅玄詩時說的一些話卻非常好，他說傅玄「值不諱之朝，蒙特達之顧，生司喉舌，沒謚剛侯，人臣遭遇，如傅休奕亦僅矣」。傅玄生在東漢獻帝的建安時代，死在晉武帝的時候，以前我們講過，魏晉之間各種勢力之間你爭我奪，篡逆的事情時常發生，很多很有名的詩人都死於非命，而他曾經得到晉武帝司馬炎的特別欣賞，他活著的時候身為諫官，死了以後謚號「剛侯」。像傅玄這樣正派、剛直的人能夠在亂世之中得以保全，這種情況恐怕在當時僅有他一人而已。

史書上記載，傅玄在朝期間也曾多次被罷免，可他「再仕再已」，能屈能伸，無論他得意，還是失意，始終不改變那種正直、剛毅的脾氣，計其在朝時日，總共沒有幾天，可他只要在朝為官，總是「白簡正色」，不斷給皇帝上疏奏本，正因為朝中有這樣的人在，所以致使「臺閣生風」、「權貴側目」，一些達官顯宦、有權勢的人都對他側目而視，一方面雖然不喜歡他，另一方面又不得不懼怕他幾分。因此陳沆說他是「橫孤根於疾飆，捍危石於驚浪，憂譏畏讒，其能已乎」？他就像是橫在狂風疾飆中的一棵大樹，凜然獨存；他彷彿是矗立在驚濤駭浪中的中流砥柱，巋然不動。像他這樣的人，處於魏晉之際的亂世之中，怎麼能避免這種憂讒畏譏的恐懼呢？談到人與詩的關係，陳沆又說：「昔人稱休奕剛正疾惡，而善言兒女之情。豈知求有娀之佚女，託鴆鳥以媒勞，言文聲哀，情長語短。劍去已久，而刻舟是求，不亦遠夫。」他說大家都認為傅玄剛強、正直，疾惡如仇，可是他的詩卻善於寫兒女之情，這似乎於常理不通，可是他們哪裡知道，正是這樣的剛正之士，才會寫出這樣的兒女之情來。你看即使像屈原這樣忠直剛正的人，不還在《離騷》中寫了「求有娀之佚女（為追求到有娀之地的美女），吾令鴆為媒兮（拜託一種有毒的鳥去為之說媒牽合）」的浪漫故事嗎？而且他們在寫這種感情的事件時是「言文聲哀」，語言是這麼的美麗有文采，而聲音卻是那樣的辛酸、哀怨；「情長語短」，他們的語言雖說都是短小的句子，但帶給我們感情上的聯想卻是這麼的悠長。對於傅玄的這類小詩，如果你僅僅從表面上去探尋他的涵義，以為就只是兒女之情，那無異於是「劍去已久，刻舟是求」。陳沆這裡用了古代的一個寓言故事，他的意思是說，傅玄的詩到底說的是什麼，就如同這把掉在水中的劍一樣，船在走，水在流，你知道劍到哪裡去了？如果你從他詩歌外表的這一點文字來探求，那是很難求到的，所以說「不亦遠乎」，豈不是離劍越來越遠了嗎？陳沆的言外之意是說他能夠找到那把流走的劍，他倒不靠「刻舟是求」，而是靠他的「比興箋」，所以他後邊有許多比興、諷喻的解釋。其實對陳沆的解釋，我們也未必都能同意，但有一點是肯定的，即傅玄的詩確實具有引發陳沆作此聯想的可能。

第三節　陶淵明之一

在講陶淵明之前，我先介紹一位西方人本主義的哲學家馬斯洛（Abraham Maslow）。這位哲學家在一九七〇年去世，他的「自我實現」哲學在西方曾經很流行。

世界上每一個人都有自己的追求，但每個人的追求在層次上有所不同。有的人眼光比較高遠，也有的人眼光十分短淺。王國維曾舉過一個例子，他說蒼蠅有千百雙眼睛，咫尺之內視力要比人敏銳得多，可是更遠的距離就看不清楚了。因為它的視力就只在這一點點的地方。其實這也就是莊子所說的小知與大知、小年與大年的區別。西方哲學家馬斯洛所提出的「自我實現」之說，也曾把人生的需求和對人生的理解，分別為幾個不同的層次，他的說法頗有可供我們參考之處。馬氏曾把人的需求分別為以下幾個不同的層次：第一個層次當然是生存的需求。因為在這個世界上不管你要做什麼事情首先必須穿衣吃飯，維持你自己的生存。這是一個人生而有之的最基本的需求。當你有飯吃了，有衣穿了，你還需要什麼？你還需要安全，需要保證不受外來的危害。當這兩項需求都滿足了之後呢？你還會產生一種歸屬的需求。就是說，在這個社會之中，你是歸屬於哪一個群體的，你要找到你自己的一個位置。近年來國外產生了所謂「尋根熱」，那就是來源於人類這種歸屬的需求。此外呢？你還會產生自尊的需求、愛的需求……一直到最高層次的「自我實現」的需求。任何人都不是生下來就有「自我實現」之需求的，從維持生存到自我實現，這裡邊有一個漸進和提升的過程，過程快慢因人而異。並且，對「自我實現」需求的強烈程度也因人而異，有的人這一需求十分強烈，強烈到蓋過了其他一切需求；有的人則並不十分強烈，因為他已經被那些低層次的需求拖累住了，「自我實現」對他來說始終只是一個隱約的、朦朧的感覺而已。馬斯洛在談到「自我實現」時還特別提到一種現象，叫作「約拿情結」（Jonah Complex）。約拿是《聖經》上的一個人名。《聖經》的《舊約》中有一篇就叫作《約拿記》。「complex」的意思是「情結」，這是一個心理學的名詞。什麼叫作「約拿情結」呢？「約拿情結」的意思是，你已經看到了那個最高的境界，可是你沒有勇氣，不敢去追求。你作繭自縛，被那些低層次的需求限制住了，所以你就無法達到那個「自我實現」的最高境界。其實，關於「自我實現」這種境界，中國古代的儒家也有類似的說法。他們說，「仁者不憂」；又說，「朝聞道夕死可矣」；宋代理學家甚至說，「我雖不識一個字，也要堂堂做個人」。這些，實際上都相當於西方所說的那種「自我實現」的境界。

為什麼我要講這麼多題外的話？因為我以為，在中國詩歌史上，只有陶淵明是真正達到了「自我實現」境界的一個詩人。陶淵明的詩從表面上看起來很簡單很樸實，實際上卻很複雜很難講。我前文說過，一個人從低層次的需求發展到高層次的需求，有一個漸進的過程。陶淵明的詩，就正好反映了他達到「自我實現」之境界所經歷過的那一個複雜的、艱難的、曲折的過程。北宋詩人蘇東坡曾經說陶淵明的詩「質而實綺，癯而實腴」（《與蘇轍書》）。質，是質樸；綺，是華美。癯，本來是瘦，引申為單薄、簡單；腴，本來是肥胖，引申為豐富。這句話的意思是：陶詩外表上很質樸，實際上很華美；外表上很簡單，實際上很豐富。元代有一位詩人元遺山寫過很多首《論詩絕句》，其中有一首寫到陶淵明，稱讚他說：「一語天然萬古新，豪華落盡見真淳。」元遺山認為，一個人寫詩時是否真誠是很重要的事情，而陶淵明就是最自然、最真誠的。太康詩人中有個潘岳寫過一篇《閒居賦》，給人一種很清高澹泊的印象。可是他本人卻熱中於追逐功名利祿，為逢迎權貴賈謐，竟到了望塵而拜的地步。這個人雖然在詩壇享有一定的名氣，但他的詩始終達不到更高境界。因為《易經》上說「修辭立其誠」，潘岳所寫的既然不是自己的真心話，怎麼能寫出好作品來呢？在潘岳之後還有個郭璞。郭璞並不見得是一個很完美的人，然而「悲來惻丹心，零淚緣纓流」（《遊仙詩》），寫出了他內心真正的矛盾和痛苦，所以對讀者就產生一種感動的力量。還有一個更典型的作者是南北朝的庾信。庾信羈留異國，不得不替異族做事，而且他對自己國家的滅亡是應該負一部分責任的。因為他曾得到朝廷信任，為國家帶兵打仗，可是當侯景大軍來到面前時，他就望而生畏，棄軍而逃。這個人，在品行上是有缺欠的，然而他的詩卻寫得很好。為什麼呢？因為他終生都在為自己的過錯而痛苦。他能夠面對自己的過錯，不逃避，不掩飾，更不像潘岳那樣自鳴清高。所以，一個詩人，如果你自己的感情裡邊先有了一段空虛，那麼無論你的技巧多麼高明，文字的外表多麼華美，遇到真正有識見的人，他把你的詩一讀，就能夠知道你是實的還是虛的，是真的還是假的。

陶淵明的詩就從來沒有過一點兒虛假的感情。蘇東坡稱讚他「欲仕則仕，不以求之為嫌；欲隱則隱，不以去之為高；飢則扣門而乞食，飽則雞黍以迎客：古今賢之，貴其真也」（《東坡題跋・書李簡夫詩集後》）。這種作風，就叫作「任真」。就是說，不管做什麼事情，全都任憑自己的真心去表現。陶淵明為什麼去做彭澤縣的縣令？他自己曾坦率地對人說：「聊欲絃歌，以為三徑之資。」（《宋書・隱逸傳》）「絃歌」出於《論語・陽貨》的「子之武城，聞絃歌之聲」，在這裡指的是做縣官。他說自己想找一個小小的縣做個縣官，為的是存點兒錢置些房地產來度日謀生。他還說打算在公田裡種些秫米將來釀些酒喝。你看，這就是他的「欲仕則仕，不以求之為嫌」。然而他這彭澤縣令只做了八十幾天，還沒等到公田收穫就辭官不做了。這又是為了什麼？要知道，做官並不容易，如果你不肯貪贓枉法，不會苟且逢迎，那麼你在官場裡混實在就是受罪了。陶淵明在《歸去來兮辭》的序中說自己「質性自然，非矯厲所得，飢凍雖切，違己交病」。他說，勉強改變自己的本性去適應官場生活實在比受凍受餓還要痛苦，兩相比較起來，我寧可去挨凍受餓。你看，他在辭官退隱的時候也沒有標榜自己如何清高，只說這是為了適應自己的本性，這就是他的「欲隱則隱，不以隱之為高」。正由於他如此真誠坦率，所以才得到古今不少人的讚美。

事實上，陶詩之所以能夠形成「質而實綺，癯而實腴」的風格，也與他這種任真自得的本性有直接的關係。因為一般人作詩，都難免有一個「為人」之心。所謂「為人」，還不是說要講仁義道德或治國安邦，而是說考慮到別人對詩之好壞的評價。如果心中不能夠排除這樣的念頭，那就是莊子所說的「有待」。很多大詩人作詩也難免如此，例如杜甫就曾說過「語不驚人死不休」（《江上值水如海勢聊短述》）這樣的話。有了這種念頭，總想與人爭勝，總想讓自己的詩在千百年之後仍然受到人們的讚美，在寫詩的時候就不免逞才使氣，雕琢矯飾，有時就失去了自然真率之美。有的詩人故意把詩寫得很難，讓大家都不懂，像李賀、韓愈即是；也有的詩人故意把詩寫得很容易，讓不識字的老太婆都能聽懂，像白居易即是。但不管寫得難還是容易，那都是一種「為人」之心。而陶淵明與他們都不同，宋代詩人陳後山稱讚他說：「淵明不為詩，寫其胸中之妙耳。」（《後山詩話》）陶淵明並不是為了作詩而作詩，並不想和別人爭個高低，也不想藉作詩而留名千古，他只是內心有這麼一種感受，就寫出來了。既不怕寫得太深讓人家不懂，也不怕寫得太淺讓人家笑話。「知音苟不存，已矣何所悲」（《詠貧士》之一）——我就是我，絕不為尋求別人的理解而改變自己的面目。所以還不只是蘇東坡、陳後山、元遺山他們讚美陶淵明，南宋有一位英雄豪傑的詞人辛棄疾也最佩服陶淵明。他曾評價陶詩說：「千載後，百篇存，更無一字不清真」（《鷓鴣天》「晚出躬耕不怨貧」）。陶詩流傳下來的只有一百二十多篇，其中有很易懂的，也有很難理解的；有條理分明的，也有思路跳躍的；有內容比較單純的，也有內容相當複雜的。儘管有這種種不同，但有一點是相同的，那就是所有的詩都是詩人情思意念的真實活動，沒有任何虛偽和雕飾造作。

於是有人就說了：「我知道了，只要說真話就是好詩。」這話對，但又不全對。因為「真」也有很多種不同的類型，比如我手中拿著的黑板擦，它沾了這麼多粉筆灰，這是一種「真」；而如果有一塊水晶石放在這裡，淨潔得裡外透明，這也是一種「真」。既然都是「真」，那就有個比較了。寫詩也是如此，你做到「修辭立其誠」已經很不錯了，但如果你還要向上追求的話，那就看你的「真」在哪一個層次了。陶淵明的「真」，不是那種簡單的、膚淺的「真」，而是一種複雜的、豐富多彩的「真」。有一種西方現代文學批評叫作Criticism of Consciousness（意識批評）。他們認為，凡是偉大的作者都有一個Pattern of Consciousness（意識形態），而小的詩人是沒有的。小詩人只能夠看山說山、看水說水，今天看到花開就說花開，明天看到花落就說花落。從佛法來說，這叫作「心隨物轉」，因為他的內心之中缺乏自我。真正偉大的詩人則不然，他是用他的生命去寫他的詩篇，用他的生活去實踐他的詩篇，所以他有一個Pattefll of Consciousness，一個類型在那裡。古人說：「學苟知道，『六經』皆我注腳。」（《宋史・儒林傳・陸九淵》）陶淵明的詩，還不要說拿「六經」做注腳，他自己所有的詩就都可以互為注腳。因為這些詩所表現的是他整個生命的各個層次和各個方面，是真正博大而且豐富多彩的。那麼怎樣來體會他的這種博大和豐富多彩呢？我有一個化繁為簡的辦法，那就是我們主要只講他的兩首詩，而在講這兩首詩的時候，我們用他另外的那些詩來做這兩首詩的注腳。以此來說明陶詩「質而實綺，癯而實腴」的特點，並由此看到陶淵明是怎樣用他的生命去寫他的詩篇、用他的生活去實踐他的詩篇的。現在，我們就來看陶淵明《飲酒詩》中的一首：

> 栖栖失群鳥，日暮猶獨飛。徘徊無定止，夜夜聲轉悲。厲響思清遠，來去何依依。因值孤生松，斂翮遙來歸。勁風無榮木，此蔭獨不衰。託身已得所，千載不相違。

太康時的詩人是用思力的安排來寫感受和感情的，現在陶淵明則和他們相反，他是「以感寫思」，即透過感覺和感情來寫人生哲理，表現出他的一種思致。另外我還說過，從正始的嵇、阮開始，詩人們就喜歡清談和玄言；到永嘉時代就有了玄言詩，玄言詩談的都是黃老的道家學說，寫得「理過其辭，淡乎寡味」（鍾嶸《詩品序》）。不過，說到玄言詩，你也不可沒有一個宏觀的立場，不可不注意到詩在歷史演進中的大背景、大結構。寫哲理的玄言詩確實很乏味，可是天下任何一件事情的出現都不會沒有它的原因，正是經過玄言詩的歷史演進階段，才能夠產生陶淵明這種「質而實綺，癯而實腴」的詩。同樣，我們都說齊梁詩不好，然而如果沒有齊梁詩的階段，也就不會有唐詩的繁榮，這裡邊實在都有著一個因果的關係。中國古代的詩，像《詩經》的「關關雎鳩」、「桃之夭夭」，比較起來都是以感覺和感情取勝的，不甚重視思想和哲理。正是由於有了玄言詩的這個演進階段，思想和哲理才開始在詩歌裡形成了一個重要的因素。當然，那些玄言詩由於都是純粹的說理，所以就「淡乎寡味」，作為詩來說，它們是失敗的。陶淵明的詩就不同了，陶詩有很深刻的思想性，又是「以感寫思」，裡邊既有哲理，也有詩情。他不是空談哲理，不像有些詩人那樣，從《易經》上抄一句，從《莊子》上抄一句，東抄一句西抄一句就湊成了哲理詩。陶淵明的詩有他自已對生活的體驗，有一份「感」在裡邊。同時，他不但能感之，而且也能寫之，能夠把他自己那一份複雜的、對生活的體驗表達得很巧妙。在「栖栖失群鳥」這首詩裡，陶淵明就是用一隻鳥的形象來表達他所感受到的這些東西。「栖栖」兩個字出於《論語・憲問》的「丘何為是栖栖者與」，意思是，孔丘這個人為什麼如此惶惶不定呢？「栖栖」，形容一種來往追尋、不能安定下來的樣子。

我們如果想要瞭解「栖栖失群鳥」這個形象，首先必須瞭解陶淵明為什麼要寫這一組《飲酒詩》。在寫這一組詩的時候，陶淵明已經歸田躬耕，可是忽然有一天人家送酒來給他喝，並且勸他再次出去做官——這是他在《飲酒詩》的「清晨聞叩門」一首中所提到的。正是由於這件事情引起了他的許多反思，所以才寫了這一組二十首《飲酒詩》。在這組詩的最後一首詩中他還曾直接提到孔子：「羲農去我久，舉世少復真。汲汲魯中叟，彌縫使其淳。」「魯中叟」，指的就是孔子。「汲汲」，是匆忙營求的樣子，事實上也正是前邊那個「栖栖」。孔子總是那樣來往奔波，總是那樣惶惶不定，他在營求什麼？原來，社會有那麼多缺點和弊病，就好像裂了許多口子一樣，他是想把它們彌補縫合起來。這就是孔子之所以「汲汲」、「栖栖」的緣故。他要挽救人間的墮落和敗壞，恢復整個社會的淳樸自然。你們看，光是「栖栖」這兩個字就給了我們如此豐富的聯想。這隻鳥如此奔波不安，如此往來不定，它所追求的是什麼？我們前文引過的西方哲學家馬斯洛說人都有一個歸屬的需求，在社會上要有自己所屬的一個群體。可是如果有一天，這個世界變得舉世皆濁，眾人皆醉，而只有你是清醒的，那時候會怎樣？那時候你就「失群」了。陶淵明從什麼時候失群的？他所追求的到底是什麼？我們下一節再講。

第四節　陶淵明之二

陶淵明的《飲酒詩》一共二十首，「栖栖失群鳥」只是其中一首。我們一定要瞭解作者在寫這一組詩的時候有什麼樣的心情和背景，才能夠比較深入地理解這首詩。《飲酒詩》的開頭有一篇序文：

余閒居寡歡，兼比夜已長，偶有名酒，無夕不飲。顧影獨盡，忽焉復醉。既醉之後，輒題數句自娛，紙墨遂多。辭無詮次，聊命故人書之，以為歡笑爾。

有人認為，陶淵明寫這一組詩的時候距離他辭去彭澤縣令已有十年以上之久。不過陶淵明的年譜中存在很多問題，我們現在還不能確切地判斷這一組詩的具體寫作時間，但總之這時候他已經歸隱有年了。他在這篇序言中說自己「閒居寡歡」，現在我們就要對他的這句話作一個分析：他在歸田之後所過的生活，真的只有「閒居」，只有「寡歡」嗎？上一節曾說，有些小作家看山說山，看水說水，所寫的都是偶然的一點點感動；而對於一個真正的大作家來說，他的作品裡邊有他意識的基本形態，或者說，他的作品所表現的乃是他自己的整個生命，所以往往不是很單純的。現在人們一提到田園詩人，就認為他們都很優閒舒適，其實並不是這樣。陶淵明的生活很辛勤很勞苦，他在另一首詩中曾寫道：「晨興理荒穢，戴月荷鋤歸」（《歸園田居》）——從早晨下地幹活，一直要到月亮上來時才扛著鋤頭回家。那麼，他在這裡所說的「閒居」，而且「兼比夜已長」，應該是農村冬閒而夜已漸長的時候。這時候地裡已經收割乾淨，所以他才能夠有一段「閒居」的時間。至於這個「寡歡」，也很值得研究。因為陶淵明有不少詩寫的是他在田園生活中所得到的樂趣，是他歡喜的一面。我們不妨先簡單地介紹一下他的這一面，先看他的組詩《讀山海經》中的一首：

孟夏草木長，繞屋樹扶疏。眾鳥欣有託，吾亦愛吾廬。既耕亦已種，時還讀我書。窮巷隔深轍，頗迴故人車。歡言酌春酒，摘我園中蔬。微雨從東來，好風與之俱。汎覽周王傳，流觀山海圖。俛仰終宇宙，不樂復何如？

你看，他在這首詩裡所表現的是多麼歡快的情緒。他說，在我的屋子周圍樹木十分繁茂，鳥兒們是那麼愛它們的巢，就如同我也熱愛我自己的茅屋一樣。當田裡的事情都做完之後，有了閒置時間，我就讀我所喜歡的書。而且，還不止讀書可以得到樂趣，陶淵明還說，「歡言酌春酒，摘我園中蔬」。這也是田園生活中的一種樂趣。古人在秋天糧食收穫之後自己釀酒，到春夏之時酒就釀好了。據說有一次陶淵明自己漉酒——就是把酒中的渣滓過濾掉——一時找不到過濾的用具，就把頭巾摘下來用，用過之後依然戴在頭上。享受自己的勞動成果，實在是一件愉快的事，你看這首詩中連著用了好幾個「我」字，裡邊透露著詩人的一種歡欣喜悅之情。《聖經》中說：「該走的路我已經走過了，該守的道我已經守住了。」在這裡，「既耕亦已種，時還讀我書」，「歡言酌春酒，摘我園中蔬」等所表現的，也是與此類似的心情。而且，不但人的心情好，天氣也很舒適。涼爽的風從東南吹來，還帶著濕潤的小雨。在這個時候，詩人便在自己的茅屋裡「汎覽周王傳，流觀山海圖」。「周王傳」，就是《穆天子傳》；「山海圖」，就是附有圖畫的《山海經》。《山海經》裡記載了許多奇禽怪獸，魯迅小的時候，不是就很喜歡看《山海經》裡邊的插圖嗎？所以你看，這真的是「俛仰終宇宙，不樂復何如」了！陶淵明寫歸田之樂的詩還有不少，我們可以再看《飲酒詩》中另外一首，這是陶詩中很有名的一首：

結廬在人境，而無車馬喧。問君何能爾？心遠地自偏。采菊東籬下，悠然見南山。山氣日夕佳，飛鳥相與還。此中有真意，欲辨已忘言。

在左思的《招隱》、郭璞的《遊仙》中，那些隱士和仙人都居住在什麼地方？都是在深山無人之處，可是陶淵明不是。他「結廬在人境」，和農夫野老結鄰，生活在人間世界。「而無車馬喧」有兩層意思：一層是說，在現實之中，他的門前真的沒有車馬喧嘩；另一層是說，他已經脫離了原來所歸屬的那個官場集團，已經跟那些人沒有什麼來往了。在《讀山海經》中，「窮巷隔深轍，頗迴故人車」兩句也提到車馬，他說，我現在住在一個小小的巷子裡，與外邊大道上的車轍遠遠隔離，車馬根本就進不來。所以，就算是有老朋友坐著車來看我，到了這裡車馬無法進來，他也就回去了。你看，陶淵明說得多麼婉轉！他不說因為我們走的不是一條路，你們不理解我，所以就不來了；而是說，也許你們來了，但由於車子開不進來所以才沒來看我。相比之下，杜甫的「同學少年多不賤，五陵衣馬自輕肥」（《秋興》）兩句，對朋友們的勢利就頗有微詞了。實際上，陶淵明是用「車馬」兩個字來代表名利場上的競逐。因此，接下來「問君何能爾，心遠地自偏」兩句，就說明了一個哲理：如果你的心離名利場上的競逐遙遠了，那麼你住的地方哪怕就在車馬路旁，也一定會像偏地深山中一樣清靜；如果你像潘岳那樣一心逢迎權貴，那麼就算你住在深山，門前沒有車馬，可是你心中想的都是名利場上的事情，耳邊怎能不充滿了「車馬」的喧嘩呢？陶淵明的這首詩大家都說好，但為什麼好？確實很難講。他就像畫圖一樣，開頭四句先給你一個「底色」：「結廬在人境，而無車馬喧。問君何能爾？心遠地自偏」，是他寫這首詩的時候整個心情的一個基調。而接下來的「采菊東籬下，悠然見南山」就在意境上更深入了一層。清人有詩讚美陶淵明說：「陶潛酷似臥龍豪，萬古潯陽松菊高。」（龔自珍《己亥雜詩》）意思是，陶淵明所寫的松樹和菊花，就像他本人一樣品格崇高。陶詩中的確經常寫松和菊，例如他曾寫道：「芳菊開林耀，青松冠巖列。懷此貞秀姿，卓為霜下傑。」（《和郭主簿二首》之二）要知道，世界上有的東西很堅強卻不秀美，有的東西很秀美卻不堅強。可是你看陶淵明筆下的松和菊：在嚴霜打擊之下，菊開得既芳香又有光彩；松樹長得既挺拔茂盛又青翠碧綠。在陸機《文賦》中的「石韞玉而山輝，水懷珠而川媚」，那是一種「有諸中而形於外」的美。而這裡的「芳」的香氣，「耀」的光彩，也都蘊涵著這樣一種美的姿質，由此可以使人聯想到那堅貞秀美的品格。所以你看，這裡的「采菊東籬下」，就不僅僅是寫採菊的一個行動，而是同樣帶有一種象喻的涵義在裡邊。而且，在我國文化史上，菊花本身也有象喻的傳統。屈原《離騷》說，「朝飲木蘭之墜露兮，夕餐秋菊之落英」——我早晨喝的是木蘭花上滴下的露水，晚上吃的是秋菊剛剛開放的花瓣。「秋菊之落英」在這裡代表的是一種品格的修養。而且陶淵明僅僅是「采菊東籬下」嗎？不是，他還「悠然見南山」。東籬雖然悠閒，菊花雖然高雅，但他並沒有被東籬和菊花所拘限，而是忽然之間就跳出去了。有的人說：「我今後可要好好做人了，我背下來一些做人的規矩和格言，整天就按照這些規矩和格言去做。」當然，你能夠這麼做是很好的，可是孔子說：「言必信，行必果，硜硜然小人哉！」（《論語・子路》）為什麼「言必信，行必果」還是小人呢？這話真有點兒難講。孔子的意思是，你能夠按照人家教給你的道德標準去做，告訴你一你就學會了一，告訴你二你就學會了二，這當然也不錯，卻還不算是第一等的人物。那第一等的人物，還有一個更高的標準在那裡。這兒也是如此，你知道菊花的光彩，你知道松樹的不凋落，那當然很好，可是你還要能夠跳出去。「采菊東籬下，悠然見南山」兩句之間就存在著這樣一個層次。所謂「悠然」，有一種從容自得、不受限制的感覺。「采菊東籬下」是持守；「悠然見南山」則是超越，是一種精神上的飛躍。而且還不止如此，下面他還說，「山氣日夕佳，飛鳥相與還」。「山氣」，指山上的煙嵐。在傍晚太陽快要落下時，山上那些煙嵐在斜陽照耀下幾乎每分每秒都在變化，真是極盡黃昏之美麗。而在這美麗的黃昏景色之中，飛鳥們結成一隊隊地都回來了。「回來」意味著什麼？這話又很難說了。鳥回到林中，那是一個歸宿。就如同我們講的《飲酒詩》中所說的「因值孤生松，斂翮遙來歸」，意味著你終於在人世之間找到了一個立足點。當然，我所說的這個「立足點」主要是指精神方面的一個歸宿，有的人，總是盲目地追求一些時髦的東西，在精神上卻沒有一個立足的根基；有的人，雖然一輩子錦衣玉食，窮奢極欲，可是卻一輩子也不知道自己生命的意義和價值到底在哪裡。鳥兒也是一樣，到了日暮黃昏之時，它必須飛回樹林中，尋找一棵樹作為自己的託身之所。陶淵明說，「此中有真意，欲辨已忘言」。什麼叫「真意」？那是詩人在這一片美麗的黃昏景色之中體會到的一份宇宙和人生的真諦。所謂「辨」是分辨。他說，我雖然很想把我自己的這一份體會弄清楚、說明白，但那實在並不是語言所能夠傳達的。為什麼不能傳達？因為，並不是所有的人都能夠達到人生的這一層境界。

所以你們看，這就是陶淵明！他僅僅在寫歸田之樂嗎？顯然並非如此簡單。現在，讓我們還回到《飲酒詩》序文中的「閒居寡歡」。既然陶淵明寫了田園生活中的那麼多樂趣，為什麼他在「閒居」時反而「寡歡」？那就是因為，詩人在精神上是孤獨的，他所達到的那種人生境界別人都沒有達到。他曾經說，「欲言無予和，揮杯勸孤影」（《雜詩》）——沒有人理解我，我只能對著自己的影子自斟自飲。而且，不但別人不能理解他，連他自己家裡的人都不理解他。他在給兒子的一封書信中說：「但恨鄰靡二仲，室無萊婦，抱茲苦心，良獨惘惘（編按：「良獨惘惘」一作「良獨內愧」）。」（《與子儼等疏》）「二仲」，是古代兩位隱居的賢人求仲和羊仲；「萊婦」，是老萊子的妻子，她支持老萊子隱居不仕。陶淵明在鄰居中找不到求仲、羊仲那樣的知心朋友，家中也沒有老萊子夫人那樣理解丈夫的妻子。他的妻兒埋怨他，不明白他為什麼不肯出去做官，以致讓家裡人和他一起過這種勞苦飢寒的日子。在這種情況下，他怎能不產生孤獨寂寞的感情？在農忙時，勞累的工作可以使他忘掉煩惱。但到了冬閒的時候夜就長了，在那漫長的夜晚如何排遣這些孤獨憂傷呢？他說是「偶有名酒，無夕不飲」。這真是妙得很，他恰好在這時候得到了一些名酒，於是就每天晚上喝酒。可是要知道，陶淵明歸田以後生活很窮苦，甚至寫過一首題為《乞食》的詩。飯都沒得吃怎會有酒喝，而且還是「名酒」？哪裡來的？原來，是別人送給他的。這也正是他寫這二十首《飲酒詩》的緣故。在這二十首《飲酒詩》之中，有一首就講了這件事：

清晨聞叩門，倒裳往自開。問子為誰歟？田父有好懷。壺漿遠見候，疑我與時乖。襤縷茅簷下，未足為高栖。一世皆尚同，願君汩其泥。深感父老言，稟氣寡所諧。紆轡誠可學，違己詎非迷！且共歡此飲，吾駕不可回。

這首詩在開頭用了一個典故「倒裳」，它出於《詩經・齊風・東方未明》。詩中說：「東方未明，顛倒衣裳。顛之倒之，自公召之。」意思是，天還沒亮就有人來了，我匆匆忙忙地穿上衣裳，把外邊的都穿到裡邊，把裡邊的都穿到外邊了。為什麼這麼慌亂？因為上邊傳來命令，國君召我馬上去見他。陶淵明這個典故用得很妙，它暗示著這不是一般的探訪，而是有人從很遠的地方帶著上邊的命令來請他出去做官。「問子為誰歟？田父有好懷」，「田父」當然是農夫，但真的是普普通通的農夫嗎？顯然不是，普普通通的農夫怎麼會跟他說出下面那些話來？那農夫對他說：「隱居田園實在是不合時宜的，你穿得這麼破破爛爛，住在這樣一個破茅屋裡，也算不上什麼清高的隱士。你看現在這個社會，誰不走做官的那一條路？最好你也和大家一樣隨波逐流，不要再隱居下去了。」「汩其泥」，用的是《楚辭・漁父》裡面的意思：「世人皆濁，何不淈其泥而揚其波」——如果大家都是齷齪的，為什麼你一個人要清白？為什麼你不和大家一樣也跳到泥水裡邊去玩弄那些泥巴？下邊陶淵明就回答這個人說：「深感父老言，稟氣寡所諧。紆轡誠可學，違己詎非迷！」你看陶淵明一點兒也不像嵇康，山濤勸嵇康做官，嵇康寫了一封信把山濤罵了一頓。你看陶淵明把話說得多麼樸實，多麼誠懇。他說，我非常感謝你的好意，對我說了這一番勸告的話，可是我生來的氣質就和別人很少相同，我是無可奈何的。「紆轡」，是說把馬的韁繩一拉，使馬拐到另一條路上。陶淵明說，你讓我和大家一起走那另外的一條路，我也不是不能，但走那條路並不是我的願望，如果我走那一條路，就違背了自己的志意，豈不是人生最大的迷失嗎？最後陶淵明對那個人表明態度：「且共歡此飲，吾駕不可回」——你既遠道來看我，我們且高高興興地一起喝酒，但我的志意是不可改變的！你看，他前一句說得多麼溫厚和平，而後二句說得多麼堅決強硬。由此我們也可以看到，陶淵明在性格和感情上真的是很複雜的。現在既然他有了人家送的酒，當「閒居寡歡」的時候，他就「顧影獨盡，忽焉復醉」——對著自己的影子一個人乾杯，於是很快就喝醉了。其實「醉」也有很多種：有的人醉得人事不知，那是一種醉法；有的人醉得躺在地上撒酒瘋，那也是一種醉法。而陶淵明呢，醉了之後還能夠寫詩，這又是一種醉法。他說是「既醉之後，輒題數句自娛，紙墨遂多。辭無詮次，聊命故人書之，以為歡笑爾」。

第五節　陶淵明之三

以前我們講過，陶淵明是能夠做到「自我實現」的一個人。然而我們說他的詩好，卻不僅僅因為這個。作為詩歌藝術，陶淵明的詩能夠寫出一種境界。「境界」，是王國維喜歡用的一個詞，很難作出確切的解釋，境界的第一層意思是兼指景物與情事，即外界的山青水秀、感情的悲歡離合等等。但境界還有第二層的意思，那就是你的精神或你的心靈的境界，它是透過現實中的景物情事來傳達的。如何判斷詩的好壞高低？《易經》上說「修辭立其誠」，真誠是創作的第一個根本。所謂「真誠」是指你的感受和體驗必須是真誠的，而不是虛偽的。但還不止於此，因為每個人都會有自己的感受和體驗，看見山就說是山，看見水就說是水，這就算是詩了嗎？不是的。當你的口耳鼻舌身這些感官接觸了外界事物之後，一定要在內心之中有一種感發，才能夠形成詩。就如鍾嶸《詩品序》所說的，「氣之動物，物之感人，故搖蕩性情，形諸舞詠」。一般的人對外物都有感受的能力，可是一般的人都能夠「搖蕩性情」嗎？有的人能，有的人不能。就算是都能夠「搖蕩性情」

了，在搖蕩性情之後所產生的那種感動，還有著品質和分量的不同。比如，同樣寫愛情，這愛情就有品質高下的不同；同樣寫感慨，杜甫對國家民生的那種博大的關懷，和有些人對一己得失利害的關懷，就有著範圍廣狹和數量大小的不同。那麼，我也「立其誠」了，我也真正感動了，我感動的品質也很高、範圍也很廣了，是不是就一定能夠寫出好詩了？還是不行。因為王國維說了，作為一個詩人，你不但要「能感之」，而且還要「能寫之」。就是說，把你內心之中那個「感發的生命」傳達出來，讓讀者也產生感發。陶淵明的詩之所以好，是因為他能夠用詩歌的語言和藝術的表達方法把他對生活和人生哲理的體驗傳達得很成功，他是「以感寫思」的。怎樣以感寫思？往往是借用形象。陶淵明所喜歡使用的形象，一個是鳥，一個是松，一個是菊。在使用松和菊兩個形象時，他的取義往往比較單純，松總是象徵著堅貞，菊總是象徵著貞秀；但在寫鳥的時候，他的取義就往往比較複雜。比如，在我們講的這首《飲酒》詩中，他寫的是一隻失群的鳥；在《歸園田居》裡他還寫過「羈鳥」，就是被人抓去養在籠子裡的鳥，他說那鳥永遠懷念它舊日所居的山林。這些鳥的形象所表現的是什麼意思呢？這就要聯繫到陶淵明的身世經歷了。

陶淵明的曾祖是東晉大司馬陶侃，曾平定過蘇峻等軍閥的叛亂，被封為長沙郡公。所以說，陶淵明是出身於一個仕宦的家庭。但古人一般是由嫡長子繼承爵位，而陶淵明雖然是陶侃的後人，卻是旁支的子孫，他的這個支系到了他這一代就沒落下來。他的父親很早就死去，所以他少年的時候生活十分貧苦。中國古人有一個觀念，認為百工各有自己的專職，而「士」的專職是以天下為己任。讀書人做官是為了完成自己治國平天下的理想，並不是為了賺錢。但孟子卻提出了新的說法，他說：「仕非為貧也，而有時乎為貧。」（《孟子・萬章下》）他說得很好，做官本來應該是實現理想的手段而不是掙錢的職業，但有的時候卻也可以把它當作一個掙錢的職業。什麼時候允許你這樣做呢？那就是在你「親老家貧」的時候，可以允許你為了得到一些俸祿孝養年老的父母而出來做官。陶淵明的第一次出仕就是為此緣故。史書上說他「以親老家貧，起為州祭酒」。可是過了不久，他就「不堪吏職，少日自解歸」（《宋書・隱逸傳》）。不少人都認為做官好，其實做官有時候是很不自由的，陶淵明忍受不了官場的虛偽，所以就辭官不幹了。史書上記載，說他此後又出來做過鎮軍參軍和建威參軍。「參軍」，是將軍手下參謀軍務的官職。這鎮軍將軍和建威將軍都是誰呢？《魏晉南北朝文學史參考資料》中有陶淵明的一首詩《始作鎮軍參軍經曲阿》，在這首詩的注解裡有一些考證，說有的人認為鎮軍將軍是劉裕，有的人認為是劉牢之。這兩個人都是當時的軍閥。我比較贊成前一個說法，因為從歷史上看，劉牢之從來沒做過鎮軍將軍，而劉裕是做過的。劉裕這個人本來是晉朝的大臣，後來卻篡奪了晉室天下，所以有些人認為，像陶淵明這麼高尚的人，怎麼能給劉裕這種叛逆之臣做事情？於是就不肯承認這個鎮軍將軍是劉裕。至於建威將軍，則指的是劉牢之的兒子劉敬宣。當時還有一個後來發動叛亂的人做過江州刺史，叫作桓玄。有些人考證，在桓玄做江州刺史時，陶淵明曾經為桓玄出使到東晉的首都建康。因為他的詩中有兩首題為《庚子歲五月中從都還阻風于規林》的詩，說的就是這次出使的事。由此可見，陶淵明也給桓玄做過事情。

我以為，陶淵明的第一次「出為州祭酒」固然是為了「親老家貧」，但他後來的這幾次出仕就不僅僅是為貧了，他很可能有過他的政治理想。我這樣說並非完全沒有根據，我們可以看他的一組《雜詩》之中的兩首：

白日淪西阿，素月出東嶺。遙遙萬里輝，蕩蕩空中景。風來入房戶，夜中枕席冷。氣變悟時易，不眠知夕永。欲言無予和，揮杯勸孤影。日月擲人去，有志不獲騁。念此懷悲悽，終曉不能靜。

憶我少壯時，無樂自欣豫。猛志逸四海，騫翮思遠翥。荏苒歲月頹，此心稍已去。值歡無復娛，每每多憂慮。氣力漸衰損，轉覺日不如。壑舟無須臾，引我不得住。前塗當幾許？未知止泊處。古人惜寸陰，念此使人懼。

在前一首中他說：太陽向西邊的山頭沉沒了，月亮從東邊的山頭升起來了。那月亮一升上來，光輝就普照整個大千世界。月光在閃爍，雲影在流移，一陣風吹入房內，半夜裡我覺得如此寒冷。氣候的改變，使我想起來現在已經是秋冬之際了。我心裡有這麼多感慨，又睡不著覺，所以就更加體會到白天已變得這麼短，夜已變得這麼長。我很想和一個人談一談，但是沒有人瞭解我，所以只能自己起來飲一杯酒。我是如此寂寞孤獨，陪著我喝這杯酒的只有我自己的影子。日月不斷地交替，寒暑也不斷地交替，日復一日，月復一月，年復一年，時光拋棄人是毫不留情的。我當年難道沒有一番理想和志意嗎？可是它們從來沒有得到過一個實現的機會。想到這些我內心是多麼悲哀，一直到天明，我的心都沒有平靜下來。你看，陶淵明何嘗沒有理想和志意？只不過他生不逢時，所以才「有志不獲騁」。

在後邊的一首裡他說：想當初我年輕的時候，根本就不知道什麼是煩惱。我曾經有過那麼高遠的志向，可是現在呢？歲月一天一天地過去，我已經逐漸衰老了。光陰的流逝實在是很可怕的一件事情啊！陶淵明的這一組《雜詩》共有十二首。從這一組詩裡，我們可以充分看到詩人老年以後回想生平的感慨，以及對人生短暫無常的悲哀。關於陶淵明年輕時的理想志意，我們還可以看他的一首《擬古》詩：

少時壯且厲，撫劍獨行遊。誰言行遊近？張掖至幽州。飢食首陽薇，渴飲易水流。不見相知人，惟見古時邱。路邊兩高墳，伯牙與莊周。此士難再得，吾行欲何求。

他說，我少年的時候有強壯的身體和剛強的意志，曾經帶著寶劍到處旅行。誰說我去的地方不遠？我曾經到過張掖，也到過幽州。張掖和幽州在哪裡？一個在甘肅，一個在河北，陶淵明實際上從來就沒有去過那些地方。這也是陶詩的一個妙處所在，他在這裡寫的是事象而不是事實。東晉的時候北方都被胡人佔領，可是他卻說自己提著寶劍到這些地方周遊過，這裡邊便有了一種精神境界的象徵，說明他當年確實有著一份相當遠大的志意。然而由於時代條件的限制，他的這一理想最終是落空了。當他的志意落空之後他說什麼？他說，我「飢食首陽薇，渴飲易水流。不見相知人，惟見古時邱」。這真是陶淵明很了不起的地方，他能夠把深摯的感情、對人生哲理的思考和藝術的形象結合起來，寫得真是很好。「首陽薇」代表的是誰？是伯夷和叔齊。「易水流」代表的是誰？是刺客荊軻。他難道真的到過首陽山，吃了那裡的薇蕨？難道真的到過易水，喝了那裡的流水？沒有這麼一回事。我們一般說，今天早晨你吃的麵包還是喝的咖啡？這都是指我們肉體上所需要的飲食，但陶淵明所說的，乃是精神上的飲食。他還寫過一首《詠荊軻》的詩，讚美荊軻說：「其人雖已沒，千載有餘情。」可見，陶淵明也不反對在被壓迫而不得已的時候採取刺客的手段。他說，荊軻雖然死了，但他在強大的敵人面前的那種反抗精神是永存的。由此，我們又可以看到陶淵明的另一面。如果命運真的給他一個機會，他又何嘗不想有所作為！桓玄做荊州和江州刺史時，東海沿岸發生了孫恩的反叛，桓玄曾經上表朝廷，請求討伐孫恩。陶淵明出使建康，也許就是去送請求討逆的表文，這當然是一件有利於國家的事情。可是桓玄這個人很有野心，後來也背叛了朝廷，還廢掉了晉安帝。於是，另一個軍閥劉裕就起兵討伐桓玄。當時劉裕是鎮軍將軍，曾有一度到過曲阿，即現在的鎮江附近。很可能陶淵明就是在這一段時候做鎮軍參軍的，因為當時的劉裕也是為國家起兵討逆。所以，陶淵明後來的這幾次出仕可能都不只是「為貧」，他未嘗不想為國家掃平叛亂，建立一番功業。甚至不止於平定南方變亂，而是連北方的失地也想要收復回來。

可是，陶淵明逐漸就發現了：桓玄是不可依靠的，劉裕也是不可依靠的，他們都是一些野心勃勃的軍閥，跟隨他們根本就不能實現自己的理想和志意。而且你要知道，一個讀書人如果一步走錯，有時候會遺恨終生。我們所講過的陸機和潘岳，都是因為一步走錯，結果就身死族滅，為天下所笑。陶淵明在一首《擬古》詩中說「行行停出門，還坐更自思」，又說「萬一不合意，永為世笑嗤」。在這「出處」之間，他是非常慎重的。在亂世之中，儘管他懷抱著「飢食首陽薇，渴飲易水流」的理想志意，可是有誰能夠理解他？有誰能夠幫助他實現那些理想和志意？「不見相知人，惟見古時邱。路邊兩高墳，伯牙與莊周」——我碰不到一個真正瞭解我的人，所看到的只有古人伯牙與莊周的墳墓。為什麼偏偏提出這兩位古人？他們的墳墓又代表著什麼意思呢？前文曾提到，俞伯牙善於彈琴，和鍾子期曾有過一段美好的遇合。莊子說，他和惠子也是一樣，自從惠子死後，再也沒有一個人能夠像惠子那樣和他針鋒相對地談話了，他從此失去了談話的對手。這真是一種很深刻的體驗和感慨。要知道，世界上有一個人能夠瞭解你，你能夠把自己心靈深處的真正感情心意談給他聽，那是很難得的一件事情。古人常說「人生得一知己死而無憾」，就是這個意思。陶淵明不但找不到一個人可以幫助他實現理想，而且連一個可以談一談的知音都沒有，所以他才慨歎古人的遇合，並且說，「此士難再得，吾行欲何求」。他幾次出來做官，未必不是試圖尋求實現他的理想，可是他每次出來都是過了不久就回去了。因為不管是桓玄還是劉裕，不管是劉牢之還是劉敬宣，都不是他理想中的知音之人。總之他一踏入官場馬上就覺得不對，不但看不到實現理想的道路，而且看到的都是貪贓枉法和以權謀私。所以他才要退出這骯髒的官場，才寫了「羈鳥戀舊林，池魚思故淵」，寫了「栖栖失群鳥，日暮猶獨飛」。陶淵明還有幾首四言詩寫的也是歸鳥，這些鳥的形象，也都包含有一種象喻的可能性。

我們已經對陶淵明的身世、經歷和思想作了一些介紹，在簡單瞭解了這些情況的基礎上，現在我們就回過頭來接著看《飲酒》詩的「栖栖失群鳥，日暮猶獨飛」。「日暮」，本來應該是鳥兒歸林的時候了，然而這隻失群之鳥卻還沒有找到一個棲身之處。這使我們聯想到：沒有一個人是生下來就能夠達到「自我實現」的，這其中必然要經歷一個過程，而這個過程之中可能會有很多的徘徊、彷徨、悲哀和失望。「徘徊無定止，夜夜聲轉悲」，「徘徊」與「彷徨」的意思是相近的，他說這隻失群鳥還不只是徘徊了一夜而已，它是夜夜都在徘徊，而且叫聲一夜比一夜更悲哀。到底應該怎樣去實現自己的理想？是依附於桓玄？還是劉裕？還是劉牢之？他們都不是與我志同道合的人！古人說，言為心聲。一個人說什麼話，他的心裡就有著什麼樣的感情和思想，這是絕對不錯的。不但人如此，鳥也如此，有時候我們可以從它的聲音中聽出它的歡喜或恐懼來。我家院子裡有一棵樹，樹上有個鳥巢。有一天晚上我聽到鳥的叫聲一反常態，叫得十分可怕，我趕快跑出去一看，原來有一隻貓蹲在樹下盯著那個鳥巢！所以我們可以想像，「厲響思清遠，來去何依依」的「厲響」，那是一種帶著多麼激烈感情的高亢的叫聲。從鳥的聲音可以聽出來，牠是在嚮往一個理想的地方，一個真正清白的所在。而且，牠是懷著一種很強烈的歸向依戀的感情去尋求這個所在的。接下來詩人說：「因值孤生松，斂翮遙來歸。」「松樹」，代表能夠忍耐嚴寒風雪打擊的一種力量；而「孤生松」，則更代表著非同一般的膽氣。這隻鳥，牠經過如此疲勞艱難的飛翔之後終於選定了這松樹作為託身之所。牠從高高的空中斂起翅膀徑直向這棵松樹落下來，願意把自己的整個生命交託給這棵松樹，今後無論需要付出多麼高的代價也不會再離開它——

託身已得所，千載不相違。

陶淵明所選擇的是什麼？這棵松樹所代表的是什麼？當然我們可以說它代表田園躬耕歸隱的生活。但這是一個太現實的說法，並不能準確地概括陶淵明的選擇。事實上，這是他在精神上所找到的一個能夠安身立命的所在，有了這個所在之後，他就再也不徘徊，再也不彷徨了。不同的詩人，有不同的個性。南唐詞人馮正中對人生苦難悲哀的態度是執著的、不能放棄的。而宋代詩人歐陽修和蘇東坡，對人生則分別保持著一種遣玩的意興和曠達的襟抱。然而他們都沒有找到一個解決的辦法，歐陽修和蘇東坡也只是把人生的苦難悲哀推遠了一步，不像馮正中那樣沉溺於其中而已。在古今詩人之中，能夠直接面對人生的悲哀苦難，而且真正找到了一個解決辦法的，只有陶淵明。當然，他也不得不為自己所選擇的這條道路付出了勞苦飢寒的代價。

第六節　陶淵明之四

我們前文講到陶淵明的幾次出仕：第一次是起為州祭酒，那是因為母老家貧而出仕的。但後來他又曾做過鎮軍參軍和建威參軍，還有一度曾經為桓玄出使建康。我以為，這幾次出仕他都是懷有某種理想的。劉裕和桓玄雖然最終都做了叛逆的事，但從當時的情況看，桓玄要平定孫恩的叛亂，劉裕要討平桓玄的叛亂，畢竟還是一種忠義的表現。所以陶淵明當時為他們做事，也許是希望借此機會為國家的安定太平盡上自己的一份力量。可是，桓玄和劉裕的所作所為很快就讓他失望了。他一接觸到那個黑暗腐敗的官場環境，馬上就意識到他個人對此是無能為力的，所以他有一度就躬耕歸田了。可是他最後又有一次出仕，大家都知道，那就是他做了彭澤縣的縣令。這一次，他又是為貧而仕。關於這一次出仕的原因，我們可以看他的《歸去來兮辭》的序文：「余家貧，耕植不足以自給。幼稚盈室，缾無儲粟。」陶淵明的小孩子很多，他曾寫過一首《責子》：「雖有五男兒，總不好紙筆。」說這五個兒子都不喜歡念書，使他心裡很煩悶，只好以酒解憂。既然家裡有這麼多人口，又沒有糧食吃，所以親友們就勸他出來做官。他說：「於時風波未靜，心憚遠役，彭澤去家百里，公田之利，足以為酒，故便求之。」因為當時有很多戰事，他不願意到太遠的地方去做官。彭澤縣離他的家很近，縣裡邊有公田，公田的收穫還可以釀點兒酒喝，所以他就要求做了彭澤縣令。你看，陶淵明說得多麼坦白！他對官場早已失望，知道那不是可以實現理想的地方，所以這一次出仕，只是想做上一年的官，存一點兒錢，秋天糧食收穫的時候再釀一點兒酒，就辭官不做了。可是事實上他並沒有做滿一年，只做了八十多天就辭官而去。為了什麼原因呢？他自己的解釋是：「尋程氏妹喪于武昌，情在駿奔，自免去職。」因為他的妹妹在武昌死去了，他要去為她料理喪事，所以才辭官的。但事實上卻並非如此。《宋書・隱逸傳・陶潛》上說，是因為「郡遣督郵至縣」——上邊派了一個督郵到縣裡來視察。在中國官場中，上邊派人下來視察，並不檢查你真正的政績，只要你請他吃飯喝酒，送給他紅包，他就在上司面前說你的好話；如果你沒有把他打點好，他到上邊就不知會給你打出什麼小報告，讓你倒楣。這種小人本來是君子所不齒的，可是按規矩，縣令應該「束帶見之」，就是說，必須穿上官服，很恭敬地去拜見他。於是陶淵明就說了他那句很有名的話：「我不能為五斗米折腰向鄉里小兒！」即日就「解印綬去職」。所謂「五斗米」，並不是說當時縣官的俸祿只有五斗米，他的意思是：我不能為了吃一碗飯而向貪贓枉法的小人卑躬屈膝！試想，如果你明明知道這個人品質卑下，劣跡昭彰，但在官場中他是你的上級，你必須事事服從他的指揮，這是一種什麼滋味？陶淵明認為這種事情是無法忍受的，所以他馬上就辭官不做了。

講到這裡我想起來，有人曾問我，像陶淵明這樣的做法是否過分消極了？我以為，有些事情不能夠一概而論。我曾提到馬斯洛的「自我實現」的理論，這位西方哲學家還曾經把「自我實現」分成兩種類型：一種是「超越型」的自我實現，另一種是「健康型」的自我實現。「超越型」的自我實現是脫離社會的，而「健康型」的自我實現是不脫離社會的。這本是一種西方近代哲學的理論，可是如果你能夠脫離外表的局限認真進行思索反省的話，你就會發現，其實我國古人有的對這兩種

「自我實現」境界也早已有所認識，只不過他們沒有發明「自我實現」這個名詞而已。在中國古代有所謂「聖者」，可以說，「聖者」就是達到了「自我實現」境界的人。孟子曾經說，商周之際的伯夷是「聖之清者」，夏商之際的伊尹是「聖之任者」。因為，伊尹不管君主是商湯還是夏桀，只要對老百姓有好處，誰用他，就為誰做事，他是把完成自己與完成社會結合在一起的。而伯夷寧可餓死首陽，也不肯為周武王做事，他的自我完成是脫離了社會的。如果說伊尹屬於「健康型」的自我實現，那麼伯夷就屬於「超越型」的自我實現了。佛教講究「證果」，那實際上也是一種自我實現。佛教的證果也有兩種，有的人證「阿羅漢果」，有的人證「菩提果」。「阿羅漢果」屬於「超越型」的自我實現，因為證果之後就完成了自己，不再轉入「輪迴」了。「諸佛菩提果」則屬於「健康型」的自我實現，因為證諸佛菩提果的人，他的志願是「覺有情」，就是使有情之人都能得到覺悟。為什麼是「有情之人」？因為，只有有情之人才更深刻地認識人生的痛苦，才迫切地需要得到覺悟和解脫，也只有有情之人才有敏銳的心靈和感受，才有覺悟的靈性。由此可見，證「諸佛菩提果」的人，他自己的完成總是和社會、眾生聯繫在一起的。所以地藏王菩薩說，「我不入地獄誰入地獄」，又說「我不度眾生誓不成佛」。

以上我是透過儒家和佛教的例子來說明「自我實現」的不同類型，也許說得還不是很明白。現在我再舉一個更通俗一些的例子來說明這個問題。杜甫說，「固惟螻蟻輩，但自求其穴」（《自京赴奉先縣詠懷五百字》），你看那地上的螞蟻，一天到晚只知道往自己的洞穴裡拖食物。記得我很小的時候，喜歡蹲在地上看螞蟻打架，牠們分成兩隊，像在真的戰場上一樣，打得死傷狼藉，打架的原因可能是為了爭奪一些食物。一般人的生活也與此相似，他們只知道物利的爭逐，就像那些在地上爬行的螞蟻一樣。當然了，在前面我也說過，穿衣吃飯是一個人最基本的需求。陶淵明也說過「人生歸有道，衣食固其端」（《庚戌歲九月中於西田獲早稻》），如果你沒有飯吃，沒有衣穿，餓都餓死了，還講什麼「道」？這本來是不錯的。可是，人家陶淵明不是還說過「傾身營一飽，少許便有餘」（《飲酒》）嗎？你一天能吃幾碗飯？何必貪心無厭，甚至出賣自己的身體和靈魂去換取那些你實際上並不需要的東西？好，現在就有那麼一些有覺悟的人明白了這一層道理，因此他們不再像大多數人那樣在地上爬行，而是展翅飛起來了。其實，莊子在《逍遙遊》裡所寫的鯤鵬就是這樣一個比喻。他說北海有一條大魚，其名為鯤，化而為鳥，其名為鵬。鯤化為鵬之後，就離開它原來所在的北海，飛向更遠的南海。那麼，這少數有覺悟的人飛起來之後呢？我以為，飛起來之後他們還可以再分為三種類型，第一種是自命清高——你們看我多麼不凡，你們都在我的腳下，都是骯髒齷齪的；第二種是所謂「和而不流」——我仍然跟大家一樣生活，只不過我有我自己的操守，絕不會隨波逐流或同流合污；第三種人是最高尚的——我自己雖然飛起來了，可是怎麼能看著大多數人依然過那種爬行的生活？我要回到地面上盡自己的努力，讓更多的人也飛起來。這最後一種也就是佛家所說的「菩提果」，或者是西方所說的「健康型」的、不脫離社會的自我實現。話雖然如此說，但做起來很難，因為人是沒有辦法脫離自己所處的時代的。儘管你不自命清高，也不只顧潔身自好，儘管你也想落下地來教會大家一起飛，可是時代允許你嗎？很可能你剛剛落下來，還沒有教別人飛呢，自己就先被踩死了。所以說，發願由人，而這願望能否完成就不盡由人。在不如意的情況下你怎麼辦？由此就有了勇於進和勇於退的兩類人，而陶淵明在本性上就屬於勇於退者。由於時代的限制，他斷然選擇了退隱的道路。然而當他做出了這樣的選擇之後，那沒有完成的志意畢竟是一種遺憾，所以他才說「氣變悟時易，不眠知夕永」（《雜詩》），才說「日月擲人去，有志不獲騁」（同上）。因此我以為，我們瞭解陶淵明，必須從這樣幾個層次來全面地瞭解，而不是片面地只看他消極的一面。

我在講陶淵明的時候，大多是在講他的為人。那麼講詩是否可以用這麼多的篇幅來講人呢？

這就涉及文學批評上的爭論。當西方現代派的文學批評流行的時候，他們認為詩是獨立存在的，講詩就應該講詩的本身，至於作者的身世經歷、思想意識等，那都是無關緊要的東西。可是後來西方又有了一種更新的文學批評叫作criticism of consciousness（意識批評）。這種文學批評非常強調consciousness（意識）在作品中的重要性。其實所謂重要，並不是consciousness本身重要，而是因為它包含了詩歌中那種感發的生命。我說過，詩要傳達出一種感發的力量，而這種感發力量的大小一定與作者那感發生命的品質有密切的關係。對於陶淵明這個作者就是如此，如果我們不瞭解他的人，也就難以欣賞他的詩。但是我還說過，詩人與一般人的不同就在於，他不但「能感之」，而且還「能寫之」——能夠把自己的感發傳達給讀者，使讀者在讀了作品之後也產生感發。這就要從詩的藝術方面來講了。西方現代派的文學批評所重視的，是作品中的形象，此外還有作品的結構、章法和句法等等。那麼陶詩在這些方面表現如何呢？我們已經講過《飲酒》詩的「栖栖失群鳥」。那一隻鳥的形象，不是寫得很真切感人嗎？在那首詩裡，作者把他自己的感情和生命都賦予了這隻鳥的形象。那首詩採取了平敘的結構，從鳥的日暮獨飛寫到牠的徘徊、牠的來去依依，寫到牠終於找到一棵松樹作為自己的託身之所，寫到牠決心永遠不再離開，順序推展，寫得很有次序。可是陶淵明只會用這種平敘的方法嗎？不是的。所謂「質而實綺，癯而實腴」，其實不但包括了思想內容的豐富複雜，也包括了藝術方法的豐富複雜。有的人學了很多詩歌寫作方法，總結了一大堆寫作程式，但心中卻毫無感發，那是一點兒用處也沒有的。陶淵明寫詩從來沒有一個固定的文學程式，他內心的情思意念怎樣活動，就按照怎樣的層次把這種情思意念的活動傳達出來。這就如同蘇東坡所說的，「大略如行雲流水，初無定質，但常行於所當行，常止於所不可不止」（《答謝民師書》）。那麼，我們現在就來看陶淵明另外一首詩，看他的情思意念是怎樣活動的。這首詩就是《詠貧士》中的第一首（《詠貧士》是陶淵明的一組詩，一共有七首）：

萬族各有託，孤雲獨無依。曖曖空中滅，何時見餘暉。朝霞開宿霧，眾鳥相與飛。遲遲出林翮，未夕復來歸。量力守故轍，豈不寒與飢？知音苟不存，已矣何所悲。

我先要補充說明一下，在中國詩歌裡有的詩是組詩，因此存在著一個有沒有固定排列次序的問題。有一類組詩本身排列有固定的次序，不能隨意顛倒或刪選，因為這一組詩形成了一個感發的生命，如果你任意選其中的幾首或刪掉其中的幾首，那就如同砍掉了人的一條胳膊或一條腿，感發的生命就不完整了。這一類組詩的典型代表是杜甫的《秋興八首》。但還有一類組詩與此不同，例如阮籍的八十多首詠懷詩，我曾經說過，其中只有第一首的位置是固定的，其他那些首的次序不必固定。還有前邊講過的陶淵明的《飲酒》詩，除了第一首和最末一首的位置是固定的之外，中間那些首的次序也不一定不能顛倒。現在要講的這一組《詠貧士》與此類似，其中只有這第一首的位置不可改變，其他六首的次序也不是不可以顛倒的。

陶淵明為什麼要詠貧士？探討起來那就很微妙了。我們說，陶淵明是人生之中的強者。因為，按照西方哲學家馬斯洛的說法，每個人都有生存的需求和歸屬的需求。但陶淵明卻脫離了自己原來所歸屬的階層，而且要忍受飢寒和勞苦，為的是走自己所選擇的路。他把生存的需求和歸屬的需求都放在一邊，而去追求那最高層次的「自我實現」的需求，如此行為，說明他當然是一個強者。可是話又說回來，他難道真的就沒有生存的需求和歸屬的需求了？我曾提到他在《與子儼等疏》中說「但恨鄰靡二仲，室無萊婦，抱茲苦心，良獨悃悃」，這難道不是出於歸屬的需求？魯迅能夠「躲進小樓成一統」（《自嘲》），那畢竟是一種幸福，因為儘管別人都不理解他，卻還有他的妻子能夠理解他。而陶淵明就連鄰居和妻子都不理解他，當然比魯迅更寂寞更痛苦。不管是如何偉大的強者，也不可避免有他軟弱的一面。當一個人飢寒交迫而且孤立無援時，他不會不渴望尋求一種支持自己堅持下去的力量。陶淵明歸隱之後，「夏日長抱飢，寒夜無被眠」（《怨詩楚調示龐主簿鄧治中》），春夏之交舊穀已盡新穀未登的時候常常沒有飯吃，冬天寒冷的夜晚沒有被子蓋。連他的妻子兒女都埋怨他，說你為什麼要讓我們過這樣苦的生活？在這種時候，他到哪裡去尋找支持自己的力量？只有到古人之中去尋求。這也就是他寫《詠貧士》的原因所在。要知道，為保持人格、完成自我，而不惜付出飢寒交迫的代價的，在我們民族的歷史上並不乏其人。在《詠貧士》這一組詩中，第一首是總起，後邊的幾首所寫的都是我國歷史上甘居貧困的亮節修身之士。從這個角度來看，陶淵明並不孤獨，他是歸屬於這一群人的，他在他們那裡找到了精神上的理解和安慰。

我在前邊講過的「栖栖失群鳥」那首詩，有一個鳥的形象作為主線，詩人的感發是沿著這條主線一步一步順序進行的。而這首「萬族各有託」就不同了，它的形象不是一個而是三個，詩人的感發是跳躍進行的。你看：「萬族各有託，孤雲獨無依。曖曖空中滅，何時見餘暉」寫的是雲；「朝霞開宿霧，眾鳥相與飛。遲遲出林翮，未夕復來歸」寫的是鳥；「量力守故轍，豈不寒與飢？知音苟不存，已矣何所悲」寫的是貧士。從孤雲到貧士，他有三層的轉折跳躍。陶淵明是故意這樣寫嗎？不是。因為他心中的情思意念顯然也在沿著這樣的軌道跳躍流動。他此時所寫的，正是心中流動著的那種寂寞孤獨的感覺。這正如陳師道在《後山詩話》中所說的——「淵明不為詩，寫其胸中之妙耳」！

第七節　陶淵明之五

到現在為止，我們已經講了陶淵明的《飲酒》詩，也看了他的《雜詩》、《擬古》詩和《詠貧士》。這些都是組詩，每一組詩都有自己的主題。《飲酒》詩所考慮的都是仕與隱的問題；《雜詩》講的是人生的短暫無常；《擬古》詩則涉及對人世滄桑、興亡易代的悲慨。三十年前我在台灣曾寫過一篇論陶詩的文章，題目叫作《從「豪華落盡見真淳」論陶淵明之「任真」與「固窮」》，在那篇文章裡我提到陶淵明安身立命的兩個重點：一個是「任真」的品質；一個是「固窮」的持守。一個人能夠永遠保持本性的真淳是很不容易的，還不要說忠實真誠地對待別人，有的人連對待自己都不忠實不真誠，他們為了種種現實的利害關係，往往一再降低自己的標準，改變自己的理想。但陶淵明不是，他寧可為堅持自己的理想與標準而付出飢寒交迫的代價。那麼，陶淵明之所以能夠脫出人生的種種困惑與矛盾，而在精神與生活兩方面都找到可以託身不移的止泊之所，他所依賴的基礎是什麼？我以為，他在精神方面的支柱就是那種「任真」的品質，在生活方面的支柱就是那種「固窮」的持守。在前文我也講到了，人畢竟是軟弱的，當你用你的肉體和精神忍受著飢寒勞苦和寂寞孤獨的時候，不但天下沒有一個人理解你，甚至你身旁的親人也跟著別人埋怨你、反對你，你怎樣保持你的勇氣？你當然渴望尋求一個支持你的力量。《詠貧士》就是陶淵明向古人之中去尋求這種力量的一個嘗試。在古人之中，他找到了那些「固窮」的知音。

上一節我們還說過，在「萬族各有託」這首詩中，詩人的感發是跳躍進行的，不像「栖栖失群鳥」那樣一步一步有次序地進行。那麼跳躍進行是不是就亂了章法呢？不是的。詩人在跳躍之中仍然有他的章法，在表面的不連貫之中存在著精神上的連貫。首先，「萬族各有託」和「孤雲獨無依」兩句，是在對比之中寫出了一個「孤雲」的形象；「曖曖空中滅，何時見餘暉」兩句，是進一步描寫這個孤雲的形象。下面「朝霞開宿霧」四句，又是在與「眾鳥」的對比之中寫出了一個「孤鳥」的形象。從表面看起來，後四句好像是離開前四句的內容跳出去了；其實，「朝霞」、「宿霧」仍然是從雲的系統承接下來的。詩人感發的軌跡是：從「萬族」到「孤雲」，從「孤雲」到「眾鳥」，然後又從「眾鳥」到遲遲出林的「孤鳥」。這隻孤鳥與眾鳥不同，它不貪求食，很晚才從林子裡飛出來打食，天還沒有黑就又飛回了林子。於是，這個「未夕復來歸」的孤鳥就又與「量力守故轍」的貧士有了相似之處。所以你們看，孤雲、孤鳥和貧士雖然是三個不同的形象，但在品質上是相近的，當它們集中到一起時，自然就能夠產生一種感發的力量，而這種感發的力量就在結尾的「知音苟不存，已矣何所悲」兩句中突出地表現出來。它不是空洞的說理，而是詩人的精神、人格透過藝術形象的再現。說到利用感發過程中品質相近的形象來形成章法上的連貫，我還可以舉晚唐詞人溫庭筠的一首《菩薩蠻》中的句子為例。溫庭筠說：「小山重疊金明滅，鬢雲欲度香腮雪。」「小山」，其實就是指的屏風。那麼為什麼不直接說「屏風」卻說「小山」呢？因為，「小山」這個詞所取的重點，並不在現實之中具體的屏風，而在那個重疊曲折的美麗形象。接下來的「鬢雲」和「香腮雪」也是如此，他不說「烏雲般的鬢髮」或「雪一樣的香腮」，而說「鬢髮的烏雲」、「香腮上的白雪」。那是因為，雲、雪、山都不是室內的東西而是天地間大自然景象，所以這種品質上的相近就使得一個個看起來好像沒有什麼關聯的美麗形象在章法和精神上連貫起來，並且與現實拉開了一段審美距離，給讀者留下想像的餘地。這種寫法，也是在形象的跳躍之中保持著感發的連貫性。

陶淵明的七首《詠貧士》，除了這第一首是總寫他心靈思想上的這個根基之外，後邊幾首所寫的都是古代有名的那些貧士及他們的作為。總之他讚美這些貧士說，「何以慰吾懷，賴古多此賢」，還說，「誰云固窮難？邈哉此前修」。這說明他在古人之中終於找到了自已的知音。從眼前看，儘管人們都在使用種種卑鄙手段爭逐物利，但人類真的就如此墮落敗壞，毫無希望了嗎？並非如此的。回顧歷史的長河之中，畢竟還有那麼多光點在閃爍，還有那麼多人畢生追求美好的品格和理想。想到這些，飢寒勞苦算得了什麼？別人不理解又算得了什麼？所謂「貧富常交戰，道勝無戚顏」，古人的榜樣給了詩人在寂寞孤獨和貧寒困苦之中堅持下去的巨大力量，使他在精神上成了一個真正的強者。

陶淵明的《讀山海經》又是一組詩，共有十三首，其中的第一首「孟夏草木長」我在前面已經講過，但那時我所著重的乃是以這首詩為例來介紹陶淵明在歸田之後所得到的田園生活的樂趣。而現在，我要就這一組詩對陶詩的複雜性和豐富性作進一步的分析。陶詩看起來簡單，其實並不簡單。打個比方來說，你所看到的太陽光是很簡單的白色的光，但實際上那是由紅、橙、黃、綠、青、藍、紫七種顏色的光結合而成的。「日光七色，融為一白」，這恰好用來形容陶詩的風格。在這首「孟夏草木長」中詩人說「歡言酌春酒，摘我園中蔬」，說「俛仰終宇宙，不樂復何如」，他真的僅僅是「歡言」，僅僅是「樂」嗎？並非如此而已，他的「樂」中帶有一種悲哀，「歡言」中帶有一種憤慨，他自己在另一首詩的序中也說過「偶景獨游，欣慨交心」（《時運》序）的話足以為證。所謂「汎覽周王傳，流觀山海圖」，「周王傳」指《穆天子傳》，「山海圖」就是《山海經》。這並不是很偏僻的書，不少人都讀過。可是你讀這兩部書時所感所得的是什麼？晚唐詩人李商隱寫過一首《瑤池》，就取材於《穆天子傳》中周穆王西遊崑崙遇西王母的故事，我們來看一看他透過這個神話故事產生了什麼樣的悲哀感慨：

> 瑤池阿母綺窗開，黃竹歌聲動地哀。八駿日行三萬里，穆王何事不重來？

第一句寫得真是很美，「瑤池阿母綺窗開」——在那遙遠的神仙世界，西王母打開了美麗的綺窗，她在等待塵世間的周穆王，希望他能夠到她的神仙世界中去。可是你看接下來的第二句是什麼——「黃竹歌聲動地哀」。當周穆王駕著八匹駿馬的車到西方去的路上經過黃竹，這裡到處都是凍餓而死的屍體，到處都是老百姓悲苦的呻吟。你想到天堂去當然很好，可是你把人世間都安排好了嗎？這真是詩人悲天憫人的心腸，他說，穆天子你空有日行三萬里的駿馬，可是無法帶上那些水深火熱的生靈，所以你自己也就永遠不能回到遙遠的神仙世界中去了。天下的文章，有時候你可以把它們打成一片。大家都看過陶淵明的《桃花源記》，說的是武陵有一個打漁人，駕著小船找到一個山洞，那裡邊有良田、美池、屋舍和桑竹，沒有戰爭，也沒有飢餓和痛苦，從黃髮的老人到垂髫的童子，全都「怡然自樂」。漁人在那裡住了幾天，離開時一路上處處做了記號，希望將來再回到這個美好的地方。可是等到他下次再來的時候，他做的記號都沒有了，再也找不到那條去桃花源的路了。南陽有一個名叫劉子驥的人，知道此事後也想去尋找這個地方，但不久就病死了，終於沒有去成。寫到這裡陶淵明說了最悲哀的一句話——「後遂無問津者」。一個美麗的理想，不管實現起來如何艱難，但只要還有人在努力追尋，就存在著實現的希望。但如果連做這種嘗試的人都沒有了，那麼人類就真的沒有希望了。所以你看，「後遂無問津者」，與「穆王何事不重來」，那種感慨是多麼相似！

讀書，要看你怎樣讀。同樣的一本書，不同的人讀起來深者見其深，淺者見其淺，仁者見其仁，智者見其智。一般人讀《山海經》也許只看到那些奇禽異獸，覺得很好玩。可是你看陶淵明讀《山海經》所見到的是什麼？他說：「精衛銜微木，將以填滄海。刑天舞干戚，猛志固常在！」「精衛」是一種鳥的名字。《山海經》裡說，當初炎帝的小女兒遊於東海，溺死在海中，就變成了精衛鳥。牠每天都叼著陸地上的小樹枝、小石子丟到海裡，想要把大海填平。這意味著什麼？李商隱《寄遠》說，「何日桑田俱變了，不教伊水向東流」。水向東流，本來是不可挽回的事情。可是，什麼時候能夠挽回那不可挽回的災難？什麼時候能夠填平那人世間的不平？這種看起來不可能做到的事情，卻代表著人類的意志和願望，代表著一種不可被征服的信念。「刑天」也是《山海經》裡的故事，說是它得罪了天帝，被天帝斬首，因此就沒有了頭。但它不肯死去，把胸部的乳房變成了眼睛，把肚臍變成了嘴，兩手舞著盾和斧，還要繼續和天帝鬥爭。這也是一個堅持自己的意願、死也不肯甘休的形象。在《讀山海經》的最後一首裡，陶淵明從神話寫到了歷史。他說，當帝王的必須慎於使用人才，所以，舜帝才廢掉了共和鯀。「共」，是共工，就是那個頭觸不周山，使天柱折、地維缺的共工；「鯀」，相傳是大禹的父親，曾盜了天帝的息壤來治水，但終於失敗了，被舜所殺。這當然還是神話，可接下來他就寫到了歷史——「仲父獻誠言，姜公乃見猜」。「仲父」，指管仲；「姜公」，指齊桓公。管仲輔佐齊桓公成為春秋霸主，他在臨死時對齊桓公說：「有三個人你是絕對不能用他們的，那就是易牙、開方和豎刁。」但管仲一死，齊桓公就忘了他的話。這三個小人最會逢迎拍馬，所以齊桓公就寵信和任用他們，結果使得齊國大亂。大家都在外邊爭奪王位，病重的齊桓公被關在宮裡，想喝一口水都沒人給他拿，死後也沒有人給他收葬屍體，以致長滿了蛆，一直爬到門外。所以陶淵明說，「臨沒告飢渴，當復何及哉」——你自己不小心用錯了人，等到臨死時才明白，那就太晚了！因此你們看，陶詩真的是很難講。你不能斷章取義只講他的「俛仰終宇宙，不樂復何如」，因為在這同一組詩裡他還有結尾的「臨沒告飢渴，當復何及哉」。他的「樂」裡邊不無憤慨，他的超脫裡邊也不無關懷。我曾說過，有的人勇於進，有的人勇於退。但決定你進還是退，除了本人性格的因素之外，還有外在環境的因素。陶淵明的身分地位決定了他不是那種有權有勢有力量左右政治的人物，只能依附那些有實力的人士來實現自己的理想，因此他曾給桓玄做過事，也給劉裕做過事，但桓玄和劉裕這些野心家們沒有一個真正以國家和百姓為念，這實在是很令人寒心的事情。陶淵明是在做過了進的嘗試之後才選擇了退的。所以，他那種對時事對政治的憤懣之情有的時候就從詩裡邊流露出來。

關於陶淵明的作品，不少人認為《歸去來兮辭》是最好的一篇。可是我實在要說，在中國所有的作家之中，只有陶淵明一個人可以說是沒有一篇作品不好。其他那些作者，不管名聲多麼大，作品多麼高明，你總能在他的集子裡發現有一兩篇或者一兩句中有虛浮的、不夠真誠的地方。包括大詩人李白、杜甫都不免於此。但只有陶淵明的詩和文，你找不到他一點兒虛浮的所在。所以辛棄疾才說他「千載後，百篇存，更無一字不清真」（《鷓鴣天》「晚歲躬耕不怨貧」）。然而，都好並不等於都一樣。陶淵明作品的內容是十分複雜的，在不同的作品裡他往往表現了他自己各個不同的方面。因此，如果拿《歸去來兮辭》和《飲酒》詩相比較，我覺得，《歸去來兮辭》雖然也很好，但它所表現的只是對田園生活的嚮往，內容比較單純：《飲酒》詩則寫了他歸田之後有人請他復出，由此而產生的種種矛盾以及對人生的思考，所以內容更為豐富複雜。當然，這只是我個人的看法，提出來供大家參考。

第八節　陶淵明之六

到現在為止，我們基本上已經把陶淵明講完了。我們已經知道，恬靜和消極並不是全部的陶淵明。陶淵明有他的快樂和自得，也有他的悲哀和憤慨，甚至他也有過用世的志意，做過積極的嘗試。可是總的來說，我們前面所講的，還是比較偏重於精神道德的這個方面，其實陶淵明在其他方面也是很豐富的。為了更全面地瞭解這位複雜的詩人，我們再講一首他的四言詩《時運》。在《詩經》之後，漢魏兩晉之間雖然也有一些作者寫四言詩，但其中寫得最好的只有曹操和陶淵明。陶淵明一方面繼承了前人的藝術成就，一方面又有自己的開拓。四言詩《時運》在形式上就是摹仿《詩經》的，但在內容和風格上卻與《詩經》完全不同：

時運，游暮春也。春服既成，景物斯和，偶景獨游，欣慨交心。

邁邁時運，穆穆良朝。襲我春服，薄言東郊。山滌餘靄，宇曖微霄。有風自南，翼彼新苗。

洋洋平澤，乃漱乃濯。邈邈遐景，載欣載矚。稱心而言，人亦易足。揮茲一觴，陶然自樂。
延目中流，悠想清沂。童冠齊業，閒詠以歸。我愛其靜，寤寐交揮。但恨殊世，邈不可追。
斯晨斯夕，言息其廬。花藥分列，林竹翳如。清琴橫床，濁酒半壺。黃唐莫逮，慨獨在余。

這首詩的前邊有個小序，摹仿的是毛詩。因為毛詩的每篇詩前邊都有一個小序，是注釋者對這首詩的簡單說明，例如第一首《關雎》的小序，「關雎，后妃之德也……」。另外，這首詩的題目取首句的兩個字「時運」，也是摹仿《詩經》的形式，例如《關雎》的首句是「關關雎鳩」，《桃夭》的首句是「桃之夭夭」等。陶淵明這個短短的小序寫得很好。當暮春三月的時候，天氣漸漸暖和了，厚重的冬衣也該換下去了，這正是春遊的好時候。「春服既成」出於《論語》，孔子有一次讓他的學生們各言其志，別人都說了一大堆治國安邦的志願，只有曾皙很瀟灑地說，他的志願是「莫春者，春服既成，冠者五六人，童子六七人，浴乎沂，風乎舞雩，詠而歸」（《先進》）。所謂「春服」，應該是很輕軟而且顏色很鮮明的衣裳，換上春服，就同時把寒冬那種深暗厚重的感覺也卸下來了，從而產生一種春意萌發的快樂心情。用這樣的心情去看外邊的景物，景物也變得那麼諧調、那麼美好。陶淵明和曾皙他們不同的是，他沒有冠者和童子陪伴，而是「偶景獨游」——跟隨他的只有影子。所以，此時他的心中既有對美好景物的愉悅，也有孤獨的悲慨。陶淵明的這首四言詩主要是寫景的，我們欣賞這首詩，一方面是為了更全面地瞭解陶淵明，另一方面也是為了過渡到大謝。因為我在下一節就要開始講謝靈運了。我們可以看到，都是寫大自然景物，而且都是生活在同一個時代，但由於詩人的性格和修養不同，他們的詩也大不相同。前人評論說，陶淵明所寫的景物，是雅人心中的勝概。什麼叫作「雅人心中的勝概」？就是說，他所寫的並不只是對景物外表的刻畫，而是看到景物之後他自己內心的所得。那是一個具有美好修養的高雅之士對美好景物的反應，是美好心靈之中的一種美好境界。現在我們就來看他是怎樣寫出心中「勝概」的。

「邁邁時運，穆穆良朝」，兩句話用了四個疊字，這也是受《詩經》的影響。「邁邁」有邁步而行的意思，如果就現在而言當然是前進，但如果對過去而言那就是消逝了。所以「邁邁時運」的意思是：春夏秋冬四時光陰永遠處在前進和消逝的變換之中，永遠不會停留下來。「穆穆」是和美而恬靜，他說在四時的運行之中，美好的春天又來到了，在和美而恬靜的春日清晨，我披上春天的衣服，到東郊去遊春。「薄言東郊」的「薄」，有迫近的意思；「言」，也是《詩經》裡常用的一個語助詞。「山滌餘靄」是說，太陽一出來，籠罩山巒的霧氣就都散開了，青山像剛剛用水洗過一樣鮮明。「宇曖微霄」是說，天空中光影迷濛，流動著薄薄的一層雲彩。「有風自南，翼彼新苗」的「翼」字，本來是翅膀的意思，是名詞。但現在詩人把它用作動詞，表現柔嫩的秧苗在和風吹拂下好像長了翅膀在飛動的樣子，真是傳神極了。

這首詩的第二段說，「洋洋平澤，乃漱乃濯。邈邈遐景，載欣載矚」。水流有不同的形式，有從高山沖瀉而下的瀑布，有從峽谷奔騰而出的激流，而「洋洋平澤」則是一片平緩而流動著的湖澤之水。所以，你可以捧起水來漱一漱口，踏進水去洗一洗腳。歐陽修有一首小詞說「雪雲乍變春雲簇，漸覺年華堪送目」（《玉樓春》），春天來時天上的雲都不像冬天那樣低沉陰暗了，變成了一簇簇、一朵朵、一團團的。在這種時候你放眼望去，從天上到地下，從山頂到水中，只覺得什麼都是美的。陶淵明有他的失意感慨，也有他的快樂自得。在前面我說過，他在寂寞孤獨中能夠堅持固窮的操守，是由於他在古人之中找到了志同道合的知音。但這只是一個方面，另一個方面就是，他在大自然的美麗景物之中找到了心靈上的安慰。蘇東坡曾說，宇宙之間的萬物「自其變者而觀之，則天地曾不能以一瞬」，然而「自其不變者而觀之，則物與我皆無盡也」（《赤壁賦》）。這話講得很有哲理。對大自然的景物，如果你懷著悲傷的心情去看，那麼到處都是可悲之物；但如果你以欣喜的眼光去欣賞，那麼天地萬物畢竟也不乏可喜之處。所以陶淵明說，「稱心而言，人亦易足。揮茲一觴，陶然自樂」——如果你所求的只是保持自己的興趣理想，那麼這種要求也很容易滿足，當我舉起酒杯的時候，覺得這人生真的是十分可愛。

「延目中流」這一段用了《論語》的典故，就是前面我所說的「莫春者，春服既成」的那一段。「沂」，是山東的沂水。陶淵明生活在潯陽柴桑，沒有到山東去過，所以他說：我看一看這平緩的流水，就想起了曾皙所說的沂水，當年孔子也許就帶著學生在那裡遊覽過。曾皙說，「冠者五六人，童子六七人，浴乎沂，風乎舞雩，詠而歸」，為什麼有冠者還有童子？你一定要懂得：不僅觀賞大自然景物是賞心樂事，人與人之間的和諧友愛也是一件賞心樂事；而且，不但和成年人的友好交往是一種樂事，和小孩子的友好交往也是一種樂事。如果你能夠對比你年長、比你年幼的人都懷有一種愛心，那麼你自己也就能享受到一種人倫之樂。曾皙說：我們五六個成年人、六七個小孩子到郊外去遊春，在沂水裡洗個澡，在舞雩臺上吹吹風（舞雩是求雨的高臺）。到傍晚，我們大家唱著歌、吟著詩就回來了。孔子聽了就說：「吾與點也。」意思是，我最喜歡曾皙的這個理想。這就出了一個問題：別的學生所說的理想都是關於治國平天下的，難道就都不如曾皙的理想好？我以為，孔子在這裡所贊成的乃是一個人在一生中最基本的一面，那就是，你對人世間的萬物都要有一種關懷和愛心，這才是成大事業的根本。如果你根本就沒有這種關懷和愛心，那麼你在建立功業或得到權勢之後還有什麼追求呢？恐怕就只有得意忘形和作威作福了！所以陶淵明說：我也喜歡曾皙所說的那種清靜平和的生活，不管在醒著的時候還是睡夢之中，我都好像跟孔子師生有一種精神上的往來，但遺憾的是我沒能生在他們那個時代，我只能嚮往他們而不能見到他們。其實在中國古代，有很多詩人也懷有類似的感情，但由於他們的性格不同，修養不同，說出話來也自不同。杜甫過宋玉故宅就悲慨歎息說：「搖落深知宋玉悲，風流儒雅亦吾師。悵望千秋一灑淚，蕭條異代不同時。」（《詠懷古跡五首》之二）辛棄疾在悲慨時也透著一股英豪之氣：「不恨古人吾不見，恨古人不見吾狂耳。」（《賀新郎》「甚矣吾衰矣」）而陶淵明則說「但恨殊世，邈不可追」——雖然也很悲慨，但口氣卻十分平和。

最後一段他說，「斯晨斯夕，言息其廬」。「廬」，是一個安身的所在。詩人曾經說「眾鳥欣有託，吾亦愛吾廬」（《讀山海經》），又說「敝廬何必廣，取足蔽床席」（《移居》），房子雖然不好，但那是我早晨晚上都可以回來休息的地方。有了這樣一個安身所在，我已經很滿足，更何況房子外邊還種有花木藥草和茂密的竹林，房子裡邊有琴也有酒。雖然酒並不是很名貴的酒，只是普通的濁酒，而且數量不多，但詩人覺得那也足夠了。「清琴橫床」寫得也很妙，陶淵明曾彈琴嗎？史書上說他並不會彈琴，卻置了一張沒有絃的琴，經常撫弄，以寄其意。所以你們看，這是一個多麼有生活情趣的人！然則，他在安於隱居生活的同時，對時代對政治卻抱著深深的遺憾——「黃唐莫逮，慨獨在余」。要知道，陶淵明生在晉宋之間，北方五胡亂華，東南沿海也是戰亂不斷，桓玄叛亂就是從江州起兵，被廢掉的晉安帝也曾被遷往潯陽。詩人就生活在這樣一個戰亂的漩渦之中，那和古代傳說中的黃唐之世真有天壤的區別。眼看著這樣時代的災難卻又無可奈何，他的心中怎麼會沒有深深的悲慨呢？在這裡，「慨獨在余」又一次呼應了詩前小序中的「偶景獨游，欣慨交心」，所以我們在讀陶詩的時候不可只注意他的恬靜優閒，也應該注意到他內心深處的這些遺憾和悲慨。而作為詩人的陶淵明，更值得注意的則是他的「融七彩為一白」、「質而實綺，癯而實腴」的「詩」與「人」完全合一的藝術成就。

（徐曉莉、安易整理）

第七章　永嘉詩歌

第一節　劉琨

我們已經講過了建安的詩人、正始的詩人、太康的詩人，現在要開始講永嘉的詩人了。從太康到永嘉，國家的情況是每況愈下。我們前邊講到的「八王之亂」，還只是皇室宗族之間的爭權奪利，到了永嘉時代，就有北方的胡人侵入了。太康，是晉武帝的年號，武帝之後是惠帝，惠帝不慧，但他的太子司馬遹很聰明，因此遭到賈后的忌恨，終於為其所害，後被追謚為愍懷太子。惠帝死後，就由他的弟弟司馬熾繼承了皇位，是為懷帝。晉懷帝的年號就是永嘉。永嘉一共有六年，但懷帝實際上只做了五年皇帝。因為在永嘉五年洛陽被攻破，懷帝做了俘虜，後來被殺死了。那麼攻破洛陽的是誰呢？就是五胡十六國的漢。這個漢，不是劉邦的漢，而是劉淵的漢。劉淵本是匈奴人，因為在中原生活了很久，就用了漢族的姓，並且自稱「漢王」。劉淵死了以後，繼承他的是他兒子劉聰。永嘉五年，劉聰派劉曜攻陷洛陽，俘虜了晉懷帝，把他帶到平陽。劉聰故意侮辱晉懷帝，在宴會的時候讓懷帝穿上僕人的青衣，給大家斟酒。懷帝本人並不是一個壞皇帝，可是他生不逢時。在惠帝之後，西晉的國勢已經無可挽回，懷帝沒有辦法實行他治國安邦的計畫，也沒有辦法保全他自己。當他被迫「青衣行酒」的時候，跟隨他的大臣不忍看到皇帝被人家這樣侮辱，當著劉聰的面就慟哭流涕。劉聰很生氣，就殺死了懷帝。懷帝死的時候只有三十歲。懷帝死後愍帝在長安即位，愍帝的年號是建興。愍帝做皇帝只做了四年，建興四年劉曜攻破長安，又俘虜了愍帝，把他也帶到平陽。劉聰對愍帝的侮辱更厲害，不但讓他「行酒洗爵」，而且更衣的時候讓他「執蓋」，就是叫他拿著馬桶的蓋子。跟隨愍帝的大臣們忍受不了這種侮辱，抱著愍帝慟哭，結果後來愍帝也被殺死。愍帝死的時候只有十八歲。（編按：懷、愍二帝事見《晉書・帝紀五》）愍帝死後，晉元帝司馬睿在南方的建康繼承了帝位，那就是東晉了。西晉自從武帝司馬炎篡魏，到愍帝司馬鄴被殺，一共只有五十二年。中國歷史上常說「興周八百年之姜子牙，旺漢四百年之張子房」，一個朝代壽命的長短，往往和這個朝代開創之初建立起來的政治制度有關。王國維寫過一篇《殷周制度考》，就是討論這個問題的。大家都以為王國維後來是專門去考古了，可是事實上，王國維之所以寫這篇文章是因為看到了當時民國政治的混亂。殷周之間有一個政治制度的大改革，那就是周武王的革命。周武王那才是真正的革命！周朝的制度放到數千年後的今天，也許已經不適合我們所用，可是就當時而言，那真是為了子子孫孫的百年大計而制定的一套完美的制度。《殷周制度考》是很短的一篇文章，我們現在並不打算討論王國維在考古上的成就，我要說的是王國維的用心，那實在是表達了他的一種理想。一個國家是不怕革命的，但你一定要有好的制度去配合，還要能夠嚴格執行這個制度。周朝就因為有了這個制度，才能傳世八百年之久。西晉這個朝代為什麼會這麼短命？西晉政治漩渦中的這些個人物，連革命也說不上，只是互相爭權奪利而已。古人說「天作孽，猶可違；自作孽，不可活」（《孟子・公孫丑上》），西晉在這麼短的時間裡滅亡，本來就是不可避免的。「八王之亂」是皇室間的爭權奪利，而現在的「永嘉之亂」就真正到了亡國的時候了。

我已經講過，自太康以來很多詩人都不得善終，現在我們要看的永嘉詩人劉琨和郭璞，也都是被殺死的。當然，他們兩人被殺的原因並不相同。在正始時代，像阮籍、嵇康那些詩人還可以佯狂詩酒，還可以服藥求仙；可是到了永嘉這種時候，你還有佯狂詩酒的自由嗎？你還有求仙隱居的自由嗎？都沒有了。每一個人的生活經歷，每一個人的心靈面貌，都和這亡國的時代結合了密切的關係。而且，阮籍、嵇康那些人都是文士，而我們現在要講的劉琨，卻是一位兵權在握的英雄。因此他的悲劇結局更令人感動。他寫的詩，正如陳祚明《采菽堂古詩選》所說，是「英雄失路，萬感悲涼。滿衷悲憤，即是佳詩」。我曾說過，詩的感發生命有深淺、厚薄、大小和廣狹的不同。一個人如果只關心自己的利害得失，那麼他的詩縱然真切，詩中的生命也是淺薄狹小的。而使詩中那種感發的生命真正博大起來的，是詩人胸中的關懷之博大。劉琨不見得是一個很完美的人，但在永嘉之時，在外族胡人的侵略之下，各地方軍政長官中只有劉琨一個人是以國家的利益為前提的。他不像其他那些人只想割據一方，只關心自己的利益。由於他關懷的範圍很大，所以他的詩中那種感發的生命就與別人大不相同。我們先看他的《扶風歌》。

《扶風歌》作於永嘉元年。這一年九月，劉琨出任并州刺史。并州的州治在晉陽，就是現在的山西太原。當時北方遊牧民族的侵略勢力已經到達黃河流域，北方到處都是戰亂。劉琨招募了一千人的軍隊，一路轉戰才來到晉陽。而晉陽經過戰亂和飢荒，人民都逃亡了，田地沒有人耕種，到處都是死屍。劉琨來到晉陽以後，招撫百姓，讓他們到地裡去耕種。耕田的老百姓都必須隨身帶著武器，因為隨時會有寇盜來搶掠。在劉琨的治理下，并州漸漸安定下來。《扶風歌》寫的就是劉琨從洛陽到并州赴任途中的經歷和感受。

劉琨字越石，是西晉末年在北方堅持戰鬥的重要軍事首領。元遺山的三十首《論詩絕句》中，有一首寫的就是劉琨。他說：「曹劉坐嘯虎生風，四海無人角兩雄。可惜并州劉越石，不教橫槊建安中。」《三國演義》上有一段「青梅煮酒論英雄」，說曹操有一次和劉備談論天下的英雄，曹操說：「今天下英雄，惟使君與操耳。」這話並不是自吹，在建安時代，曹操確實算得上一位英雄。而劉琨，也是一位在亂世之中希望建功立業的英雄，何以見得？歷史上記載了一個故事：劉琨和他的好朋友祖逖立志要收復失地，安定國家，每天天剛破曉就「聞雞起舞」——這個「舞」不是跳舞，是舞劍習武。他們相約要為國家建立功業，劉琨曾經給親故寫信說：「吾枕戈待旦，志梟逆虜，常恐祖生先吾著鞭。」（《晉書》本傳）劉琨不但有這樣的志意，而且也有領兵的才能，倘若生在建安時代，他是能夠成功的。可是他卻不幸生在這樣一個亂亡的時代，壯志未酬，就被一個鮮卑人殺死了。這真是「英雄失路，萬感悲涼」。劉琨的詩，都是直言其事的賦體，不像我們以前講過的那些比興的詩有深遠的餘韻供讀者聯想。劉琨詩的感發力量不在比興的聯想，而在直接的敘述之中。現在我們就看他的這首《扶風歌》：

> 朝發廣莫門，暮宿丹水山。左手彎繁弱，右手揮龍淵。顧瞻望宮闕，俛仰御飛軒。據鞍長歎息，淚下如流泉。繫馬長松下，發鞍高岳頭。烈烈悲風起，泠泠澗水流。揮手長相謝，哽咽不能言。浮雲為我結，歸鳥為我旋。去家日已遠，安知存與亡？慷慨窮林中，抱膝獨摧藏。麋鹿遊我前，猿猴戲我側。資糧既乏盡，薇蕨安可食？攬轡命徒侶，吟嘯絕巖中。君子道微矣，夫子故有窮。惟昔李騫期，寄在匈奴庭。忠言反獲罪，漢武不見明。我欲竟此曲，此曲悲且長。棄置勿重陳，重陳令心傷。

「廣莫門」，是晉朝首都洛陽城的北門；「丹水山」，在山西高平縣的北邊。他說他早晨從洛陽出發，晚上就到了山西的丹水山。事實上當然不見得有這麼快，他只是極言自己這一行人行動的迅速就是了。「繁弱」是有名的弓，「龍淵」是有名的劍。嵇康《贈秀才入軍》也曾寫過「左攬繁弱，右接忘歸」，那多半是想像之辭，而劉琨的「左手彎繁弱，右手揮龍淵」則是真的，因為他確實是帶著他的一千人馬一路轉戰才到了晉陽。底下「顧瞻望宮闕，俛仰御飛軒。據鞍長歎息，淚下如流泉」，是說離開洛陽的時候回頭遠望，還可以望見洛陽城裡那些高高矮矮的宮殿建築。可是現在天下這麼亂，這一去未卜前途如何，所以在馬上就不覺長歎一聲，落下淚來。「繫馬長松下，發鞍高岳頭。烈烈悲風起，泠泠澗水流」是說，現在我停下來休息，把我的馬繫在一棵松樹下面，在這高山之上卸下馬鞍。這時候，我就聽到那烈烈的悲風和泠泠的流水之聲。下邊「揮手長相謝，哽咽不能言。浮雲為我結，歸鳥為我旋」是說，我舉起手來向京城洛陽辭別，悲傷得說不出一句話來；天上的雲都受到這種悲哀的感染而停止不動，歸來的鳥也因為感受到我的悲哀而盤旋不去。為什麼這麼悲傷呢？因為「去家日已遠，安知存與亡。慷慨窮林中，抱膝獨摧藏」。劉琨的父母這時候還在，可是不久以後他們果然就都死在戰亂之中了。「摧藏」是內心十分悲痛的樣子。他說我在這一片荒涼的樹林裡席地而坐，心中無論如何也平靜不下來。想起國破家亡的前景，我的心中痛苦極了。朝廷派劉琨做并州刺史，但什麼都沒有給他，連那一千人也是他自己招募的。現在他們在這荒山之中歇宿，只有那些猿猴和麋鹿為伴。已經沒有糧食吃了，只能採些野菜。可是吃野菜怎能吃得飽！但儘管如此，他還是要帶領他的人馬前進——「攬轡命徒侶，吟嘯絕巖中」。他說我就拉起馬的韁繩命令大家繼續前進，而且在這深山之中高聲吟嘯。我們前面不是說過晉人多善嘯嗎？劉琨就很善嘯。據說他有一次被胡騎包圍，沒有辦法衝出去，就在一個有月光的夜晚登上城樓放聲長嘯。結果敵人都被他的長嘯所感動，棄圍而走。「君子道微矣，夫子故有窮」，劉琨這個人是忠於晉室的，他一方面要堅持鬥爭，光復晉室；一方面又對前途感到十分惶惑，心中並沒有成功的把握。因為在這種亂世已經沒有正義和道德可言了，縱然是孔夫子，遇到亂世，也有走投無路的時候。當然帶兵的人都希望為國家建功立業，但並非每個人都能成功。下邊他舉了西漢的李陵為例，李陵帶兵去和匈奴打仗，沒有能夠按時回來。漢武帝不能原諒他，殺了他的老母和妻子，於是李陵就只能永遠留在匈奴了。一個人本來是真心愛自己的國家，但卻受到冤屈和誹謗，這樣的事情歷史上還少嗎？他說，「我欲竟此曲，此曲悲且長。棄置勿重陳，重陳令心傷。」這和《古詩十九首》裡邊的「棄捐勿復道，努力加餐飯」是同樣的意思。他說還是把這件事情放下不要再提了，事實已經如此，提起只能讓人心裡更加悲傷。這是劉琨的《扶風歌》。下邊我們再看他一首《重贈盧諶》。

劉琨是個有勇武才略的人，而且是真正忠於晉室的。朝廷也未嘗不想重用他，所以在懷帝被殺、愍帝即位的時候，就拜劉琨為大將軍，都督并州諸軍事；愍帝建興三年，又給他司空的爵位。可是在建興四年，當劉琨帶兵出去打仗的時候，他部下的長史叛變，把并州獻給了石勒。劉琨只好去投奔幽州刺史段匹磾。段匹磾是鮮卑人，劉琨跟他結成兒女親家，並且約為兄弟。兩人結盟共同平定戰亂，效忠晉室。他們有一篇盟文，寫得非常感人，說是要「盡忠竭節，以剪夷二寇」，「有渝此盟，亡其宗族，俾墜軍旅，無其遺育」（《劉越石集・與段匹磾盟文》）。可是你要知道，社會風氣的敗壞是一件非常可怕的事情，《論語》上說：「信如君不君，臣不臣，父不父，子不子，雖有粟，吾得而食諸？」（《顏淵》）魏晉時期綱常倫理敗壞，大家信義掃地，不僅漢人如此，胡人也是一樣。段匹磾有個堂弟叫末波，末波與劉琨的兒子劉群密謀襲擊段匹磾，說是如果你幫助我消滅了段匹磾，我就把段的軍隊全都交給你父親劉琨指揮。於是劉群就給劉琨寫了一封信請劉琨為內應。但這封信在中途落到段匹磾的手裡，段匹磾就請劉琨來見，給他看這封信。劉琨說我不知道這件事，即使我收到了這封信，我也絕不會做出這種背叛盟約的事。段匹磾本來很敬重劉琨，相信他確實不會做這種事，就打算放他回去。可是段匹磾的部下說你不可以放虎歸山，因為我們是鮮卑人，以劉琨的名望和才智，倘若漢人都跟隨他來反對我們，我們遲早會被他消滅的。段匹磾聽了手下這些人的話，就把劉琨拘禁起來。而劉琨的兒子和部將就真的起兵反抗段匹磾，於是段匹磾就殺死了劉琨。劉琨的這首《重贈盧諶》，就是在他被段匹磾拘禁的時候寫的。

我曾說過左思的《詠史》是借史詠懷。可是你一定要注意，左思的借史詠懷比較來說屬於泛言的性質，除了第一首的「弱冠弄柔翰」、「作賦擬子虛」、「志若無東吳」等是寫自己的大志，其他各首多是泛泛地寫貴賤貧富的不平。在那些詩裡，「史」的分量比較重，「懷」的分量相對來說就比較輕。而現在劉琨的這首《重贈盧諶》則是以詠懷為主了。他雖然也寫了很多歷史的事情，但這些事情都是作為詠懷的陪襯。而且，這首詩在敘寫上也有特點。我們中國的詩歌都是要傳達一種感發，但傳達的方法有很多種。有的詩在開端就把感發寫出來了，而劉琨這首不是。劉琨這首詩從一開始就敘述一件一件的史實、一個一個的典故，讀起來沒有感發，覺得很枯燥。這首詩，你要一直讀到結尾才會感受到他的感發，所謂「千里蟠龍，到此結穴」。就是說，它好像一條龍，你沿著它曲曲折折走了很遠很遠，一直到結尾才找到它洞穴的所在。前人評柳永的詞，說是「如畫龍點睛，神觀飛越，只在一二筆，便爾破壁飛去」（鄭文焯《與人論詞遺箚》）。柳永的詞前邊也往往是鋪陳的寫景和敘述，到最後一兩句話才寫出他的感發，就像畫龍點睛一樣，因為眼睛可以傳達內心的資訊。古人說張僧繇畫佛寺的壁畫，畫了龍先不畫眼睛，因為他一點睛那龍就活了，就會破壁飛去。劉琨這首詩也是如此，前邊大部分讀起來很死板很枯燥，可是到最後幾句他一下子就把強大的感發力量傳達出來了：

握中有懸璧，本自荊山璆。惟彼太公望，昔在渭濱叟。鄧生何感激，千里來相求。白登幸曲逆，鴻門賴留侯。重耳任五賢，小白相射鉤。苟能隆二伯，安問黨與讎？中夜撫枕歎，想與數子游。吾衰久矣夫，何其不夢周？誰云聖達節，知命故不憂。宣尼悲獲麟，西狩涕孔丘。功業未及建，夕陽忽西流。時哉不我與，去乎若雲浮。朱實隕勁風，繁英落素秋。狹路傾華蓋，駭駟摧雙輈。何意百鍊鋼，化為繞指柔。

「握中有懸璧，本自荊山璆」，是這首詩的總起。「懸璧」，是一種美玉；「璆」也是玉。「荊山」在湖北，就是楚國的卞和得到和氏璧的地方，卞和當初曾為這塊玉被楚王砍斷了兩隻腳。美玉代表什麼？美玉代表良才。《論語・子罕》說，子貢問孔子：「有美玉於斯，韞櫝而藏諸？求善賈而沽諸？」「韞」是藏，「櫝」是一個盒子。他說現在有一塊美玉，你是把它藏在一個盒子裡呢？還是等個好價錢賣掉？孔子就說了：「沽之哉！沽之哉！我待賈者也。」他說賣掉它賣掉它，我就是在等一個好價錢呀。美玉是不能永遠藏在山裡的，必須找機會實現它的價值，良才也是一樣。這是中國儒家傳統的看法。所以，「握中有懸璧，本自荊山璆」，是用美玉來自比，希望能夠有人認識他的價值。可是，美玉出山之後命運如何呢？底下他就舉了好多歷史上的故事。

他說，「惟彼太公望，昔在渭濱叟」。太公望是周朝的姜尚，他曾經為人贅婿，就是過門的女婿。古代封建社會都是女子嫁到男子家裡去，但有的人沒有兒子，就要招贅一個女婿。一般來說，男子如果不是家裡特別貧寒，是不肯給人當贅婿的。姜尚給人家當過贅婿，而且他還當過殺牛的屠夫，可見他的出身很卑賤。他有才能有志意，卻沒有得到過知遇。後來他聽說西伯——就是周文王——是一個賢能的君主，他就來到渭水，在渭水邊釣魚，其實是等待一個與西伯相見的機會。果然有一天西伯從那裡經過，看見了他，透過談話發現了他的才能，於是和他同載而歸，說：「吾太公望子久矣！」（《史記・齊太公世家》）所以後人就稱姜尚為太公望。後來文王死了，姜尚輔佐武王滅殷，得了天下，建立了「興周八百年」的功業。「鄧生何感激，千里來相求」，是說東漢開國功臣鄧禹，他曾從南陽北渡黃河到鄴城投奔漢光武帝劉秀。鄧禹為什麼這樣做？因為他發現光武帝是一個能夠用他的人。古人常說，人生得一知己死而無憾。遇到一個真正的知己很不容易，一旦你遇到了，就是不遠千里去追隨也是值得的。下面「白登幸曲逆，鴻門賴留侯」是兩個典故。「曲逆」是西漢曲逆侯陳平。漢高祖劉邦親自帶兵去打匈奴，被匈奴的三十萬精兵包圍在平城附近的白登山，七天沒有糧食吃，幸虧用了陳平的計謀，才得以解圍。高祖脫出重圍之後來到曲逆，就詔御史封陳平為曲逆侯。鴻門宴的故事大家都很熟悉。項羽約劉邦到鴻門赴宴，項羽手下的謀士范增打算在宴席上殺死劉邦以絕後患。可是張良事先做了準備，才使劉邦僥倖脫險。張良後來被封為留侯。

以上四個典故是有層次的：姜尚和鄧禹的故事說明，作為臣子有待於君主的知遇；陳平和張良的故事則說明，作為君主也必須依賴臣子的輔佐。下面他接著又用了兩個典故：「重耳任五賢，小白相射鉤。」「重耳」是晉文公。重耳的父親晉獻公寵愛驪姬，殺死了他的哥哥太子申生，於是重耳就逃走了。當他出逃在外的時候，有五個賢臣跟隨他，這五個人是狐偃、趙衰、顛頡、魏武子、司空季子。由於有這五個人的輔佐，重耳後來終於回到晉國，而且成就了霸業。「小白」是齊桓公。齊襄公死後，他的弟弟小白和公子糾爭位。管仲本來在公子糾手下，他射了小白一箭，不巧沒有把小白射死，只射中他的帶鉤。後來小白做了齊國的君主，不但沒有殺死管仲，反而用他為相。在管仲的輔佐下，齊桓公也成就了他的霸業。這兩個故事說明：英明的君主都善於用人——「苟能隆二伯，安問黨與讎？」「伯」同「霸」，「二伯」就是指晉文公和齊桓公，他們都是春秋五霸之一。對於這些英明的君主來說，只要你有才能，可以輔佐他們成其霸業，那麼不管你是他的同黨還是他的仇人，他都肯任用你。所以你看，這一層意思又深了一步。他說你如果要想成事，就不能計較個人的恩怨，就要相信和任用真正有才能的人。可能這也正是劉琨肯和鮮卑人段匹磾結盟的原因。劉琨是想要復興晉室的，他在給盧諶的書信中曾說：「夫才生於世，世實須才……天下之寶固當與天下共之。」（《答盧諶書》）他認為，亂世之中最需要人才，只要有人能夠和他聯合起來實現他復興晉室的志意，他個人什麼都不計較。可是，和段匹磾結盟的結果如何呢？他現在居然被段匹磾拘禁，而且生死不保了。所以他說：「中夜撫枕歎，想與數子游。」「數子」，指的就是從姜尚到管仲這些人。所謂「游」，乃是「神交」之游。他的意思是：為什麼我就不能像姜尚他們那麼幸運，遇到那樣英明的君主呢？「吾衰久矣夫，何其不夢周」——我難道已經很衰老了嗎？為什麼好久都沒有夢見周公了呢？「何其不夢周」是用典。《論語・述而》說：「子曰：甚矣吾衰也，久矣吾不復夢見周公。」周公制禮作樂，為周朝的長治久安打下了一個很好的基礎。春秋時期禮崩樂壞，孔子希望恢復周朝的制度，使天下走上安定的軌道，但是這一理想很難實現，所以才說這樣的話。劉琨也希望經國濟世，但他也無力實現這個理想，因此也產生同樣的悲傷。所以接下來他說：「誰云聖達節，知命故不憂？」「聖達節」，又是用典。《左傳》上說，「聖達節，次守節，下失節」（《成公十五年》）。大家知道，樹木都有枝節，凡是結節的地方，都是樹枝要發生變化的地方。人生也是如此，當一個變化到來的時候，你做什麼樣的選擇？所謂「品節」，所謂「節操」，往往都表現在這個時候。我在前邊講過孟子所說的「聖之清者」、「聖之任者」和「聖之時者」，那都是一種選擇。最上等的人可以在不同的場合作出不同的選擇，對宇宙間的得失利害、生死禍福都有一種通達的、超然的看法，這是「聖達節」。第二等的人需要有一個法則的規範，他能夠自覺地堅守而不改變，這是「次守節」。最下等的人不受法則的約束，為了個人的私利他可以為非作歹，為所欲為，這就是「下失節」了。孔子說「樂天知命故不憂」（《易・繫辭》），又說「五十而知天命」（《論語・為政》）。這話有時很難講清楚，「知天命」就是把一切都歸之於「天命」嗎？那為什麼《易經》上還說「天行健，君子以自強不息」？儒家主張，儘管外界環境的因素不都是你自己的能力可以左右的，但是你要盡到自己的努力，在任何環境中都應該能夠完成你自己。孔子不是還說過「仁者不憂，知者不惑，勇者不懼」（《論語・憲問》）嗎？孔子還說過「內省不疚，夫何憂何懼」（《論語・顏淵》）。該說的你都說了，該做的你都做了，你仰不愧於天，俯不怍於人，你有什麼可憂懼的？可是——難道孔子真的就不憂了嗎？如果他不憂，為什麼還要栖栖遑遑地周遊列國？孔子有時候不是也悲傷流淚嗎——「宣尼悲獲麟，西狩涕孔丘」。這兩句其實重複，「宣尼」就是「孔丘」。《公羊傳》記載，魯哀公西狩獲麟，孔子聽到之後就「反袂拭面，涕沾袍」，並且感歎說：「吾道窮矣！」（《哀公・傳十四年》）古人認為麒麟是一種祥瑞之獸，一定要在天下太平、海晏河清的時候才可以出現。可是當時天下大亂，麒麟出非其時，出非其地，所以就被當作獵物殺死了。而像劉琨這樣一個英雄人物，也是因為生非其時，所以才落到這樣一個下場，難道不值得悲哀嗎？

前邊說了這麼一大堆歷史的典故，下面他就要說他自己了：「功業未及建，夕陽忽西流。時哉不我與，去乎若雲浮。」他說我這一生什麼事情都還沒有完成，生命就已經像夕陽一樣向西沉沒了；時間不給我一個建立功業的機會，就像浮雲一樣離開了我。接著他一連用好幾個比喻：「朱實隕勁風，繁英落素秋。狹路傾華蓋，駭駟摧雙輈。」就像鮮紅的果實被狂風吹落，就像繁茂的花朵在秋天凋零，就像美麗的車蓋翻倒在狹窄的道路上，就像受驚的馬折斷了車轅。他說我就遇到了這樣一個驚濤駭浪般的時代，把我本該完成的一切都毀掉了。「何意百鍊鋼，化為繞指柔」——千里蟠龍，到此結穴。他說，你怎能夠想到，經受了千錘百鍊的鋼，本來應該何等堅強何等鋒利，可是現在竟然柔軟得可以繞到手指頭上！一個有才能有意志的人，落到這種地步，又怎能不悲傷，怎能不灰心呢？

劉琨的詩留下來很少，但這是一首很不錯的詩，很有感發力量，只不過他傳達的方式不同。你要用心讀下去才會發現：他的感發都在慢慢積蓄，直到最後才集中在一起傳達出來。所以我們讀詩不要貪圖容易，不要只讀那些直接感發的作品，一定要學會讀這些以思力取勝的作品，才算是真正瞭解了詩。劉琨就講到這裡。

第二節　郭璞之一

郭璞給人們的印象是一個精於卜筮、術數的方術之士。卜筮，是兩種占卜的方法：卜是用龜甲來占卜，筮是用蓍草來占卜；術數，是一種推算的方術，就像現在的算命之類。可是清朝人卻把郭璞的作品編入一本《乾坤正氣集》，這個集子所收的，都是忠義之士的作品。這又說明，在一些人的眼裡，郭璞並不僅僅是一個方術之士。因此，在介紹郭璞的詩之前，我還要對郭璞這個人作些簡單的介紹。

郭璞是一個博學多才的人，《晉書》本傳上有這樣幾句話：「璞既好卜筮，縉紳多笑之。又自以才高位卑，乃著《客傲》。」《客傲》是郭璞的一篇文章，說是有客人問他：你這麼有才學，為什麼地位卻如此卑微呢？於是他就作了一大篇回答來解嘲。不過，從郭璞一生的經歷來看，他的「才高位卑」確實和他的「好卜筮」有關係。郭璞是河東聞喜人，河東聞喜在今山西絳縣附近。他的學問好，文章辭賦也寫得好。中國古代有些玄妙難懂的書，像《爾雅》、《方言》、《山海經》，他都給它們作過注。他曾遇見過一個異人，傳授了他卜筮之術。當西晉末年惠帝和懷帝的時候，北方馬上就要大亂了，郭璞決定離開家鄉遷居到南方去。可是離開家鄉之後何以為生？他就把卜筮和術數當作了謀生的方法。你一定要瞭解這個情況，才能夠深入理解郭璞這個人。史書上說，郭璞南行途中經過廬江，勸說廬江太守胡孟康和他一起到南方去，胡孟康不信他的占卜，不肯南渡。後來郭璞臨走時施展撒豆成兵的幻術，把主人家的一個婢女給帶走了。他還經過一個達官顯宦的家，人家不肯接待他，正好那人最心愛的一匹馬死了，郭璞說：「我能使死馬復生。」於是主人馬上就出來見他。他對主人說：「你派一些健壯的僕人拿著長竹竿出城向東走三十里地，在那裡用長竿拍打，會有一個東西跑出來。你叫他們一定要把那東西抓住帶回來，你的馬就可以活了。」主人按他的話去做，果然捉回來一個像猴子又不是猴子的動物。那動物見到死馬，就對著馬的鼻子吸氣，過了一會兒死馬就活了。主人感謝他，送給他很多路費資助。（編按：以上參《晉書》本傳）

後來郭璞到了江南，由於他懂得術數，東晉朝廷裡很多達官顯宦就都跟他來往。為什麼呢？因為在那種亂世，人們不知道眼前將要發生什麼事情，不能夠按正常的軌道生活，所以占卜的迷信就很盛行。東晉渡江以後最倚重的大臣王導，做官做到丞相，輔佐了東晉元帝、明帝和成帝三個皇帝，他和郭璞就是好朋友。還有一個很受朝廷倚重的皇親國戚叫庾亮，跟郭璞也有來往。東晉朝廷曾經把很多大權交給王導和庾亮，而郭璞的才學並不在王導和庾亮之下，卻從來沒有得到過這種機會。那就是因為史書上說的「璞既好卜筮，縉紳多笑之」了。朝廷的公卿大臣雖然也迷信，也和方術之士來往，但朝廷從來不會給方術之士一個重要的地位。無論方術之士多麼有才學，但他們向來是被輕視的。這在中國是一個傳統的習慣。《晉書．郭璞葛洪傳》的傳論說，郭璞「篤志綈緗，洽聞強記，在異書而畢綜，瞻往滯而咸釋」，可稱「為中興才學之宗矣」。什麼叫「篤志綈緗」？中國古代印刷還不流行，許多書籍都抄在絲帛上，所以綈緗就是指書籍。郭璞讀過許多書籍，見聞廣博，而且記憶力特別強，不管是多麼少見的書他都研究，前人講不通的地方他都能解釋，可以算是東晉建國以來最有才學的人。可是傳論接著說：「夫語怪徵神，伎成則賤，前修貽訓，鄙乎茲道。」又說：「宦微於世，禮薄於時，區區然寄客傲以申懷，斯亦伎成之累也。」你要知道，我們中國儒家傳統看輕一切技能的東西，這裡邊也包括術數之學。「子不語怪力亂神」（《論語．述而》），為什麼？因為怪異的事情蠱惑人心，所以不能夠提倡。像郭璞那些撒豆成兵、死馬復活之類的方技，不是就很近於歪門邪道嗎？你一天到晚玩這些歪門邪道，你的等級層次自然就低下了。你再有學問，人家也不會讓你去掌握軍政大權。史書上記載了一些郭璞的事情確實很神奇。據說他有一個朋友叫桓彝，常常到他家裡去，有時候直接就走進他的內室。郭璞對桓彝說：「你到我家來，哪一個房間都可以進，只是當我在廁所裡的時候你不可以來找我，否則會有災禍。」可是有一天桓彝喝醉了，四處找不到郭璞，一下子就衝進廁所，看見郭璞正在「裸身披髮，銜刀設醊」（《晉書》本傳）。郭璞見他進來大吃一驚，歎息道：「你和我都會遭到不幸，這是天命啊！」後來果然郭璞死在王敦的手中，桓彝死於蘇峻之亂。

王敦是王導本家的堂兄弟，又是晉武帝的女婿，曾任江州牧，掌握著兵權。他準備舉兵造反，請郭璞為他占卜，郭璞占了一個凶卦——就是說，造反不會成功。王敦又讓他測算壽命，郭璞說：「你要是安分守己就能長壽，若要起兵造反，馬上就有災禍臨頭。」王敦大怒，說：「算一算你自己還能活多久？」郭璞說：「我命盡今日日中。」於是王敦就下令把他推出去斬首了。郭璞對自己的死是早已前知的，數年之前，郭璞從北方向南方逃難的時候遇到一個人，就把自己的衣服脫下來送給這個人，這個人不接受，郭璞對他說：「你只管收下，以後自會明白。」而到了郭璞被殺的這一天，這個人正好是行刑的人。郭璞被推出去時，問行刑者到哪裡去斬首，行刑者回答：「到南岡頭。」郭璞就說：「那一定是在一對柏樹之下，樹上有一個鵲巢。」大家都不相信，到了那裡一看，果然有一對柏樹，卻不見有鵲巢。但仔細找時，真的有一個大鵲巢被覆蓋在茂密的枝葉底下。這些事情確實是神奇得很。而且史書上還記載，溫嶠和庾亮打算討伐王敦，也請郭璞占卜，郭璞給他們占的卦大吉，就是說此事準能成功。所以溫嶠和庾亮才下了決心。這些事說明，郭璞雖然以占卜為名，但他是忠於晉室的，行事不失忠義之氣。（編按：以上諸事見《晉書》本傳）這也就是清人把他的作品收入《乾坤正氣集》的原因。可是儘管郭璞有忠義之氣——這話真的很難說——他卻是「語怪徵神，伎成則賤」。以前我講詞的時候提到過柳永，柳永這個人也未始沒有儒家的高遠理想，他之所以被人看低就是因為他給歌妓酒女們寫了歌詞。就是說，你一開始就把路走錯，那麼社會上對你就不承認了。儒家對於方術向來是看輕的，所以郭璞雖然有這麼好的才學，但做官並不顯達，當時的人對他也不尊敬，這完全是受他自己的技藝所累。因此你看，人生真是很難走的一條路，你簡直不能有一步走錯！我們上一節講過的劉琨，立志匡扶晉室，收復北方失地，是一個英雄豪傑之士，可是他之失敗，也一樣有他必敗的原因。因為劉琨是貴家子弟，性情任縱，不加節制，有時候做事不夠理性。比如他在晉陽招撫流人，許多人都來歸附他。可是他雖善招撫卻不善管理，「一日之中，雖歸者數千，去者亦以相繼」（《晉書・劉琨等傳》）。而且他喜歡聲色和奢豪，雖也努力控制自己，卻不能堅持到底。劉琨寵信一個叫徐潤的人，只因為這個人懂得音律就讓他做了晉陽令。劉琨手下有一個人向劉琨揭露徐潤在外邊為非作歹，他不但不信，反而聽了徐潤的讒言把手下這個人殺了，以致這個人的兒子逃到敵軍那裡報告了晉軍的虛實，使劉琨打了敗仗。劉琨的母親早就警告過劉琨：「你這樣任縱，將來一定會失敗，難免要連累到父母。」結果這次劉琨打了敗仗，他的父母也在亂軍中被殺。劉琨和郭璞，在東晉都是傑出的人才，但他們本身都存在某些難以改變的因素，因而招致失敗和殺身之禍。

以上我們瞭解了郭璞這個人，現在我們還要簡單瞭解一下永嘉時期詩歌演變的歷史。鍾嶸《詩品序》裡邊有一段對此作過概括敘述：

> 永嘉時，貴黃、老，稍尚虛談，於時篇什，理過其辭，淡乎寡味。爰及江表，微波尚傳，孫綽、許詢、桓、庾諸公詩，皆平典似《道德論》，建安風力盡矣。先是郭景純用儁上之才，變創其體；劉越石仗清剛之氣，贊成厥美。然彼眾我寡，未能動俗。

在講阮籍、嵇康的時候我就說過，魏晉文人喜歡講老莊的玄理，有清談的社會風氣。這種社會風氣，後來漸漸就影響了詩人。他們不但清談玄理，而且把玄理也寫進詩歌裡邊，這就是玄言詩。像孫綽、許詢這些人，就都是玄言詩人。玄言詩是什麼樣子？我們不妨看看孫綽的一首詩，這首詩的題目是《答許詢》：

仰觀大造，俯覽時物。機過患生，吉凶相拂。智以利昏，識由情屈。野有寒枯，朝有炎鬱。失則震驚，得必充詘。

所謂「大造」就是宇宙大自然之間乾坤陰陽化生萬物的造化運行。他說，你抬起頭來看一看宇宙造化的運行，你低下頭來看一看草木禽獸的世間萬物，一切事情都是有機遇的。如果你把好機會錯過，就必然會出現災禍。——想當初楚漢相爭的時候，有人給韓信相面，說「相君之面，不過封侯，又危不安；相君之背，貴乃不可言」（《史記·淮陰侯列傳》），勸韓信背叛漢高祖劉邦。韓信沒有聽那個人的話，結果就錯過了機會，後來被呂后斬首在未央宮。這就叫「機過患生」。老子說過：「禍兮福之所倚，福兮禍之所伏。」（《道德經》五十八章）塞翁失馬，焉知非福，而塞翁得馬，又焉知非禍？所謂吉和凶，往往是擦身而過，相距不過在毫釐之間而已。有的人本來很聰明，但因為貪圖一些物質利益，就出現了判斷失誤；有的人本來有見識，但由於受感情影響，一時之間就做出了糊塗事。可是人們總是鬧不明白這個道理，所以他們總是在失落的時候就震驚，在獲得的時候又得意忘形。——你看，這首詩只是用韻文來說明一些哲理而已。這就是鍾嶸所說的「於時篇什，理過其辭，淡乎寡味」。玄言詩既無文采，也不具有我們講過的風骨、風力那種感發的力量。所以說，詩歌到了這個時候就「建安風力盡矣」。然而，這時卻有劉琨、郭璞明顯地與眾不同。鍾嶸說，郭璞是憑著「俊上之才」，劉琨是憑著「清剛之氣」，改變了這種平淡說理的風氣。就是說，他們的詩裡邊都能夠傳達出一種感發的生命，所以他們就成了這個時代轉移風氣的作者。劉琨的詩我們已經欣賞過，確實帶有一種很剛直很強烈的感發。那麼郭璞的詩呢？劉勰曾給過郭璞很高的評價，他在《文心雕龍・才略》裡說：「景純豔異，足冠中興。」鍾嶸在《詩品》中也說：「郭璞……始變永嘉平淡之體，故稱中興第一。」郭璞擅長方術，本來近於道家，然而他的詩卻不像玄言詩那樣單調，這和他內心感情的複雜是有關係的。郭璞最有名的詩是《遊仙詩》，我們現在能看到的有十四首。但可以肯定地說，他的《遊仙詩》並不止十四首，因為鍾嶸《詩品》裡所引用郭璞《遊仙詩》的句子，就不在這十四首裡邊。他的詩可能有很多已經在當時的離亂之中亡佚了。

說到遊仙詩，有一點需要特別注意，那就是我在講左思時曾經說過，招隱詩和遊仙詩對後來的山水詩有影響。隱士和仙人其實是有關聯的：你先要到山中去隱居學道，然後才過渡到求仙。我曾說過，左思的招隱詩是從楚辭《招隱士》演變出來的。那麼遊仙詩呢？應該說從屈原就開始了。屈原《離騷》說：「朝吾將濟於白水兮，登閬風而緤馬。忽反顧以流涕兮，哀高丘之無女。」接下來還寫了對宓妃等女仙的追求。不過屈原《離騷》的求女只是一個象喻，他所追求的神仙美女其實代表了他心目中的聖君賢臣。而屈原的另一篇作品《遠遊》就真的是求仙了，那是他在極端的悲哀痛苦之中希望得到精神上的解脫。在戰國時就已經有方士存在，方士講究煉丹，追求長生不老。後來這種風氣就流傳開來，不但像屈原那些不得志的人嚮往神仙，連秦皇漢武那些成功的、得意的人也追求神仙。我們可以回頭去看一看建安詩人，曹操、曹植都寫過求仙的詩。尤其是曹操，他並不是一個迷信的人。他知道人都是要死的，所以曾說，「神龜雖壽，猶有竟時。螣蛇乘霧，終為土灰」（《步出夏門行・龜雖壽》）。然而儘管在理智上不相信長生不老，但在精神和感情上他卻有這種追求嚮往。因為越是有大志的英雄才士，越是害怕人生的短暫和無常的到來。「老驥伏櫪，志在千里。烈士暮年，壯心不已」嘛！因此，在中國詩歌的歷史上就有了對神仙追求嚮往的這一派詩。然而郭璞的遊仙詩卻不單純是對神仙的追求嚮往。鍾嶸《詩品》在稱讚了郭璞是「中興第一」之後還有幾句話說：「但遊仙之作，詞多慷慨，乖遠玄宗。其云『奈何虎豹姿』，又云『戢翼栖榛梗』，乃是坎壈詠懷，非列仙之趣也。」求仙學道的人，本應該把人世間一切得失利害的感情都撇開才對，可是郭璞的遊仙詩裡充滿了一種憤慨不平的感情，實在違背了玄學的道理。這裡所謂「奈何虎豹姿」是說，我白白具備了英雄的秉賦；所謂「戢翼栖榛梗」是說，一隻大鳥本來可以張開翅膀飛到天上去，可是現在卻只能把翅膀收下來，棲息在荊棘叢生的草木之中。你看，這明明是憤慨，是寫他自己的不得志。它們應該屬於詠懷，而不是遊仙。那麼現在你就可以發現，郭璞遊仙和左思的招隱雖然表面有些相近，其實並不一樣。與太康時代其他詩人相比，左思詩有他獨立的風格，有他感發的生命，可是我也說過，左思的詩是比較單純的。左思《招隱詩》寫了一大堆美麗的山水，最後說山中這麼美，我也想去歸隱就完了。而郭璞《遊仙詩》的內容比左思複雜得多，因為郭璞這個人本身就是矛盾和複雜的。《漢魏六朝百三名家集》裡邊有郭璞的集子，大家可以自己去看。看過之後你們就會知道，郭璞除了寫詩賦之外，他還給朝廷上過那麼多表疏，那些表疏的字裡行間都透出他對國計民生的關懷。

郭璞精於方術，這對他本人來說是幸也是不幸。他懂得術數，可以先知，可是當他知道北方將要大亂的時候，他能夠改變這個歷史的事實嗎？當他知道自己將被殺死的時候，他能夠改變這種命運的結局嗎？倘若對未來渾渾噩噩，倒也沒什麼可怕；可怕的是已經知道未來的災難，卻沒有辦法挽回這災難的命運！郭璞並沒有利用他的方術做過壞事。雖然他有一次在做客的時候用幻術騙走了主人家的使女，但那件事無傷大雅。因為達官顯宦家中使女成群，那女孩子在主人家裡不被重視，被他帶走了也許更好。其實郭璞更希望的，是利用自己的先見之明為國家挽回一些不幸的事情，所以當王敦要他占卜吉凶的時候，他警告王敦反叛一定不會長壽。他不肯為保全性命而迎合王敦的意思，這是他對自己占卜之術的忠實，也是對自己道德倫理的忠實。可是，他這樣做的結果不但不能挽回那些不幸，而且連自己的生命也賠上了。

清代學者陳祚明也有同樣看法，他在《采菽堂古詩選》中說：「景純本以仙姿遊於方內，其超越恆情，乃在造語奇傑，非關命意。遊仙之作，明屬寄託之詞。如以『列仙之趣』求之，非其本旨矣。」他說，郭璞這個人是以神仙的姿態生活在塵世之間，其詩之所以超越一般人，是因為造語修辭好，而不是因為內心真的超凡脫俗達到了神仙境界。郭璞其實沒有脫離人世間的政治鬥爭，所以他的遊仙詩實在是假託神仙來抒寫人世間那些悲憤感慨。你要想在郭璞的遊仙詩裡尋找神仙的志趣，那是絕對找不到的。

好，下面我們就要看一看郭璞的遊仙詩是不是真的如此。

第三節　郭璞之二

在郭璞的遊仙詩裡，有一首我認為是很重要的，可是一般選本都不選。現在我就要講這一首詩，它表現了郭璞最基本的感情之所在：

> 逸翮思拂霄，迅足羨遠遊。清源無增瀾，安得運吞舟。珪璋雖特達，明月難暗投。潛穎怨青陽，陵苕哀素秋。悲來惻丹心，零淚緣纓流。

左思的《詠史詩》曾說：「鉛刀貴一割，夢想騁良圖。」劉琨的《答盧諶書》曾說：「夫才生於世，世實須才。」那都是一種有才智者無用武之地的感慨悲哀，這「逸翮思拂霄，迅足羨遠遊」也有同樣的意思。「逸翮」代表能夠飛得很遠的鳥——如果你生來就有一對強大的翅膀，那你就應該得到飛起來的機會。「迅足」代表能夠跑得很快的馬——如果你生來就有日行千里的本領，那你就應該得到跑出去的機會。一個人有過人的天賦卻得不到施展才能的機會，才真正值得悲哀。「清源無增瀾，安得運吞舟」——一條清淺的水流，根本就掀不起大一點兒的波浪，你叫那吞舟的大魚在裡邊怎樣游動！開頭這四句，先說的是鳥，然後是馬，然後是魚。好，下邊他就要說人了——「珪璋雖特達，明月難暗投」。「珪璋」，是古代大臣朝見天子時手中所執的玉器。「明月」，是明月之珠，就是明珠。他說，但是你縱然得到了一個做官的機會，你能夠隨隨便便就把自己交付出去嗎？《聖經》上說，如果把一粒珍珠丟在豬的眼前，豬不但不認識它的價值，還要把它踐踏在腳下。同樣，一個才智之士生活在亂世，對自己的出處問題不是也應該慎重嗎？王敦要造反，請郭璞出來做官，可是郭璞卻想以卜筮使王敦打消造反的念頭，所以遭到了殺身之禍。那麼他如果不答應到王敦手下做官呢？同樣會有生命的危險。在那個時候，他真是出來也不對，不出來也不對，他的厄運是早已注定了。打個比方，那就像「潛穎怨青陽，陵苕哀素秋」。「潛穎」，是指那些生長在幽潛之處的禾穗，它需要陽光，可是太陽卻照不到它。因為，你既然自己隱藏在幽潛之處，那麼你當然就沒有出頭的機會。好，既然希望出頭，那麼你就出頭吧。可是出頭之後又怎麼樣呢？你的花開得高高的，一點兒遮蔽都沒有，秋天的雨雪風霜打來，馬上就把你摧毀了！有才能的人總是希望有一個施展才能的機會，可是在這樣的亂世，縱然你得到一個機會，也未必就能實現你的理想，你的「明珠」很可能就「暗投」了。更何況，郭璞他還不僅僅是為了自己的才能。他是看到國家災難將至，希望挽回這可怕的局面。可是，卻沒有人肯聽他的。「悲來惻丹心，零淚緣纓流」的這個「惻」，是一種仁者之心的悲傷，那不是只為自己，而是為了大眾而悲傷。他說，我空有為國為民的這一片忠心，可是我無能為力，因此我的眼淚就不由自主地沿著帽纓流了下來。

你們看，這就是郭璞！他因為有卜筮術數的技能而受到儒家傳統的輕視，可是他的行為卻繼承了儒家傳統的風貌。儒家講「知其不可而為之」，就是說我明明知道這件事成功的可能性極小，而且需要我付出犧牲的代價，可是我覺得這是我應該做的，所以我仍要去做。這是一種儒家的精神。郭璞雖然被人們看作方術之士，但他是有這種儒家精神的。如果他僅僅是方士，那麼當王敦要他占卜的時候，他完全可以說一些諂媚逢迎的話去迎合王敦，那樣王敦不但不會殺他，還可以給他富貴顯達。他為什麼警告王敦造反就不會有好下場？一方面當然是他忠實於自己的卜筮之術，另一方面也未必沒有希望王敦因迷信卜筮而改變主意的意思。他是想為挽救國家災難盡自己的一份心。可是，誰能理解他的這一份忠誠呢？透過這首詩，我們可以看到郭璞的內心是如此抑鬱，如此矛盾。所以我說，郭璞的《遊仙詩》實在比左思的《招隱詩》更複雜、更有深度。選郭璞的詩而不選這一首，是沒有真正理解這位詩人。

當然，選詩的人也不是完全沒有道理。他們所選的詩，往往更能夠體現所謂「遊仙詩」的本質，就是山水描寫方面的特色。下面我們再看郭璞的另外三首《遊仙詩》，我們先看第一首：

京華遊俠窟，山林隱遁棲。朱門何足榮，未若託蓬萊。臨源挹清波，陵岡掇丹荑。靈谿可潛盤，安事登雲梯。漆園有傲吏，萊氏有逸妻。進則保龍見，退為觸藩羝。高蹈風塵外，長揖謝夷齊。

這首詩的寫作方法基本上是兩兩對比，開頭「京華遊俠窟，山林隱遁棲」兩句就是對比。一般說起來，到京城去的人是為追求功業，所謂「遊俠」就是那些希望建功立業的人。窟，是一個聚居的所在。追求功業的人都聚集在京城，而隱遁的人則棲居在山林。那麼哪一種人值得讚許？接下來他就作了一個判斷：「朱門何足榮，未若託蓬萊。」「朱門」，代表富貴者的宅第，而富貴本身就是虛幻的，它不能代表你真正的人生價值和意義。「蓬萊」，是古代傳說中海外三座仙山之一。「託蓬萊」，就是求隱和遊仙了。那麼求隱和遊仙有什麼好處呢？下邊他就開始描述那種種的好處：「臨源挹清波，陵岡掇丹荑。」——讀到這裡，我們就可以看出選這首詩的目的了。所謂「遊仙詩」的本質，其實就是對山水草木等大自然景物的描寫。在講左思的時候我也曾提到過，遊仙詩和招隱詩發展到後來就成了山水詩。我們講詩，不但要講個別作者的風格特色，還要看它在整體演進中所處的地位，也就是結構主義所說的那個大結構。永嘉時的風氣貴黃老，尚虛談。玄言詩理過其辭，淡乎寡味。但講老莊哲理的人一般都比較喜歡山林的隱逸生活，於是後來才有了向山水詩的轉變，而這轉變有一個從量變到質變的過程。開始的時候，在詩中講老莊哲理的多，講隱逸和神仙的多，描寫山水風景的少；到後來，描寫山水風景的分量就越來越多，講哲理的分量就越來越少了，即如劉勰《文心雕龍・明詩》所說，「宋初文詠，體有因革，莊老告退，而山水方滋」。到大謝的時候，就達到了質變。而永嘉時代的郭璞，鍾嶸說他「用儁上之才，變創其體」，又說他「始變永嘉平淡之體」，這說明，他是較早開創向山水詩過渡之風氣的一個人。在這裡，「臨源挹清波，陵岡掇丹荑。靈谿可潛盤，安事登雲梯」四句，就是非常好的山水風景描寫。他說，在山裡，你可以到水流的源頭捧取那最乾淨最清澈的水。古人說「滄浪之水清兮，可以濯我纓」（《孺子歌》）！你還可以登上山岡去拾取丹荑來食用。這個「荑」字讀ㄊㄧˊ，泛指初生的草。初生草木的嫩芽往往帶有一點點紅色，所以叫「丹荑」。也有人說丹荑是赤芝，那是一種吃了可以延年的芝草。山中不但有這些好東西供你服食，山中還有極好的風景供你遊玩盤桓——「靈谿可潛盤」。《文選》李善注說，「靈谿」是一條溪水的名字，並引了庾仲雍《荊州記》「大城西九里有靈谿」。那麼你要注意到，靈谿是在荊州。王敦當時控制了荊州，所以郭璞在寫這首詩的時候，已經是在王敦的手下了。不過，我們其實也不必拘指靈谿究竟在什麼地方，因為僅僅這個名字，就可以給人很美麗的聯想。聞一多寫過一首詩題目叫《死水》，死水是不流動的水，是積聚了許多髒東西的又臭又黑的水。而這「靈谿」恰恰相反，是有生命的、活潑的、會流動的水。下面我們接著講

「安事登雲梯」。李善認為，雲梯是「言仙人升天，因雲而上，故曰雲梯」（《文選》注）。那麼這一句就是說，你在這裡隱居就已經很快樂了，至於能不能升天做神仙就不必去考慮。但我以為，這樣講與這首詩的主線是有矛盾的。前文我說過，這首詩一開頭就是「京華遊俠窟」和「山林隱遁棲」的對比；然後「朱門何足榮，未若託蓬萊」是呼應開頭對比的判斷，本身仍是一個仕與隱的對比。那麼現在「靈谿可潛盤，安事登雲梯」仍然應該是呼應開頭兩句的仕與隱的對比。一般我們說「青雲直上」，那是指仕途得意。現在他的意思應該是：山中風景如此美麗，隱居生活如此愜意，你何必還要去爬那仕途的青雲梯，追求什麼高官厚祿呢？所以接下來，他舉了古代不求仕而求隱的兩個人：「漆園有傲吏，萊氏有逸妻。」「漆園吏」指的是莊子，莊子曾做過管理漆樹的漆園吏。「萊氏」指的是老萊子。老萊子也是一個隱士，楚王請他出去做官，他倒是無可無不可的，可是他的妻子不贊成，說：「我寧可過貧窮的日子，也不願意被人家約束挾制！」把手中的簸箕向地下一丟，回頭就走。於是老萊子就也跟著她去隱居了。這老萊子的妻子高風隱逸，倒真是很難得的。

底下兩句又有點兒問題——「進則保龍見，退為觸藩羝」。按李善的注解，「進」是求仙，「退」是處俗。他說如果你在求仙的路上努力進取，那麼你一定會有「龍見」的一天。什麼叫「龍見」呢？《易經》「乾」卦九二的爻辭說：「見龍在田。」這龍最初是潛藏在地底下沒有人看見的，現在它已經出現在地面上。所以這是以此來比喻：只要你堅持不懈地求仙，那麼你早晚一定能功行圓滿，飛升天上。可是如果你不求進取，退回到塵世之中呢？你就成了觸藩之羝。「觸藩羝」也是《易經》裡的話。《易經》「大壯」的爻辭說：「羝羊觸藩，羸其角，不能退，不能遂，無攸利。」他說就像公羊用犄角去頂一個籬笆，不但傷了角，而且被籬笆掛住了角，不能前進也不能後退，結果沒有一點兒好處。可是我以為，這兩句詩也可以作另外一種解釋。因為《易經》中的這個「龍見」一般是指用世而不是指遁世。所以這兩句也可以解釋為：你如果用世為官，在順利的時候當然是「龍見」了；可是你一旦失意，就會變成觸藩之羝，進也進不得，退也退不得。

「高蹈風塵外，長揖謝夷齊」，「高蹈」就是高步，是你的腳踏上了一個更高的境界；「風塵外」是塵世之外，或者說遠離塵世的地方；「夷齊」，是伯夷和叔齊兩位隱士。而這個「謝」字又可以作兩種解釋：一個是拜見問候的意思，那就是說要和夷齊一起去做隱士了；另一個是辭別的意思，那就是說，夷齊隱居首陽仍被世人所知，算不得真正的隱士，所以我要離開他們隱居得更深，遠遠離開這齷齪的塵世。

這一首《遊仙詩》就講到這裡，下邊我們再簡單看另外的一首：

> 青溪千餘仞，中有一道士。雲生樑棟間，風出窗戶裡。借問此何誰，云是鬼谷子。翹跡企潁陽，臨河思洗耳。閶闔西南來，潛波渙鱗起。靈妃顧我笑，粲然啟玉齒。蹇修時不存，要之將誰使。

這首詩裡邊出現了一個女仙「靈妃」。前文我已經講過，從楚辭的《離騷》、《遠遊》、《招隱士》，到左思的《招隱詩》、郭璞的《遊仙詩》，這是一個發展系統。郭璞的《遊仙詩》裡邊包含坎壈詠懷的悲慨，是繼承了楚辭的傳統。現在靈妃也出現了，她不僅是個神仙，而且是個女仙。作者是用愛情的口吻來寫這位女仙的，這仍然是楚辭的傳統。屈原《離騷》說：「吾令豐隆乘雲兮，求宓妃之所在。解佩纕以結言兮，吾令蹇修以為理。」《離騷》裡的美女，可以代表聖君，也可以代表賢臣。而這裡的女仙靈妃，就只是代表神仙，或者也可以代表對一種隱逸境界的追求。「靈妃顧我笑，粲然啟玉齒」——那美麗的女仙對我回眸一笑，露出了她那潔白如玉的牙齒。可是「蹇修時不存，要之將誰使」？「蹇修」就是《離騷》裡那個蹇修，是媒人。他說，我雖然想去追求她，可是沒有一個合適的人做我的媒人。這仍然是象喻，對女仙的追求代表著對一種高遠不可得之境界的追求。可以說，郭璞還沒有遠離楚辭的傳統。可是後來到唐朝的時候就不得了了，唐朝的皇帝姓李，自己說是老子的後代，於是就崇信道教，要大家讀老子的《道德經》，在全國各處設立道觀，許多公主和王公貴族的女兒都出家去做女冠——就是道姑。這些人做了道姑怎麼樣呢？一方面她們仍然保持著富貴和權勢，一方面又脫離了世俗的、倫理的和社會的約束，可以為所欲為，甚至天天和情人幽會。所謂「碧城十二曲闌干，犀辟塵埃玉辟寒。閬苑有書多附鶴，女床無樹不棲鸞」（李商隱《碧城三首之一》）。唐人也就往往假託女仙來寫這些愛情的幽會，像李商隱就寫過不少這樣的詩。還有一個作者曹唐以寫遊仙詩出名，寫過九十多首遊仙詩。總之，借女仙來寫愛情故事，這也是遊仙詩後來的一種發展。我講郭璞的這首詩，就是因為這首詩所寫的女仙、媒人、愛情的事件，與後來那種風氣不能說沒有一點點關係。當然，郭璞這首詩仍然是象喻的，與唐人那些寫愛情的遊仙詩有本質的不同。我們再看下邊的一首：

> 翡翠戲蘭苕，容色更相鮮。綠蘿結高林，蒙籠蓋一山。中有冥寂士，靜嘯撫清絃。放情陵霄外，嚼蕊挹飛泉。赤松臨上游，駕鴻乘紫煙。左挹浮丘袖，右拍洪崖肩。借問蜉蝣輩，寧知龜鶴年。

前文我曾引過劉勰對郭璞的評價，他在《文心雕龍・才略》中說：「景純豔逸，足冠中興。」這一首詩，就最能代表郭璞「豔逸」的風格。所謂「豔逸」是說，一方面他所用的辭藻是美豔的，一方面他所表現的精神是超逸的。你看這「翡翠戲蘭苕，容色更相鮮」寫得多麼美！「翡翠」是翡翠鳥，那是羽毛最美的一種鳥，古人常用翠羽來裝飾衣物，翠羽就是翡翠鳥的羽毛。「苕」是草木的花，「蘭苕」就是蘭花。美麗的翠鳥在美麗的蘭花上邊飛來飛去。翠鳥的顏色襯託著蘭花，使蘭花顯得更美；而蘭花的美麗也襯託著翠鳥，使翠鳥顯得更可愛。「綠蘿結高林，蒙籠蓋一山」，他說那綠色的藤蘿盤結在高大的林木之上，好像傘蓋一樣籠罩著整個山林。而且不但你眼睛看到的顏色美，你耳朵裡聽到的聲音也美：「中有冥寂士，靜嘯撫清絃。」「冥」是隱藏的，「寂」是沉默的。在那幽靜的山谷之中，有一位高隱之士偶然就發出長嘯的聲音或者撫弄他的琴絃。深山之中有這些耳聞之美和目見之美還不說，你還可以「放情陵霄外，嚼蕊挹飛泉」。山裡沒有社會上的那些虛偽和欺騙，沒有邪惡，你可以使你的精神遨遊在天地之外——就是嵇康所說「目送歸鴻，手揮五絃。俛仰自得，遊心太玄」（《贈兄秀才入軍》）的那種境界。而且，你口中嚼的是花蕊和靈芝仙草；你手中捧起來喝的，是高山瀑布飛濺下來的清泉。——這一大段詩，辭藻美麗，精神超脫，確實可謂「豔逸」。

下邊他說：「赤松臨上游，駕鴻乘紫煙。」赤松子是古代傳說中的神仙，他說赤松子騎著鴻鳥，乘著紫色的雲彩，就來到了你的身邊。而且不只是赤松子，還有別的神仙也來了：「左挹浮丘袖，右拍洪崖肩。」他說你的左手一拉，就拉到浮丘公的袖子；你的右手一拍，就拍到洪崖的肩膀——浮丘公和洪崖也是傳說中的神仙。所以你看，山裡邊就有這麼多好處：你耳目的享受這麼美，你的精神這麼超脫，你吃的是仙草飲的是飛泉，和你遨遊的都是神仙。所以——「借問蜉蝣輩，寧知龜鶴年」？他說你們這些沉迷在種種物欲拘限之中的世俗之人，你們就像朝生暮死的蜉蝣一樣，怎麼能體會得到有千百年壽命的龜鶴所能體會的那種境界呢？《莊子·逍遙遊》裡說大鵬鳥凌空而上九萬里，然後飛向南溟，小麻雀就嘲笑大鵬鳥說：「我在蓬蒿之間飛翔就覺得很好，你飛那麼高有什麼用處？」小麻雀是不能理解大鵬鳥之志向的，因為它沒有大鵬鳥那種能力。同樣，求仙之人與世俗之人的差別，也就像蜉蝣與龜鶴、麻雀與大鵬之間的那種差別一樣。

（安易、楊愛娣整理）

第八章　元嘉詩歌

第一節　謝靈運之一

中國傳統的文學批評是主張「知人論世」的，但西方文學理論中「新批評」的一派對此不以為然，他們堅決主張詩歌批評應當以作品本身為依據，而不應當以作者的人格為依據。這種觀點很有道理。因為一個人儘管知識淵博、品格高尚，但如果他沒有文學藝術方面的修養，根本就成不了詩人，偶爾寫出詩來也不一定就是好詩。也就是說，一個人品格的高低與他作品藝術價值的高低並不成正比。然而有一點我們卻不能忽略，那就是作品既然是由作者本人寫出來的，那麼作品中所表現出來的思想感情，以及思想感情活動的方式，甚至知識的背景、用字的習慣，就都必然與作者本人結合有密切的關係；而且，作品的風格與作者的性格以及他生活的經歷也往往結合有密切的關係。更何況我還曾說過，好詩裡邊都具有一種感發的生命，而這種感發生命的大小深淺與厚薄，是與作者所關懷的範圍之廣狹有關的。因此，當我們分析一個有特色的詩人時，就必須先分析他這個特色是怎樣形成的，而這就往往涉及他的身世經歷，他所處社會的歷史背景以及詩歌發展的歷史背景。

我們前文講過的建安詩人曹植，他的詩就與他個人的身世及時代的背景有密切的關係。曹植才華橫溢，而且有志於「建永世之業，流金石之功」（《與楊德祖書》），但他的行為過於任縱，以致他的父親曹操雖然很欣賞他的才華，卻終於沒有選擇他做繼承人。而且，後來因此而受到他的哥哥魏文帝曹丕和侄子魏明帝曹叡對他的猜忌和壓制，使他終生不得意，無法實現報國的理想。所以，曹植一方面寫了《白馬篇》那樣的詩表現他建功立業的志意；一方面也寫了很多以女子為託喻的詩，表現他得不到任用的抑鬱悲哀。這是曹植這個詩人的兩個方面。不過，和後來的詩人相比，你就會發現，曹植的這兩個方面還是比較單純的。因為，他的遭遇也不過就是遭到他哥哥和侄子的猜忌，得不到任用而已。而這一節我們要講的詩人謝靈運，他的遭遇比曹植要複雜得多了，因此他的詩在形式和內容上也就比曹植的詩繁複得多了。

謝靈運生於東晉後期，他的祖父是謝玄，謝玄的叔叔就是東晉有名的宰相謝安。對於東晉的世家大族，我在這裡只能作一些簡單的介紹。西晉滅亡之後，東晉遷都建康。由於北方已經淪陷，所以王室和貴族也都渡江南遷。於是，北來的貴族和南方當地的貴族之間就產生了矛盾和隔閡。當時，打通這些隔閡，使剛剛建立起來的東晉政權逐漸鞏固起來的，是東晉開國的宰相王導。而在王導之後，繼續調和南方人與北方人的矛盾、中央政府與地方軍閥的矛盾，使朝廷穩定和睦的就是謝安了。王導和謝安都出身於北方貴族，而且都對東晉政權的鞏固有大功，後來這兩個家族就成了南朝的望族。所以後代詩人經常以「王謝」來指代六朝的高門貴族，如唐代詩人劉禹錫就曾說，「舊時王謝堂前燕，飛入尋常百姓家」（《烏衣巷》）。

謝安字安石，早年曾隱居在會稽的東山。由於他很有才幹和名望，當時人們都說：「安石不肯出，將如蒼生何？」（《晉書卷七十九・謝安》）於是他後來就出山了。淝水之戰時，謝安以宰相任最高統帥，他的侄子謝玄等帶兵以少勝眾，打敗了前秦的苻堅。

謝玄曾經在京口募兵，得勇士劉牢之。劉牢之經常領精銳當前鋒，戰無不勝，這支軍隊就叫作北府兵。後來的宋武帝劉裕，當時就曾是北府兵的一員將領。桓玄篡晉，劉裕與劉毅等結盟，一起滅了桓玄。而後來劉裕的勢力越來越大，終於滅晉自立，就是宋武帝。

詩人謝靈運，就生活在這樣一個時代背景之下。他父親叫謝瑍，生而不慧，但謝靈運卻從小聰明過人。他的祖父謝玄覺得很奇怪，曾經對人說：「我乃生瑍，瑍那得生靈運！」（《宋書・謝靈運傳》）謝靈運生下來不久，他的父親謝瑍就去世了，家裡人因子孫難得，惟恐他養不大，所以把他送到別人家去寄養，直到十幾歲才回來，因此謝靈運有個小名叫作「客兒」。客兒博覽群書，寫的文章特別好，幾乎沒有人趕得上他。而且他出身名門，從小就繼承了康樂公的爵位，因而也就養成了偏激、豪奢的性格。史書上說他「車服鮮麗，衣裳器物，多改舊制」，於是「世共宗之，咸稱謝康樂也」（《宋書》本傳）。他穿衣服要穿最講究的，坐車也要坐最豪華的。據說，他特別喜歡登山，為此還發明了一種登山的木屐，上山的時候去掉屐的前齒，下山的時候去掉屐的後齒。後世的人就把這種屐稱作「謝公屐」。

應該注意的是，謝靈運曾經在劉毅手下做過事，而劉毅當初雖曾與宋武帝劉裕一同滅過桓玄，但後來與劉裕不和，被劉裕攻滅。同時，謝靈運的從叔混也因劉毅的緣故被劉裕殺掉。謝靈運在劉裕手下任過官職，劉裕北伐的時候，謝靈運奉晉安帝的命令到軍中慰勞，還曾為劉裕寫過一篇《征賦》，因而與劉裕也保持著很好的關係。

劉裕北伐果然取得了勝利。然而他北伐的目的並不是為東晉統一中國，而是要藉此建立一番功業，當作篡奪晉室天下的本錢。所以他在攻破長安滅了後秦之後趕快就回去篡奪政權，殺死了晉安帝，然後又逼迫晉恭帝禪位，建立了南朝的宋。新朝沒有取消謝靈運的封爵，只是把公爵降為侯爵，並減少了他的食邑，後來又讓他擔任過散騎常侍和太子左衛率等官職。

說到宋武帝和謝靈運之間的關係，那是很微妙的。劉裕在剛剛取得政權之後要籠絡人心，尤其對像謝靈運這樣的世家貴族代表人物更要進行拉攏，而謝靈運在東晉滅亡之後也想辦法要繼續保持自己豪門貴族的權力和地位。從這個角度來看，他們是一種互相利用的關係。但我以為從另一個角度來看，劉裕確實看重謝靈運的文采，謝靈運也真心讚頌劉裕的武功。這種彼此的欣賞，也很難說其中就沒有一點點的真誠。不管怎麼說，劉裕活著的時候，與謝靈運的關係始終還是不壞的。

劉裕的次子廬陵王劉義真是個很喜歡文學的人，與謝靈運、顏延之等人來往比較密切，有一次他對謝、顏說：「我將來要是做了皇帝，一定用你們兩人做我的宰相。」當時劉義真只是個十幾歲的孩子，也許只是開玩笑隨便說說而已。但這種話是不可以隨便說的。中國封建社會的傳統是立長子，劉裕的長子叫劉義符，就是後來只做了兩年皇帝的宋少帝。劉裕為了防止自己死後兒子們爭奪帝位，就把廬陵王調離了京城。劉義符即位時只有十七歲，政權卻掌握在大臣徐羨之等人的手上。史書上記載，謝靈運這時候就在朝中「構扇異同，非毀執政」（《晉書》本傳）。就是說，他毫無顧忌地煽動朝廷裡的鬥爭，批評那些執政者這個也不對，那個也不對。這當然就激怒了執掌朝政的徐羨之等人，於是就把他外放到永嘉去做太守。永嘉在現在的溫州附近，山水風景很好。謝靈運懷著滿腔的不平、滿腹的牢騷到了永嘉，不肯管理政事，恣意遊山玩水，有時一出去就是十天半月。他在那裡只做了一年太守，就辭官不做，回到他會稽的家中。

不久，廬陵王義真和少帝義符先後被徐羨之等所殺。文帝劉義隆即位，殺掉了徐羨之等，把謝靈運又召回朝廷，讓他撰寫《晉書》。但謝靈運認為自己的才幹是足以執掌朝政的，現在讓他一天到晚整理史書，當然一肚子的不高興，所以根本就不好好幹。文帝拿他也沒辦法。後來他終於請假東歸，不久又被人彈劾，坐此免官。謝靈運這個人出身豪門貴族，從來不知檢點，在行為上比曹子建還要任縱。他家裡有錢，養了一大堆門客，免官家居後經常成群結隊地出去遊山玩水，而且他總是要爬最高的山，走最危險的路。有一次他帶著好幾百人，從始寧的南山開山伐木，一直到了臨海，把臨海的地方官嚇壞了，以為是來了山賊。還有一次他和朋友喝醉了酒，把衣服脫光大喊大叫。他這樣鬧來鬧去，就得罪了會稽太守孟顗，人家就向朝廷告他謀反。宋文帝知道他是文人，造不起反來的，因此沒有怪罪他，還給他換了個地方，讓他去做臨川內史。但他在那裡也不肯收斂，又「為有司所糾」，派人來捉拿他。於是他就把派來的人扣押，真的造起反來。謝靈運最後的下場是在廣州被殺死的，死時只有四十九歲。

前文我曾講過，魏晉之間政治鬥爭非常複雜，很多詩人都沒有好下場。正始詩人嵇康是被殺死的，太康詩人「三張二陸兩潘一左」之中，多半是被殺死的。所以，當時的文人們為了保全身家性命，就只有遠離政治去談玄學。這種思想反映到詩壇，就出現了山林隱逸的詩和遊仙詩。玄學與隱逸詩、遊仙詩的結合，已經孕育出山水詩的萌芽，而謝靈運寫山水詩最多也最好，因此就成了山水詩派的開山作者。後來唐代山水田園詩派的王維、孟浩然、柳宗元等雖然作風各不相同，但都是在謝詩影響下演變出來的。

我們已經欣賞過了陶淵明的田園詩，現在再看一看謝靈運的詩就會發現，他們兩人的作風完全不同。這兩位詩人雖然生活在同一個時代，但身分地位與性情的不同導致了詩風的不同：陶淵明的詩淳樸任真、不假雕飾，而謝靈運的詩非常注重人工的安排和雕飾。那麼謝靈運的詩是怎樣安排和雕飾的？現在我們就來看他的一首代表作《登池上樓》：

潛虬媚幽姿，飛鴻響遠音。薄霄愧雲浮，棲川怍淵沉。進德智所拙，退耕力不任。徇祿及窮海，臥痾對空林。衾枕昧節候，褰開暫窺臨。傾耳聆波瀾，舉目眺嶇嶔。初景革緒風，新陽改故陰。池塘生春草，園柳變鳴禽。祁祁傷豳歌，萋萋感楚吟。索居易永久，離群難處心。持操豈獨古，無悶徵在今。

少帝即位之後，謝靈運被執政的徐羨之等人排擠，外放到永嘉（今溫州）做太守。到了永嘉他就病了，直到第二年春天病才好。這首詩就是初春登樓時所寫。這裡的「池」，在永嘉西北三里，積穀山的東面，現在叫「謝公池」。這首詩，先不要說內容，光是從形式上就比我們以前欣賞過的詩都複雜。在我們以前欣賞過的詩中，《古詩十九首》裡偶爾出現過對偶的句式，曹子建的詩對偶比較多了，但一首詩中也不過三四聯而已。可是謝靈運這首詩，幾乎每一句都對起來了。陶淵明的「栖栖失群鳥，日暮猶獨飛」，所用詞語是樸實的，句法結構也很平順。可謝靈運這首詩，不但用了很多筆劃很繁複的字，用了大量的辭藻，而且他的句法也很錯綜複雜。什麼是「潛虯」？「虯」是一種龍，就是傳說中的那種有兩隻犄角的小龍，那麼「潛虯」就是藏在深淵之中還沒有飛升出來的龍了。「幽姿」，是一種幽隱的姿態；「媚」字有美好的意思，本是形容詞，在這裡用做動詞。「飛鴻」，是天上高飛的鴻雁；「響」與「媚」一樣，也是把形容詞用做動詞。這兩句是說：潛虯的可愛在於它那幽隱的姿態，飛鴻的好處在於它那嘹亮的聲音。現在你看，這兩句在詞性上是對仗的：「潛虯」對「飛鴻」；「幽姿」對「遠音」；「媚」對「響」。進一步來看，則這兩句的意思也是對仗的：能藏有能藏的美麗和好處，能飛也有能飛的美麗和好處。這話是什麼意思？其實，這正反映了詩人內心的矛盾：隱有隱的好處，仕也有仕的好處，我到底應該走哪條路？我前文講過，寫詩有賦比興三種方法。顯然，這裡用的是比的方法。曹植的《白馬篇》，其中對偶的句式有「仰手接飛猱，俯身散馬蹄」，「長驅蹈匈奴，左顧凌鮮卑」等。應該注意到，以發展的眼光來看，曹植的對偶與謝靈運的對偶有層次的不同。曹植是直接敘述，句法很簡單，謝靈運的句法就相當複雜了。「接飛猱」、「散馬蹄」，「蹈匈奴」、「凌鮮卑」，雖然意思上比較誇張，但動詞與受事的名詞之間的關係是很直接很通順的。謝靈運這個則不然，他說潛龍以幽姿為美，飛鴻以遠音為響，在句法上是顛倒的，這種顛倒的句法後來形成了近體詩語言中的一個特色。我們可以接著看下邊的

「薄霄愧雲浮，棲川怍淵沉」，這兩句在句法變化上的自由更為明顯。「薄霄」是靠近雲霄，「棲川」是棲止在川谷之中，「愧」和「怍」都是慚愧的意思。他的意思是說：要是想靠近雲霄，你就該高高地飛起來，要是想棲止在川谷之中，你就該深深地沉下去；可是慚愧得很，我既不能夠做到高高地飛起來，也不能夠做到深深地沉下去。你看，詩人只須把握住幾個重點詞語，就能夠表現出這麼複雜的意思。這是詩歌語言的一種進步。杜甫的《秋興八首》說，「香稻啄餘鸚鵡粒，碧梧棲老鳳凰枝」。香稻沒有嘴怎麼會「啄」？碧梧沒有腿怎麼會「棲」？那也是句法的顛倒。社會在不斷地發展，詩歌所要反映的內容也在不斷增加，因此，詩歌的形式也必須不斷地演進。而且，這種演進總是從簡單到複雜，從古樸到雕飾的。沒有這個過程，也就不能產生向更高層次的飛躍。也就是說，沒有魏晉南北朝這一階段在詩歌形式上的演進，就不會有盛唐詩歌的高度繁榮，而謝靈運，則正是這一轉折過程之中的一個很重要的詩人。

其實還不止句法繁複，這首詩的前四句在結構上也費了一番人工安排：潛虯住在水裡，所以第四句「棲川怍淵沉」承接的是第一句「潛虯媚幽姿」；飛鴻飛在天上，所以第三句「薄霄愧雲浮」承接的是第二句「飛鴻響遠音」。但「潛虯」兩句說的是物；「薄霄」兩句中卻由於用了「愧」和「怍」兩個動詞而出現了隱藏在背後的一種屬於人的感情，從物到人，這是一個生發的過程。所以你看，謝靈運這個詩人，他從用字、用詞，一直到句式、結構，都有這麼複雜的思索安排。

接下來，詩人自己就直接出面了，他說：「進德智所拙，退耕力不任。」「進德」，指的是在道德、文章、事業上有所建樹，但實際上這裡的意思還是指的做官。他說，追求做官，我的聰明才智是不夠的；但退隱歸農呢？我又不是一個種田的材料，這真是無可奈何了！你到底選擇哪裡作為你的安身之處呢？結果，他還是「徇祿及窮海，臥痾對空林」。所謂「徇」，有以身相求的意思。司馬遷《伯夷列傳》說「貪夫徇財，烈士徇名」，就是說，那種追求之心特別強烈，以致寧可犧牲自己的生命。那麼謝靈運追求的是什麼？因為他來永嘉是做太守的，所以他自己說是「徇祿」。永嘉靠近東海，那時候還很荒涼。而你要知道，不久以前曾有一次孫恩的變亂，孫恩就是在東海沿岸起兵的。陶淵明不願和那些貪官污吏同流合污，寧可回家去種地；但謝靈運下不了這種決心，為追求那一點點的官祿，他只好來到永嘉這荒涼的海邊。來了之後他就生病了，每天躺在床上，周圍都是寂寞的空林。「衾枕昧節候，褰開暫窺臨」是說，我臥病在床，糊里糊塗的連季節氣候的變化都不知道了；今天我的病稍微好了一點兒，我就用手拉開窗簾偶然向外看一看。看什麼呢？「傾耳聆波瀾，舉目眺嶇嶔」，我就側著耳朵聽一聽海水的波濤聲，抬起頭來看一看高山的起伏。而這樣一看一聽，詩人就發現，「初景革緒風，新陽改故陰」——在不知不覺之間，初春溫暖的陽光已經完全改變了殘冬的寒冷。在這裡，「初景」和「新陽」都代表了春天陽光的溫暖；而「緒風」、「故陰」，是指冬天殘留下來的寒風和陰冷。對偶的意思可以相反，也可以相近。這兩句就是意思相近的對偶。

下邊兩句「池塘生春草，園柳變鳴禽」，是謝靈運的名句。作為對句來說，「池塘」對「園柳」，「春草」對「鳴禽」都不十分整齊，但正是由於不十分整齊，所以顯得很自然、很放鬆。「薄霄愧雲浮」等句子都是把握住幾個重點的詞語，錯綜顛倒，表現出很複雜的意思，是一種濃縮的語言，因此讀者讀起來也未免有些吃力。這兩句卻完全是直接的感發：池塘之中生出了一片碧綠的春草，園中的柳蔭裡每天都有不同的鳥在啼叫。和前邊那些經過安排思索的濃縮的句子比起來，這兩句在形式和內容上都顯得很輕鬆、很自然。所以後來元遺山《論詩絕句》評論謝靈運的這兩句詩說：「池塘春草謝家春，萬古千秋五字新。」其實，這兩句之所以成為名句，還有一個故事：謝靈運有個族弟叫謝惠連，詩寫得很好，但他的父親不喜歡他。謝靈運和這個弟弟很談得來，說是「每對惠連，輒得佳語」。後來謝靈運寫這首《登池上樓》的時候，一整天也想不出好句子，但剛一睡覺，就夢見了謝惠連，醒來就寫出了這兩句。他自己說：「此語有神助，非吾語也。」（編按：《詩品・卷中・宋法曹參軍謝惠連》引《謝氏家錄》）這兩句詩在全詩中確實別有神致。

在本詩中，只有這兩句是自然的感發。下邊接下來他就又用典故了——「祁祁傷豳歌，萋萋感楚吟」。前一句，見於《詩・豳風・七月》的「春日遲遲，採蘩祁祁。女心傷悲，殆及公子同歸」。意思是，春天的白天那麼長，採蘩也採了那麼多，但采蘩的女子心裡很悲傷，因為她快要出嫁了，不久就要跟著丈夫遠離父母而去。所以你看，謝靈運的這個「傷」，傷的是什麼？傷的是離別。後一句，見於《楚辭・招隱士》的「王孫遊兮不歸，春草生兮萋萋」。意思是，所招的那位隱士到山裡邊去了就再沒回來，眼看又是一年的春天了。而謝靈運自己，就是被迫離開了首都，來到如此遙遠的海邊。所以他從眼前的春日景色就聯想到《詩經》和《楚辭》裡所寫的離別，因而產生一種感傷之情。接下來他說：「索居易永久，離群難處心。」如果你孤獨地生活，就會覺得日子很長很長，總是過不完；如果你離開了自己的夥伴，就總是感到內心的感情無處安排，也就是說，他的內心之中總是有一種找不到歸屬的感覺。

謝靈運的山水詩還有一個習慣的作風，就是他在寫山水的時候常常要點綴上幾句談名理的句子。這首《登池上樓》結尾的「持操豈獨古，無悶徵在今」兩句就是如此。有的選本把「持操」的「操」解釋為樂曲，說就是指前面所說的「豳歌」和「楚吟」。我以為這樣解釋不夠準確。因為最後這兩句是連下來的，意思是，難道能夠堅持操守的只有古人？可以避開塵世而不懷有憂愁的這種操守，在我這裡就可以得到證明！為什麼說這是談名理呢？因為「無悶」這個詞出於《易經・乾卦・文言》的「龍德而隱者也，不易乎世，不成乎名，遁世無悶」。意思是，有才德而隱居的人不為世俗所移，不求成名於世，甘心退隱而沒有煩悶。這是古代儒家的一種修養。謝靈運真的有這種操守嗎？不是的，魏晉尚清談，他只不過是把古人的話套過來清談一番而已。

第二節　謝靈運之二

上一節我們看完了謝靈運的《登池上樓》，我所著重講的，是謝靈運在形式方面所表現出來的特點。實際上，這首詩在內容和感情上也很有代表性，它真實地反映了謝靈運內心之中的矛盾，而且這種矛盾在他來說是異常痛苦而又無法解決的。

中國自東漢魏晉以來一直非常注重門第，魏文帝施行九品官人法，結果是從此「上品無寒門，下品無世族」。謝靈運出身豪門世族，謝家在東晉朝廷炙手可熱，而那時候宋武帝劉裕不過是謝玄部下劉牢之軍隊裡的一個小軍官。劉裕後來做了皇帝，謝靈運要想保全自己家族的地位就只能屈身侍奉他。以謝靈運的門第和身分來說，這是一種屈辱，他在內心深處是不能甘心的。而且，謝靈運還在劉裕的對頭劉毅手下做過參軍，後來劉毅被劉裕消滅，因此在謝靈運心中除了那種屈辱的感覺之外，又加上了一份猜忌的心理。何況，事情還不僅僅如此。我還說過，謝靈運還和劉裕的次子廬陵王劉義真關係很好，但劉義真在爭奪帝位之中也是一個失敗者，在劉裕還活著的時候就被遣出京都，後來終於被殺。對此，謝靈運心中又有許多牢騷和不平。他處在這麼多矛盾與猜忌之中，本來已經很危險，不幸的是，他的性格又如此任縱、驕奢。因此，他終生都不能「得其所」：把他放在朝廷裡不對，派他出外做個行政長官也不對，讓他回到故鄉去閒居也不對。他不肯也不能安心地穩定在任何一個位置上，究其根源，還是出於他內心那些無法解決的矛盾。陶淵明選擇了歸隱作為自己人生立足的所在，說「託身已得所，千載不相違」。但謝靈運不行，他始終找不到一個能夠安身和安心的所在。這種不安定的感覺反映到詩裡邊就是「薄霄愧雲浮，棲川怍淵沉。進德智所拙，退耕力不任」，而這些矛盾，也就必然造成他最終那個悲劇的結局。

《登池上樓》是謝靈運做永嘉太守時所寫的作品。實際上，他只做了一年太守就「稱疾去職」，回到會稽營建他的山居別業了。就在這個時候，朝廷之中起了變亂。執掌朝政的徐羨之、傅亮和謝晦廢掉了少帝劉義符並將其殺掉，罪名是少帝遊戲無度。但那多半只是個藉口，說不定是少帝對他們的專權不滿意，他們就先下手為強了。在這之前，他們已經殺死了武帝的次子廬陵王劉義真，按照順序，下一個繼承人就是武帝的第三個兒子宜都王劉義隆了。宋文帝劉義隆是一個很有能力的人，即位之後他慢慢培養起自己的勢力，相繼殺死了徐羨之、傅亮和謝晦，奪回了旁落的大權。在劉宋的幾個皇帝之中，宋文帝要算是比較英明的一個。他記起謝靈運的才學，就請他回到朝廷來做官，讓他整理秘閣圖書，補足闕文，並讓他撰寫晉書。但謝靈運不是一個可以安下心來做事的人，史書上說他對撰寫晉書的任務僅「粗立條流，書竟不就」（《晉書》本傳）。因為他覺得自己是參政的材料，但皇帝又不用他。所以他心中不平，經常稱疾不朝，去遊山玩水，十天半個月都不回來，又差遣公差給他私人修建庭園，引起了不少人的不滿。文帝不想過於傷害他，就暗示他自己告退，於是他就稱病辭職，又回到會稽。這第二次回鄉，他心裡更不得意，所以行為也就更加放縱。會稽太守孟顗信佛，謝靈運就用言語嘲笑挖苦他說：「得道應須慧業，丈人升天當在靈運前，成佛必在靈運後。」（《晉書》本傳）孟顗因此恨透了他。後來他又要求把一個湖的湖水放光，作為他的田產，孟顗不答應，兩人的仇隙越來越大，於是孟顗就以謝靈運在家鄉那些放縱的行為為藉口，向皇帝告了一狀，說他有叛逆之心。文帝是個明白人，並沒有怪罪謝靈運，但覺得他和本郡太守搞成這個樣子，實在也沒法在家鄉待下去，就派他去做臨川內史。可是這謝靈運真是江山易改本性難移，到了臨川還是那樣放縱，又被人告了，上面派了一個叫鄭望生的官員來逮捕他。結果這一次謝靈運就真的反了，他扣押了鄭望生，率部眾反叛，並且寫了反詩。下面我們就來看看他所寫的這幾句詩：

韓亡子房奮，秦帝魯連恥。本自江海人，忠義思君子。（本傳）

子房是漢朝的張良，他的祖先五世相韓。秦始皇滅了六國，張良發誓為韓國報仇。當秦始皇出遊的時候，張良和一個力士埋伏在博浪沙，用大鐵椎襲擊秦始皇，只是誤中副車，沒有成功。但後來張良學了黃石公的兵法，輔佐漢高祖劉邦，終於推翻秦朝，為韓國報了仇。魯仲連是戰國時的齊國人，主張六國聯合起來抗秦，不應該為求一時苟安而尊奉秦王為帝。他說：秦是個不講禮義的國家，假使暴秦得了天下，我寧可赴東海而死，也絕不做它的臣民。謝靈運用這兩個典故，是對他自己造反行為的一個解釋。因為他的父祖都曾在晉朝做過將軍或宰相，劉裕滅掉東晉是一種篡逆行為，是不義的。謝靈運說，我本來就是個不受拘束的江海之人，我要推翻劉宋這強暴的政權，為東晉報仇。

當然，謝靈運的造反馬上就失敗了，他本人也被抓起來治罪。宋文帝是個很寬厚的人，本不想殺他，只是把他送到廣州去，讓他離大家都遠一點兒，免得再生是非。但緊跟著又發生一件事：有一個官員在去廣州的路上遇到一群形跡可疑的人，捉起來一審問，其中有一個人說是謝靈運的人給他們錢，要他們在去廣州的路上劫取謝靈運，但他們來晚了，沒有趕上。這件事情一出來，謝靈運就非死不可了，宋文帝只有下令把他斬首。這位天才的詩人，死的時候只有四十九歲。

那麼，謝靈運真的忠於東晉舊朝廷嗎？真的是張良或魯仲連那樣的人物嗎？我以為不是的。因為如果他真的忠於東晉朝廷，那麼在劉裕篡晉的時候，他縱然不能殉節死義，至少也要辭職歸田，但他當時並沒有下這種決心。既然如此，你就在劉裕手下苟且求生好了，可是他還要在新朝裡跟人家爭權奪勢。固然，有些胸懷大志的人並不把忠君觀念看得那麼拘泥死板，比如伊尹，他認為自己的才能足以給天下老百姓帶來太平安樂，所以並不在乎君主是商湯還是夏桀，誰肯任用他，給他施展才能的機會，他就肯給誰做事，因此孟子說他是「聖之任者」。但謝靈運是伊尹那樣的人嗎？也不是。他只是一個從小被慣壞了的貴族子弟，一向驕奢任縱，既不可能安於貧賤，也不可能安於寂寞。時代的巨變造成世族地位的下降，但他卻不肯甘心，不能適應。所以，他最後的悲劇結局也就不是偶然的了。

我曾經說，作品是由作者寫出來的，所以作品中所表現出來的一切必然與作者有密切的關係。我們已經講過的陶淵明，他在亂世之中始終保持著自己的操守，並且在精神上找到自己的一個立足之地，因此他的心是寧靜的。當他寫外界景物時，其中很自然地就融會了他心中那一份境界。所以前人說：「淵明不為詩，寫其胸中之妙爾。」（陳師道《後山詩話》）從謝靈運的山水詩中我們看到，他也談哲理，也寫感情；但山水是山水，哲理歸哲理，感情歸感情。他不能把它們融會起來，不能夠做到情景相生。為什麼會這樣？就因為他的心中還充滿了矛盾和掙扎，遠遠沒有達到陶淵明那種融會貫通的境界。為了把握謝詩的特色，下面我們再看他的一首詩，題目是《石門新營所住四面高山迴溪石瀨茂林修竹》：

躋險築幽居，披雲臥石門。苔滑誰能步，葛弱豈可捫。嫋嫋秋風過，萋萋春草繁；美人遊不還，佳期何由敦。芳塵凝瑤席，清醑滿金尊；洞庭空波瀾，桂枝徒攀翻；結念屬霄漢，孤景莫與諼！俯濯石下潭，仰看條上猿；早聞夕飆急，晚見朝日暾；崖傾光難留，林深響易奔。感往慮有復，理來情無存；庶持乘日車，得以慰營魂。匪為眾人說，冀與智者論。

石門山，在現在的浙江嵊縣，謝靈運在那裡營建了山居別墅。他說那個別墅建在最危險的、雲煙繚繞的山峰上，山石上的青苔很滑，走起路來都不方便，爬山要抓住葛藤，但葛藤也不安全。這開頭四句是極言其高與險。但那麼高那麼險的地方為什麼要去？這就是謝靈運！他就是喜歡爬那種最高的山，喜歡走那種最危險的路。他說我在這山裡住了很長時間，看到了山裡從秋天到春天的景色——「嫋嫋秋風過，萋萋春草繁」。這兩句寫山中景色寫得很美，但同時它們又有出處。在中國的詩歌裡，出處的本身就是一個「語碼」，它可以給你很多表面以外的聯想。這樣的詩讀起來就很有味道。《楚辭·九歌·湘夫人》裡說：「帝子降兮北渚，目眇眇兮愁予。嫋嫋兮秋風，洞庭波兮木葉下。」前文我講過這幾句，那是楚地祭祀時男巫所唱的。他說，美麗的女神已經降落在水中的沙洲上，但那裡很遠，怎麼也看不清楚，我的眼睛所能看到的，只有秋風吹起洞庭湖的波浪，樹上落下的秋葉正在飄零。這首詩，是期待一位女神的降臨。「萋萋春草繁」出於《楚辭·招隱士》的：「王孫遊兮不歸，春草生兮萋萋。」是期待一位出遊的王孫早日歸來，所以你看，「嫋嫋秋風過，萋萋春草繁」兩句，雖然是寫景，但同時也給人一種期待和盼望的聯想。因此，接下來詩人說，「美人遊不還，佳期何由敦」——我所盼望的人一去不回，當年所訂的約會如何實現呢？然後詩人寫自己的寂寞孤獨，他說，你的座席上已經落滿了塵土，我在金杯中斟滿了好酒等待著你。可是，洞庭湖上雖然有了波瀾卻沒有帝子降於北渚，我白白地折下一枝桂花卻沒有人可以贈送。因為，我心中長久期待的那個人遠在霄漢之間，所以我的憂愁沒有人能夠排遣，永遠只有一個孤獨的影子陪伴著我。那麼，我一個人怎樣度過山中歲月呢——「俯濯石下潭，仰看條上猿；早聞夕飆急，晚見朝日暾；崖傾光難留，林深響易奔」。他說，有的時候我俯身到石下的潭中洗一洗身上的塵土，有的時候我抬起頭來觀賞那些攀著樹枝跳來跳去的猿猴；每天還不到傍晚山裡就聽到狂風吹起的聲音，但由於高山遮擋，早晨要到很晚的時候才能見到太陽；山崖這麼高，因此白天很短，太陽一下子就過去了；樹林這麼深，颳起風來那聲音就像千軍萬馬在奔跑。他所有的句子幾乎全是對句，而且用了許多辭藻和典故。這一段很能體現謝靈運寫景的特點。杜甫《秋興八首》中也有不少寫景的地方，如「玉露凋傷楓樹林，巫山巫峽氣蕭森。江間波浪兼天湧，塞上風雲接地陰」，但那景物並不完全是客觀的，其中帶有詩人的很多感發在裡邊。謝靈運寫景完全是寫他耳目的見聞，像這一段，寫的都是山中的潭水、猴子、狂風和日影。那麼難道他就沒有感情了？不是的，他是在客觀的描寫之中製造一種繁難的感受，其實那也就是他心中真正的感覺。這種繁難的感受，他是透過一些錯綜複雜的句式、筆劃繁複的用字，以及精心雕琢的辭藻等傳達出來的。這是一種很特殊的表現方法。

但是接著他就開始說理了——他的說理往往都在一首詩的最後幾句。他說，當你想到以前那些傷感的事情時你就擔心它們還會再來，可是假如某一天你在哲理上突然覺悟了，你就能一下子擺脫所有這些憂慮了。「乘日車」，出於《莊子·徐无鬼》「有長者教予曰，若乘日之車而遊於襄城之野」。莊子的意思是，日出而遊，日入而息，一切都要隨其自然。「營魂」，出於老子「載營魄抱一，能無離乎」（《道德經》第十章）。「魂」和「魄」是可以相通的，這裡為了押韻，把「魄」改為「魂」。「營魂」就是魂魄，是指一個人的精神。人的精神就是精神之所在。謝靈運的意思是：假如你能夠用哲理來戰勝自己內心的各種矛盾和雜念，那麼你的精神就可以得到平衡，就能夠一切都隨其自然，不至於一天到晚總是那麼矛盾、那麼痛苦了。可是他接著又說：這種修養的境界，並不是每個人都能做到的，所以我不能夠和一般人討論這種事情，我只是希望能夠遇到一個「智者」，也許他可以成為我的知音。

既然講哲理，就會有一個比較。我在講陶淵明的時候曾說，陶詩就經常寫出一種人生的哲理，如「結廬在人境，而無車馬喧」，「此中有真意，欲辨已忘言」（《飲酒》之五）等。陶詩與謝詩的不同在哪裡？我以為，陶詩的哲理是作者由生活悟出而且融會在實踐之中的；謝詩的哲理之所以和山水脫節，是因為它們與作者本身的修養並沒有很密切的關係。事實上，謝靈運只是引用了老子和莊子一些現成的話，而他的內心則始終沒有從那些矛盾和不安之中掙扎解脫出來。那麼這是否要算謝詩的缺點呢？其實也不盡然。謝詩在形式上用了那麼多繁複的思索安排；在內容上對山水形貌的客觀刻畫與所談的哲理總是難以融合，這一切所反映出來的，恰好是他真實的心境。欣賞謝詩不能採取與欣賞陶詩相同的方法，因為謝詩中很少有直接的感發。然而從謝詩中，我們卻能深刻體會到作者內心的煩亂，和他渴望解脫出來的那種徒勞的追求。

然而，謝靈運的詩也並非全都如此，下面我們再來看他的一首《石門巖上宿》，這首詩沒有寫那些哲理的空言，而是比較直接地寫出了他心中的孤獨寂寞：

> 朝搴苑中蘭，畏彼霜下歇。暝還雲際宿，弄此石上月。鳥鳴識夜棲，木落知風發。異音同至聽，殊響俱清越。妙物莫為賞，芳醑誰與伐？美人竟不來，陽阿徒晞髮。

這首詩的開頭就寫得非常好。他不是像通常那樣第一句與第二句對仗，第三句與第四句對仗；而是一、二兩句與三、四兩句對仗。而且，這一組對偶的句子分別是以「朝」和「暝」開頭的。這叫做對舉的方法。在中國的詩詞中，凡對舉的地方，常常有一種象喻的性質。如李後主《相見歡》說：「無奈朝來寒雨晚來風」，其中「朝」和「晚」與「雨」和「風」，就象徵了人生中所遭受的許多無時無刻的挫傷。那麼，在謝詩這裡的對舉象徵著什麼呢？屈原《離騷》說「朝搴阰之木蘭兮，夕攬洲之宿莽」，「搴」有用手摘取的意思。「朝搴苑中蘭」，顯然是從「朝搴阰之木蘭」脫胎而來，它一方面可能是寫實，一方面也象徵著自身品德的修養。謝詩說「朝搴苑中蘭，畏彼霜下歇」，表現了他雖然對美好的事物不斷追求，但卻同時恐懼於美麗的蘭在嚴霜打擊之下摧傷凋零，那就也帶有象徵的涵義了。下聯他說，晚上我回到最高的山峰上住宿，而且我還賞玩山石之上的月光。白雲的高遠，月光的皎潔，寫得真是美極了，而且同時也可以象徵一種高遠光明的境界。他這上下兩聯既可以是客觀的寫實，同時也表現出一種對美好事物珍重愛惜的感情。下面「鳥鳴識夜棲，木落知風發」是說：在這個時候，一聽到鳥叫的聲音，就知道鳥兒們已經回到樹林裡棲宿了；一見到有樹葉飄落，就知道山裡起風了。這兩句是寫實，但在寫實之中卻包含有一種纖細銳敏的感覺。《易經》說：「知幾其神乎。」（《繫辭下・傳五》）意思是，看得出事情變化之初的那一點點苗頭，就能夠懂得事情的吉凶變化。這兩句的口吻，就使人聯想到那種「知幾其神」的境界。接下來兩句「異音同至聽，殊響俱清越」所寫的感受更加幽微。他說，那些鳥鳴、風發、木落，雖然聲音各不相同，但它們同時傳到了我的耳朵裡，而所有這些聲音傳到我的耳朵裡都給我一種清亮悠揚的感覺。然而，「妙物莫為賞」，這麼美好的景色，這麼美妙的聲音，竟然沒有人懂得欣賞，只有我一個人在這高山之上、靜夜之中得到這樣的享受。「芳醑」，是美酒；「伐」，有讚美的意思。「芳醑誰與伐」一方面可能是寫實，一方面也可能是用美酒來比喻深山靜夜中的那些醉人的景物。他說，沒有人跟我一樣體會到這些東西的美好從而和我一同讚賞它們。「美人竟不來，陽阿徒晞髮」，用的是《楚辭》裡的典故，《九歌・少司命》裡說：「與女沐兮咸池，晞女髮兮陽之阿。望美人兮未來，臨風怳兮浩歌。」意思是，我在咸池沐浴，然後在向陽的山坡上曬乾我的頭髮，但是我所等待的那個美人卻沒有來，我只有失意地臨風而歌。謝靈運在這裡說：我所追求的美人對我失約了，我白白地為她保持了自己的清潔美好！這首詩把情、景、理融合在一起，寫出了一種比較高遠的境界，是謝詩中很好的一首詩。

對於謝靈運，明代張溥在《漢魏六朝百三名家集》中《謝康樂集》的題詞裡有一段很中肯的評論說：

> 蓋酷禍造於虛聲，怨毒生於異代，以衣冠世臣，公侯才子，欲倔強新朝，送齒丘壑，勢誠難之。予所惜者，涕泣非徐廣，隱遁非陶潛，而徘徊去就，自殘形骸，孫登所謂抱歎於嵇生也。

《山居賦》云：「廢張左，尋臺皓，致在去飾取素。」宅心若此，何異秋水齊物？詩冠江左，世推富豔，以予觀之，吐言天拔，政繇素心獨絕耳！

這段話，比較公允地分析了謝靈運悲劇結局的必然性，同時也指出，在謝靈運的心中確實有著一份不同於凡俗的孤獨寂寞，否則只憑那些富豔的辭藻，他是不會寫出那麼好的山水詩來的。

在結束謝靈運之前，我還要補充說明一個問題，那就是後代的人們對陶淵明的評價高於謝靈運，可是在鍾嶸《詩品》中，陶淵明被列為「中品」，而謝靈運卻被列為「上品」，這是為什麼呢？我以為，一般來說，作者會受到時代風氣的影響，而評論者也會受到時代風氣的影響。只有個別有傑出天才的作者和評論者才能夠超出於時代風氣之外。宋代詩人陳師道稱讚陶淵明說「淵明不為詩，寫其胸中之妙耳」（《後山詩話》）。我們已經看了陶淵明的不少詩，我們看到，他既有「栖栖失群鳥」那樣直敘的、平易的詩，也有《述酒》那樣難懂的詩。也就是說，陶淵明並沒有被時代的風氣限制在一個小小的圈子裡，他有他獨立的思想和創作。然而，陶淵明是否完全脫離了他的時代？也不能這樣說。因為，沒有一個人能夠完全不受時代影響，詩人更是如此。唐代詩人杜甫經歷了天寶的亂離，寫出了「路有凍死骨」（《自京赴奉先縣詠懷五百字》）和「群胡歸來血洗箭」（《悲陳陶》）那種不避醜拙、面對現實的詩，於是有人就批評陶淵明了，說陶淵明生活在晉宋之間，那是一個政治更為黑暗、人民更加飽受流離痛苦的時代，他的詩裡怎麼竟全無反映呢？其實，他並不是全無反映。如果說杜甫是一種直接的反射，那麼陶淵明就是一種曲折的折射。陸機《文賦》中有一句「收視反聽」，陶淵明就是如此，他不是向外去尋求，而是向內去尋求的。例如他說「蒼蒼谷中樹，冬夏常如茲。年年見霜雪，誰謂不知時」（《擬古》）。誰說他沒有看見時代的災難？他不但看見了，而且自身就經歷了那些霜雪的打擊，只不過他沒有被摧毀，而是從中跳了出來，站到了一個更高的角度。在陶淵明和謝靈運那個時代的詩壇上，流行著兩種風氣：一個是玄理的風氣，一個是詞采的風氣。陶詩富於思致與哲理，然而卻不是直接的；陶詩「質而實綺，癯而實腴」，這也是他自己的一種獨特的表達方式。所以說，陶淵明是一位傑出的天才作者，但他的詩從表面上看不符合當時時代的潮流和風氣，因此就不被當時的人們所賞識，所以鍾嶸把他列為「中品」。

然而，詩歌的發展是一定要從古樸轉入繁複與修飾的。《古詩十九首》說「行行重行行，與君生別離」，句法平鋪直敘，雖然另有一種令人無法模仿的古樸之美，但詩歌不會永遠停留在這個階段。魏晉南北朝是中國古詩格律化的一個形成階段，而謝靈運正是這個階段中一個重要的人物。他成功地領導了文壇的風氣，他的詩對中國詩史上的這一轉折作出了重要貢獻。對這一點，我們心中必須有一個正確的認識和評價。

（楊愛娣整理）

葉嘉瑩作品集 3

漢魏六朝詩講錄

作　　者：葉嘉瑩
責任編輯：李濰美
封面設計：蔡怡欣
文字校對：趙曼如、陳錦生、李宏哲、張弘韜
法律顧問：全理法律事務所董安丹律師
企　　畫：網路與書股份有限公司
地　　址：台北市 105 南京東路四段二十五號十一樓
網　　址：www.netandbooks.com
出　　版：大塊文化出版股份有限公司
地　　址：台北市 105 南京東路四段二十五號十一樓
網　　址：www.locuspublishing.com
讀者服務專線：0800-006689
電　　話：(02) 87123898　傳眞：(02) 87123897
郵撥帳號：18955675　戶名：大塊文化出版股份有限公司
總 經 銷：大和書報圖書股份有限公司
地　　址：新北市新莊區五工五路 2 號
電　　話：(02) 89902588（代表號）　傳眞：(02) 22901658
初版一刷：二〇一二年十二月
ISBN 978-986-213-401-6
定　　價：新台幣 四五〇元
Printed in Taiwan

漢魏六朝詩講錄 / 葉嘉瑩 著；
— 初版. — 臺北市：大塊文化：
2012.12：面；　公分. — (葉嘉瑩作品集；3)
ISBN 978-986-213-401-6

820.9102　　　101023785